春の陽

年上の女《ひと》たち

再地春来

Haruki Saichi

文芸社

目次

目次

街はすでにセピア色に暮れようとしていた。

その街は、日本海からさほど離れていたわけではなかったが、どちらかと言えば内陸に位置し、高低の程度差はあるものの三方を山並に囲まれた盆地的な形相を呈していた。

晩秋ともなれば釣瓶《つるべ》落としのように急激に陽は傾き、気温もまた同時に急降下する。

第一　新聞配達

斗潮《としお》は焦っていた。その日は生徒会の緊急集会があり、担当役員であった彼も顔を出さざるをえず、いつもよりは小一時間は遅れていた。以前にも同じことがあり、配達先から厭味や小言を言われたことがあったからである。

その五月蝿《うるさ》い宅が多い第二地域を先に回ろうかとも考えたが止めた。自分で決めたとおりの順路に従うことに。結構、生真面目というか、決まったことは決まったように行動する几帳面な性格だった。


第一地域の商店街、第二地域の住宅街が終り、最後の第三地域、三分の一ほどの行程を残す時点で遅れは三〇分くらいにまでに回復していた。時計を持っていたわけではないが、陽の傾き具合で知れる。ほぼ駆けっぱなしである。ようやくそこで速度を緩め、深呼吸した。

上がった息を整えるのと、最後の地域に入るためのちょっとした心の準備のためとであった。心の準備はいつものことであるが、この地域を一気に駆け抜けるためにも呼吸を整える必要があった。

最終地域は所謂《いわゆる》、赤線街。斗潮が母と暮らす荒家《あばらや》はこの遊廓を抜けた先にある。その都合上、ここを最終地域にしているのだが、陽が暮れだすとともにそれまで眠っていたこの街が急に生き返る。店々《たな》に明かりが灯り、遊女たちが往来やら路地やらに現れだすのだ。夕暮れのこんな早い時間に客などあろうはずがないと思われるのに。

彼女たちは他の店の女と挨拶を交し、雑談を始めるのだが、時折、男が通ろうものならその喧《かしま》しく、黄色い声での洗礼が浴びせられる。普段、斗潮はここは通らないようにしていた。一度、陽がとっぷりと暮れてから通ったことがあったが、それで懲りたのである。中学生の斗潮くらいになれば大人と身長に差はない。もともと長身でもあるし、暗くなってしまえば、区別がつかないのだろう。

「ネエ、お兄さん、寄ってらっしゃいな！」

通り抜けるまで、この決まり文句を湯水の如く浴びつづけなければならない。憂いを含んだような、ねっとりと巻きつくような、艶然と絡むような、うら寂《さび》れたような、自棄《やけ》っぱちに吐き捨てるような、さまざまな女の客寄せ声を。

昼から夜に移ろうとする温かみの残滓《ざんし》のなかに、次第に勢いを増す冷たさの混じる空気を吸い込み、〈さあ！〉と心を構えた。と、その廓街の入口に位置する黒塀に囲まれた店の前に眼が止まった。「結城楼」とある、その店の前で若い女が箒を滑らせている。

〈やだなー〉

いつものように黒塀に設《しつら》えられた新聞受けに投げ込みたいのに、今、女はちょうどその前あたりを掃い

ているのだ。急ぎたい気もあり、走りだした勢いもあり、一瞬の躊躇は足を止めてはくれなかった。箒を持った女に
「夕刊でーす」

と勢い込んだ弾みで手渡そうと。

彼のが安物のゴム底靴だったせいなのか、それともその女が物思いに耽《ふけ》っていたからなのか、女は斗潮の声にびっくりしたようにギクッとして棒立ちになった。顔をあげ、彼を見つめはしたものの、手渡そうとする夕刊を受け取ってくれない。

〈若い〉というよりも〈幼い〉と、その刹那に感じた。〈俺と同じくらいの歳じゃないか〉。斗潮だって中学生、その彼が〈幼い〉と感じるほどにその女は、まだ遊廓にいるような女には見えなかった。

斗潮はやや怪訝《けげん》な顔をしつつ、新聞受けに夕刊を差し込み、もう一度、振り返ってその女を一瞥《いちべつ》した。女は箒を握ったまま、まだ彼の方を見つづけていた。ただ、それだけのことであったが、斗潮は何故か、その女の顔が脳裏に焼きついた。美少女というのとは違う。さりとて醜いというわけでももちろんない。多分、その無表情のなかにどこか憂いを秘めたような感じを抱いたからだろうか。第三の地域に駆け足で踏み込みつつ斗潮はそんなことを思った。


翌日も、そのまた翌日も〔あの女〕には逢わなかった。配達に出掛ける段階では忘れてしまっているのだが、あの遊廓街の入口に構える黒塀が眼に入ると思い出すのであった。三日目、遅れる理由はなにもなかったのだが、わざと出発を遅らせ、あの日と同じ時刻に黒塀に着くよう計らった。どうしてそんなこと

をするのか、彼自身もよく分からないままに。

いた、というより見た。掃除がすんだのだろうか、箒を持って通用口から楼内に入ろうとしているところを。斗潮はそこを通るとき、半開きとなっていた扉の隙を瞬時、窺ったがその姿を認めることはできなかった。訳もないはずなのに、彼はがっかりしたような思いがしたものだった。

が、反面、〈ホッ！〉と自分にしか聞こえないため息を洩らした。新聞受けに夕刊を差し込み、次の配達先に向かうとき、側頭部に視線を感じた。通用口から顔だけ出して、あの女が……。目線が合った。慌てたようにその顔はすぐに消えた。


それからはわざと配達時間を多少遅らせさえすれば、たいがい毎日のように箒を持って立っている女に逢えた。少しずつ通常の時間に戻していったが、それでも女はいた。掃除の時間を早めているのだろうか、完全に通常の時間に戻しても、もう以前からの習慣のように、当然のごとくに立っていた。

ある頃から斗潮が新聞受けに差し込む前に、女は黙って遠慮がちに彼の前に手を差し出すようになった。最初は意味がわからず、二度目はどうしたものかと思案しつつも、結局は新聞受けに。三度目、〈今度こそ手渡そう〉と決意していると、女は箒を持って立ってはいるものの、手は出そうとしない。〈？〉と思いつつも新聞受けに差し込み、もう一度、その女の顔を見た。斗潮を見ていた女の眼ははにかむようにサッと逸《そ》れた。


雨の日と風の強い日は配達人泣かせである。〈雨の日は、掃除はどうするんだろう？〉土砂降りだった。

濡れないよう夕刊を幾重にも包み込み、上下に合羽を着ての出立ちとなる。慎重になる分、時間もかかり速度も鈍る。十日ぶりくらいの雨。〈こんな日に店先の掃除などするはずはないよなあ……〉、自身に言い聞かせつつもどこかに期待している斗潮である。

はたして黒塀の前に女の姿はなかった。〈当たり前だよ〉と口の中で呟き、新聞受けで立ち止まった。雨でなければ、あらかじめ夕刊を四つ折にして投入しやすいよう事前に計らうのであるが、そうはいかない。いったん、立ち止まり濡れないように注意を払いつつ、素早く折り畳んで投入するのだ。

と、予期せぬことが起こった。突然、格子戸が僅かに開き、すーと音もなく、まるで柳の枝の間からお岩の手が伸びるように女の手が差し出された。手首から肘《ひじ》までの白さが斗潮の眼に飛び込んだ。まるで柳の枝のような。しかし、手首から先はお世辞にも白いとはいえず、節榑《ふしくれ》だっているのでもないし、太いというのでもないが、土色に染まっている。この何ともいえぬ不釣り合いに、思わず顔をあげた。

あの女である。格子戸の中から番傘をさして立っていた。土色の手先が雨に打たれて、見る間に濡れていく。「あっ……」。無意識に自分の口から出た音に自分で驚き、思わず赤面していくのが分かる。女は無言のまま。ようやく我に戻った斗潮は、態勢を建て直したつもりではあったが、「夕刊ですっ」と言った声は、主人の意など介さぬように見事に掠《かす》れていた。

「ご苦労さまです」

そう聞こえた。初めて耳にした声は、蚊の泣くようなものだった。抑揚のない、語尾が不明瞭な。気持ちなどまったく籠《こ》もっていないような、それでいてそれを装っているような、あるいはもともとそういった物言いをするのか……、真意は分からない。ただ、斗潮の赤面だけは確実に増していた。

「あ……りがとー」

手渡す瞬間、微かに濡れた手と手が触れ合った。斗潮は思わず手を引っ込めた。女もまた慌てて。夕刊は水溜まりに落下して。「アッ!」期せずして、同時にふたつの声が。瞬時、格子戸を介在して目と目が合った。

「ごめんなさい……」やっぱり抑揚のない声が。

「オレが……」。〈俺がいけなかったのだ〉そう言うつもりだったのだが、声にならなかった。改めて、一部、引き抜き、女に渡した。受け取った女はその眼で謝っている。斗潮も無言であったが、表情がそのときどんなだったかまで考えるゆとりはなかった。落ちて濡れた夕刊を拾い上げようと腰を屈め、指先で摘《つま》み、再び顔を上げようとしたとき、女の顔がすぐ近くにあった。

ピクッと微《かす》かな電流が斗潮の全身に流れた。二度目の目と目が合った。こんなにも間近で若い女の顔を見たのは記憶にない。僅かな時間だったのだろうが、「見た」というより斗潮には「見つめた」というほうが当たっている。女の顔を、彫りの浅い、能面のように感じた。手先ほどではないもののその顔もやや色黒。手が伸びてきた。手首から上が眩《まぶ》しいくらいに白い。

「それは……、私が……」

そう言って女は斗潮から濡れてグショグショになった夕刊を奪うように取り上げた。水をたっぷりと含んだそれは音もなく二分されてしまった。

「あっ、ごめん……」

なんて答えたらよいのか迷っている斗潮から、今度は丁寧に二分された他の一片を受け取り、何事もなかったかのように腰を伸ばし、踵《きびす》を返した。綿とおぼしき粗末な絣《かすり》の背が雨に濡れていた。格子戸を潜り抜けるとき女は再度、振り向き、微笑むように――斗潮にはそう思われたのだが――こう言った。

「朝刊もあなたが……？」

今、目の前で展開された事柄に戸惑っているのに、予期もしない、彼にとっては唐突と思える質問であった。なんと答えたらよいのかすら考えが及ばず、呆然と反射的に

「うん、オレ……」

と呟くのが精一杯。

「そう」とだけ聞こえた。まだ、何か言いたそうな気配であったが、そう言うと女は格子戸を閉め、奥へと向かって歩きだした。再び、振り返ることなく。成熟した〔おんな〕を感じた。

斗潮は棒になって立っていた。その女の姿が見えなくなるまで。どれくらいの時間だったのだろうか。ようやく我に帰った斗潮は、夕刊を抱え直し歩きだしたものの、頭の中は、今過ぎ去ったばかりの光景が繰り返し再現されていた。

斗潮の家は母子家庭で、母と彼だけの家族構成。徴兵は免れたものの、木工職人の腕があったことから軍需工場に駆り出されていた父は、敗戦の年の暮に他界していた。妻と子に遺してくれたのは空襲で焼けた土地の上に粗末な材料で再建した荒家一軒だけ。それも戦災復興事業によって僅かな敷地の三分の一が削られ、荒家も四分の一ほどが輪切りにされて木っ端に化していた。

まだまだ再建すらおぼつかず、焼土のまま放置されているのと比べれば贅沢《ぜいたく》は言えない。母子ふたりが

雨露を凌《しの》ぐことができるのだから。母は新聞配達店に勤め、朝夕刊の配達や集金、販売拡張を生業《なりわい》としていた関係上、斗潮も必然、登校前の朝刊と下校後の夕刊配達を担わされていたのである。

斗潮はそのことを決して厭だとは思っていなかった。娘時代も嫁《か》してからも職を有したこともなく、これといって手に職をもっていない母を助けることは当たり前のことであったし、また事実、彼の働きがなければ母だけの稼ぎでは糊口《ここう》を凌ぐことはできなかったのである。

辛いことがないわけではない。雪国である。冬はやはり辛かった。寒さではない。ドカ雪ともなれば一晩で五尺も積もる白い魔物である。まあ、それは稀《まれ》としても二尺や三尺は日常茶飯事である。天の貯蔵庫の底が抜けたように白い塊が落ちてくる。湿っぽいことが多い。

それでも夕刊はまだいい。辛いのは朝刊の配達。それも特に第二地域。第一地域は商店街であり、雪国特有の雁木《がんぎ》がある。だが住宅地にはそれはなく、また斗潮が回る早朝に除雪が終っている宅などまず皆無といっていい。胸まであろうかという、それも湿りけを帯びてどっしりと重量感のある新雪をラッセルしながら玄関口まで進むのは容易でない。大きな屋敷など、門柱に新聞受けを設えてくれてもよさそうなものなのに、たいがいは玄関口である。自分の荒家と比較してでは決してないが、邸宅を恨めしく思ったものである。

もうひとつ。それは真夏の朝である。学校が夏休みとなると何故かラジオ体操なるものが開始される。各町内の、ちょっとした空き地や街角で町内会の役員が、いまこそわが出番とばかり張り切って子供たちに号令を掛けている。これが始まる時刻までには第二地域を抜け、まだ寝静まっている第三地域に至るように計らってはいるのだが、いつも巧《うま》くいくとは限らない。夕刊はその町で印刷されている地元紙なのだが、朝刊は列車で運ばれてくる。ダイヤどおりに到着しなければ、出発が遅れる。

ラジオ体操に集まる子供たちにはカードが配られ、たいていはそれを透明なケースに入れてその隅に穴を開け、紐を通して首に掛けている。体操が終ると町会役員がしたり顔で、かつ徐《おもむ》ろに出席のゴム印を押す。子供たちは列をなして順番に並び、押印されるとにこっと笑い、印の数を数えるのだ。その印の数が一定数以上になれば最終日に帳面か鉛筆などの褒美が貰えるという仕組みである。

公園などでやってくれるぶんには何の影響もないのだが、そんな洒落《しゃれ》たスペースなど戦災間もない街にはほとんどない。街角でやっていられるとそこを通るのが厭《いや》なのである。小学生がほとんどで中学生などろくにいないのだが、それでも裕福な家庭の、優等生気取りが幾人かはいる。恥ずかしいことをしているのでもなんでもないとはいえ、斗潮にとってはそこを通るのは厭だった。自分の通学区域は母が担当してくれていたので、同級生らと遭遇する機会はまずないのであるが……。

第二　ユキ

あの雨の日の翌朝だった。街は洗われ、朝陽に輝いて眩しい。昨夜、そこでどんな男女の、どんな活劇（悲劇か喜劇か）が演じられたのかは斗潮には知る由もないが、遊廓にだって同じように朝陽が当たっている。しかし、今の時刻、この一帯は深夜の丑三《うしみ》つ時である。どこもかしこも女郎屋は雨戸が閉められ、眠っている。

ごく稀に、この早朝に朝帰りする客とすれ違うことや、門口で寝惚《ねぼ》け眼《まなこ》の遊女と別れを交している客を見かけることもないではないが、たいがいは人っ子一人いない死んでいる街、鼠と猫と犬とが主役の街と化している。誰にも逢うことのないこの時刻のこの地域は、斗潮は嫌いではなかった。夜とはまったく別のこの空間、躍動の気配は微塵もなく、太陽の光がまるで天敵であるかのようにひっそりと身を沈めている街が。

そこに不釣り合いの光景を目撃した。誰もいるはずのない空間にあの女が。やっぱり箒を持って。店先を掃いているのか、ただ佇《たたず》んでいるのか、定かではないが……。その店の数軒手前まで来たとき、女と眼があった。女は慌てたように眼を伏せ、思い出したように箒を忙《せわ》しく動かしだした。

〈どうしようか?〉斗潮は困った。そこだけ端折《はしょ》るわけにはいかない。何とかして朝刊をあの新聞受けに入れなければならない。明らかに足の速度が鈍り、ついには別の意思をもった何かが彼をゆっくり、ゆっくり女の方へと誘導していた。全身が硬直している。発条《ぜんまい》仕掛けの人形のように全身の動きがぎこちない。新聞受けに入れようと思っているのに、段々と女のほうに近づいていく。ようやくの思いで朝刊を引き抜き、頭は〈さてどうしたものか?〉と思案しているのに、体は勝手に……。

「おはよう」

女の声はいつもとは別のものであった。抑揚があり、はにかみが混ざった小声ではあったが、語尾まではっきりと聞き取れた。斗潮の口は箍《たが》が嵌《は》められたまま。

「お……は……」

口の端から何かしら音が洩れたが、言葉にはなっていない。意識では〈おはよう〉と言っているつもりなのに。

「……ごくろうさま……、早くから……」

穏やかな音色だった。まだまとまったフレーズにはなっていなかったものの、はっきりと斗潮の鼓膜に響いた。いくらか抑揚に特徴があり、やや重い感じがしたのだが……。〈ありがとう〉と言いたかった。さらには〈どうしてこんな時刻に、ここにいるのか？〉と尋ねてみたかった。

「……朝刊で……す」

口から出たのは、誰彼なく手渡すときにいつも言っている職業上の決まり文句である。違っていたのは、顔面を火照らせながら、俯《うつむ》き加減に頷《うなず》き、間延びしていたこと。意図したわけではないが、こうしたなかに斗潮の精一杯の気持ちが込められていた。

日焼けした手首を隠すように新聞を受け取った女から、もう一度
「ごくろうさま」

と言われた。斗潮はただただ上気し、まともに女の顔を見られず、老人のように口をもごもごさせるだけ。女はすぐに手を引っ込めた。彼は自分の手から離れていく新聞に〈ありがとう〉の気持ちを託した。

別れ際、上目遣いに女の顔を窺った。最初に見たときに感じた〈幼さ〉はそこにはなく、ずいぶん年上の〔おんな〕のような気がした。何故だったのか彼にも説明ができなかったのだが。数歩後ずさりし、もう一度、女の顔を見た。微笑んでいた。あれほど緊張していたはずなのに斗潮も思わず微笑み、〈うん〉と心のなかで呟《つぶや》き、意を決したように後ろ向きのまま動きだした。

向きを変え、角を曲がるとき、ちらりと女のほうに視線を投げた。彼女も斗潮の方を向いており、別れの挨拶でもするように右手を軽く上げた。少しは引っ込んだはずの上気が再び斗潮の顔面を襲った。もう、

振り返ることもせず、彼は速力を早めて角を曲がった。

それからの斗潮は雲の中にいた。地に足がつかず、頭はさっきの女の言葉や仕種、黒く細い手首に占領されていた。体が覚えていてくれるので、誤配することはさすがになかったのだが。


雨の日も風の強い日も、斗潮にとって毎朝、毎夕が待ちきれないほどに楽しいものになっていった。ほとんどいつも女は黒塀の前に立っていた。やがて空から白いものがちらちらと舞ってくるようになり、箒が木鋤《こすき》（木製のスコップ）に変わっていった。

冬といってもいつも雪が降っているわけではない。新たな除雪をしなくともすむ日もある。塵芥《ごみ》を拾うことがあっても箒で掃く必要のない日もある。そんな朝は〈いないのではないだろうか……？〉と不安が過《よぎ》った。でも、朝は必ずいた。激しく雪が降るときなど番傘の上に白い小山ができていた。途中で何回か落としてはいるのだろうが、その小山が高いほどに女は長いこと待っていてくれたのかと、焦りもし、また嬉しくもあった。

雪で配送の列車が遅れたときなど、第二地域を渾身の力を込めてラッセルし、一刻も早くあの黒塀に行こうともがいた。日を追って上気も次第に終息し、言葉の交差も不自然さが逓減していった。

「おはよう」「おはよう」

「朝刊です」「ごくろうさま」

こういった定型的な挨拶は、ごく自然に交わせるようになっていた。一か月くらいそんな状態が続いただろうか、ある日、女の口からは

「今朝は、いつもより遅かったわね」

などと、これまでの定型の枠を越えた言葉も出てきて。斗潮も頷いていただけなのが「うん」という音になり、「今朝はちょっとね」という短いフレーズも出るようになっていた。

寂しさを時折味わうのは、夕刊のときであった。朝とは違い、いないこともあったからである。それが二度、三度と重なるにつれ、寂しさが不安に変わったりもした。〈風邪でもひいたんだろうか……?〉。

そういった日の翌朝は、期待と不安が綯《な》い交《ま》ぜになり、早く黒塀に行きたいという思いと、〈また、いないかもしれない……〉という思いとが相剋するようになった。「いた!」いつものようにどんよりとしてはいたが、雪はあがっていた。女は黒塀の前で、箒も木鋤も持たず、腰に後ろ手を組んで地団駄を踏むように行ったり来たりしている。近づくにつれ、やや大きく不釣り合いな店の印半纏を着、藁沓《わらぐつ》で通路を踏み固めているのが分かる。

「おはよう」

「あら、おはよう。雪、あがったわね」

「うん……」

昨夕はどうしていなかったのか聞きたいのだが、言葉が出てこない。

「あのー」

「なあに?」

「昨日は?」

「えっ？　ええ……、女将《おかみ》さんのご用でね、ちょっと……」

「ウーン、じゃあ、よかっ……た」

語尾が掠《かす》れ、聞き取れなかったのだろう。

「えっ、なに？」

「……うん、いいんだ。じゃあ……」

「変な人。ごくろうさま」

斗潮は思わず顔をくずし、微笑みつつ朝刊を手渡す。後ずさりしつつ向きを変えようとした瞬間、雪に埋まった側溝に足をとられ、斗潮は大きくよろめいた。辛うじて転倒は免れたが。

「大丈夫？」

「エヘヘ……」

「気をつけてね」


「ユキちゃん、ちょっと。いつまでやってるの？」

「はあーい、今……」

「お返事は『ハイ』、『今』じゃなく『只今』でしょ。何べん言ったらわかるんでしょうね、この娘《こ》は」

「ごめんなさい。ハイ、只今！」

「もう遅いわよ。……なに？　誰かと話していたの？」

「いいえ、新聞配達の……」

楼内に入ったため、あとは聞こえなかった。ある日の夕刻であった。夕刊を手渡しながらふた言三言、立ち話していた女に中から声が掛かったのである。「いけない」と斗潮には聞こえないように呟き、舌をペロッと出して、慌てて中へと消えていった。斗潮にとっては目の前に置かれた御馳走を、箸も付けないうちに鳶《とんび》に攫《さら》われた感じである。

寂しいような、でも会えたから嬉しいような、そんな思いで遊廓街に踏み入った。街はまだ静かである。冬の早い日暮れに、店々に灯が付きはじめてはいたが、暖簾《のれん》はまだ出ていず、遊女たちの姿もまだない。彼女たちが店先に現れないうちにと、斗潮の足は必然と早くなる。〈ユキちゃんか。ユキちゃん、いい名だなあ。本名だろうか源氏名だろうか。いや、まだ源氏名なんてないだろう。本名かなあ。ユキ、ユキコ、ユキエ……〉。と、後ろから雪道を小走りに誰かが近づいてくる気配がした。

「男の人の足って、早いのね」

ハアハアと激しい呼吸をしながら、そう言って背後に迫ったのは、あの女「ユキ」であった。ユキは新聞を支えるための斗潮の襷《たすき》に手を掛けた。

「……、?、……」

「女将さんのご用で春楼閣さんへ行くの」

戸惑い、なんて言ったらよいのか迷っている斗潮にはお構いなく、手に風呂敷包みを抱え、まるでひとり言のように呟いている。もうちょっと時間が遅く、遊女たちが店頭に出だしたら、さぞ彼女らに冷やかされるに違いない。初めて逢ったときには恥じらいや火照りがみられたのに、このような公道、しかも廓の中で男と一緒に歩いたり話したりすることに躊躇はないのだろうか。斗潮には解せないことであり、とうてい、この女と路上で会話し、ともに肩を並べて歩くことなどその度量を超えることだった。

この遊廓街での配達方法はジグザグ方式としていた。片側数軒を配ると反対側に行って数軒配り、また元の側へといった方法である。もともと道幅が狭いうえに、車の往来がほとんどないからであった。そんなふうな経路を辿《たど》りつつ右に行ったり、左に行ったりしている斗潮を眼で追いながら、これまたひとり言のように
「まあ、新聞配達って大変なのね」

などと。

やがて第三地域も出口近くに達し、残りの部数が数えるほどとなったとき、女は
「私、ここにご用があるから……、さようなら」

と往来をちょうど横切ろうとしている彼に告げた。意識して女を無視していた斗潮であったが、ふと見るとそこは「春楼閣」の前だった。か細い声で
「さようなら」

とだけ応えた。いや、応えたつもりであった。

すべての配達を終えたとき、そのまま家に帰ろうかどうか迷った。ちゃんと〈さよなら〉を言いたい、そういう気持ちが足を止め、振り返って春楼閣の門口に視線を向かわせた。彼女の用がいつ終るのか分からない。こんなところに長い時間立っているわけにもいかない。間もなく遊女たちが出てくる頃だろう。

一度だけ戻って春楼閣を覗くような覗かぬような、自分でも説明のつかない行動をとった。出てきた。あの女、ユキが。用済みの風呂敷を畳みつつ俯いて。咄嗟《とっさ》に〈まずい〉という思いが頭を過った。物欲し

そうに門口を覗いている姿など、見られたくはなかった。その後は何がそうさせたのか分からなかったが、斗潮は駆けだした。大木戸に達したとき無意識に振り返った。ユキは背中を見せて、往来を戻っていた。その背は無表情で、何も語っていないように斗潮には感じられた。

第三　母ひとり・子ひとり

雪はますます降り積もり、やがて街中から車の類《たぐい》が消えていった。いまや道路は一尺ほど高くなり、軒先や路傍には身の丈に余る雪の山が築かれていた。一月二月ともなればもう数尺は路面が持ち上がり、雪の山は庇《ひさし》に達するだろう。敗戦直後の冬には電柱に腰を下ろすことができたほどなのだから。雪の下で息を潜めるような、長く暗い生活がこれから始まるのだ。

その冬は大晦日の夜から元日早朝にかけて大雪に見舞われた。一晩で斗潮の背丈ほども積もったのである。払暁前、彼は母に起こされた。

「トシオ、起きて！　家が哭《な》いているよ」

熟睡していたところを急に起こされ、寝惚け眼で煎餅蒲団を退《の》かし、上半身を立ち上げた。静かにゆっくりした音律でギィーギィーと四囲の壁が悲しそうに呻《うめ》いている。斗潮は飛び起きた。

「私は当番だから早めにお店に行くよ。トシは悪いけど屋根のほうを頼むよ。お前の第三地域は私が配っておくから……」

「分かった、屋根はやっておく。第三地域もいいよ、オレが配る。どうせ、あそこは昼までかかってもいいんだから……」

母子の語尾が同じ口調で響いた。身支度を整え、玄関に出た斗潮は驚いた。雪圧で戸が開かないのだ。渾身の力を込めて、ようやく開けた戸の外はただただ白い魔物が支配する世界だった。上がり框《かまち》に腰を下ろし、ゴム長靴の上部を雪が入らないよう荒縄で縛り、橇《かんじき》を履いた。上半身は長袖の下着一枚になっていた。間もなく雪は上がる気配であり、これからの重労働を頭に入れれば下着一枚でも汗が滴り落ちるはずである。

まずは玄関前の除雪からかかった。梯子を架ける土台を築かなければならないのだ。踏み固め、炭俵の帽子を重ねた。そして軒下から梯子を持ち出し、慎重にその上に載せた。両手で安定度を確かめてから、シャベルの把手に荒縄を掛け、それを腰に巻き付けた。ゆっくりと梯子を昇りはじめる。軒先に至り、荒縄を手前に引き上げてシャベルを手繰り寄せた。

軒先に覆い被《かぶ》さるように張り出している雪を払い退け、シャベルを屋根に放り上げてから慎重に片足ずつ、屋根に載せた。決して見晴らしがよいのでもなく、夜が明けたわけでもなかったが、眼の届く範囲はあまねく冬将軍が支配していた。すでに屋根の除雪を始めている家もある。ドシン、ドシンと雪の塊《かたまり》が落下する音が雷鳴のように聞こえる。安普請の家ほど早く、しかも回数多く雪下ろしをしなければならない。斗潮の荒家では言うに及ばない。

利点もある。小さな家ほど除雪面積が狭い。斗潮は手際よくシャベルで雪を適度に方形にし、氷砂糖のお化けのような形にしてから放り投げ、落としていった。水分のある雪ではあったが、切断し、放り投げるには適した湿りけである。雁木の屋根はすぐに終り、二階の屋根によじ登った。

「トシッ！」

下から母の叫ぶのが聞こえた。姿は見えない。

「先に行くよ。屋根は頼んだからね」

「ハアーイ」

雁木を行く母の姿はやっぱり見えない。


小一時間で屋根の雪は大方なくなった。梯子を下り、シャベルで入口を確保したうえで上がり框に腰を下ろした。いくら若いとはいえ、いくら慣れているとはいえ、今朝ほどの積雪量となると腰にくる。そこに茶碗が置いてあり、白く濁った甘酒が注《つ》がれている。母が用意してくれたものである。フウーと息を吹き掛けてから口に運んだが、その必要はなかった。ほどよく冷めている。喉から食道へと温かく甘ったるい液体が通過し、胃に納まるのが分かる。疲れがとれる。大きく背伸びし、腰に手を当てて反《そ》り返った。

空になった茶碗を片隅に置き、手拭いで汗ばんだ体を拭い、下着を着替え、上着とセーターを纏った。すべて母がそこに用意していてくれたものである。

「さあ」と気合を入れて、斗潮は立ち上がった。除雪作業が終ったわけではない。雪の圧力は上からだけでなく、横からも懸かる。家屋の外壁に直接雪圧が及ばないよう、人一人が通れるくらいの幅で溝を掘らねばならないのだ。それは後ほどにすることにした。荒家とはいえ、上からの圧力を除外したのだから「哭き」はひとまず納まったはずである。配達を先にすることにしたのだ。

〈今朝の配達は時間がかかるな〉そう思いつつ、まだ夜の明けきらぬ街中へと足を踏み出した。斗潮の荒

うがよいのだが、通常のものでは大きすぎて雪のない所や除雪済みの所ではなんとも歩きにくい。ない家もあり、空き地となっている所は当然ながらそれはない。こういった箇所では橇《かんじき》をつけたままのほ
家付近は商住混在地域であり、おおむね雁木があった。しかし商店街とは異なり、仕舞屋《しもたや》などでは雁木の

これほどの大雪でないときには、長靴の底から甲にかけて荒縄を巻き付けるようにしていた。これなら滑り止めにもなるし、雪をラッセルするのにもそれなりの効果がある。しかし斗潮には秘密兵器があった。亡くなった父が生前、その腕を駆使して歩きやすいよう小型の橇《かんじき》を造っておいてくれたのである。これだと橇《かんじき》本来の機能は半減する反面、歩行しやすいという利点が得られる。もちろん母も愛用している。

数分も歩くと早速に雁木が途切れる。短い歩幅で歩いた跡が残っていた。断面から見れば鍋底のように窪んだところに点々と交互に穴が作られて。紛れもなく母が通った足跡である。五尺足らずの母の歩幅は狭くはあるのだが、それにも増して意図的に狭くあった。歩きにくさがそうさせている面もあるが、すぐ後に同じ所を通るはずの斗潮のためでもあった。斗潮の体力ならばいちいち脚を持ち上げずとも坑《あな》と坑との間の雪壁を壊して進むことができるほどにしてくれているのである。

店に着いたが配達員はまばらであった。母の姿もなかった。目敏《めざと》い店主が斗潮を認め、「トシオ君、着いた早々に悪いんだけど、駅まで行ってくれないか。橇《そり》が不足してて人力で運んでいるんだよ」と。

店内を見渡せば確かに新聞を梱包した山が小さい。駆り出されたのだろう、僅かに店主の家族が梱包の山を崩し、間に差し込む広告チラシを折り込んでいるだけ。前日に揃えたチラシは本来ならばそれぞれが自分の受持ち分を折り込むのだが、列車が遅れたうえに店まで運び込むのに手間取っていることから緊急体制を敷いたのだ。その店主の家族の一人は斗潮と同じ学校の同学年なのだが、厭な奴だ。学級が別なの

が救いであったが、もし奴と同級だったらと思うとゾッとする。ブツブツ文句を言いつつのろまに手を動かしている奴を横目で見つつ、答えた。

「ハイ分かりました。すぐ行きますっ」

厭な野郎の顔を見るよりもよほどましと、いい返事をしたのだ。


元日の配達がようやく終ったのは、いつもよりも二時間も遅かった。母と斗潮は相前後して荒家に戻ってきた。この朝、ユキはいなかった。そのことは前もって知っていたのだが……。大晦日の朝刊を配ったとき、尋ねたのでもないのにユキは言ったのである。

「私ね、大掃除が済んだあと、三が日、お休みをいただけるの。三日の夕方、帰ってくるわ。夕刊には間に合うように、ねっ」

「そう、じゃあね」

頭では、実家は何処なのか、親と正月ができるのかなどと尋ね、元気な姿を親に見せなよ、甘えてこいよ、気をつけて……などと言葉が浮かんでくるのだが、口の端から出たのはそれだけだった。

母は腰を落ちつける間もなく、前掛けをして台所に入った。斗潮もシャベルを持ち出し、家まわりの除雪である。腹が極度に減り、虫が騒いでいる。しかし〈腹減った〉などと、ただ母を困らせるようなことは言えない。ゴム長靴の荒縄と小型橇《かんじき》の紐《ひも》を締め直していると餅を焼く香ばしい香りが漂ってきた。

「トシ、とりあえずだけど、これを食べてな。雑煮ができたら呼ぶから」

「ウン、ありがとう」

一切れを口にほおばり、もう一切れを手に持って出ようとしたが、慌てて飲み込んだせいか餅が喉に詰まりそうになって、咳き込んでしまった。

「バカだね、この子は。ゆっくり食べてからやりな」

ゴホゴホやっている斗潮にそう言いつつ、背を摩《さす》ってくれる母である。

「ゴホッ、もう、ゴホッ、大丈夫、ゴホッ、だよ。かあちゃん、ありがとさん」


「大変な元日だったね。具は少ないけれど、餅はたくさんあるからね。うんとお食べ」

もう正午《ひる》に近い。母子ふたりだけの正月が、いや正月らしさがようやくもたらされた。室内に正月らしい飾りなどなにもない。僅かに仏壇に小さな鏡餅があるだけ。あとは雑煮である。

「形だから、ちょっとだけ頂こうかね」

母はそう言って、けっして嫌いではない酒を持ち出し、お屠蘇《とそ》を祝おうと。

「お燗しなくっていいの？」

そう言いつつ、斗潮は冷やのまま母の杯を満たしてやった。

「ありがとね。おまえも形だけでもやるかね」

母はそう言って、もうひとつ杯を取り出し、「オレはいいよ」という斗潮にそれを持たせ、雀の涙といったほどのごく少量を注いだ。

「それじゃ、お正月の真似事で、乾杯しよう」

「乾杯」

「乾杯」

母の杯はすぐにぐい飲みに代わり、それを重ねるうち次第に頬を赤らめながらいい気持ちになっていっているよう。母がいつから飲酒の習慣を身につけたのか斗潮は知らない。物心ついたときにはチビリチビリやっていたように覚えている。もっともけっして深酒することはなく、いつもほどほどであったが。

多分、夫を失い、小児を抱えて途方にくれたとき以来なのであろう。必ずしも心《しん》から強い女性《ひと》ではない。結構、風評を気にするし、貧乏にもかかわらず、ときおり、年に一、二回程度であるが、身に余る衣服などを衝動的に買い求める。それも質屋通いしてである。

男ができたこともあった。四〇歳前後のいわば女盛りの未亡人。斗潮が小学校の高学年の頃である。彼も大人になれば理解できるのだろうが、ともかく不潔に感じた。信頼している母親に裏切られた思いがしたものだった。その男は新聞勧誘員のプロであり、流れ者だった。新聞勧誘の腕だけであちこちを流れ歩いているのである。関西訛りを隠そうともしない男でもあった。

だいたいが斗潮が学校に行っている間にやって来ては、母とよろしくやっていたよう。そのことは隣家のおばさんから遠回しに耳に入っていた。小学生にそんなことを言う隣人もどうかとは思うが、聞いたからといって斗潮になにができるものでもない。もともと寡黙《かもく》な彼は一層、無口となり、母を心配させたものだった。

それがだんだんとエスカレートしていった。夕飯の食卓をいっしょに囲み、朝帰りすることすら。女郎屋なら指呼の間にいくらでもある。その男にも腹が立ったが、母が遊女になり下がったように斗潮には思われたのだ。狭い荒家である。障子一枚を隔てただけなのだから、厭でも男女の睦み合いの声や音は洩れ聞こえる。

以前、悪餓鬼に誘われて、真夏、ある店《たな》の裏から遊女と客が「遊んでいる」のを垣間見たことがあった。風のない暑い夜、藪蚊に刺されながら。驚いたのも確かであったが、それはただただ好奇心の塊がなせるもの、男女の睦み合いの現場とは斯《か》くあるものかと感心もし、二度目からはその情景を見つつ自慰に耽《ふけ》ったものだった。

障子を挟んで僅か数間先から洩れ聞こえてくる睦言や衣擦れの音、弥《いや》が上にもあの覗き見た遊女と客とのもつれ合いの光景が目に浮かぶ。しかもその女が母なのだ。斗潮にとって尋常でいられるはずがない。何度、障子を思い切り開け広げ、母を罵《ののし》りたいと思ったことか。「バイタ！　オレの母親なんかじゃない！」と。

ある夜、とうとう堪忍袋の緒が切れた。いつもの睦言とは違っていた。意味は理解できないものの、何か言い争っている様子だった。と、突然、母の声が響いた。

「なによ、あんたは！　私を……」

そのあとは「おもちゃ」と聞こえたような気がしたが、はっきりとしない。なおも言い争っている気配。罵り合っているようにさえ聞こえた。

「バカ！」

男の声だった。

悶々としていた斗潮は、この言葉が引き金となって立ち上がり、障子を目一杯左右に押し開き、修羅のごとき血相で怒鳴った。

「馬鹿野郎はおまえだ！　おまえもかあちゃんも出ていけ！」

襦袢と腰巻きが乱れ、母の胸元と太股が晒《さら》されている。男は猿股一丁。見てはいけないものを見た思いだった。瞬間、呆気にとられつつも母は急いではだけた胸元を整え、太股を隠したが、男はなおもそのまま。

「早く出ていけ！　女郎屋なら周りに一杯ある！」

母がおろおろしつつ男に何か言っている。逆上している斗潮の耳には入らない。ようやく男は立ち上がり、衣服を身に纏《まと》いだした。斗潮は両手でバタンと音を立てて障子を締め、窓を開けた。どうして開けたのか、自分でも分からなかった。

やがて男が玄関に行き、母も追って。ガラガラという音がし、男は出ていったよう。母は襦袢姿のまま、呆然と玄関に立ちつくしていた。その後ろ姿は小学生の斗潮にはなんと形容していいのか、解ろうはずもなかった。しかし、自分を産んだ女であることも確かである。身体中の血液がすべて頭に上っていたが、比較的、冷静に言葉が出た。

「かあちゃんもだよ。あんたも出ていけよ。……もうかあちゃんなんかじゃない……」

末尾の句が口から出たとき、自然にこみ上げてくるものがあり、涙が両眼から溢《あふ》れてきた。滴るものを拭おうともせず、斗潮は蒲団に潜り込んで泣いた。

一〇分ほども経ったろうか。母が入ってきた気配がした。黙って斗潮の枕元に座っているよう。彼はなおも身を固くし、蒲団の中で丸まって泣きつづけていた。

「トシオ、……勘弁ね。……かあちゃんが悪……かった。……勘弁して……トシオ……」

斗潮としては返す言葉もなければ、許す気にもなれなかった。ただ、これだけは言ってはいけないこと、〈もうかあちゃんなんかじゃない〉と口走ったことだけは悔やまれたのだが……。

「トシオ、何とか言っておくれよ……。勘弁しておくれ……」

なおも母はそんな言葉を繰り返し、じーっと座っていた。斗潮の気持ちはいまだ落ち着きを取り戻してはいなかった。何度目かに同じ言葉を耳にしたとき、意識とは関係なく蒲団を被ったまま、「出ていけよおー」と。

「そんなこと言わないでおくれよ……。おまえを置いてなど、どこにも行けないよ」

「あの男とどこにでも行けばいいじゃないかー」

「違うんだよ、もうあの男《ひと》は来ないよ」

斗潮は言葉を探した。が、なにをどう言ったらいいのか、黙っているよりなかった。沈黙が続いた。やがて嗚咽《おえつ》する音がし、それが啜《すす》り泣く音に変わっていった。母が泣いているのだ。けっして気の強い女《ひと》ではないが、わが子の目前で泣く母を斗潮はこれまで知らなかった。

ややあってボソボソと涙声が。「とうちゃんが死んで」、「あの男は」、「騙《だま》され」、「でも私が」、「やっぱり私が」、「母親として」、「トシオのことを」、「出ていくなんて」、「ごめんよ」などと断片的に聞こえてくるが、言葉になっていないのか、よくは聞き取れない。

斗潮は泣きながらも次第に気持ちが収まってきた。「出ていけ」と言ったけれど、もし母がほんとうにあの男といっしょに出ていったら、どうなるんだろう。今度は不安が頭を過《よぎ》った。

また、沈黙が続いた。そこにじっと座って泣きじゃくっていた母が立ち上がったよう。〈ほんとうに出ていくつもりなんだろうか?〉またまた、より鮮明に不安に襲われた。蒲団をかすかに持ち上げ、母の動向を窺った。襦袢ではなく寝巻着だった。箪笥の上に重ねられているちり紙を数枚取り上げ、泣きながら鼻水をかんでいる。それを捨てると、振り返った。

慌てて斗潮はまた蒲団に潜り込もうとしたとき、目が合った。母は懇願するようななんとも哀れそうな声を絞り出し、

「トシオ、勘弁して……」

と言い、駆けるように近づき、潜り込もうとする斗潮の掛け蒲団を剥《は》がして、彼の手をとった。あっという間だった。母がこんなにも機敏に行動したことにも驚いた。

「トシオ、かあちゃんが悪かったよ……。堪忍しておくれ……。かあちゃん、トシオがいなかったら生きていけないよ……。ごめんよ、目が覚めたよ。かあちゃんを許しておくれでないか……。トシオ、後生だから……」

斗潮の両手をしっかりと握り、それだけ言うと彼の膝に顔を伏し、オンオンと激しく泣きだした。さっきまでこの手はあの男の体に触れていたのかと思うと、一瞬、虫唾《むしず》が走るような感覚に襲われたが、振りほどくにはあまりにも強く握られていた。〈もういい〉と思った。ほんとうに母が反省し、二度と同じことを繰り返さない約束をしてくれるのであれば、許そう、と斗潮は思った。

「かあちゃん、もういいよ、分かったから……。泣くなよ……」

母の顔が上がり、見上げるように、許しを乞うように斗潮の目を見つめた。眼からはまだ止めどなく涙が溢れていた。手はけっして放すまいと、しっかりと握ったまま。

「トシオ、許してくれるんだね……。ありがと……」

「……ウン。でも……、でも……もう嫌だ……。あんなのもう……」

「ごめんよ、かあちゃんが悪かった。……もうけっして男の人なんか、家に連れて来ないから……。かあちゃん、騙されていたんだよ。でも、かあちゃんがいけないんだ。トシオがいるのに、それを忘れてしまって……色気なんか出して……隙《すき》があったんだよ、馬鹿だよ、かあちゃんは……」

母子はしかと抱き合い、涙が枯れるまで、そうしていた。

「さあ、明日の朝も早いんだからもう寝よう。かあちゃん、身体、綺麗に拭いてくるからさ、トシオ、いっしょに休もう」

内風呂などない。母は裏の土間に降り、盥《たらい》に水を溜め、タオルで肌が赤くなるまで身体を拭い、そして洗顔と嗽《うがい》を繰り返しやっていたよう。斗潮は乱れた敷布を直し、掛け蒲団を整えて待った。ややあって戻ってきた母は、黙って蒲団に潜り込み、

「トシオ、ほんとにごめんね」

と同じ言葉を呟き、横向きになって斗潮を抱いた。仰向けになっていた斗潮も母のほうを向き、素直に抱かれた。

「ほうとに……、おまえがいるのに、かあちゃん馬鹿だったよ」

そう言いつつ、ひときわ強く斗潮を抱きしめた。彼もされるがままになっていたが、少し母の力が緩ん

だとき、腰に置いていた右手を母の胸に移した。寝巻のうえから母の乳房に触れた。

「ウフッ、赤ちゃんに帰るかえ……」

　母は斗潮の右の手をとり、それを胸元の合わせ目の中へ導いてくる。彼は瞬時、戸惑いを覚えたが、母にそう言われなくともじかに掌に触れてみたい衝動に駆られていた。心の中で〈ウン〉と呟き、手を入れた。温かくて、柔らかであった。掌に安心が流れた。と同時に背筋に嫌悪感が走った。つい今さっきまで、あの男に玩《もてあそ》ばれていた乳房なのだと。しかし、その思いはすぐに消えた。やっぱり触れてみれば、母の乳房に勝るものはないのだ。

　稜線を指の腹でなぞり、谷間に潜り込ませて掌一杯に包んで重量感を味わった。乳首を摘《つま》んでみた。母は左手で胸元を押し広げ、重力で横に靡《なび》き、重なり合っている双丘を露出した。

「赤ちゃんにかえったつもりで、おっぱい吸ってごらん」

　斗潮はなんの躊躇もなく、母の乳首に吸いついた。頭の中が空っぽになり、自分が赤子になったような錯覚を覚えていた。何か郷愁を唆《そそ》られるような甘酸っぱい味がした。そしてそのまま眠りについた。


　その夜以来、母と斗潮は同じ部屋で蒲団を並べて休むようになった。男が再び来ることもなくなった。行く先も告げず、この町から消えたと人のうわさに聞いた。

　時折、斗潮は母の蒲団に潜り込み、その乳房をまさぐり、乳首に吸いついた。しかし彼が中学生となった頃から、彼のほうから母を求めることは次第になくなり、それがしばらく続くと母のほうから斗潮の蒲団に入ってくるようになった。

外に男がいるのかどうか、そこまでは知れなかったが、少なくともあの日以降、男が家に来ることはなかったし、狭い町である、煙が立てば斗潮の耳にも届くだろう。後になって思い起こせば、女盛りであった母が男なしで過ごすにはそれなりの我慢と自制が強いられたことに違いない。

中学生になったとはいえ、そこまでは斗潮に理解しえようはずはない。母が求めてくるのが次第に億劫《おっくう》にもなり、もう男の象徴に生えるべきものも生え揃ってきていただけに忌避感も出、自我がそれを許さなくなってきていた。

深い意味までは理解しえないにしても、母は寂しいのだろうくらいのことは彼にも分かっていた。三回に二回は拒否したものの、一回は渋々ながら応じていた。母は乳房を与えるだけではなくなってきた。斗潮の下着に手を差し込み、

「おまえも段々と立派になってきたねえ。もう毛も生えてきたし……」

などと息子の象徴を握って。

「かあちゃん、こういうの止めようよ。オレ、もう中学二年生だよ。みっともないよ」

「みっともないってことはないじゃないか。母子《おやこ》なんだもの」

「母子だから、みっともないんだよ」

こうしたことが契機となって、ようやく母も部屋を別にすることを承知したのだ。母と同部屋では落ちついて自慰に耽ることもできなかった。もっともその後も、母はどうにも我慢ならないときがあるのだろうか、一か月、あるいは数か月に一回程度、「ネエ、トシオ、お願いだから……」と斗潮の寝床にやって来る。

たいがいは拒否していたが、いかにも哀れそうな母の懇願に負け、応じてしまうことも。狂おしそうに胸をはだけ、斗潮に乳房を揉ませ、乳首に吸いつかせた。ついには自ら全裸となり、嫌がる彼をも素っ裸にし、彼の象徴を愛おしそうに愛撫しさえして。

「アア、こんなに立派になって……。息子でなければねえ……」

いくら母親だといっても、そこはまだ女を知らない若者である。彼のものは見事に聳《そび》え立っている。

「かあちゃん、もうだめだよ。これ以上は……」

「そうだね。もういけないよねえ」

第四　ローマの休日

このころ新聞の休刊といえば、元日の夕刊と二日の朝刊だけ。大晦日からの雪は元日にはいったん止んだものの、その後も思い出したように舞い、思い直したように止んでいた。斗潮はこの間、雪下ろし作業に没頭した。

戦争未亡人の家庭が多く、まだ夫や息子が復員してこない家庭もあった。こうした家では必然、男手がない。除雪のため一人前の人夫を雇おうものなら、多額の手間賃をとられるうえに酒食のもてなしまでせねばならない。需要と供給の関係である。

したがって高校生、中学生に依頼が回ってくる。斗潮は二日の夕刊配達時までに数軒の雪下ろしをやった。貴重な現金収入である。稼いだ金をまるごと母に差し出した。母は彼の労をねぎらい、半分を食い扶持にといって撥《は》ね、その残りを斗潮に寄越した。毎月決まった小遣いなど貰ったためしのない斗潮には、思いもよらない臨時収入だった。

正月も三日となった。この地方には珍しく午後から薄日が射し、降り積もった雪に反射して眩しかった。今日はユキに逢える、配達の足がいつにも増して早くなっている。早すぎればかえって逢えなくなるかもしれないことなど、しばらくは念頭から消えていた。第二地域の住宅地に至ってからようやくそのことに気づき、思わず苦笑してしまった。歩調を落とした。

そこここに雪の山が築かれ、遠方を見渡すことはできない。住宅地は手間取る。一軒に配り、次の宅に行くのに直行できないのだ。除雪路に従って大回りしなければならない。次第に黒塀が近づいてくるのだが、もとよりユキの気配など感じようもない。次が結城楼となった。象徴である黒塀もほとんどが雪に覆われ、わずかに上方が見えるだけ。

雪山の角を曲がった。眼は先走りしたがっていたが、あえて足元を見た。どこよりも幅広く、綺麗に除雪されていた。眼を上げた。いた。ユキはもんぺに橇《かんじき》姿で、雪を踏みしめていた。目が合った。にっこりと微笑んでいる。斗潮も微笑んだ。上は変わらず安物の絣のようだったが、いつもよりも朱や黄が混じったものだった。唇が赤かった。口紅を塗っているよう。

「新年、おめでとう」

先にそう言われた。口紅といい、今のあいさつといい、一段と年上に感じた。段々と自分とは別の世界に行ってしまう人のような。

「おめでとう」

辛うじて、それだけの言葉を返した。

「雪の多いお正月ね。大変だったでしょ。でも元気そうでよかった」

「……ユキちゃんも……。でも……、別の人……みたい……」

「えっ？　ああ、口紅のこと……。これね……、お年玉に女将《おかみ》さんから頂いたの。ついさっき初めて付けてみたのよ……。どう似合うかしら……？」

「うん。でも……、別の人……みたい……」

ほんとうは〈遊女みたい〉と出かかったのだが、慌てて言葉を呑み込み、同じ文句を繰り返した。

「あら、似合ってないってこと……？」

「ううん、そうじゃないけど……、オレには分からない……」

「最初にトシちゃんに見てほしかったの。でも、もうよすわ」

「……」

このころはすでに「ユキちゃん」、「トシちゃん」と呼び合うようになっていた。互いにフルネームはまだ知らなかったが。

「ハイ、夕刊！」

「ごくろさま……」

これだけだった。あれだけ再会できることを楽しみにしていたのに。周りの雪の白さに比してユキの手首の黒さが目立った。

「じゃあ……」

「じゃあ、また明日の朝ね」


〈ユキが口紅なんて……、似合わないよ。似合うものか……、遊女じゃないか〉

同じことを何度も繰り返しつつ、それは蒲団に入ってからも消えなかった。斗潮に最初に見せたかったというユキの女心など、まだ理解しえない年齢である。明日はどうしているだろうか。「もう、よす」とは言っていたが。〈似合う〉って言わなければいけないのだろうか。

口紅にすっかりと気を取られ、言いそびれてしまったが、あのとき斗潮はユキを映画に誘いたかったのだ。母から半分貰った雪下ろしの手間賃を使って……。とても言いだす状況ではなかった。彼にはそう思われた。明日の朝刊のとき、口紅を付けていなかったら誘ってみよう。もし、付けていたら、どうしようか……そんなことを考えながら、眠りに落ちた。

翌朝、ユキに口紅はなかった。絣もいつものものに変わっていた。

「おはよう」

たいした意味もないのに、斗潮は嬉しかった。いつもはユキから掛けるあいさつを、彼が先に言った。弾んだような声で。

「あら、おはよう。今朝は元気なのね」

「うん。……いつものユキちゃんだったから……」

「フーン、そう」

彼女はちょっとがっかりしたよう。それを感じ取った斗潮は、ユキの気をとり直すように、「休み……いつ？」と。

「私の……？　定休は毎月一五日だけど……、どうして？」

「じゃあ、今月は小正月、休み？」

「そうよ、どうして？」

幸いに一五日は祝日でもあった。

「あのー、……あのねー、……オレと映画に、……映画に行かないか……？」

喉が渇き、顔が火照った。やっとの思いで、なんとか言うことができた。断られたらどうしようなどということよりも、ともかく告げることができたことで斗潮は満足した。肩で大きく息をした。

「エッ、映画って言ったの……。映画に誘ってくれてるの？　うわあ、ほんと？　ほんとうにトシちゃんが……」

「うん」

「嬉しいー、うれしいわ。一五日ね、いいわ。連れてって……。朝のお掃除とお片付けが終ったら、夕方まで自由よ。トシちゃんも夕刊の配達があるわね」

「うん、オレもそれまでは暇だから……」

それから待ち合わせ場所と時刻を決めた。もとより斗潮にとっては初めての逢い引きである。どこで落ち合おうか、何時にしようか、さんざん考えていたのだが、うまい案は出てこない。昼食はどうしたらいいんだろうか。飯代までもてるだろうか。ユキは何が好きなんだろうか。映画は何にしようか。笑われるかもしれないと懸念しつつも考えた結果を告げた。

逢い引きの場所はなるべく目立たない所がいい、少なくとも自分の通学区域内だけは避けたい。そういう思いで、空襲を免れた大きな公園内にある市立図書館内の談話室にした。ところがユキはそこを知らないという。教えるのに手間取ったが、そんな大きな町ではない。彼女もその付近にまでは行ったことがあるらしく、「分かった」と。時間は一一時とした。

その日からの数日間は、配達で逢うつど、場所を確認し時刻を確かめあった。映画を観に行くのが目的なのに、何を観るかはまるで失念しているように。いよいよ明日という日の朝になって、ようやく斗潮は聞いた。

「何が観たい？」

「分かんないわ。トシちゃんに任せるわよ」

夕刊配達のとき、決めることにした。休日前の夕刊には館別に上映中の映画が紹介されているから。その日は、学校での授業がまるで身に入らなかった。ただひたすら終業のベルが鳴ることを心待ちにした。準備を整え、配達に出発する前、斗潮は一部を引き抜き、映画の案内欄を眺めた。この町の中心部には五つの映画館があった。うち、四館は邦画であり、それぞれ大映、東宝、松竹、東映の系列館であり、残りの一館は洋画専門である。題名に目を止めたものの彼には何がよいのかさっぱり見当がつかなかった。それまで映画といえば「鞍馬天狗」であり、「笛吹童子」でしかなかったのだから。

見当がつかないまま、配達しつつあれこれと思いを巡らせた。よくは解らなかったが、ここは恰好をつけるためにも洋画にしようと何となく決めた。ユキに該当の紙面を広げて見せ、何がいいか尋ねた。彼女の答えはやっぱり同じ。

「分かんないわ。トシちゃんに任せる」

「うん、じゃあ……」

いよいよ当日がやってきた。朝、逢ったとき、ユキの顔も心持ち上気しているように感じられた。

「それじゃ、あとで……」と言いつつ、もう何度となく繰り返し確認しあっている時刻と場所を言いあった。

配達が終って家に戻り、朝食の食卓を母と囲んでいても、心はそこになかった。

「トシオ、どうしたの、そわそわして……。なんかいいことでもあるのかえ?」

「うん、友だちと映画に行くんだ。この前の雪下ろしの銭で……」

「そうかい、それはよかったね。だれと、なにを観にいくんだい?」

この質問には準備がなかった。当然に予測されることなのだが、とてもそこまでは気が回らなかったというのが本音であった。母の知っている悪餓鬼の名を出せば安心するのだろうが、のちのち嘘がばれたらヤバイ。

「かあちゃんの知らない友だちだよ。生徒会の新聞に載せようという教育映画で、先に観ておこうということになったんだよ」

内心、冷や汗をかきながら嘘をついた。

「そうかい、夕刊には間に合うんだろうね」

「うん」

「そうかい、行っておいで」

母は集金があるからと、しばらくして出掛けていった。それからの斗潮は大変。着ていくものを決めなければならない。唯一といっていい父の形見である箪笥を前にしての思案である。木工と家具の職人であった父の手になる総桐の箪笥であったが、空襲での焼け焦げが側面にあり、全体がくすんでいて把手の金具も一部が壊れていたのだが。

探してみたところでよいもののあろうはずがない。上は昨年の暮れに母が衝動買いしたときに併せて買ってくれたセーターにし、下は通学ズボンで行くことにした。外套は、昨年のクリスマスに進駐軍からの見舞品として町会単位に支給された際に抽選で当たったものにした。中学生としては長身の斗潮であったが、外套は肩幅も身の丈も広く、長かったが、ほかにこれといってないのだからしかたがない。足はゴム長靴。


約束の時間にはまだ間《ま》があったが、どうにも落ちつかない。町中をうろうろして知った顔に会うのも嫌なのだが。むしろ雪が降ってくれたほうが人目につかず、いいのにとも思ったりした。

外はどんよりと曇ってはいるものの、雪の降りだす気配はまずなさそうだった。じりじりしながら時の過ぎるのを待ったが、こういう時はなぜか時計の針の進み具合が遅くなるもの。

まだまだ十分に余裕はあったものの、もう待ちきれなくなり、斗潮は外へ出た。ゆっくりと遠回りしていくことに。〈ユキはもう出ただろうか?〉などと思いを巡らしつつ。ゆっくりと歩くはずがどうしても早足になってしまう。〈いけない〉と気づき、速度を落としてもいつの間にかまた早くなっていた。

図書館に着いたとき、約束の時間にはまだ三〇分ほどもあった。外套を脱ぎ、便所に行き、館内の案内など見るともなく見つつ、一〇分ほどを費やしたが、もうすることもなくなってしまった。閲覧室ではなく談話室で雑誌でも眺めながら時の経過を待とうと室内に足を踏み入れた。念のため、室内をひととおり眺めわたしたが、やっぱりユキはいない。雑誌の書架の前に行き、適当に見繕っていると、背後から軽く背を叩かれた。

〈ウッ〉と思い、徐ろに振り返ると、そこにはユキが立っていた。あの正月三日に着ていた着物姿だったが、口紅はなかった。にっこりと微笑みつつ、「待った？」と。即座に、まるで反作用のように、「うん、オレも今来たとこ」と。「そう、よかった」

室内の時計は一〇時五〇分を指していた。ユキもやっぱり落ちつかなくって、早く来たのだと思い、そんなことにも斗潮は喜びを感じた。

「どうする？」

ユキの問いである。昼食にはまだ早い。しかし夕刊のことを考慮すれば、三時頃には映画館を出たい。そのためには一時からの上映となる。ここから目的の映画館まで歩いて約一五分、いやユキと一緒だし、雪道だから余裕を見て二〇分。一二時半くらいまでに食事を終えればいいのだが、一時間半もそれに費やすことができるだろうか。簡単にそんなことを伝えた。

ユキの答えは簡単だった。

「一一時半まで、ここでお話ししましょ。それから、この二階に食堂があるようだから、そこで食べたらどうかしら……？」

〈的確な判断だなあ〉と感心しつつ、〈ユキのほうがおとなだな〉とも思った。

談話室とはいえ、図書館である。大きな声を出すことはできない。室内にいる人は少なかったが、ふたりは最も奥まった一隅に席を占めた。読書もできるようそれなりに大きな机である。向かい合って話すには周りが憚《はばか》られた。〈どうしようか、できれば並んで座りたいなあ〉と、また思案。慣れないこととはいえ、斗潮は自身を呪《のろ》った。

「並んで座りましょうよ」

ユキが言ってくれた。彼女も同じことを考えていたのだろうか。それにしても、やっぱりはっきりと言えるユキのほうがおとなだと、また思わざるをえなかった。加えて同じことを考えていたんだねと、そのことを口に出して言えるほどに斗潮はおとなになってはいなかった。

ユキの隣りに座を移してみたものの、何をどう話したらよいものか、斗潮はまたまた思案である。さっきまでああ言おう、これも言おう、こんなことを聞いてみようとあれほどに計画していたのだが。結局は、ユキが会話の導き役になった。ほとんどがユキから斗潮への質問であり、自分のことは斗潮の答えに対応する形で話すようになっていた。

斗潮はぼそぼそと、家庭のこと、生立ちのこと、学校のこと、新聞配達のことを。そのたびに、ユキは「そう、そうなの」と相槌《あいづち》を打ちつつ、「私はねー」と自分のことを話して聞かせてくれた。もっとも、母の男のこと、その後の母子の夜の行為のことについては、彼が端折ったことは言うまでもない。

ユキのことでは次のようなことを知った。生れはこの町の在であること、小学校の高学年の頃、父の仕事の都合で東京に出たこと、中学二年生まで東京にいたこと、その後、事情があって再び村に戻ってきたこと、そこまでは比較的、淡々と語っていたユキなのだが……。

と、あるところから声が詰まり、潤んだようになり、うっすらと目に涙を蓄えつつ話すようになった。もう斗潮に問うこともなく。父が東京に行くことになったのは、ほんとうはその村にいられなくなったからであり、東京では日雇いの仕事で母も一緒に従事していたと。ドヤ街のようなところが住いだった。ところが父はそんななかで女をつくり、見つけた仕事も次々と馘首《くび》になる始末。愛想を尽かした母は、ユキが学校に行っている間に、父と女がいるところに乗り込み、父を刺し殺し、女にも傷を負わせたのだと。

「もういいよ、ユキちゃん。……もう話さなくっても、いいよ」

黙って聞いていた斗潮であったが、さすがに辛そうに話すユキを見かね、自分もまたそれ以上は聞きたくない思いから、そう言った。

「……ごめんね。……そこまで話すつもりじゃなかったの……。……でも話しているうちになんだか……トシちゃんには全部知ってほしいって、……そんなふうに思ったのよ」

「……さあ、もう時間だし……飯にしようよ」

食堂に場所を移したそれからのふたりは無口となった。斗潮の知っているちょっと高級な献立といえば、カツ丼とカレーライス。もちろん刺し身や天麩羅を知らないわけではないのだが、そういったものが口にできるのはよほどのことがある場合だけ。

「オレ、カレーライスにしようと思うんだけど……、ユキちゃん、何にする？」

「私も、同じものでいいわ」

会話はそれだけ。注文したものが来るまでは、ただ話すこともなく出された水を呑むばかり。半分くらい呑んだところで、なくなってしまったら困ると思い、制御をかけ、酒でも飲《や》るようにチビリ、チビリと。

それにしても、なかなか来ない。目を合わせるのも憚られ、俯いているよりほかない。

ようやくカレーの匂いとともに注文の品が運ばれてきたが、これもユキの速度を考えつつ、ゆっくりと、ただ黙々と、匙が皿と口の間を往復するだけである。味などほとんど感じられない。ユキも同じように俯き加減で食べていたが、急になにか決心でもしたように口を開いた。

「トシちゃん、さっきはごめんね。あなたにまで不愉快な気分にさせて……。ごめんね、もう忘れて……。せっかくのカレーライスが台無しだもの」

「ユキちゃん、すごく辛い思いをしてきたんだね、オレ、驚いた。でも、今日は、ユキちゃんの言うとおりだよ……。そのことはまたゆっくり話そうよ」

「そうよね」

これで元に戻った。気分の切替えはふたりとも早かった。

出かける前の斗潮の予想に反して外は雪だった。この地方には比較的珍しい粉雪である。小さな白い雪片が止めどなく舞い降り、視界を遮っていた。斗潮には好都合。公園内には人影はなかった。

図書館を出るなりユキは斗潮の腕に自分のそれを組んできた。すんなりと、なんの躊躇《ためら》いもなく。斗潮は一瞬、ギクリとしたが悪い気はしない。互いに厚い外套を着ているはずなのに、組まれた左腕から熱気が奔流のように伝わってくる。まるで安物の発条玩具《ぜんまい》のように斗潮の腕はギクシャクとぎこちない。

さらにあろうことか、ユキは腕を組んだままその頬を彼の肩に添えてきた。角巻きで頬を覆ってはいたが、まるで直接肌に触れられたように高圧電流が斗潮の全身に走った。〈ああ、なんてことなんだろう。今のこの状態は、ああ……〉彼は雪の中ではなく、周りの雪が全部融けてできた雲の上にいた。いつまでも、いつまでも、このままでいたい、ただそう願うだけだった。

次第に街の中心部へと近づいていった。すれ違う人が多くなるにつれ、並んで歩くのが難しくなってくる。ユキはなんの予告もなく、自然に頬を離し、次には組んでいた腕も解《ほど》いた。斗潮には残念という思いと、見られているという羞恥から解放されるという思いとが綯い混ぜとなっていた。

映画街ではユキは斗潮の後ろについて歩いていた。ここは人通りが多い。縦に並んだまま洋画専門館の前に至った。看板には「ローマの休日」とあった。斗潮はちらりと振り返ってユキを見、眼で確認した。彼女は頷いた。

「学生、二枚」

窓口でそう言って切符を求めた。厳密に言えば「中学生一枚と一般一枚」となるのだろうが、同じにしたかったのだ。

映画は、気儘《きまま》な王女と青年記者との淡い恋物語だった。物語の筋もさることながら、王女アン役の女優がずいぶんと綺麗に見え、また記者役の俳優は格段に男前に感じられた。映画が進むにつれ、斗潮はいつしかユキが王女で自分が男前の記者になったような奇妙な錯覚に陥った。

館内では再び、ユキは斗潮の腕を求めてきた。今度は右腕であった。自分の左手を斗潮の右腕に巻き付け、頭をやや彼のほうに傾けつつも眼はしっかりと画面を追っていた。男女の抱擁場面を見ているうちに、斗潮も大胆になってきた。右腕に回されたユキの左手の甲を左手で触れてみた。瞬時、ピクッと微かに動きがあったように感じたが、そのままにされていた。

温かかった。言葉として言えそうなのはそれだけ。なんと表現してよいのか彼には分からなかった。生れて初めて触れた若い女の手であった。それだけで、彼の動悸は早くなり、顔が火照った。しかし、ユキはその状態を長くは続けさせてくれなかった。組んでいた腕を解き、やや間を置いてから左手で斗潮の右手を握ってきた。そして、握ったまま肘掛けの下へと位置を変えた。

画面はちょうど接吻の場面。握ったユキの手が心もち強くなったよう。斗潮は握られた手の感触と画面の接吻にすっかりと上気し、天にも昇る心地だった。掌は甲よりもなお一層温かかった。彼も握り返した。眼は画面を見つづけていたが、心は別のところへ飛んでいた。

終った。館内の灯りが一斉にともったとき、どちらからともなく握られた手はそれぞれの所有者の元へと戻った。ふたりとも無口のまま館外へ。外は相変わらず雪が舞っていたが、粉雪は水気を含んだ大きな欠片《かけら》に変わっていた。

映画館の時計は午後三時を指している。一気に現実に戻されてしまった。このまま新聞店に行く時間であった。振り返って時計を見た斗潮に、ユキも現世に戻ったのだろう。

「トシちゃん、もう配達の時間ね」

「うん」

「今日はとっても楽しかった。いい映画だったわ……」

「うん。じゃあ、オレ、行くから」

「さようなら。またあとでね」

斗潮は、長じてから再び、三たび「ローマの休日」を鑑賞する機会があった。あのユキと手をとりながら観たときとは、また違った印象をもったものである。監督がウイリアム・ワイラーであり、主演はオードリー・ヘプバーンとグレゴリー・ペックであったこと、それらのいずれもがその世界では著名な人物であることも、後に知った。


いつもよりも早い出発だったせいか、それとも心が弾んでいたせいか、夕刊の配達は順調だった。早すぎてユキと逢えないのではないかと危惧《きぐ》すらした。しかし案ずることはなく、彼女は僅かに頭だけ出している黒塀の前に立っていた。そこに立っている証《あかし》であるシャベルを携えて。着物は着替え、いつもの絣になっていた。

「今日はどうもありがとう。とっても楽しかったわ。私がつまらないこと、話さなければもっとよかったのでしょうに……」

「ううん、そんなことないよ。オレも嬉しかった」

斗潮はほんとうは、〈とても他人には話せないようなことまで言ってくれて嬉しかった。手を繋《つな》ぐことができたのはもっと嬉しかった〉そう言いたかったのだが。

「今度は、私、お小遣い貯《た》めて、トシちゃんを映画に誘うわ。楽しみに待ってて……」

「ありがとう、楽しみにしている。じゃあ……」

そう言って立ち去ろうとしたときである。

「今日はいつもより早いんでしょ。ちょっと……」

とユキは言いつつ、斗潮の袖を掴《つか》み、引っ張るように……。その店《たな》に向かって左側が塀に沿って幅二尺ほど、掘割式に除雪してあった。塀に沿って曲がった先に勝手口があるのだ。

〈どうしたんだろうか?〉と思いつつも、斗潮は引っ張られるまま角を曲がった。掘って積み上げた雪の山は彼の身長よりも高い。勝手口から誰か出てくるか、正面から塀に沿って回って来ない限り、外界からは死角になっている。〈そんな所へ、なんだろう?〉角を曲がるとすぐにユキは袖を引っ張るのをやめ、振り返って彼のほうに向き直った。

「トシちゃん、今日のお礼よ。……私、何もあげるものがないの……。だから……」

そう言って、ユキは顔を心もち持ち上げ、眼を閉じた。〈なんだろうか?〉と一瞬、理解できなかった斗潮であったが、すぐに昼間観た映画の接吻場面を思い出した。〈エッ!〉と心のなかで驚くとともに、心臓が止まった。〈まさか?〉

「トシちゃん、私のこと、嫌い?……もし嫌いで……なかったら……、ネッ!」

あれこれと逡巡している斗潮に、待ちきれなくなったのかユキが言った。

「エッ! オレ……、そんな……、嫌いだ……なんて……」

要領を得ない斗潮に、ユキは「さあ」と言って、改めて眼を閉じると、さきほどよりも唇を大きく突き出した。ここまできたら、もうどうにかしなければならない。映画の俳優のようにとても恰好よくはできるはずもないが。なにしろ初体験なのだから。

恐る恐る両手を伸ばし、軽くユキの頬を包み、そっと唇を重ねた。映画の場面を思い出しながら。なんとも言えない感触が唇から脳に走り、全身に激流となって伝播した。

〈ああ、これが接吻なんだ……。これが女の唇なんだ……〉

味などまったく分からない。ただ、柔らかい感触だけが脳裏に残り、〈これがユキなのか……〉と。どのくらいの時間だったのだろうか、とても長く感じもし、ほんの一刹那だったようにも思われた。どちらからともなく、ふたつの唇はそれぞれの元の位置へと戻った。

「トシちゃん、ありがとう……」

そう言うとユキは振り返ることもなく、勝手口のほうに小走りに去り、木戸を開けて内へと消えた。残された斗潮は、夢でも見ていたのかとただ呆然と立ち尽くすだけ。虚脱したようでありながら、脳とは別に全身だけは正直に炎のごとく燃えていた。

それからの斗潮はまるで夢遊病者のように、どこを通って、どのように夕刊を配達したのかまったく自覚がなかった。帰宅し、母に声をかけられても上の空。

「変な子だねえ、よっぽどおかしな映画だったのかねえ」

それからのふたりは逢うたびに――もっとも夕刊の際は毎回というわけにはいかなかったが、朝刊のときはほとんど――くちづけをした。唇だけでなく、額にも、頬にも。新聞の束を支える襷《たすき》を外し、傍らに置いて抱擁するようにもなった。やがて、ただ唇を重ねるだけだった接吻は次第に激しいものに変わっていった。

「トシちゃん、好きよ」

「オレも好きだよ」

などと甘い言葉まで交わすようにもなった。

そしてときどき、ユキは小遣いの貯まり具合を報告し、「もう少し待ってね」などとも言っていた。斗潮には、どのくらいの頻度でどのくらいの額が貯蓄されているのかは知る由もなかったし、尋ねもしなかったが、ただただふたりで映画に行く日が待ち遠しく、かといって、すぐには来てほしくもなかった。

第五　初めての体験（一）

二月下旬。雪国である。まだまだ街は雪の中にある頃、斗潮に大きな事件が起こった。まず就職が決まったのだ。市内にある薬の卸問屋である。医家向けも家庭向けも扱う中規模な問屋。担当区域を決められ、午前中、区域内の医院や薬局・薬店を注文取りに回り、医薬品を取り揃えたうえで、午後に配達するというのが主な仕事内容だと聴かされた。中卒としては上等な部類に属する給料だった。

しかし、斗潮にとってそれ以上に嬉しかったのは、夜学に通わせてもらえること。現にそこの問屋の先輩たちが数名、通学しているというのだ。地元の商業高校定時制に合格した。全日制は初めから経済的に無理だと承知していたのだから、夜学とはいえ高校生になれることは斗潮にはこのうえなく嬉しいものだった。ただ、できれば普通科にしたかったのだが、問屋の主人は是非、商業学校にしてくれろと強く勧めた。将来は暖簾《のれん》分けすることも考えているのだからと。

もともと、学業成績は悪くなかった。学年でも常にほぼ上位にいた。もっとも、三年生になってからは、全日制への進学を希望する連中が受験勉強に拍車をかけるようになり、加えてユキに現《うつつ》を抜かすようになったことから次第に成績は低下してはいたが、商業高校定時制である。楽々の合格だった。

新聞配達は中学卒業とともに辞める手筈を整えた。卒業式の翌日から問屋へ見習いに通うことになっていた。


朝、ユキに逢う都度、そういった報告が増えていった。そのたびに、最初は
「そう、よかったわね。おめでとう」

と言ってくれていたユキだったが、順次、斗潮の進路が明確になるにつれ、口では努めて明るく「おめでとう」とは言ってくれるものの、表情は徐々に暗いものになっていくのが斗潮には知れた。

ある朝のことであった。

「私、寂しくなるわ。トシちゃんが段々、私から離れていくんだもの」

「こうして毎日逢えるのも、あと僅かしかないのね」

「私だけ、置いていかれるみたいだわ」

などと寂しそうに呟き、いつにも増して強く抱きつき、唇を求めてきた。ただ重ねるだけだったのが、この日、舌先を接触させるところまで拡大した。ユキの導きで。

三月も中旬となり、間もなく卒業式という頃、雪国にも少しずつ春が訪れはじめていた。

今年も「雪割り」の季節である。日曜日、町内総出で踏み固められた道路の雪を割り、路面を露出するのである。不思議なものでこれだけ厚く固められた雪の下にあっても、除いてみれば砂利に混じって雑草が緑鮮やかに根づいているのだ。この街の人たちは、この青々とした雑草を見て、春が来たことを実感するのであった。

男たちは鶴嘴《つるはし》や鑿《のみ》の親玉のような工具で氷のように堅い雪を割り、老人や女、子どもたちはそれを橇《そり》やリヤカーに載せて川まで運び、捨てるのである。単純で無報酬の力仕事である。しかし春を呼ぶこの作業を、みんな楽しそうにやっていた。

そして卒業式を迎え、春分の日がきた。この日はユキが斗潮を映画に誘っていた日である。ようやく貯金ができたのか、それとも新聞配達最後の日まで待っていたのかは分からない。その日の朝刊が斗潮にとっての最後の新聞配達だった。

「これで毎日、逢うことはできなくなるのね……。寂しいわ」

恒例となった抱擁と接吻を幾度となく繰り返しつつ、ユキは呟いた。

「ちょっと待ってて……」

彼女はそう言って、中に入り、風呂敷包みを持ってすぐに戻ってきた。

「これね、私からのお祝い。ジャンパーだけど、よかったら今日、着てきて……」

「えっ、オレに……、いいよ。ユキちゃんの小遣いなくなっちゃうじゃないか」

「いいのよ、トシちゃんに着てほしかったのよ。私だと思って身につけて……」

「いいの?……どうもありがとう。今日、きっと着ていく」

「時間と場所、間違わないでよ。それじゃ、あとで……」

逢い引きの場所は隣町の小さな駅。映画館が一館だけあるのだという。ユキの発案であった。どうしてそんなところを知っているのか不思議に思って尋ねると、二、三度、女将《おかみ》の用でその町へ行ったことがあるのだという返答。映画館の位置も食堂も確認済みだという。そんなに頻繁に列車が走っているわけではない。どうせ同じ列車に乗るのだが、あえて下車してから落ち合うことにした。

斗潮が先に改札を出ると、早足で追ってきたユキが後ろから黙って並び、腕を組んできた。もうふたりとも慣れたものである。なんの違和感もなく、自然な様であった。

「着てきてくれたのね。ありがとう」

「うん、どう?　似合うかなあ……」

「よくお似合いよ。よかった……」

明るい青色のジャンパーである。ユキから渡された風呂敷包みには綿のズボンも入っていた。

「ズボンもあるんだもの……、高かったんじゃないの?」

「いいのよ、トシちゃんに似合っていて、喜んでくれるんなら……」

駅前から少し外れた食堂に直行した。まだ、一一時頃であり、小さいが掃除の行き届いているその食堂には他に客はいなかった。献立は数種類だけ。

「トシちゃん、カツ丼でいいわよね」

とユキは勝手に決め、座るなり「いらっしゃい」とお茶を持って来たかみさんらしい中年女に注文を告げた。斗潮には大盛りで。駅前の食堂では目立つ。ここならその心配はないし、店は清潔でもあった。ただ欠点といえば、客を品定めし、好奇心丸出しの眼を向けるこの中年女だった。

ユキが最初にこの町に来たときは、女将さんと一緒だったのだそう。女将が大切な客筋にあたる旦那宅を訪ね、「今後、たいした用でないときは、この娘を使い走りにお邪魔させますのでよろしく」と紹介するためだった。その帰り、「たまにはユキちゃんに御馳走してあげようかね」と駅前の食堂に連れて行かれたという。ところがあいにく、その日は、その町に本部のある宗教団体が借り切っており、断られたのでやむなく、女将も初めてというこの食堂になったのだという。

「あの食堂のおばさん、私たちをほんとうに姉と弟と思ったかしら？」などと他愛ないことを話し合っているうちに、古びた木造の映画館に着いた。邦画の二本立てだった。一本は桑野みゆき主演の「野を駈ける少女」という初恋物語だった。田舎に住む少女が都会から一時帰省していた大学生に恋心を抱き、親しくなったところで男が都会に戻っていくという単純なストーリーのものだった。

前のときと同じようにユキは斗潮の手を握っていたが、抱擁や接吻の場面になると握った手に力が入っているのが判った。少女が駈けながら丘の上から男の乗る列車を見送る幕切れでは、ユキは握った手を放し、ハンケチを取り出して涙を拭っていた。

「トシちゃん、出ましょ」

もう一本あるのだが、ユキはそう言い、斗潮の手を掴んで立ち上がった。有無を言わさないという感じで。外に出てみればユキの眼は真っ赤。

「どうしたの？　目が真っ赤だよ」

「私、泣けちゃった。身につまされたわ」

多分、ユキは自分を主人公の少女に置き換えていたのだろう。すっかり感激してしまい、もう一本など観る気になれなかったのだと。それだけ言うと、また斗潮の手をとり、歩きだした。駅とは反対方向に向かっている。

「どうしたの？」

「今日はもう夕刊配達のこと心配しなくってていいんでしょ？　私も、今日はゆっくりできるの」

「……」

「……トシちゃんにお祝いしてあげたいのよ。ついてきて……」

「お祝いならもう……」

「いいの！　黙ってついてきて」

まるで、ほんとうの姉にピシャリと言われたように斗潮は感じた。


やがて一軒の宿屋の前でユキは止まった。組んでいた腕を解き、

「ちょっとここで待っていて」

と言って、硝子戸を開けて中へと入っていった。その硝子戸には「宿泊・休憩　田中屋旅館」と縦に金文字で描かれている。〈いったい何なんだろう？　宿屋に何の用があるんだろう？　それとオレのお祝いと、一体どんな関係があるんだろう？〉待っている間も訳が分からず、次々と疑問が湧き出る斗潮である。

硝子越しにユキが中年の女と話しているのが見える。多分、宿屋の人なのだろうが、何を話しているのかはまったく解らない。ややあって、中年の女が頷《うなず》くとユキは踵《きびす》を返してこちらに向かってくる。いったん閉められていた硝子戸を内側から開けて、斗潮に「入って」と。

どうしたものかと思案したものの、これ、ここに至っては指示に従うよりない。招くユキの手に導かれるように玄関内に入った。女将《おかみ》と思しき中年女はまだそこに立っていた。その女と自分がどういう関係になるのか見当もつかないまま、斗潮は会釈した。女は微笑みつつ会釈を返したが、どこか素直な微笑みではないように思われた。

「ご案内します。さあ、どうぞ」

ユキと斗潮はゴム長靴を脱ぎ、スリッパに履き変えた。そのままその中年女に案内されて二階に上り、ある一室に導き入れられた。

「今、お茶をお持ちします」

そう言って、いったん、女は消えた。

部屋は八畳の広さに加え、奥に二畳ほどの板の間に椅子が二つと小さな机が置いてあった。一方の壁には違い棚があり、山水画のような古びた掛け軸が掛けられている。八畳の中央に置かれている炬燵にユキは脚を入れずに座った。斗潮はこういった所の経験は修学旅行で一回あるだけ。どうしたものかと一瞬、悩んだが、ユキと反対側に位置を定め、脚を炬燵の中に入れた。なんとも落ちつかない。なのにユキはもの慣れた様子に見える。

「ユキちゃん、ここは……？」

「驚いた？　ここはねー」

　ユキがそう言いかけたとき、

「おじゃまします。お茶をお持ちしました」

と、さきほどとは違う、白髪混じりの初老の女が入ってきた。女は丁寧に正座し、

「いらっしゃませ」

と一礼してから躙《にじ》り寄るように炬燵に近づき、ふたりにお茶を注いだ。この間、ユキも斗潮もすることがなく、ただ女が出ていくのを待つだけ。

「どうぞ」と卓の上にそれぞれの茶を差し出しつつ、なぜかユキに向かってその女は、

「こちらの土瓶に湯が、こちらの茶筒に茶葉が入っています。土瓶は火鉢に載せておきますよ。お風呂は廊下の突き当たりを一階に降りたところにあります。では、ごゆっくり」

と言いつつ、膝で身体を回転させて出ていこうと。すると、ユキは絣の合せ目から懐紙を出し、

「あのー、これ気持ちです。よろしくお願いします」

と言って、渡していた。女は「ごていねいに」と返答し、一礼して部屋から出ていった。

　静寂が戻ったが、斗潮はいまだに落ちつかない。ユキは慣れた様子で自然に振舞っているよう。斗潮にはいろいろと尋ねたいことはたくさんあるのだが、何から言いだしてよいものやら頭の中が混乱している。

〈まさか、ここに泊まろうというんじゃ……？　それじゃ、困る〉

「やっとふたりだけになったわ。トシちゃん、お茶、頂きましょう」

「うん、でも……」

「なあに？」

戸惑いつつも、なんのために宿屋に来たのか、斗潮は尋ねることにした。

「ユキちゃん、ここ宿屋だけど……ここでどうするの？　泊まるの？」

「バカねえ、泊まらないわよ。ただ、休憩だけ。……トシちゃんて、まるで初《うぶ》なんだもの……。でも、そういうとこが好きなんだけど……ねっ」

「うーん、ユキちゃん、こういうとこへしょっちゅう来ているの？　慣れてるみたいだけど……」

「私だって初めてよ」

そう言ってからようやくユキは、斗潮に分かるように説明しだした。この宿屋は店の葵姐《あおいねえ》さんから聞き出したのだという。「葵姐さん」といっても斗潮には分かろうはずもないのだが、そんなことには頓着せず、ユキは続けていく。姐さんは店の女将さんには内緒で、休みの日にはこの宿屋を使って副業しているのだと。病気の親に仕送りしなければならず、店からの給金や客からの心付けだけでは足りないのだそうで、休日にはここで客をとっているのだと。この宿の女将と葵姐さんとは昔からの知り合いで、宿の女将は事情を知っているせいか秘密も守ってくれ、宿代も安くしてくれているのだという。

ユキは店の女将さんの遣いでこの町に来たとき、ばったりと葵姐さんに逢ったのだと。男連れだった。どうしたものかと迷ったが、姐さんが知らん顔して通り過ぎたので、ユキも挨拶しなかった。用を済ませ、駅に戻るとそこには姐さんがひとりでいた。ユキを待っていたのだ。帰らなければというユキを引き留め、駅前にある食堂に連れていかれた。そこで、ことの経緯《いきさつ》を聴かされたのだ。ユキはすっかり姐さんに同情し、副業のことは内緒にしておく約束をしたという。それからはなにかと姐さんはユキを可愛がってくれもし、また店のなかでは姐さんが唯一の相談相手にもなったのだと。

機会をみてユキは斗潮に自分をあげたいと願っていた。やがて客の相手をしなければならなくなる身体だが、その前に。機会と場所を探して。機会は斗潮の卒業と就職祝いにすればいい。問題は場所だった。ある日、風呂場を掃除しているとき、姐さんが隣にある洗濯場にやってきた。周りには誰もいない。ユキは思い切って姐さんに尋ねたのだ。〔密会〕にいい場所はないか、と。

場所を教えてもらうためには、多くの犠牲を払わなければならなかった。姐さんが根掘り葉掘り聞くのだ。「どうしてそんな場所、知りたいの？」「まさか、ユキちゃん、お店でのお披露目の前に、私と同じように副業するんじゃないでしょうね」「そうか、ユキちゃん、男ができたのか」「ねえ、ねえ、どんな男なの？」等々と。

姐さんの秘密を知っているユキである。この姐さんになら洗いざらい話してもきっと味方になってくれる。そう信じて、斗潮のことを話してしまったという。質問を挟みながら聴いていた姐さんは、分かってくれたという。どこの馬の骨とも知れない客に、一回きりしかない女の大切なものをあげるよりは、好きな男にまず捧げたいというユキの気持ちを。

「でも羨《うらや》ましいわね、恋愛なんて。でも、ユキちゃんのコレ、ずいぶんと若い男のようだけど、将来はどうするつもり？」

ユキは先のことなど考えてはいない。いや、考えてはいるのだが、自分の力によってどうこうなるものではない。斗潮に財力でもあれば、身請けしてもらうこともできるのだろうが、それは期待しても詮ないことである。それよりも今の気持ち、今の間柄を大切にしたい。将来、斗潮がどんな男に成長していくのか、それは分からないが、初恋の相手にユキという女がいたことを忘れないでいてくれればよいのだと。

「うーん、ユキちゃん、すごいわ。素敵よ」

葵姐さんは、自分で自分の将来を決められない私たちなのだから、せめて今あるもの、今あることを大切にしなければ、ねっ！　そういう意味でもユキちゃんは立派だし、大人よ、とも言ってくれた。そのうえでようやくこの宿を教えてくれたのだと。

聴いていた斗潮は、全身の血液がすべて頭に昇っていた。ようやくここに来た意味が理解できた。嬉しいような、怖いような……。ユキがそこまで思っていてくれたとは……。顔面を火照らせ、眼だけギラギラさせて、握った掌に汗をたっぷりと蓄えて……。このあと、どんな顔をしてユキを見たらよいのだろうか。

「トシちゃん、先にお風呂にいっておいでよ。ここ出て、右へ行った廊下の突き当たりを降りたところだって。浴衣はあとで私がもっていってあげるから」

下着の替えなど用意していない。今朝、出るとき、洗濯済みのものに着替えてはきたのだが。〈困ったな〉とは思ったが、なにひとつ自分で決められる状況にはなかった。ユキの指示どおりにするよりないという気持ちと、ともかくも間接的ながら愛を打ち明けられたユキの前から一時的にせよ逃げだしたい気持ちとが混在していた。

言われるまま、ユキに手渡された手拭いを持って、風呂場に向かった。脱衣場で、自分のものが成長していることを知った。自身は緊張し、おどおどすらしているのに、愚息は正直なものだと、感嘆しつつも恥ずかしくもあった。内風呂にしては広く、銭湯にしては狭いのだろう、五人くらいが同時に入れる広さだった。

湯船の底に尻を下ろすとちょうどいい高さに湯が張ってあった。斗潮の荒家には内風呂などない。いつも銭湯だったが、そこの湯船では腰など下ろせなかった。中腰のまま浸《つ》かる方式であり、ゆっくりと手足など伸ばせない。ここでは両脚を目一杯伸ばし、両手も憚ることなく湯に浸した。〈ああー、いい気持ちだ〉この瞬間は、部屋に戻ってから営まれるであろうことなど念頭から消え、頭の中が空っぽになっていた。

洗い場も広い。銭湯のように隣の人に飛沫《しぶき》を掛けないようになどといういらぬ心配をすることなく、短い頭髪を洗い、身体も擦《こす》った。無意識のまま陰部をいつになく丁寧に洗っていた。〈あれ？〉と気づき、誰もいるわけでもないのに顔が上気した。

と、脱衣場からユキの声が聞こえてきた。

「トシちゃん、背中、流してあげる！　入るわよー」

反射的に斗潮は慌てふためいて叫んだ。

「いや、……いい……いい……よ！　自分で洗った……から」

そう言うなり、斗潮は桶《おけ》で湯を汲み、シャボンを流し落とすや、前部を手拭いで隠して、湯船に飛び込んだ。一瞬、ユキのことだからほんとうに入ってくるのではないかと疑い、反動的にそうしたのであった。

果たしてユキは硝子戸を開け、入ろうとしているではないか。

「オレ、い、いまっ……あがるから！」

濡れた身体を拭いもせず、手拭いだけ絞ってそれで前を隠し、急いで浴室から脱衣場へ。硝子戸を開けて今まさに入ろうとしているユキの下半身が眼に飛び込んできた。真っ赤な腰巻きである。入れ違う刹那、目がユキの上半身に行った。なんと剥《む》き出しである。ユキも慌てたのか、辛うじて片手で隠してはいるが、白い肌に盛り上がった双丘の裾野が垣間見えるではないか。

ともかく慌てていた。身体を拭いもせず、下着を身につけようとするがうまく運ばないのだ。均衡を失し、石蹴りでもするように片足をケンケンしてよろめいた。壁に背をぶつけてようやく立ち直った。

「……トシちゃん、どうしてそんなに慌ててるの……。せっかく、背中流してあげるって言ってるのに……。ほら、ちゃんと拭いてから着なけりゃ……。いらっしゃい、拭いてあげるから」

「いい……よ、いい……、自分でするから……」

まだ濡れていない自分の手拭いを翳《かざ》し、近寄ろうとするユキ。そのとき、手が胸から離れ、ふたつの丘が強烈に斗潮の視覚を刺激した。清楚なうちにもしっかりと自己主張するように盛り上がっているではないか。瞬時、目が釘付けになったが、見てはいけないものを見てしまったように、思わず眼を逸《そ》らせた。

「おかしな人。じゃあ私、ひとりで入るから……。籠《かご》の中に浴衣を置いておいたわ。それを着て、お部屋で待っていて……」

そう言うなり、まだそこに斗潮がいるにもかかわらず、ユキは彼に背を向けて、腰巻きを脱ごうとしている。ようやく下着を付け、浴衣を肩にあてがったところで、ユキの腰巻きがパラリと床に落ち、白い尻が丸出しとなった。けっして大きくはないが、そこもまたしっかりと盛り上がっていた。ユキは膝を折り、屈んで腰巻きを畳んでいる。屈もうとする瞬間、尻が突き出された。なぜか新鮮な桃を連想した斗潮だった。

「じゃあ、オレ、先に……」

振り向きもせずに、斗潮は風呂場をあとにした。


部屋には蒲団が敷いてあった。ひと組だけ。艶《なま》めかしい蒲団を目にして佇《たたず》んで、どうしたものかと斗潮はまた思案。どうにも落ちつかない。〈ユキが戻らないうちに帰ったほうがよいのでは〉とも思った。でも、それはできない。ユキの気持ちを台無しにすることになるという懸念以上に、不安は抱きつつも期待のほうが大きかったのだ。

〈しかし、ほんとうにいいんだろうか。オレはユキをほんとうに好きなんだろうか。ユキを幸せにすることなんてできるんだろうか。就職したからといっても母子で生活していくのが精一杯。どうすればいいんだろうか……？〉居たたまれずに、炬燵に腰を下ろし、次にはまた立ち上がって板の間の椅子に座り、はたまた敷かれた蒲団の周りをうろつく始末であった。

「ごめん、遅くなって……」

ユキが戻ってきた。湯上がりの顔が火照っている。洗い髪からプーンと椿油の匂いが漂う。浴衣姿である。手に自分の絣などとともに斗潮のジャンパーやズボンを抱え持っていた。〈あっ、いけない、脱衣場に忘れてきたんだ〉

「ああ、とってもいいお湯だったわ」

ユキはそう言うと、枕元に座り、慣れた手つきで斗潮の着衣を、続いて自分の絣と襦袢を畳んだ。斗潮はどうしてよいのか分からないまま、炬燵の一隅に腰を下ろし、ユキの手つきを見つめているだけ。ユキに母親を感じた。

「お茶じゃ、熱いわね。ちょっと待ってて」

畳みおえると、ユキはそう言ってまた立ち上がり、部屋から出ていった。何を考え、何をしようとしているのか、斗潮には見当もつかない。ただ、目の前には艶めかしく蒲団が延べられ、枕頭に行儀よく、斗潮とユキの着衣が並べられていた。それだけでも、何か気恥ずかしさがあった一方、たった今、ユキの手によってそうされたはずなのに、ずーっと前から並んでいたとしてもそれが自然のことのようにも思われた。

「お待たせ」

手に盆を持ち、その盆の上にはビールと二つのコップ、それに栓抜きと小皿に盛った柿の種が載っていた。

「今日はお祝いだからいいわよね。宿の女将さんもそう言ってくれたわ」

ユキはこれまた慣れた手つきで栓を抜き、盆の上に置いた二つのコップにビールを注いだ。注ぎおわったそのひとつを斗潮に渡し、もうひとつは自分でとり、

「乾杯よ。トシちゃん、卒業と就職、おめでとう」

と言って、コップとコップとを接触させようとしている。呆気にとられつつも、斗潮はそれに連動するようにユキの動きに合わせた。

「おめでとう。乾杯！」

「……ありが……とう……」

軽く硝子がぶつかり合う音が部屋に響き、ユキは眼を瞑《つぶ》ってゴクリとビールを喉に流し込んだ。三分の一ほどがコップから消え、「ああ、おいしいー」と。

手にはコップを持ち、乾杯はしたもののどうしたものかとまた戸惑っている斗潮を見て、ユキは、

「トシちゃん、ビール、呑んだことないの？　そんなことないよね。嫌いなら仕方ないけど、今日は特別。呑んでみて。冷たくっておいしいわよ」

と勧めてくる。

呑んだことがないわけではなかった。母はよく晩酌していた。お酒が多かったが、給料日などはときたまビールを買ってくることもあったのだ。その際、「トシオもどうだい、一杯飲ってみるかえ」と言い、注がれたことが少なからずあった。苦いだけで、たいして美味《おい》しいとは思わなかったが。

「うん……」

口中に含み、一気にゴクリと呑み込んだ。苦い味が喉から食道を通って胃袋に流れていくのが分かる。美味しいとはやっぱり思わなかった。湯からあがって時間も経っていたのだし。

「どお？」

「うん、あんまり美味《うま》くない……」

「そお？」

「ユキちゃんは？」

「私も味なんてよく分かんないわよ。でも湯上がりにはいいなあって思うわ」

「よく呑んでいるの？」

「ううん、そんなことない。姐さんといっしょにお風呂に入ったあと、たまに一杯、ご馳走になることがあるくらいよ。自分のお金で買ったことなんてないわ」

「うーん……。でも……慣れてるみたい……」

「恰好つけてるだけよ……」

ユキはコップに注いだ分だけ飲み干した。斗潮も眼を閉じて残りを一息で空にした。瓶《びん》にはまだ半分ほどが残ったままだった。


盆を隅に片付け、ユキは浴衣の裾を直し、斗潮に向かって正座した。胡座《あぐら》を組んでいた斗潮も佇《たたず》まいを改め、真似るように正座した。

「トシちゃん、改めておめでとう。……もう、分かってくれたと思うけど……、私、トシちゃんのこと好きよ、とっても……。あの結城楼に来て以来、……毎朝、毎夕、トシちゃんに逢えるのが楽しみだった……。

〈さあ、今日もがんばろう！〉そんな気持ちを与えてくれたわ……。……でもう、トシちゃんの新聞配達は終りになったし、……私……、四月からは……お客を……とらなくちゃいけなくなるの……。その前に……、その前に……ねっ、好きな人に私を……あげたいの……、トシちゃんに……私を……」

斗潮の心臓は半鐘の早打ちのように鼓動していた。今にも心臓が口から飛び出そう。

「……、オレ……オレ……も、ユキちゃんの……こと、すごく……好きだ。……ユキちゃんさえ、……そばにいてくれれば……オレ……オレ……、それだけで……オレ、すごく……うれしい……。でも、オレ……、稼ぎもないし、かあちゃんもいるし……、ユキちゃんの……こと、……幸せになんか……できない……よっ……！」

小声であったが、語尾は絶叫していたといってよかった。斗潮は思った。ユキのことは好きだ、堪らなく好きだ、くれるというのなら身も心も、ユキのすべてが欲しい。でも、今の自分は中卒の安月給、母と生活するので精一杯。定時制にも行く。とても、身を落とそうとしているユキを救う術《すべ》などあろうはずがない。今ここで結ばれるものなら、結ばれたい。男として何もできないが……。

「いいのよ、トシちゃん、……今、私がトシちゃんのこと、大好きで……、トシちゃんが……私のこと……好きでいてくれるのなら……それだけで……」

次第に感情に込み上げてくるものがあるのだろう、ユキの声が震え、嗚咽《おえつ》し、眼から涙が滴り落ちてきた。涙の粒が大きくなってきても、それを拭おうともしない。手にとって見たことはないが、斗潮にはその涙が真珠のように思われた。

「……それだけで……いいのよ。……大人になっても……トシちゃんの胸の中に……、いつまでも……いつまでも、私のこと、想い出として残って……いて……」

もう、声にならなかった。大粒の雫《しずく》を零《こぼ》しつつ、しゃくりあげるユキ。斗潮も涙が出てきた。

「……、ユキちゃん！　好きだよ！　オレ……ユキちゃんのこと……、世界で一番……好きだあ」

「トシちゃん！」

同時だった。どちらからということもなく、ふたりはひっしと抱き合った。互いに名を呼びあい、「好きだ」と叫びつつ。唇が重なった。ただ触れ合うのではなく、烈しく摩擦しあい、また「好きだ」と囁《ささや》き、舌と舌とを絡ませた。ユキは首の骨が折れんばかりに斗潮に抱きつき、斗潮もまたユキの背骨を折るくらいに。

抱き合ったまま、ユキの身体が横に傾き、蒲団の上にゆっくりと身を横たえた。抱擁は解け、ユキは仰向けになった。眼を瞑《つむ》り、先端だけはよく陽に焼けた両手を天空に突き出した。斗潮を招いているのだ。彼はそれに従った。ユキは両手でしっかりと斗潮の首を捕捉すると、彼の顔を自分のほうに誘導している。

再び、唇が重ね合わされた。斗潮は正座した状態で屈み込み、左手をユキの後頭部に回した。右手は彼女の頬に添えた。烈しい接吻である。ひとしきり吸いあい、摩擦しあうと、いったん離れ、「ああっ……」と言いつつ、また接触する。ユキは下から斗潮の唇を嘗《な》め、重ね合わせたのち、舌を差し入れてきた。斗潮も積極的にそれに応じ、自らも舌をユキの口中に挿入した。舌と舌とが鬩《せめ》ぎ合い、入り乱れて絡みあった。ふたりが洩らす音に摩擦音が交じりつつ。

唇が離れ、眼と眼とが合った。多少の照れを交えながらも、ふたりは黙って微笑みあった。頬にあった斗潮の手をとり、ユキはそれを浴衣の上から自分の胸に案内した。ピクッと僅かに痙攣を覚えたが、斗潮は案内されたまま掌を乳房の上に置いた。堅いような柔らかいような感触が掌から脳まで直行した。

斗潮は正座を解き、左肘を支えに両脚を伸ばしてユキの身体と並行に身を横たえた。ユキの手が胸に添えた彼の手に重ねられ、静かに上下左右へと動いた。まるで揉《も》んでほしいと促すように。さらに斗潮の手は浴衣の中へと導かれた。掌が肌に触れ、母とは異なる滑らかな感触が全身に走った。そこまで案内されると斗潮の手は勝手に奥へと進み、膨らみに達した。

滑らかな肌が、そこから急に斜度を増している。裾野をぐるりと巻いてみた。下方から優しく包み込んでみた。余ることも不足することもなく、指先から手首までの間にそれは納まった。中央に突起が位置してい、そこだけは火箸の先にでも触れたように熱かった。指の間に乳首を挟んだ。房と比べ、明らかにその突起している部分は燃えている。

ユキは自ら腰紐を緩め、胸を露《あらわ》にした。斗潮は乳房から手を放し、はだけた浴衣を腰まで擦り下げた。

〈ああ、ここに若い女の裸体がある。ユキの裸体が……〉喉から首の付け根までは陽に焼けて黒くあったが、そこから下は新雪のごとく純白に感じられた。否、透き通るような白さだった。餅肌というのだろうか。鎖骨が浮き上がり、そこからなだらかな平野が僅かに広がり、突然、双丘が天井に向かって聳《そび》え、丘の突端は屹立《きつりつ》していた。さらに丘の下方は両側が抉《えぐ》られ、細くなった箇所にまた平野が広がり、その中心部には目印のように臍が佇んでいる。

〈これが、これがユキの肌なのだ。ああー、なんて素晴らしいんだろう〉首を挟むように両手を喉の両側に添え、肩から二の腕に滑らせた。鎖骨を指先でなぞった。双丘を両手で同時に包んだ。下から上へと静かに掌を滑らせ、指先でつついてみた。母のと比べやや硬めに思える房は、しかし弾力に富んでいた。下方から押し上げ、さっと放すと波紋が収斂するように一、二度揺れて、元の形状に復した。

「……トシちゃん……、もう少し……私のおっぱい、触ってみて……揉《も》むように……お願い……」

芸術作品に感嘆し、自分だけの世界に没入していた斗潮はハッと我に帰った。ユキの裸体に横から向き合う形で正座し、手を乳房に伸ばした。左手で右の、右手で左の房を包み、壊さないよう貴重品を扱うように、静かに刺激を与えた。掌に、指先に快感が走り、背骨に電気が流れた。

「……いいわ、トシちゃん……。でも……もっと……もっと、トシちゃんの実感が……。私の腰に跨《また》がって、……そして、……おっぱい……を」

指示どおりにした。確かにそのほうが密着度が高まるし、正面から乳房を凝視しつつ揉むことができる。

〈しかしユキは、どうしてそんなことまで……。よほど経験があるのだろうか？〉一瞬、そんなことが斗潮の頭を過《よぎ》った。が、すぐに消えた。今は、目の前にあるこのうえない貴重品のことで頭は充満していた。この素晴らしい芸術に。

ユキを跨《また》ぎ、両膝を曲げて自分の重みを支えた。両太股がぴったりと彼女の骨盤に密着した。両手を伸ばして双丘に触れた。以前に一度だけ口にしたことのある白くふわふわした西洋の菓子を連想した。突端を指で摘みつつ苺《いちご》を想った。より一層感情が込められた。

「……いいわ、トシちゃん……、とっても……いいわ……」

彼のものはもうすっかりと成長していた。ユキの乳房を揉みつつ、屹立した自分のものの直下に浴衣を通して彼女の大切な宝物が位置していることに気づいた。気づいてまた成長度が増した。

「……、ユキちゃん……、オレもう……、もう……オレ、ダメ……だよ。我慢……できないよ」

「そう、無理ないかもね……。いったん、出してしまおうか」

そう言うと、ユキは半身を起こし、さきほど緩めた腰紐を解いた。浴衣の下には何も身につけていなかった。どこまでも白い下腹部、白くすらりとした脚、その中間には黒い繁みがあった。眼が釘付けとなり、斗潮は思わず生唾を飲み込んだ。

「さあ、トシちゃん、あなたのも……」

　生れたままの姿になったユキは、正座して斗潮のほうを向いた。そして彼を立ち上がらせ、浴衣の腰紐を解き、さらには下着に手をかけた。恥ずかしさに襲われた。〈自分でするから〉と言いかけたが、喉がカラカラに乾いていて意味不明な吃音が出ただけ。〈下着は汚れていないだろうか〉と、次にはそちらの心配が。ユキは構わず両端を持って、そのまま擦り下げ、屹立したものが露出されたところで、いったん手を休め、「まあ、見事だこと」とひと言呟《つぶや》いてから、足元まで引きずりおろした。

　すると、また視線を彼のものに戻し、呟いた。「ほんと、立派だわ……」僅かに躙《にじ》り寄ってユキは、彼のものを摘み、握り直して「すてきよ」と。斗潮が自らを慰めるときするように砲身を二、三度扱《しご》いた。斗潮はもう限界である。極致に達しつつあった。

「……、ユキちゃん……、オレもう……」

　しかしユキは止めてくれない。今度は斗潮のものを咥《くわ》えようとしている。〈ああ、もう……、もう……〉先端がユキの口に呑み込まれ、舌が触れた。

「ユキちゃん……、もうダメ、ごめん！」

　堰《せき》の堤が決壊した。我慢し、耐えていただけに、その発射は凄《すさ》まじかった。悪餓鬼どもと競争したどのときよりも大量にかつ勢いよく。軽い目眩《めまい》を覚えたのと、〈しまった！〉と心の中で叫んだのとが同時だった。〈ユキちゃん、ごめん〉と言いかけたときである。ゴホッ、ゴホッと咳き込む音が。ユキが噎《む》せっているのだ。

「ユキちゃん、ごめん。……大丈夫？」

何とか言葉が口から出てくれた。

「ゴホッ、ゴホッ、……ええ……、だいじょ……ゴホッ、ぶよ。ゴホッ」

ユキの口の周りには白濁した液体が、まるで白餡《しろあん》入りの饅頭をほおばったあとのように溢れ、くっついている。ゴホッ、ゴホと苦しそうに音を間断なく発しつつ、舌で口の周囲をぐるりと嘗め、手の甲でそれを拭っていた。ゴホッ、ゴホッ。斗潮は裸のユキの背を摩《さす》ってやった。ようやく落ちついてきたのかゴホッの間隔が長くなり、収まってきた。

するとユキは再び手を伸ばし、いまはすっかりと萎《な》え、衰えている斗潮のものを掴み、口から迎えにいった。片手を彼の太股に添えて支柱とし、もう一方の手でそれを持ち上げるようにして。先端を、たったいま白い液を発射したばかりの先端を、生れたばかりの仔馬の身体を嘗める母馬のように、嘗めてくれている。元気を失ったはずのその砲身の中にはまだ液が少しばかり残っていた。ピクッと軽く痙攣し、その残りの液が洩れ出た。ユキはそれをゴクリと飲み込み、もう一度、先端を綺麗に嘗めた。

ユキの口が離れるとドッと崩れ落ちるように斗潮は蒲団に尻をついた。ユキは反作用のように立ち上がった。板の間に掛けておいた手拭いを持ってき、濡れているそれで斗潮のものを拭いてやり、次には同じそれで自分の口を拭っていた。蒲団の上でふたりは座って向き合った。

「ユキちゃん、ごめんよ……汚いものを……口の中へ出しちゃって……」

「あら、汚くなんてないわ。トシちゃんのとっても大切なものを頂いたのよ。でも、凄《すご》かったわ、トシちゃんの……。初めてよ、こんなの……」

第六　初めての体験（二）

またまたたくさんの疑問が斗潮の頭に浮かんできた。「凄かった」というのは何のことだろう。オレの一物のことか、それとも液体の量のことか。「こんなの初めてよ」ってことはこれまでにも男とこうした経験があるということなのか。それにしても「いったん出してしまおうか」とか、オレのものを口に咥えるとか、ましてそれを飲んでしまうなど、どうみてもユキは男を知っているに違いない——そんな雑念が止めどなく浮かんだ。

勘のいいユキである。怪訝そうにしている斗潮の顔を見つつ、

「トシちゃん、私を疑ってるでしょ。ユキは男を知ってるなって……、そう顔に書いてあるもの。トシちゃんって正直なんだあ。そこが好きなんだけど……」

とそう言ったあと、ユキは真面目な表情になり、こう告げた。すべてをあげてもいい、そう思った男は斗潮が初めて。これは断じて事実であり、信じてほしい。じゃあ処女がどうしてって疑問を持つだろうし、それももっともだけど、訳がある。今、見習い稽古中なのだと。来月には店でお披露目し、客をとることに。女将さんにひととおり男のことを教わり、葵姐さんが実地稽古してくれているのだと。女将さんは口づてで、どうしたら男が喜ぶかってことを。そのうえで、女将さんは葵姐さんの馴染み客のうちから品性のある男《ひと》を見繕い、姐さんが客の相手をするところをユキに見物させ、時折、姐さんが見ている前で男の相手もするのだと。

もちろん、その客にはあらかじめ断ってあるのだが、見習いの処女を歓迎し、喜んで協力してくれると。また姐さんとは一番気心が知れているだけに、嫌がらずに実地稽古に応じてくれているとも。

「勘違いしないでよ」とユキは断ったうえで、言った。遊女のなかには各地や各店《たな》を渡り歩く者もあるし、嫁いだ経験があるなど、男を知っている者も少なくはない。しかし、ユキのように中学校を卒《お》えて店に入り、見習いを経てから現場に出る女は、同業者や贔屓客に案内し、お披露目してからで、それまでは処女であることが必須なのだと。したがって見習い中は、姐さんと一緒に客の相手をすることはあっても、いよいよ最後の段になったときは席を外すか、部屋の隅に下がるのだと。

「だから、一所懸命勉強しているの。教えてもらってること、お客さんのためなんだけど、私にとってはトシちゃんに喜んでもらえるためなんだわ。教わったこと全部、トシちゃんにやってあげたいのよ。信じて……ちょうだい」

「……分かった。ユキちゃん、ありがとう」

「信じてくれたのね、私こそありがとう。でも、それにしてもトシちゃんの凄かったわ。女将さんや姐さんから教わったことやお稽古で見たのと、まるで違うんだもの」

こういうことだった。まずは斗潮のものの長さにも驚いたのだが、それ以上に〈凄〉かったのは、放出された量とその勢いだったのだと。実地の稽古ではふたりの客のものとその様を見たのだというが、いずれも初老の旦那方。〈男のものの長さってそのくらいのもの〉と理解していたものと比べ、斗潮のはなんと……。

また、稽古で見た客のひとりが、本番よりも姐さんに咥えてもらい、舌技によって口中に出すのを好む傾向で、二度ほど見物したのだが、滴り落ちるといった感じで、勢いよく噴射するのとは違っていたのだと。事前に姐さんからはいろいろと教示は受けていたが、まさか咽《むせ》ぶほどに多量で、しかも勢いがあるとは……。

「今日のこと、帰ったら姐さんに報告するのだけれど、笑われるわ。聴いたり、見たりだけじゃ分からないわ、とっても……」

さらにユキちゃんの相手は若いんだから、ほどほどのところでいったん、放出させたほうがいいとも助言してくれたと。〈回復するのも早いだろうから〉

「どうかしら?」

ユキはそう言って、元気なく項垂《うなだ》れている斗潮のものに手を添え、回復度でも計るように摘《つま》んだ。ひとしきり話に夢中になっていたが、考えてみるまでもなく、今ここには素っ裸の自分と、これまた一糸も纏わぬユキとが向かい合っているのだ。斗潮はさきほどは横臥している状態でユキの乳房を眺めたのだが、こうして半身を起こした状態で見る双丘も〈いいものだ〉と思った。

やや遠慮しつつ、斗潮はそっと手を伸ばし、乳房に触れた。母のものと比べてみても決して大きいのでもなく、豊満というのでもないように感じた。しかし、品よく清楚に思えた。少女期を過ぎ、やがて〈おんなのちぶさ〉に変化していくのだろうし、客を相手にすれば頻繁に揉まれもしよう。そういう意味では今がまさに採りたてであり、新鮮そのものの果実である。

ユキが斗潮のものでやったと同じように斗潮は掌で一房の重量を計ってみた。小振りではあったが、密度があるのか重みが感じられる。そーっと揉みしだいた。弾力がある。

「トシちゃん、吸ってみて……」

仕種《しぐさ》に招かれて、斗潮は彼女の膝の上に尻を降ろした。するとユキは赤ん坊を抱くようにして、彼の口を自分の乳房に導いた。斗潮は唇を添えてみた。唇で挟んで含んでみた。舌で先端を嘗め、転がしてもみた。右手をユキの脇の下から背に回し、左手で空いているもう一方の房を弄《もてあそ》んだ。

「ああ、いい気持ち……。たんと吸って、いい子だこと……」

ユキはそう言いつつ、右手で斗潮の頭を撫《な》ぜていた。彼も感じてきた。いくぶんか息子も元気が出てきたよう。目敏くユキはそれを認め、頭に置いておいた右手を彼のものへと移動させた。袋ごと下から持ち上げるようにしたり、指を縫い目に這わせたり、筒を握り前後に軽く扱いたりした。

「あら、大きくなってきたわ」

言われるまでもなく、斗潮にも自分のものが成長しているのが分かった。見る間にである。

「トシちゃん、もちろん初めてよね……？　私も初めてだけど、姐さんに教わったように、最初は私がやってみるわ……」

そう言いつつユキは斗潮の後頭部を支え、静かに膝から蒲団の上に彼を下ろした。そのまま仰向けにしておき、両手を頬から首、耳朶《みみたぶ》、肩、胸へと滑らせ、彼の変哲もない乳首を舌で嘗めた。さらに舌をそのまま滑らせ、臍をまさぐり、彼のものを咥えた。左手を彼の腰に添え、右手で握って。それはもうすっかりと元気を取り戻し、天に向かって直立している。

「まあ、また立派になったわ。見事よ、トシちゃん……」

上下の唇で深く、浅く、咥えつつ滑らせていた。そうしながらも舌の先端で彼の先端に刺激を加えて。もう斗潮は天国の入口に至っていた。これまで男のものなど、どちらかと言えば不潔なものと漠たる思いが自分にはあったが、ユキは忌むこともなく、むしろ喜々として弄んでいる。自慰に耽《ふけ》るのとは雲泥の差である。

「もう、いきそうだよ……ユキちゃん……。オレ、もう……」

「そう、立派になったものねえ……。じゃあ、いくわね。でも……、こんなに長いものが……私の中に、……大丈夫かしら……」

斗潮の両脚を押し広げ、ユキは彼の股間に位置を定めた。

「サックするから……」

こればかりはユキも稽古不十分らしく、少々、手間取って。だが、斗潮にとってはこの作業ですら気分向上の促進剤である。ようやく装着できたらしい。確認するように握った掌で先端から根元へと滑らせた。

「これで……いいわ……」

ユキは独り言のように呟き、次には右手で彼のものを持ち、左手は自分の宝物に添えているよう。凝視しているのだろう。顔が下方を向き、洗い髪が垂れている。いつもは後ろで束ね、巻き上げているので分からなかったが、今、全身が燃えつつも結構、長く素直な髪だと感じた。

禁断の泉に触れた先端に電撃が走り、斗潮の全身に激流が迸《ほとばし》った。自分のものの四囲が擦《こす》られる感覚とともに、次第に天国に吸い込まれていく思いがした。沸騰した身体中の血が、一点に集結した。

「ああ」とユキの声が洩れ、斗潮の口からも「ううー」と漏れた。もはや天国の扉が開けられ、雲の上を歩いていた。ユキは両手を彼の腰に移し、髪を振り乱すようにして顔面を持ち上げた。下唇を噛みしめ、眼が充血したように燃えている。一瞬、斗潮は鬼面を連想した。と、反転して穏やかな、満足そうな表情に。斗潮の全身がユキの中に呑み込まれ、定着したよう。

「……トシちゃん、……全部……、入ったみたい……。私……、すごく気持ちいいわ……。トシちゃんのが、自分のものになった……みたいなんだもの……。……トシちゃんはどう……?」

「……オレもすごっく……気持ちいい。雲の上にいる……みたい……」

あくまで無邪気で、思ったこと、感じたことを口に出さないではいられないユキである。経験などあるはずのない斗潮であったが、〈こんなにもいいものか〉と、下半身は血気が充満しているにもかかわらず、比較的頭は冷静になっていた。

ユキは一部を密着させながらも、上半身は両手を支えに仰反《のけぞ》るように持ち上げている。上半身の均衡を保ち、強調するように双丘が品よく並んでいる。冷静な頭に比べ、充血したわが分身はユキの中でもがきつつも歓喜の声をあげようとしている。時折、堰の堤を必死になって防御するように砲身がピクッ、ピクッと動くのが分かる。そのつど、ユキは感じるのか「ああ、ああっー」と洩らし、双丘も微かに揺れている。

斗潮は手を伸ばして、乳房に触れた。仰反るようにしていたユキは前屈みとなり、触りやすくしてくれている。両手で揉んでみた。何ともいい気分。そこでまた、ピクッがあり、

「うっ……、あぁー、いいわ……、すごく……」

とユキは嬌声を発し、さらに「トシちゃん、おっぱい……吸って……」と。

確かめるまでもなく、ユキの乳房は眼前にある。密着点を支点に斗潮は半身を持ち上げて、乳首に吸い

ついた。〈もう、もうだめだ〉と思ったとき、ユキも感極まってきのか、乳首を咥えられたまま、身悶えた。それと同時に密着点にも力が加わり、締めつけられたように斗潮の砲身と先端がユキの内部で擦れた。

「ああー、もう……いくっ！」

「いい、いいわあ……、わたしも……よ！」

ふたりとも、一気に頂点に達した。絶叫し、嬌声を発して。ユキは全身が虚脱して、斗潮の上に落ちた。斗潮はしっかりとユキを抱きしめた。ふたりの身体が完全に密着し、溶解してひとつになった。


それからどのくらいの時間、そうしていたのだろうか。多分、短かったのだろうが、斗潮にはずいぶんと長く感じられた。ユキが動こうとしないのだ。全身を寸分もなく密着させ、頭を斗潮の顎下に置いたまま。もう分身はすっかりと萎えているのだが。

十分に満足を味わった。こんなにも男女の交わりというのはいいものなのか。終ったあとの虚しさは感じられず、ただ満足と幸せに包まれていた。母のことが思い浮かんだ。いつぞや厳しい罵声を浴びせ、男とともに母を詰《なじ》ったことが悔やまれた。あの男のことは今でも許す気にはなれない。しかし、これほどまでにユキが喜んでくれたことを考えれば、母の気持ちも理解できなくはなかった。

髪の毛を、首筋から背中を、さらには臀部までをゆったりと、ユキの気持ちを和らげるつもりで摩《さす》った。斗潮の知識ではよくは分からないが、多分、ユキのような肌を餅肌というんだろうなと思った。滑らかで弾力がある。そして何よりも雪のように白い。四六時中、触れていたい、触れていても飽くことなどないだろう。

ようやく、ユキが動きだした。顔をあげ、斗潮を見つめて瞬時、微笑み、狂おしそうに唇を重ねてきた。日焼けして黒ずんだ両手で頬を包み、擦るように、抉《えぐ》るように。

「トシちゃん、よかった……。とっても、よかった……わ。……今日まで……とっておいて……」

そう言って、また唇を求めてきた。

ふたつの裸体は上半身から離れはじめた。ユキは密着していた箇所を名残を惜しむかのように凝視してから、足を崩して座り、徐ろに斗潮に残されたサックを愛《いと》おしそうに外した。それを待っていたように斗潮も半身を起こした。

「ほら、トシちゃん、凄いわよ。あなたのよ、これ……」

ユキは鮮血で鮮やかに染まった外周部を手拭いで拭いたあと、そのサックを眼の高さに翳《かざ》し、斗潮にも見せつつしきりに感嘆している。斗潮にとっては何がそんなに凄いのか、すぐには分からなかった。ユキが量のことを言っているのだと気づくには少しの時間が必要だった。

彼女は、膝立ちして畳んだ服に並べるように置いておいた布製の袋を手繰り寄せ、その中から懐紙を出した。それを広げ、サックの根元を幾重かに折り、輪ゴムで止めて丁寧に包んだ。

「ユキちゃん、それ、どうするの?」

答えは明瞭だった。生れて初めて自分の大切な箱の中に招いた、大切な人の置き土産。大切と大切とで、もっともっと大切なもの。大切にとっておくのだと。

「これから、何回、トシちゃんとこういうことできるか分からないけど、そのたびに残しておくの。たくさん、たくさんになることを祈って、ねっ……」

「ちょっと待ってて」

ユキはそう言うと、全裸の上に浴衣を掛け、手拭いを下げて部屋を出ていった。が、すぐに戻り、また浴衣を脱いで全裸となり、

「拭いてあげなくっちゃあ」

と、濯《そそ》いできたのであろう、濡れた手拭いで斗潮のものを拭いはじめた。彼にはそれもこれも初体験である。斗潮はされるままになっていた。

「不思議よね、男の人のって……。さっきはあんなに大きかったのに、ほら、今はすっかり赤ちゃんのみたいになってるわ。……でも、トシちゃんの、ほんとうに大きかった。お稽古で見たのよりうんとよ。私、……心配したけど、巧く入ってくれてよかったわ」

無邪気というのだろうか、ユキは開けっ広げである。悪餓鬼どもとの会話では、どうしても卑猥になり、陰湿なものとなっていた。しかし、今は違う。少なくとも今、体験し、しつつあるユキとの間にはいささかの卑猥感もない。むしろ逆、ベタベタしたものなど微塵もないし、開放的そのものである。男女がしたいことをするという点では、どちらも共通しているが、しおわったあとがまるっきり違うのだ。よかったものは素直によかったと、嬉しいことは純粋に嬉しかったと表現するユキであった。

斗潮のものを拭いおわると、その同じ手拭いで自分の宝箱を拭きだした。「恥ずかしいから……」そう言って、斗潮に背を向けて。垣間見た手拭いはうっすらと朱に染まっていた。次にはビールを手繰《たぐ》り寄せ、残っていた液体をふたつのコップに注いだ。もう温《ぬる》くなっていたのに、口に含むとさきほどよりも美味しく感じられた。

さすがに長くは裸でいられない。春先の温かい午後ではあったが、ここは雪国である。暖房といっても炬燵のほかは、火鉢しかないのだ。ふたりは裸の上から浴衣と丹前を纏いつつ、板の間の椅子に座っていた。外は日足が長く、傾きかけた午後の陽が緩やかに射している。雪のない道路の中央部は乾き、両側は雪解け水で濡れている。そのさらに両側にはまだ子どもの高さくらいに雪の山が残っていた。

ひとしきり、ふたりは、今、営まれた楽しい体験談を交わしていた。臆することなく、というよりも開けっ広げなユキに釣られて斗潮も感じたことを率直に口に出すことができた。瞬時、話が途切れたとき、斗潮は以前から気にかかっていたことを思い切って尋ねてみる気になった。気になることを黙っているよりも、ユキならばじかに問うたほうがよいのではないかと。

それは、首回り、襟元、なかんずく、手首の黒さのことである。雪のような白い肌を持っているユキなのに、どうしてそこだけが陽に焼けているのか、気になってならなかったのである。もちろん、婉曲に述べつつ、褒めるところは褒めてであるが。どちらかといえば口下手な部類に属していた斗潮ではあったが、そんな表現ができるようになってきたのもユキに近づいてからであった。

「ええ、私、気にしていたのよ。トシちゃんも気になっていたんじゃないかって思ってたわ」

東京から近在の村に戻った際、祖母宅に預けられたのだそう。蓄えもない祖母であったが、加えて息子は村にいられない状況となり、あまつさえその息子は嫁に刺殺され、残された孫を預かることになってしまったのである。村八分とばかり近づかない人々も少なくなかったが、親切な村人もいた。祖母の人柄は悪くなく、それなりの人望から情を集めていたこともあったが、何よりもユキに同情してくれたのであった。

　それに応えるため、僅かばかりの祖母宅の田畑を世話するだけでなく、学校に行っていない時間は朝も夕刻も日曜日も、ユキは親切な村人の農作業を精一杯、手伝ったという。それも指示されたからというのではなく、自ら積極的に。お陰で、祖母とふたり、近所の厚情に縋《すが》りつつもなんとか食べることができたと。

「それですっかり日に焼けたのよ」

　顔は深めの帽子で防御したが、祖母の注意があったものの、つい作業に夢中になると手甲を付けなかったり、夏などは首回りや襟元への日除けを怠ってしまったのだと。

「女の子なんだということなんて忘れて、働いたわ。苦しかったけど、ばあちゃんとふたり、一所懸命だった……」

　前回、両親のことを話したときと比べ、感慨深そうではあったが、涙声にはならず、比較的淡々とユキは語っていた。口に出してみたものの、また拙《まず》いことになった、訊かなければよかったと悔いた斗潮であったが、ユキの淡々とした話しぶりに救われた思いがしたものだった。

「トシちゃん、お風呂に入って、今日は終りにしましょう」

　永くなってきたとはいえ、もう春の陽もかなり西に傾きつつあった。斗潮は母に、遅くなるかもしれないので、夕飯は先に食べていてほしい旨、伝えてはあったが、あまりに遅くなったのでは心配させることになる。ユキもそのことを気にしてくれて言っているのであったが。

「さあ、行きましょう」

一緒に風呂に入ろうと誘っているのだ。もうユキとは他人でなくなったのであるが、それでも斗潮には躊躇《ためら》いがあった。しかし、ユキは構わずに彼の手をとり、引っ張るようにして風呂場に連れていった。

脱衣場でなおも躊躇っている斗潮をユキはもどかしそうに「さあ」と何度も促し、先に全裸になるや彼の腰紐を解き、母親が幼児にするように生れたままの姿にした。そこで再度、「さあ」と声をかけ、手を引いて風呂場へ。さきほど眺め、触り、摩り、吸いもしたユキの裸体ではあったが、こうして見つめればやっぱり眩しい。どこも隠そうとさえしないのだから。

斗潮も覚悟を決めた。それぞれが身体に湯を浴びせ、互いが密着した箇所を洗い流したのち、ほぼふたり同時に湯舟に浸《つ》かった。母を含めて、物心ついてから女と混浴した経験などない彼、ここに至ってもぎこちなさがある。どうしても意思とは別に、ユキと離れたところに位置を定めてしまう。

「気持ちいいわね」

そう言いつつ、ユキは躙《にじ》るように次第に近づいてくる。ほぼ至近に達したとき、斗潮は思わず後ずさりしそうになった。ユキが並んだ。背を浴槽の壁面に寄りかけ、両脚を伸ばした。二本の白くすらりとした脚が行儀よくゆらゆらと漂っている。両手を持ち上げるように前方に押し出した。

「ああ、気持ちいいわー、とっても……」と言いつつ。

日焼けして黒くなった先端部分が組み合わされ、白く滑らかな腕が遮るものもなく、目一杯に伸ばされていた。連動してなのか、湯に隠れていた裾野が面上に現れ、豊かな膨らみの中央、ちょうど突起した乳首が喫水線になっていた。

「トシちゃん、洗ってあげるわ」

　伸ばした脚を引き戻し、ゆっくりとユキは立ち上がって斗潮のほうを向いた。眼前に、若草が雨に打たれたようにぴったりと草原に張りついている様が窺えた。上から下へと整然と並んで。さっきあの草叢《くさむら》に隠れている割れ目に自分のものが進入していたはずなのに、今、初めて見るように胸が高鳴った。

「さあ、トシちゃん」

　前屈みになってユキは手を差し延べている。ふたつの丘が葡萄《ぶどう》の房となり、たわわに実っているように感じられた。啄《ついば》んだばかりの房であったが、また触れたい衝動に襲われた。ユキの手が肩に触れ、反動で斗潮は立ち上がった。洗い場に天地を逆にした桶を整え、ユキはそこに座るよう導いた。糸瓜《へちま》にシャボンを付け、

「背中からいくわよ」

と言うのと擦りはじめたのとが同時だった。ユキの作業は背中から前面に変わった。

「あら、また元気、取り戻してきたみたい……。トシちゃん、立って！」

　斗潮は素直に命令に従った。ユキは糸瓜を首から胸、腹へと滑らせ、「ここは最後にするわ」とひとり呟き、大腿部から脚、足首まで擦ってくれていた。と、「さあ」と自分に掛け声をかけ、糸瓜を捨てて素手にシャボンを塗り込んでいる。

「もっと元気になあれ！」

　顔を上げ、斗潮に目配せしてから、シャボンをたっぷりと塗った掌で包み込むように彼のものを洗いはじめた。どこよりも丁寧に。手が何度も往復し、先端を掌の窪みで擦り、さらに両手を駆使して袋から尻

の穴まで、丁寧に。今度は穏やかにじわじわと効いてきた。ユキに触られ、擦られた部位から背骨へ、背骨から脳髄へと鮭が激流をゆっくりと遡《さかのぼ》るように、しかし確実に効いてきた。

「まあ、すっかり元気を取り戻したみたいだわ……」

再び、しゃがむように言われ、頭を洗ってくれた。

「……今度、オレ、オレがユキちゃんを……洗ってあげるよ」

「そお、じゃあお願いね」

同じように背中から糸瓜を這わせた。透き通るように滑らかな肌。傷つけないよう、注意を払いながら……。腕を洗い、腋の下に糸瓜を滑らせたとき、「擽《くすぐ》ったいわ」とユキは身を捩《よじ》らせた。二、三度わざとやってみた。脚も一本ずつ丁寧に糸瓜を這わせた。指は素手で。指間に指を差し入れる都度、「ククッ」と含み笑いを。脹脛《ふくらはぎ》と太股も素手にした。掌にえも言えぬ艶めかしい感触が走った。ユキも感じるのか、斗潮の洗ったばかりの頭髪や顔面を摩っていた。

首から胸元にかけては糸瓜で擦った。日に焼けた黒さが落ちるものでもないのに、そんな気持ちを込めて。乳房に至り、糸瓜から再度、素手に変えた。下から揉み上げ、掌全体で包み、さらに麓から中腹、頂へと滑らせ、先端の突起を指先で擦った。さきほどとはまた別な感慨が脳裏に流れ、勃起が促された。〈すばらしい！　こんなにもいいものなのか……〉。いつまでもこうして触っていたかった。

「いいわー、トシちゃん。私……いい気持ちよ」

草原も素手でやった。下から上へ、上から下へと揃えた指先でなぞった。ユキの手が伸びてき、斗潮の指を割れ目に導いた。一瞬、戸惑い、彼女の顔を窺うと、「入れて」と。どのようにしたらよいのか知らなかったが、シャボンが付いたままでは拙《まず》いのではと根拠もなく思い、いったん、ユキの手から離れ、桶の中の湯に浸してから、徐ろに。やっぱりユキが先導した。彼女の手が教えるままに、人指し指が内部に沈んでいった。

にわかに全身が燃えた。ユキにやってもらっていたときの穏やかさではなく、指先と脳とが直結し、即座に閃光が走った。全身の血液が指先と頭に二分されて流れた。彼女の手に命じられるまま、内部をまさぐってみた。いくらか血液の流れが本来に戻った。指の腹が内壁に吸着されるような、それでいてサラッとしたような矛盾した感触である。

「トシちゃん……もっと……」

斗潮も次第に大胆になってきた。抉るように四囲に指を巡らせた。中指に変えた。奥まで目一杯伸ばしてみた。届いたようなそうでないような、そこがどんな世界なのか覚えのない斗潮には分からなかった。

「トシちゃん、私の……見て……。中がどんななのか……」

これから多くの客を相手にしなければならない。私の中には、いまさっき、トシちゃんのものが入っただけ。汚れないうちに、トシちゃんに見ておいてほしい――そう言ったのだ。驚きもそれが続くと次第に鈍感になるらしい。「うん」と答えるよりもユキの行動が早かった。裸身に上がり湯をかけて泡を落とし、次には洗い場を浴槽から汲み上げた湯で洗い流している。斗潮も自身の泡を落とした。

ユキを窺うと、洗い場に仰向けに横になろうとしている。板張りの洗い場にそのまま。遮るものがなにもなく裸身が横たえられた。素晴らしい、芸術だ。性的な衝動を覚えないわけではないが、それ以上に自然の造作を素直に〈美しい〉と感じた。何か侵してはならないもののように。

「トシちゃん……」

催促であったが、芸術品の上に汚点を残すような気がした。自分が何をし、何をしてはならないのか、判らなくなっていた。ただ、若い女が羞恥心を捨てて、すべてをさらけ出していることは確かである。斗潮を愛し、愛しているがゆえに若き日の想い出づくりにと。従う以外にない。

「ユキちゃん……、……いいの？　オレなんかに……」

「トシちゃんだからいいのよ……。見てほしいの……、おねがい……」

そこまで言われれば意を決するしかない。横臥しているユキの足元に跪《ひざまず》き、両方の足首を握った。ゆっくりとそれを左右に拡げ、股間に身を置いた。白く綺麗な脚が眼に飛び込み、さらにそれが交わっている箇所に視線が走った。まだ乾ききっていない若草が、なだらかな草原に張りついているような、起き上がろうとしているような。数本を指先で摘《つま》んでみた。柔らかい若布《わかめ》を連想した。下方から上方へと手の甲を滑らせてみた。一陣の風が吹けば、その冠毛が飛ばされていく蒲公英《たんぽぽ》を連想した。

草原の下には宮殿の門が見える。心もち門口を開け、蜜蜂が飛来してくるのを待っているよう。鼻を近づけてみた。甘酸っぱい、しかし新鮮な香りを覚えた。両手の指で静かに拡げた。大切な宝箱を壊さないよう慎重に、丁寧に。春の淡い陽が西側の窓から射し込んでいた。わが身が光を遮蔽《しゃへい》することのないよう注意を払いながら、門の中を垣間見た。うまい具合にちょうどそこに陽が当たっている。ユキの肌に陽が反射して眩しく感じ、頭がクラクラとした。

内部は桃色だった。染井吉野の桜色といったほうがもっといい。鮮やかなのに淡い。中央に核となっている突起物はまるで生き物のように、斗潮を誘っている。その左右には蜜がたっぷりと蓄えられて。へ男の

ものと比べ、なんと幻想的な世界なのだろうか〉

生れて初めて見た神秘の宮殿である。ブルブルッと身震いに襲われ、斗潮の舌は蜂になった。甘い蜜に誘導されて桜色の世界へ滑り込んだ。舌だけではない。頭から全身が吸い込まれた。斗潮は桃源郷に至った。

「どうだった？　私の中？」

肩を並べて湯に浸りつつユキが尋ねてきた。拙《つたな》い表現ながら、斗潮は感じたままを告げた。

「そお、私の……桜色なの……、よかったわ、汚い色って言われなくって……」

「……ねえ、トシちゃん、いつまでも私の桜色、覚えておいてね。きっとよ。トシちゃんしか知らないんだから……」

斗潮の言葉に安堵しつつも、ユキはこの先、くすんでいくばかりで、けっして復元することのない〈桜色〉を惜しみつつも、初めて知った男の瞼《まぶた》にその色を焼き付けたことに満足した。

「あのね……」

そう言いつつ、ユキは斗潮にしなだれかかった。葵姐さんからはかねて、また女将さんからは稽古中に聴いたことであるという前置きを置いて、語りだした。それは、たとえ遊廓に身を置いた女といえども、男には好きもあれば嫌いもある。愛する男ができることもあるだろう。愛するからといって意のままに所帯をもつ勝手は許されないが、その男のためにひとつだけ、決して他の客には許さない箇所や行為があってもよい。男女の終極の営みは、それを目的に客は対価を支払っているのだから忌避することはできないし、たいていの男が求めるものを拒絶すれば、それだけ客を失うことにも繋《つな》がるのであるが……。

「それで私ね、女将さんにも姐さんにも内緒で、ふたっつにしようと思っているの」

ひとつは舌《べろ》だという。ほんとは唇にしたいんだけれど、姐さんの話によれば、それだと客がなかなか納得してくれない。だから唇は諦める代わりに、けっして舌は許さないことにする。もうひとつもやっぱり舌《べろ》。女の一番大切なところ、けっして客の舌は入れさせないことにする。このふたつは斗潮のために大切にとっておくのだと。

「ユキちゃん、ありがとう。でも、商売、大丈夫？」

「うん、平気よ。だって私の好きな人はトシちゃんなんだもの……」

斗潮はなんだか無性に嬉しくなると同時にユキを一層、愛《いと》しいものに感じた。珍しく彼から手を出した。

「ユキちゃん！」と呟きつつ、横を向いて抱きしめようと。ユキもそれに応じて、ふたりは正面から抱き合った。接吻した。彼のためだけにとっておいてくれるという舌を差し入れ、絡めあった。

またまた彼のものは元気を取り戻していた。斗潮の伸ばした両脚にユキは跨り、その脚を彼の腰に巻き付けた。腰から上はふたつがひとつとなり、凹凸がなくなっていた。初めて男を、初めて女を知ったばかりの若い男女とは思えないくらいに、密着して。

「ユキちゃん、……オレ、もう一回、もう一回だけ、……入れたい……んだけど……いい？」

「こんなに大きくなっているんですものね、いいわよ。でも、サック持ってきてないわ。どうしよう。お部屋まで戻るのも面倒だし……。トシちゃん、あなた、発射する寸前に抜くこと、できるかしら……。我慢がいるけれど……、私も辛抱するから……」

「うん、そうする。出そうになったら、ユキちゃんの腰を後ろに押すよ」

「そお、じゃあ、やろうか。私が入れてあげるわ」

若いとはいえ、短時間で三回目である。一、二回目と比べれば放出される量は少ないのだろうから思い切って中に出してもらおうかともユキは考えた。一度は、斗潮の愛の証拠を直に呑み込んでみたい願望はあったが、しかし、万が一にも妊娠するようなことがあったら……と思えばやっぱり思い止まざるをえない。

門口で多少、手間取ったもののユキの案内宜しきを得て、彼のものは比較的にすんなりと宮殿内に招き入れられた。女と睦み合うこと自体が初めてなのだから当然のことなのだが、半身を起こし、ユキと向かい合い、湯の中で抱き合ってするこの体位もいいなあと感じた。

「どお、感じる？」

「うん、すごくいい。ユキちゃんと顔を見合せながらなんだもの……」

「そお、私もとってもいいわ」

まだまだ年端もゆかぬふたり、語彙力の不足は否めない。それにしても直接的な表現である。嫌らしさもなければ、なんの外連《けれん》もない。感じたままをそのままに。

斗潮はユキの腰に掛けた両手に力を入れて引き寄せ、ユキはユキで彼の腰に巻き付けた両脚を締めつけた。一層、挿入度が増した。再び三たび、激しく抱き合い、烈しく接吻した。と同時に、斗潮は自分のものが締めつけられていることを知った。感じる。

「ああ、ユキちゃん……、すごく……いいっ！」

「そお、私、懸命に締めているの。感じてくれて嬉しいわ。もう一回、ねっ！」

「あっ、あああっ！　ユキちゃ……ん、オレ、オレ、もう……」

「辛抱よ、ああ……」

渾身の力で、ふたりは抱き合った。これ以上、密着しようのないくらいに一体となり、一塊《ひとかたまり》となった。

斗潮は頂上に近づいた。このままユキの中で果てたい、という強い誘惑が彼を襲った。

「ユキちゃん！」

「トシちゃん！」

互いに名を呼びあったのを合図に、ユキは両手で斗潮の胸を突き、両脚で彼の脇腹を蹴飛ばした。もちろん湯の中であることを折り込んでの動作であったろうが。斗潮のものがまるで〈スポッ〉とでもいうように宮殿外に放り出された。その瞬間、彼は佳境に達し、白濁した液体が、ゆらゆらと湯面にまで漂い、昇ってきた。

「トシちゃん、ごめんね」

ユキは改めて斗潮を抱きしめ、接吻した。「私だって、ほんとはー」と、唇を放したり、くっつけたりしながら、辛そうに言った。ほんとうはそのまま呑み込みたい思いは、彼女とて強かったのだと。しかし、今、ふたりが置かれた状況を考えれば、それは絶対に許されない。一時の感情に走ってしまったら、不幸を招き、へたすればもう逢瀬も楽しめなくなるのだと、姉が弟を諭すように説いた。それにしても女って、いや、ユキは強い意思の持ち主であることに斗潮は、驚愕するとともに感謝した。

「ユキちゃん、ありがとう。オレ、約束したのに、だらしなくって……」

「いいのよ、それだけよかったのでしょうから……」

もう一度、ふたりは抱き合い、接吻して湯からあがった。ユキは甲斐甲斐しく、斗潮の身体を拭いてやり、下着を着せ、浴衣を纏わせてくれていた。「自分でするから」という彼を制し、「やってあげたいの」と。

宿を出たときは、陽は大きく西に傾き、間もなく山並みに消えようとしていた。斗潮には太陽が黄色く思われた。充実感と気だるさが同居していた。ユキは溌剌《はつらつ》としているように見えた。

「さあ、遅くなったわ。帰りましょ」

躊躇いもなく、当たり前のように斗潮の腕に自分のそれを組み、鼻唄すら。

「今日はとっても楽しかった。トシちゃんにお祝いもできたし……。これで心おきなくお客さんの相手ができるわ。トシちゃん、どうだった？」

「オレ？　オレもう……最高に幸せ……。いままでで一番、楽しかった。……ユキちゃんと今日のようなこと、……できるなんて思ってもみなかったから」

「そお、そう言ってくれて嬉しいわ」

組んだユキの手に一層、力が加わった。

第七　林業試験場

遅ればせながらも雪国に春がやってきた。町中の残雪もあらかた消え、小川の辺に土筆《つくし》が可愛らしい顔を出し、畑の縁には蕗《ふき》の薹《とう》がわが物顔で自分の季節を謳歌《おうか》していた。ユキの店《たな》のあの黒塀には沈丁花《じんちょうげ》が惜しげもなく甘い芳香を発散していた。

斗潮は薬種問屋に就職し、定時制高校に通いはじめていた。ユキはもうお披露目も済み、客をとりだしただろうか。互いに落ちつくまでしばらくは逢わないことにしていた。新しい生活に慣れる意味合いもあったが、あの心が蕩《とろ》けてしまうほどに楽しんだ宿屋での余韻を味わっていたかったからでもある。

ユキとしたって毎日でも斗潮に逢いたい。自身のこともあったのだが、なにより斗潮のことを考慮していたのである。前途ある彼。四六時中、自分のことだけを考えていてほしい思いはあったが、将来を捨てさせることはできない。しばらくは仕事と勉学を軌道にのせてほしかった。四月下旬、天皇誕生日にユキは暇をもらっており、そのときに斗潮と逢い引きすることにしていた。

斗潮もユキにすっかりと熱をあげてしまったが、根が几帳面である反面、物事を割合に距離をおいてみる質《たち》でもあった。ユキのこと、あの白い裸体のこと、蕩けあったあの睦み合いのこと、思い出さない日はなかったのだが、けっして自分を見失うようなことはなかった。父を失い、兄弟姉妹とてない身。母のためにも〈オレがしっかりしなければ〉との思いが強くもあった。夜、学校から帰り、遅い晩飯が終る頃、朝が早い母は就寝していた。煎餅蒲団の中で、あの宿屋でのことを思い出しつつ自慰に耽ってはいたが。

町中の桜が散りはじめた頃、二九日がやってきた。ユキの指定した場所を斗潮は知らなかった。駅前から乗った乗合バスは、町を抜け、延々と田圃の中を走っていた。下りは一時間くらいと聴いていたが、ずいぶんと長く感じられた。

そこは、斗潮の生れ育った街を頂点とすると、ユキの村とで二等辺三角形の底辺を形成する在だった。ユキの村からだと乗合便はなく、徒歩で小一時間。以前、学校の遠足で来たことのある林業試験場とのこと。ユキは始発の乗合で村に帰り、祖母に土産を届け、元気な顔を見せたあと、そこに回るとのことだった。

乗っていることにうんざりする頃、ようやく乗合は目的の停留所に止まった。斗潮のほか、降りる客はない。ひとり、時代錯誤と思わせるような恰好をした女が手を振って迎えてくれた。ユキだった。着物こそは白装束でなく柄物の絣だったが、それを除けばユキはお遍路さんそのものといった出立ち。着物の丈は膝よりやや長めで、脛《すね》には脚絆《きゃはん》を巻き、草鞋《わらじ》履き。頭は手拭いを姉《あね》さん被りにし、背には斜に風呂敷包みを背負い、筵《むしろ》を肩に掛けていた。

「おひさしぶり」

「うん」

乗合を降りるなり、ユキは斗潮の手を引いた。街道からやや外れたところに、そこだけ林に囲まれている小さな祠《ほこら》がある。社殿の裏側に回り、周囲を窺ったのち、

「トシちゃん、逢いたかったわ」

と言い、筵だけを肩から下ろし、眼を瞑《つむ》って唇を上向きにした。

「オレも逢いたかった」

そっと唇を重ね、抱き合った。なぜだかあのユキとは違う感じがした。

「ユキちゃん、その恰好、どうしたの？」

「びっくりしたでしょ?」

祖母に概略ながら斗潮のことを話したのだという。祖母には、孫娘を遊廓に売ったことの後ろめたさがあった。「辛いだろうけれど、辛抱しておくれ」と繰り返し、繰り返し呟く祖母が哀れになり、元気にやっていることの証《あかし》として、「私、好きな人ができたの。その人に逢えることがとても楽しみなのよ」と。そう言えば少しは安心するかと思いきや、祖母は今度は「そのお人は、おまえの立場を知っていなさるのかね?」と別な心配をする始末。なんとか分かってくれ、今日は、これからその人と試験場に花見に行くのだと告げると、それじゃとばかり、台所に降り、急いで野菜の煮物を弁当箱に詰めてくれたのだという。

もっとも祖母は握り飯を拵《こしら》えると言ったのだが、それはユキが用意していた。昨夜、最後の客が帰ったのが深夜のこととて、ユキはいくらも寝ていなかったのだが、台所のばあさんに頼んで、梅干しと海苔《のり》を貰い、今朝、早起きしてご飯を炊いて握ってきたのだ。

さらに祖母は、長い時間歩くんだからと草鞋と脚絆を出し、絣の着物を裾上げしてくれたのだと。手に物を持つのは歩くに苦労だろうからと、大きな風呂敷を出し、そこに握り飯や煮物の弁当、さらには器用に区分けしてユキが持参した手提げ袋や草履まで包み込んだという。いざ出発という段になって「ユキ、ちょっとお待ち」と、筵を丸めて持たされた。

「それでね、こういう恰好になったのよ」

今時の若者、特に娘であれば、たとえ山村であってもこういった出立ちは嫌うはず。しかしユキは違っていた。祖母の心遣いを無にすることなど、その性格上、できないのであった。かくして時代劇の娘となって、斗潮の前に現れた次第であったのである。その話を聴いて斗潮も嬉しくなった。

「さあ、行こう」

　ふたりは手を握り、山の中腹に向かって歩みだした。筵は斗潮が持った。狭い田圃、そして段々畑を過ぎると里山の風情に代わり、登るにつれ林地から山林といった風景になっていった。やがて雑木林が植林した杉や檜に変わる頃、林間に試験場の建物が見え隠れしてきた。

「あの試験場の裏手の桜が素晴らしいのよ」

　誰からかそこは今が見頃だと、ユキは聞いたのだろうが、まるで自分で確かめたように自信をもった言い方をしていた。試験場は休みだった。正面入口には日の丸が掲揚されていたが、誰ひとりとして人影は見えない。小高くなった裏手に回った。見事な桜である。ちょろちょろと流れる小川の両岸に沿って今、まさに満開の桜が並木となって続いていた。そのへんに陣取るのかと思い、ユキに尋ねると、違うという。ここが一番綺麗な場所だから、まず見せたかったのだが、目的地はもう少し登るのだという。

「ちょうど満開ね。素敵だわ」

　盛んに嘆賞しつつユキは小川の辺に行き、屈み込んだ。散りはじめた桜の花片が清い流れに浮きつつ、ときに早く、ときにゆっくりと、仲間同士で語り合うように下流に去っていっている。

「花びらさん、どこへ行くのかしら。きっと長い旅に出るんだわ」

「あっ、メダカさんが泳いでいるわ。まあ、この二匹、なかよしだこと。トシちゃんと私みたい……」

　などと独り言を。斗潮もユキと並んで水中を眺めた。メダカだけでなく、田螺《たにし》も見え、水面にはアメンボが泳ぎ回っている。まだ山肌の日陰には僅かながら残雪も見られたが、春爛漫といった趣である。何とも長閑《のどか》。耳を澄ませば、小川のせせらぎに混じって鶯が適度な間隔をおいて美声を奏でていた。

「いいわねえー、こういうのって……。さあ、トシちゃん、行こうか」

ユキが案内した場所は、そこからさらにいくらか登った小さな窪地だった。周囲は樹林に囲まれていたが、窪地の中は疎林で、地面は一帯を桜草に覆われていた。中ほどは雨水が溜まって小池となっていたが、それ以外は湿っていることもなかった。

「ここなら誰も来ないわ。秘密の場所よ」

かつて遠足で試験場に来た際、ユキは友だちとふたりで探検し、この場所を発見したのだという。そのときは友だちとふたりだけの秘密の場所とし、けっして他の人には教えないという約束をしたのだと。

「私、約束違反したわ。トシちゃんに教えちゃったもの」


桜草を避け、ほどよい箇所を定め、筵を敷いた。ユキは背から風呂敷包みを下ろし、脚絆を外した。白い脛が春の太陽に反射し、眩しかった。草鞋も脱ぎ、風呂敷包みの中から草履を出していた。正午にはまだ余裕があったが、「ちょっと早いけど、お昼にしましょう」と、ユキ。

筵の上に経木にくるまれた握り飯と、アルマイト製の弁当箱に入った煮物が出された。斗潮が持ってきたのは菓子パンと水筒だけ。そのパンも乗合バスの発車を待つ間に駅前の店で買ったもの。ただ、水筒の中身にはお茶が入っていた。これだけは出掛けに母が用意してくれたのである。母は握り飯もと言ってくれたのだが、それは彼が断っていた。

「トシちゃん、おにぎり、食べて。私が早起きして拵えたの」

ユキはもともと手は小さいほう。かわいらしい握り飯が経木の中、三個ずつ二列に並んでいる。礼を言い、斗潮はその一個を口に運んだ。大口を開ければ一口で入ってしまいそう。せっかくのユキの心遣いである。丁寧に味わった。ユキはじっと斗潮を見つめている。

「おいしい！　すごくおいしいよ」

「そお、ありがとう。わたしもいただくわ。あっ、そうそう、これ、ばあちゃんが拵えた煮物だけど、これも食べて」

「うん、ありがとう」

握り飯は握り具合もよく、紀州梅も口中に唾液を充満させてくれた。もともと米は名産地であり、一等品である。反面、ユキではなくその祖母が作ったという点を割引きしても、煮物の味はいまひとつだった。彼には塩辛すぎた。水筒の茶が早々にお出ましである。辛すぎることはユキも認め、彼女も水筒の世話に。

都合、ユキは握り飯を二個と菓子パンを一個。残りはすべて斗潮の胃袋に納まった。それでもユキにとっては大食だったのか、盛んに照れていた。いつもはこんなには食べないのだけれど、今日は二里も歩いたからだと。〈私、大食いなんかじゃないからね〉。ユキの祖母の煮物は売れゆきが悪かったものの、それでもほぼ平らげ、僅かに残ったものは自然に還《かえ》した。

ふたりは筵の上に並んで仰向けになった。暑くもなく寒くもなく、春の風が心地よく顔を掠《かす》めていった。鶯の鳴き声と風のそよぐ音以外、耳に届くものはない。日常のすべてを忘れ、ふたりは涅槃《ねはん》の世界にいた。

「いいわね、静かで……。嫌なこと、みんな忘れられるわ」

「うん、別天地だね。……オレ、ユキちゃんとこうしていられるだけで、幸せだよ」

「トシちゃん……」

ユキは横向きとなり、さらに斗潮に覆い被さってきた。仰向けになった彼の額や頬を摩《さす》り、耳朶《みみたぶ》を弄んだ。再度、「トシちゃん……」と呟き、唇を重ねてきた。摩り、擦《こす》り、「トシちゃん……、すきよ」と囁《ささや》き、強く重ね、舌を絡めてきた。斗潮もまた「オレも、ユキちゃんが……すきだ」と返し、下から彼女を抱きしめた。

「ちょっと待って。ここ、だれもいないから……」

そう言ってユキは上半身を起こし、着物の合わせ目を拡げにかかった。帯がきついのか思うにまかせない様子。斗潮も半身を起こした。ユキに目配せし、やや斜めに位置を替え、左手で肩を抱きつつ、右手を襟元から忍ばせた。久しぶりにユキの肌に触れた。胸元はさらりとした涼感を与えてくれた。「ユキちゃん……」と耳元で囁き、さらに手を奥へと伸ばした。

指先が柔らかな、しかし弾力のある膨らみに触れた。温かかった。「ああー」と声を漏らし、掌で房を包んだ。指の間に乳首を挟んだ。そこは熱く燃えて、突起しているように感じた。指の腹で突端を刺激した。房の下方に手を滑らせ、甲で合わせ目を押し拡げつつ、持ち上げるようにして揉んだ。

「ああー、ユキちゃん……」

「トシちゃん……」

ユキは唇を求めてきた。斜めになったやや不自然な姿勢ながら、ふたりの唇が重ねられた。彼女の右手は斗潮の首に巻かれ、彼の手は休むことなくユキの乳房をまさぐっていた。

「トシちゃん……吸って、おっぱい……」

正面に向き直り、両手で合わせ目を掴《つか》み、左右に男の力で引っ張って拡げた。双丘が露《あらわ》となった。両脚を伸ばし、その上にユキを乗せた。ユキも脚を拡げて伸ばし、斗潮の腰を挟む恰好となった。着物の上方が引っ張られた都合上、裾もまた引っ張られ、剥き出しとなった白い脚が眩しく太陽に反射していた。

左手を胴に、右手を背に回して、ユキを支え、屈むように姿勢を低くし、斗潮は唇で乳首を迎えにいった。彼女も背筋を伸ばし、その位置を高くしようとしている。吸いついた。舌で嘗め、口に含んだ。舌で転がし、軽く吸ってみた。ユキは「ああー、あっ、ああ」と低く嬌声を発していた。苦しい態勢を楽にするため、彼女をグイと引き寄せた。そのほうが感情も込められるし、と。

そうしたうえで、もう一方の乳房を楽しんだ。嘗め、吸うだけでなく、ユキの胸に顔を沈めた。互いに感動の声を漏らしつつ。彼女は斗潮の頭を抱え、強く抱きしめた。鼻が膨らみに押しつけられた。

「ああー、トシちゃん……。すきよ、だいすき……」

ユキをゆっくりと筵の上に仰向けにした。ユキの下に差し込まれている両脚を引き抜いた。赤い腰巻きが艶めかしく視線を刺激した。この下にはユキの宮殿が控えている。想像しただけで彼のものは一段と成長した。また、互いに名を呼びあい、斗潮はユキに覆い被さった。またまた接吻である。ユキの手は彼の首に巻かれ、斗潮は彼女のおっぱいを揉みながら。

「……ユキちゃん、オレ、……ユキちゃんの中へ……」

このまま放射してしまいそうだった。

「トシちゃん、私の中に入りたいのね。いいわ。でも……ちょっとだけ待ってね」

半身を起こし、ユキは風呂敷包みから出した手提げ袋を手繰り寄せ、サックの箱からそのひとつを取り出した。尻を後ろに擦り下げ、斗潮との間隔を適度にしつつ、社会の窓を開けて彼のものを摘《つま》み出した。

「まあ、こんなに大きくなって……。おりこうだからお帽子を被ってね」

宿屋のときと比べると、手際よかった。毎日、客に装着しているうちに習熟してきたのだろうか。すぐに被せおわり、掌で包むように撫《な》でながら確認し、

「さあ、これでいいわ。トシちゃん、このままいく?」

ユキに触られ、一層、成長度が増した分身にはもう余裕などない。

「オレ、もう……。我慢が……」

「分かったわ。このままいきましょ」

再びユキは仰向けになり、裾を拡げた。まだ、宮殿の門は見えない。気を焦らせつつ、斗潮はさらに裾を捲《まく》り上げた。繁みが現れた。一か月ぶりに臨む若草であったが、今はその感激を味わっている暇はない。その下方には門が。開かれているのか、閉じられているのか急《せ》いている斗潮には、分からない。ただもう目標を確かめた安心感から、気持ちだけが先行していた。が、いきり立つだけで巧《うま》く運ばない。

ユキが半身を起こした。宥《なだ》めるように、

「トシちゃん、そんなに焦らないで……」

そう言いつつ、今は砲身だけがズボンから出ている彼のものに手を伸ばし、袋ごと空気に晒《さら》した。先端はすでに滲みはじめている。そうしておいて斗潮に両脚を伸ばすよう指示し、自身はさきほどと同じように彼の太股に跨《また》がった。

「これで大丈夫だと思うわ、もうちょっと我慢してね」

斗潮のものの先端部分を摘み、宮殿入口へと案内してくれた。今度は苦もなく、分身はあたたかく宮殿内に迎え入れられた。そのはずだった。しかし瞬間だった。僅かに先端が内部を覗いただけで、ユキも斗潮も何をする間もなかった。斗潮の自制の堰が切れてしまったのである。

「ああっ！　ごめん、ユキちゃん……オレ……」

「いいのよ、謝らなくっても……。トシちゃん、若いんだし、すぐに元気取り戻せるわ」

ユキは斗潮のものに残っているサックを取り外した。

「まあ、こんなにたくさんよ」

いつからそうしていたのか知らなかったが、手首から輪ゴムを外し、サックの先をそれで閉じ、大事そうに手提げ袋にしまいこんだ。同時に手拭いを取り出し、それで斗潮のものを綺麗に拭い、続いて自分のところも。

「だれもいないんだから、そのままでいいじゃない？」

社会の窓から内部へ分身をしまおうとする斗潮に、ユキはそう言った。陽も当てていたほうが気持ちいいし、少し休憩したら私が元気を取り戻してあげる、とも。

「うん。でも恰好わるいね……。ユキちゃんも……」

胸がはだけ、裾も開いているユキの姿である。

「あっ、そうね。これじゃあトシちゃん、色気、なくしちゃうわよね」誰に見られる心配もないんだからと、同じ言葉を繰り返し、「私、帯を解いちゃうわ」大胆というのか無邪気といったらよいのか、ユキは帯を解きにかかった。斗潮は解かれた帯の端を掴みつつ、〈女の帯って、ずいぶん長いんだ〉と思った。

解きおわるとユキは、斗潮からそれを受け取り、丁寧に折り畳んだ。そのうえで、絣を脱ぎ、それもまた丁寧に畳み、帯を絣の上に重ねた。宿屋のときもそうだったが、こういう丁寧さは親から躾《しつけ》られたものなのか、それとも店《たな》での修業中に身につけたものなのか、いつも雑にしか畳まない斗潮は、感心もし、好感も覚えた。

ユキは短い真っ赤な腰巻き一枚になった。空はやや霞んでいるものの、淡い春の陽を受けたユキの白い肌が眩しく光っていた。陽にあたることの少ない肌であろう、太陽の成分を遮るものなく吸収しているよう。手で隠すこともなく、双丘にもその突端にも陽が降り注いでいる。斗潮は眩しくは思ったが、いやらしさは微塵も感じなかった。お天道様の下である。

「気持ちいいわ、とってもよ……。トシちゃんも裸になったら……」

「うん」

斗潮もそういう気になっていた。上着と下着のシャツを剥ぎ取るように脱いでユキに渡した。彼女はそれもまた丁寧に畳んでいる。それを見つつ、斗潮が「ズボンもいいかな?」と独り言のように呟くと、視線は彼の衣服を折り畳んでいる手先を見たままで、「いいわよ、脱いじゃったら」とユキの声が帰ってきた。

今日は柄パンだった。大量に医薬品が入荷し、それを裏の倉庫に運び込む作業が終了したあと、井戸水で身体を拭い、作業ズボンを履き替えるとき、職場の先輩から言われたのである。「何だ、そのパンツは。柄パンがいいぞ」と。早速、初月給で買ったのだ。気に入った。そういえば、そのとき併せて母へのものといっしょにユキへの贈り物を買い、ズボンのポケットに入れてきたのだ。

果たして、脱ぎおわって渡したズボンを畳んでいるユキが気づいた。「あら、ポケットに何か入っているわ」と。安月給である。たいしたものを買えるわけではない。あれこれと陳列棚を見比べつつ、出るのはため息ばかりであった。が、ようやく意を決してハンケチにしたのだ。白いガーゼのものと綿の可愛い刺繍模様がついたものだった。小さな箱に入れさせ、リボンをつけてもらった。

「それ、ユキちゃんに、オレから……」

「エッ、私に……」

「初月給で買ったんだ。開けてみて……」

「まあ、すてきだこと。ありがとう、トシちゃん。大事に使うわ。いいえ、使わないで大切にとっておくわ」

「そんな高いものじゃないんだ。使ってくれたほうがいいよ」

たいしたものでもないのに、ユキの喜び方はいささか大げさであったが、斗潮にしてみればやっぱり嬉しい。ユキは折り目に添ってハンカチを畳み、箱に戻し、包装紙に包み直した。リボンをその上に重ね、両手で捧げ持つようにして、もう一度「トシちゃん、ありがとう」と言って軽く頭を下げた。照れながら頭を掻《か》くよりない斗潮であった。

「ユキちゃん、寒くない？」

柄パン一枚になった斗潮は気分爽快であったが、春の淡い日差しである。ユキを気づかった。

「そうね、じっとしていると少し寒いわね……。運動しようか。トシちゃん、いい？」

「……？」

「ここに来て、膝立ちになって」

斗潮は言われたままにした。

「この柄パン、かっこいいわ。似合ってる」

そう言いつつ、ユキは両手を端にかけ、静かに擦り下げていった。

「まだ元気、戻ってないわ」などと口にしつつ、柄パンを膝まで下ろしたところで、ユキは袋の下に手をあてがい、「早くおおきくなあれ」と呪文《じゅもん》を唱えた。袋を包み込んで揉み、砲身の下を指の甲でなぞり、掌で握った。また同じ呪文を唱えながら、握った掌で二度、三度と上下に擦って刺激を与えた。と、また手提げ袋から打ち出の小槌よろしく何か取り出した。油紙である。中には濡れた手拭いが入っていた。それを斗潮のものにあてがい、綺麗に拭った。これが効いた。ものは眼に見えて徐々に成長していく。

「そのままにしてて……」

ユキはそう言い、手拭いを油紙の上に戻すや、屈んで斗潮のものに顔面を接近させた。一方の手を彼の腰に添え、他方の手で砲身を握った。剥き出しの先端にユキの舌先が触れた。感じる。ピクッと感電した。ユキはさらに先端から呑み込んだ。ユキの柔らかい唇が根元と先端を往復する。そうしながら舌を砲身に滑らせている。上からその様を眺めている斗潮は、まるでユキが傅《かしず》いているような錯覚を覚え、それだけで満足を感じた。ユキはさらに作業を続ける。今度はやや斜に位置を替え、ハモニカでも吹くように側面から咥えた。左右に動かしながら。斗潮のものはすっかりと元気を回復した。

「立派になったわ。まあ、すごいこと」

ものは見事に天空を指して、屹立している。

「これなら大丈夫ね」

ユキは膝立ちとなって、にっこり微笑んだ。両手を斗潮の頬に添え、唇を求めてきた。軽く触れたそれは、ユキの手が彼の首に回ったとき、激しい接吻と化した。斗潮も彼女の裸の背を抱きしめた。乳首が胸にあたり、ふたつの房が斗潮の胸板で潰《つぶ》れた。ユキはけっして客には与えないと約束した舌を惜しげもなく絡め、ふたりは唾液を交換した。

また、名を呼びあい、互いの舌を嘗めあってそれは終った。うっとりしていたユキの顔が、微笑みに変わった。悪戯《いたずら》げに斗潮の変哲もない乳首を嘗め、「うふっ」と呟いて両手で自分の乳房を持ち上げ、その先端を彼の乳首に這《は》わせた。結構、感じる。「うふっ」ともう一度呟き、再度、同じ箇所に舌を這わせたあと、斗潮の顔を凝視して言った。

「トシちゃん、できるでしょ?」

どういう意味か必ずしも定かではなかったが、ユキはそう言うなり背を筵にして、仰向けとなったとき、彼にも理解できた。男として自分でユキを導きなさい——そう言っているのだと。〈要するに焦ってことを進めるなってことだな〉そう自分に言いきかせた。ユキはすべてを任せたというように眼を瞑った。〈焦るな、ゆっくり〉と内心で呟きつつ、腰巻きの紐を解くことから始めた。

予期していたようにユキは腰を浮かし、腰紐が解けやすいよう計らっている。彼は前屈みとなって彼女の腰下に手を回した。ついでに可愛らしい臍を嘗めつつ。袱紗《ふくさ》でも開けるように慎重に左右に剥いだ。全身が眼となって草原に吸着した。それは辺り一面に生えている桜草よりも鮮やかに感じられた。

すぐにでも挿入したい衝動に駆られたが、耐えた。もうひとつ、けっして客にはさせない、斗潮のためだけのものがあったことを思い出したからである。足首を持ってユキの太股を開脚した。白くすらりとした脚が交差する箇所へと斗潮の視線が集中した。そこはユキの宮殿であり、宝箱である。両手を膝から付け根へと滑らせ、一段と柔らかい箇所を指の甲で摩った。

自らも両脚を伸ばし、うつ伏せになった。ユキの股間に身を沈めるようにして。徐ろに顔を接近させ、草叢の下方を窺った。縦に割れたそこは赤く燃え、呼吸しているよう。両手をユキの腰に添え、舌で嘗めてみた。「あっ！」と声がしたような気がした。甘酸っぱい味がした。舌を入れようとしたときである。頭頂からユキの声が聞こえた。

「ごめん！　トシちゃん、それ止めて……お願いだから。……あなたの、入れて……ちょうだい」

斗潮のためだけにとっておくと言っていたはずなのにどうしたのか、他の男に与えることにしたのか、一刹那そんな思いが頭を過《よぎ》った。すべてが終ったあとに事の経緯を知り、彼も納得したのだが。

こういうことである。ユキの気持ちが変わったのではなかった。約束したときには、斗潮の舌に与える直前に、その箇所を綺麗にしておきさえすればいいと思っていたという。ある日、そのことを葵姐さんに話したところ、「その人が好きなら、止めたほうがいい」と言われたと。いくら綺麗に拭ったところで、たくさんの客を相手にするのが商売。うちの店《たな》の客にはいないとは思うけれど、なかには病気持ちがいるかもしれない。好きな人に移したら困るでしょ。お披露目の前に好きな人に大切なところを見てもらい、舌で味わってもらったのは、いいこと。でも、互いにそのときのことだけにし、いつまでも想い出として大切にしていくべきであると。

ユキは自分の浅はかさ、思慮不足を悔いた。まだまだ知らないことがたくさんあるのだと。今日にしても、男女の行為が開始される前、気分が高まり感情で走ってしまわないうちに、斗潮に告げるべきだったとも。

斗潮には瞬時、疑惑めいたものが頭に浮かびはしたものの、そのことがむしろ逸《はや》る気持ちを抑制し、〈焦らず、ゆっくり〉を実行できたのかもしれない。もっとも、分身はそんなことにはお構いなしに極限近くまで成長していたのだが。ユキの助けを借りることなく、斗潮は宮殿の門を叩き、招き入れられた。大歓迎を受けたことは言うまでもない。ユキもまた雲上人となった。

終ったあと、ふたりはなんともいえない充実感を満喫していた。周囲一面には桜草が咲き乱れ、白や黄色の蝶々が舞い、見上げれば樹木の若葉が眩しいほど。鶯の鳴き声がふたりを祝福してくれているよう。すべての現世を忘れ、今、世界はユキと斗潮のものだけになっていた。仰向けに並んで青空を見つめ、横になって抱き合い、接吻した。互いに名を呼び、「すきよ」「すきだよ」と繰り返して。

「とってもよかったわ。トシちゃん、ありがとう」

「いやあ、オレこそ……、ユキちゃん、ありがとう」

いつまでも裸のままいたかったが、そうもいかない。斗潮はユキを気遣い、彼女は「そうね、残念だけれど」と言って、半身を起こして襦袢に腕を通し、立ち上がって腰巻きを身につけた。「そうそう」と呟いて、再び腰を下ろし、絣の着物を手繰り寄せた。裾上げした糸を抜くためだった。「来たときの恰好じゃ、街には帰れないわね」と言いつつ。

さらに草履を取り出し、風呂敷などは手提げ袋に仕舞い込んだ。斗潮から貰ったハンケチを大事そうに出してはまた仕舞っていた。草鞋と筵は自然に還《かえ》すことにし、短時間で身支度を整えおえた斗潮が大きな木の根元に置いた。肥料となるであろう。

しばらく野草や野花を摘み、またさきほどの小川でユキが戯れるのに付き合った。こんなときのユキは、小娘のよう。そういえば、もう結わないといっていた桃割擬《もど》きに髪を結ってもいた。

「さあ、帰ろうか」兄にでもなったつもりで、珍しく斗潮から声をかけた。「そうね、そろそろね」と言いながらも、名残惜しそうなユキ。いくらか風も出てきた。見事な桜並木から花弁が粉雪のように舞い降りている。素敵だ、見事だとユキの感嘆は止まるところがない。

多分、この一か月の間、ユキは慣れない客を相手に慣れない仕事に苦労しているのだろう。さまざまな客がいるに違いない。なかには遊女をまるで人格のない〔もの〕のように扱う輩《やから》もいるのだろうか。聞き出したい気持ちをずっと我慢している斗潮だった。聞いてあげればユキの気が治まるかもとも思いはしたが、やはり聞くべきではないと決めていたのである。ふたりの関係は、そういった日常から離れたところに置いておきたかったから。

堪《たま》らなくユキが愛《いと》しく思われた。傍らに寄り、桜の木の下でしっかりとユキを抱きしめた。愛おしむように口づけした。接吻にすべての気持ちを込めて。斗潮の思いを知ってか知らずかユキも積極的に応じていた。

乗合バスを待つ間、祠の陰でもう一度、口づけを交わした。遠方で野良仕事をしている人は散見されたが、付近には人っ子一人いない。やがてやってきた乗合も乗客は二人だけ。その二人も途中で降り、一時は斗潮とユキのほかは運転手と車掌だけとなった。

このへんならば知った人に出くわす気遣いはない。ふたりは並んで座っていた。話題は次いつ逢えるかということ。明日にでも、毎日でも逢いたいのだがそうもいかない。さらにユキの都合が不明だった。連絡をとりあうのも難しい。それならば、ということでユキがひとつの案をだした。

遊廓の一隅、ちょっと奥まったところに、遊女たちがよくお参りしている小さな神社がある。その裏手に、注連縄《しめなわ》で結ばれた樫《かし》の木が二本並んで立っている。表側にある梅の木などには、御神籤《おみくじ》が数珠繋《じゅずつな》ぎになっていたが、その樫の木にはそれはなく、また熊笹が生い茂っているうえに下草刈りも行き届いていないせいか、この裏手まで来る人は少ない。

そのうちの一本の五尺ばかりの高さのところに、窪みがあるという。さらにその窪みは奥に捩《ねじ》れていて、縦一寸、横半寸、奥行き二寸半ばかりの穴があると。この穴をふたりの連絡用に使おうという案であった。

「うん、いいよ。でもユキちゃん、どうしてそんなこと、知っているの?」

ユキの答えは明瞭だった。村の祖母宅にも樫の木があり、小さい頃からよく登って遊んだのだそう。登らなければ届かない高いところだったが、その木にも穴があり、秘密の品を隠していたのだと。秘密といっても、女の子のこと、見つかって叱られるというものではなく、自分だけの密かな楽しみだったのだ。遊廓に来てから、なんとなくぶらついていたとき、神社を知り、樫の木を発見したのだと。懐かしさもあり、いくどとなく足を運ぶうちに穴を見つけた——そういうことだった。

「ねっ、名案でしょ。私、よほどのことがないかぎり、毎朝、お参りに行くの。そのとき、ご用がなくってもできるだけ毎日、トシちゃんにお手紙、書くわ。読んでね。そしてときどきでいいからトシちゃんも、お手紙書いて！」

話は決まった。

乗合は次第に街場に近づき、乗客も徐々に増えてきた。人目を気にし、ふたりは席を別にした。離れ際、そっとユキは手を握ってきた。斗潮も握りかえした。終点の駅前で乗合バスを降りたとき、目と目で〈さようなら、今日は楽しかった〉と合図しあった。

爽やかな春の風がふたりの頬を掠《かす》めていった。

第八　秘密の場所

季節は春から夏へと変わっていった。この間、斗潮はほぼ毎日、欠かすことなく神社の樫の木のところに行った。毎日のように、ユキからの置き手紙があった。〈トシちゃん、元気？　私、元気にがんばっています。逢いたいわ〉たいがいはそんな他愛もない内容だった。斗潮の返事もまた〈元気だよ。オレもがんばっている。ユキちゃんも元気でね〉といった程度のものだったが。こんな、ほとんど毎回、同じような文面でもふたりには十分、意味があり、励みとなっていたのである。

出勤前に寄ることもあった。そんな頃である。いつの間にかユキはその時刻に合わせてお参りに来るようになっていた。それがいつしか恒例となり、雨降りであっても毎日のようにふたりは境内で、樫の木の下で逢い引きした。抱擁しあい、接吻を欠かさなかった。幸いに、この界隈は朝が遅いのだ。

「今日も元気でね」

「がんばろうね」

ふたりにとっては、一日のはじまりに欠くことのできない行事となった。ときには、短い時間を惜しみつつも、ふたりの都合がつけば、早めに落ち合った。どちらかが求めればもっと激しい行為にも至っていた。このころは浴衣姿であり、その下には何も身につけていないユキ。彼は袖口から手を差し入れ、乳房に触れ、まさぐった。合わせ目を押し拡げて乳首を吸った。彼女も負けていない。ズボンのチャックを開け、あるいはズボンの上から手を差し入れ、斗潮のものに触れ、握っていた。

行事に慣れてくると、もっと深い行為を求めたくなるもの。浴衣の下へ手を伸ばし、ユキの宮殿に触れたとき、斗潮は我慢できなくなった。

「ユキちゃん、オレ、ユキちゃんの中へ……」

「今朝はだめだわ、サックないもの。それにトシちゃん、お仕事に行くのにズボンを汚しちゃ困るでしょ」

その翌朝には用意してくれていた。

「トシちゃん、どうする？　今朝なら持ってきてるけど……」

一も二もない。ユキが許してくれるのであれば、毎朝でもしたい。装着はユキがしてくれ、彼女が樫に背をあて、それを支えにした。斗潮はチャックを開け、砲身だけでなく袋まで取り出して出陣の準備。ユキは浴衣の端を持ち上げ、迎え入れてくれる用意を。彼は膝で身長差を調整し、凹凸の位置を合わせて結合に至るのであった。立ったままの、しかもちょいの間の交接であったが、これもまた欠かせない恒例行事となっていった。雨の日、番傘を差しながらしたことすら。

神社なのだから社殿がある。その中でと斗潮はユキを誘ったが、その提案だけはけっして「うん」とは言わないユキだった。「だって神様の罰があたるわ」と。


この地方のお盆は月遅れの八月。藪入りで三日の暇が貰えるとユキは喜んでいた。一日くらいは祖母のところへ帰るが、もう一日は斗潮と過ごしたい、と。

ところが藪入りを数日後に控えたある朝、境内にユキの姿も見えなければ、樫の木の置き手紙もない。その翌日も、またその翌日も。斗潮は不安に襲われた。病気か怪我か、それとも何か事故でもあったのか、と。翌々日には居たたまれなくなり、黒塀の結城楼を訪ねた。その地域は斗潮の担当区域外であったが、配達の途中、自転車を転がして行ったのだ。

新聞配達をしていたときには毎日来ていたが、この種の店《たな》を訪問するのはもとより初めてである。震える声で案内を請い、葵姐《あおいねえ》さんを呼び出してもらった。名前はユキからいくどとなく聞いてはいたが、顔は知らない。幸いに葵姐さんはいて、じきに出てきてくれた。

「はい、葵ですけど、どちら様でしょうか」

馴染みの客でないことは一瞥《いちべつ》しただけで分かる。加えて客というには若すぎるし、だいいちまだ開店前。斗潮は丁寧に頭を下げ、名を名乗った。それからユキのことを告げようと順序を構えていたのだが、名乗ったところで、

「ああ、ユキちゃんの……、あなたなの……。常々、ユキちゃんから聴いてるわ、いいえ、聴かされているっ

てとこかしら」

葵姐さんは、そう言った。

「ところで、ユキちゃんなんですが……」

「あら、あなた、知らなかったの。ユキちゃんね、おばあちゃんが亡くなられたのよ」

「えっ！　そう……なんですか」

葵姐さんはこんなところじゃなんだから、私の部屋へお出でなさいと言ってくれたのだが、配達の途中である。事情を告げ、感謝しつつも、もう少し詳しい事情を聞かせてほしいと頼んだ。

「じゃあ、勝手口に回って。知ってるわよね」

四日前の夜半に危篤の報があった。予約の客をこなしたあと、店がハイヤーを用意してくれ、村に向かった。その翌日、ユキから電報があり、祖母は亡くなったと。昨夜がお通夜で今日、告別式だそう。店からは女将《おかみ》が向かったが、それ以外は誰も来てくれるなとの強い申し出とのこと。

「そうだったんですか。教えていただいてありがとうございました。ところで……」

ユキの相談相手だという葵姐さん、斗潮は遠慮なく、心に蟠《わだかま》っていたことを尋ねてみた。葬式はどういうふうにしたのだろうか、ユキは大層心細かったのでは、と。葵姐さんは、私もそれが心配だったので、出掛けにユキに尋ねたそう。彼女の答えは、大丈夫です、親戚はともかく、近所に親切にしてくれる人たちがいるから、ということだったと。

「それに今朝の始発の乗合で女将さんも行ったから大丈夫よ」

葵姐さんは続けて言った。

「ところでこんなときになんだけど、あなた若いのにしっかりしてるわ。ユキちゃんが惚れたのも分かるなあ。どんな男か、実を言うと私、すごく心配だったのよ。ユキちゃんは私の大切な妹分だから……。でも安心したわ。あさってくらいには帰ってくると思うから、あなたが心配して訪ねてきたこと、ユキちゃんに伝えておくわ」

「ありがとうございます。忙しいところお邪魔して申し訳ありませんでした」

斗潮は丁寧に礼を述べ、挨拶して踵《きびす》を返した。就職して数か月、この手の挨拶は先輩から教えられ、得意先と接するうちに身についていたのだ。元来は寡黙な男であったが。

数日後、旧盆に入ってからユキは帰ってきた。朝からジージーと油蝉が泣き、じっとしていても汗が滴り落ちる朝だった。浴衣姿が樫の下にいた。いつもは赤い帯をしていることが多いのだが、今朝は黒いものだった。なんと言葉を掛けようか迷った。と、ユキのほうが先に声を。

「トシちゃん、ごめんね。心配させて……。急だったものだから連絡のしようもなかったのよ。お店まで、来てくれたんですってね。葵姐さんから聴いたわ」

「うん、それよりもユキちゃん、このたびはどうも……。オレ、なんて言っていいのか分からないけど……お葬式にも行かなかったし、香典も……」

「ありがとう。いいのよ、トシちゃんのその気持ちだけで、私、嬉しいわ」

死に際だったが祖母には会えたと。間際まで祖母は「ユキ、すまないね、苦労かけて」と言っていたという。前から心臓に持病があったのだが、ろくに医者にもかからずにいた。突然、発作に襲われ、病院に運ぶ間もなかったのだと。

「私にもう少し甲斐性があったら……」

　近所の親切なおじさん、おばさんが力となってくれ葬儀を出すことができたと。有り金を全部、持っていったのだが、費用のことだけが心配だった。でも、駆けつけてくれた女将が金目のことは仕切ってくれ、なんとか埋葬もし、戒名もいただけたとのこと。

「大変だったんだね、ユキちゃん。オレ、なんにもできなくって……ごめんよ」

「いいのよ。みんな親切な人たちばっかりで……」

　ユキの頬に水滴が落ちてきた。水晶のような涙だった。辛かったからの涙なのか、寂しかったからの涙なのか、嬉し涙なのか、斗潮には分からなかったが。しかし、これでユキは生きていくうえでの梁《はり》だったに違いない祖母を失い、孤独となったのである。祖母のためにこそ、遊廓にまで身を落とす決意をし、これまでやってきたのに……。これからは祖母のためにではなく、ただ借金を返すためだけに働かなくてはならない。母がいるはずだが、まだ服役中なのだろう。どこの刑務所にいるとも、いつ出所するとも、ついぞ連絡がくることも、したこともないと、いつぞやユキはそう言っていた。

「ユキちゃん！　なんにもできないけど……、オレ……、オレ、ユキちゃんの味方だから……、ずーっと！」

「……ありがとう、トシちゃん。私もトシちゃんがいてくれるから……だから……」

　あとは声にならなかった。嗚咽《おえつ》が高まり、声を詰まらせながら。頬には止めどなく涙。斗潮はハンケチを出して、ユキの頬を拭いてやった。

「……ありがとう、トシちゃん……」

潤んだ目に、求めるような、訴えるような瞳が窺えた。抱いた。しっかりと。斗潮の胸で泣いていたユキは、次第に収まってきたのか、一定の間隔でしゃくりあげている。

「トシちゃん、今、時間ある？」

胸に頬を埋めたままそう言った。意図するところは不明だったが、今日、仕事は休み。

「……うん、オレ、今日、仕事、休み……だよ」

「そう、よかった」

抱かれたままではあったが、今度は顔をあげてこう言った。今、いますぐ、斗潮が欲しい、なにもかも忘れて斗潮と一体になりたい、斗潮の活力を注入してほしい、と。

「ねっ、この社《やしろ》の中で……」

「でも、ユキちゃん、その中は……、神様の罰が当たるって……」

「ううん、今日はいいの……、神様が……許してくださったから……」

「おばあちゃんの喪中だし……」

「トシちゃんのこと、おばあちゃんには話してあったし……、許してくれるわ……」

斗潮は、まだ女の心をよく理解できずにいたが、ユキの今の気持ちは判るような気がした。彼は先に立って石段を上り、社殿の扉を開けた。ムッとする熱気が黴《かび》くささとともに鼻についた。しばらく開けたままにして換気したい思いがしたが、続いて入ってきたユキは扉を閉めた。汗がどっと出てくる。床も、壁も板張りである。隙間から夏の陽が漏れているが、明かり取りの窓も閉められており、ほの暗い。

土足のまま出入りしているのだろう、床はけっして綺麗とは言えない。茵《しとね》となるような筵はおろか新聞紙すらない。〈どうするつもりなんだろう?〉なす術《すべ》もなく、突っ立っていると、ユキはいつもの手提げ袋から丁寧に折り畳んだ手拭いを取り出し、それを順に横に四枚ほどを重ならないように敷いた。

と、安置されている御神体の方を向き、音のでない程度の拍手を打ち、恭《うやうや》しく三拝した。終ると向き直って、「トシちゃんも、お参りして……」と。ユキが何のために拝礼したのか理解できなかった。彼は無信教者であったが、言われるまま形だけユキに倣《なら》った。拝礼して振り向くと、そこではユキが浴衣の帯を解いていた。その黒い帯を屈んで、もう一枚取り出した手拭いの上に畳んで置いた。再び立ち上がり、肩から滑らすようにして浴衣をパラリと先ほど敷いた手拭いの上に落とした。

生れたままの姿でユキは毅然《きぜん》として立っていた。両手はどこを隠すこともなく、重力にしたがって下げている。板張りの隙間から射し込む糸のような光が、横からユキの頬と一方の乳房を幻灯のように照射していた。表情はよく分からないが、巫女《みこ》のごとく神がかって見えた。

「トシちゃん、あなたも……」

幽玄の世界に浸っていた斗潮は、その一声で今、何をすべきなのかを思い出した。ユキは脱いだ浴衣を、敷いた手拭いの上に延べた。せっかくの浴衣が汚れるのにと思ったが、あえて斗潮は何も言わず、自らも全裸となった。根拠があるわけではなかったが、当然にユキが敷かれた浴衣の上で仰向けになるのかと予測していた彼は、〈?〉と。ユキがこう言ったのだ。

「トシちゃん、そこに横になって……」

逆らうことなどない。言われたままに、横になった。瞬時、〈オレなら、浴衣はいいのに〉とユキの顔を窺ったが、やっぱり表情が読みとれなかった。手拭いと浴衣が二重に敷かれてはいるものの、板張りの床は固かった。〈そうか、やはりオレがこうすべきだったんだ〉。固くもあったが、床の隙間からは熱風が吹き上げてくる。背がじりじりと焼けるよう。

ほの暗いなかでユキの行動は、斗潮の脚から開始された。彼が脱いだ下駄を隅に退《の》かしてから。斗潮のものはすでに七、八割方、成長していた。すぐにユキが被さってくれば、直ちに成人となり、応じることができるのに。ユキは両脚を順に両手でゆっくりと往復しつつ撫《な》ぜた。一方の足首を持ち上げ、足の指に自分の乳首を添えた。親指から小指までひと撫ぜし、指間にそれを挟んだ。指の側面から電流が迸《ほとばし》った。足の裏に柔らかい膨らみが接触した。

太股にも丹念に掌を滑らせている。ユキのさらりとした掌に斗潮の汗が滲んでいることだろう。その汗がまた潤滑油の役割を果たしているのか、滑らかに、二度、三度と。そこにも下から上へ、上から下へと乳首が這《は》った。そのたびに、下から上へ、上から下へと斗潮は発電し、放電した。

筒に至った。ものはもうすっかりと屹立し、鋭い角度で天井を指していた。「ああっ」というユキの声が漏れたよう。手提げ袋を手繰り寄せ、今度は新しいタオルを手品のように取り出している。乾いたそれで丁寧に先端、砲身、袋、そしてまた先端、砲身と順に拭って。もうこれだけで十分に感じるのに、ユキの口が迎えにきた。袋を縦の縫い目に沿って舌で嘗め、そのまま砲身へと這った。入念に、まるで飴でもしゃぶるように先端を嘗めた。唇で咥えた。咥えつつ舌が這っている。斗潮の身体は感電でもしたようにブルッと身震いした。

また、「ああっー」と音を漏らし、擦り上がるように身を乗り出して、ユキは斗潮のものを握った。サックを付けているのだろう、やや間が空いた。「ああっー」がまた聞こえ、摘み直して宮殿へ導こうとしている。覗き込むように下方を向いていたユキの顔が上向きになったとき、「あっ、ああー」、一段、大きな音がし、斗潮の分身は瞬時のうちに呑み込まれた。「あっ、ああー」彼もまた、思わず声を漏らした。よくは見えないが、ユキは一瞬、苦痛に耐える表情をしたように思われ、それはすぐに嬌声とともに歓喜の表情に変わったように感じられた。

「ああー、いいわ……、トシちゃん！」

「ああ、ユキ……ちゃんー」

ユキは斗潮のものを咥えたまま、しばらくは前後左右、さらには上下へと細かく運動していた。そのつど、振動を与えられたように砲身や先端が擦られ、抉《えぐ》られ、この上ないほどの快感である。

「ねえ、トシちゃん、……足を、足を、私のお尻のところで……組んでみて……」

意味は解らないまま、これも言われたようにした。股を拡げて。組んだ足が食べごろの桃に触れたような感触。踵がちょうどユキの尻の谷間にあたった。

「あっ、あー、いいわ……。……それでねっ、トシちゃん、組んだ足で……私を……引きつけて、力入れて……」

「あっ、ああー、いい……いいわあ……、とっても……いいわあ……」

挿入度が深くなった。ユキはそれを知っていたのだ。客から教えられたのだろうか。低く押し殺してはいたが、狂おしいくらいに嬌声を発している。斗潮は自分のものが限度を超越して膨張しているのを覚えた。ふと見ると、ユキの顔面に一筋の、そして葡萄の房のようにたわわに実った乳房にもう一筋の光があたっている。嬉しいのか苦しいのか判然としないユキの顔を一瞥し、斗潮の視線は房に注がれた。〈食べごろだよ〉とまるで啄《ついば》んでほしいごとくに訴えている。こればかりはユキに教えられたのではなく、反射的に思った。両手をユキの背に回し、上半身を起こしつつ乳首に吸いついた。ユキは胸を逸らし、のけ反った。ふたつの突起を交互に突き、含み、嘗め、転がした。中腹から麓、そして谷間に舌を滑らせた。塩分を含んだユキの汗が心地いい。疎《おろそ》かになりそうな両脚を時々、絞めなおした。

急峻な崖を手を携え、力を合わせて登り切ろうとしている。斗潮は最後の一歩を頂上に掛け、一気にユキを引き上げた。その瞬間、斗潮も、そしてユキも極限に達し、同時に力尽きた。

「ああー」

「あっ、あー」

ユキの上半身がバタリとばかりに斗潮の胸に落ち、形よく三角形をなしていたふたつの膨らみは、潰れて変形した。それがぴったりと胸に密着し、谷間の汗が彼の胸の汗と混じりあった。斗潮は再度の快感を覚えた。ユキは貪欲だった。さらに唇を求めてきたのだ。ふたりのそれは衣擦《きぬず》れのような音をたてて吸着した。これだけは斗潮が独占できる舌を絡めあい、唾液を吸いあった。ユキのは甘い蜜のようだった。

横から見ればふたりが接触している箇所は凹凸なく密着し、ふたつの裸体はひとつの塊と化した。どのくらいの時間が経過したのだろう。すべての運動が停止され、静止したまま塊は塊のままでいた。地球の回転が止まったように。ただ、汗だけが止めどなく滴って……。

「とってもよかった……」

そう言ってユキは身を起こし、今はぐったりしている斗潮の分身からゴム製品を抜き取り、僅かに板目から漏れている陽に翳《かざ》しつつ、いつものようにその量を確かめ、

「今日もいっぱいだわ」

と呟き、輪ゴムで止めて手提げ袋に仕舞った。

そんなもの、ほんとうに貯めているのだろうか。尋ねてみた。貯めているのだという。もうずいぶんになったと。持ち帰ったあと、マッチ箱に日時と場所を書き留め、それを綺麗な化粧箱に入れて。特に、初めてのときのものや、試験場裏でのものなどは、マッチ箱ではなく、千代紙を折って作った小箱に入れているると。嫌な客、しつこい客が帰ったあとや、ふと寂しくなったときなど、取り出して想い出に浸るのだという。

「私の大切な宝物よ。今日のも、とても大切な記念だから、千代紙だわ」

量が多いほど嬉しいのだと。今も「ほら、こんなにたくさんだわ」と隙間から射し込む光に当てながら。客とのことはほとんど喋《しゃべ》らないし、斗潮も聞きもしない。ただ、こう言った。いままで、もう幾人となく客の相手をしたが、量は斗潮のが一番だと。量だけでなく、斗潮のものの長さも一、二を争うとも。

「これも大事だけれど、でもこれはトシちゃんの身代わり。もっと大切なのはトシちゃんのだし……、うん、一番大切なのはトシちゃん、そのものだわ」

「ユキちゃん！　オレもユキちゃんのこと、大好きだよ」

「トシちゃん！」

で、また抱き合い、接吻である。

「トシちゃんさ、トシちゃんは私のどこ、好き?」

「全部、ユキちゃんの全部だよ」

「ありがとう。でもー」

でも、どこか言えという。全部でもいいから、一つひとつ口に出して言ってほしいと。困ったと言いつつも斗潮は、たいして困りもせずに答えた。

「そう、まずはユキちゃんの一番大切なところかなあ……。オレ、〔宝箱〕って言おうと思っている……。だけど、おっぱいも好きだし、お尻も……。舌《べろ》もいいなあ。これはオレだけのものなんでしょ?」

「そうよ、私、舌《べろ》だけは絶対にお客さんにあげてないわ。これだけはトシちゃん専用のものなんだもの……」

「ありがとう」

「でも、変なお客さんもいるのよ。宝物にするからって、私の、ここの毛がほしいっていうの。お断りしているわ。私のこと、思ってくれる人、トシちゃんだけでいいんだもの」

「うーん。じゃあさ……オレが、もしオレがほしいって言ったら、ユキちゃん、くれる?」

「えっ! 貰ってくれるの? トシちゃんがいくら好きって言ってくれても、私のここも、おっぱいも、いつもトシちゃんに持っててもらえないんだけど……、これならあげられるわ。……肌身離さずに持っててくれる?」

「うん、ユキちゃんがくれるんなら、いつも生徒手帳の間に挟んでおく……」

「ありがとう、じゃああげるわ。今すぐがいい?」

「でも……どうしようかな。……そのままじゃねえ……。綺麗な千代紙で小さな袋、拵《こしら》えるわ。その中に入れてでどう?」

「うん、いいよ。でも、ユキちゃんが抜くとこ、見たいなあ」

「まあ、変な人。じゃあ、袋、拵《こさ》えて持ってくるから、今度にしましょ」

「うん」

　またまた抱擁し、接吻するふたりである。蒸し風呂の中。ふたりとも身体中の水分が蒸発してしまうくらいに汗をかいていた。ほの暗い中、ユキの胸の谷間に汗が流れている。もうすでに元気を取り戻していた斗潮であったが、ユキの時間に制約もあり、なによりも蒸し暑さに耐えられず、終りにすることに。店《たな》は休みだというユキであったが、またすぐに初七日と新盆とで村に帰るため、今日は洗濯当番をするのだという。

　斗潮は先に衣服を纏い、ユキの浴衣を携えて社殿の外へ出た。埃《ほこり》を払うためであった。皺《しわ》にならない程度に小さくまるめ、社の裏側に回って払った。戻るとユキは手拭いを一枚、一枚丁寧に畳みながら片付けていた。すっくりと立ち上がり、その美しい裸体を射し込む光の中でもう一度、斗潮に印象づけるようにしばし静止したのち、斗潮の手から彼の汗で濡れた浴衣を受け取り、纏った。なんとも魅惑的であり、それが自分の〔おんな〕であると思うと斗潮は堪らなく誇らしく思った。

第九　隣町の宿

その後も、時間を盗んではふたりは、朝、恒例の逢い引きを重ねた。時間を合わせられないときは、置き手紙とした。逢い引きのたびに、抱擁し、接吻した。週に一、二回は、樫の木の下で立ったままユキの宝箱に分身を奉納もしていた。社殿に腰を掛けて、試みてもみた。いつ逢っても、何回唇を重ねても、さらには幾度となく交合しても、飽きるなどということはなく、そのつど、新鮮さを覚え、活力を与えられたものだった。

別れるときは、必ず「今日もがんばろう」と励ましあいもした。斗潮は疲れを知らなかった。仕事にも次第に慣れ、職場の戦力となっていった。夜学への通学もまた楽しかった。学業成績が落ち込むことなどなく、むしろユキとのことが励みとなっていた。毎回欠かさずにというわけではなかったが、行事や付き合いもけっして疎かにはしなかった。ひとつのことに没頭することはあっても、埋没することはなかった。その刹那は夢中になっても、時と状況によっては客観的に自身を見つめ、置かれた環境を斟酌《しんしゃく》することができていた。そういう性格だったのである。

やがて秋となり、また冬がやってきた。ユキと知り合って一年が経過した。雪の量がまだ少ない時期、ユキはもんぺと藁靴《わらぐつ》を履き、斗潮はゴム長靴の上端を荒縄で結わえて、樫の下で相変わらず逢い引きしていた。ただ、抱擁し、接吻するぶんにはともかく、さすがに交接となると支障があった。さらに雪が積もれば、樫の下に来ることすら難しくなってくる。もはや社殿の中しかない。暗く、黴臭《かびくさ》いがいたしかたない。ユキの店《たな》が客に出すものなのだろう、饅頭や煎餅などをそのつど、彼女は持参し、行為はお供えしてからにしていた。

その社殿もやがて諦めざるを得なくなってきた。宮司がそこに居住している神社ではない。斗潮とユキの逢い引きは彼の出勤前。そんな早朝に社殿までの除雪をしてくれる者などいないからである。さりとて、降雪のあった毎翌朝、彼が除雪するわけにもいかなかったし。

止むなく逢い引きの機会は減っていった。置き手紙の場所も、社殿の一隅から狛犬《こまいぬ》の下になり、鳥居の下の雪中と変えていったが、これにも限界がある。自然の力は逆らうにはあまりにも偉大だった。ユキの部屋に忍び込むか、母が朝刊の配達中に斗潮の家でとも考えたが、さすがに踏み切れない。根がそういうことを好まないふたりだったのだ。

通信の手段だけはどうにか確保した。結城楼の新聞受けを利用させてもらうことにしたのである。底の長さと幅をユキが計り、その寸法に合わせて斗潮がベニア板を切り、それを新聞受けの底に重ねた。ふたりは通信文をそのベニア板の下に隠し入れる。毎朝、ユキは誰よりも早く、新聞をとりに出る。また斗潮は出勤の際、ここに寄っていく。幸い、朝の遅い遊廓であったし。さらに万一の場合を考慮して暗号文とした。暗号文といってもたいしたものではなく、一字おき、二字おきに読むとか、それを下から逆に読むとか、あるいは縦書きのものを行を定めて横に読むといったもの。曜日ごとに決まりを定めて。

逢う機会は極端に少なくなった。斗潮が休みの日曜日、しかも前夜からの降雪量が少ないといった日の朝に限られた。降雪が多ければ日曜とはいえ、屋根の雪下ろしや母の新聞配達の手伝いなどが待っていたから。それだけに逢えたときは烈しく燃えたが、それとて最後まで達するような行為はほとんどできなかった。互いに辛かったが、辛抱するよりないと諦めた。

逢えないときのため、顔写真を交換した。互いに相手を思い出し、寂しくなったときには、穴の開くほどに眺め、動かぬ唇に自分のそれを重ねた。斗潮は生徒手帳に挟んだユキからの贈り物を見つつ、想像を巡らせて自慰に耽った。ユキもまた、蒐集した千代紙の小箱を並べ、眺めつつ自己を騙《だま》して火照る身を鎮めたという。

そんなある朝、前夜来の降雪もなかったとき、ふたりは社殿で二週間ぶりの逢い引きをした。この季節にしては比較的、温かい朝だった。ひとしきり愛の交換をし、溜まっていたものを吐き出したのち、ユキは問わず語りに話しだした。しっかりと斗潮の腕に自分のそれを巻き付け、頭を彼の肩に添えて。

来年の春には商売ができなくなるのだという。〔売春防止法〕とかいう法律ができ、遊廓も遊女もなくなるのだと。もし商売をすれば罰せられるとも。女将さんの話によれば、組合でもいろいろなことが話題となってい、この際、廃業するという者、芸者の置屋、待合、飲食店、さらにはバーなどに転業しようという者など、さまざまであるという。市や県もこの際、大方は空襲を免れたため戦災復興事業ができなかったこの街区を整備しようと目論んでいるとも。ユキの説明は拙かったが、おおむねそういったことだった。

「それで、ユキちゃんはどうなるの？」

斗潮にとってはそういう法律ができるかどうかは関心外。ただ、ユキがどうなるのかだけが心配である。無理もないことであるが、彼女の答えは必ずしもはっきりとしない。ただ、はっきりしていることは、まだ借金が残っているということ、年季奉公の年限もあと三年あるということ、だった。

「女将さん、お店《たな》、どうするのかまだ決めてないのよ」

女将がどういう人なのか、女手ひとつで店をやっているのか、背後に後援者や援助者がいるのか、関係ないと思いつつもユキにも関わること、斗潮は聞いてみた。彼女の答えは葵姐さんから仕入れたものとの前提で、こう言った。

「女将さんはお妾さんよ」

東京でなにやら事業をやっている社長で、この町にも支店があり、年に一、二回は来ていると。その人が資金を出して女将にやらせているのであった。いわゆるパトロン。

「あるとき、珍しく女将さんとふたりだけでお茶しているとき、女将さん、こんなこと私に言ったのよ。『ユキちゃん、私の養女にならないか』って。びっくりしたわ、私。でもすぐそのあと、女将さん、『冗談だよ。まあ、この話は聞かなかったことにしておいておくれ』ですって。どういうことなのかしら。気にはなっているんだけど、これは葵姐さんにもまだ話してないのよ」

この話題はこれで終《しま》いにした。何か変わったことがあったら教えてよ、と告げて。


季節は正直である。自分の出番を忘れることもなく、でしゃばることもない。あれほどに街を席巻していた雪も融けだし、境内に蕗《ふき》の薹《とう》が小さな顔を擡《もた》げたころ、樫の木の下での逢い引きが再開された。寂しく、辛い冬だった。

冬の間で、ふたりともそれぞれの写真は汚れてしまった。ともに数えきれないくらい写真をなぞり、口づけしたものだから。斗潮が先にそれを口走るや、ユキは「うふっ」と微笑んだ。「実は私もよ」。さらに彼はユキから貰った大切なものを生徒手帳の間から取り出し、

「これ、よっぽど食べちゃおうかって思った」

と言うと、

「あら、そんなもの食べちゃいけないわ。身体に悪いわよ」

とユキ。

「そんなことないよ、ユキちゃんの身体の一部なんだから……」と斗潮は反論する。こんな他愛のない会話でもユキは感激し、斗潮の名を囁きつつ接吻を求めてきた。

「ねえ、トシちゃん、やっと春が来たんだし……、私たちも春になりましょうよ」

ユキの提案は、去年の春に行ったあの隣町の宿屋へ行こうと誘っているのである。あの初めてユキと交わった情景が、夢幻の走馬灯となって斗潮の頭を駆け巡った。ユキに男にしてもらってから、もう一年が過ぎるのだ。

斗潮は直ちに賛成した。ただ、どうしてもふたりの都合が合わない。三月も下旬なら学校は春休みであるが、彼とて仕事がある。日曜日しかないのだが、この月、ユキには日曜の暇はなかった。しかし、いったん火のついたものは消せない。けっしてユキに溺《おぼ》れているのではないが……。いくら好きで堪らず、逢いたいと思ったときでも、これまで仕事や学校を休んでまでユキと逢瀬を楽しんだことはなかった。ユキもまたそうであったが。

斗潮は決断した。休暇を取ろうと。年に何日かの有給休暇がある。冬、母の都合で取ったことはあった

が、まだ十分に残りがあった。平日、ユキの暇に合わせることに。彼女はたいそう気にしていたのだが。

宿の女将はふたりのことを覚えていた。そこで何を営んだかも。通常ならば、未成年者である、ニヤニヤされ、色目で見られるのがオチであったが、

「あら、お久しぶりね。一年ぶりかしら。仲がよくって、いいわね」

と多少、羨望か嫉妬めいた言葉はあったが、温かく迎えてくれた。葵姐さん常連の宿だけのことはある。

ほんとうならば泊まりたいところであるが、それはできない。ただ、前回と違っていたのは、葵姐さんが予約してくれ、昼をこの宿で摂れること。

「ユキちゃんは当たり前だけれど、私ね、トシちゃんも気にいっているのよ。だから、お昼、私が奢《おご》ってあげる」

葵姐さんにそう言われたのだと。もちろんユキは固辞した。姐さんだって借金のある身なんだし、だいいち他人の逢い引きなんだからと。叱られたという。一度だってユキを他人だなどと思ったことはない。姐さんの好意は素直に受けなさい、と。ありがたいこと。

お茶をいただいてから、まずは風呂にした。他に客はないから安心して寛《くつろ》ぎなさい、女将はそう言ってくれた。互いの身体を洗いあった。湯を掛けあった。湯舟の中でユキに泳ぎを教えた。最後に湯に漬かったまま抱き合い、交合した。今回、ユキは忘れずにサックを持ってきた。逆上《のぼ》せるくらいに燃えた。ユキは「これは記念になるから」と、湯と斗潮の放出したものとが混じったサックを大事そうに仕舞った。

昼にはやや早かったが、部屋に食事が用意されていた。もともとは割烹旅館なのだが、なかなかいい板

前がいず、またネタもいいものがなくって……と言いつつも女将は、「ごゆっくり」と言って下がった。ビールも卓に二本、並んでいた。それも姐さんの奢りだそう。斗潮はその後、ビールの味を知っていた。職場の忘年会などで機会があり、未成年とはいえ、店主も先輩たちも勧めてくれるものだから。

浴衣姿で卓袱台《ちゃぶだい》に向かいあった。ユキが「トシちゃん、どうぞ」とビールを注《つ》いでくれた。彼女は接客で注ぐことがあるのだろう。一段と様になっている。彼も習い覚えた仕種でつぎ返してやった。差しつ差されつし、ユキが「どうぞ」などと言ってご飯を装《よそ》ってくれる。夫婦になった気分である。

「私たち、所帯をもった新婚さんみたいね」

彼女も嬉しそう。

鰊鯡《にしん》の焼き物、早鰹《はやがつお》などの刺し身、たらの目と蕗の薹の天麩羅など、斗潮にとってはいずれも御馳走。海の幸と山の幸、この近辺で獲れ、採れたものだという。貧乏暮しの彼とて地場のもの、口にしたことがないわけではなかったが、こんなふうに調理されて出されたものを口にする機会など、まずなかった。

「おいしい」の連発だった。食欲旺盛な斗潮を見ているだけでユキは嬉しいのか、自身の箸は進んでいない。

「ユキちゃん、どうしたの？　おいしいよ、食べたら？」

「ええ、いただいているわ。でも、トシちゃんが美味《おい》しそうに食べてるのを見るだけで私、嬉しいし、胸がいっぱいよ」

「せっかくの姐さんの心づくしなんだから、食べないといけないよ」

「そうね、もう少しいただくわ。でも、トシちゃん、よかったら私のも食べて……」

ユキは箸をつけた状態で残すのをこだわっているのだった。どうせ全部は平らげられない。残すのだったら、箸をつけずに斗潮に食べてもらおうという目算なのだ。

「オレ、平気だよ。ユキちゃんが箸をつけたのなら、かえって嬉しいくらいだもの」

本心だったが、この言葉にも彼女は少なからず感激していた様子。事実、自分にあてがわれたものを平らげ、ユキが箸をつけて残したものも綺麗に空にした。

「私たち、ほんとに夫婦みたいね」

とユキは眼を潤ませた。

ビールの酔いが回り、またそれが食欲を刺激したよう。すっかりといい気分になった。

「トシちゃん、顔が赤くなってる」

そう言うユキも首筋や浴衣の合わせ目から窺える胸元がほんのりと染まっているのだ。

「お茶、どうぞ」

「ありがとう。御馳走さまでした。葵姐さんによろしく伝えて……」

「ええ、そうするわ。トシちゃん、ひと欠片《かけら》も残さずに全部、平らげたって」

「ひと欠片もって、そりゃないよ。欠食児童のオレだって、骨くらい残したんだから……」

「まあね。ところでどうする？　もう一度、お風呂にする？　それとも……」

「それとも」の先は言わなくっても分かっていたが、あえて斗潮はこう言った。すぐにでもユキが欲しかったのだが。

「少し横になってもいいかな。お腹いっぱいだから、消化させなけりゃ」

「ええ、いいわ。じゃ、ちょっとの間、椅子に座ってて」

ユキは板の間を指さした。と、卓袱台に膝立ちになって、卓上の鉢や皿、茶碗などを片付けはじめ、さらにそれらを重ねてお盆に載せた。立ち上がって、盆を廊下に運んだ。調理場まで運ぶのかと彼は思い、「それ、オレ、やるよ」と言ったのだが、「ここに置いておけばいいわ」と。調理場まで運んだんではかえって迷惑をかけるとも。そんなものかと納得した斗潮である。

片付けが終ると、今度は押入れから蒲団を出して敷いている。これにも手をだそうとする斗潮に向かって、「こういうことは妻の仕事。旦那様は黙って見てればいいの。手に余るときは助けを求めるから」と、ピシャリ。

手際よく進めるユキの立ち居振舞いを見つつ、斗潮は思った。ほんとうにユキと夫婦になりたい、と。いままで、ときとしてユキがそんなことを漏らすことがあったが、正直、斗潮にとっては遠い世界のこと、考えたところで詮《せん》ないものと思っていた。しかし今、こうしてひとたび、その気になってみると〈そうあってほしい〉という思いが募った。ユキと夫婦となり、母を含めて三人で暮らせたらどんなにいいだろうか。母もきっとユキの気質を好ましく思ってくれるだろう。

その実現のためには気の遠くなるような問題が山積している。やっぱり考えても詮ないことであった。ユキを身請けするだけの金がいったいどこにあるというのか、遊女であることを知った母は、ユキをどう思うだろうか。嫁を迎えるとなれば、荒家《あばらや》も改築しなければなるまい。斗潮にはどうにもならないことである。

ユキが敷いてくれた蒲団に横になってみたものの、眠れるはずもなかった。確かに腹は満ちていたのだが、今、ここにはユキとふたりだけでいるのだし、その気になって求めさえすれば彼女は、多分すぐにでも応じてくれるであろうのだから。ユキだって表面、落ちついているように振舞ってはいるが、内心ではかなり激しく燃えているにちがいない。

やはり彼女も同じ気持ちだったよう。蒲団を敷き、斗潮を横にさせてみたものの、そこから先は彼女もやることがない。ひとりで風呂にでも行こうかとも考えたが、行くなら斗潮と一緒にしたい。彼は少し休みたいと言う。手持ち無沙汰を解消するため、これから行われるであろうことの準備をすることにした。手提げ袋からサックと懐紙、それから千代紙で拵えた小箱を出した。宿が用意した手拭いと持参したタオルを廊下に出て、濡らしてきた。それらを空いていた予備のお盆に並べて載せた。

そこまでやったらあとはすることがない。彼女とて斗潮同様、内部は炎がユラユラと燃え盛りつつあった。「トシちゃん、ごめんね」と呟きながら、彼の隣に横になった。仰向けになった斗潮の短い頭髪や頬、耳朶をまさぐりはじめた。ゆっくりと、柔らかく、赤子の肌を摩るように。

一見、斗潮は無反応のよう。〈どうしたのかしら?〉という不安が一瞬、ユキの頭を掠めたが互いに好き合った仲、芽生えた悪戯心のほうが勝っていた。浴衣の合わせ目を拡げ、乳房を露出させつつ、語尾を上げ、媚《こ》びるように「トシちゃん」と囁きかけた。そうしておいて彼の顔面中を乳首でなぞり、房を頬に押し当てた。

「ウフッ、どお、感じ……」ユキが最後まで言う暇はなかった。無反応、無表情の真似事はもはや限界であった。

「ユキちゃん！」と小声で叫ぶなり、一方の手を彼女の腋の下から背に回し、他方の手でひと房を押し包んで、自らの口に誘導した。手で柔らかい膨らみの感触を味わいつつ、乳首に吸いついた。唇で挟み、舌先を接触させ、転がしてから吸った。やや強く。

「いいわあー、もっと吸って……強く……」

そうした。ただ、どれほどまで強くしてもいいのか、彼には分からない。少しずつ強めていった。ユキが〈痛い〉と言ったらすぐにやめられるように注意を払いつつ。彼女の反応はすぐに出た。頬に添えていた手に力が入り、同時に

「トシちゃん、そのへんで……。それ以上は痛いわ」

斗潮は慌てて口を放し、「ごめんね。大丈夫？」と声をかけ、傷口を嘗めるように舌で乳首を二度、三度と労《ねぎら》った。

「ううん、大丈夫。トシちゃん、すぐに放してくれたから……」

しばしの休戦となった。ふたりとも半身を起こし、蒲団の上で斗潮は胡座《あぐら》を組み、ユキは脚を崩して座った。

「トシちゃんったら、私が側にいったのに無表情なんだもの、ちょっと悪戯したの」

「うん、オレ、ユキちゃんが側にいてもどこまで手を出さずにいられるか試したんだ。心臓はドキドキだったんだ」

「そお、ほんと？」

ユキはそう言いつつ、「どれどれ、嘘をついていないかな?」と斗潮の浴衣に手を差し入れ、胸に手を当てた。さらに「よく分からないわ」と、今度は耳を胸板に当て鼓動を検査しだした。

「ほんとだわ。心臓さん、忙《せわ》しそうに動いている」

こういう擬人化した物言いはユキの特徴のひとつだったが、なんとも可愛らしく、このときばかりは年下の少女のように感じられる。後頭部を抱き、背を摩った。妹を愛しむように。洗い髪の香ばしい匂いが斗潮の鼻孔を擽《くすぐ》った。

胸板から顔を放し、斗潮の腰紐を解きつつ、ユキは
「トシちゃんの大きくなっているかしら?」

と、最初は柄パンの上から、次には中に手を差し込んでの確認である。先ほどから斗潮のそれはもう十分に成長していた。

「もう立派になってるわ」斗潮に尻を浮かさせ、柄パンを剥ぎ取った。

「まあ、すごいこと。怒っているみたい……。私ねトシちゃんのに、名前を付けたいの。トシちゃん、私の、〔宝箱〕って言ってくれてるでしょ、だから私も……」

男の象徴を英語で〔ペニス〕と言うのだと、学校の校長だというある客に教わった。早速、その客には〔ペニス先生〕と綽名《あだな》をつけたのだが、このときふと〈そうだ、トシちゃんのに、この名をつけよう〉そう思ったのだと。

「それでね、私、〔ペニーちゃん〕にしようと思うの。どう可愛らしくっていい名でしょ?」

〈ペニーちゃんか〉、斗潮は心の中で呟き、人形か子犬の名のように感じ、感じたままを告げた。

「厭？　私、気に入っているんだけどなあー」

　格別、反対する理由もない。彼女が気に入り、そう呼びたいのならそれはそれでいい。結局、ユキの発案どおりに決まった。というよりも決められた。

　それからは何かにつけてペニーちゃん、ペニーちゃんと喧《やかま》しい。

「ペニーちゃん、いらっしゃい」「ペニーちゃん、とても元気ね」「私となかよくしましょ、ペニーちゃん」などと。

　さらに、斗潮の袋を掌に包みつつ、「これにも名をつけようかな？」と今度は袋の中のものを捧げ持つようにして。

「玉のことは英語で〔ボール〕って言うんだってペニス先生はね、教えてくれたんだけど、〔ボーちゃん〕じゃ、ぼーっとしてるみたいで変よね。かといって〔タマちゃん〕じゃ猫ちゃんみたいだし……。トシちゃん、いい名前ない？」ときた。

　そんなことどうでもいいことなのに、と彼は思ったが、ユキの表情は真面目そのものであり、真剣に思案している。

　無下に〈どうでもいい〉とは言えない。

「毬《まり》もボールって言うそうだけど〔マリちゃん〕じゃ、女の子みたいだし……。トシちゃん、あなた、ちゃんと考えている？」

「考えているよ……。あのね、男のこの玉ね、睾丸《こうがん》って言うんだって保健の時間に教わったよ。……だから〔丸《がん》〕……は変だから、〔まるちゃん〕でいいんじゃないの？」

「そうか、いいわね。〔コウちゃん〕か〔まるちゃん〕か。いいわ、〔まるちゃん〕にしましょう」

まだ肩に残っていた浴衣をすべて剥がされ、素っ裸になった斗潮の両腕や胸板を摩りつつ「これがトシちゃんで……」、次にはいきり立っているものを掌で掬《すく》うようにして「これがペニーちゃんで……」、最後に袋を包み込んで「これがまるちゃんね」と復習でもするように反芻《はんすう》して。

「さあ、これでよしっと！」まるでひと仕事終ったように呟いた。


「どうする？　お腹、少しはへっこんだかしら？」

ペニーはすぐにでもユキの宝箱に入りたがっている。名付けごっこをしていたとはいえ散々、ユキに弄ばれたのだから、高射砲は急角度で天空を睨《にら》んでいた。

「うん、すぐにでも入りたいって、ほら、ペニーが……」

「ほんと、ペニーちゃん、すごいわ……。どうする？」

この「どうする？」はどういう体位でするかという意味。斗潮も次第にユキが言うこの種の表現に慣れてきていた。ただ、意味は理解できてもどんな体位でと言われても、彼には知識がない。これまで経験したのは、回数として最も多いのは立ったままでのもの。これはいわば神社の境内などでの緊急避難的な方法。あとは普通に斗潮がユキに跨《また》がるものであり、何回かはユキが上になって導いてくれたことがあった。この体位は好きだった。じっとしていればユキが好きなようにやってくれるし、下から仰ぎ見る双丘の眺めは絶景である。さらにユキの腰に両脚を組むと挿入度も深くなり、一層快感を覚える。

あとは風呂の中でであったが、半身を起こし、抱き合ったままもあった。これは互いの顔を見つめながらできるし、上半身が比較的に自由になるので乳房をまさぐるなどいろいろと楽しめる。欠点はピストン運動ができず、挿入度に物足りなさが残ることである。最後にもうひとつあった。ユキの背後から攻めるもの。これは挿入も深くなり、なによりユキの桃尻に接触できる感触が堪らない。ただ、互いに顔を見ることができず、ユキには密着感が不足するだろうし、だいいち、これは特別な場合だけとお互いで決めていた。

〈このほかにどんな方法があるのだろうか？〉今は、体位よりも一刻も早く宝箱に招いてほしいだけである。

「オレ、ユキちゃんに任せる」

「そお、それじゃあー」

彼女の提案は〔風呂方式〕だった。向かい合って言葉を交わしながら、と。ユキは膝立ちとなって腹を彼に向けた。はだけた浴衣の合わせ目から膨らみが覗いている。〈帯を解け〉という意である。斗潮の脳内回路は割合、簡単に接続され、理解できた。宿の帯である。結び目を解き、片端を軽く引っ張ると二重巻きのそれは容易に彼の手中に。束縛から解放された浴衣は膝立ちのまま、ユキの肩から外れ、それはパラリと彼女の後ろに落ちた。

もう何回となく眺め、触れた雪の肌。〈美しい〉いつ見ても素晴らしい裸体である。肩はなぜ肩で、そこからすらりと柳の枝のごとく両の腕が伸びている。手首は以前よりもよほど褪《さ》めてきてはいたが、まだ餅肌と比べればやや黒ずんでいた。首もそうだったが、そこから下方はまさに雪の白さだった。左右に張った骨が胸を吊り上げ、すぐに丘陵の裾野に至っている。中腹から頂上まではかなり急峻。頂は蕾が開花する寸前のように膨らみ、房の下は適度な丸みをもって平地に達している。

　腹は両側が抉れて細くなり、真ん中に可愛らしい臍が鎮座して。下半身の膨らみは上とは異なり、横に張り出している。安産型というのかどうか彼には知る由もなかったが、立派な骨盤なのだろう。草原に若草が疎《まば》らでもなく密でもなく繁茂している。よく見るとその草原はなだらかな丘となって泉へと至ってい、そこが分岐点となって太くもなく、さりとて細すぎでもない太股から膝へと下っていた。

　瞬時ではあったが、彼の頭は忙《せわ》しく駆け巡った。

「どうしたの？　トシちゃん。私の身体、どこか変？」

「ううん、違う。こうして眺めると……ユキちゃんの身体、すごく……綺麗だ。……見とれていたんだ」

「あら、ありがとう。でも、そんなに見つめられると、私、恥ずかしいわよ。トシちゃん、でも可笑《おか》しいわ。今、初めて見るんでもないのに……」

「だって……、オレ、いままでは、ただ……」

　口下手な斗潮に戻ってしまった。しかしユキはその意をすぐに分かってくれ、「……ただ夢中だったけど……。今はユキの身体をじっくりと観察できたのね」と。

「いや、オレ、別に観察なんて……。ただ……、ユキちゃん、すごく綺麗だなあって……」

「いいのよ、ありがとう。褒めてくれてるんだもの、お礼言わなくっちゃいけないわ。で、もう観察はいいの？」

「うん。別に今日が最後じゃないものね。また、いつか……」

「そお。またあとで……、お風呂に入ったときにしようか。トシちゃんに褒められたんだから、大事にしなけりゃ……ねっ。で、行く？」

「うん、ほんとうはそっちを待っていたんだ」


ユキにサックを装着してもらったのち、斗潮は両脚を伸ばし、その上にユキが向き合って跨った。それを待っていたように斗潮は胡座《あぐら》にし、ユキの尻が胡座の中に納まった。彼女は片股を持ち上げるようにし、

「いいこと、ペニーちゃん?」と呟き、返事を待つこともなくペニーを片手で摘《つま》み、宝箱へと導いていた。接合させようと視線を下に向けているユキの頭髪が彼の顔に触れた。また香《こう》ばしい匂い。

「トシちゃん、ペニーちゃん、あなた持って……」


風呂での場合のようには巧くいかないらしい。斗潮は言われたとおり屹立しているペニーを押さえ込むようにし、正面に矛先を構えた。彼女は脚を縮め、両膝を踏ん張るようにして均衡を保ちつつ、両手を宝箱に添えてきた。また覗き込むように視線を落とし、両方の指で宝箱の蓋《ふた》を拡げた。

「いいわ、そのまま来て!」


先端から閃光《せんこう》が走り、すべての血液がその一点に集結した。蓋がゆっくりと開かれていくにつれ、ペニーもまたゆっくりと進入していった。なおも結束点を見つめていたユキは、

「入ってくれたわ、ペニーちゃん」

と言って顔を上げ、にっこりと微笑んだ。斗潮も
「うん、いい気持ち」

と、微笑み返し、ユキの腰に両手をあてがって引き寄せた。弾みがついたように一気にペニーは前進し、壁に達した。

「ああっー、いいわ……とっても……」

　これまでは気付かなかったことだが、最奥部の壁にペニーの先端が接触していることが斗潮にも知れた。多分、そうなのだろうと。下を覗くとペニーは過不足なく、きっちりと根元まで宝箱に吸収されている。

　ユキも覗き込み、

「ああ、いいわねー。ほら、トシちゃん、ペニーちゃんの長さと私の宝箱の深さがピッタシなの……。あっ、……私たち、ピッタリ……ああ……、同士……なのねっ……」と。

「うん、ああー、いいなあー。ピッタリ同士で、……ああ、こうして……いられるなんて……オレ、あっー、サイコー」

「ねえ、トシちゃん……、もっともっとくっつきたい。ああ……、それでね、ペニーちゃんの先で宝箱の中を、ネッ!……」

「うん、分かった……」

　互いの腰に手を回し、斗潮はユキを、ユキは斗潮を引きつけた。ユキの両脚は彼の腰に吸着した。寸分の隙間もないほどに密着した。引きつけながら彼女は僅かに体を捻《ひね》っている。その微動が草原と草原の接触となり、ユキの緩やかに盛り上がった草原の丘が心地よい刺激となって看取される。斗潮はペニーを極限まで伸ばし、先端でピクッ、ピクッと刺激を与えた。

「ああっー、いい、……すごーくいいわ……、トシちゃーん!」

　叫びながらユキは斗潮に抱きついてきた。斗潮もユキの背に手を回し、ふたりは抱き合った。ユキの乳房が潰れ、斗潮の胸板に張りついて平板となった。臍も腹も。互いに名を呼び合った。繰り返し、繰り返し。

　次には唇を求めてきた。ユキの唇は燃えていた。斗潮だけのものの舌もまた。呑み下した唾液も熱湯だった。ユキは口の端から涎《よだれ》を垂らし、それを斗潮は嘗めた。余った涎は雫《しずく》となってふたりの密着した体の間を流れ落ちようとしたが、肩のあたりで止まった。

　もう斗潮はとうに限界に達していた。どうしてペニーの先端から液体が発射されないでいるのか、彼自身にも分からなかった。多分、燃えに燃えているユキに歩調を合わせるべく、脳が調整してくれているのだろう。〈もう少し、もう少し、耐えてくれ。ユキが天使に巡り合うまで……〉唇が離れた。

「ああ、ああっー、ユキちゃーん。……オレ、もう……オレ……」

「トシちゃん、いいわー、私、とっても……、しあわせ……よ」

「あっ、いくー。ユキちゃーん」

「トシちゃーん」

　互いに渾身《こんしん》の力で抱き合った瞬間、高射砲は火を噴いた。

第十　写真館

「とっても、とってもよかったわ。トシちゃん、私、天国に行ってきたの。雲の上で可愛い天使さんに逢ったわ。『ユキちゃん、幸せね』って言われたの。だから、私、『そうよ、とっても幸せよ』って答えたわ」

　ふたりで湯に漬かりつつ、ユキは幾度となく同じ言葉を繰り返していた。いつも終ったあとには必ず

「よかった」という彼女であったが、今のはいままでとは明らかに違っていた。心底、陶酔し、完全燃焼したよう。これまではどちらかといえば、斗潮がユキに喜びを与えてもらう立場だった。今は彼がユキに満足を与えることができたらしい。

何がよい結果をもたらしたのか、彼にはよくは分からなかった。あの半身を起こして向き合う体位がよかったのか、それとも斗潮が耐えに耐え、かなりの長時間、発射を我慢できたからなのか。ふたりの愛の交換において隠すことなどなにもない。これからもよりよい関係を維持していくためには、むしろ知っておいたほうがよいだろう、斗潮はそう思って、ユキに素直に尋ねた。

彼女の答えは両方だという。さらに何より冬の間、十分に斗潮と交われなかった反動もあると。あの体位はもう馴染みといってもいいくらいユキをよく指名してくれるある客の好み。客との行為では顔をもろに見つめ合うので厭なのだが、接触感は悪くない。斗潮となら是非試みてみたいと思っていた。そして思ったとおりよかったのだと。

斗潮が耐えてくれた時間の長かったこともちろんよかった。これまでも一回目は斗潮のためで、ともかく彼が満足してさえくれればよく、二回目に自分も楽しめればという思いでいた。若いのだからしかたないのだが、二回目も往々にして思惑どおりにならないこともあったが、今のは違った。身も心も完璧に蕩《とろ》けたと。

「トシちゃん、おとなになってきたのよ。もうこれで女を喜ばせることができたんだもの。でも他の女性《ひと》とは厭よ。ユキだけを喜ばせてね……。だけど……」

今日は一番の収穫があったという。これまでもそうかなとは朧気《おぼろげ》に思ってはいたが、確認できた嬉しいことがあったと。それは膨張時のペニーの長さと宝箱の奥行きがピッタリと一致していること。今まではペニーと名付けた彼のものを最初に見たとき、あまりにも長く思われ、果たしてうまく納まってくれるだろうかという不安があったと。

ところがその後、客の相手をするようになってから、経験豊富で老練な旦那衆のほとんどが「君のは奥行きが深く、とても奥の壁までは届かない」と言うのだ。自身だって奥行きなんて分からないし、そこに男のものが触れたらどんな気持ちになるのか判ろうはずはなかった。

さっきそれが確認できたのである。

「それが一番、嬉しかった。大好きなトシちゃんのペニーちゃんと、私の宝箱の深さが同じなんて……。きっと、私たち神様が巡り合わせてくれたんだわ。赤い糸で結ばれていたのよ。よかった……」

逆上《のぼ》せるからと浴槽の縁に腰を下ろして並んでいたふたり。ユキはそこまで言うと感慨新たなものがこみ上げてきたのか、斗潮に手を伸ばし、口づけを求めてきた。軽く始まったそれは次第に激しくなり、舌と舌とを接触し、鬩《せめ》ぎ合った。

「そうそう、そういえばさっきトシちゃん、私の体、褒めてくれたわよね。ちょっと恥ずかしいけど、よかったら見る？」

「うん、ユキちゃんさえよければ、もう一度、じっくりと眺めたいなあ……」

「恥ずかしいけど、トシちゃんにだったら、穴の開くほど見つめてほしいって気もしてるの……。見てくれる？　どこがいいかしら？」

窓越しに春の陽が射している箇所を選んでみた。ちょうど腰のあたり、草原の中ほどから上、首のあたりまで陽が当たっていた。白い雪のような肌が陽に反射して眩しいくらい。彼に絵心があるわけではなかったが、〈美しい〉と思った。〈芸術〉だとも感じた。背も見せてもらった。背筋がすらりとしている。肩胛骨が張り出し、両面からはやや括《くび》れて垂直に背骨が走って。臀部はこんもりと盛り上がって天井を指している。そこまでは少女を連想させたが、太股の裏側はやや肉付きがあって成熟した女のよう。しかし、脹脛《ふくらはぎ》は中庸である。少女のようでもなく、大人の女のようでもない。太からず、細からずであった。

斗潮はユキの洋服姿を見たことがない。商売のときは知らないが、いつもほとんど絣の着物であった。女教師や街の中心にあるビルに勤めている女性の履くスカート、ぴったりと脚に張りついているスカートを、ユキが履いたら似合うだろうなと思った。特に背後から見たときの脚と椅子に掛けたときの膝小僧が魅力的なのじゃないかと妄想した。

「ユキちゃん、洋服って着るときないの?」

「今はないわ。東京にいた子どものときは洋服だったけど……。でも、どうしてそんなこと聞くの?」

「うん、ユキちゃんの脚、すごく綺麗でさ、魅力的だからスカート履いたら似合うんじゃないかって、そう思って……」

「そう、ありがとう。トシちゃんがそう言ってくれたこと覚えておくわ。でも当分、ないわ、きっと……。で、観察はもういいの?」

「観察じゃないよ、鑑賞だよ。すごっくよかった。綺麗だよ……。オレなんかにはもったいないくらい……。ところでさ、ユキちゃんが、今みたいに裸でいるとこ、写真に撮っておきたいなあ、無理かなあ……?」

無理かどうかの返事をする前に、ユキにピシャリと言われた。オレなんかにはもったいないくらい……、って何よ、大好きなトシちゃんだから、トシちゃんがしてほしいってことしているのに……と。今度からは絶対に言わない約束をさせられた。

「写真のことだけど……」突然、話題を切り換えた。こういうところもユキのよさであり、厭なこともたくさんあるのだろうにうまく気分を切り換えてくるのだ。

「もし、できるんなら是非、撮りたいわ。顔写真だけでなく、トシちゃんに持っててほしいし、私も若いうちに記念に残しておきたいわ。ほんとならお客さんをとる前だったらもっとよかったんでしょうに……」

できることなら専門のカメラマンに写真館で撮ってほしい。しかしいくら銭がかかるか分からないし、だいいち、そんなに大きくない町で噂になっても困る。この話はいったん、沙汰止みとなりかけた。と、ユキが突然、思い出したように言った。

「いい方法があったわ」

これまた葵姐さんからの仕入れ。ユキの生活上の知識は相当に姐さんに負っている。この町に写真館があるはず。姐さんがなにかのときに写真が必要となり、そこで撮ったことがある、そう言っていたことがあると。

「帰りに寄ってみましょう」

簡単に決められてしまった。

思い立ったらすぐに実行に移したいというのもユキの性格のひとつである。宿を出、そのまま駅に向かうのかと思っていた斗潮の意とは異なり、写真館に行ってみるという。

「トシちゃん、きょうはまだ早いから時間、大丈夫でしょ？　ちょっと寄ってみましょうよ」

さして大きくもない駅前商店街の一角にその写真館はあった。他の店と比べて間口が狭く、目立つ看板もないことから注意していないと見逃してしまうほどに地味な佇《たたずま》いであった。

硝子戸の内側に陳列棚があり、その中にカメラや望遠レンズなどの付属品が並べてあった。貧乏育ちの斗潮にはまったく縁のない代物。また、店内の壁には七五三や成人式の記念写真なのだろう、着飾った子供や娘たちの写真が飾ってある。しばらくそこに立ち止まって眺めていたが、中に入ろうなどという勇気は湧いてくるものではなかった。しかし、ユキは違う。斗潮をちらっと見、にこっと微笑むと、躊躇《ためら》う様子もなく、硝子戸を開け、

「ごめんください」

と奥に向かって声を発した。

面倒くさそうに、間を置いてからそれでも「はい」という返事とともに中年男が奥から出てきた。ベレー帽を頭に載せ、斗潮と同じくらいの身長、痩《や》せぎすで、神経質そうではあったが、どこかこの辺の住人とは異なる垢抜《あかぬ》けた感じもする。

「あのー、写真を撮っていただきたいのですが……」

「いつ、誰の？」

「……できれば今、私のを……」

「その服装で？」

ユキと付き合う前の斗潮もそうだったが、それ以上に、この男はぶっきらぼう。必要最小限のことしか

口から出てこない。まるでそれ以上、話すと損するとでもいうように。しかし、こんなことで臆するユキではなかった。あっけらかん、というのがピッタリ。若いうちの記念として裸の写真を撮ってほしいのだと、実に単刀直入である。

「そお……、あんたのね……」

問うているのでもないのに、それからその男はにわかに能弁となった。東京で写真の専門学校を出て、しばらくは宣伝写真の仕事をしていた。女の撮影が専門であり、得意であると。東京では女のヌードを撮る機会も多かった。ただ、戦争が烈しくなって軍関係の仕事しかなくなってから田舎に引っ込み、そんな機会は失われた。若い女といえば成人式とお見合いの写真ばかり。この写真館を継いでから長くなるが、ヌード写真の依頼は初めてだと。

「いいでしょう、やりましょう。少々、ボクの腕が錆《さ》びついているかもしれないが……」

ユキは「ヌード」という言葉を知らなかった。知らないことは「知らない」とはっきり言うのも彼女。知らないのに知ったような振舞いは決してしない。

「『ヌード』ってなあに?」

写真館の店主にではなく斗潮に尋ねた。彼は店主の顔を窺いながら、小声で「裸のことだよ」と。その店主は、若いふたりのそんな言葉のやりとりを微笑ましそうに聞きつつ、店頭に表札を掛け、中からカーテンを閉めた。表札の一方には〈只今、撮影中〉、他方には〈只今、現像中〉とあり、その脇に小さく〈しばらくお待ちください〉とあった。

「さあ、どうぞ」と中に入るよう勧められた。廊下の右側には〈現像室〉と、その先には〈スタヂオ〉と、まるで教室の学級表示板のような名板が掲げてある。〈スタヂオ〉に通された。まず目についたのは天井の照明灯だった。天井だけではない。電気スタンドのようなものもあった。ちょっと洒落《しゃれ》た感じの椅子や簡易な折畳み式のベッドみたいなもの、花瓶や造花、風呂上がりに使う大きめのタオルなどが雑然と置かれた傍らにカーテンで仕切られた一隅があり、そこには脱衣籠が置かれ、壁面には等身大の鏡が嵌め込まれていた。

店主はその仕切られた一隅を指さし、そこで裸になるよう指示し、自身は出入口や窓を黒色のカーテンで覆い、反対側の一隅であれこれとカメラを弄《いじ》っていた。ユキはゆっくりと着物を脱ぎおわり、それから手提げ袋からブラシを出して髪を梳《と》き、いつものように束ねて上に持ち上げ、ピンで止めた。備え付けの鏡とそこに置いてあった手鏡の両方を駆使しつつ後ろを振り返ったり、横から見つめたり。

「どお？」

銭湯から帰ったり、夏に行水したあと髪を梳く母の姿は何度となく見ていた斗潮であったが、全裸でそうするユキの仕種に〔おんな〕を感じた。

それから小一時間くらいで撮影は終った。店主はすっかり若い頃のカメラマンに戻り、ユキにいろいろな姿勢をさせ、機関銃のようにシャッターを押していた。端で見ている斗潮が〈あんなに撮って、代金は大丈夫かなあ〉と考え込むほどに。

「うん、いいねえ、そのポーズ、いいよ」「もうちょっと、こんなふうにしてみて」「ほらほら、もう少し、表情を柔らかく」「うーん、顔が固いなあ」「おお、それいい、そのまま」などと叫びつつ。照明の助手をさせられた斗潮にも、遠慮なく指示が飛んできていた。

着物を着おわってからも興奮が覚めないのは店主のほうであった。料金と出来上がりの日を確認しようとするユキに、機先を制するようにこう言った。久々にカメラマンとしての血が燃えた。若くって粋《いき》のいい被写体にも恵まれた。いい写真が撮れた。ついては、これを裸婦専門のカメラ雑誌に投稿したい。もし、了解してくれるのなら、今日の料金はいらない、と。

ユキは即座に断った。自分の若いときの記念であり、何より斗潮のために撮ったのであって、他人に見せる気などさらさらないというのが彼女の考えであったのだろう。店主は盛んに残念がった。若鮎のような素晴らしい裸体であり、写真の出来も多分、いい。是非とも雑誌に載せ、その道の専門家に見てほしいものだと。

それでもユキは固辞していたが、結局、こういうことで納まった。それは顔を識別できない背後からのものとか、斜め正面からではあるが顔は後ろを向いているものとか、出来上がった段階で、ユキが承知したものだけをと。それでようやく店主も了解したのだが、「要らない」と言う店主に「それでは気が済まない」からとユキは申し出、僅かながらも料金を払っていた。

帰途、店主がユキのことや斗潮とのことなどあれこれ聞かなかったことがよかったとふたりは口を揃えて満足した。根が芸術家であり、カメラマンなのだろうと。

その幾日かのちに、ユキはひとりで写真館に行ったという。数枚を投稿許可し、その他は写真だけでなく原版まで貰ってきたと言っていた。二枚ずつ焼き回しした写真は、一組をユキがもち、もう一組が斗潮の手に渡された。彼にとって劇的な変化があった直後に。

幻想的な絵が多く、これがユキかと疑うものも少なくなかった。投稿を認めたものなどは、その隅々まで知っている斗潮にしてすら、ユキとは思えない写真だった。彼は大切に保存するものと、逢えないときの自慰用とに区分した。これまでなら、母にみつからないよう保管する場所に苦労するはずだったのだが、不幸にもその心配は無用となった。

第十一　母の死

斗潮は勤め先から帰宅する途中、何か胸騒ぎを覚え、母が夕刊を配達する経路を逆に辿《たど》ってみた。住宅街に入ったところで母を発見した。いつもと比べると速度が遅い。ときどき胸を摩《さす》ってもいる。どうも様子が変である。駆けつけた。

「ああ……、トシオ、いいところへ来てくれた……」

「かあちゃん、どうかしたの？　様子が変だよ」

胸に圧迫感を覚え、息苦しいと言う。残りは配るから先に帰って休むよう言い渡し、斗潮は夕刊の包みと襷《たすき》を受け取った。

斗潮は「気をつけて帰りなよ」と見送った。母は、「ありがとう、頼んだよ」と心もち苦しそうに呟き、ヨロヨロというような感じで家に向かって歩きだした。〈大丈夫だろうか？〉不安が過《よぎ》ったが、今は配達を終らせるのが先決である。斗潮は全速力で駆けた。

ハアハアと吐く息も荒く、急いで荒家に戻った斗潮は驚いた。母が上がり框《かまち》にへたり込むように横になって、動かないのだ。

「かあちゃん、どうしたんだ？　大丈夫か？」

「ああ……トシオ……、かあちゃん……胸がきつくって……それで……、ちょっとここで……横になっていたんだ……よ」

「喋らないで！　今、蒲団を敷くから……」

蒲団を敷き、母をそこに運んだ。自分で立ち上がり、歩こうとはしているのだが、全身が鉛のように重そうだ。斗潮は抱え上げ、静かに横たえた。苦しそうにしている胸を摩ってやった。だが、なかなか落着いてくれない。それどころか苦しみが増しているよう。本人は大丈夫としきりに言っているものの、このままではいけないように感じられる。

「かあちゃん、お医者に来てもらおうか？」

やっぱり「いい」と言う。

でも……。

「じゃ、ちょっと待ってて……。河合のおばちゃんに来てもらうから……」

それも「いい」と言ったが、斗潮は玄関を走り出た。数軒先の河合さんの家へ。「おばちゃん」といっても親戚ではなく、母と同じ新聞店で働いている関係で親しく行き来している家である。斗潮の母と同じ未亡人で、彼よりひとつ年上の息子がいた。幸いにおばちゃんもちょうど配達が終ったらしく、玄関先で一服しているところだった。斗潮の話を聞き「えっ」と驚いたおばちゃんは、火をつけたばかりの煙草を揉み消し、すぐに駆けつけてくれた。

「マッっちゃん、どうした？　大丈夫かえ？」

「……ああ、スギちゃん……。ちょっと心臓がね……」

「苦しいのかえ？」

「うん、……でも……しばらく休んでいれば……」

「トシちゃん、どうなんだい？　よくなってきているのかね、それとも……」

「オレ、段々悪くなってると思う……」

「そうかえ……」

そんな会話が交わされている最中だった。突然、母は胸を烈しく掻《か》き毟《むし》り、発作のごとく苦しみだした。

「かあちゃん！　大丈夫かあー。おばちゃん！」

「よし、おばちゃん、ねっ！　中越屋さんの電話借りて電話するから！　なんて言ったけ、あの病院の自動車！」

「救急車。病院じゃなくって消防署だよ！」

「うん、分かった。チュウチュウシャで消防署だね。トシちゃんはかあちゃんの側にいてやりな。すぐ来てもらうから！」

言いおわったときには、もう玄関を飛び出ていた。母の苦しみはますます激しくなり、もはや尋常には思えなかった。斗潮は盛んに声をかけ、胸を摩ってやったが、反応すらなくなってきた。

おばちゃんが戻り、ふたりで心配しつつ母を見つめてはいてもどうしたらよいのか解らない。ただひたすら救急車が早く到着してくれるのを待つばかり。一〇分も経ったろうか、ようやくサイレンの音とともに救急車が来、白衣を着た救急隊員がふたりで担架を抱えて家に入ってきた。彼らは母の様子を見、おばちゃんや斗潮に状況を問うた。

「これは心筋梗塞じゃないか？　おい、酸素ボンベ持ってきたか？」

「さっき使ったから、予備はないよ」

「しょうがねえなあ。ともかくすぐに病院へ運ぼう。誰かいっしょについて来てくれませんか？」

玄関先には近所の人びとがどうしたことかと集まってい、斗潮の顔を見ると、「トシちゃん、どうしたんだい？」と尋ねる。「かあちゃんが……」と答えるだけで精一杯。やはり、おばちゃんのほうがそれでも落ちついていた。そこにいた人に自分の息子への伝言を頼み、斗潮とともに救急車に乗ってくれた。不安で一杯の斗潮にとってなによりも心強かったことは言うまでもない。

車中ではいよいよ母の苦しみようは増し、救急隊員はその胸を開いて心臓マッサージを始めた。露出された母の乳房が苦しそうに、激しく波打っていた。ほどなく病院に到着したのだが、その間はずいぶんと長く感じられた。

看護婦が駆けつけ様子を窺うや、直ちに治療室に運ばれた。医師も急ぎ足で来、斗潮とおばちゃんは外に出された。そこであれこれ看護婦に状況を聞かれ、その看護婦が治療室に入ってからは、ただ待たされた。

それからどのくらいの時間が経過したのだろう。長かったようにも短かったようにも感じられた。母が担架に乗せられて治療室から出てきた。白い治療着に着替えていた。どんな応急措置が施されたのかは知る由もなかったが、母の発作は治まり、軽く鼾《いびき》をかいていていた。

「かあちゃん！」

斗潮が呼びかけたが答えはなく、変わって若い医師が「お子さんですか？　こちらは？」と問い掛け、説明してくれた。心筋梗塞だという。しかも手遅れ気味で、とりあえず手術は差し控え、薬を与えた、と。眠っているのは睡眠薬のせいとも。病室に運び、今夜一晩、様子を見たうえで他の医師とも相談して、今後の措置を検討する。――そんな説明だった。

看護婦に「どうぞ、こちらに」と言われて、病室に案内された。四人部屋で二人の患者がおり、二列並んだベッドの奥に母は横たわった。幸い、隣のベッドは空いていた。看護婦は緊急時の連絡方法を教え、病院に運ばれたとき着ていた服を渡し、さらに着替えを用意したほうがいいとも言って出ていった。

「トシちゃん、おまえここにいておやり。おばちゃん、いったん、帰ってマツちゃんの着替え持ってまた来るよ」

どちらがどちらの家とも区別がつかないくらいに行き来している間柄である。いちいち尋ねなくとも何がどこにあるかは知っているのだ。斗潮は素直に「よろしくお願いします」と。

ずーっと母の鼾は続いていた。斗潮はすることがなかった。ただ、母の傍らにいるだけ。不安が倍加するばかりだったのだが……。やがておばちゃんが息子さんといっしょに現れた。下着の着替えだの、洗面器、シャボン、手拭いにタオル等々、当面必要と思われるものを携えて。

「おばちゃん、それ買ってきたんだろ。いくら？」

「ばかだね、この子は。そんなこと、気にしなくってもいいんだよ」

斗潮にとっては、病院の払いのことも気掛かりだった。しかし今は、ほかの患者もいることに加え、息子さんもいる。明日にでもおばちゃんに相談することにした。依然として母は鼾のまま。おばちゃんたちには帰ってもらうことにした。

「それじゃ、また明日の朝来るから。気をしっかりもつんだよ」

新聞配達のほうはおばちゃんが店に伝え、なんとかする。斗潮の問屋のほうは息子さんが勤めにいくとき立ち寄って伝えてくれるという。ここでいいからというおばちゃんであったが、することもない斗潮は病院の通用口まで見送った。運送会社に勤める息子さんのバタバタ（オート三輪車）の音とともにふたりは帰っていった。

その深夜である。母の鼾が急に激しくなった。驚いた斗潮は母を揺すりながら、「かあちゃん！　かあちゃん！」と低く押し殺した声で叫んだ。他の患者を気にしつつ。反応があったのか鼾は止まったものの、一刹那置いて今度は苦しみだした。

「すぐ、看護婦さんに連絡しなさいっ！」

同室の患者がそう言ってくれたのと彼が看護婦詰所に向かったのとは同時だった。夜勤の看護婦がすぐに来てくれ、母の様子を見るや、「先生を呼んでくるから」と病室を急ぎ足で出ていった。

母の苦しみようは断末魔といっていい。苦しそうにもがいている。斗潮は同室の患者に憚《はばか》ることなく、「かあちゃん！　かあちゃん！」と叫びつづけた。そうしながらも母の手が彼の手を招いていた。否、そう感じた。斗潮は手を握った。心もち、母が握り返したように思われた。その瞬間である。苦しみが消えたのか、観音菩薩のような表情になり、僅かに微笑んだ。握った手がだらりと脱力し、微笑みは消えた。

　駆けつけた医師は部屋に入るなり、瞳孔を見、脈を取った。そして腕時計を見つつ、

「ご臨終です。午前一時一五分」

と告げ、踵《きびす》を返して出ていった。残った看護婦が瞳孔を閉じ、駆けつけた同僚看護婦とともに母を担架に乗せて別室に運んだ。同じ階のはずれにある小部屋だった。母が横たわったベッドの他には椅子が一脚あるだけの殺風景このうえない部屋だった。

「今夜はおかあさんとここで過ごして……。朝、また来ますから」そう言って、夜勤の看護婦は出ていった。


　思えば母の人生は何だったのだろうか。まことにあっけない終末だった。多分、以前から兆候はあったはず。健康診断など受けたこともなかった。斗潮が知っている限りでは病院や医院などで診てもらったことなどない。風邪を引いたからといってせいぜい富山の売薬の世話になる程度。もっと早くから気に掛けるべきだった。

　曲がりなりにも今は薬種問屋に勤めているのだ。先輩に聞くなりして知識を得、適切な薬を服用させることくらいはできたろう。店主は薬剤師の資格をもってもいた。病院や医院は取引先である。店主や先輩の力を借りれば、受診させることもできたはず。

　救急車で運ばれたこの病院はいったい何なのか。あの若い当直の医師は何をしてくれたというのか。手術をしてくれたわけでも、検査をきちんとやってくれたわけでもない。ただ、当面の糊塗策で投薬しただ

けではないのか。医師としての経験も技術もないのなら、なぜ専門医と連絡をとるなどの措置を講じてくれなかったのか。

それもこれも責任は斗潮にある。せっかく今の自分に好条件が揃っていながら、何らなすこともせず、母を簡単に死に至らしめたのは、いったい……。

〈斗潮のバカヤロウ。お前が母を殺したんだ!〉


葬儀は質素そのものだった。蓄えなどないに等しい母子であった。母の兄にあたる伯父が仕切ってくれ、なんとか形を整えることができた。焼香に来てくれた人びとは、近所の方々、亡母の新聞店関係者、斗潮の勤め先関係、友達など僅かなものだった。

そのなかにユキを見た。和服の喪服姿。目立たないよう、流れに乗って記帳し、焼香している。目が合った。慰めるような励ますような目だった。軽く会釈して消えた。目立たないよう振舞っているのだろうが、斗潮には強烈に目に焼きついた。母の葬儀の場ではあったが、喪服姿のユキを高貴に感じ、いままでのうちで最も美しいと思った。

〈あんな喪服、持っていたのだろうか? 急なことで連絡もできなかったのに、どうして葬儀のこと、知ったのだろう?〉

出棺のときは、もうユキの姿は見えなかった。

火葬場で焼かれ、骨になった母を抱えて荒家に戻った。そこには親戚の人たちが集まり、斗潮のこれからのことを相談しだした。伯父があらかじめ計画していたらしい。彼もそこに座らされた。

彼の考えはもう固まっていた。今回の病院と葬儀の費用は分割ででも伯父に返済し、あとはひとりでやっていくつもり。独り身、自分の給料で自分の生活くらい贖《あがな》うことはできる。幸いにも定時制高校のほうは教師の尽力もあって奨学金の支給、学費の免除等がされており、お釣りがくるくらい。学業は十分に続けていけるはず、そう考え、そう話した。

しかし、事はそんなに簡単ではなかった。まず、伯父が手提げ袋から紙切れを出し、それを一枚ずつ畳の上に並べた。「これは○○屋で、これは△△商店、そしてこれは……」と。請求書だった。斗潮は知らなかったが、母はずいぶんと掛け買いをしていたらしい。やや高額なものもあったが、返済できるあてはあった。

それは生前、母が郵便局の生命保険に入っていたことを思い出したから。ある叔父が「その通帳を出してみな」と。斗潮は立ち上がり、箪笥の最上段の引出しを開け、三通ばかりを差し出した。二通は母の名義で受取人は斗潮、あとの一通はその逆になっていた。

それを手にとって眺めた叔父は、「ああ、こりゃだめだ」と吐き捨てるように、隣席の伯父に見せた。

「うん、斗潮名義のものはともかく、こっちは紙切れだな。斗潮名義のものは解約か」

伯父の説明はこうだった。母名義の二通は戦前に契約したもので、戦後の通貨膨張によって紙切れ同然となっている。斗潮名義のものは戦後の契約で、こちらは通貨の変動は受けていないものの期間が短く、解約してみなければ返還金がどのくらいになるかは不明だと。

「トシオ、実はなあ、お前のかあちゃんの借金はそれだけじゃないんだよ」

伯父に多大な借金があったという。母は財布が寂しくなると、給金が出るまでと言っては兄であるその伯父からずいぶんと無心していたのだと。ほとんど返したためしはなく、積もりに積もっている。伯父は小型の帳面を袋から取り出し、斗潮に見せる前に他の叔父たちに見せていた。

「ほう、こんなにも……。姉も斗潮を抱えて苦しかったんだろうが、兄さんもまたよく貸したものだ」

最後にみせられた斗潮は驚いた。その帳面に記されている額はとうてい彼の手に負えるものではなかった。一瞬、彼はその記載内容を疑った。こんなにも母が借財していたとはどうしても思えなかった。つぶさに日付を追って眺めた。伯父の性格そのままに日付、金額のほか理由なり用途なりが几帳面に記載されている。

たいがいは「立替」「当座」「トシオ学校」などと簡単な記載で、一回ごとの額はそう大きなものではなかった。思い出したように稀《まれ》に「返し」という項があり、いくらかの返済も記入されている。疑えばきりがないが、これだけきちんと書かれていると疑いにくい。そう思いつつ眺めていたら、かなり纏まった額の記載があった。「トシオ骨折」とある。

中学に入って間もなくの頃、骨折したことが確かにあった。金がかかるからと入院はせず、そのつど、母が借りたリヤカーで彼を病院に運んでいた。費用のことが心配で、何度となく母にいくら掛かるのかと尋ねたが、「心配することはないよ」という言葉が帰ってきただけだった。〈やっぱり伯父さんから借金していたのか……〉

「さて、どうしたものかなあ、トシオ?」

そう言われても彼がにわかにどうこうできる額ではない。答えに窮していると、別の叔父が言葉を挟んだ。

「すぐに全額を返済しろと言っても、今の斗潮には無理だろうよ、兄さん」

助け船かと彼は期待した。なにか妙案でも出してくれるのかと。しかしそれは斗潮にはとうてい受け入れがたいものだった。まず、学校を止め、昼の薬種問屋のほかに夜も働いて毎月、分割で返していったらどうかというもの。働くことを厭うつもりもないし、返済しなくてはならないことも十分に承知している。しかし、なんとか夜学は続けたかった。

それまで黙っていた叔母が口を開いた。

「夜、働くといったってトシオはまだ子供だし……。それに夜学に行っていてお金貰っているんだから……」

「そうだ、トシオ、お前、たしか、奨学金を結構貰っているんだったな。そのうえ学費は免除だったな？それじゃ、学校は続けたほうが得だよ」

これには斗潮は腹が立った。借金はなんとしてでも返す。しかし学校は得するから通っているんじゃない。勉強したいからだ――と伯父たちを睨《にら》み付けるようにして叫んだ。

「分かった、分かった。まあ、そう怒るな。だけど、学校は続けるとして、いったい、毎月いくらずつ返せるのかね？」

母の遺骨の前で堂々巡りが続いた。堪り兼ねた斗潮は、口を開いた。かねて漠然と思い描いていた考えの発露である。こう言ったのである。どうせ独り身になったのだから、できれば東京に出て大学に行きたい。定時制を卒業するまでは、月々、一定額を返していく。卒業した時点で、親が遺してくれたこの荒家と敷地を売って残額を一括返済し、残りを入学金に充てたいと。大学は昼は無理だろうから、住込みでもして働きながら夜学に行くと。

言ってしまってから〈拙《まず》いこと言ったかな?〉と瞬時に思った。ユキのことが念頭から消えていたのだ。こんなこと、ひと言もユキに言ったことがなかった。さらに来春に新しい法律ができたあと、ユキがどうなるのかも見極める必要もあったのだし。しかし口から出てしまったものをいまさら消すことはできない。

「そう計算どおりにいくかどうかわからないけど、本人が言うとおりどうせ独り身になったんだから、どうとでもなりますよ。大学のことはともかくとして、今の夜学を卒《お》えたら処分したらいいですよ。建物は価値ないでしょうけど、土地は値がつくでしょう?」

「うん、どうだろう。坪、どれぐらいするもんかね。一度、周旋屋にでも見繕ってもらおうか」

ようやく話が終ると、伯父たちは冷や酒の回し飲みを始め、ほどほどに引き上げていった。その夜、河合のおばちゃんが様子を見にきてくれたが、「一人で大丈夫だから」と帰ってもらった。おばちゃんの親切は嬉しかったのだが、ひとりになりたかった。母の遺骨と父の遺影を枕元に並べ、むせぶように忍び泣きつつ、遺してくれた土地を売ることになったことを詫び、深まる夜に身を委《ゆだ》ねた。

第十二　結城楼進入

ほとんど一睡もしないまま朝を迎えた。今日は仕事を休んで、納骨することになっている。出勤するときと同じ時刻に神社裏の樫の木の下に行った。ユキが来ているかもしれない、そう思って。案の定、彼女はいた。樫に背をもたせ、空を眺めている。

「ホーッホー、ケキョ」

鶯の鳴き声であったが、まだ泣き慣れていないのか下手な泣き方である。ユキは斗潮を認めるや
「ウグイスさん、とってもへたくそな泣き方だわ」

と独り言のように呟《つぶや》いたが、彼が至近に達すると反転するように敏捷《びんしょう》に向きを変え、

「トシちゃん！」

と叫び、抱きついてきた。斗潮もユキの名を呼び、しっかりと抱きしめ、唇を重ねた。つい先日、隣町の宿であれだけ愛し合ったのにずいぶんと久しぶりにユキの心地よい匂いに接したように感じた。

「トシちゃん、トシちゃんもひとりぼっちになったのね……。このたびはどうも……、私、なんて言ったらよいのかわからない……わ。寂しいわねえ……」

「うん、その前に、ユキちゃん、葬式に来てくれてありがとう。……喪服姿のユキちゃん、すごーく綺麗だった……」

「あら、ありがとう。あれ、葵姐さんからの借り物なの。そうそう、そんなことどうでもいいんだわ。トシちゃん、寂しくなるねって言ってたんだわ」

「……でも……オレ、ユキちゃんと比べて……ずーっとかあちゃんといっしょだったんだもの……ぜいたく言えない……。それに、それに……、かあちゃん、オレが……殺した……ようなもんなんだ……」

「どういうこと？　トシちゃん？」

胸につかえている丈をそのまま吐き出した。

「神様がお決めになったことだわ。トシちゃんのせいじゃないわよ。あんまり自分を責めないで……」

「うん、でも……オレにはユキちゃんがいる……」

「トシちゃん！　私にもトシちゃんがいるわ！」

またまた激しくふたりは抱き合い、唇を擦りあった。

気持ちを落ちつかせるためにも時間を気にせずにユキとゆっくり逢いたい。しかし、今朝、ここで長話をするわけにもいかない。ユキも日曜休みはしばらくないという。

「そうだ、いい考えがあるわ。トシちゃんが私のお客さんになるのよ。そんなら天下晴れて結城楼の私のお部屋にあがれるわ……。でも……やっぱり難しいかなあ……」

「うん、それ……やっぱり難しいよ」

揚げ代は心配しなくともいい、ユキはそう言ってくれていた。いくら掛かるものやら斗潮には見当もつかない。ふたりで折半することで仮にその問題が解決したにしてもまだ課題は残る。一見して未成年者と分かる斗潮であり、〔いちげんの客〕である。下足番が怪しみ、追い返されるのが落ちであろう。

「姐さんに相談してみるわ。お返事は明日の朝でいいでしょ?」

もう一度、抱擁し、口づけして別れた。ユキに「力、落しちゃだめよ！」と励まされて。

納骨も無事に済み、坊さんから有り難く戒名も貰った。伯父の家などで見かけるものと比べるとずいぶん粗末な位牌に思われた。戒名も文字数が少なく、簡単なものだった。斗潮は気にもしなかったが……。

寺の境内に接した料理屋がお斎《とき》の会場で、僧侶と親戚が同席していた。最初の頃こそ、母や斗潮のことが話頭に上っていたが、それはほんの束の間のこと。酒が回るにつれ、仏やその遺児の存在など忘れたように賑やかな座に変わっていった。高らかな笑い声すらたてて。斗潮は一刻も早く、この場が終ることを祈った。伯父がこの掛かりもまた帳面に記すのだろうなと思いつつ。

顔を赤く染めた親戚連中は打ち揃って荒家に立ち寄った。位牌を安置した仏壇に焼香するためである。斗潮は、父が亡くなったときに母が求めた粗末な仏壇に母の位牌を、父のそれと並べて置いた。蝋燭《ろうそく》に灯をともし、線香をあげ、頭を垂れた。ひとりの叔母が果物を仏壇に手向け、順次、それぞれが線香をあげて、足早に立ち去った。

親戚連中を送り出し、ようやく彼は人心地がついた。間もなく、河合のおばちゃんが来てくれ、焼香してくれたのち、仏の生前話をしつつ彼を励ましてくれた。その後も、近所の人たちが、何かしらの御供物を持参しては仏壇に手を合わせ、「トシちゃん、しっかりね」などと言葉を掛けてくれた。日中、斗潮はほとんど無口だった。悲しいからだけではなく、人生の儚《はかな》さを憂いたからばかりではない。母の死は確かに悲しく、辛い出来事には違いはなかったのだが、彼の心中は存外、乾燥していた。これからがほんとうに自分の人生が始まるような……。しかしその分、夜、ひとりとなってから母に話しかけた。昨夜に続いて。

翌朝も定時に樫の木の下に行った。寝不足から目が真っ赤に充血していた。忌引休みは今日まで。今日は、これから市役所に行って届けを出さなければならない。葬儀に参列してくれた親戚への挨拶回りも。

ユキは斗潮の眼を見、「まあ、トシちゃんの眼、小鳥さんのように真っ赤だわ」と呟き、「トシちゃん、いらっしゃい」と社殿の中に導いた。と、薄暗い中で彼女は着物の胸を自ら押し拡げ、形よい双丘を惜しげもなく露出し、彼を招いた。磁石に吸引されるように斗潮はユキの胸に頭を添えた。

「可哀相なトシちゃん、厭なこと、みんな忘れて……」

ユキはそう言って、斗潮の後頭部を抱きしめた。顔面が谷間に沈み、両の頬に柔らかな膨らみが触れている。空っぽだった彼の頭に〈ああ、なんていいんだろう。ここが一番、安心できる〉と、呟く声が聞こえた。

「おっぱい、吸って……。トシちゃん、赤ちゃんになるのよ」

ユキはやや脚を崩して座り、その膝の上に斗潮を横たえ、母親が乳飲み子に乳を与えるようにして抱いた。

「さあ、たんとお呑み、私の可愛い赤ちゃん！」

ほんとうに赤ん坊に戻ったような気になった。ユキが亡くなった母のような錯覚を覚えた。まるで乳がいまにでも出てくるかのように乳首が飛び出ている。吸いついた。もう何回となく口に含んでいるはずなのに、今のそれは母の乳房であり、乳首だった。軽く吸ってみた。

「トシちゃん、おっぱいはあなたのものよ。もっと強く吸いなさい」

言われるままに吸った。もう完全に赤子になっていた。吸ったところで何が出てくるのでもない。しかし、吸った、強く。痛みを堪えるように首に回された母の手に力が入った。

「ああ、トシちゃん、ああ、おっぱい、おいしい？　でも、でも、かあさん、ちょっと痛いわ」

ハッと斗潮は我にかえった。吸いついているおっぱいが母のものではなく、ユキのだったことを。慌てて吸うのをやめ、傷を癒《いや》すように舌で嘗めた。

「ユキちゃん、ごめん。オレ……ほんとに赤ん坊に……。ごめん、痛かった？」

「ええ、でも、よかったわ。ほんの少しだけれど、トシちゃんのかあさんになれて……」

次の日曜日の午後、結城楼進入を決行することとなった。葵姐さんの力添えを得て。手筈をユキに教えられ、それを斗潮は確認しつつ復唱した。まだ、不安はあったが、ユキの「大丈夫」の言葉に励まされ、決意したのだ。

「トシちゃん、頑張ってね。日曜日、楽しみに待っているわ」


日曜日まではとても長いだろうなと思っていたが、初七日の行事や職場、学校への届け出などしなければならないことも多く、慌ただしく時間が過ぎていった。今年もまた、何事もなかったように桜が咲き、斗潮は三年生になった。職場にも新人が入ってき、彼の職責も応分に増していた。

日曜の朝がきた。桜が散ってしまうほど、激しく雨が地面を叩いている朝である。土砂降りのなか、それでも樫の木の下に行った。ユキはもんぺにゴム長靴姿で社殿の庇《ひさし》の下にいた。ユキの番傘の中で抱擁し、軽く口づけしただけで別れた。

「待ってるからね、トシちゃん、きっと来てよ」

「うん、行くよ、かならず」

母の死に伴う諸々のことはほぼ終った。残るはいずれ売却することになるこの荒家の不動産登記のことだけ。頼んだのでもないのに伯父は実印を拵えて印鑑登録をするように斗潮に命じ、自ら後見人になるべくその選任手続きをしているという。そのことはもうどうでもよかった。これまでの借財をすべて返済でき、大学への入学金とアパートを借りる金など上京後の当座の資金が残ってくれれば、それでいいと思った。

時間はなかなか経過してくれない。外は土砂降りであったが、玄関戸も窓も開けて掃除にかかった。仏壇は特に丁寧に清めた。それでもまだ時間があった。午後の手筈を復習することにした。

午後一時ちょうどに結城楼に行くことになっていた。筋書きはこういうことになっている。姐《ねえ》さんが贔《ひい》屓《き》筋である上客の旦那から「甥《おい》っ子も十八になった。ひとつ男にしてやってくれ」と頼まれ、若い者同士がよかろうとユキの客にするのだと。その甥っ子が斗潮という設定。念のため、姐さんが下足番のおじさんに袖の下を渡しておく。幸い、この日は組合の集まりがあって女将は夕刻まで不在なのだとも。

どんな服装をしたら姐さんの上客の甥っ子らしくなるのか斗潮には判断しかねたが、二者択一しかない。学生服か出勤時の服か。後者にした。早すぎぬよう、遅れないよう、落着きなく家を出た。激しく雨が降っていたが、あえて遊廓街は避け、遠回りして結城楼の黒塀へ至った。何年間も新聞配達で通い慣れた店《たな》であったが、なんとなく趣が違って見えた。その中に入ることなどもとより初めてであり、いや、一度だけユキの消息を葵姐さんに尋ねるため足を踏み入れたことがあるが、上がることなど思いも寄らなかった。心臓の鼓動が早鐘のように打ち鳴った。

「ごめんください」

震えるように口から出た言葉は自分のものとは思えなかった。

「いらっしゃいませ。初めてのお越しのようで……。ああ、そうだ、葵姐さんの……」

下足番の言葉は丁寧ながら、頭のてっぺんから足元まで見透かすような視線にどぎまぎしたが、こちらから言う前に気付いてくれたのは助かった。

「はい、トシオと申します。よろしくお取次ぎを……」

慣れない台詞《せりふ》を震えながらも口に出したとき、計ったように葵姐さんが現れ、

「あら、トシちゃん、いらっしゃい。待ってたわ。雨降りで大変だったでしょ。まあ、こんなに濡れちゃって……」

と機関銃のように息もつかずに捲《まく》し立てた。斗潮に余分なことを喋らせまいとでもするように。上がり框に立った彼を姐さんはまるでほんとうの上客の甥に接するかのように、懐からハンケチを出して、ズボンの裾を拭こうとしている。

「あのー、自分でします」

彼もポケットからハンケチを出し、姐さんを遮ろうと。

「厭だわ、この子ったら。ここではお客さんなんだから堂々としていればいいのよ」

と、結局、姐さんが拭いてくれた。さらに下足番に目配せしつつ、「おじさん、私が案内するわ。どうもありがとう」と。

下足番の「どうぞ、ごゆっくり」の声を背中に聞いて、斗潮は姐さんに導かれるまま階段を二階へと昇った。

階上は廊下を挟んで左右に三部屋ずつあり、正面に厠《かわや》だの蒲団部屋、それに物置場があるようだった。

それぞれの部屋には遊女と花の名前を組み合わせた表札が掲げられている。右側の奥が姐さんの部屋で「葵牡丹」、その手前がユキの部屋で「雪椿」だと教わった。客がいるときはその表札を裏返して朱色にするのだとも。今の時間は客はないようで、どの部屋の表札も黒色となっていた。

「雪椿」の前で立ち止まると、姐さんは表札をひっくり返してから斗潮に目配せし、それから戸を叩いた。廊下に面した箇所は格子戸となっており、それを開けると半間四方の板の間があり、その先に開き戸がある。

「まあ、トシちゃん、待っていたわ。さあ、どうぞ入って。姐さんどうもありがとう。いっしょにお入りになって」

いつもの地味な絣の着物とは異なり、絹地かと思われるやや派手目な着物姿だった。それでも葵姐さんが着ているものと比較すればまだ地味ではあったが。髪形もただ束ねて上にあげているいつものユキとは違って、なんという結い方なのかその呼び方は斗潮には分からなかったが芸妓さんのようにしていた。何かいつもとは違うユキに戸惑いつつ、彼女の職場に足を踏み入れたことを後悔する気が湧いてきた。ユキが、自分とは住む世界が異なるまったくの別人のように思われたのだ。

「どうしたの？　トシちゃんらしくないわ。お客さんなんだから堂々としたらいいのよ」

「私もそう言ったんだけど……、でも無理ないわよね。初めてなんだもの」

ユキに言われ、どう答えたものか思案していたが、頃合いよく姐さんが助け船を出してくれ、ホッとした。

「だって……、落ちつかないよ。いつものユキちゃんと違うんだし……」

そう言いつつもふたりの女を見比べ、さらには室内のあちこちに眼が移って視線が定まらない。こういった遊女の部屋がどういったものなのか、斗潮とて男、興味がないわけでもないのだし。

「この商売も間もなくできなくなるのだし、この店だって廃業になるんだろうから、ねえユキちゃん、せっかくだから向後の見納めに、トシちゃんにね、内部を見せてあげたら……」

「そうね」

ユキの返事は素っ気なかった。今いるこの一〇畳の部屋が客の相手をする場で、彼女が休む謂《い》わば私室は隣接する四畳半、私物などはそこに置いてあると。一〇畳には押入れ、床の間、火鉢、衣装箪笥、小間物箪笥、客の服を掛ける衣紋掛けなどがあった。

「ユキちゃん、私、冷たいもの、持ってくるわ」

「あら、姐さん、ごめんなさい。お使いだてさせちゃって……」

姐さんが出ていったのを確認すると、ユキは素早く斗潮に抱きついた。迫ってくるユキの唇には赤く紅が引かれている。

「トシちゃん、ほんとによく来てくれたわ。……姐さんが戻ってくるといけないから、楽しみは後回しねっ！」

けっして客を入れることはないという私室にも案内してくれた。狭い部屋であったが、ユキの性格を表すようにきちんと片づいている。箪笥の上には位牌が置かれていた。祖母のだという。

「ここにねっ、トシちゃんが呉れた大切な宝物が仕舞ってあるの。あとでゆっくり見てね」

最後に案内されたのは風呂場だった。ちょうどふたりが入れる程度の小じんまりした木製のものだった。

戻ってきた姐さんが説明している。この界隈《かいわい》の遊廓でも、それぞれの部屋に風呂場を構えている店は珍しいのだと。それだけこの結城楼は客筋も厳選していると同時に清潔を旨としているのだそう。それはまた遊女の身体を心配してのことでもあると。

身体のことといえば、と姐さんの解説が展開された。二、三か月に一度、保健所で検査を受けることになっているのだが、この店では女将の方針から、店独自で月一回の検査を行っているという。病院に依頼して性病の検査をし、その〈異常なし〉という結果票を各部屋に掲出して、客が見られるようにしている。あとで「これがそうよ」と示され、眺めてみると、源氏名：結城楼「雪」とあり、本名欄は空欄となっていた。もちろん〈異常なし〉で。

さらに「ユキちゃんに見せてもらったかどうか分からないけど……」と前置きしつつ、姐さんはこうも言った。客の相手をする部屋と遊女の私室を別にしている店も少ないのだと。客はここに日常とは異なる世界と楽しみを求めて来るのだから、遊女の私生活部分を客に見せてはいけないというのが、この店の方針なのだそう。そんなものかと斗潮はただ頷くだけ。

風呂場の脱衣場には洗面所もあり、さらにその隣には男用の小便所まであった。姐さんの説明は続く。奥に厠があるけれど、あれは主として遊女のため。大きいほうを催した客にも使ってもらうが、小さいほうはここで済ませてもらう。廊下で客同士が鉢合わせしたのではまずいからだという。遊廓には細かい配慮がされているものだと彼は感心するばかりである。

「さあ、ビールを持ってきたわ。いただきましょう。私もいっしょしていいでしょ？」

いいも悪いもない。姐さんは端《はな》からそのつもりでいるのだし、ユキとて断る理由など何もない。さらにはそれが姐さんの奢りであることはユキのお礼の言葉で知れたのだし。

「トシちゃん、大変だったんですってね」

ビールを注ぎながら、早くも姐さんの速射砲が始まった。ユキから聴いたのだろうが、母の死のことや彼を労《いたわ》る言葉から、ユキも孤独であることなどを語り、次には自分の境遇まで諄諄と述べだした。彼女とて決して恵まれた境遇でないことは遊女を生業《なりわい》としていることだけでも知れるが、折にふれてユキから聴かされてもいた。格別に目新しい話でもなかったが、それでも斗潮もユキも相槌を打ちながら神妙に聴いていた。疎かにできる女性《ひと》ではないのだ。

ひとしきり続いたそんな話題がようやく済んで、

「さあて、いつまでもここにいたんじゃ、若いおふたりさんの恋路の邪魔よね。年寄りはそろそろ退散しなけりゃ……」

「厭よ、姐さん、年寄りだなんて……。それにまだまだ時間、大丈夫なんでしょ?」

「ええ、でもねえ……。だけど若い男っていいわね……。トシちゃんが、ユキちゃんの彼氏でなかったら、私、誘惑したいわよ……」

「姐さん、それ本心?」

「冗談よ。いや、半分は本心かな……」

そう言って立ち上がった葵姐さんの後ろ姿をユキは追随した。姐さんは一度、振り返って「トシちゃん、ごゆっくり」と微笑みつつ声をかけてくれた。斗潮も慌てて立ち上がり、深く頭を下げて「いろいろとありがとうございます」と丁寧に礼を述べた。ユキと姐さんはなお、ひと言ふた言、言葉を交わしていたが、ややあって姐さんは部屋から出ていった。

「ようやくふたりっきりになれたわ。でも、姐さんを邪魔になんかできないわ。今回だって、ここでこうしてトシちゃんと逢えたのも、姐さんのお陰なんだもの」

「うん、でも葵姐さんには申し訳ないね。オレたちのために……さ」

「じゃトシちゃん、お姐さんのお相手する？　お姐さん、トシちゃんのこと、好きだって言ってるんだし……」

「ユキちゃん！」

「冗談よ。私の大切なトシちゃん、誰にもあげられないわ。たとえ、恩のある姐さんだって……」

そう言ってユキは斗潮を抱きしめ、唇を合わせようと目を瞑って唇を突き出してきた。真紅に染まったそれはとうていユキのものとは思えない。ここは彼女の職場であり、口紅をさすのも仕事のうちであることは、斗潮とて解せないわけではない。しかし、着物といい、髪形といい、なかんずく、口紅は彼の知っているユキではない別人のものだった。

ユキの求めだったが斗潮は明らかに躊躇した。目を瞑って待っているのに斗潮のそれが迎えにこないものだから、彼女は怪訝に思ったのだろう。

「どうしたの、トシちゃん？　口づけしたくないの？」

「ううん、……でも……」

はっきりと言うことにした。ここがどういう場所であるか、ユキが今どういう時間の中にいるのか、ここに自分がいるのはどういうことなのか、みんな分かっているつもりである。しかし、目の前にいるユキはどうしても自分が知っているユキではない。ユキの商売をどうこう言うつもりなど微塵もないが、やっぱり商売を離れたいつものユキが好きだ。素顔で飾り気のないユキが。そう言った。

「そう、そうなの……」

斗潮がけっしてユキの商売を蔑視しているのでないことは分かるし、普段のユキが好きだというのも嬉しい。金銭づくではない、心と心の結びつきを大切にしようという斗潮は、それだからこそ自分も好きなんだと。そういう意味のことを言ってまた斗潮に口づけを求めようとし、慌てて「あら！」と呟いてやめようとした。

〈ユキも分かっていてくれたのか〉と斗潮も感慨新たなものが涌いてき、彼からユキを抱きしめ、唇を奪いにいった。ユキは「あら、いいの？」と言おうとしたらしかったが、最後までは口から出なかった。それより先に斗潮の唇が彼女のそれに重なったのだ。激しく擦りあい、忙しく舌が絡み合った。

「まあ、トシちゃん、唇の周りが赤くなってるわ。口紅が落ちちゃった……」

「そう言うユキちゃんだって、口の周り、鬼婆みたいだよ」

「そお？」

手鏡で我が顔を見、「ほんと、鬼婆だわ」と、懐紙で自分の口の周りを拭いつつ、「トシちゃんも拭いてあげるから……」と。

斗潮の唇を拭いながら、ユキはこう言った。いっしょに風呂に入ろう。上がったらいつものユキになるから、それから……ねっ！　と片目を瞑って。しかしそれではこのあと、商売に差し支えるのではないかと斗潮は心配して尋ねると、ちょっと大変だけれど、また商売上の姿形に戻るからいいと。

「トシちゃんのほうが、大事だもの」

「姐さんも言ってたけれど、トシちゃん、あなた、今日はお客さんなんだから、お風呂出るまではそのつもりでいて……ね。そのあとはいつものふたりになりましょ、いいこと」

「うん、ユキちゃんがそうしたいって言うんなら……」

胡座になって火鉢の側に座り直された。ユキは佇いを改め、きちっと正座し三つ指をついてこう言った。

「いらっしゃいませ。私、雪と申します。不束《ふつつか》な女でございますが、本日はよろしゅうお願い申します」

「……やだよ、そんなの。ユキちゃんじゃないよ」

「そお、じゃあ言葉はいつもどおりね。でも、全部、私が洗ってあげるから……」

いつもの着物と比べると脱ぐのも大変。紐だの帯だの幾重にも体に巻き付けてある。先に風呂場で待っているように言われた斗潮であったが、感嘆しつつも面白がって手をだした。ユキもすっかりと乗って、帯解きのときにはその端を彼に持たせ、ゆっくりと引っ張るようにとまで。くるくると踊り子のようにユキは体を回転させている。目が回るのではないかと心配するほどに。

着物が、そして襦袢が畳に落ち、やがて腰巻きだけになった。露になった乳房はいつものユキのものだった。斗潮は思わず、ユキの腰に手を回し、乳首に吸いついた。次には両手で双丘を揉みしだきつつ、「ああ、これはユキちゃんのおっぱいだ……」と。

「そお、よかったわ。でも、いい子だから、ちょっと待ってて」

脱いだ着物を畳んでから風呂場に行く。だから先に行っているようにと窘《なだ》められた。腰巻き一枚になったユキは跪《ひざまず》いて斗潮の衣服を脱がせにかかった。こうして上から見下ろすユキの乳房もまた味わいがあるように感じられた。ユキは最後に残った柄パンを擦り下ろして、ペニーを握った。

「いい子だから、ちょっと待っててね」と、同じ台詞を今度はペニーに向かって囁き、立ち上がって彼を後ろ向きにし、その尻を軽くポンと叩いて、風呂場へと促した。

斗潮の衣服と自分の着物を畳んでいるのだろう。素っ裸のまま便所に寄った。こんな形で放尿するのは初めてだったが、なぜか快感を覚えた。風呂場に入り、湯加減など確かめているうちに、早くもユキはやってきた。手に手拭いは持っているもののどこも隠してはいない。白い肌、横に張った腰、すらりとした脚、中央に位置する繁み、紛れもなくユキだった。

「どうしたの、トシちゃん？　そんなに見つめて。初めて見るみたいだわ」

「うん、ユキちゃんかどうか確認したんだ」

「うーん、それでどうだったの？」

「うん、間違いなくユキちゃんだ」

「まあ……。さあ、ここに屈んで」

それからのユキはまるで奴隷のように傅《かしず》き、斗潮の身体の隅々まで丁寧にシャボンをつけて洗ってくれた。それも糸瓜《へちま》だけでなく、部分部分は素手を駆使して。さらに背中は自らの乳房に湯で溶かしたシャボンを塗り、そこを押しつけるようにしてやっていた。もう斗潮のものはすっかりと有頂天になっている。

「オレ、ユキちゃんを洗ってあげるよ」という彼の申し出にも「お客さんだから」と固辞していたが、それじゃと背中だけは流させてくれた。その最中、ユキはこんなことを。それは、斗潮のためだからすべてをいつもどおりにしたいのだけれど、髪だけは堪忍してほしいと。店には専属の髪結いがいるのだが、もう一度、結い直すとなれば多大な時間を費やしてしまうのだそう。その代わり顔の化粧も、彼が嫌う口紅も綺麗に落とすからと。

化粧だってやり直すとすれば手間が掛かるのだろう。口紅だけ落としてくれればいい、斗潮はそう言った。ユキは「ありがとう」と、それじゃお言葉に甘えてそうさせてもらうわと答えた。

第十三　愛の証拠

口紅は落ち、ユキの唇になった。絣《かすり》ではないものの浴衣姿のいつもの娘に戻った。

「やっぱり、オレ、そういうユキちゃんがいいなあー」

「そお、でも、髪形だけは……ごめんね」

「ううん、オレのほうが無理言っているんだから……」

「ちょっと待ってて」と言いつつ、ユキは板の間から炭を持ってき、それを火鉢にくべた。

「風邪、ひくといけないから」

私室の四畳半に招じ入れられた。そこにも火鉢があり、暑いくらいに赤々と。さっき言っていた大切なものを見せるという。その前に、さきほどは失礼してしまい気掛かりになっていたユキの祖母の位牌に焼香した。私用の箪笥の上に更紗のような布を敷き、位牌はその上に置かれていた。位牌の脇には小さな写真立が、前には蝋燭立と灰置きがあり、二寸ばかりの西洋蝋燭と線香が備えられ、正面にはご飯がお供えされていた。蝋燭に比べ蝋燭立が大きいのは危険防止のためだと。

斗潮は饅頭を持ってきたことを思い出した。いつぞやユキが「ばあちゃんは饅頭が好物だ」と言っていたことが頭を掠《かす》め、途中で買ってきたことを。さっき脱いだジャンパーのポケットからそれを二個出し、供え、もう一度、位牌と写真を交互に見つつ頭を下げた。

「トシちゃん、ありがとう。ばあちゃんの好物、覚えていてくれたのね」

「うん、オレのかあちゃんのとき、ユキちゃん、いろいろやってくれたのに、オレ、何にも……」

「いいのよ、気持ちだけで嬉しいわ。ばあちゃんも喜んでくれてるわ、きっと」

ユキの祖母の写真は、いつ撮ったものなのか不明だったが、山村の年寄りにしては品が感じられるものだった。そう言うと、ユキは礼を返し、昔気質の人ではあったが、とても働き者で近所の村人からの評判もよかったと、多少の感慨を込めて。

「これよ」と言って、ユキは五段になっている手箱を彼の前に置いた。気持ちの切替えが早いユキである。それは千代紙で周囲を綺麗に覆ってあった。糊と鋏を使ってユキが工作したという。一番上の小抽斗を開けた。千代紙で丁寧に折って拵えた小箱がいくつか入っていた。燐寸《マッチ》箱をふたつ重ねたくらいの大きさ。そのひとつずつをユキは取り出し、「これは一番大切なもの。トシちゃんと初めてのときのものよ」とか「これは試験場の桜を見にいったときの」などと説明している。小箱の一つひとつに手作りの小さな貼り紙があり、そこに可愛らしいがしかし几帳面な文字が書かれている。日付と場所の。

千代紙の小箱は上二段に納まっており、その下の二段にはサックを輪ゴムで結わえたものがあった。これにも小さい貼り紙があり、同じように日付と場所を米粒のような文字で書いて、輪ゴムに止めてあった。

「トシちゃんが、私の中に出したのは全部あるわ。ただね、サックなしで、最後のときに抜いちゃったのがあったでしょ。ほら、あの宿屋のお風呂の中でよ。あれはないから全部じゃないんだけど……。でも、中で出したものは全部だわ」

「うーん。でも、どうするの、これ？」

「トシちゃんとの想い出として、大事にとっておくわ」

抽斗の一番下は写真だった。あの宿の帰り、隣町の写真館で撮ったもの。写真帳にでも綴ってあるのかと思っていたが、写真館の封筒に入れたままこの抽斗の中。その封筒の表面には、撮影した年月日と写真館の名に加え「雪、一八歳のとき。立会い＝大好きなトシちゃん＝」と記されていた。

「さあ、トシちゃん、始めましょ」
そう言ってユキは先に四畳半を出、一〇畳に蒲団を延べだした。生地は絹地で中は羽でも入っているのだろうか、立派な、しかも軽くてふわふわした蒲団だった。斗潮の煎餅蒲団とは雲泥の差。促されて敷蒲団の上に載ってみたがなんとも落ちつかない。そう漏らすとユキも
「私もそうなの。近頃は慣れてきたけど、やっぱり自分の蒲団のほうが落ちつくし、よく休めるわ」
と。敷布が覆われてはいたが、ユキが激しく燃えるときは結構、分泌量も多い。こんな立派な蒲団を汚し

やしないかという心配もあった。ユキは大丈夫だと言って、敷きおわった敷布の一部を剥ぎ取り、その裏側を見せてくれた。二重になっていた。さらに目が細かく織られているので、蒲団までは浸透しにくいのだという。

「でも、お客さんとのときは商売だから私が燃えることなんてないけど、トシちゃんとだと分かんないわね。……でも、いいのよ、だってどうせ敷布は私が洗濯するんですもの」

「なら、いいんだけど……」

「さあ、どうしようか？　時間もあるし、トシちゃん、まず一回、出してしまわないこと？　そのほうが、二回目、たっぷり楽しめるんじゃないかしら……」

「うん、ユキちゃんの好きなようにする……」

「どういうのがいいかしら？……脱がせっこしようか？　トシちゃんが私の浴衣脱がして、私がトシちゃんのを脱がせるの、どお？」

「うん、いいよ」

他愛ない会話であったが、ユキはともかくゆっくりと楽しみたいというつもりなんだと斗潮は理解した。どういうのがいいか、と言うものだから体位のことだとばかり思っていたのだが。

ユキは斗潮に向かい合って正座した。彼はいきなり脱がせるのも粋じゃないな、などと生意気にも思い、まずは抱きしめ、接吻することから始めた。もう数えきれないくらい、華奢《きゃしゃ》な肩を抱き、唇を合わせたはずなのに、何回繰り返してもそのつど、新鮮な感覚を覚えるのだから不思議。斗潮はこれから繰り広げられる情景を想像しつつ、軽く抱き、軽く唇を合わせるに止めた。

次には両手で前襟を掴み、静かに胸元を押し拡げた。首の黒さは以前と比べるとよほど落ちついていたが、そこから下の肌が雪のように白いものだから、やっぱりまだ日焼けした跡が窺える。その白い肌が次第に広がり、やがて丘陵の裾野に至る。もうこのへんから浅いながらも谷間が始まり、峡谷へと達するその始まったばかりの浅い谷間に口づけしたい衝動を覚え、そうした。

間もなく盛り上がった双丘が現れ、乳首が眩しく露出した。ピンと自己主張している。すぐにでも口を迎えに出したい気を抑え、肩から浴衣を擦り下ろした。剥き出しの肩が可憐な少女を連想させた。その両肩を掴んで、しばらく乳房を凝視した。

「厭だわ、トシちゃん、そんなに見つめられると恥ずかしいわ。どこか変？」

「ううん、そうじゃない……。すっごくいいなあって、見とれているんだ」

「いまさら、おかしな人」

事実、そうだった。もう幾度となく眺め、触り、吸いついた乳房であったが、今、こうして改めて見つめてみれば、いいようもなく素晴らしい造形だった。ユキ以外には母のものしか知らない斗潮であったが、けっして大きいわけではない。しかしなんといっても均衡がとれている。不自然さが微塵もないのである。そのことはあの写真館の店主が撮影のときに言ってもいたのだが。

「ああ、素晴らしい芸術だ」

斗潮は詩人になっていた。似つかわしくない言葉が、口の端から違和感なく迸《ほとばし》り出た。谷間に顔を沈めた。顔面の両頬に柔らかい膨らみが感じられる。安らぎを得る場である。ユキもうっとりした感じで彼の頭を両手で覆っている。

「ああ、すごくいい。ユキちゃん……」

「トシちゃん、私もよ……」

乳首に吸いついた。すでに食べ頃の苺《いちご》となっている。口への納まり具合が名状しがたいくらいにいい。含み、吸い、嘗め、転がした。


帯を解きにかかった。ユキには立ち上がってもらって。結び目がやや固かったが、ほどなく帯は解けた。巻き取りおわるや、浴衣はパラリとユキから離れて床へと落ちた。目の前にいる臍が微笑んでいるよう。舌先で嘗め、軽く抉《えぐ》った。そこだけは成熟した女を思わせる腰に両手を添え、繁みを見つめた。上方を底辺とする擬似三角形が密でもなく疎でもない若草によって形作られている。

手の甲で下から上へとなぞってみた。若草が風にそよぐように靡《なび》いた。頬ででもやってみた。朝方剃《そ》ってきた髭跡に心地よく触れた。若草の下方に隠れるようにしてユキの宝箱がある。花弁を連想させる割れ目に沿って指の腹を、これまた下から上へとなぞった。弁は幾分目か開けられており、指先が第一関節まで吸い込まれた。

「ああ……、トシちゃん……、いいわ……、もうちょっと、もうちょっと入れてみて……。ゆっくりと……よ……。ああー」

ほぼ人指し指の全身が宝箱の中へ消えた。静かにゆっくりと内部を抉った。ユキのよがり声が激しくなった。斗潮は舌を入れたい衝動を覚えた。まだ、ユキが客をとるようになる前に一度だけ入れた記憶があった。しかもそれは彼にだけ許される行為のはずだった。指を挿入したまま斗潮はユキの顔を見た。苦痛に耐えるように奥歯を噛みしめ、ときどき小さく口を開いて「ああ」と嬌声を発している。

「ユキちゃん、……オレ、舌《べろ》を……舌《べろ》を入れたい！」

「ああっ、いいわー、えっ?!　いえ……だめ……だめよ……。今は……だめ……よ……」

ユキにだめと言われれば従うしかない。割れ目は諦め、指を抜いた。代わりに若草の周りから太股の付け根を嘗め回した。抜指したとき、「ああっ、もうちょっと……、もうちょっと抜かない……で……」と懇願していたユキだったが、多少の腹いせを込めて無視した。しかし、宝箱の周囲を嘗めると再び、ユキは抑えきれないといった風情で嬌声を。

舌を一方の太股内側から膝の脇まで滑らせ、他方の太股を両手で包むように摩った。背後に回って、桃尻に頬を添え、舌で嘗めた。太股から脹脛まで摩った。世の中にこれほどまでに柔らかく、しかも弾力のあるものを斗潮は知らない。一生、こうしていてもいいとすら思った。


「トシちゃん、すごくよかったわ。私、行きそうになったもの。短い間にずいぶんとお上手になったわ」

「そお。でもそれはユキ先生のお陰だよ。教えてもらったこともそうだけど、ユキちゃんの素晴らしい身体を見ていると、自然にいろいろなこと、やりたいって思いつくんだもの」

「ありがとう、トシちゃん。でもね、お上手になっただけじゃなく、長持ちするようにもなったわ。だって、私のほうが先に行きそうになるんだもの……」

そんな会話をしつつ、区切りのついたところでさっきの意味を尋ねた。宝箱に舌を入れたいと言ったとき、「今はだめよ」と言った意味を。「ああ、そのこと」ユキは言い、こう告げた。やっぱりよしておくべきだと。万一のことがあってはいけないから。ただささっき言ったのは、気分が高まって口走ったこと。事前と事後に消毒すればいいかなと閃《ひらめ》きだけで言ったこと。「でも、やっぱりやめておきましょう」と。

「今度は私の番よ。じっくりと可愛がってあげる！　いいこと。覚悟なさい」

宣戦布告と同時に、ユキは斗潮の浴衣に手をかけて、早くも上半身の身ぐるみを剥ぎ取った。片手を肩に載せ、もう一方の手を胸に添えて掌で胸板をまさぐっている。小さな乳首を指先で摘み、指で摩り、舌で嘗めた。そこで立ち上がるよう指示され、素早く腰紐を解かれた。

「ペニーちゃん、元気にしているわ。おりこうね」

まるで犬にでも話しかけるようにしてから、徐ろに両手を駆使して弄《もてあそ》びはじめた。筒を包むように握って前後に動かし、他方の手では袋を包みつつ刺激を加えている。さらに先端を指先で突つき、指の腹を袋から砲身の縫い目に沿って這わせても。次には正面から咥え、棒のついた飴玉でもしゃぶるようにして。

もう斗潮は佳境に達し、ペニーは鋭い角度で。

「もう、もう……、ユキちゃん、オレ、もう……我慢……できない……よ」

牛のように喘《あえ》ぎつつ降参しているのに、ユキは「もう少し、我慢ね」とつれない。首を大きく捻って下方からペニーを仰ぎ見るようにして、袋を嘗め、口に含んでいる。横からハモニカでも吹くように咥え、再び正面から先端に舌を這わせた。

「もうペニーちゃんも我慢できそうにないわね。どうする？　このまま私の口の中にする、それとも宝箱に入れる？」

「もう、だめ……。どっちでも……」

「じゃあ、我慢のお稽古よ」

枕元に用意されたサックを取り上げ、ユキは素早くペニーに装着した。このへんは慣れたもの。そうしたうえで、自分は仰向けになり、「さあ、いらっしゃい」と。

ペニーに流れる血液を頭で止めているものだから目眩《めまい》を覚え、斗潮はよろめくようにユキに重なった。彼女は素早くペニーを捕捉し、すでに蓋が全開となっている宝箱へと導いた。なんの抵抗もなく、全身がいとも簡単に呑み込まれた。先端が奥の壁に衝突したと同時に締めつけられ、「ああっ！　いくっー」という斗潮の叫びとともにペニーは愛液を発射した。

「トシちゃん、とっても我慢してたのね。ほら、こんなにたくさんよ」

量が多かったのだろう、その重量ゆえかサックはペニーとともに外界に出ることができず、彼女の宝箱に置き去りにされていた。ユキはそれを抜き取り、いつものように目の高さに翳《かざ》していた。

「でも……、オレ、先に行っちゃって……。ユキちゃんはまだ……、ごめんよ」

「いいのよ、トシちゃんが満足してくれたんだもの……。私も、よかったわ。でも、少し休んでからもう一度、やろう、ねっ！」

今のが千代紙組になって小箱に入れられるのか、それともサックのまま手箱の引出しに仕舞われるのか、斗潮には知る由もなかったが、ユキは用意していた輪ゴムで丁寧に口を塞《ふさ》いでいた。

再度、風呂場に行き手短に湯を浴びた。出てくるとユキは敷布や蒲団を整えつつ、こんなことを言いだした。いくらか言いにくそうな気配を漂わせてはいたが、それなりに明確な物言いであり、意味は斗潮にも理解できたのだが……。

「ねえ、トシちゃん、相談があるんだけど……」

そう切り出した話の内容は、いささか斗潮を驚かせた。写真を撮ろうというのだ。写真ならこの前、隣町の写真館で綺麗なユキの裸体画を撮ったばかりなのに。そうではなく、ふたりでの行為中のものだという。思わず斗潮は「えっ！　ユキちゃん、それ本気？」と叫んだほど。

この商売も間もなくできなくなり、お店もなくなるだろう。斗潮とはそれでおしまいということにはしたくないが、こういう場所でおおっぴらにはできにくくなる。さらにその先のことは分からないし、私たちもいつ何どき、どうなるやも知れない。今、まだ若いうちに、何よりふたりが一番燃えているこの時期に「愛の証拠」として記念写真を残しておきたいのだと。

「ユキちゃんの気持ちも分かるけど……」

斗潮は二、三の疑問を投げかけた。ひとつは、万一にも撮った写真が第三者の手に渡るようなことにならないか、ふたつは、誰がどのように撮るのか、さらにはその現像や焼き回しをどうするのか――そんなことだった。

あらかじめユキは答えを用意していた。一点目については、そんなことは斗潮のためにも絶対にあってはならないこと。だから原版はすぐに焼き捨ててもいいし、全部を斗潮に預けてもよい。焼き回しも二枚ずつだけにし、ふたりが一枚ずつ持っていることにする。撮影はこれからこの部屋で、葵姐さんに撮ってもらう。現像と焼き回しはユキが立ち会って姐さんがする。そういうことだった。

前段はともかく後段には驚きを倍加された。葵姐さんが仮に写真機を持っていたにしても、こんな暗い室内で撮影できるだけの器材や技量があるのだろうか。ましてや現像や焼き回しをする設備がどこにあり、これまた姐さんにそんなことができるのか。疑問が増すばかりである。

これにもユキは澱《よど》みなく答えた。姐さんの上客に写真好きがいるのだと。その客は姐さんの部屋にあがるたび、男女の行為を撮影する。専門家はだしの人で、風景や静物、裸婦など幅広く撮っては、専門誌などに投稿しており、何度か賞ももらっている。ただ、いくらなんでも姐さんとの行為中の写真は表に出すわけにもいかないし、家に持ち帰ることもできない。

それで、このためだけに写真機を姐さんに預けており、さらには自宅に現像室を持っているものの奥さんやお子さんの目に触れさせたくないことから、姐さんの部屋に隣接する物置を改造して現像室まで拵えたのだと。当然、そのことは女将も承知しており、それだけ大事な上客。もちろん普請の費用や持ち込んだ器材は客持ちだったそうだが。

姐さんとの行為撮影の際、その客は三脚などを用いて自動でやっており、第三者の力は借りていないということだったが、姐さんも度重なるうちに写真機操作の仕方ばかりでなく、暗室での現像や焼き回しの仕方までおおむね覚えてしまったという。

「そのお客様に内緒でお借りするのよ、いけないかなっても思うけど、そのお客様、姐さんに写真機、使ってもいいよって仰《おっしゃ》ってるっていうし……。ちょっとだけ、お借りするだけだから……」

それでも斗潮の懸念がすべて解消したわけではない。仮に他のことは是とするにしても、姐さんが撮影するということはユキとふたりでの行為を彼女の眼前で繰り広げることになるのではないか。好きな者同士、愛する者同士の行為を他人に見せることなど、彼の常識の範疇にはない。

「私も、トシちゃんがそのこと、一番気にするだろうなって思ってた。トシちゃんが、どうしても厭って言うんならやめるよりないけど……」

「姐さんは私にとっては特別な人……」となおもユキは言葉を続けた。見習い中の稽古のときも姐さんは自分と客との行為を嫌がらずにユキに見せてくれたし、客への接し方だけでなく、斗潮とのときの行為の仕方や客と斗潮とでの言葉を含めた接し方の違いなども教えてもらっている。否、なによりも私生活の面についてもあれこれと助けてもらっている人。だから私は構わないのだが、あとは斗潮がどう思ってくれるかだけだと。

たしかにユキは大層、姐さんにあれこれとお世話になっているのだし、斗潮にしても間接的ながら有形無形の恩恵を受けていることは疑いないことであった。「トシちゃん、あなた次第よ」と下駄を預けられ、しばし沈思黙考。この間、ユキは催促することもなく、黙って斗潮の様子を見つめているだけ。

斗潮は意を決した。姐さんさえ厭でないのなら、やってもいいと。確かに尋常なことではない。これが表沙汰にでもなったら大変なこと。まともに生きていくにも影響が出るだろう。ただ、ユキもけっして興味本位で言っているのでないことは分かる。好意とか愛とかいう目に見えないものをなんとか形ある方法で確かめたい。好きな男と所帯をもてるのであればともかく、極論すれば明日をも知れない身であってみれば、今のこの時点での愛を確かな形で残しておきたい。そういう真摯《しんし》な気持ちから発したものであることを。

「姐さんはどう思っているんだろう？」

喜んでお役に立ちたい、それどころか〈今こそ記念を遺しておくべきだわ〉とまで明言しているとユキは、答えた。

「うーん、それじゃ……」

外堀は埋められているのだ。当初、斗潮をここに呼ぼうと決めたときからユキと姐さんは共謀していたのだろう。どちらの発案なのかはともかくとして。そういえばさっき姐さんがこの部屋から出るときも、ふたりはなにか親密な話をしていたことを彼は思い出した。

「トシちゃん、決心してくれたのね。お姐さんをお呼びするけど、いいわよね」


今日は夜まで客はないという葵姐さん、ユキに呼ばれてすぐにやってきた。知識のない斗潮には見当もつかないが、かなり高価そうな立派な写真機やその付属品のようなものを抱えて。

「トシちゃん、よく決心したわね。私、ユキちゃんにこの話は難しいって言っていたんだけど……。純粋なトシちゃんなんだもの……。ユキちゃんの説得が上手だったのかしら?」

「あら、お姐さん、それもないわけじゃないけど、決めたのはふたりの愛だわ。私たち愛し合っているんですもの」

「まあ、御馳走さま。愛には敵《かな》いませんこと」

ライカという舶来の高級写真機だと姐さんは言う。ドイツのライツ（Leitz）という会社の製品で、そのライツと英語で写真機のことをカメラ（camera）というが、それとの合成語なのだと。ずいぶんと物知りである。斗潮にそう言われると一刹那、得意そうな表情を見せたが、

「正直に言うと、お客さんに耳に蛸《たこ》ができるくらい聴かされたからなのよ。エヘヘ……」

と照れ笑いである。

なおも彼が「こんな暗い部屋でも撮れるんですか？」と尋ねれば、待ってましたとばかり、これまた得意そうに機器を翳してこう言った。

「これね、フラッシュていうんだけれど、光が足りないときに閃光のように光って撮れるようにする器械なのよ」

「センコウって〔お線香〕のこと、姐さん？」

「違うよ、ユキちゃん。眩しいくらいにひらめく光のことだよ、きっと。そうでしょ、姐さん？」

「さすがトシちゃん、学があるわね」

ユキにしたって隣町の写真館で撮影したとき、フラッシュのことは知ったはず。その言葉まではともかくも。多分、写真館でのことは姐さんにも隠しているのだろうと斗潮は想像し、彼女のお惚《とぼ》けに合わせていたのだ。


始める前に姐さんからいくつかの注文があった。斗潮とユキの準備態勢が整うまでは、いつものようにやってくれればいい。頃合いを見計らって合図を送るから、そのときは行為の進行を中断する。進行を止めないでも撮影はできるのだが、姐さんの技量では不安もあるし、記念写真としてはより鮮明にしたいからだと。

さらにふたりだけの記念なのだから顔も隠さず、そのときには写真機のほうを振り向くこと。斗潮のものがぴったりユキの中に納まっている絵もいいが、全身を挿入させず、中ほどにしておくのも、臨場感があって記念としてはいいのじゃないか、などとそんな注文があった。一見、淡々といった感じで。

ユキは直ちに「分かったわ。姐さん、よろしくお願いします」と応じていたが、斗潮は意を決したつもりであったが、いまいち素直になれない。以前、悪友からその種の写真を見せられたことがあったのだが、先入観があるせいか、どうしても不健康な負の心象しか浮かんでこない。その種のものは非合法なものであり、営利を目的として頒布しているのだし、ここでこれから行おうとしているのとは明らかに目的が異なることは承知しているのだが。

姐さんが勘鋭く、斗潮の逡巡に気づいたらしく、「ちょっと待ってて」と自室に戻り、写真帳を携えてきた。多分、顔を見ても知らない人たちだとは思うが、万一にも知っている人だったら秘密を厳守してほしい。斗潮とユキだから安心して見せるのだからと。おそらく斗潮が連想しているであろう写真は残念ながら手元にはないので比較はできないけれど、これを見てみてと姐さんは言った。

初老の恰幅《かっぷく》いい紳士と葵姐さんが絡みあっている最中の絵であった。互いに顔を隠すようなことはなく、うっとりした表情のものや笑顔で楽しんでいるといったものだった。

「どお、厭らしい印象、受ける？　トシちゃん！」確かに陰湿な感じはない。

さらに姐さんは写真帳を何枚か繰り、白人の男女が睦み合っている絵を見せた。その姐さんの上客は小規模ながら貿易関係の仕事をしているのだそうで、仕事の都合で東京や横浜、神戸などによく出掛け、外国人の知己も多いのだという。この写真はそんな知り合いの夫婦なのだが、その上客が写真好きで腕もよいことを知って、頼まれて撮影したものだと。そのことがきっかけとなって、その客も好事家となったのだが、古い慣習もあって奥さんを相手に撮影することは諦め、代わりに姐さんになったのだという。

広い邸宅で覗き見される懸念もないのだろう。四阿《あずまや》風の建物の中、庭園の芝生の上といった屋外でのものや、さらには明るい室内でのものなど、場所も開けっ広げなら、行為中の白人夫婦の表情にもなんの陰りもない。にこやかに、楽しそうに被写体となっている。否、被写体となっているという意識すらないようで、ごく自然な夫婦の営みが行われているといった感じすらする。

「トシちゃん、どうかしら、厭らしい感じする？　日本だって、中世までは男女の営みを隠すという風習はなかったんですって。江戸時代になってから〈秘め事〉なんて言葉が生れ、段々と隠すようになってきたっていうわ。だからその昔は男女平等だったのよ。それが、男に都合のよい社会にするために変えられてきたんだわ。つい戦争前だって田舎に行けば、お客さんへの持てなしとして農家の主は自分の妻を提供したっていうし……」

なかなかの博識である。斗潮の知識では確かめようもない。ただ、姐さんの言っていることが事実としても、前段と後段との関連には疑問もあったが、〈まあ、そんなものかもしれない〉とも。

「うん、確かに厭らしいっていう感じはないですね。姐さんも嬉しそうな顔しているし……。でも……その白人さんの、凄いですねえ……。えらく長いんだもの……、劣等感、覚えてしまいますよ」

「厭だわ、この子ったら、年上の女を揶揄《からか》って……」

「でも……トシちゃんだって、この外人さんに負けてないわよ。ペニーちゃん、そうそうお姐さん、トシちゃんの、〈ペニーちゃん〉って言うことにしてるんだけど、それは立派なものよ」

いくら一回は放出済みとはいえ、煽情を唆《そそ》られる写真を見せられたのだから斗潮のものは正直に膨張し

てきていた。姐さんは手際よく写真帳を風呂敷包みに仕舞い込み、

「さあ、始めましょう」

と声を掛けた。

「いつものようにって言われても、私、困るわ。いつもどんなふうにやっているのか分からないもの、ねえ、トシちゃん？」

「うん、それに気にするなって言われたって、姐さんがそこにいるんだもの、気にもなるし……」

「しかたない人たちね。でも若いんだからしょうがないか。じゃねえ、ユキちゃん、お客様にするようにしたら、どうかしら？」

「ええ、でも、トシちゃん、お客様扱い、嫌がるのよ。ねっ、トシちゃん」

「うん。でも、オレ、どうしていいか分からないからユキちゃんに任せる……。でも……最初の挨拶はいらないよ、なしにして……」

「ええ、分かったわ。じゃあ、トシちゃん、やろっか。姐さんはいないんだって思って……ねっ」

〈やろう〉と言ってするものでもないのにと斗潮は内心で苦笑したが、しかし、何か〈愛の交歓〉をするというよりも儀式を始めるといった、そんな観がなくもない。彼は黙って頷いた。


ユキはまずは「トシちゃん」と囁きかけ、接吻から開始した。首に手を回して。序盤の誘導にしてはそれなりに濃厚に。彼もユキの背に両手を回した。ユキは舌も絡ませてきた。と、早くも閃光が走り、〈カシャリ〉と重厚なシャッター音が室内に響いた。〈あれ、もう？〉と斗潮は一瞬、怯《ひる》んだが、ユキは平気な

様子。

「そうそう、ふたりとも舌《べろ》を出して、先っぽをくっつけあって。そう、いいわよ」

俄《にわか》写真家の注文が早くも飛んできた。斗潮はユキとの行為に集中するよう努めた。次にユキは彼の浴衣を脱がせ、胸板に手を添え、小さな乳首に口を当てて舌で嘗めた。女と比べてなんていうこともない斗潮の乳首であるが、これがなかなかに効く。次第にふたりだけの世界に入っていけそう。シャッター音は聴こえるが、気にならなくなってきた。

さらにユキは彼の腰紐を解き、自身は膝立ちになって斗潮に帯を解かせた。彼女の浴衣がぱらりと床に落ち、細く乙張《めりはり》のある裸体が目の前に出現した。いつ見ても何回見ても飽きることのない双丘が露出し、彼を招いている。そこだけはよく発達した彼女の腰を支え、乳首に口を添え、唇に含んだ。

「トシちゃん、そのままこっちを向いて」

姐さんにそう言われて、せっかく没頭しつつあった頭が現実に戻された。それでも従った。顔を斜にしつつユキの乳首を咥え、吸い、唇で嘗めた。〈犬が嘗めるように〉という姐さんの注文にも従い、下方から舌で嘗め上げもした。

斗潮も膝立ちになり、抱き合って接吻するよう求められた。素直にそうしたが、自分の意思でないものに左右される不愉快さが残る。結局は、同じようなことをするのではあるが。ユキが膝立ちのまま躙り寄ってき、ふたつの上半身が密着した。胸板にユキの乳房が押し潰されるのが感じられた。再び、ユキは斗潮の首に手を回した。彼も彼女の背を抱きしめ、接吻の態勢に。するとまた注文が飛んできた。ふたりとも写真機のほうを向いて口づけするようにと。

互いの膝がもう少し接近し、ペニーと宝箱は至近距離。ペニーの先端をユキの割れ目に宛《あてが》うよう、またまた指示が飛ぶ。

「お姐さん、私のね、トシちゃんとは、ふたりで［宝箱］って言うことにしているの。そう言って……」

「まあまあ、御馳走さまだこと。はいはい、ペニーちゃんとユキちゃんの宝箱、くっつけて……。先っぽだけ入れるともっといいんだけどなあ……」

注文の多い写真家である。ユキはペニーの砲身を摘み、位置を合わせるようにしつつ宝箱に導こうとしている。身長に差があるはずなのに、作為を加えずとも両者の位置はほぼ一致し、先端が入り込んだ。「うふっ」ユキはそう漏らして微笑み、また首に手を回して斗潮に抱きつき、口づけである。

次の指示は、ユキがペニーを弄ぶというものだった。斗潮は仰向けに横臥させられ、ユキがしばし手で遊んだ後、唇に咥えた。ふたりとも写真機のほうを向くように促され、ユキには先端を咥えたまま動かないようにと。「もういいわよ」と写真家の声が聞こえるとユキは前進後退運動を再開し、舌を先端に当てたところでまた静止がかかった。いつもならここまででペニーは目一杯に屹立し、我慢の限界が近いことを彼は知るのであったが、頻繁な静止要求に今ひとつ延焼するに水を掛けられているような状況。

「お姐さん、私、もうそろそろペニーちゃんを迎え入れたいわ。どういう形にしたらいい？」

「そうね……、こんなことそうしょっちゅうできるものじゃないから、ふたりとももう少し我慢して……」

そう言ってから写真家は矢継ぎ早に注文を出してきた。まずはユキに四つん這いになるよう指示が出、斗潮は後ろからペニーを挿入するよう求められた。これはどちらかと言えばユキの嫌いな体位である。

「ユキちゃん、いいの？」

彼女を慮《おもんぱか》って尋ねたが、「今日は特別だから」といとも簡単に了解である。彼はユキの尻に回り、指先で捕捉して宝箱の入口にあてがった。扉を叩くまでもなく磁石に吸いつくようにペニーは呑み込まれた。よく発達した臀部を両手で支えつつ、斗潮は深く、浅く前後運動を始めた。先端が側壁を抉るのが感じられる。そのつど、ユキから嬌声が漏れてきた。思いっきり奥まで差し込むと先端に微かな快感が迸《ほとばし》る。「あぁっ……」

何回か出し入れを繰り返したとき、姐さんから注文が飛んできた。三分の一ほどを入れて静止するようにと。顔もこちらを向いて、手が邪魔だからユキの腰の上に移してなどと騒がしい。

次には斗潮が逆方向を頭にして仰向けになり、そのまま四つん這いとなっているユキの下に入るよう求められた。斗潮の眼前にユキの繁みと割れ目が位置している。ということは彼女の眼の下には成長したペニーがいることになる。宝箱をこんな姿勢で見上げるのは初めてだった。若草が天から地へと生えている。ユキはかなり感情が高まっているのか、花弁がくっきりと口を開けているのが分かる。食虫植物のように早くペニーを呑み込みたいとでも言っているように。

眼を下方に転じれば、ふたつの房が葡萄のそれのようにたわわに実って垂れ下がっている。啄《ついば》みたい衝動に駆られたが、今は写真家の許しを得ずに勝手な行動はとれない。我慢である。と、ペニーに快感が走った。ユキが啄んでいるのだ。姐さんは彼の後方に回ったよう。咥えているユキに静止命令が下された。瞬間、活動が止まり、「はい、いいわよ」という声で再開されていた。

斗潮も宝箱に舌を入れたくなった。万一の感染を恐れて許可されない行為であったが。やむなく周囲を嘗めた。それでもユキは感じるのだろうか、小刻みにお尻を震わせているのが知れる。それが誘発剤となった。禁断の園へ舌が進入した。自己制御できないときだってあるのだと言い聞かせて。

「ああ……、トシちゃん、いいわぁー。……でも、でも……いけないわ、だめよ」

ちょうど姐さんが反対側に回り、その角度から撮影しようとしたときでもあった。

「あら、トシちゃん、それはだめ。やめて！」

「いいんだ、やらせて！」

四囲の土手を嘗め、徐ろに舌を侵攻させた。「ああっ！」というユキのよがり声が激しくなり、「あら、まあ」という姐さんの諦め声が同時に耳に達した。それでも写真家に徹している姐さんである。その状況を素早くフラッシュを焚《た》いて撮影するや、今度は有無を言わさないといった調子で厳しく叱責した。

「トシちゃん、だめよ。いけないわ、もうやめなさい！」


撮影は中断された。葵姐さんはどこからか瓶入りの薬剤のようなものを持ってき、斗潮の腕を引っ張って、洗面所に連れていった。嗽《うがい》をしろと、ただしけっして飲み込んではいけない。それも二度、三度と。

〈臭い、苦い〉。ユキも浴衣を肩に掛け、心配そうに覗き込んでいる。

「そのくらい洗浄しておけば、大丈夫でしょ」

姐さんが自分の部屋にいったん戻っている間、

「トシちゃん、さっきのすごく感じたわ。もっとやってほしかったんだけれど……、しようがないわね。

私も因果な商売だわ……」

「うん、オレも……。いけないって言われてたこと忘れていたんじゃないけど……、ユキちゃんの宝箱が開いてて、いらっしゃいって誘っているんだもの……つい……」

「ありがとう。そして、ごめんなさい」

　ユキはそう言って、斗潮に抱きつき、またまた接吻の嵐だった。そこに姐さんがビール瓶を二本ほど抱えて戻ってきた。

「おやおやお熱いこと。仲がよろしくって結構だわ」

　それからしばらくは車座になり、ビールを喉に流し込みながらいままでの撮影のことが話題となった。乗り気なユキとそれを積極的に勧める姐さんは、あれはよかった、これはこうすればもっといいといった具合に、前向き(?)なことが話頭に上っているのだが、斗潮はただ黙して、促されて相槌を打つだけでいた。

「ところでね、言いにくいんだけど……、おふたりにね……お願いがあるんだ……けれど……」

「なあに、お姐さんらしくないわ。はっきり、仰って」

「ええ、でもこればかりはねえ……。いかな私でも、ちょっと躊躇《ためら》っちゃうわ」

　躊躇いつつも葵姐さんの口から出た願い事というのは、斗潮を一層、驚かせた。なるべく平静を装って写真家に徹してきたつもりだったが、やっぱり私も女。斗潮のいきり立ったペニーをファインダーで、これは写真機の覗き窓のことだけど、覗いたり、ユキの嬌声を耳にしているうちに燃えてしまった。ふたりの間柄をぶち壊すつもりもないし、一回こっきりでいいから、一枚だけでいいからトシちゃんのペニーが私の中に入っている絵を撮ってほしいと、そういうことだった。

　斗潮はただ唖然として一言も発しようがなかった。ユキも黙っていた。

「ごめんなさい。やっぱり言うべきじゃなかったわ。私もだめな女だわ……。ごめんなさいね。なかったことにしてくれる？」

「……ううん、でも、トシちゃんに叱られるかもしれないけど……、私……、姐さんの気持ち分かるわ。男ほどじゃないけれど、女だって……」

本能だとか煩悩だとか、動物的になることだってある、ユキはそんな意味のことを告げていた。愛し合っているという揺るぎない自信もある。たった一回だけ、ここで、私が見ている前でだったら、斗潮さえいいと言えば、私は構わない、そうとも言った。

いったい、この女たちはなんなのだろう。こんな写真を撮ること、ましてや姐さんの見ている前でユキと交わることを認めたのがいけないのだ。斗潮ははっきり断言した。厭だと。撮影もこれで終りにしたいとも。姐さんにはいろいろとお世話になっており、感謝もしているし、好きでもある。しかし、自分が愛しているのはユキだけ。愛しているのでもない女性《ひと》と交わるなどということはとてもできることではないと。

「トシちゃん、ありがとう。そこまで私のこと愛してくれていたのね。とっても嬉しいわ。……お姐さん、ごめんなさい……」

葵姐さんは発する言葉もなく、ひと言、「トシちゃん、ごめんなさいね」とだけ呟いて立ち上がった。出ていこうとする彼女のあとをユキは追い、格子戸のところでひとこと、ふたこと言葉を交わし、ひとり戻ってきた。

「トシちゃん、ごめんね。でも、私、とっても嬉しかったわ。トシちゃんに〈愛してる〉って言われたの初めてなんだもの……。トシちゃん！」

　絡みつき貪《むさぼ》るようにふたりは口づけを交わした。ユキは斗潮を押し倒すようにして横臥させ、サックの帽子を被せ、その上に重なってきた。唇が塞《ふさ》がれていない限り、「トシちゃん、大好き、愛してるわ」などと口走りつつ、宝箱にペニーを押し込み、蓋をした。いままでになく強い締めつけだった。

「ああ、ああっー、いいわあ……。トシちゃん、愛してる、とっても愛してるわ……。トシちゃんも……愛してるって言って……」

「ユキちゃん、愛してる。オレ、ユキちゃんのこと、大好きだあー」

　ユキが双丘を震わせつつやや前屈みになった瞬間をとらえて斗潮は脚を持ち上げ、ユキの腰に巻き付けた。そしてぐいと引き寄せた。挿入度が増すと同時にまたユキの嬌声が響きわたった。さらに彼は上半身を持ち上げ、真っ赤に熟した苺を啄み、続いて彼女の背に両手を回して抱きしめた。脚も腕も、ユキを骨折させない程度に強く引きつけた。

「あっ、ああっ！　いいっー、とってもいい……トシちゃん！」

「ああ、オレも……」

　身体中の体液がすべてペニーに集まり、勢いよく発射された。「ああっー」と男女の声が漏れ、ふたりは一体となって弛緩《しかん》した。ユキは死んだようにじっとそのままでいた。彼は慈しむようにユキの背を摩っている。

　やがてユキは顔をあげ、唇を求めてきた。ひとしきり激しく摩擦させ、舌を絡めあったあと、接触させたり放したりしつつ、独り言を囁くように睦言を。いままでのなかで一番よかった、斗潮に愛されてこのうえなく幸せだ、この世で男は斗潮だけ、などと。再び三たび唇を接触し、彼の髪の毛を摩り、耳朶を嘗め、鼻頭に自分のそれを接触させていた。下半身を密着させたまま半身を起こし、生れたばかりの仔馬を嘗める母馬のように顎、肩、喉と嘗め、胸板を摩り、小さな乳首を指先で弄んで……。

ようやく密着点を別離させ、ペニーから愛液が零《こぼ》れないよう注意を払いつつサックを外した。いつものようにそれを天空に翳し、「まあ、二回目なのに……こんなにたくさん……。トシちゃん、愛してるっ！」と呟きつつ、桜桃《さくらんぼ》でも啄むように吊り下ろしたサックの先端を口中に入れたり出したり。愛情の度合いと愛液の量とがまるで比例でもするがごとくに思っているユキであった。

湯を浴びている間もユキは片時も離れることなく、斗潮に裸体を接していた。今、放したら羽化した蝶が飛び立ち、再び手元には帰ってこないとでもいうように。年上であり、接客を業としているユキが、血を分けた妹のように感じられ、愛おしく思われた。斗潮はユキのしたいようにさせていた。

湯からあがり、残ったビールではなくユキが注いでくれた熱い茶を啜《すす》りつつ、ふたりとも汗が引くまでと生れたままの恰好でいた。身体を密着させることはなかったものの、ここでもユキは斗潮のどこかに接触していた。「ああ、とっても気持ちよかったわ」などと言いながら。

「ところで、葵姐さん、あんなことでよかったんだろうか？　これからユキちゃんと気まずくなるんじゃ……」

「大丈夫だと思うけど……。でも、お姐さん、ずいぶんとがっかりしていたわ」

「うん、悪かったかな？」

「ええ、でもねえ、トシちゃん……」

　ユキはこう語った。斗潮が誰よりもユキを愛してくれていることは、さっきの言葉や今の行為でよく分かった。けっして裏切られるような心配はない。ユキも地球で一番、斗潮を愛している。だったら、姐さんを少しばかり、ほんの少しだけ、仲間に入れてあげてもいいんじゃないか。葵姐さんも寂しいのだ。けっして斗潮を奪おうとか、ふたりの仲を裂こうなどとは思っていないと。

「だからもし、ほんの少しでもトシちゃんがお姐さんのお相手、してくれれば、私、とっても助かるの……。どうかしら？」

　気をきかせたつもりで言いだしたことを斗潮は後悔した。言うんではなかったと。しかし、たったいま、愛の交歓が終ったばかりのせいか、ユキの言うことも分かるような気がした。確かに姐さんは寂しいのだろう。懇意にしている客はたくさんいるらしいものの、恋人はいないらしい。いや、いるのかもしれないが、少なくともユキが斗潮と逢えるほどには、自由に逢えないのだろう。ユキがなにかと世話になっていることも確かだし、これからも世話になるのだろうし。

「ユキちゃんがそうしてほしいって、心の底から思うんだったら、オレ、いいよ。……でもひとつ分からないことがあるんだ。姐さん、今夜、お客があるって言ったよね。ただ男がほしいんだったら、それで済むことだし……。だいいち、オレと姐さんは恋人同士でもなんでもないんだから……」

「そこが女心よ。お姐さん、トシちゃんのこと、好きなのよ。でも妹分の私から奪うわけにはいかないし、だいいち、トシちゃんもそんな気はないわよね。だから、私の公認のもとでトシちゃんと交わってみたいのよ。お姐さんにとっても、大切な想い出としておきたいんじゃないかしら……」

「ふーん、そんなもんかな……。オレには分からない」

「でも、でも、トシちゃん、いいのね。ほんとね。お姐さん、喜ぶわ。私、早速、行ってくる！」

「トシちゃん、ほんとにいいの？　厭だったら無理しないで……。嫌々だったら、私も厭だもの……」

「さっきも言ったけど、オレ、けっして姐さんのこと、嫌いなんかじゃないんです。ただ、ユキちゃんとは……」

「トシちゃんにとって、ユキちゃんと私の立場が違うことくらい、私も十分に理解しているわ。だから、トシちゃんのこと、けっして愛してるなんて言わない。でも、でもね……ちょっと恥ずかしいんだけど、私もトシちゃんのこと好きだし……、ふたりのこと羨《うらや》ましくもあるわ。……ちょっとだけ、ちょっとだけでいいから、ふたりの愛をお裾分けしてほしいの。ごめんね」

話は決まってしまった。斗潮は今、ユキとの間で完全燃焼したばかり。とてもすぐにというわけにはいかない。ユキがそう言うと、姐さんも分かっていると。どうするのかと思っていたら、問う前に姐さんが先に口を開いた。真剣になってもいけないし、斗潮が可能になるまでにも時間が要る。ここは〔遊び心〕で楽しむってのでどうかと。

ふたりで斗潮を攻めようと。一刻も早く回復させるためにも。

「どお、ユキちゃん？」

「私はいいわ」

「トシちゃんは、どうかしら？」

「もう生贄《いけにえ》にでもなんでもなりますよ。おふたりの好きなようにやってください」

「そんな……、自棄《やけ》っぱちにならなくたって……」

「別に自棄っぱちになっているんじゃないけど……。オレ、俎板《まないた》の鯉なんだもの……」

「トシちゃん、俎板のコイってなんのこと？」

　こういうところはまったく無邪気なユキであった。彼に変わって姐さんが教えてくれた。

「ふーん、そういうことなの。コイって言うから、私『恋』のことかと思ったわ。トシちゃん、俎板に恋しちゃって板前さんにでもなるのかって……」

「さあ、じゃあ始めましょ」


　いったい人間の性欲ってなんなのだろうか。人間以外の動物は、ただ子孫を残すためだけに営むものだという。しかるに人間は……。今、斗潮がいるこの場所は金銭で性を売買する場。需要があるから供給もあることとくらいは彼とて理解できる。しかし金銭で買う〔性〕ってどういうものなのだろうか。ユキも言っているがそこに愛があるわけではない。稀に愛に発展することはあるのかもしれないが、ここに男たちは愛を求めて来るのではない。性欲を満たすために少なからぬ対価を払ってやってくるのだ。

　愛を伴わない性ってなんだろう。斗潮だって若年とはいえ男。小学校の高学年ころから性には興味を抱きはじめ、悪餓鬼どもたちとの他愛ない会話から始まって、中学生のころには群れては猥談もした。廓の裏に忍び込み、藪蚊に刺されながら男女の営みを覗き見しつつ、自慰にも耽った。悪餓鬼の誰かが親の隠し持っているいかがわしい写真を見つけ、論評したり、液体の放出ごっこをしたりもした。

それらは単なる〔あそび〕であり、ただ一時の性欲を満たすだけのもの。遊廓だって、〔遊〕という文字が付くくらいなのだから、やっぱり〔あそび〕なのだろう。そうだ、〔あそび〕に徹すればいいんだ。人間にはそういった〔あそび心〕というものがあるし、来春には禁止されるにしても、現にこうして公認された遊廓だってあるのだから。

そこまで頭を巡らして、ようやく斗潮は心の整理ができた。時間にすれば僅かなものだったのだろうが。硝子戸越しに窓外を眺めれば、雨はいくらか小降りになっているようだったが、夕刻が迫ってきているように思われた。

一人の男と二人の女はともども素っ裸になり、斗潮を真ん中にしてその左右にユキと姐さんが並んだ。姐さんの裸はもとより初めて見た。歳がいくつなのか、ユキに尋ねたことも考えたこともなかったが、外観からの感じやその物言いから勝手に想像していた年齢よりも若い身体に思えた。もっとも、姐さんの身体をじっくりと鑑賞できたわけではないのだが。

仰向けになった斗潮に傅くようにふたりの女が左右に位置した。一方が彼の唇を塞ぐと他方は耳朶を嘗め、一方が彼の一方の乳首を嘗めると他方が他方のそれを指の腹で摩るといった具合。ユキが肘を支えに身体を半分ほど起こして、斗潮の片手を自分の乳房に案内すれば、負けじと姐さんも同じようにする。ユキの乳房の感触は多分、眼を瞑っていても判る。姐さんのは初めてだった。一瞥したところ大きさの点では間違いなく姐さんが勝っているようだったが、弾力という点ではユキが上だろう。

なんとも複雑な、しかし男冥利につきる思いがした。姐さんが乳首を斗潮に含ませれば、終るのを待っていたように今度はユキが同じことを。そんなことを繰り返しているうちに、姐さんがユキに許しを請うようにペニーに触れたいと告げた。我慢できなくなったと言わんばかりに。

「まあ、トシちゃん、立派だこと」

「お姐さん、ペニーちゃんって凄《すご》いでしょ。でも、まだだわ。もっと大きくなるんだから」

ふたりの女は上半身を起こし、両側からペニーを間に置いて談義を始めた。斗潮は仰向けのままで。予想していたよりも早くにペニーは勃起しはじめていた。ユキはまるで自分のもののように姐さんに自慢しているのが滑稽だった。

「そうね、目一杯大きくなったら、さっきの写真の外人さんに負けないわね、きっと」

「ええ、いままでの私のどのお客さんのと比べても、ペニーちゃんが一番だわ」

そう言いつつふたりの女は交互にペニーを摩り、握っていた。占領されているほうも指を咥えて見ているだけではなかった。砲身が塞がっていれば袋を弄び、一方が先端をつけば、他方は縫い目をなぞる。みるみるうちにペニーの成長度が増してきた。

「そうだわね、私もこの商売、結構永くなったけれど、そうはいないわね……、ペニーちゃんほどのは……。でも……、ユキちゃん、いいわね……、ペニーちゃんとお友だちで……。羨ましいわ。ほら、もうこんなに大きくなってる」

姐さんの声は掠《かす》れだしている。気持ちを察したユキが、「姐さん、よかったらペニーちゃん、しゃぶってもいいわよ」と、さも自分の大事なものを貸すような言質を与えていたが、「ありがとう、お借りするわ」と姐さんもまた屈託ない。

姐さんは斗潮の股間に位置を変えた。二度、三度と掌や指先で可愛がり、ひと呼吸置いて、ちらとユキを一瞥して微笑み、それから徐《おもむ》ろに根元を捕まえ、口を迎えにだした。最初は穏やかに、ただ口に咥えて往復運動するだけだったが、次第に舌や唇を駆使しだした。巧い、巧いのだ。経験の差なのだろうか、ユキのような新鮮さは味わえないものの、技巧では一日《いちじつ》の長がある。斗潮は図らずも「あっ、あ、あっー」と漏らしてしまった。

そこまで姐さんの仕種を見つめていたユキが、彼の顔を窺った。救いを求めるように斗潮は、「ユキちゃん！」と呟き、両手を拡げて彼女を抱いた。「トシちゃん！」とユキも直ちに応じて、彼の手の中に身を沈め、唇を重ねてきた。そうしないではいられないくらいに斗潮は狂おしくユキの唇を求め、その背を抱いた。

背後から姐さんが艶《なま》めかしく途切れ途切れに囀《さえず》っている。

「ユキちゃん、もう、私、もう、だめ……よ。お願い、ペニーちゃん、私の中へ……。いいでしょ、お願い……だから……」

他の男女が絡むのは修業中に見物しているユキであったが、快く了解はしたものの、目の前で愛する斗潮のペニーが姐さんに弄ばれるのを見て、一段と煽情したのであろう。姐さんを無視するように斗潮に絡みついて唇を重ね、乳首を与えていたユキであったが、操られるように中断し、姐さんの顔を見て黙って頷いていた。

「ありがとう……ユキちゃん。トシちゃん、お願いねっ！」

言葉と行動は同時だった。言いおわらないうちにペニーには早業のごとくサックが装着され、早くも姐さんの中へと誘導された。ペニーにとって初めての洞穴であり、探検だった。ペニーの長さに驚嘆していた姐さんであったが、なんのことはない、瞬く間に全身が呑み込まれたようだった。ユキの宝箱よりも広く思われ、捉えどころがないような空疎な感じがした。

ユキは斗潮を攫《さら》われまいとでもするように、彼の片手を自分の両手でしっかりと握り、座った膝の上に括り付けている。眼は接合部にいったり姐さんの顔を窺ったり、さらには斗潮の表情も試すように見ている。彼は、歓喜の音をできるだけ漏らすまいと心掛け、その分、ユキに握られている手で、逆に彼女の手を握り返していた。

と、砲身の中ほどが強く締めつけられた。捩《ねじ》れるくらいに。自制の鍵は壊れてしまった。「ああっ、あぁー」斗潮の声が低く漏れ、それを確認した姐さんもまた、「ああっ……どお、トシちゃん……いい？」と押し殺したような声で訊《き》いてきた。それが契機となって斗潮は鍵どころか自制の壁まで崩落し、今度ははっきりと聞き取れる音を発してしまった。

握っていた彼の手をユキは押し潰すように握りしめ、自分の双丘の谷間に置き、顔を見つめつつ「トシちゃん……」と呟いた。それからどうしたことか手を放した。ふたりの女は目と目で合図しあったよう。あらかじめそういう手筈になっていたのだろうか、ユキは躙《にじ》るように斗潮の頭へと位置を変えた。

正座して両膝の間に彼の側頭部を挟んだ。そうしておいて苦しい姿勢なのだろうに前屈みとなって、乳首を斗潮に咥えさせ、「トシちゃん、私、ここにいるわ……」と囁いた。姐さんの攻勢はいったん止んでいた。暫時、ユキの気を鎮めるつもりなのだろうか。ゆっくりとした前進後退運動に。

姐さんがやや前屈みとなったとき、今度はユキが斗潮から乳首を放し、その手は彼の顎を抱いていた。目の前に姐さんの巨大な房がふたつ垂れ下がり、今にも熟柿が落ちんばかり。落下する前に手で支えたい衝動を覚えたが、ユキの手前、彼は耐えた。代わってペニーを叱咤激励した。締めつけがないと大海を漂う感がしたが、それでも先端で見えない壁を抉り、姐さんの腰に両脚を巻き付けて引き寄せた。

「ああ、いい……いいっわ……あー」

姐さんが喘《あえ》ぐ番となった。熟柿はもうほとんど彼の胸板に接触している。再度、姐さんは喘ぎつつ、ペニーを締めつけはじめた。もう斗潮は限界だった。ユキの名を呼びつつ、夢遊病者のように両手を宙に漂わせて彼女をまさぐり求めた。ユキもまた彼の名を呟きながら側面に位置を変えて、彼の唇を塞いだ。

「ああ、いくっ……、トシちゃん、わたし……!」という絶叫とともに姐さんは虚脱し、斗潮も「あ、あっ!」と叫んで果てた。脱力した姐さんの大きな熟柿が斗潮の胸に潰れた。ただその顔は、彼の顎の下に埋めざるを得なかった。彼の唇はユキによって占領されてい、ユキは唇だけはけっして譲るまいと護《まも》っているのだった。

斗潮と姐さんが果ててからのユキの行動は、一種、異様でさえあった。姐さんを捲り揚げるようにして、一刻も早く彼から裸体を離させようとしている。気持ちを察したのか姐さんも接合部を惜しみつつも、ユキとは反対側で彼の脇に仰向けとなった。するとユキはペニーからサックを剥ぎ取り、瞬時、宙に翳してその量を目で量り、それから中の液体を掌に滴らせた。

それをまるで化粧水のように掌で延ばし、まずは自らの乳房や臍の周りに塗り、次には残りを掻き出すようにサックを裏返して、残液のすべてを掌に滴らせ、それを擦るように姐さんの乳房に塗り込んだ。

奇妙な行動はまだ続いた。今度は、ユキはさっきまで姐さんがいた斗潮の股間に身を移し、もはやすべてを出しつくしてしょんぼりしているペニーに唇を添え、舌で嘗めた。草原で迷子となり、ようやく母のもとに戻ってきた児を労る雌獅子のように。

「ユキちゃん、トシちゃん、ありがとう……。……とってもよかった……わ」

ユキに塗られた斗潮の放出液を愛おしむように、胸を摩りつつ姐さんは上半身を起こした。斗潮もまた。

「ユキちゃん、あなた幸せよ。私も商売上、たくさんの男、相手してきたけど……、奥の壁まで届いた男は少ないわ。それがトシちゃんたら、ビンビンとぶつけてくるんだもの……年甲斐もなく、私……天国まで行っちゃった……」

彼にしてみればそんな感じはしなかった。頭が何回となく何かに突き当たったような感触はあったものの、ユキとのときとは異なり、はっきりとは看取されなかった。ただ、経験豊富な姐さんが、そう言っているのだからほんとうなのかもしれないが……。お世辞なら別であるが。

「お世辞でしょ、姐さん。オレにはただ広くって、何がなにやら分からなかったんだもの……。でも、姐さんの締めつけ、凄かった。ユキちゃんの、やんわりと真綿で締めつけられる感じだけど……、姐さんのは……」

「お姐さんの、この店のお客さんのうちでも、有名なのよ。締めつけがすごっくいいって……、トシちゃん、ころりと姐さんに参ったんじゃなくって？」

「うん、でも、……よく分からないけれど、……オレ、姐さんの前で……照れるけど……、やっぱり、ユキちゃんがいいっ！」

「まあ、ありがとう、トシちゃん！」

ユキがそう叫んで斗潮に抱きつき、またまた口づけである。その光景を眺めながら、姐さんは本心、羨ましそうに、「いいわねえ、あなたたちって……妬《や》けちゃうわ」と。

「どうかしら、私のお部屋のお風呂に三人で入らないこと？　おふたりさんのお邪魔になるならよすけど……」

「お姐さんのお部屋のなら、三人でも大丈夫ね。いいわ、入りましょ。ねえ、トシちゃん、いいでしょ？」

この店でも一、二を争う上客をしっかりと抱え、古株でもある葵姐さん。店でもそのへんのことは配慮しているのだという。写真の暗室の件もそうだし、風呂場が広いだけでなく、室内の調度の類もユキたちとは違うのだと。

彼の本心は、もう一度、ユキとふたりだけで湯に浸り、あれこれ今後のことなど話し合いたいという思いだった。ふたりの女たちは勝手に仕切ってしまい、ここで斗潮が〈厭だ〉とはとても言いだせない雰囲気を醸しだしてはいたが、あえて彼は断った。姐さんに対する務めも果たしたのだし、もうユキとふたりだけになりたい思いが強かったのだ。

「そお、分かったわ。残念だけれど……、しかたないわ。いつまでも年寄りがおふたりのお邪魔してもいけないわね……」

いかにも姐さんは残念そうであったが、斗潮も誠心誠意を込めて、正直な気持ちを伝えるよりなかった。ユキも脇から、いかにもすまなそうに詫びていた。

「私こそ、ごめんなさいね……。すっかり、いい気になって……、お邪魔しちゃったわ。トシちゃん、ユキちゃん、ありがとう。楽しかったわ」

そう言って姐さんは着衣を簡単に纏《まと》って部屋を出ていった。慌てて、ユキは肩に浴衣をかけ、両手で襟を合わせつつ、姐さんを追いかけ、盛んにお礼とお詫びを告げていた。戻ったユキは、肩に掛けた浴衣をかなぐり捨てて、「トシちゃん！」と小さく叫んで斗潮に抱きついてきた。狂おしいくらいに唇を彼に押しあて、全身を震わせながらしっかりと。

「トシちゃん、ありがとう。……ほんとによく言ってくれたわ……。私……私もね、ほんとはトシちゃんと……ふたりだけになりたかったの。……嬉しいわ。トシちゃん、ほんとに、ほんとに、私のこと、愛してくれてるんだもの……」

後段は嗚咽し、涙声に。

「だって、オレ、好きなのはユキちゃんだけなんだもの……。さあ、お風呂へ行こう」

心から嬉しそうに斗潮にしがみついているユキを裸のまま、抱き上げた。抱き上げてもユキは唇を求めている。チュッ！　と重ね、ついでに乳首も唇で突っついて、風呂場へ。そこでもユキは熱病にでも罹《かか》ったのではないかと思われるほどに、同じ言葉を繰り返し、繰り返してはまた口づけしていた。

いくら若いとはいえ、もうペニーは屹立してはくれなかった。それだけにむしろ念入りにふたりは裸体を接触しつつ唇と睦言を重ねた。雨があがったらしい窓外はほんのりと夕闇に包まれはじめたよう。もう、そろそろ暇《いとま》しなければならない時間なんだろう。そう言い、ふたりは湯から出た。

案の定、時計は午後四時過ぎを示していた。名残はつきない。ずーっとふたりだけでいたいけれど、そうもいかない。ユキに服を着せてもらいながら、斗潮は気になっていることをふたっつ、ユキに告げた。

ひとつは姐さんのこと。気を悪くしてしまったのではないか、今後、ユキとの間柄が拙《まず》くなりはしないかと。大丈夫よというユキであったが、心なしか気になっているよう。せめて黙って帰るのではなく、姐さんの部屋に顔を出し、挨拶してから帰ることにした。そんな程度で済むことなのかは判らなかったが、その後のことはユキに委ねるしかない。

もうひとつはここの揚げ代のこと。これはなんと言ってもユキは〈心配いらない〉の一点張りだった。店《たな》に払う金くらい、なんとでもするからと。それならいいのだけれど、そのことにも姐さんが絡んでいるのではないかと危惧《きぐ》しているのだと、斗潮が正直に告げると、ユキの顔色がやや曇った。そして、こう言った。気づいていたかもしれないけれど、と前置きして。

葵姐さんとは、今回のことについてはいろいろと約束事があったと。写真を撮らせることも、一回だけペニーを貸すことも。このふたつはともかくも約束を果たしたのだ。最後の、風呂に三人いっしょに入るというのは事前の打合せにはなかったこと。だから姐さんも解ってくれるのではないかと。

「でもー」とユキは続けた。斗潮の気持ちが姐さんに移ったら困るけど、今日のことでその心配はないことが解った。また、そう遠くないいつか、斗潮さえその気になってくれるときがあったら、少しだけ、ほんの少しだけでいいから、もうちょっと姐さんの相手をしてくれれば、ユキは助かると。

「……分かった。その気になったらね……」

「ありがとう、トシちゃん……。お姐さんにそう言っていい？」

「うん、まあ」

すっかりと身支度を整えおわったが、ユキが着衣するまで待たなければならない。この店のしきたりで、遊女は客が帰るときには必ず玄関まで送ることになっているというのである。客同士が鉢合わせしないよう女たちが取り計らう意味もあるのだと。したがって帰り口は入口とは別になっているのだとも。「いいよ、オレ」と言ってはみたものの、勝手は許されず、一人で出ようなどとすれば、揚げ代を踏み倒した輩と見なされるのだとも。

ユキが入れてくれた茶を啜りつつ、彼女の着衣する様を眺めた。湯からあがってしばらく経ってはいたが、それでも全身が桃色に染まっているよう。「うふっ」などと呟きつつも裸身の上に真っ赤な腰巻きを巻きはじめた。手が、腰が、動くたびにユキの双丘も連動して揺れている。襦袢を纏い、やがて着物に。ここまでなんと紐《ひも》の出番が多いことかと斗潮は驚いた。最後の帯のときは手伝いもさせられた。喜んでやったのだが。

次は化粧である。客と接する際には素顔はご法度《はっと》というのが、これまたこの店のしきたりなんだと。ほんとうの自分ではなく、化けた仮の自分が客の相手をしているのだと。自分と切り離すことによって自愛すると同時に、化けた仮の姿で客に奉仕するのだという。斗潮は、そういうものかと思いつつ、ユキが口紅を引くのを見つめた。彼女は「ごめんね」と言いつつ。

ようやくユキが「雪」になった。手を引かれて隣の部屋へ。扉を叩くと、中から「どなた?」と姐さんの声。「雪、です」。「ちょっと待って」。出てきた姐さんも着替中だったよう。さきほどの軽装とは異なり、ユキ以上にきらびやかな着物だった。化粧も済んで唇には鮮やかな朱が差されていた。一見しただけでは別人のようにさえ見える。

「さあ、どうぞ」と招じ入れられた。格子戸で挨拶を済ませようとする斗潮を、「ここじゃなんだから」と言って、結局は室内に。「もう、お向かいの姐さんも部屋に戻っているのよ」とユキは彼の耳元で囁いた。

丁寧にお礼を述べ、詫びた。姐さんは「私こそ、ご迷惑をかけたわ」と快く受け入れてくれ、斗潮もほっとした。「ご丁寧に、わざわざご挨拶までしていただいて」とも言ってくれた。彼の挨拶が終ると、待ってたとばかりユキが姐さんに耳打ち。

「そお、ありがとう、トシちゃん。その機会が早く来てくれることを祈っているわ」

「それじゃ、これで……」ともう一度、斗潮が頭を下げ、部屋を辞そうとすると、「私が案内したんだから、お客さまをお送りしなけりゃいけないわ」と姐さん。「結構ですから」と固辞しても言いだしたら利かない質《たち》らしく、ユキとふたりで見送られることとなった。

年端もいかない、といっていい客にふたりの遊女が見送りに出るなど、まずあることではないだろう。姐さんの部屋には室内電話があった。受話器をとり、下足番にユキの客がお帰りだと伝えていた。

帰りの玄関口で、ふたりの女に正座して見送られた。身銭を切っては、おそらくこんなことはけっしてできないだろうと思いつつも、複雑な気持ちで結城楼を出た。外は、ほとんど雨があがっており、暗くなりはじめた空であったが、西空だけが仄《ほの》かに赤く燃えていた。彼の眼には黄身がかって見えただろうが。

来たときと同じように遠回りして家路に向かいつつ、姐さんの気持ちがほぐれていたことに安堵《あんど》した。と同時に奇怪な経験を振り返りつつ、今日の午後という時間が果たして自分やユキのために存在したことがよかったのだろうかなどとも思いが巡った。

第十四　突然の別れ

それからも毎日のように樫《かし》の木の下でふたりは逢った。やっぱり素顔で普段着のユキがいい。斗潮は逢うたびにそう言った。幾日かのち、ユキから封筒を手渡された。開けてみれば、彼女の部屋での、ふたりの行為中の写真であった。

素人とは思えないくらいに綺麗に撮れてい、厭らしさも感じられない絵だった。同じものが二枚ずつあり、ユキはそれを彼の目の前で区分けし、最後に原版を、

「これで全部ですって。私ももちろん持ってないし、お姐さんも持ってないわ。どうするかはトシちゃんにお任せよ」

と言って、差し出した。

現像も焼き回しも、そのときはユキも姐さんといっしょに暗室に入り、手伝いながら作業したのだと。だから、けっして隠し持っているなどということはない、そうきっぱりと明言していた。

「そお、じゃあ、これ、オレ、貰っておく。ユキちゃん以外には誰にも見せないし、大人になっても大事に隠しておくよ」

「ええ、お願いね。……でも、こうして写真で見ると恥ずかしいわね、トシちゃんと私だなんて、思えないんだもの……。私も、大切に、あの手箱にしまっておくわ」

季節が春から梅雨時に移ろうとするころから、ユキが樫の木の下に来る回数が次第に少なくなってきた。それでも置き手紙だけはあったのだから、来てはいるのだが。その手紙もごく簡単な文面だった。「ごめんなさい。忙しいの。今日も元気でがんばってね」

逢っても同じことを言うだけ。

「このところ、とても忙しいの。女将《おかみ》さんが、あれこれと用を言いつけるのよ。ごめんね、トシちゃんのこと、嫌いになったんじゃないの。分かって……ね」

そう言いつつ交わす口づけも、以前と比べると何か心が籠《こ》もっていないような、そんな感じがしてならなかった。〈気のせいならいいのだが……〉

二、三日、同じ文面の簡単な置き手紙があったあと、こんなことが書かれた手紙が置かれていた。「トシちゃん、ごめんね。四、五日、逢えないわ。女将さんのお供で出掛けることになったのよ。逢えない間、私の写真見て、我慢していてね」

けっして斗潮は、ユキにのめり込んでいるのではない。すべてを捨ててまで彼女に傾倒しているわけではない。少なくとも彼自身は、そう思っていた。事実、逢えなければ、ましてやそういった日が続けば、浮かない顔にはなっているのだろう。だからといって仕事も学業も疎かにしているつもりはなかった。欠くことなく出勤し、通学していた。

夜、ユキの裸体画や行為中の絵を見つめながら、〈ユキになにかあったんだろうか？〉などと思うことはあったが、それでも自慰で我慢できていた。出勤前には、ないと承知しつつも必ず樫の木に寄り、手紙がないか確かめもしていた。

結局、手紙は一週間なかった。五日目には朝、結城楼の前に行ってみた。ひょっとしたらユキが店の前を掃除しているのではないかと。その日は、学校帰りにも店の前を通った。徒労だった。六日目など、夜の明けるのを待ちかねたように神社に行き、樫の窪みに手を突っ込み、店の前でしばらく立ち止まったりもした。二階のユキの部屋と思《おぼ》しい箇所を眼で追った。

午後の配達のときには区域外ではあったが、わざわざ遠回りして自転車を転がし、店《たな》の前を通ってもみた。仕事が終り、登校する前にも遅刻覚悟で自転車を転がして通《とお》った。他の店と異なり、結城楼は店前で客の呼び込みはしないが、灯もついており、あの下足番のおじさんの顔もあった。だが、ユキの部屋と思われる二階のそこは暗かった。ユキの顔をみることは、その夜、学校帰りに立ち寄った際にも叶《かな》わなかった。

そんな悶々ともし、不安でもあった日が続いたのち、ようやく樫の窪みに手紙が置かれていた。ユキのいままでのものと比べればかなり長文のそれが。封筒に♡の印がついている。手に取るや、喜びとも不安ともつかない得体の知れないものが胸を襲った。開けるのが怖くもあった。

愛する、愛するトシちゃんへ。ごぶさたしています。トシちゃんに逢いたい、逢いたいとお祈りしている毎日ですが、叶いません。それどころか、とうとうトシちゃんとお別れしなくてはならないことになってしまいました。今でも、私、だれよりもトシちゃんが好きですし、とっても、とっても♡愛しています♡……でも、しかたないんです。詳しいこと、ここに書くわけにはいきません。葵姐さんが事情を知っています。逢って、聴いてください。

さようなら、トシちゃん。とても楽しい日々でした。初めてトシちゃんに映画に連れてってもらったときのこと、隣町の宿屋さんでのこと、林業試験場裏でのこと、どれもこれも楽しい想い出ばかりです。トシちゃんと知り合って、私、とても幸せでした。がんばろうって元気もでました。

一時は、どうにかしてトシちゃんと所帯を持ちたいと真剣に考えもしました。でも、でも……どうすることもできません。さようなら、トシちゃん、幸せになってください。そして心の片隅でいいですから、私のこと、〈ユキ〉という女がいたこと、忘れないでいてください。私もどこに行っても、なにをしていても、トシちゃんのこと、けっして忘れません。厭なことがあったら、トシちゃんのこと、思い出してがんばるつもりです。

もう、お逢いすることもないでしょう。トシちゃん、ありがとう。あなたのおかげで楽しい夢を見ることができました。さようなら、♡愛するトシちゃん♡……いまでも、これからもずーっとユキはトシちゃんを愛しつづけていきます。さようなら……

読むにつれて、手紙を持つ手がわなわなと震えた。何があったのだろうか。全身の血が一気に頭に昇り、一気に引いた。頭が真っ白になった。へたり込みそうになり、社殿の縁に腰をぶつけた。自分がだれなのか分からなくなった。欅の木には今、起きだしたばかりの蝉が合唱しだしていた。

一刹那、呆然としたあと、彼は手紙を後ろポケットに突っ込み、結城楼に走った。そこは何事もなかったようにまだ深い眠りの中にいた。外に面する戸も扉もすべて閉まっている。つい何年か前、新聞配達のつど、ユキが絣の着物を着て、箒をもってここに立っていたことが、はるか昔のことのように思われた。

さすがの斗潮もその日は仕事も手に付かず、失敗ばかり。最初は叱っていた番頭や店主も、普段、優等生なだけに身体の具合でも悪いのかと心配してくれる始末だった。

その日は午後の配達を終えた時点で、店主の許しをもらって早引けした。休暇をとったことはあったが、早引けなど彼には初めてのことだったのだが。学校も休んだ。結城楼に行き、葵姐さんに逢うためであった。

早すぎもせず、遅すぎもしない時間を選んで結城楼の前に立った。玄関を掃除している下足番のおじさんに目敏《めざと》く見つかった。

「お客さん、まだ……。ああ、いつぞやの、葵姐さんの……」

「はい、その節はお世話になりました。恐れ入りますが葵姐さんにお会いしたいのですが……。お取次ぎ、願えませんでしょうか」

下足番はしばらく待つように斗潮に告げ、中に入っていった。まだ客の来る時間帯ではなかったものの、落ちつかない。ようやく戻ってきた下足番は、姐さんは今、髪結いの最中である。もうちょっとかかるので、部屋で待っているようにとの言伝てとのこと。

「ご案内、しましょう」そう言う下足番に、部屋の場所は知っているので、構わなければひとりで行っていると案内を辞退した。それならばと下足番は、木札のついた鍵を斗潮に渡し、これで開けて待っているようにと。

階段を昇って二階に。ユキの部屋、「雪椿」とあるはずの表札が外してあり、止め金だけがこの部屋に主がいないことを寂しく物語っている。試しに格子戸に手を掛けてみた。鍵が掛かっているのだろう、やっぱり開かない。もとより内部は窺い知れるはずもなかった。他の遊女に遭遇するのを避けるためにもぐずぐずはしていられない。諦めて「葵牡丹」の前に立ち、借りた鍵で格子戸を開けた。

この部屋の内部は一度、ほんの瞬時だけ入ったことがあったものの、初めてと同然である。引き戸を開け、誰もいないのに黙礼して、出入口近くに腰を下ろした。室内の窓が閉じられているせいか、心持ち饐《す》えたような甘酸っぱい匂いがした。窓を開放したい衝動に駆られたが、勝手はできない。ひたすらただ待つだけである。

姐さんはなかなか来てくれない。正座した脚を胡座に替え、室内を見渡してみた。この、客を相手にする部屋は「雪椿」と同じくらいの広さ。しかし、家具調度の類はかなり立派なものに見えたし、座布団や畳の縁までが違っているよう。神棚や違い棚もあり、山水の掛け軸も掛けられていた。

そんなことをしているうちにようよう戸が開き、「トシちゃん、ごめんなさい。お待たせしてしまって」姐さんが入ってきた。芸者のような髪形に浴衣という出立ち。化粧もまだしていないよう。「ごめんね、こんな恰好で……」とも言った。

斗潮は佇いを直し、正座して挨拶した。突然、こんな時刻にお邪魔して申し訳ない。実は……と言いかけると姐さんのほうが早くも、こう言った。

「ユキちゃんのことでしょ。そろそろトシちゃん、来る頃かなって思っていたわ。さあ脚を崩して。そんな堅苦しくすることないわよ。さあ、どうぞ」

火鉢と煙草盆がある。そこに座るよう指示された。初夏であったが、火鉢には炭がくべられ、土瓶がチンチンと湯気をだしている。姐さんはお茶を淹れ、それを勧めてから再び立ち上がり、「暑いわね。窓、開けるわね」と言いつつ、開放してくれた。生暖かいながらも夕刻の風が室内に流れてきた。斗潮はようやく人心地がついた思いがし、茶を啜った。

「前置きはいらないわよね。トシちゃん、ただただユキちゃんのこと、気になってここに来たんだから……」

そう言って、葵姐さんは語りだした。姐さんにとっても突然のことで、何からどのように話したらよいのか迷うばかりと言いつつ。必ずしも簡明な話し方ではなかったが、要約すれば以下のようなことを問わず語りにボツボツと。「私もね、ほんとうにびっくりしたわ」

来春にはいよいよこの赤線は禁止となる。店《たな》にしても遊女にしても、それぞれどのように身を処したらよいのか、この界隈はそういったことで持ちきりの毎日。どうやらこの結城楼は料亭に生れ変わることに決めたらしい。遊女も希望すれば仲居や酌婦として、店に残れるよう女将は許らってくれているという。

ただし、それは借金が残り少なく、返済期間を多少とも猶予してやれば、仲居や酌婦でも返済可能な女たちだけ。まだ、多額の借金がある女たちはそれでは返しきれない。なかには温泉場に流れたり、裏街で闇の商売をしようという者も他の店にはいると。でもこの結城楼の女将は情ある人で、仲居、酌婦では稼ぎが足りない者は、空いた時間、調理を手伝ったり、洗濯婦や皿洗い、雑用掛などで凌ぐことができるよう許らってくれたのだそう。

唯一の例外がユキだった。彼女はまだこの道に入って間がなく、どのように配慮してもとうてい借金を返しえない状況だったのだと。ユキ自身が借金したわけではないのだが、借りた祖母はすでに他界しており、死亡時にはなにほども残っていなかったのだという。その大半は母によって惨殺された父が、村にいた当時に残した借金であり、そのことが村にいられなくなった主な原因だったのだと。

ユキを可愛がってくれていた女将も大層気にし、東京にいる旦那ともたびたび相談したのだと。再三、なんとか棒引きにしてもらえないかと女将は懇願もしたと。旦那も気の毒には思ってくれはしたものの、取引は取引、帳消しにはできないということになった。

そこで出てきた案が、ユキが身請けされて妾になること。女将の旦那の紹介で、東京で古くから呉服を商っているさる商家の旦那に会い、相手も気に入って話はトントン拍子。ユキの借金全額を立て替えたという。話が纏まったのなら早くとの先方の所望で、ユキは先日旅立ったと。

なんでも東京の郊外に一戸建てが与えられ、見張り番を兼ねた賄い婆さんとふたり暮らしになるのだという。生活にはなに不自由なく、月々の小遣いまで貰える結構な身分ではあると。

「どうしようもなかったのよ。ユキちゃんも、トシちゃんのこと、すごく気にしていたんだけれど……。私もなんとかしてあげたかったんだけれど……、女将さんでもしようのないものを、私なんか、なんにもできないわ」

しんみりと小声で呟く言葉は姐さんの本音であろう。いったいどのくらいの額なのか、もし、両親が遺してくれた土地を処分し、伯父に借財を返済した残額でなんとかならないものかと、斗潮は尋ねてみた。詮ないことだった。とうてい太刀打ちできるような額ではない。

「所詮、私たちにはどうにもならない世界だわ……。ところでね……」

能弁な姐さんが、朴訥《ぼくとつ》といった感じでまた話しだした。ユキから是非、斗潮に伝えてほしいという言伝てがあると。姐さんはいったん私室に行き、菓子箱を持って戻ってきた。中から、サックの山を取り出し、

「これ、トシちゃんとユキちゃんの愛の証拠品なんですってね。羨ましいわ」

と独り言のように呟いてから、こう言った。

大切な物だから全部、持っていきたいのだが、落ち着き先がどんなところか判らないし、見張りの婆さんや旦那に見つかってもいけない。それで千代紙で拵えた小箱のものだけ持参する。これだけはどこか巧い場所を見つけ、なんとしてでも生涯、大切にしていきたい。残りは処分するつもりだったが、そのゆとりがなく、やむをえず姐さんに事情を告げて、処分を依頼したのだと。

「実は、もうひとつあるのよ」

写真だった。これも同じ理由で、写真館で撮ったもののうち一番気に入っている一枚と、姐さんが撮影した斗潮との絡みのもの、これも一枚だけ、都合二枚を隠し持っている。それ以外のものは斗潮に渡すか、彼が〈要らない〉と言ったら処分してほしいと、そういうことだった。

「どうする？　トシちゃん……」

斗潮の答えは明瞭だった。ユキが残していったものはすべて自分が貰っていく。保存しておくか、処分するかは、これからユキのことを思い出しながら考えると。

「それがいいわね……、じゃあ、トシちゃんに任せるわ」

そう言って、再度、姐さんは私室に行き、巾着《きんちゃく》のような袋を持ってきて、その中へサックの山を入れようと。姐さんにさせるわけにはいかない。自分でするからと、半ばひったくるように巾着を受け取り、サッ

クを仕舞い込んだ。その様をじっと見つめていた姐さん、ふと、言いにくそうにボソリと。

「こんなときに不謹慎かもしれないんだけど……」

写真館で撮ったユキの裸体画と、自らが撮影したユキと斗潮との絡みの写真、一枚ずつでいいから欲しいのだと。ほんとうは、そのサックもひとつ貰いたいのだが……と口を濁しつつ。

これに対する斗潮の態度は明瞭だった。写真館でのものは好きなものを取っていい。しかし、撮影者は姐さんではあるが、絡みの写真は勘弁してほしい。サックは、これはユキと自分だけのもの、とても差し上げるわけにはいかないと。

姐さんも諦めが悪い。ユキの裸体画を見繕って二枚取ったのち、サックは斗潮のいうとおりだから諦める。しかし、絡みの写真、一枚だけでいいからどうしても欲しいと。もし貰えないのなら、いつかの約束どおり、時期を見計らってぜひとも私との絡みの写真を一枚でいいから撮らせてほしい、そう強く主張して譲らないのであった。

斗潮は根負けした。しかしいくらなんでもユキとの絡みの写真を撮影者とはいえ、第三者にあげるわけにはいかない。結局、気持ちが落ちつき、ユキのことで心の整理がついたら、姐さんの要求に応じると。

第十五　新たなる決意

梅雨が明け、本格的な夏がやってきた。この地方は豪雪地帯といっていいほど冬には雪が多いのだが、さりとて夏が凌ぎよいわけではない。気温も結構高いし、それ以上に湿度が高い。蒸し暑くけっして住みよいとはいえない。もっとも、住めば都とはいうのだが。

今年の夏も、昨夏に負けず劣らず暑い日が続いた。斗潮は無為な夏を過ごしていた。もちろん、休まずに出勤していたし、勤務状態が悪化していたのでもない。ユキのことは胸が張り裂けるほどに衝撃的なことであったのだが、だからといって仕事も手に付かないなどということはなかったのである。それはそれ、これはこれと区別ができていたし、むしろ仕事に没頭することで瞬時とはいえ、ユキのことを忘れることができていた。

しかし、そうはいってもただ無難に時を過ごしているに過ぎないのであり、仕事中といえども、特に注文取りや配達のときなどひとりとなったときには、頭が漂白し、漠然とユキのことに思いを巡らせていることが多かったのだ。定時制の授業中はよりひどく、教師から指されても何を問われているのか分からず、「はっ？」などということが少なからずあった。幸いにもすぐに夏休みになってくれたので助かってはいたが。


夜、煎餅蒲団の中で写真を眺め、自慰に耽りつつ考えた。ユキのことを思うのは、夜の一時《いっとき》、自慰のときだけにしよう。仕事中や学校に行っているときは、すっぱりと忘れよう、過ぎ去ったことは〔想い出〕として残しておけばいいのであって、先のことを考えよう。ユキだって同意してくれるに違いない、と。

まず手始めに、生徒手帳に挟んでいたユキの毛を取り出し、塵紙に移し、写真とともに封筒に入れた。次には逢い引きに使った神社に行き、樫の木の下に穴を掘り、そこにユキが残していった、あの使用済みのサックを埋めた。

次に巡らせたのは、今後のこと。ユキがいなくなった今、躊躇《ためら》うものはなくなった。伯父に明言したとおり、この僅かばかりの土地を処分し、大学に行こうと決めた。この地には夜間大学はないし、親が遺してくれた土地を手離してまでこの地にしがみついていることはない。東京に出よう。昼、働きながら大学に通うことくらい、たいして困難なことではなかろう。そう決めた。

とすれば進学のための受験勉強をしなければならない。定時制の商業高校の授業だけでは、たとえ夜学とはいえ大学への合格は覚束《おぼつか》ない。さりとて浪人はしたくないし、そんな余裕もあるはずがない。条件のいい今の職場ではあるが、仕事を変えよう。なんとかもう少し勉強のための時間を確保したい。定時制高校の担任に相談することにした。

担任教師は、斗潮の相談に驚いた。この教師も旧制の師範出などではなく、苦学して東京の私大を出て教職についている人である。親身に相談にのってくれた。ただ、ここの定時制を出て、大学に行きたいなどという生徒はこれまで皆無であっただけに驚いたのであった。

すぐに動いてくれたのだろう。いい口を見つけてきてくれた。ここの全日制高校教師を経て国立の高等専門学校教授を定年退官した人で、広い自宅の離れを教場に使い、請われて高校入試に失敗した生徒の面倒をみている人がいるという。自ら教壇に立っているほか、専門外の科目については地元の大学生を講師として雇用しているのだが、こまごました事務方がおらずに苦労しているというのであった。その事務方にどうかというのである。

給料は安いが、途切れることなく仕事があるわけではなく、決められたことをきちんとやってくれさえすれば、勤務時間中であっても参考書を開いていてもいい。備え付けの図書を利用するのも勝手だし、勉強で分からないことがあれば聞いてもらってよい。授業時間は午前九時半から午後三時半までだから、九時までに出勤し、四時には帰ってもいいし、空いた教場を使ってもらってもよい。日曜だけでなく土曜日も休み。昼は先生の奥様が用意するものでよければ、いっしょに食べればよい。飯代などいらない。そういう条件だった。給料の安いのが気掛かりではあったが、ほかは申し分ない。担任教師から話を聞きつつ、頭の中では生活費のことが駆け巡っていた。奨学金を加えても不足することは事実。どう切り詰め、どう工夫すればよいかと、教師には、早速に活動してもらったこと、いい口を探してもらったことを厚く礼を述べつつも、一晩、考慮する時間をもらった。

あれこれ試算してみたが、どうしても不足する。方法はふたつしかない。ひとつは朝、出勤前に慣れた朝刊か、あるいは牛乳などの配達をすること。ふたつは徹底して掛かりを減らすこと。もうひとつ考えつくことがないではなかった。引渡しは進学後ということにして、直ちにこの土地を売却し、伯父への借金を返済。残額で食いつなぐというもの、しかし、これは避けたい。いろいろ懸念すべき点もあるのに加え、何より伯父に頭を下げるのが嫌だったから。

結局、受験のための勉強を最優先とすることにし、生活費を徹底的に切り詰める方策とした。幸いに授業料は免除されている。教科書は先輩が残していったお古を回してもらう。帳面は河合のおばちゃんに頼んで、新聞に折り込む広告チラシを持ってきてもらい、その裏面を使う。ついでに余りがでたら、新聞をただで貰えることにもなった。余りがでなくとも新聞なら塾や学校ででも読める。

光熱水道費なども徹底して節約する。幸い、市役所が街の中心部から近くに移転していた。徒歩でも一〇分はかからない。裏口はいつも開いている。守衛に見つかって叱られるまでここで洗面し、便所を借りる。見つかったとしても理由を告げてなんとか続ける。事務室の塵箱にはまだ十分に使える鉛筆や消しゴムが捨ててある。できれば水筒を持参して、水もいただいてこよう。泥棒と言われない範囲でなら、厚かましいくらいにやろう、と。

衣服はできるだけ買わない。綻《ほころ》びの繕いやボタン付けくらいなら自分でできる。下着の洗濯は市役所でするか、纏まったら休日に近くの川ですることに。シャボンなど使わなくともこまめにやればいいだろう。問題は食べること。月から金までの昼は塾の先生の言葉に甘えて御馳走になるから要らない。学校のある日は、一時限目と二時限目の休憩時間にコッペパンと脱脂粉乳が公費で支給されている。可能な限り火は使わず、パンと牛乳で済ます。栄養を考え、牛乳だけは毎日飲むことにする。火を使うときは神社の境内などから枯れた枝などを拾ってき、薪にする。おかずはコロッケくらいなら買えるだろう。近くの魚屋で捨てる粗や頭などなら貰えるだろう。

生活の目処《めど》はなんとか立った。翌日、担任教師に「昨日の働き口、ぜひ、お願いします」と頼んだ。直ちに了解してくれた教師は、さらに嬉しいことを言ってくれた。学校が公費で購入している雑誌に、大学受験用のものを加えてもらえることになったというのであった。自宅に置いておくわけにはいかないが、学校内で読むのはほぼ自由。一、二日くらいなら貸出しもできるだろうと。

もっと嬉しかったのは、他校の教師仲間の教え子で今は大学生となった人が使っていた「大学受験ラジオ講座」のテキストをひと揃え貰えたこと。ラジオ講座の内容も毎年、少しは変わるものの、基本的な変更はなく、多少の不便はあってもそのまま使えるし、ラジオを聴かなくとも十分に役に立つはずだとも言ってくれた。

「がんばれよ、トシオ。先生も応援するからな。お前なら、できる。期待しているぞ」

こんなにも親身になってもらえるとは思ってもいなかった。相談してよかった。抑えようもなく涙が溢《あふ》れてきた。

「先生、ありがとうございます。きっと、きっと、オレ……、期待に……背かないように、……がんばります」

「よし、それでこそトシオだ。こらこら、男はめったなことで泣くもんじゃないぞ。涙を拭け……」

そういう教師の目にも涙が光っていた。


さらにその翌日、出勤するや直ちに店主のところに出頭し、退職したい旨を告げた。店主も番頭も、居合わせた先輩や事務の女性までが驚いていた。事情を告げないのでは、これまでの親切を無にすることになる。斗潮は経緯と決意を語った。最初は慰留していた店主であったが、斗潮の決意の堅いことを知ると解ってくれ、終《しま》いには励ましてもくれた。

退職日は一か月後と決まり、退職金代わりに何が欲しいかと訊かれた。彼は迷うことなく自身が配達に使っていた自転車を所望した。いよいよ退職の日、挨拶が済んで帰ろうとしたとき、店主に声をかけられた。斗潮への贈り物を渡すと。てっきり中古の自転車、今、店の前に留めてある乗り慣れた自転車を貰えるものと思っていたら、これが違った。ある先輩が店の奥から新品の自転車を持ってき、これを贈ると。店主が半額を、残りの半額は店員みんなが出しあったのだという。床に頭がつかんばかりに深々と頭を下げ、店主をはじめひとりひとりに礼を述べた。

特に新人のころ、なにかと指導してくれた先輩は、彼の手を握って励ましてくれた。他の人たちも名残を惜しむとともに激励してくれた。これまであまり他人を信じることがなく、好意に甘えることもなかった斗潮であったが、ここでも思わず涙し、厚く感謝の気持ちを述べたのであった。

いよいよ大学受験に向けて、新しい生活が開始された。もう、後戻りはできない。賽は投げられたのだ。


「諸心塾」と目立たない、しかし達筆な表札が掲げられていた。そのお宅は、まだ周囲に畑や林があり、そろそろ水田も見られようかという街外れにあった。その昔は名主だか庄屋だかをしていたと聴いてきたが、広いお屋敷だった。母屋と塾とは築垣で仕切られていた。母屋の敷地も広いようだったが、こちら側も結構広い。

以前は庭だったのだろうか。幾星霜も経た母屋とは異なり、それよりは新しい建物、普請の程度は並くらいの規模の大きな平屋が一棟とやや離れてそれよりは規模は小さいが二階建ての建物が建っていた。あとになって知ったことであるが、平屋のほうは今は亡い先生の父親が地域の集会施設として建てたものであり、二階建てのほうは先生の代になってから学生の下宿として造ったものだという。往時は四、五人いたという学生は、今は遠戚の者が一人いるだけ。

先生は姓を「諸星」といい、数年前から高校受験に失敗した子供たちに受験勉強の指導をしているのであった。「諸心塾」の「諸」は「諸星」の一字をとったのに加え、将来、どういった方向に進むかしれない若者のさまざまな気持ちを込めたものでもあるという。

塾を始めた頃はまだ生徒の数も少なく、先生と二階屋に下宿している学生で細々とやってい、雑用も奥さんや当時高校生であった娘さんが補助していた。それが今や、生徒数も四〇人を超え、奥さんらの手に負えなくなってきた。しかも娘さんは今は横浜の女子大にいっており、通常は不在とのことであったし。

そして現在、平屋のほうは大部屋を教場とし、小部屋がちょっとした図書室兼休憩室となっていた。ほかに便所もある。二階屋のほうは階下を事務室、階上を下宿学生の部屋と物置場にしている。

面接の際や、その後に先生からそんな説明を受けた。飾りのない朴訥《ぼくとつ》とした人であり、斗潮のことも気に入ってくれ、励まされもした。仕事の内容は簡単そのものだった。朝、出勤したら事務室内の床を掃き、机や応接用のテーブルと椅子などを雑巾掛けし、出席簿と白墨などを準備しておく。併せて教場の黒板を綺麗にしておく。先生や講師の学生が来たら、お茶を出す。熱源はＬＰＧとかいう瓦斯《ガス》だそうで、簡単に火がつくので助かった。

時限の開始と終了時にベルを鳴らし、時限が終るつど、同じように先生と講師に茶を出し、教場に行って黒板を拭く。授業終了時には、教場内を掃き、学習机を拭く。通常はそれだけだった。あとは、月に一回、講師に支払う謝礼を用意すること、生徒から月謝を集めること、母屋とは別になっている水道代や瓦斯代の支払いをする。雑誌や本を届けにくる本屋から納品を受け、これの支払いをする。時折、白墨など消耗品の買い物に行く——そんなものだった。

したがって自習する時間はたっぷりあった。斗潮も事務室内に机をあてがわれていた。先生は数学が専門で英語も教えていた。下宿学生は工学部だそうで、もうひとりの学生と理科を、さらに教育学部の女子学生がいて、彼女が国語と社会を教えていた。因《ちな》みにこの街には地方国立大の工学部と教育学部の分校舎があった。

私大を受験する斗潮の科目は、英語と国語、それに社会科のうち一科目の都合三科目である。必然、男子学生から教えてもらうことはなく、すべてが先生と女子学生からだった。

季節は秋。自宅から諸心塾までの通勤にも慣れた。前の勤め先の人たちが退職の際に贈ってくれた自転車がその手段。雨の日はいささか閉口したが、秋晴れの朝など颯爽《さっそう》と風を切って進むのは爽快そのものだった。経路も車が行き交う道路はできるだけ避け、多少、回り道でも住宅街や畑の中の小道を選んだ。

日常の仕事にもすぐ慣れた。いちいちあれこれと手順を考えずとも。ただ、金銭の出納を伴う仕事は初めてであるだけでなく、神経をつかった。金が絡む仕事であり、最初は先生なり奥様なりがやるのを手伝い、信頼を得てから任されるのかと思っていたのに、違っていた。初回こそ先生があれこれと指示し、指導してくれたが、翌月からはすっかりと任されてしまった。金庫の鍵も、銀行の通帳や印鑑まで預けられたのである。

四〇人もの生徒の月謝となればそれなりの額である。しかも斗潮が貧乏で、毎日の生活にも四苦八苦していることは告げてあり、先生も知っているはずなのに、いくら定時制の担任教師の推薦があったにしても、こんなに簡単に他人を信じてもいいのだろうかと思うほどだった。先生も奥様も人が良すぎる。あまり他人を信じない斗潮にとっては奇異にすら感じられた。ただそれだけに信頼を裏切ってはいけないとの思いも募ったのだが。

男子学生、特に下宿している生意気野郎とはしっくりといかなかったが、先生や奥様とはもちろんのこと、他の学生講師とは巧くやっていける目処がたった。斗潮にとって大学生と接するなどということはもとより初めて。最初は緊張し、何をどのように話したらよいのか思案もした。彼が生きてきた世界とは話題の内容も範囲も、喋り方すら違うのだから。初めは余所《よそ》ゆきの言葉遣いなど試みてみたが、長続きするはずがない。すぐに鍍金《メッキ》が剥げてしまい、普段の自分どおりにすることにした。だからといって、先生や奥様の斗潮に対する態度がどうこうすることなどなかった。

生徒のなかにも生意気なぼっちゃん野郎がい、雑用掛の斗潮を無視したり、悪態をつく者もいたが、気にしなかった。それどころか、いつどうして知ったのか、すっかり彼に同情し、兄が使ったという参考書などを差し入れてくれる女生徒もいた。

中学校の国語教師を目指しているという女子学生とは特に親しくなった。親切ではあるものの無愛想で必要最低限のことしか言ってくれない諸星先生である。必然、英語も含めてその女子学生に質問することのほうが多くなっていき、したがってまた、親しくもなっていったのである。

県南部の町出身という彼女。両親もそれぞれ中学校と小学校の教師だという。弟がおり、高校二年生というから斗潮よりもひとつ下。しかし普段、別れて暮らしているせいか斗潮のことを弟のように可愛がってくれていた。最初はあまりの学力の低さに驚き、「まあー、こんなことも教わってないの？」などと口走ることもあった。が、みるみる力をつけていく斗潮に別の意味で驚き、もはや吸い取り紙のごとく吸収していく彼に教えること自体に興味すら覚えてきたよう。

彼女の担当授業のある日はそれだけで心がうきうきし、塾に向かう自転車のペダルも軽かった。週に一回、一時限目に彼女の授業がある日は特に楽しい朝だった。自分の授業がない限り、先生は一〇時頃、事務室に顔を出していた。したがって、その日の朝は彼女とふたりだけになれる時でもあったのだ。

授業開始直前までに来ればよいのに、彼女は斗潮の出勤時間とほぼ同じ頃に塾に来ていた。ある日など彼女のほうが早く、彼が鍵を開けるまで外で待たせてしまったことすらあった。それ以来、その日に限って斗潮は早めに出勤するようにしていたのである。

「おはよう、トシ君。元気かな、勉強進んでいるかな!」

彼女は斗潮を「トシ君」と呼び、朝、顔を合わすとほぼ、そう言ってくれていた。彼が掃除を始めれば手伝い、「私がやってあげるから」とお茶まで淹《い》れてもくれた。「オレの仕事だから……」と言っても、「君はなに、人の好意を迷惑だっていうの。そういう根性の人は嫌いだなあ……」などと言い、にこにこ微笑みつつ手は休ませないのだ。

すべての準備が終り、授業開始を待ちながらふたりで茶を啜《すす》っているときが嬉しかった。あれこれ勉強の進み具合を尋ねてくれ、助言してくれた。「私、トシ君みたいな生徒、大好きよ。教え甲斐があるんだもの、いいわ……」などと言ってくれてもいた。名を〔高田瑞枝〕と言い、斗潮は彼女を「高田さん」と呼んでいた。

秋が深まるころには斗潮の心は受験勉強のことと高田瑞枝のことで満たされていた。彼女の適切な指導もあって、斗潮の学力はみるみる向上していった。技術的なこと、日常から心掛けることなど、そういった面でも助言してくれた。大学受験を目指す者なら当たり前のことなのだろうが、まったくその世界とは隔絶していた彼には、ずいぶんと助かっていた。

例えば、受験英語は単語力が肝要ということで、彼女が使ったという「赤尾の豆単」なる小さな本をくれた。これを肌身離さず持ってい、少しでも時間があったらそれを眺めていることを教わった。

「ほんとはね、汽車や乗合バスの中がいちばん有効利用できるんだけれど、トシ君、自転車だからねえ……。でもね、例えば、ちょっと言いにくいけど、お便所のときだって利用できるのよ。要は気持ちしだいだね」

国語や社会なら新聞が最適な教材であること、漢字の練習なら街中の看板だって教材書になることも教えてくれた。辞書とは友だちになり、いつも薄手のものを持っていなさいとも言い、「これ、トシ君にあげるわ」と。

「例えばね、〈帽子専門店〉なんて看板が実際にあるのよ、その他にも、〈ご一報いただき次第、訪問します〉とか〈初心者勧迎〉、〈絶体のお勧め品〉なんてね、切りないくらいよ。アレ？　って思ったら、すぐ辞書引く癖をつけることね。他人《ひと》が話している言葉だって役にたつわ。そうね、例えば〈汚名返上〉と〈名誉挽回〉が混じっちゃって平気で〈汚名挽回〉なんて言ってる紳士だっているのよ」

そんなものかと斗潮は驚きつつも、素晴らしい先生に巡り合えたことを幸運に思った。

斗潮の頭の中からユキのことは急激に消えていった。ふと思い出すことも少なくなっていた。ただ、夜、煎餅蒲団に落ちついたときだけは別だったが。このときだけは写真を取り出し、彼女とのことを思い出しながら自慰に耽り、全裸の彼女に口づけしてから眠りにつくという習慣は続いていた。

そんな晩秋のある日曜日の午前、思いも寄らない人の訪問を受けた。葵姐さんだった。店で見るときとは異なり、質素な服装だったので初めはだれだか迷ってしまう始末。

「トシちゃん、もう私のこと、忘れてしまったのね」と姐さんは悲しそうな表情を浮かべつつ、「ちょっとお話があってきたんだけど、お邪魔していいかしら?」と。斗潮にとって日曜日は多忙である。一週間分の洗濯もしなければならないし、掃除だってある。〈困ったな〉とは思ったが、追い返すわけにもいかない。掃除もしていず汚くしているが、よかったらどうぞと言うよりない。

荒家に上がり込んだ姐さんは、室内をあれこれ見渡し、仏壇を見つけるやその前に正座し、線香を手向けつつ掌を合わせていた。姐さんに焼香してもらっても、親はその人がだれだか判らないのに。

「トシちゃん、とっても苦労しているんですってね」

どこで知ったのか斗潮が勤めていた問屋を辞めたこと、進学のための勉強をしていることを姐さんは知っていた。適当に相槌を打ちつつ、なにかユキのことでも知らせにきてくれたのかと思いつつ、待っているのだが用件をなかなか切り出さない。斗潮は彼女の言葉を遮った。

「せっかくですが、オレんとこ、お茶もないんです。何か買ってきます」

「いいのよ、気を遣わなくっても……」

彼女も斗潮の気持ちを察したらしく、「そうそう、お邪魔したのはねー」とようやく用件に入ってくれた。先日、ユキからはがきが来たと、それを見せてくれた。宛先は「結城楼・葵姐さん」とある。読みたいような読みたくないような。「姐さん宛だけど、オレが読んでもいいんですか?」と儀礼的に尋ねると、一も二もなく「いいわ。どうぞ」であった。

間違いなくユキの字だった。だが、文面は簡単である。慣れない生活だがようやく落ち着き、ともかくも元気でいる。旦那も悪い人ではなさそうで、可愛がってもらっている。そんな程度で、最後に「もし、トシちゃんに逢うことがあったら、元気でいると伝えてください」で締めくくられていた。

差出人の箇所はただ「東京・ユキ」とだけ。姓も書かれていない。消印を見ると「阿佐ヶ谷」と見える。念のため姐さんにユキの落ち着き先を尋ねてみたが知らないという。だから私からは手紙、出しようがないのよと付け加えた。女将なら知っているのだろうが、問うてもいないと。

「ありがとうございました」なんの感想も加えず、そう言ってはがきを姐さんに返した。すると姐さんは多少、もじもじといった風情で、「実は、もうひとつお話があってきたの」と。

それはいつぞや姐さんから半ば強制的に約束されられたことだった。ユキが残していった斗潮との絡みの写真が欲しいというのを断ったとき、それなら私とトシちゃんとの写真を撮らせてと言われた件であった。斗潮はそのことはもうすっかりと忘れていた。言われてみればそんな約束をしたのかもしれない。あのときは、ただ姐さんに写真を渡したくない思いで一杯だったのであるが。

「ねえ、お願い……。トシちゃんも勉強で忙しいでしょうけど、長い時間、とらせないから……ねっ、お願い」

明確に約束したつもりはなかったのだが、相手はすっかりそのつもりでいるらしい。はっきり言って嫌だった、時間が惜しいだけでなく。ユキがいたからこその姐さんであり、ユキがいなくなった今となれば彼女には興味もなかったし、関係も断ちたい。「今の自分は僅かな時間でも惜しい。ご覧のとおりの貧乏生活で結城楼に着ていくものとてない」などと抵抗を試みたものの、まったく無意味だった。

一時間でもいいとか、店に来るのが大変ならば私が来てもいい、さらには写真機を持って来ているのでもないのに、今すぐにここでもいいとまで。ここではダメと明瞭に断った。両親の位牌の前でそんなことはできないと。口に出してから「しまった」と思った。この答えは拙い。結城楼でならいいということになってしまう。すかさず姐さんに反論されてしまった。

「そお、それじゃ、トシちゃん、ご足労だけど、私のお部屋まで来てちょうだい。いつなら大丈夫かしら?」

次の日曜日と約束してしまった。〈これを最後にしよう。それに写真を撮らせるのは避けよう。要は満足さえ与えればいいのだろうから。あの様子だと何をしでかすかわからない〉。それにしてもまた、あの下足番に会わなければならないのかと思うと気が滅入った。

第十六　姐さん

土曜日、塾は休みである。定時制の授業が始まるまでにはたっぷりと時間がある。高田さんにやっておくようにと言われていた過去の出題例を集中してやるつもり。近頃は、このようにときどき宿題を出してくれるのだ。「ちゃんと時間を計ってやるのよ」と言って。やったものは後日、添削して返してくれるのだ。なにかふたりで交換日記をやっているようで、斗潮にしてみれば楽しいものであり、それだけに言われたことはきちっとやってもいた。

心の歯車を切り替え、集中しだした頃、荷物が届いた、街にひとつしかない百貨店からだった。おおよそ斗潮には縁のないところ。時計を目で止め、手に取った。宛先は「サトウトシオ様」とある。片仮名で。送り主はと見ると「結城楼・葵」とあった。なんだろうと訝《いぶか》りつつ開けてみた。ジャケットというのだろうか替え上着と替えズボン、それに柄物のシャツが入っていた。先日、着ていくものがないと姐さんに言ったことを思い出した。〈困った人だ〉。貰うわけにはいかない。そのまま畳んで、箱に仕舞った。明日、直接返すしかない。

憂鬱《ゆううつ》な日曜日である。朝から気が重い。姐さんと約束したあと、高田さんに会ったとき、彼女は「日曜日にでも、じっくり、勉強、見てあげようか?」と。必ずしも、今日の日曜日を指していたわけではなく、そのうちにといった軽いつもりで彼女は言ったのであろうが、思わず斗潮は〈じゃ、今度の日曜日、どうでしょうか?〉と漏らしそうになった。

場所は言っていない彼女であったが、図書館なのか、あるいはひょっとしたら下宿先かもしれない。高田さんといっしょならどこだっていい、どんなにか楽しいだろうに。姐さんと約束なんかするんじゃなかった。いまさら悔やんでもしかたないが、今日を最後にしよう、もうけっして逢うまい。そうはっきり言おうと決めた。

一時の約束だった。下足番はうまく丸め込んでおき、玄関で待っているからと。併せて昼飯は食べないで来るようにとも。もうけっして来ることはないだろうと思っていた結城楼の前に立った。打ち水もしてあり、玄関の両側には塩が積まれていた。下足番の姿はなく、上がり框《かまち》にふたりの女が立っていた。ひとりは葵姐さん、もうひとりの中年女は知らない人。

下足番がいないのは助かったが、知らない女と立ち話している姐さんに声をかけたものかどうか迷った。姐さんのほうが先に気づき、

「あら、トシちゃん、いらっしゃい。お待ちしていたわ」と斗潮に声をかけ、返す刀で「女将さん、この人ですわ。今、お話しした人は」と、女将と呼ばれた中年女に告げている。〈へえ、この人が女将なのか〉中肉中背の品のありそうな感じがする。

「まあ、いらっしゃいませ。いつも旦那さんには葵がお世話になっております。さあどうぞ、お上がりくださいい。葵さん、ご案内して……」

言葉こそ丁寧であったが、眼はじろじろと斗潮の全身を凝視していた。〈うちの店になぞ、来るような身なりじゃないわ〉、眼がそう言っていた。気づいたのだろう、すかさず姐さんが、どうして着替えてこなかったのか、いいお宅に住んでいて着るものなぞたくさんあるのにと斗潮に言い、眼を翻《ひるがえ》して女将に、「この人、いつもこうなんです。わざとこんな恰好しているんですよ。今日は着替えてくるようにお願いしていたのに……」

女将は「まあ、昼のお客さんだから……」と意味不明なことを呟き、「どうぞ、ごゆっくり」と言って、奥に引っ込んだ。どういう筋書きになっているのか斗潮には分かろうはずはなかったが、少なくとも姐さんにしてみれば百貨店から贈った服を身につけて来てほしかったのだろうことは、容易に推察できた。

そのことは部屋にあがるなり、すぐに詰問された。斗潮のためにと思ったのにとか、せっかくのものが無駄になってしまったとか。しかし、斗潮はきっぱりと断言した。貰う理由がないと。箱ごと姐さんに返した。

姐さんも頑固である。いったんあげたものを受け取るわけにはいかない。だいいち、返してもらったたってどうしようもない。自分で着られるものでもないし、寸法だって斗潮に合うように見繕ったのだしとも。

斗潮は開き直った。そこまで言ってくれるのなら、ありがたく頂戴しておく。ただし、貰ったうえで言うのもなんだが、姐さんとは今日っきりにしたい。もう結城楼に足を運ぶつもりはないと。

するとどうだろう、姐さんの態度が豹変《ひょうへん》した。私が悪かった。頼まれたのでもないのに勝手に贈っておいて。女将さんの前だったからついきついことを言ってしまった。私の本心はトシちゃんが来てくれただけで嬉しいのだ。どうかこれっきりなどと冷たいことは言わないでほしい。トシちゃんも勉強があるのだろうから、毎週とか毎月とかまではお願いしない。せめて二か月に一回でいいから逢ってほしいと。

面倒になった。運よく大学に合格すれば、再来年の春には逢おうたって逢えなくなるのだ。写真の撮影は絶対ダメと断り、その代わり年内にもう一度くらいなら相手をしてやってもいいかと。そう思って、そう答えた。そうしないと、なにかとんでもないことを仕出かしそうな気配がしてならない。

姐さんは涙を流さんばかりに嬉しがっていた。いったい、いつから彼女は自分のことをそんなふうに思うようになったのだろうか。斗潮には迷惑なことだった。彼女の勝手で振り回されたくはない。貰った服のお礼に、まあ年内に一度ならと腹を括った。

しつこい姐さんである。十分に礼を言いつつも、次回の約束をしてくれとせがむのだ。斗潮はでまかせに「それじゃ、大晦日でどお?」と。ただし、結城楼は厭だと付け加えた。それでいいという。やれやれと思っていたら結城楼がだめって言うのなら、今のうちに場所を決めておこうと言いだす。隣町の旅館でどうかと言うものだから、もともとあそこは姐さんの紹介だったかもしれないが、オレにとってはユキとの想い出の場。厭だと答えた。

場所などあとで決めればいいと彼が水を向けても、なおしばらく考え込んでいた。ようやく頭を上げ、それならと新しい提案をしてきた。時間は大晦日から元日までにしてほしい。場所は山湯平温泉でどうかと。その温泉地はユキと行った宿のある隣町とは反対側に位置する山沿いの湯であることは承知していたが、行ったことはない。どこでもいい。大晦日から元日にかけての飯のことを心配しなくてすむのだから、と彼は割り切り、了解した。

「まあ嬉しい、トシちゃん。じゃあきっとよ。指切りげんまんしましょ！」

「トシちゃん、お腹空いたでしょう。ごめんね、私が長話するものだから……。あらあらすっかり冷えてるわ」

そう言って違い棚に盆ごと載せてあったお重を彼の前に運び込んだ。蒲焼《かばやき》の匂いが漂う。彼女は少し待つように言い、私室から小さな鍋を持ってき、そこにお吸い物をあけて温めはじめた。温めおわるとそれを椀に戻して、お重の蓋を開け、

「さあどうぞ、召し上がれ。トシちゃん、うんと滋養つけてね」

と勧めた。冷めてはいるものの、美味《おい》しそうな鰻重《うなじゅう》であった。前回、いつ食べたかなどまったく記憶にないほど縁のない食べ物だった。もう、じたばたしてもしかたない。斗潮は遠慮なく食べることにした。

「うん、いただきます」

「うんと食べてね。足りなかったら、私の分もあげるから」

お吸物が熱いと言ったら、扇子を出して仰ぎつつ、旨そうに食べる斗潮を見て満足している姐さんで

あった。茶を注ぎ、食べおわった斗潮の重に自分のものを半分以上分け与えて。まだ口もつけていないお茶を冷めたからと注ぎ直し、「ビール出すの忘れてた。飲む?」などと聞いてくるのである。

同じような光景は隣町の宿でユキと体験した。あのときは新婚さんのようで、仄《ほの》かに上気しつつ楽しい想い出として脳裏に焼きついている。ユキと所帯がもてたらと真剣に願ってもみたものだった。今は虚《むな》しい想い出となったが。

それに引き換え、今、姐さんとこうしていても格別な感情は沸いてこなかった。なにかこれから生贄《いけにえ》になる身を太らされているようにすら感じた。〈もうどうとでもなれっ!〉

食べおわるのを待ちかねていたように、茶を啜っている斗潮に姐さんは言った。

「トシちゃん、お風呂にしようか」

早く終えて帰りたい気持ちと、このところ満足に風呂に入っていないことから肩までゆっくり湯に浸《つ》かりたい気持ちとが相半ばしていた。風呂には入っていないものの、斗潮は朝夕欠かさずに全身を拭っていた。朝は市役所の洗面所で、夜は自宅で。断ればまた何か言いだすにきまっている。どうせなのだから垢でも落とそう。

「うん。オレ、こんところ風呂に入っていないから、汚いんだ」

わざと嫌がるだろうことを言ったつもりであったが、姐さんの受け取り方は違ってい、「そうなの?　それじゃ、私が綺麗に洗ってあげるわ」であった。

着衣を脱ごうとすると「やってあげるから」と。あれこれ言うのも面倒になり、すべてやりたいようにやらせることにした。案山子《かかし》のように突っ立っていると、瞬く間に身ぐるみを剥がされ、柄パン一枚にされた。それからは突然、動きが遅くなり、ゆっくりゆっくりと擦り下ろしていき、ユキとの間でペニーと呼んだ彼の一物が露出するや、「ああっ！」とため息をつき、愛おしむように両手で包んだ。

と、斗潮をそのまま待たせ、矢のような速さで姐さんは自分の着衣を脱ぎはじめた。色気もなにもあったものじゃない。すっぽんぽんになるや、姐さんは斗潮の手をとり、「さあ、行きましょう」と風呂場へ。

以前に聴いていたように確かにユキの部屋の風呂場と比べると広い。三人なら入れそうである。浴槽も檜造りで芳《こう》ばしい匂いが漂っている。床も、さすがに檜ではなさそうだったが、板張り、木製の床几のような腰掛けに座らされ、これまた木製の桶で汲んだ湯を浴びせられた。手拭いで首回りや脇の下などを擦られ、一物は特に丁寧に洗われ、湯を掛けられた。

先に浸るように言われ、姐さんは片膝をついて自分の身体に湯をかけ、股間を拭っている。そういう姿はさすがに嵌《は》まっており、浮世絵のよう。「ごめんなさい」と彼女も湯船に入ってきた。長方形の浴槽の一方の短辺に背をもたせ、思い切り両脚、両手を伸ばしたのも束の間である。もうしばらく、ひとりにしておいてほしいもの。

姐さんは、ユキと比べると総身に肉付きがよく、ふっくらとした感じがする。肌は白というより完熟期をやや過ぎた桃色。ただ、至近に寄ってきたとき見つめれば肌理《きめ》は細やかで、桜餅のようでもあった。垣間見た繁みはユキのものより多く、束子《たわし》か荒布《あらめ》のよう。

寄り掛かって首まで浸かっている斗潮に対峙するように姐さんは向かいあった。胸の膨らみが始まるあたりを喫水線にし、水中で手を伸ばして彼の手を握った。その手を大事そうに両手で包み、彼の眼を覗き込んで微笑みつつ双丘の一方に導いた。斜め上から見るそれは、湯に揺れて捉えどころがないように漂っていたが、目測を誤ることなく彼の手は膨らみに。

「ねえ、トシちゃん、揉《も》んで……」

掌を広げて房を包んだ。ユキのよりはかなり大きく、豊か。しかし、ユキのように弾けるような感触が味わえない。しばらく揉み、次には指先で乳首を摘《つま》んでみた。苺のように感じたユキのものとは異なり、乾燥した欠餅《かきもち》のように固く思われた。

姐さんは彼に乳房を弄ばせておいて、自らは斗潮のものに手を伸ばしてきた。気分がけっして高まっているのではないのだが、ユキとの関係が途絶えていたせいか持ち主の意思とは関わりなくそれは成長している。こうなるともう自己規制は難しくなってき、愚息は勝手な行動をとることになる。

「うふっ、トシちゃんの、ペニーって言ったわよね、ようやく大きくなってきたわ」

そう呟きつつ、姐さんはこんなことを語りだした。もっともその前に斗潮は〈ペニー〉という呼び方はしないよう釘を刺しておいた。それはユキとの間での呼称であり、姐さんには使ってほしくないと。彼女は素直に「そうだわね。ふたりの大切な想い出に竿刺《さおさ》してはいけないわね」と。

斗潮とユキが好きあい、愛し合っていることはかなり早い段階で知っていた。行為の程度も好意の度合いも。それだけに妹分ではあったがたいそうユキを羨ましく思っていた。ユキを優しく包み込み、見つめているよう取り繕っていたが、ふたりでどこかに出掛け、そこでの楽しかったことを話してくれるユキを、内心は嫉妬していた。

かといってふたりの仲を裂くこともできず、ただ見守るだけだったのだが、いつぞやは我慢できずにユキに写真撮影などを唆《そそのか》し、斗潮と交わりたいと画策。なんとか目的は果たしたものの、斗潮の気持ちが自分になどまったく向いていないことも知った。

そんな折、よもやの事態が発生し、ユキが別世界に行ってしまった。いかに斗潮がどれほどにユキを愛していたにせよ、もう手が届かない。すぐに斗潮に接近したかったが、彼の気持ちがユキから離れるには時間も要る。仮にユキのことを薄皮を剥ぐように忘れていったにせよ、斗潮が私を好きになってくれるかどうか、これは分からない。でも、私だって斗潮が好き。心までこちらに振り向かせることは難しいにしても、なんとか繋《つな》がっていたいし、時折は身体だけでもひとつになりたい。そう言ったのである。

こんな形で姐さんから告白されても、斗潮にとってはただ迷惑なだけ。なんと返答しようか迷っていると、彼女のほうから尋ねてきた。

「いくら逢えなくなったって、トシちゃんの気持ちはまだユキちゃんにあるんでしょうね?」

斗潮はこう答えた。ユキから完全に気持ちが離れてしまったのではないが、逢えない人をあれこれ思っていてもしかたないし、今の自分は大学への進学を目指し、そのための準備をすることで精一杯。姐さんに限らず、今は女の人のことなどまったく心中《しんちゅう》にない。姐さんの気持ちは男として嬉しいとは思うが、当面の目標を達成するまでは、できればそっとしておいてほしいと。

「分かったわ。トシちゃんの勉強を邪魔するようなことはけっしてしないわ。ただ、さっき約束してくれた山湯平温泉、それだけはお願いね……、きっとよ」

独白を姐さんがはじめてくれたお陰で、分身の成長はそこで止まっていた。逆上《のぼ》せるからと湯から出、好きなように身体を洗わせた。姐さんは手拭いだけでなく、時には素手を用いて全身を洗っていた。洗髪もされた。床机のような腰掛けを端にかたし、板張りの床にうつ伏せにされ、背を洗われた。それも繁みを束子代わりにして。前面は乳房だった。彼の両側に置いた両手を支えにし、器用に双丘を駆使しつつ胸や腹を擦《さす》る。一物や両脚も同じように。最後は、床机に座らせられて下腹部を丁寧に。こういった技術はさすがに巧《うま》い。

「さあ、終りよ。すっかり、綺麗になったわ」一物に湯をかけ、半分ほど成長しているそれを撫ぜた。儀礼的に「オレも、姐さん、洗ってあげようか」と言うと、「そうね、背中だけお願いしようかしら」となった。手拭いにシャボンを擦り付け、手を背に這わせた。母の背を流してやっているような錯覚を覚えた。ユキだったら、脇の下から手を回して双丘に触れもするだろうが、ただ流しただけ。それでも姐さんは、「ありがとう、トシちゃん。嬉しいわ。トシちゃんに初めてやってもらえたわ」と、さも嬉しそう。

もう一度、湯に浸ってからあがった。濡れた身体も姐さんが拭いてくれた。途中、儀礼として双丘や繁みに少々の悪戯《いたずら》を加えて。そんなことも、姐さんは嬉しいのか、目を細めている。

浴衣でも着せてくれるのかと待っていると、「このままでいいでしょ」と独り言のように囁き、彼の手を引いて室内に戻った。火鉢の前に座らされ、洗面所の盥《たらい》に入れて冷やしていたビールを注がれた。それを飲んで待っているようにと。温まった身体にビールは美味しかった。このところ、とてもビールなど飲む機会はなく、久しぶりだったせいか胃の腑にまで沁み渡った。

さきほど脱いだ衣服を畳み、蒲団を敷きおわった姐さん、「私も、一杯、頂こうかしら」と言うものだから、斗潮は注いでやった。すると、自分のコップを彼のコップに接触させ、それも眼の高さに翳すようにして、ひとり「乾杯」と小声で呟き、一気に飲み干した。

「さあ、トシちゃん、始めましょうか」

たしか、いつぞやユキも同じ状況下で同じようなことを言ったことがあった。こういった業界の女は、そう言って始めるものなのだろうか。俎板の上の鯉となった斗潮はあえて何とも答えなかった。姐さんは先に横になって「トシちゃん、こっちへ」と促して。焦らすことはできても逃れることはできない。苦手な羽毛のふかふか蒲団に足を入れた。

仰向けに蒲団の上で横たわった斗潮の胸を摩りつつ、

「トシちゃん、ユキちゃんとはどんなふうにしていたのか分からないけど、トシちゃん、好きなふうにする？　それとも私が……？」

と、彼の顔を覗き込むように。意に沿っていよいよ交われることがよほど嬉しいのか、微笑みながら。

「オレ、どうしていいか分からないから、姐さんに任せる……」

「そお？　それじゃ、私が……。でも、私のすること、厭だって思ったら言ってね、すぐにやめるから」

だったら、もうこれで終りにしてと言いたかったが、いくらなんでもそれはできないこと。無言で同意の返答をした。「……」。姐さんはどう理解したのか「ありがとう、トシちゃん……」と呟きつつ、唇を接近してきた。軽く彼のそれに重ね、次には顔や頬に口づけし、鼻頭で鼻頭を擦り、耳朶を唇で咥え、舌を這わせた。

顎や喉にも舌が滑ってきた。芋虫《いもむし》でも這いずり回っているといった感じで、ユキの心地よい舌触りとはかなり異なる。が、何も言わず、何もせず、されるに任せていた。と、そこでもう一度唇が重ねられた。先ほどとは違って、濃厚な接吻である。彼女の舌が上下する唇を這い、ぴったりと吸いついて、舌が進入してきた。彼の舌を弄ぶように絡め、先端を接触し、唾液を吸引した。適当に応じる斗潮であった。

それでも姐さんは気持ちが高まってきたのか、「ああッ」とか「う、うッ」とか漏らしつつ、「トシちゃん」とも呟いている。接吻が終ると彼女の舌は、さらに下降していき、胸板を嘗めてから乳首に止まった。どういうこともない彼の乳首に舌を這わせて、母犬が仔犬を嘗めるように下から上へと芋虫が蠢《うごめ》き、同じことをもう片方にも。繰り返されているうちに斗潮も感じてきた。たったそれだけの動作なのだが、巧いのである。思わず彼は、身体の両側になすこともなく放置していた腕を彼女の後頭部に回した。

姐さんは「クン、クン」と鼻を鳴らす仔犬のように嬉しさを表情に浮かべて、また唇を重ねてきた。瞬時に仔犬が母犬に変じている。次には鳩尾《みぞおち》から腹部に舌を這わせ、櫛で揃えるように指を使って彼の草叢を梳《す》き、砲身を握って先端を嘗めた。彼の股間に身を移した姐さんは、じっくりと元気になりつつある彼のものを弄ぶのかと思いきや、予想に反した行動をとった。

そこを飛ばして袋に至り、そこを何度か嘗めたのち、太股の内側に舌を這わせたのだ。これも効いた。さらにそこからは舌が双丘に代わり、彼の両脚に順次、乳首を這わせ、足元に落ちついた。そこで彼の足首をとりあげ、足の裏全体を乳房に接触させ、次には足の指一本、一本を乳首に押し当て、ついには指間の一つひとつに乳首を挟んでいた。歩くこと以外に足の指がこんなことで役に立つ存在とは、といささか驚いたが、効き目抜群である。指間に挟まれるつど、彼はピク、ピクッと快感が背筋を走るのを覚えた。

ユキから感得するあの新鮮さは微塵も感じられないのだが、随所に見せる技巧が理性とは関わりなく斗潮を昂揚《こうよう》させ、その分身を成長させていった。さすがユキとは年季の入れ具合が違う。そこで一段落したのか、姐さんは残ったビールをコップに注いで、それを一気に飲み干し、もう一杯を口に含んで斗潮の顔を覗き込んだ。鼠かリスのように頬をいっぱいに膨らませ、眼が遭うやニコッと微笑んで唇を重ね、彼の口中に生温かいビールを流し込んだ。

「もうひと口、どお？」と言うのを断ると、今度は姐さん、向きを代えて斗潮に尻を向けるようにして跨《また》がった。両手と口、舌を駆使しての攻めのよう。加重が掛かりすぎないよう配慮しつつ尻を彼の胸に置き、前屈みとなって彼の一物を弄びはじめた。掌や指先を器用に使い、ゆっくり、そして次には早くと緩急をつけながら、全体としては丁寧に、大切なものを壊さないように扱《しご》いたり撫ぜたりと。

次には前屈みの度合いを深くし、口が迎えに行った。持ち上げられた尻が突き出されて彼の眼前に。尻の穴、割れ目、荒布《あらめ》の順に手前から窺える。口戯、舌戯はユキの比ではなかった。唇と舌を巧みに用いて一物を余すことなく可愛がっている。「ウング、ンッグ」と「ああっー」とを交互に漏らしながら。ほどなく分身はその成長度を極限間近まで高めてしまった。

同じような角度でユキのものを眺めたことがあったが、あのときは視覚からも強い刺激を受け、若布《わかめ》をなぞり、割れ目の周りに舌を這わせたものだった。さらには舌を瞬時ながらも挿入した。それほどの衝動に駆られたのだった。今、眼前にある姐さんのそれは、見たくなかった。眼を瞑《つむ》り、ユキが分身を愛してくれていると思いたかった。でも、そう命令する脳とは別個に眼は瞑るのを拒否しているではないか。

多分、数え切れないくらいにたくさんの男のものを呑み込んだであろう蛤は、もうすでに大きく口を開け、新たな獲物を待っているよう。ユキの薄桃色とは違って、どこか黒ずんだ感じがしてならないのは気のせいか。楕円形に口を開き、中から突起物が出ている。それが揺れているのか勝手に動いているのか、蛇か蜥蜴《とかげ》の舌《ベロ》のよう。

　見てはいけないものを見た思いで眼を荒布に移した。さっき風呂場で見たときには、ユキと同様に正規な二等辺三角形かと見紛ったが、この位置から間近に凝視すると違っていた。二等辺三角形の外延に薄く髭《ひげ》と思しいものがやや不揃いに生えている。乏しい知識ではあったが、多分、形よく見せるために外周部を剃刀《かみそり》を使って剃髪したものであろう。こういった商売をしている女は、三角形に揃えなければならない決まりごとでもあるのだろうか。

　瞼を閉じた。生物学的にも物理的にもほぼ同形なのであろうが、ユキのものとは悉《ことごと》く異なるように思えてならなかったのである。そんな斗潮の邪念を知ってか知らずか、姐さんは一心不乱とでもいうように彼の一物を咥え、嘗めしている。正面から尺八のように、脇からハモニカのように。さらに身を乗り出し、袋もまた。分身は持ち主の意に逆らうように極度に膨張している。姐さんの喘ぎ声に煽《あお》られるように。

「ああっー、いいわ、トシちゃん。すごっく立派になったわ」

　そう言って向きを元に戻し、斗潮の股間に身を置いて彼を見つめた。その眼はドロンとして融け、眼球が流れだしてくるかのよう。

「ああっー、トシちゃん、私、……もう我慢……できない……わ。写真機、持ってくるから……、そしたら……ねっ！」

「姐さん、オレ、いいよ、写真は……。姐さん、そのまま、すぐに……」

「そお、それなら……、私、行くわ……よッ」

斗潮にしたってもはや我慢の限界。写真撮影は思い止まらせたが、こうなれば早く姐さんの中に入って果てたい、終りにしたい——そう思ったのである。サックの装着は経験豊富な職人のこと、実に素早い。いつ終ったのかと思う間もなく、反り返り、天井に向かって直立しているであろう一物を指先で摘み、「あ、あ、あっー」という艶めかしい音とともに胎内に吸い込んだ。

「あっ、あー、いいわあ……」ひとしきり嬌声を発し、斗潮のものを呑み込んだ満足感に浸っているよう。歪んだ表情が笑顔に代わり、次には両手を支えに腰を回転しはじめた。そのたびに、彼の一物はその先端が、そして砲身が内壁のどこかに接触し、擦られ、弥《いや》が上《うえ》にも休むことなく分身に刺激が与えつづけられた。腰が回転するつど、豊な双房が揺れ、落下せんばかり。

「トシちゃん……どお、感じてる?……ねえ、トシちゃん……、お願いだから、脚を……私の腰のとこで……組んでちょうだい……あっ！　ああっー、トシちゃん、すごっくいいっ！」

羞恥心などどこかに行ったのか、端《はな》から持ち合わせがないのか、ひとりで絶叫し、彼に注文を出している。多分、姐さんは斗潮がユキとの交わりでは未経験と判断して、注文を出したのだろう。体験済みの彼であったが、言われるまではあえてやらなかったのである。しかしもう彼とて限界。姐さんの尻付近で脚を組み、全身を引き寄せた。尻にあった両脚がくずれて腰から背に至った。

これ以上はない挿入度。分身の先端が奥の壁を叩き、抉っているのが感得された。姐さんの嬌声が室内に響きわたり、「ああっー、もう、私、……もう、ああ！」牛になって彼女は斗潮の胸板に落下した。と同時に彼も発射し、果てた。

「トシちゃん、すごっくよかったわ。私、全身が蕩《とろ》けちゃった……。この前のときは、ただちょっと入れてもらっただけだったけど、今はもう……サイコー！　トシちゃん、迷惑かもしれないけど……やっと念願が叶《かな》ったわ……。だって、私……前から、トシちゃんのこと……」

最後まで言わせなかった。湯船で並んで湯に浸っていたのだが、珍しく斗潮のほうから姐さんに手を伸ばし、首をこちらに向けて口づけしたのだ。口封じするつもりで軽く。姐さんは完全なる勘違い。斗潮がすっかり自分のものになったものと、積極的に応じ、両手を彼の首に回して離そうとしないのである。

ようやく唇を離してくれた瞬間を捉え、彼は弁明した。誤解しないでほしいと。今は自分も燃えることができたし、姐さんも満足が得られたのならば、それはそれでよかった。だからといって姐さんのことを好きになったとか、今後もふたりの関係を継続していきたいというのとは違う。先ほども触れたが、今の自分にとっては受験準備のための勉強以外、女の人のことを含めて関心などない。そのことは分かってもらいたい、そう言ったのである。

感情を理性でコントロールできない姐さんではなかった。斗潮の言うことは分かってくれた。勉強の邪魔をするつもりはない。逢いたいと思っても我慢する。ただ、それだけに大晦日から元日にかけての約束は実行してほしい。ただただ、そのことだけを期待しているから、と。もう一度、指切りげんまんをさせられた。

返すつもりで持参した服を姐さんに着せてもらい、着てきたものを持ち帰ることになった。出口まで姐さんに案内されて行くと、そこでまた女将に遭った。改めて身なりを確認するように見つめられつつ丁寧な挨拶をされ、ふたりの女に見送られて斗潮は結城楼を出た。

今、終ったことは何も考えたくなかった。たまたまの空白がなんの関連もなく埋められただけと。晩秋の西空がそろそろ朱に染まりはじめている。

第十七　憧れの女子大生

季節は正直である。枯れ葉が舞い、地表に堆積されるころになると、いつ雪が舞い降りてきてもおかしくない季節を迎える。ひと雨降るごとに気温が下がり、雨が霙《みぞれ》となっていくのだ。これからの塾への通勤は爽快というわけにはいかなくなる。

一一月の下旬、今年最後となる高田さんの授業が終ったのは、定刻をかなり過ぎていた。その日の最終時限であり、他の授業に影響はなかったのだが。時々、様子を窺いに足を運ぶ斗潮が見る限り、生徒が解放してくれないようだった。彼女は、自分が教育実習中に代理で来る先生は同じ学部の学生であり、「過去もの」を中心に模擬試験をやってくれるよう依頼してあること、自分が不在の間にやっておくべき事項などを熱心に告げていた。

ようやく生徒から解放された彼女は事務室に戻るなり、諸星先生と斗潮の順に

「先生、ちょっと長くなってしまいました。トシ君、ごめんね。あなた学校、大丈夫？　遅刻しちゃうかしら？」

と声をかけ、彼のことまで気にかけてくれた。やさしい女性である。

「まだまだ大丈夫です」と答え、今月の謝礼を渡すと、「あっ、ありがとう。先生、どうもありがとうございます。ところでトシ君、もう出られるんでしょ？　途中まで一緒しようよ。君にも、私、伝えておかなければならないこと、あるんだ、だから……。諸星先生、いいでしょ、トシ君お借りしても……」と屈託ない。

斗潮は、彼女が不在の間、勉強の進め方を指導してくれようとしているのだと理解したが、先生はと思って顔を窺うと、察してくれたらしくこう言ってくれた。

「ああ、いいですよ。高田さん、トシオ君まで君に預けたようですまないね。トシオ君いいよ、あとは僕がやっておくから」

厚く礼を述べたものの、高田さんには少々待ってもらい、斗潮は教場の火の始末と施錠だけは自分でやった。事務室のほうはその間、高田さんが湯沸かし場の火を消すなどしてくれ、あとは先生の好意に甘えることとした。

高田さんは改めて一か月間、教育実習のため休ませてもらうことを先生に告げてから、斗潮とともに塾を辞している。

外はどんよりとした曇り空。晴れの日がないわけではなかったが、この空が、この季節ではこの地方にとっては普通のこと。ふたりとも自転車であるが、時間に多少とも余裕があるのなら乗らないで押していこうと高田さん。

「トシ君とこんなふうに並んで歩くの、初めてね。でも、デイトにしては環境不適合だね。だいいち、この自転車が邪魔よ。手も握って歩けないもの……」

「えっ……!、……?」

どういうつもりで彼女がそんなことを言いだしたのか、あまりにも唐突のことでなんて答えたらよいのか、頭の中は空回りするだけ。〈でも、いいだろうな。もっと気候のいい季節に、彼女と並んで土手道かなんか歩けたら……〉どちらかといえばやや小柄な高田さんをちらっと横目で盗み見、真意を推し量ろうとした。

「嘘よ。君は今は勉強だけ。でもね、トシ君、君、ガールフレンド、いるんでしょ? なんかそんな雰囲気があるんだなあ。歳のわりに落ちついているし……」

「……いえ、オレ、……そんなの……今、……いません」

「あら、今いないってことは、前にはいたんだ。ねえ、それどういう人? クラスメイト?」

「いえ……、いません、オレ、いませんよ」

「まあ、赤面しちゃって……。でも、いいわ。あまりプライベートのこと、訊《き》いちゃいけないよね」

いました。でももう手の届かないところへ行っちゃいました。過ぎたことで忘れかけています。今は勉強のことを除けば〈高田さんのことで、頭がいっぱいです〉、そう告白したかった。

「ごめんね。厭なこと訊いちゃって……。さあ、用件を伝えなくってはいけないわ。トシ君を遅刻させちゃ悪いものね」

教育実習は一二月一杯で、場所は県南部の中学校。少々不便なのだが、実家から自転車で通う。年末から元日にかけては家族と過ごし、塾の三日の授業に間に合うよう二日の夕刻には戻ってくる。そんなことを問わず語りに告げたあと、これまた突然に、こう言った。

「ねえ、トシ君、明日は土曜日だから塾は休みよね。学校は？　あるわよね。でも、夕刻までは時間あるでしょ？　よかったら、私の下宿に来ないこと？」

月曜日からの実習のためその前日に実家に行く。明日は特にスケジュールがなく空いている。不在の間の国語と英語の勉強、どのように進めたらよいかアドバイスするからと、そう言ってくれたのだ。心は間髪を入れず垂直に天に昇った。胸の動悸が高鳴った。

「えっ！　オッ、オレが……高田さんの下宿に……いっ、行ってもいいんです……か？」

巧く口が滑らない。

時間を決め、下宿先の場所を教えてもらった。おおむねの見当はついたが、彼女は〈念のため〉とバッグの中から手帳を出し、一ページを裂いて略図を書いてくれた。行書体でメモされた文字が綺麗だった。

「それじゃ、トシ君、明日、待ってるからね」

「はい、必ず行きます」

高田さんは、左足をペダルに乗せ、右足で勢いよく地面を蹴りだした。弾みをつけ、右足を巻いてサドルに跨った。ハンドルがゆらゆらと揺れているのに、片手を離して「バイバイ」と。余裕がないのだろう、振り返ることなく視線は前方に向けたままであった。

しばし見送りつつ、〈春だったら、いいのになあ〉と思った。彼女がそのようなものを身につけるのかどうかも分からないのに、彼の頭の中には、桜並木の下をフレアなスカートを風に靡《なび》かせつつ、颯爽と自転車で走り去る高田瑞枝がいた。

〈それにしても〉と彼は突然、現実に戻った。日常の環境が変わってから、特に彼女と接するようになってから、これまで使ったこともない表現を覚えた。彼女が意識して用いてくれているせいか、普段の会話にずいぶんと英単語が混じるようにもなった。

ユキとつきあっていたころとは隔世の感がある。

古いしがらみのなかで、自力ではその世界から抜け出し得ない慣習のなかで雁字搦《がんじがら》めになりつつも、それでも明るく精一杯に自己を表現し、努めて楽しく生きようとしていたユキ。それと比べ、高等な教育を受け、両親とも教師で弟もいるという環境に育った高田さん。けっして交差することなどない別次元の女性と会話している自分を不思議にすら感じたものだった。

直線の道を彼女が識別できなくなるまで見送ってから、彼も自転車に跨り脇道に曲がった。学校への近道である。

その夜の授業は身に入らなかった。商業高校であるのだから当然であったが、商業系の科目が多い。けっして疎《おろそ》かにしているつもりはなく、事実、成績も悪くはなかった。どの学部を受験するかはまだ決めてはいなかったのだが、どの道、入試には無関係な科目である。高田さんの下宿に行く土曜日の科目は算盤と商業美術。どちらもたいした興味はない。そこそこやっているといったところ。

それじゃ入試科目には興味があるかというと、これまたそうでもなかった。復習というか確認程度にはなっていたが、受験勉強でのレベルは授業のそれをはるかに超えていたのである。世話になった担任教師の手前、極端な手抜きはしていないつもりであったが。

その晩、煎餅蒲団に潜ったものの、恒例となっている行事を初めてしなかった。ユキの写真を取り出すことも、それを見つめつつ自慰に耽ることもなかった。漠然としたものではあったが、明日、高田さんを訪ねるのに汚れを残してはいけないように思われたのである。

微睡《まどろ》んではまた覚めるといったことを繰り返し、それでもいつの間にか眠りに就いた。夢をみた。あの林業試験場裏である。桜が満開。花を愛で、花びらの散るのを眺め、それが小川のせせらぎに浮いて流れる様が投影されている。隣にユキがいた。彼女はヘッセの詩を口遊《くちずさ》んでいる。

〈どうしてユキがヘッセの詩なんて知っているんだろう？〉

ユキの顔を窺った。ユキではなく、そこには高田さんがいた。斗潮を見て微笑みながら声楽家のような美しい声で囀っている。声も姿も背景にマッチしていた。溶け込みつつ真っ青な空に向かって響いていた。

高田さんは斗潮の手を握った。初めて触れる彼女の手は、引っ張るようにして桜草が一面を覆っている窪地に斗潮を導いた。そこにふたりで腰を下ろし、並んだ。いつの間にか詩の朗読は終っている。高田さんは握った斗潮の手を自分の胸に案内しているではないか。

〈ああ、やわらかい膨らみ……。何に例えたらいいのだろうか〉

「トシちゃん、そんなに気持ちいいの？　私のおっぱい……」

ユキだった。いつそうしたのか全裸のユキは斗潮を抱いて、赤子にするようにおっぱいを呑まそうとしている。斗潮はゆっくりと唇を近づけた。でも、どうしたのだろうか、どうしても吸いつけない。すーっと逃げていく。

「ユキちゃん、どうしたの？　どうして逃げるの？　ユキちゃあーん……」

斗潮は全力でユキを追った。しかし、追えども追えどもユキは遠くなっていくだけ。

「トシちゃん、さようならあー」

「ユキ！　ユキちゃぁーん！」

しばらく追いかけると大きな櫟《くぬぎ》を背もたれにして文庫本を読んでいる女がいた。

「あら、トシ君、どうしたの？」

高田さんだった。

「今、こっちにユッ……いえ若い女性が……」

「トシ君、なに言っているの。君と私は、いっしょに花見に来たんでしょ。ひとりでどこへ行っていたのよ、私をほったらかしにして……」

「えっ……」

目が覚めた。暑くもない季節なのに背に汗が滲《にじ》んでいる。不思議な夢だった。もう一度夢をなぞってみた。ユキと高田さんとが混沌として存在していた。どうしてなのか、なぜなのか、そんなことを巡らせているうちに再び睡魔に襲われ、今度は深い眠りに入ったよう。

ほとんど足を踏み入れたことのない街だった。斗潮の住んでいる町人街とは異なり、昔の武家地。鉄砲町、稽古町、弓町といった町名が残っている。高田さんの下宿先は、こういった地域の一角、長町にあった。足軽たちが住んでいた長屋があったことからそう命名されたと聴いたことがある。

もとより今も長屋があるわけではない。落ちついた雰囲気の中くらいな住宅地である。メモしてもらった地図と番地を頼りに探したが、すぐに分かった。この長町全体が長方形のいくつかの区画から成っているためであった。自転車を押しつつ目指す表札の前に立った。

玄関からの通路にかからないように自転車を止め、案内を請うた。中年の女性が「はい、どちらさまでしょうか」と。

名と来意を告げると
「ああ、ミッちゃんの……ええ、ええ首を長くしてお待ちしていたようですよ。まだかしらって」

「あら、おばさん、私、首なんて長くしてないわ。そういうの、独断って言うのよ」

屋内からではなく玄関脇から高田さんの声が届き、遅れて姿を現した。

「トシ君、いらっしゃい。うるさいおばさんを避けて、こちらから行きましょう。おばさま、ごめんあそばせ、ホホホー」

「まあ、憎たらしい娘《こ》だこと。ミッちゃん、何か必要なもの、あるなら言ってちょうだい」

「ありがとう、おばさん。間に合っていると思うわ。足りなくなったらお願いにいきます。さあ、トシ君、こちらへどうぞ」

〈おばさん〉と言っているが、血の繋がったオバではないという。母の友人で元小学校教師の同僚。結婚してこの街に来、夫が高専の教授に迎えられたのを期に、専業主婦になったのだという。専業主婦といってても夫と二人暮し。不幸にもひとりいた息子は幼少の頃、事故死しているのだと。教壇に立っていたときに知らせが届き、慌てて病院に駆け込んだものの死に際に会えなかったと、今でも後悔しているということだった。

今は、高田さんを本当の娘のように可愛がってくれている。だから、彼女もあえて余所《よそ》ゆきの言葉遣いや態度ではなく、節度を弁《わきま》えつつも母親に対するように接しているのだと、わずか数分のうちに要領よく話した。

彼女が借りているのは、裏側に位置する離れであった。母屋は二階家であり、家主は夫婦ふたりだけなのだから、二階の一室を貸してもらえればいいと母ともども言ったのだが、わざわざ離れを拵えてくれたのだとも。口では、大切な娘を預かるのだからとか、庭が広すぎて手入れが行き届かないからちょうどいいだとか言っているのだが、亡くなった息子のために二階はそのままにしておきたいというのが真意のよう。したがって彼女は二階には上がっていないという。

離れは玄関が北側で、西側は離れの分だけ狭くなった庭。狭くなったとはいえ、まだ十分の広さがあり、今は土が剥き出しの花壇だの野菜畑だのがあった。小じんまりした造りである。玄関の三和土《たたき》は半畳ほどしかなく、西側の縁側も半間ほど。その先端が厠《かわや》になっているよう。流しとコンロ台がある三畳ほどの板の間のほかは、六畳の部屋が一室だけ。ただ、畳は六畳だが、端に一尺ほどの板張りがあり、そこに洋服箪笥と茶箪笥、それに古めかしい鏡台が並べて置かれていた。

彼女にとっての商売道具である机は座机。座布団がきちっと置かれ、机上も片づけられていた。書棚がふたつ。ひとつにはトルストイや漱石などの全集に百科事典が収められており、もうひとつには大学のテキストらしき書物に加えて英語や国語の辞書が並んでいる。

書棚の上にはさまざまな可愛い人形たちに混じって熊の縫いぐるみがこちらを見つめている。花瓶があり、この季節なのに秋桜《コスモス》らしい花が活けられている。

「狭いんでびっくりしたでしょ。それにちっとも女の子らしくもないし……。どんな部屋かなって期待してたんだろうに、落胆させたかな、トシ君に」

女の部屋といえばユキと葵姐さんの結城楼のそれしか見たことも入ったこともない。堅気の若い女の部屋など、もとより初めてであった。斗潮にとっては視界に入るものも、淡く清楚な匂いもすべて〔女の園〕そのものと感じたが、彼女の友人などはもっと違った女らしさを演出しているのだろうか。

ひとりなら十分の広さだし、わが荒家と比べれば格段に綺麗である。花や人形、それに縫いぐるみがある部屋は初めてだと、お世辞が必ずしも得意でない斗潮にしては精一杯に答えた。

「そお、ありがとう、トシ君。君にそう言ってもらってほっとしたわ。実はね、誘ってはみたものの、〈失敗したかな〉って後悔してたのよ。母にもおばさんにも、〈もっと女の子らしく飾ったら〉っていつも言われているの」

部屋の中央に炬燵があった。座るように勧められ、奥のほうに腰を下ろして脚を伸ばした。高田さんは台所から盆になにやら載せて来、チンチンと音を立てている土瓶が載った火鉢を引き寄せながら斗潮の反対側に座った。

「インスタントだけど、コーヒーどうかしら? トシ君、コーヒー大丈夫でしょ?」

大丈夫とか好き嫌いの前に、馴染みがなかった。以前に一度だけ同級の金持ちぼっちゃんの家で御馳走になった記憶があったが、ただ苦かったという思いしかない。そのときはたしか、名称は忘れてしまったが、その母親が大層な道具を持ち出して豆を挽《ひ》き、これ見よがしに入れてくれた。

それに引き換え［インスタント］とは……、コーヒーに即席なんてあるんだろうか。

「オレ、飲んだことないから……。でも、コーヒーのインスタントってなんですか？」

主任教授が海外の学会に出張する際、学生たちが餞別金を贈った。そのお土産に貰ったものだという。

コーヒーが粉末状になっていて、湯を注ぐだけでいいのだと、高田さんは教えてくれた。

「試しに飲んでみようよ。私、結構、気に入っているんだ」

ふたつのカップに濃い茶色をした粉末が入れられ、彼女はその中に土瓶の湯を注いだ。プーンと独特の匂いが部屋を支配した。それだけである。高田さんはしばらく待ってからそのまま飲むよう勧める。口につけ、微量を喉に流し込んだ。〈苦い〉。咳き込んでしまった。

「あら、だめ？　いい香りなのになあ……」

高田さんは、カップを鼻先に持ってき、匂いを嗅いでから、美味しそうに飲んでいる。

「それじゃ、トシ君、シュガーを入れる？　たくさんだとコーヒーの匂いが消えるから、少しだけね。私が入れてあげるわ」

飲める状態にはなったものの、やっぱり美味しいとはとても思えない。正直にそう言った。彼女は残念がっていたが、「好みのことだから、しょうがないわ」とそれ以上は勧めなかった。

「さあトシ君、はじめようか？」

コーヒーを啜りながら彼女はそう言った。いつもどちらかといえば地味な服装の高田さんだったが、今日は初めて見るピンク色のセーター。その胸のあたりが二箇所、膨らんでいてそこが双丘であることを示している。全体としてやや小柄であり、顔の輪郭はユキよりはふっくらとしていてどちらかといえば丸顔タイプだったが、似ているようにも。いつもは長い髪をお下げにしたり、〈ポニーテイル〉と言うのだと教わった後ろで束ねる髪形なのだが、今日は洗い髪なのかピンクのセーターの肩胛骨あたりまで垂らしていた。

〈セーター、よく似合いますね。髪形もいいなあ〉そう言いたかったのだが、口からは出なかった。

「トシ君、寒くないでしょ。よかったらこっちにしようよ」

座机にふたりで並んだ。斗潮は遠慮なしで当初から胡座にしていたが、高田さんは最初は正座。

「まず、志望校と学部をある程度、絞ろうよ」

そうしたほうが的を絞った効率的な勉強ができるからと。彼女は分厚い雑誌を書棚から取り出していた。全国の大学受験ガイドブックだという。彼もその存在は知っていたのだが、それなりの額でもあり買えずにいたものだった。高田さんが自費で購入してくれたものなのだろうか。

「入試科目から絞ったほうが早いよね」

関西は捨てて東京の私大にまず絞った。文学をやるつもりはないので、それを除く文系の学部で入試が英語、国語、社会の三科目のものを前提とした。次に科目間の採点ウエイトだという。斗潮は三科目のなかでは英語が弱いから、そのウエイトが相対的に低いか同レベルのものになる。調べた限り「低い」大学、学部はないという。必然、一対一対一のウエイトの中から選択することになる。

「問題はトシ君の学力だね。あと一年でどれだけ伸びるか、その判断が難しいわ」

「……高田さん、学力はそのとおりだけど、もうひとつ、……学費が……安いところでないと……」

「そうそう、そうだったわ。貧乏学生には大切なことだよね」

雑誌をふたりで覗き込んでいるうちに、相互の空間が狭まり、いつの間にか胡座になっていた彼女の脚と彼のそれとが密着していた。脇の下に片手が差し込まれ、互いの片手がクロスしてもいた。意識しだしたら、接触している箇所から彼女の温かい血流が伝わってき、自分の血管の中へと流れていっているように感じた。

ページを繰りながら、眼で字を追い、あれこれと彼にも質問していた高田さん、

「うん、だいたい絞れてきたね。最後は一番大切なことを決めなければ……。トシ君、将来、なになりたいの？　大学を卒業してからだけど……」

と聞いてきた。

これが最大のポイントであることは彼も承知していたし、考えてもいた。境遇から判断して一流企業のサラリーマンという類は無理だろうと決め、勤め人なら公務員か中小企業しかない。そんな意味のことを告げた。高田さんには隠すことはない。

「そうね、トシ君の言うとおりだね。中小企業というのは最後の手段として、公務員ねえ……」

彼女の弁によれば、国家公務員の上級職は無理だという。難関であることに加え、よしんば突破するだけの学力がついたとしても勧められないと。東大などごく一部のエリートでないと採用されないだろうし、仮に採用されたとしても出世が覚束ないばかりか常に冷や飯食いになってしまうからと。

上級職には乙区分もあるし、中級という手もあるが、これもやめたほうがいい。公務員なら教師か地方

の事務吏員のほうがまだまし。教師だと国立閥、旧師範閥があるから承知しておかないといけない。公務員なら地方事務吏員だね、となった。

「ところでなにかの国家資格をとる方法だってあるよ。どお、考えたことない？」

ある、あるのだ。なぜかと訊かれても困るのだが、裁判官か弁護士になれればいいなと思っていたのだ。漠然と世の中の貧乏人の味方になれるのじゃないかと。

「うん、いいわね。トシ君らしいよ。そうなると司法試験だから、これに強い大学ってことになるわね。学部は法学部に決定ということにして……」

結局、在京で歴史ある伝統大学の法学部で、しかも二部（夜間部）を設置しているところということになった。二、三の候補を決めた。

「今回はここまで。最終の絞り込みは、まだ時間があるからまたにしようよ」

歯切れのいい彼女の言葉で休憩となった。なんでもなかったように接触していた脚が離れ、組まれていた腕が解かれた。

「お茶、淹《い》れるわ」

棚に飾ってある家族全員で撮ったらしい写真を見つけ、尋ねたらそうだと答えてくれたものの、あまり深入りしたくない素振りである。自慢してあまりある家族なのだろうが、家庭に恵まれない斗潮のことを考慮してくれているのだろうことは察しがついた。

できればアルバムを見せてほしいと思ったのだが、口にするのはやめた。代わりに趣味を尋ねてみたら、これについてはあれこれと話してくれた。一番は文学だと。日本では漱石、外国ならばトルストイ。書棚を指さしつつ、親が許してくれれば文学部にしたかったのだが、文学では食べていけない、教師になってからだってできる、現に文学賞をとっている教師だっている、そう言われて両親と同じ途を進むことになったのだと教えてくれた。

運動は庭球をやっているという。週に三回ほどの練習に参加しているが、レギュラーではないとも。このときは写真を見せてくれた。アルバムから引き抜いて二枚ほど。夏休みに合宿に行ったときのものだそうで、一枚はコーチらしきやや年配者を中心にして部員全員での集合写真。もう一枚はちょうど彼女がスマッシュした瞬間を捉えたものだった。

締まった真剣な表情が窺え、実に躍動的な絵である。そう言うと、高田さんは嬉しそうに言った。

「ありがとう、トシ君がそう言ってくれて嬉しいわ。実はね、この写真、私もすごく気に入っているのよ。これだけ見ると一流プレーヤーでしょう?」

正直に言えば、その絵が斗潮の眼を釘付けにしたのは、短いスカートがスマッシュした瞬間に捲《まく》れあがって、綺麗な脚が剥き出しになっている部分だった。なおも手にとって食い入るように凝視していると、彼女から言葉が飛んできた。

「あら、トシ君、いつまでも眺めているなって思ったら、なんでしょう、私の大根足を見ているんでしょ。コラ！　お姉さんの欠点をジロジロ見るんじゃないの！」

図星の指摘をされ、しどろもどろしつつ斗潮は懸命に反論した。

「いや、オレ……その……、欠点……だなんて……。……高田さんの脚、……きれいだなあ……って、そう思って……見てたんです」

「そお？　トシ君、お世辞うまいわね……。でも、お世辞でも、君にそう言ってもらえると嬉しいわ。ちょっと太めかなって気にしてるんだけどね」

斗潮がお世辞が巧くないことくらい、高田さんは知っているはず。口ではああ言ったがやっぱり嬉しいのだろう。

「……太めだなんて、……そんなことないですよ。……すごっく綺麗だもの」

「ありがとう、トシ君。さあて、勉強始める前に褒めてもらったお礼をしなけりゃ、ねっ！　トシ君に」

早業だった。早業でなければできなかったかもしれないのだが。高田さんは斗潮の頬を両手で挟んで自分の方を向かせ、その瞬間に口づけした。〈もっと〉と思う間もなくすぐに放されてしまった。瞬時ながら触れたそれは弾力のあるゴム毬《まり》のようだった。

「さあ、再開しましょう」

なにごともなかったように再び机に向かった彼女に従い、心残りしながらも彼も並んで座った。候補となった志望大学、学部の出題傾向は、高田さんが調べておいてくれるという。これからの一か月は基礎固めをしようという。

高田さんは数冊の練習問題集を取り出した。ページを繰りながらマークし、そのマークした箇所を時間を計ってやるようにと。一回目はこういうふうにし、分からなかったり不正解の箇所は、これこれこういうふうに調べ、一、二日間を置いて二回目をやり……などと懇切丁寧に。そのほか、各科目の基礎部分をメモしてくれ、参考書の当該箇所を繰り返し読むよう指示された。

そうしたうちにも時計はいつもより早く針を回転させてい、瞬くうちに夕刻が近づいてきた。「今日はこれまでということにしましょ」そう言いつつ、「ちょっと待っててね」の言葉を残して高田さんは母屋の方へ向かった。やがて菓子鉢を抱えて戻ってきた彼女は、お茶を注ぎつつ、「よかったら食べて」に続いてこうも言った。

女の子なんだから菓子くらいいつだって買い置いている。ほらね、ここにあるわ。よかったら、これも食べて。だけど、長いことおばさんを放置しておくとご機嫌が悪くなるのよ。だから、わざと「おばさん、勉強終ったの。何かお菓子ないかしら」と言い、これを貰ってきたんだ、と。細かい配慮をする女性《ひと》なんだと斗潮は感心した。

「しばらくトシ君に会えなくなるかと思うと、ちょっぴり寂しくなるね。この問題集、私だと思ってしっかりやってよ。さぼったりしたらお仕置きするから……」

いつもの高田さんではなかった。ややしんみりとした語調で、いかにも哀愁を帯びているように思えた。

「高田さん、今日はありがとうございました。いろいろと教えていただいたうえに御馳走にまでなって……。……オレ……、お礼のしようもないけど……、高田さん、ごめんなさい！」

叫ぶようにそう言うなり、振り向きざま彼女の肩を抱きしめ、唇を求めた。拒否されるかもしれない不安はあったが、お礼だけでなく、彼も一か月間彼女に会えない寂しさを接吻に置き換えようと咄嗟《とっさ》に思ったのであった。

拒否はされなかった。高田さんは肩を抱かれたまま眼を瞑《つむ》り、受入れの意思を示してくれたのだ。焦る気持ちを抑え、静かにゆっくりと唇を重ねた。彼女の手が背に回されたのが分かった。しばらく重ねたままにしたあと、斗潮は徐々に舌を挿入していった。一瞬、彼女は驚いたような気配を示したが、抵抗もなく迎え入れてくれた。

舌先で舌先を接触し、絡めた。「ああ……」と漏れる音が聞こえた。斗潮は左手を後頭部に回し、唇を重ねたまま右手を彼女のセーターの膨らみに移した。掌いっぱいに納まったそれは、まるで生き物のように脈動している。温かかった。

「あっ、あっー、トシ君」

そう呟き、こんどは彼女のほうから舌を絡めだした。夢中という感じはしたが、あまり接吻には慣れていないよう。再び彼がリードし、存分に口中を攪拌してやった。最後は彼女の唾液を吸い、唇を摩擦して終りにした。

「ああっー、トシ君」

さきほどよりは明瞭に感極まった音を発し、顔を交差してしっかりと斗潮に抱きついた。雷鳴が轟《とどろ》いてもけっして放すまいとでもするように。彼も積極的に応じて抱きしめ、次には背を摩ってやった。彼女の胸の膨らみが心地よく胸板に接触している。

どれほどの時間が経過したのだろうか。ようやく高田さんは斗潮から身を離した。ゴクリと一回、生唾を呑み込み、照れたような表情を浮かべた。少女のように感じた。彼は黙って彼女の顔を見つつ微笑んだ。

「厭だわ、私って……」

俯《うつむ》き加減で高田さんは、こう言った。私のほうが年下の少女みたい。それにしてもトシ君、すごく接吻が上手。立場も我も忘れてしまった。こんな経験、初めてだ、と。

「厭だわ、私って……」

「ごめんなさい、高田さん。生徒のオレが……失礼なことして……。でも、すごっくよかった……」

「私もよ……。あら、厭だわ、私って……」

そこで気持ちのギアを切り換えたよう。高田さんは佇《たたず》まいを正して、

「こら、トシ君。君のお礼は入試に合格することだぞ！　接吻などしている間があるのなら、しっかりと勉強したまえ！」声が揺れている。

「はい、先生。ごめんなさい。一所懸命がんばります」

「素直でよろしい！……だけど……さ、どうしてトシ君、そんなにキッス上手なのよ。やっぱり、ガールフレンドどころか恋人がいるんじゃないの？　このっ、色男！」

恰好だけではなく、ほんとうに斗潮の腕を抓《つね》った。どうしようか、斗潮は迷った。否定しておけばそれはそれですむこと。あえて話すこともないいんじゃないかと思いつつも、このまま高田さんに疑念を持たれたまましばらく会えないのも辛いとも思った。

真顔で彼は告白した。触りだけを抜き出して。以前、恋人がいたことは事実である。ところが事情があって彼女は手の届かない別世界に行ってしまった。大学に進もうと決意した理由のひとつはそのことがあったからでもあると。

「すいません。今日のところは、これで勘弁してください。……もし、またなにかの機会があり、高田さんも聴きたいというんだったら……そのとき話します。……でも、オレ、けっしていい加減な気持ちで……高田さんのこと……したんじゃないんです。それだけは分かってください」

「うーんそうなの？　分かったわ。今日はこれ以上、聴かないわ。でも、ほら、私のおっぱい、びっくりしてまだ喜びに震えているわよ」

斗潮の片手を彼女は両手で包み、セーターの上から自分の胸に導いた。冗談とは思いつつも言われてみれば、膨らみは自身の意思で呼吸しているようでもあった。揉んでみた。掌にぴったりと納まる。柔らかくもなく、固くもなく、ほどよい弾力を感じた。

「ああ、トシ……くん……」


帰り際、庭球姿の写真を欲しいと強請《ねだ》った。

「まったく、トシ君は……エッチなんだから……」と言いつつ、高田さんはしばらく考えているようだったが、結局は貰えなかった。ネガを持っている先輩とは連絡のとりようがなく、なんとか写真屋さんに頼んで、実習中に現物を複写してもらうつもりだからと。

立ち上がって離れを出ようとすると、呼び止められた。しばらく会えない想い出に、もう一度だけ接吻しようと、頬を赤らめつつも高田さんらしくはっきりと告げた。

「ねっ、いいでしょ……」

斗潮には一も二もない。俯き加減の高田さんを抱きしめ、彼がリードして唇を重ねた。

「しばらくの間、さようなら、トシ君。元気でいてね。勉強もね……」

「さようなら……。高田さんも元気で……」

母家の玄関でおばさんにも丁寧な礼をし、斗潮は自転車に跨《また》がった。角を曲がるとき一度振り返ったら、高田さんはまだ見送ってい、軽く手を振ってくれた。

間もなく一二月、確実に冬が迫っていた。その夜、ユキの裸体画を引っ張りだし、顔の部分を隠して自慰に耽った。あのテニスルックの高田さんを思い浮かべながら。

高田さんのことを思う日が多くなるにつれてユキのことは記憶の底へと沈んでいった。ユキが残していってくれた写真を見る機会も次第に減っていった。ときに取り出すことはあっても、〈ああ、これが高田さんだったら……〉とため息をつき、ユキの写真は、ただただ自慰のためだけの道具に化しつつあった。あれほどに好き合い、愛し合ったはずだったのに、「ユキという女がいたことを忘れないでね」と言われたはずなのに、「時間」というのは魔物である。けっして忘れたわけでも、思い出すのが厭なのでもない。あのときはあれで精一杯に燃え、ユキがすべてだったのだから。

しかしどうだろうか。あながち「時間」のせいだけではないのではないか。もし「高田さん」という存在が彼の目前に出現しなかったとしたら、ユキとの想い出はもっと強烈に残影となって彼の頭を支配していたのではなかろうか。

あの淡い出会いのときから、幼いようでいてしっかりとしていたユキ。セックスを恥ずかしがることもなく、むしろ互いの存在を確認しあう最良の手段としていたユキ。自力ではどうにもならない束縛された世界に身を置き、従順にしきたりに従いつつも、明るく懸命に生きようとしていたユキ。そしてすべてを許しあったユキ。

ユキとの出会いは自分にとって何だったのだろうか。心の内奥深くまで琴線《きんせん》に触れていたのだろうか。

あのとき、もしユキに出会わなかったとしたら自分はどうなっていたのだろうか。

今、この時間、東京の「阿佐ヶ谷」でユキはなにをしているのだろうか。旦那に抱かれながらもオレのことを思い出してくれているのだろうか。それとも……身も心も旦那と溶け合い、オレのことなど遠い昔のことと忘れてしまっているだろうか。


ある日、箪笥の中を片していたとき、今はもう着られなくなったユキがくれたジャンパーを見つけた。次第次第、疎遠となっていくユキの姿が鮮明に瞼《まぶた》に映し出された。写真を取り出した。いずれも生れたままの姿であったが、乙にすましたもの、にっこりと微笑んでいるもの、間違いなく生きているユキの表情があった。

ユキと絡み合ったときの写真も手に取った。斗潮の前で犬のように四つん這いになったユキがいる。仰向けとなった斗潮の上に重なっているユキがいた。どのユキも屈託なく微笑んでいる。

初めてユキの手に触れたときのこと、初めてユキの唇に触れたときのことを思い出した。初めてあの形のいい乳房に触れたときのことも。初めて全裸の姿を見、初めて交わったときのことも。あの洗い髪の椿油のいい匂いも……あぁー。

堪《たま》らずに、自分の手で自分のものを扱いた。発射された液体を見つつ、いまでもユキはあの千代紙の小箱を隠し持っているだろうか、ときどきは小箱を出しているだろうか、数枚だけ持っていった写真を眺めているだろうかと。

中旬のことである。ちらほら白い破片が舞い降りていた日、諸星先生宛のものといっしょに塾の所番地で斗潮に高田さんからの手紙がきた。先生は授業中で、事務室には誰もいない。〈なんだろう。高田さんになにかあったのだろうか？〉逸《はや》る気持ちを抑えきれず、急いで開封した。書き出しの数行を除いて、なんと英文であった。イディオムには下線が引かれ、その右肩には小さく（注一）などとあり、末尾にその意味が注釈されている。いかにも高田さんらしい。

トシ君、元気でやってますか？ 私も悪餓鬼どもを相手に苦戦しつつも、頑張ってやっています。今日は日曜日。自宅の自室でペンをとっています。近況報告を英文にしてみました。もう、君の学力なら読解できるはずです。辞書を引いてもいいからがんばって読んでみてください。

内容は中学校での実習のことが過半を占め、そのあと斗潮の勉強の進み具合を問い、アドバイスが付け加わっていた。綺麗な英文文字である。最後に行を替え、P．Sとあり、これは日本語で書かれていた。〈トシ君との初めての接吻、ときどき思いだしています。君にとって今は大切な時、あの接吻が勉強の邪魔になるのではなく、励みとなってくれることを期待しています。勝手な希望かな。でも……、ああ、支離滅裂になりそう……。

See you agein !〉

高田さんがどんな心境なのか、なにを言いたかったのか、斗潮は分かるような気がした。実家の住所なのだろう、所番地も明示されていたが、あえて彼は返事を書かないことにした。仮に彼女の気持ちは理解できたとしても、なんて書いていいのか分からなかったし、的外れになるかも知れないので。ましてや英文でそんな複雑な内容を書く自信もなかったのだから。

第十八　姐さんとの温泉行

塾も定時制高校も冬休みに入った。高田さんの実習も終ったことだろう。これからの約一週間、終日、自分の受験勉強に集中できる。実行計画を立て、スケジュール表を認《したた》めて壁に掲示した。自身の決意を鼓舞するためである。反面、困ったこともあった。それは飯である。三食、自分で考え、用意しなければならないのだから。まあなんとかなるだろう。

飯も睡眠時間も不規則にはなったが、勉強は捗《はかど》った。高田さんに指示されていたことはすべてやり終え、さらに前進できた。この間、河合のおばちゃんが時折、様子を見にきてくれる以外、ほとんど来訪者もなかった。明日はいよいよ大晦日という日、勉強の進捗具合に満足していた夕刻、河合のおばちゃんが余った夕刊を届けがてら立ち寄ってくれた。

「トシちゃん、歳取りと元日、どうするんだい？　たいしたことはできないけど、よかったらウチに来るかえ？」

ありがたいことである。礼を述べつつも大晦日から元旦にかけては友だちのところへ行くこと、二日からは塾が始まることを伝えた。

さて、その大晦日がやってきた。荒家《あばらや》内を掃除し、仏壇を丁寧に拭いた。僅かではあったが諸星先生からいただいた「寸志」で、餅と切り花を買って供えた。正月らしいことは他にはなにもなく、位牌となった両親に詫びた。今年は例年になく雪が少なく、まだ一回も屋根の雪下ろしをしていなかったのだが、万一を考え、屋根にも上がった。雪は膝くらいしかなく、その作業は簡単に済んでしまった。

着ていくものにはまた苦労した。あれこれ考えるのも面倒なので、以前葵姐さんが贈ってくれたものにした。そのほうが彼女も喜ぶだろうし。外套には困った。着なくてすむものならなしにしたかったのだがそうもいくまいと思い、古く、寸詰まりのものを取り出した。

葵姐さんとは先方の最寄り駅で落ち合うことにしていた。この時期、この地方では列車のダイヤが乱れるのは日常茶飯のことである。参考書を数冊、頭陀《ずだ》袋に詰め、早めに荒家を出た。姐さんと逢うことにも、交わることにも改まった感慨はない。ただ、満足に風呂に入っていない身体を湯に浸すことができることと飯の心配をしなくてすむことが嬉しかっただけ。

幸いにも列車は定刻に発車するという。待合室で姐さんを認めた。地味な柄の着物に角巻き姿。商売女にはとても見えない。軽く手をあげて合図を送ってきたが、彼は約束どおり見て見ぬふりをしていた。下車駅は小さな駅だった。僅かに数人の人が降り、数人の人が乗っただけ。姐さんは先に改札口を出て、待っていた。

「トシちゃん、お久しぶり。元気だった?……来てくれないんじゃないかって、私、とっても心配だった。……でも、よかった。こうして来てくれたんだもの……。ありがとう、トシちゃん!」

今にも頬に口づけせんばかりに近寄り斗潮の腕をとり、自分の腕を回して、しなだれかかってきた。

「ちょっと、トシちゃん。怒らないでよ、私の気持ちなんだから……」

そう言って、彼を待合室の片隅に引っ張っていき、風呂敷包みを開けて新品の外套を取り出した。

「これ、きっとトシちゃんにぴったりだと思うんだけど……、お願いだから怒らないで、着てちょうだい」

〈またか〉とは思ったが、出発前に外套のことで苦慮したことも事実。どういうつもりなのか危惧しつつも、ありがたいという思いもあった。形式的に固辞したが、そんなことで引っ込む姐さんではない。純粋に素直な気持ちなのだと繰り返すばかり。ともかく袖を通してみてと促され、羽織った。

「やっぱりぴったしだわ。よかった……。洋服も私があげたのを着てきてくれたのね。嬉しいわ……」

そう言って、斗潮が脱いだ古い外套を代わりに風呂敷に仕舞い込み、「さあ、行きましょ」と手を握って駅舎の外へ。

「トシちゃん、お腹空いていない？　宿の夕飯まできっと何も食べるもの、ないと思うから、ここで食べていこう」

彼女との会話では、ほとんど返事はいらない。〈うん〉くらいを答えれば、あとは相手が勝手に喋ってくれるのである。手を引っ張られて一軒しかない駅前の大衆食堂に入った。食堂の時計は午後二時半を示していい、他に客はなかった。壁に掲出された献立は、和も洋も中もない。蕎麦もあれば中華麺もあり、オムレツなどというのまであった。さらには和定食もあったが、これは昼と夕だけとのこと。

姐さんには遠慮することよりもたくさん食べることのほうが喜ばれることを斗潮は知っていた。「好きなもの、頼んでいいわよ」という言葉をそのまま受けて、カツ丼と支那そばを頼んだ。さすがに二品目を口にだすときは、やや躊躇《ためら》いつつ。それでも姐さんは、それでいいのか、よければもっと頼んでもいいと言ってくれた。

「私はお腹、空いてないから」と自らはお茶だけ所望し、欠食児童のようにがっついて食べる斗潮を嬉しそうに見つめて、「トシちゃんって、ほんとうに美味しそうに食べるわ」などと目を細めている。

事実、美味しくもあったのだが、それ以上に腹が空いていただけなのだが。

ハイヤーなるものに初めて乗った。姐さんは、食堂の人に何か尋ね、そこの電話を借りて雇ったらしい。暫く待たせられたのだが、ようよう乗車するなり、運転手は宿の玄関に横付けすることはできないという。一〇分くらいは雪道を歩くことになるが、それでもいいかと。

「いいわ。そうしてちょうだい」

ガチャガチャと鎖の音を響かせながら車は走りだした。姐さんは接客業のベテランである。ハイヤーの運転手と差し障りのない会話を交わしていたが、斗潮の手を膝の上にもってき、しっかりとそれを両手で包み、摩っていた。

宿は県道を逸《そ》れた脇道に入ったところにあるという。運転手に言われたとおり、雪道を一〇分ほど歩いた。この間も姐さんは、けっして逃さないといったふうに斗潮の腕をとって歩いていた。逮捕した犯人を連行する刑事のように。

やがて湯煙が立ち昇るのが見え、雪に覆われた建物が見えてきた。一軒宿の温泉場なのだという。こんな時期に客などいるのだろうか、商売をやっているのだろうか。途中、人一人としてすれ違う者さえないのに。

応接した中年女はどう見ても品があるようにも、したがって女将のようにも見えない。内心、近在の農家のおばさんといったふうに思った。しかし、応対は愛想がいい。「お待ちしておりました」と早速に部屋へ案内してくれた。途上、非常口だの風呂場の位置だのを教えながら。

部屋へ着くと中年女は茶を淹れてくれ、女将であることを名乗ってからこんなことを問わず語りに話していた。今夜は宴会の客が一組あるほか、泊まり客は老夫婦とこちらさんだけ。宴会が終り、その後片付けが済んだ段階で従業員は休ませるので、十分な待遇《もてなし》ができないかもしれない。板前はこの宿の主《あるじ》だから料理には手をつくすつもりであると。

そう言いつつ宿帳を取り出した女将は、さてどちらに差し出したらよいものか迷っているよう。すかさず、姐さんが手を伸ばし、書きだした。興味をもって眺めてみると所番地はどうやら結城楼のようで、氏名欄には「高橋あおい」「同トシオ」とし、ひと呼吸おいてから続柄欄に「姉」「弟」と書いていた。ユキや高田さんと比べると女らしくもなく、綺麗でもない文字だったが、しっかりと誤字なく書かれていた。

〈姐さんは、ちゃんと学校出ているんだろうか？〉

「ご姉弟でいらっしゃいますか？　仲のよろしいご姉弟で結構ですこと」

「ええ、私たち両親ともいないし、普段は別々に暮らしているんですよ。お正月くらい姉弟ふたりでと思い、お世話になることにしました。よろしくお願いします」

嘘のつき方も堂々たるもの。稽古してきたのか一分の疑いすら入る余地のないくらい、すらすらと口から出任せを言っているのである。

「それではごゆっくり」と女将が退室しようとすると、「そうそう」と姐さんはさも突然に思いだしたように質問した。ふたりだけで入れる風呂はないかと。久しぶりに姉弟で背中の流し合いなどしつつ、ゆっくりと近況を語りあいたいのだと。巧《うま》い嘘である。

女将は「さようでございますか。それはごもっともなことで……」と言って、こう続けた。中から施錠できる家族風呂もあるが、狭くて厭なら女風呂を使ったらどうかと。今夜の宴会は地元農協支所の人たちで全員が男。五時頃から来はじめ、八時か八時半には帰るだろう。その時間を外せば心配ない。ここは温泉だから朝の一時《いっとき》、掃除する時間を除いては真夜中でも入浴できると。

もう一組、老夫婦の泊まり客があるが、その客は常連の上客で部屋に浴室がついているという。老人のほうはときたま大浴場を使うこともあるが、老婦人のほうは足腰が弱いせいかもっぱら部屋付きの風呂しか使わない。また朝が早いかわりに夜も早く、九時前には床に入っているようだから、深夜なら大丈夫だろうと、そういうことであった。

部屋には炬燵があり、火鉢もふたつ、いずれも炭が赤々と燃えて温かかった。窓も雨戸と硝子戸の二重になっているのに加えて、さらにその内側に障子戸まである。六畳に次の間付きで、違い棚も設《しつら》えてある。

今夜の夕食と明朝の朝食の時間を確認して、用は済んだよう。

「そうですか、どうもありがとう。お世話になります」

「どうぞ、ごゆっくり」

姐さんは、あらかじめ用意していたのか、懐に忍ばせていた心づけをさりげなく取り出し、女将に渡している。慣れたものである。

「トシちゃん、ごめんね。住所も名前も適当に書いたし、姉と弟ということにしちゃって。こういう客商売って結構、あれこれと詮索するものなのよ。だから……」

「うん、分かってる。なんでも姐さんにお任せします」

〈でも……姐さんの名前〔高橋あおい〕って言うんですか？〉と訊こうと思ったが、止めた。それこそ一時の興味でつまらないことを訊き、これ以上、深い仲になるのもいやだったから。

「さあ、トシちゃん、お風呂に行こうか……。そうそう、その前にトシちゃんにお話ししておかなければならないことがあるわ」

今から明日この宿を出るまではトシちゃんも言ったけれど、すべてを私に任せてほしい。やってほしいことがあったらなんでも言ってほしいし、反対に厭だと思うことややってほしくないことは、指摘されたらすぐ止めるからと。ともかくこの延べ二日間、心の底からトシちゃんに傅《かしず》きたいのだと強調していた。

「トシちゃんに厭だって言われなければ、私……、トシちゃんのお尻だって拭いてあげたいの。お願いだから明日、別れるまで私のことだけ考えていてほしいの、ねっ、お願い」

首に手が回され、頬に接吻された。


風呂は家族風呂にした。内から施錠し、浴槽と洗い場を覗くと三、四人が同時に入れるくらいの広さ。一方だけが硝子戸になっており、三寸ばかり開けてみると雪面を撫ぜた冷たい一陣の風が吹き込む。山側のようで、庭であろう五〇坪程度の雪の原から先は急峻な傾斜となっている。雪の原の手前には池があったが、三分の一ほどは雪に覆われて見えない。なん尾かの錦鯉がじっと寒さに耐えるように沈んでいた。

「トシちゃん、寒いから閉めて、こちらにいらっしゃいな」

脱衣場から姐さんの声がし、斗潮は言われたままに。そこでは姐さんはすでに全裸になっており、寒そうに肩をすぼめて膝立ちである。そういった恰好は商売上の長い経験がなせるのか、不思議と絵になっている。

姐さんの前に立つと、「私がやってあげるから」と一枚、一枚を手際よく剥ぎ取られ、柄パンだけにされた。そこで間を置き、斗潮の顔を見上げてにっこりと微笑み、徐《おもむ》ろに擦り下げていった。

「まあ、元気ないわ。トシちゃんの……。温《あ》ったまってからうんと可愛がってあげるから……ねっ！」

袋から砲身、先端までをサーッと掌で撫ぜ、〈うふっ〉といった音を漏らした。

「さあ、行きましょう」

手を握られ、引っ張られるように浴室内に入った。姐さんは片隅に積まれている木桶をひとつ取り上げ、湯船に手を突っ込んで湯加減を確かめてから、湯を汲んだ。斗潮を屈ませ、股ぐらに桶を置き、右手で湯を注ぎつつ左手で彼のものを摩《さす》っている。空になった桶に再び湯を満たし、今度は肩から流して。

「ちょうどいい湯加減よ。先に入っていて」

三たび姐さんは湯を汲み、自分のものを洗い、湯を浴びせてから湯船に入ってきた。そういった仕種もまた様になり、絵になると斗潮は思った。裸体の美しさや肌の肌理《きめ》細かさは、ユキには到底及ばない。肌の弾力性にしても同じ。しかし一つひとつの仕種はさすがに豊富な経験を思わせる。なにげない一挙手一投足が型に嵌まってい、それらが必然、男心を唆るのだろうか。

「ああ、いい湯だこと……。心が生き返るようね。トシちゃんはどお？」

「うん、いいですね。オレ、あんまり風呂に入ることないから……」

「そうだったわね。トシちゃんのとこ、お風呂ないんだものね。いつも、どうしているの？」

この手の話はできれば避けたいのだが、不潔にしていると思われるのも厭である。たいがいは水で身体を拭いている。ときたまは仲良くなった市役所の守衛に頼んで、宿直者用の風呂に入れてもらっている。月に一回くらいは銭湯に行っていると、そんなことを素っ気なく答えた。

「そうなの？　大変だこと。私が、隅々まで綺麗に洗ってあげるわ」

洗ってからでとも思っているのだろうか、身体の側面はぴったりと斗潮に接触させていたが、手は出してこなかった。彼は久々の湯に、全身を伸ばした。

「いいこと、トシちゃん、糸瓜《へちま》で擦《こす》るわよ。痛かったらそう言ってね」

木桶を引っ繰り返してそこに座らされた。なされるがまま。首から喉、腕、胸、腹と糸瓜を這わせ、繁みに至って素手になった。指先で器用に繁みを擦り、シャボンをつけ直して砲身と袋を洗ってくれた。五、六割方、分身が成長するのが知れた。

「少しだけ、大きくなってきたわ」

満足そうに一人合点し、そこはそれだけで通過。脚に移った。再び糸瓜で擦り、足の指はひとつずつ素手で丁寧に洗っている。背に移った。斗潮の肌は肌理が細やかで綺麗だとか、張りがあるとか、いい筋肉をしているだとか、勝手に褒めちぎりながら。双丘を這わして背は終った。そこでいったん立たされ、臀部を洗われた。尻の割れ目には素手を差し込み、裏側から袋にまで。

「さあ、次は顔と頭よ。しっかり眼を瞑《つむ》っていてね」

改めて掌にシャボンをつけ、左手で後頭部を支え、右手で顔を拭われた。頭頂から湯をかけられ、髪を洗ってくれた。殿様になっていた。姐さんそのものの好き嫌いは別にして、こんなにも女に傅いてもらえる男などそうはいまい、ましてや未成年者のうちからなどというのは良家のぼっちゃんくらいか、などと斗潮も満更でもない気分になってきた。彼も男である。〔おあそび〕に徹しようと決めた。

先に湯に浸っているように言われ、姐さんは自分で自分の身体を洗いはじめた。背中くらい流してやろうかとも考えたが、今の斗潮は大名。黙って外を眺めようとしたが、硝子が曇って見えない。向きを変えた。姐さんの洗い姿を眺めるつもりで。背中は手拭いを両手で持ち、斜にして擦っている。手短に洗いおえ、洗髪にかかっている。これがまた絵になった。見つめられているのを知ってか知らずか、浮世絵の世界のよう。

洗い髪を手拭いで巻いて、姐さんも湯船に入ってきた。またこの巻き方が成熟した女を思わせる。明らかに斗潮とは異なる世代の〔おとな〕のような。今度はぴったりと裸体を接して隣に腰を下ろした。姐さんの太股が彼のそれと一体となり、ゆらゆらと湯に漂っている。ユキほどではないのだが、それでも遊女である、やっぱり白い。白くて、短くて、やや太い。

彼女の右手が脇の下から進入してき、彼の乳首をまさぐっている。肩に頬を乗せ、左手は彼の手を求め、指と掌で弄んで。うっとりした声で、

「いいわあー。トシちゃんとふたりだけで、こうしていられるなんて……、夢のよう。ずーっとこうしていたいわ」

などと呟いて。しばらくそうさせていたが、先に浸《つ》かった斗潮は逆上《のぼ》せそう。

「姐さん、悪いんだけど、オレ、逆上せちゃう」

「ああ、そうだわね。ごめんなさい」

両脚を湯に漬けたまま縁に腰を下ろした。すると姐さんは向きを変え、斗潮のものに正対し、太股を摩りながら股間に進入してきた。七割方成長しているものを一瞥《いちべつ》するや、いきなり口から迎えにきた。咥え、嘗め、這わせて。見る間に膨張していく。後ろに反り返りそうになる態勢を、姐さんの後頭部に両手を回して支えた。

ユキのような恥じらいめいた感じや新鮮さはないものの、それは別個の意思をもっているよう。同じことを同じようにやっているのに、愚息は彼女の技巧にひとたまりもないといった体たらくである。確かに巧い。先端から砲身、袋まで全身これ壺となって、姐さんの唇と舌とに弄ばれている。〔愛情〕と〔性欲〕とを切り離すことができれば、これほどに性欲を満足させてくれる技巧は、そうはないのじゃないかと僅かな経験しかない斗潮にして思った。

ウング、ングと一心不乱に咥え、嘗めしているかと思うと、時折、顔をあげて斗潮の表情を窺いながら、

「トシちゃん、どお？　気持ちいい？」

などと問うてくる。相手が女の形をした性欲満足機械だと言い聞かせても、もはや彼のものは頂点に達しつつあった。

「……姐さん、……オレ、オレ……、もう、だめ！」

姐さんは口中に彼のものを咥えたまま、不明瞭に言った。

「いいわよ、トシちゃん、そのまま出して……」

そんなふうに聞こえた。と同時に堰《せき》が決壊し、急流が彼女の口中を襲った。

「ああっ、あー」

「ウッ、ウー」

吐き出すのかとばかりに思っていたが、姐さんはそのままゴクリと呑み込んだよう。舌で唇を拭い、急激に萎《な》えたものの先端に残っている雫《しずく》まで嘗めていた。

柄パンを履かせられ、浴衣、丹前の順に着せられた。そうされながらも満足を得た斗潮は、自分でないような優しい声で姐さんに尋ねた。呑み込んだようだけど、身体によくないのではないか、いつも客にも同じことをしているのかと。姐さんの答えはいたって明快だった。

「トシちゃんのだからよ。トシちゃんの中から出てきたものだもの、身体に悪いはずないわ。……もちろんお客さんのも咥えることはするけど、口の中なんかには出させないわよ。だって……」

そういうなり立ち上がり、裸のまま丹前姿となった斗潮の胸に飛び込み、唇を求めてきた。蛞蝓《なめくじ》のようなそれがつい先ほどまで自分のものを咥えていたのか、さらにその中に発射されたものが体内に呑み込まれたのかと思うと、格別な感慨が沸いてきた。彼女の唇を迎え入れ、裸の背中をしっかりと抱いた。

「嬉しいわ、トシちゃん、今の接吻。トシちゃんの気持ちが伝わってきたわ。しっかりと抱いてもらえたし……」

もう一度、唇を重ねた。姐さんも急いで着衣し、手を繋いで部屋へ戻った。

早めになると言われていた大晦日の晩飯まで、まだ時間があった。「ちょっと待ってて」と調理場から姐さんはビールを調達してきた。つまみは柿の種。彼女に言われるまでもなく、湯上がりのビールは美味しい。コップに注いでもらった最初の一杯は、ひと息で呑み干した。今の生活に入ってからは飲んでないのだから、実に久しぶりである。液体が喉を通り、胃の腑に落ちていくのが分かった。

「あら、トシちゃん、呑みっぷり、いいわね。どうぞ、もう一杯」

そう言う姐さんだって、ひと息に呑んでいたのだが。

「オレ、ずーっと長いこと、呑んでないんだ。久しぶりなんです」

ほどよい苦みが口に残り、液体は全身に回って軽くなり、血液に混じって拡散した。二杯目からは意識してゆっくり呑《ゃ》った。姐さんも歩調を合わせるように、付き合って。

「ねえ、トシちゃん。あなた、大学受かったら東京に行くんでしょ。寂しくなるわ。そうなるともう逢えなくなっちゃうのね……」

「まだ一年以上、先のことです」

「そうだけどさー。めったに、トシちゃん、逢ってくれないんだもの。ねえ、ねえ、来年のお正月もここに来ましょうよ。それだけでなくって、春と夏にも逢いたいし……。でも……、お勉強のお邪魔をしてもいけないんだけど……」

「……、そんなこと、今、言われても分からないよ」

「あのね、トシちゃん。こんなとこまでいっしょに来てくれたんだから、トシちゃん、私のこと、嫌いじゃないって、私、思ってるの……。でも……、好きでもないよね？」

「そんな、オレ……。……姐さんのこと、嫌いじゃないけど……今の、オレは、そんなことは……」

「そうよね、ごめんね。厭なこと訊いちゃって……。でもさ、この土地じゃ無理だけど、トシちゃん、東京へ行ったら、……私もついて行きたいなあ。お勉強の邪魔にならないようにするから、ねっ！　ご飯拵えてやってさ、お掃除もお洗濯もやってあげたいの。トシちゃんは、好きなように勉強だけしてくれればいいのよ。だめかしら？」

「だめですよ、そんなこと。だいいち、どういうふうにして生活していくんですか？」

「私、働くわよ。トシちゃん、ひとりくらい食べさせてあげられるわ」

「だって、今の商売できなくなるんでしょ？　東京でだって……」

「ええ、そうだわ。……でも、トシちゃんといっしょに生活できるんなら、体売る商売なんてやめるわ。トシちゃんのためにも……」

いい湯加減の風呂に入って大名になるまで傅かれたせいか、それとも久しぶりのビールが効いてきたのか、避けようと決めてきたはずの話題に深入りしていった。〈話題を替えよう〉と思いつつも、姐さんが次第に愛《いと》おしく思われてき、泥沼から抜けられないのだ。

会話は続いた。会社勤めをすることなどできないから水商売にはなるが、体を売るのはやめる。同じ部屋で寝起きできなくともいい。同じアパートなり、歩いて通える範囲に住めれば、家政婦のように通う。結城楼の借金もあと幾許かしか残っていない。実家には、道路用地の補償金が入り、病親は農家を継いだ兄が引き取った。あと一年あるからせっせと働いて、貯金もする。

話しているうちに姐さんは熱が籠もってきている。これ以上、この会話を続けてはいけない。斗潮は話題を強制的に替えた。

「もう、姐さん、その話、やめようよ。まだ先のことで、どうなるか分からないんだ。姐さんにしたって、オレにしたって、何がどうなるか分からないんだもの」

「そうね、トシちゃんの言うとおりだわ。私のような商売している女って、夢なんて語れないのよ。自分で自分のこと、どうにもならないんだもの。ユキちゃんがいい例……、いえ……、でも、ついトシちゃんとこうしていると夢を見ちゃうの。ごめんね」

夢の話はやめて、そのかわり今晩は精一杯、トシちゃんに尽くす。だから、桜のころ、また逢ってほしいと懇願された。無下に断るのも忍びなく、承知したようなしないような。逢わないからといって支障もなく、格別、逢いたいというのでもない。そういう意味ではユキや高田さんとは明らかに異なる。しかし、どうなのだろうか。こうして逢っているのが厭だとは思わなくなってきていた。特に今日などは巧く表現はできないものの、なにか魅せられるもの、引き寄せられるものがある。不思議な魔力でもあるような。

ただ、みだりに訪ねてこないよう釘は刺して、しつこく訪ねてくるようなことをしたら、絶縁するとまで告げた。

第十九　百戦錬磨

「ふたりっきりになれたわ」

姐さんは女将が敷いていったふたつの蒲団を間隔なくぴったりとくっつけて並べ直しつつ、満面に笑顔を浮かべて言った。

「トシちゃん、どうする？　トシちゃんの好きなようにやってもらっていいんだけど……。よければ私……精一杯、トシちゃんに奉仕するけれど……いいかしら？」

あるいは奉仕してほしい気持ちがあればこそ、そういう言い方をしているのかしらんとも思ったが、なにしろ今夜の斗潮は大名であるし、技巧にかけては太刀打ちできようはずもない。

「オレ、姐さんにまかせる……」

「そお、じゃあそうしましょう。ただね、厭だと思ったら言ってね、すぐやめるし、反対にやってほしいなってこと、あったらそれも言ってちょうだい。できることならなんでもするわ、私……」

語尾を震わせながら呟くように囀《さえず》り、蒲団の上に正座した。そして恥じらいを演出した素振りで、「トシちゃん、いらっしゃいな」と呼びかけた。彼は素直に従った。正座した膝の上に横向きに尻を下ろした。左手を斗潮の首に回して支え、右手で胸元を拡げた。右側の乳房を下から押し上げるように露出させ、

「ねえ、トシちゃん、おっぱい、吸って……」

と、初めて母親になった女が、生れたばかりの赤子に乳を飲ませるように振舞っている。

もともと女には、特に年下の男に対して母性的な本能でもあるのだろうか。姐さんの歳は知らないが、彼女よりもかなり若いはずのユキですら、斗潮に対してそういった言動をよくとっていた。姐さんの左手に導かれたこともあったが、彼は従順に乳首に吸いついた。屹立したそれはほどよく口に納まった。軽く吸いつつ片手を房に添えた。ユキの感触とは異なるが、温かく母親を感じさせる。

「もうひとつも吸って……」

斗潮をいったん膝に戻し、両手で胸を押し拡げ、上半身裸となった。改めて後頭部を支えられ、もう一

方の房へと案内された。今度は空いた房を片手で存分に弄ぶことができた。多分、姐さんはそうしてほしかったのだろう。母性を十分に擽《くすぐ》られたからなのか、姐さんの表情は観音菩薩のそれのように見えた。

「今度はね、トシちゃんの、存分に可愛がってあげる」

立ち上がった斗潮の前に跪《ひざまず》き、帯を解きながら姐さんはそう言った。素っ裸になり、露出された彼の一物を愛おしそうに掌で摩りつつ、仰向けに寝るのがいいか、炬燵に腰を下ろしたほうがいいか、彼に訊いているのかひとり逡巡しているのか分からない台詞《せりふ》を吐いたあと、はっきりとこう言った。

「そうだわね、見えたほうが気持ちいいかもしれないわ。トシちゃん、そこの炬燵に腰掛けて……」

姐さんは自分で帯を解き、全裸になって彼の前へ。両太股を摩り、両手を彼の腰に回した。棒のついた飴玉をしゃぶるように舌《ベロ》で先端を嘗めている。ビビッと背骨に電流が流れ、脳髄に走った。次には横から咥え、下腹部に頭を添えてじっとしていた。髪を摩ってやった。洗い髪に椿油の匂いを感じた。

やがて両手を太股に戻し、正面から一物への攻勢にでた。舌と唇を駆使し、余すとこなく咥え、嘗めしている。手も砲身と袋に移し、それをも駆使して全面攻撃である。風呂場でもそうだったが、実に巧い。男の壺を心得ている。長年の実技経験の蓄積なのだろう。

もうすっかりと彼のものは元気を取り戻している。これ以上、絶妙な舌技を施されると風呂場の二の舞になってしまう。そう懸念していると姐さんもそのへんのことを承知していたのか、口を放し、斗潮の顔を窺った。

「どうかしら、トシちゃん、いい気持ちになってくれた?」

「うん、オレ、もう……いきそう……です。姐さん、すごく巧いんだもの……」

「そお、そう言ってもらえると嬉しいわ。じゃ、これはこれくらいにして……。トシちゃんの、すっかり大きくなったし……、いいかしら？　私、……ほしいんだけど……」

「うん、姐さんさえよければ……」

「嬉しいわ……。トシちゃんのが……、私のものに……なるんですもの……。どういうのがいいかしら？」

「姐さんにまかせます」

「ちょっと休めば二回や三回は大丈夫よね。最後は、トシちゃんと……抱き合って……やりたいの。だから最初は……後ろからでどう？」

「うん、いいです」

「それじゃ、私、お犬さんになるわ」

「すぐでいいんですか？」

「いいわ……。精一杯、大きくなって入ってきて……」

蒲団の上で彼女は四つん這いになって、尻を突き出した。大きな尻である。両手で挟むとなぜか掌に安心感が得られる。あてがう前に覗いてみた。尻の穴が蟻地獄の穴のよう。排出口というよりも吸い込み口に思える。割れ目はその下に。蛤がぽっかりと口を開け、餌が来るのを待っているよう。さらにその先には荒布が天から地に向かって生えている。

片手を放して指の腹で周辺を摩ってみた。中指を蛤の中に入れてみた。真ん中にある突起がユキのものに比べ大きく思えた。姐さんはもう「ああー」とよがり声を発している。右手で分身を掴み、あてがった。

まるで磁石に吸い付けられるようにそれは、その姿を消していく。「ああっー」また姐さんが。

手を腰に戻し、そこを支えつつできるだけゆっくりと前進と後退を繰り返した。そのつど、姐さんの「あっー」が漏れてくる。深く挿入すると彼女の尻が下腹部に接触するのだが、その感触が堪らなくいい。目一杯に差し込み、円を描くように尻と下腹部を摩擦させた。どっしりとした安定感があった。

「ああー」

斗潮も思わず漏らした。

「あっ、ああー。トシちゃん、いいわあー。……もう少し、……もう少し、抉《えぐ》って……」

姐さんにそう言われて気づいた。彼は下腹部の快感を満喫していたのだが、確かに回転させるつど、分身の先端が姐さんの内部を抉っているのだ。注意を先端に集中し、意識して抉った。彼女の漏れ声は嬌声となった。

と、砲身の中腹が締めつけられた。すごい圧力である。背筋に快感が奔流となって逆流していく。これ以上ないほどに一物は極限にまで膨張している。締めつけが緩んだ瞬間を捉えて、さらに突き刺した。先端が何かに突き当たったのが分かる。同時に姐さんの絶叫が室内に響きわたった。

「ああっー、ああ！　いい、すごーっくいい！」

彼が緩めると、姐さんが締めつけ、それが緩むと、また斗潮は突撃を繰り返した。そのつど、ふたりは交互に「ああっ！」と叫んだ。もうこれ以上は耐えられないと思ったときである。姐さんもそうだったのか、肘と膝が弛緩し、わが身を支えられないといったふうにずるずると落ちていき、とうとう彼女は腹這いになってしまった。

そうなってみると、一層、尻と下腹部の摩擦に快感を覚える。一、二度突き、一、二度締められて、「あっーあー！」という絶叫とともに斗潮は果て、姐さんも「あっ！　ああー」で天国に達したよう。

斗潮も自重を支えられないように、姐さんの背に重なった。と、彼女は渾身の力を絞り出すように僅かに上半身を持ち上げ、

「トシちゃん、おっぱいを……」

と、声もまた絞り出すように懇請している。両手で双丘を包んだ。その瞬間、彼女は虚脱して沈んだ。柔らかい乳房が斗潮の両手の中で潰《つぶ》れた。しばらくの間、ふたりはそのまま塊となっていた。

「トシちゃん、よかったわ……。私、こんなの初めてよ。天国の花園に行ってきたわ。ほら、トシちゃんの、こんなにたくさん出てくれたのよ」

斗潮からサックを抜き、ユキと同じように嬉しそうに目の高さに翳している。

「ユキちゃん……いえ……、私、これ、宝物にしようかな」

これまで数えきれないくらいの男を相手にしてきた百戦錬磨の娼婦。それらの男どものうちには女を操る手練手管の輩も少なくないはず。斗潮など若年のうえ、経験といえばユキだけといっていい。そんな彼になぜにこうまで燃え上がるのだろうか。斗潮には疑問だった。あるいは姐さんの演技かと穿《うが》ってもみた。

「そりゃトシちゃんの言うとおりよ。もういったい何人の男の相手をしてきたのか、私だって数えられないわ。……でも、それはみんな商売でのこと。トシちゃんは、違う。トシちゃんが、私のこと、愛してくれてるんじゃないことは知ってるわ。でも……、迷惑かもしれないけれど、……私、トシちゃんのこと、

大好きなんだ……もの……。大好きなトシちゃんと……できるなんて、最高の幸せだわ……」

単刀直入に尋ねた斗潮の問いに、新品のタオルで彼のものを拭いつつ、含羞《はにか》むように答える姐さん。百戦錬磨の娼婦がまるで処女のように思えた。彼のものを拭いおわり、自分の後始末をしたあと、誘われて風呂場に向かった。彼の片腕をしっかりと握って歩く様はユキと勘違いしそうであった。

この時間なら大丈夫だろうと大浴場にした。湯船に浸り、体を洗ってもらいながら、斗潮は考えていた。彼が生半可な返答しかしていないのに、姐さんはあれこれと語りかけ、ひとりで納得していた間を盗んで。

今、自分が知っている限りの女で将来、所帯を持てればと思うのは、まずはユキ。ふたりでそんな他愛もない言の葉を交わしたこともあった。しかし彼女はもはや過去の女。借金のため止むを得なかったとはいえ、大店《おおだな》の旦那の妾となった女と夫婦になどなれるはずはない。

高田さん。知的で快活な大学生。なにもかも彼がいままで生きてきた世界とは、別次元にいる女性《ひと》。ただ、親切だけで接してくれているんじゃない。それが証拠に下宿に誘ってくれたし、あの部屋で接吻もした、二度目など彼女のほうから求めてきたではないか、手紙だってくれた……ああー。でも、世界が違う。卒業して教師になったら、両親の勧めで多分、教師仲間と結婚するのだろう……。きっとそうに違いない。

そして今、いっしょに風呂に入り、甲斐甲斐しく尽くしてくれている葵姐さん。我儘《わがまま》は何でも許してくれる。斗潮が学業に専念できるよう、すべてを捧げたい、そうまで言ってくれている。なんとなく距離を置いておきたい女だったが、今回こうして共通の時を過ごしてみれば、愛着もある。でも……、彼女もまた別の意味で住んでいる世界が違いすぎる。ああー。

「トシちゃん、なに考えているの？　真剣な顔して……。私のこと、嫌いになったの？」

「違います。オレも……よかった……。姐さんも喜んでくれてるし……。こうして姐さんといるのもいいなあって思ってたんだ……」

「まあ、トシちゃん、嬉しいこと、言ってくれるわ。言葉だけでも、……私、私……、とっても嬉しいわ」

並んで入っていた湯船の中で、ほんとうに嬉しそうな表情を浮かべて斗潮に抱きついてきた。唇を求めてきた。しっかりと抱いてやり、接吻にも応じた。

「トシちゃん、私、とっても幸せよ。ユキちゃん、ユキちゃんのことは言わないことにしてたんだけど、トシちゃんがユキちゃんと愛し合っていた頃、私、焼き餅焼いていたのよ。ふたりはとっても幸せそうだったし……。私、なにをとってもユキちゃんには敵《かな》わないし……。うんと年とっているし……。でも、でも……トシちゃんが、私のこと……好いててくれるなんて……夢みたいだわ……」

唇を接せんばかりに、そこまで喋ると、また強く抱きしめ接吻を求めてきた。これほどまでになぜオレを……と思いつつも愛おしいとも感じた。双丘をぴったりと彼の胸板に押しつけ、接吻が終ると指の腹で彼の唇を左右に撫ぜている。年増女とは思えない仕種である。

「お邪魔しないから、トシちゃん、東京へ行くとき、私もついていきたいなあ。さっきトシちゃんに『だめ』って言われたけれど……。ご飯、拵えてあげて、お掃除やお洗濯してやって……。トシちゃんは、ただ勉強だけしていればいいの。勉強以外のことは、私が全部するから……ねっ」

「……姐さんのそういう気持ち……、正直言ってオレ、嬉しい……。でも、だめですよ。大学、卒業したあとどうするかまだ決めてないけど、就職するにしてもなんにしても、姐さんがいたら……オレ、困るも

「だから、お邪魔しないって言ってるわ。ほんとうの〔姉〕ってことにしてもらえれば一番、嬉しいけれど、就職なんかのとき、困るわよね。トシちゃんが卒業するまででもいいの。いっしょにいたいなあー」

小娘のよう。

「将来、所帯もてなくってもいいの？　四年間、オレに尽くすだけ尽くして、卒業したら〈はい、さようなら〉になってもいいんですか？……そんなこと、オレ、できませんよ」

どちらが年上なのか分からなくなっていた。湯から上がり、浴衣と丹前を着せてもらい、部屋に戻ってからもこの話が続いた。窓外に出しておいたビールを呑みながら。

「一年でも、二年でもいいの。トシちゃんと、たとえ僅かな期間でもいっしょに生活できれば……。そのあと捨てられても、私、いい。トシちゃんとの生活を一生の想い出として生きていけるわ」

「自分のことだって分からないのに、姐さんの人生まで狂わすことなんて、できないよ。……姐さんだってまだ若いんだし、……一時の気持ちじゃなくって、自分のこと、もっとしっかり考えなけりゃ……」

まさか年増の娼婦に、人生訓めいた能書きを垂れるなどとは予想だにしなかった。

「……ありがとう、トシちゃん。トシちゃんって優しいのよね。そんなとこが、私、堪んなく好きなの……。朝、起きたとき、隣にトシちゃんがいてスヤスヤと寝ているの。私、先に起きてさ、ご飯炊いて、味噌汁作るの。そしてトシちゃんに食べさせてさ……」

まったく地に足がついた話ではない。姐さんの夢物語になっている。世話になったお礼に夢を語らせ、それを聴いてやるのも役割かとも思ったが、斗潮にとっては苦痛でしかない。遮った。

「姐さんの夢を壊して悪いけど、もうその話、やめようよ。まだまだ先のことなんだし、どうなるか分からないんだ。……だけど、ひとつだけはっきり言えることは、たとえ一時期、いっしょに暮らすことができたとしても、……オレ、悪いけど……姐さんと所帯持つつもり、全然ないよ！　だから、姐さんのいうようにしたって、姐さんが不幸になるだけだよ……。もう少し、冷静になろうよ。今夜は十分に楽しむんでしょ」

「……わかったわ。トシちゃんの言うとおりだわ……。でも、分かったけれど、……私の気持ち、きっと変わらないと思う……。私が、そういう気持ち持ってるってことだけは、トシちゃん、知っていて……、お願いだから」

けっして順風満帆《まんぱん》な人生でなく、山も谷も乗り越えてここまで来、ようやく自由な身になれる日が近づいてきている姐さん。夢さえ見ることを許されなかった娼婦が、自分の羽で飛び立とうとしている。夢も描きたかろう。でもどうしてオレなんぞが夢の対象になってしまうのか、やっぱり斗潮には理解できないことだった。

「同じこと、繰り返して言ってごめんね、トシちゃん。今晩を、精一杯、楽しむんだったわ。どお、元気戻ってきたかしら？」

ようやく気を取り直してくれたよう。遮ったこともあり、絡み合いのほうで喜ばせてあげようと決めた。「どうかなぁ……」わざと気を持たすような素振りで、丹前と浴衣の裾を捲りあげ、股間を覗いた。「どうかしら？」と彼女も乗ってきた。股間に手を差し延ばして柄パンの上から一物に触れ、握っている。

「まだ、みたいね。でも、どお？」

　彼女の提案が変った。最後は彼女が上になって斗潮を満足させ、今夜の終りとしたい。できればその前に一回、いろいろな体位を試してみたいと。もう十分に大名気分を味わさせてもらった。彼女の好きなようにさせよう。今晩中に、あと二回くらいならなんとかもつだろう、そう思い、そう答えた。

　彼女は頷き、立ち上がってまず二つある火鉢に炭を補充し、それをふたつ並べた蒲団の両側に置いた。さらに炬燵にも炭を入れ、炬燵蒲団の四囲を捲りあげた。湯上がりに風邪を引いてはいけないからと。

　再び、蒲団の上に腰を下ろし、躙《にじ》り寄って斗潮の傍らへ。帯を解かれ、丹前、浴衣の順に剥がされた。終ると彼女は斗潮の眼前で自分の帯を解きつつ、「トシちゃん、寒い？」と訊き、答えないうちに「大丈夫よね」とひとりで問い、ひとりで答えている。

　姐さんも裸になった。腰を浮かせて何か言おうとするのを斗潮は制した。

　何がそういう気持ちにさせたのか自身でも分からなかったのだが、突然、乳房をじっくりと見つめてみたい衝動に駆られた。

「姐さん、ちょっと……。そこに座ってて……」

「なあに、トシちゃん、どうしたの？」

「ちょっと……、ちょっとだけ、……姐さんのおっぱい、……見せて……」

「なあに、どうしたの？　もうさっきから、何回も裸、見せてるわ」

「そうじゃなくって、あのね、オレ、……姐さんのおっぱい……かあちゃんのおっぱいのような気がして……。さっき、姐さんのおっぱい吸ったとき、そう思ったんです」

「そお、いいわよ。トシちゃんも、おかあさん亡くして寂しんだ。私でよければ、いつだっておかあさんになってあげるわ。さあ、どうぞ」

「どうぞ」と言われてもいささか戸惑う。今の言い訳は口からの出任せだったのだが、口外しているうちに半分は〈そうかもしれない〉と思えてきた。姐さんは正座し、斗潮に対峙した。

こうして改めて凝視してみると、それなりに豊かなおっぱいである。これまでに見たふたりの女、母とユキと比べてみても。母のはもう中年時であったとはいえ、子どもは斗潮しか産んでおらず、そのときは新鮮なときめきすら感じたものだった。しかし、その後、ユキの若々しい乳房に接したとき、違いは歴然としていた。仮に年齢よりも若かったにせよ、ユキの弾力ある瑞々《みずみず》しい、あの乳房は何者にも代えがたく、とても母と比較すべきものではないほどに素晴らしいものだった。

ただ、ユキのはまだ発達途上だったのか、今こうして姐さんのものと比べてみると〔小振り〕だったように思える。その点、姐さんのは完熟期にあり、熟れて落下せんばかり。けっしてユキのように形がいいわけでもなく、弾力があるわけでもない。しかし、豊かに実っていることは確かである。中年や初老の男を惹《ひ》きつける魅力があるのだろう。いったい、何人の男に揉まれたものか。

「なあに、トシちゃん、厭よ、そんなにいつまでも見つめられると襤褸《ボロ》がでるわ」

「うん、……でも、もう少しだけ……」

両肩に手を掛け、二の腕に滑らせた。もっと至近で見つめるため。肌の肌理細かさも白さもやっぱりユキには劣る。この年代の女が一般にどんな肌をしているのかは知らないが、裸を商売にしているのだからそれなりに手入れもしているのだろう。乾いているのではないが、さりとてしっとりとしているのでもない。

片手を放して、掌に房を載せてみた。ユキと比べて明らかに重量感がある。持ち上げて放すと二、三度と振動して収斂した。同じことを両手で両房に同時にやってみた。持ち主とは別の意思をもって自己主張している。〈おいで、おいで〉と誘っているような。躊躇なく誘惑された。脇の下から手を背にあてがって顔を谷間に沈めた。姐さんは赤子をあやすようにそっと斗潮の頭に手を添えている。

どうしたことだろう。頬を谷底にあて、顔面と後頭部に柔らかい膨らみを感じつつ聳《そび》える房に包まれていると、すごく安心感を覚えるのだ。まるで母の胎内に帰ったような。

その後の行動は凄《すさ》まじかった。姐さんの提案によってさまざまな体位を試みたのだ。初めはおとなしかった彼の一物も次第に獣と化し、理性など霧散していった。それにしてもさまざまな形があるもの。いくら商売とはいえ、姐さんもよく知っている。よほどの好事家が常連客にいるのだろうか。

驚かされたのはただ次々と試みるだけでなく、男なり女なりの身体的特徴やさらにはその性格によって満足を覚える体位が異なるといった解説が付されていたことである。女はその性格と性器に一定の法則性があるとまで聴いたときには、驚くよりも呆れてしまった。

「笑っているけれど、トシちゃん、ねっ、これ大事なことなのよ。私は商売だからお客さんに求められれば、できるだけ応じているんだけれど、これが夫婦だったらどうかしら？　それぞれ生い立ちも気質も違う男と女が連れ添ってうまくやっていくためには、互いに相手のこと、よく知らなければならないわ。知識はあったほうがいいんでしょうけど、だからといってただ興味本位にあれもこれもっていうわけにはいかないわよ。いろいろと試したうえで、そのふたりに一番、ぴったしのものを見つけていかなきゃならないわ。一生のことでしょ……。トシちゃんには、まだ分からなくっていいかな……」

言われてみればそんなものかとも思うが、姐さんのいうように彼にはまだ理解できないことなのかもしれなかった。

あれこれ試した後、姐さんは「どお、トシちゃん、どれがいい?」と。これまた彼には論評のしようがなかった。〈そんなものか〉という程度。若いくせに覚めたところのある斗潮であった。ふたりがやりたい、そう思ったら、思ったようにすればいいこととしか答えようがなかった。しかしそれではせっかく職業上、修得した技巧を駆使して楽しませようとしている姐さんに悪い。

「うーん、……オレ、極端に変わったのよりも……、普通っていうか……、まあ、よく分からないけど……」

結局、座った形にすることにした。斗潮が胡座を組んだ上に姐さんが乗るのだ。まず、彼女は後ろ向きになった。彼の太股に跨り、姐さんは前屈みになって成長したものを摘んで蛤に咥えさせ、少し腰を浮かせたら障害なく呑み込まれていった。姐さんは「ああー」とひと声漏らし、寄り掛かるように背を彼の胸に預けてきた。

斗潮は彼女の尻を持ち上げる感じで手前に引き寄せ、密着度を高めた。また「ああー」が聞こえた。そうしておいてさらに胸板を彼女の背に密着し、両房を両手で包んだ。やや手に余るくらいである。優しく揉みしだき、指の腹を這わせ、乳首を摘んだ。人指し指と中指の間に乳首を挟んで、また揉んだ。

「ああー」姐さんは首を捻り、肩越しに接吻を求めてきた。片手を房から放し、彼女の頬を支えて唇を重ねた。蕩けるような甘い声とともに生温かい吐息が彼の口中に流れてきた。そのままの姿勢で、唇を接触

させながら
「ああー、トシちゃん、いいわー。幸せよ……。トシちゃんは？」

と呟いた瞬間、囚《とら》われの身の分身が勝手にピクリと二、三度、内部で痙攣した。

「あっ！　ああっー、いいー」

　肩を捩って腕を彼の首に巻き付けようとするが巧く運ばない。

「ねえっ、トシちゃん、前向きになるわ。そして、今の……もう一度……やって……」

　無意識だったのだが、よほどよかったらしい。しっかりと抱き合った状態でやってほしいのだろう。前屈みになって一物を抜き、サックの装着状態を再確認してから両脚を拡げて彼の太股に跨った。彼のものはすでに十分に膨張してい、鋭い角度で天井を指向している。〈この角度で巧くいくのだろうか？〉。腰を浮かし、斗潮に寄り掛かるように前傾しつつ右手で一物を捕捉し、位置を合わせているが、さっきのようには簡単にいかない。姐さんは乳房を彼の顎や肩に接触させながら前のめりになって、ようやく呑み込んだ。

「ああ、やっと……入ったわ。トシちゃんの、凄いんだもの……」

　その態勢を維持するだけで胸板に双房が密着している。分身は咥えられて角度が鈍くなった分、姐さんの内部上壁に圧力がかかっているはず。それが快感となっているのか、姐さんは喘ぎながら、さらに求めてきた。

「ああー、いい、いいわー。……トシちゃん、お願い……、さっきのやって……」

　斗潮にしてもほぼ極限である。こんどは意識してやることになるが、それがきっかけとなって果ててし

まいそう。〈エイッ、ヤーでやっちゃえ〉

「あっ、ああっ！　あー、トシちゃあん！」

「うっ、うー、あっあー、姐さん！」

弾丸が発射された。勢いよく、次には糸を引くように。姐さんは我を忘れて彼に抱きつき、全体重を預けてきた。弾みで斗潮は彼女を抱いたまま蒲団に倒れた。宇宙を漂っていた姐さんは、無我夢中で押しつけるように唇を重ねてきた。彼の口中の唾液を吸引するように。

髪の毛を摩り、背を撫ぜてやった。女の心は不可解である。いくら「トシちゃんだから別なの」と言われても、百戦錬磨の娼婦がこうまで未成年で未熟な男に燃焼するものだろうかと。彼女の漏らした感想は、とても筆舌に尽くし難いくらい満足に満ちたものだった。


遠くで除夜の鐘の音が、ゆったりとした間隔をもって聞こえてきた。何回目かの風呂場。洗い場で姐さんに分身を洗ってもらっているときである。

「あら、鐘の音がするわ。除夜の鐘ね。私……、トシちゃんのお陰で、煩悩なんて全部消えたわ。百と八つだけでなく、二百も三百も……。トシちゃん、ありがとう。そして、新年おめでとうございます。今年もよろしく、この立派な息子さんともども、ねっ、トシちゃん！」

抱きついて接吻の雨であった。斗潮も抱き返し、

「姐さん、新年おめでとう。……オレ、ここへ来て……よかった……」

「ありがとう、トシちゃん。そう言ってもらえると、私、とっても嬉しい……わ」

部屋に戻ってラジオのスイッチを捻ると、初詣の模様を流していた。行く年来る年、さまざまなことがあった。しかし、まだ感傷に浸るのは早い。それは来年、いや再来年になるだろうか。勉強のことも高田さんのことも忘れ、元日の朝までは姐さんとだけ時間を共有しよう。


窓を開けると雪面を撫ぜた冷たい風が吹き込んできた。「おお寒ッ」と呟きつつ姐さんは一本だけ残ったビールを取り上げ、急いで窓を閉めた。姐さんは斗潮にビールを注いでやりながら、

「私、こんな夜は、お酒のほうがいいわ」

と冷めた酒を火鉢の火で癇である。炭を補充しつつ。


たしかに冬の夜は、チビチビ呑《や》る酒が似合うのだろう。事実、姐さんのその様は艶歌の世界であり、大人の絵となっている。今夜はもう一回、交わる約束。回復までにはいささか時の経過を待たなければならない。彼女はそんなことは百も承知。元気回復のためか、手提げ袋から缶詰を取り出した。鯨肉缶と蟹缶であった。缶切りも用意されており、姐さんはそれで手際よく開けた。

「トシちゃん、お皿ないから、このままで堪忍して」

そう言いつつ、さらに袋から割り箸を取り出している。鯨肉はともかく蟹など海に近いところ住んでいてもそう口に入るものではない。姐さんが箸で挟んで口に運んでくれるそれは美味しかった。ただ、鯨と蟹で精力が早急に回復するものなのかどうかは知らないが。


そんなことをしつつ姐さんの講義が始まった。講題は〔おんなとおとこ〕とでもすれば適当か。もちろん、講義録が用意されているのでもなく、彼女が思いつくまま秩序もなく話しだしたのだ。これまでの一

〇年間くらいの経験談である。

男は〔愛〕と〔性欲〕とを分離して考えられ、事実、結城楼に来る客はほとんどが例外なくそうであると、彼女の講義はそんなことから開始された。姐さんの客の大半は中年から初老で自営業者が多いという。それらの男のこれまた大半は、妻帯者であるうえに妾を囲っている者も少なくないという。同時に複数の女を愛することができる男という生き物を最初は理解できなかったのだが、そのうえに加えて遊廓にまで遊びに来る。

次第に解ってきたのだが、そこには〔愛〕などというものはまったく存在しない。ただ、肉欲を求めて群がる獣たちである。それらの男にとって妻や妾が〔愛〕の対象なのかどうかは、どうも一律には言えない。こよなく妻や妾を愛していながら姐さんのもとに来る者もいれば、冷めた関係で肉欲だけを求めに来る者もいる。そのへんの男の気持ちはいまだに理解できない。

ただごく一部の例外を除いて遊廓に来る客は、ひたすら性獣の塊。いろいろな姿態と体位を要求する。遊女は人間ではなく性欲を満たすための道具であり、妻や妾によっては果たしえないものを発散させている。こういった男どもの相手は楽だという。愛情はもとより感情を捨てているのだから、相手する姐さんも道具に徹すればいいだけのこと。

ひとつだけこの種の男で困るのは変態趣味の輩。縄や鞭、蝋燭などで女体をいたぶることで性欲を満足させる連中である。結城楼では、そういった客はお断りしており、なおも要求する場合は変態を受け入れている他の店を紹介することにしていると。そのため、姐さんはその種の経験はないという。

もうひとつ困るのが、一部の例外。見るからに気が小さく、奥さんに店を牛耳られている商店主もそうだが、高校、高専、大学などの先生と役人に例外が多い。自分が置かれている逆境や弱い立場を嘆き、哀れをもって遊女に慰めを求める者や、無知な遊女を相手に自分の業績を自慢し、いかに有能であるかを誇示する輩など。この種の男は性欲や女の征服欲は人一倍強いくせに、だいたいが弱くてすぐに果ててしまう。

なかには、客として待遇《もてな》している遊女の言葉や行為を、自分に対する女の優しさと勘違いし、求愛してくる馬鹿がいる。適当にあしらっているのだが、店外での交際を要求してきたり、やたらと贈り物をしてくる。真に受けてそういった男と交際する遊女もいるが、ほとんどが哀れな結果に終る。一時的に遊女に傾いたとしても、それは特定な女である必要はなく、そのときの傷心を慰めてくれる女でありさえすれば誰でもいいのだ。時が経ち、傷心が癒されれば、遊女など襤褸雑巾《ぼろぞうきん》のごとく捨て、汚らわしいといった言動さえ示す。

姐さんの話は尽きない。そんなものかといい加減に聴いていた斗潮であったが、そのうちに興味も沸いてきた。ひょっとしたら姐さんは心理学者になれるのではないかとすら思った。研究室で学者がどんな実験をしているのか、彼には皆目見当もつかないが、日々、さまざまな男と接している姐さんは、まさに限りない症例に対して実証実験しているのと同じなのだから。

〈じゃあ、オレに対する姐さんって、いったい何なんだろう？〉尋ねる斗潮に、講義を終えた姐さんはにっこりと微笑んで答えた。先ほどと同じことを。

「トシちゃんは別よ」

「何が別なんですか？」

「だってー」

まず、斗潮は客ではなく、商売とは無関係な人。そういう人に一方的に遊女が惚れてしまった。遊女だから惚れたのではなく、この世界では許されないことだが〔おんな〕として好きになった。〔遊女に貢ぐ男〕は少なくないが、斗潮にはすべてを投げ出しても尽くしたい。それが〔おんなごころ〕であると。

「うーん、……喜ばなきゃいけないのかもしれないけど、……オレ、よく分からないよ」

「いいのよ、それで、トシちゃんは……。若いのにさ、どこか覚めていて、どっぷりと漬かってこないんだもの……。そこが、寂しいんだけど、堪らない魅力なのよ。……私、自分の立場、よく知っているつもりだわ。私のこと、トシちゃんに好きになってほしいけれど、けっして所帯を持ちたいなんて駄々こねない……。こうしてときたま逢ってくれて、さっきのように優しい言葉を掛けてもらえれば、それでいいの……」

姐さんの言葉が途切れ、眼に水滴が溢《あふ》れてきた。女として生れ、妻として母として平凡に生きていく権利を奪われた姐さん。ユキもそうだったが、哀れな女たちである。斗潮も貧乏であり、両親には早く死別したが、それでも将来の希望をもって進んでいる。否、進むことができる。それに引き換え、ユキといい姐さんといい、自分で自分の生きる道を選択できない女たちがいるのだ。なんなのだろうか。

「売春防止法」なる法律が施行されれば、こういった遊女たちはみんな普通の女になって、幸福を求めることができるようになるのだろうか。斗潮には解らないことだった。

〔愛〕というのとは確かに違う。しかし、何か姐さんが愛おしい存在になってきているのが知れる。溢れ出た涙を指の甲で拭ってやった。彼のほうから唇を重ねた。涙が唇に付着していたのだろう、姐さんのそれはしょっぱかった。堪えていた堰が一挙に決壊したように姐さんは「トシちゃん……」と呟いて、全身を預けてきた。ユキとは違って、大人としての抑制を示しつつ。

ひとつの蒲団に並んで眠った。四度も発射したが斗潮には倦怠感はなく、心地よく睡魔に襲われて夢の世界へ旅立った。姐さんは横向きになって彼の胸板を摩ったり、耳朶をまさぐったりしていたが、それも心地よさを倍加してくれていた。

分身に快感を覚えて目が覚めた。熟睡したのだろう。夢を見たような気がしたが、まったく記憶にない。胸が重い。誰かがいる。〈ああ、そうか、姐さんだ。温泉に来ていたんだっけ〉。姐さんも目覚めているよう。彼の胸に頬を載せ、片手で分身を握って、じっとしている。髪を摩ってやった。

「ああ、トシちゃん、起こしちゃった？　でも、こうしているととっても幸せなの。私、いい夢みたのよ……」

今が幾時なのか、かいもく分からない。でも、今は元旦のはず。時間など気にしなくともいいのだ。でも、宿の朝食は……などと止めどなく頭に浮かんできたが、彼の手は勝手に髪から額、頬、耳朶、喉、そして乳房へと彷徨《さまよ》っている。もう一度、姐さんの秘殿を冒険したい思いに襲われた。彼女を喜ばせたいためなのか、それとも自身の欲求からかは判然としなかったが。

横向きになり、彼女を静かに仰向けにした。双丘が引力でやや潰れながらもどっしりとその存在を強調している。乳首も屹立して。ゆっくりとやさしく揉みしだき、乳首に口づけした。姐さんは穏やかに菩薩様のような表情をして、斗潮の後頭部を摩っている。左手を右の乳房に残し、右手を髪と蒲団の間に差し込んで、真上から姐さんの顔を見下ろした。

「トシちゃん……」

含羞《はにか》むように微笑みつつ、両手を彼の頬に添えている。ユキかと勘違いするくらい少女である。どちらからともなく唇が重ねられた。重ね、左右に擦り、互いに舌で嘗め、舌の先端を接触し合った。斗潮はそこで休むことなく、舌を這わせた。額に口づけし、頬に頬を接触させ、耳朶を咥え、耳の孔に舌先を差し込み、さらには顎から喉へと舌を滑らせた。

舌は胸元から谷間に至り、丘陵を麓から中腹、さらには頂上へと走った。平野の中央に位置する臍に寄り道して、繁みへと。荒布が昨夜来の繰り返しての入浴のせいか、若布のよう。ユキほどではないが、はっきりそれと分かるほどに二等辺三角形を示していた。

姐さんの表情は窺えないものの、斗潮のされるままになっている。黒々とした繁みの下には泉がある。ユキには「だめよ」と叱られつつも舌で嘗め、舌先で覗いたことがあったが、さすがに姐さんのに舌をあてがうのは躊躇《ためら》われた。代わって手でぐるりを撫ぜ、指先で軽く泉を刺激し、人指し指を入口にあてがってみた。

「ああっ……」という音がし、それに誘導されるように泉の中へと指は吸い込まれた。二度、三度と姐さんの声が漏れ聞こえ、それに連動し、誘われるように中指も併せて二本を差し込んだ。ゆっくりと攪拌し、抉った。泉の中からは愛液が湧きだしてきている。

「ああっ……、……トシちゃん、お願い。もう一度、……もう一度だけ、……入れて……」

耐えられないといったふうに、姐さんは声を絞り出して懇請している。身を乗り出し、その顔を見た。

菩薩様の表情が歪んでいる。目が合うと、瞬時、含羞んだような表情を浮かべたが、それでも割合にはっきりと「ねえ、お願いっ!」と。とても昨夜ほどではないものの、分身も元気になっている。サックを装着されたのち、自分で砲身を摘んで割れ目に添えた。

「ああっ……、……トシちゃん、いいわ、とっても、いいわ……」

ゆっくりと早くとを交互に繰り返しつつピストン運動を開始した。姐さんのよがり声が激しくなってきた。上部に、左右に、そして下部にと分身の刺激部分を替えて内部の壁を攻めた。姐さんの両手は宙を彷徨い、何かを掴みたそう。前傾姿勢にし、頭、耳、顔などを触らせた。

彼女はすでに頂点に達したような嬌声を発し、斗潮もやや遅れて姐さんの乳房の上に脱力した。唇を重ね、胸をぴったりと接触し、脚までも密着させた。一分の隙もないほどにふたりでひとつとなった。


時計の針は七時過ぎを示していた。朝食は元日ということもあり、八時半にしている。窓を開けるとどんよりと曇っていたが、雪は落ちていない。たった今、互いを満喫しあった身体に、背筋を切るような冷たい風が頬を刺している。連れ添って朝風呂に向かった。同宿しているという老人のことを思い出し、今朝は家族風呂。

昨夜と同じように姐さんが脱がしてくれ、洗ってくれていたが、その行動がずいぶんとゆっくりに思えた。なにか余韻に浸っているような、時の流れに逆らうような。物言いまでがゆったり。湯船に入り、股間に彼女の尻を沈め、背後から抱きしめてやっているとき、

「寂しいわ。間もなくトシちゃんとお別れなんだもの……。でも、とっても楽しかった。いままで生きて

いてよかったって、そう思ったわ。ほんの一時の幸せだったけど……。また頑張っていかなけりゃ……」と。

よかった、さすがに大人の女である。余韻に浸り、寂しさを覚えながらも、また元気に生きていかなければと自らを鼓舞している。斗潮も満喫した。しかし、明日からはまた目標を目指して進んでいかなければならない。

「姐さん、オレ、……オレもよかった。姐さんと一晩、楽しく過ごせました」

「ありがとう、トシちゃん……。嬉しいわ。……また、桜のころ、きっと逢ってね」

向きを替え、抱きついてきた。唇を求められ、乳首を吸うように仕向けられた。

「うん、分かった」

「ありがとう、きっとよ」

ようやくいつもの姐さんに戻った。

部屋では雑煮をいただいた。お印に酒も出されたが、姐さんもちょっと口をつけただけだった。料理はお重の三段重ね。改めて今朝が元旦であることを知らされた。宿の女将も「おめでとうございます」と言って、膳を運んできた。

雑煮を食べ、お茶を啜って、いよいよ宿を引き払わなければならないときがきた。姐さんに服を着せてもらったあと、〈姐さんが着物着るところをじっくり見たい〉と思ってそう言うと、

「そお、トシちゃんの目に焼きつくくらい見てていいわ。……いいえ、見ててほしいわ」

と、またしっとりとした物言いである。

帯を解き、丹前、浴衣の順に脱いでいる。下着は身につけていない。生れたままの姿で、ゆっくりと一回転した。それから腰巻き、襦袢へと進んでいった。着物の帯のときは斗潮も手伝った。

「さあ、身支度終了ね。寂しいわね。お化粧する前に、トシちゃん、最後だから、口づけして……」

髪結いはすでに済んでいた。そこには触れないよう注意を払いながら、姐さんを抱きしめて唇を重ねた。烈しく長い接吻だった。おっぱいにも触れろという。着物を着たのにどうすればいいのかと判断に迷っていると、教えてくれた。背後に回り、袖口から手を差し入れるのだと。揉んでいると彼女は首を回してきた。肩越しの接吻である。

「トシちゃん、お待たせ。名残はつきないけど、しかたないわ……行きましょう。忘れ物ないようにね」

手を繋いで帳場に行き、姐さんはお代を支払っていた。いったいいくらくらいするものかと思ったが、黙っていた。

「ありがとうございました。またのお越しをお待ちしております」

という声に送られ、姐さんの「お世話さまでした」で宿を後にした。僅か一泊であったのだが、ずいぶんと長く滞在したように感じられた。

外はどんより曇り空である。

第二十　処女喪失

明けて正月二日。朝から小雪が降りつづいているが、今冬は雪が少ない。それだけ屋根の雪下ろしや道路、通路などの除雪作業回数が減り、助かっている。県や市にとってもそうだろうが、各家庭でも出費や労力の点で少なからぬ効果がでている。

雪に閉じ込められる生活は、雪国に生れ、育った者には宿命である。この天が与えた宿命を、雪国の人びとは資源として活用しようなどとは考えない。ただひたすら耐え、再び春の陽が降り注ぐのを待つだけである。

春の陽を待つのは塾に通う生徒も同じ。「諸心塾」の生徒にとって正月は元日だけ。今日からまた戦いが再開される。斗潮は心を改め、いつもより早く塾に向かった。門柱には日章旗が掲げられている。先生がおやりになられたのだろう。通路の雪を踏み固め、出入口付近を除雪した。屋根の雪は午後にでも行うつもりで。事務室のストーブに石炭をくべ、水を満タンにした大きな薬罐を載せた。いつもなら生徒が当番でやることとなっている教場のストーブにも火を入れた。

今日の午前は特別授業である。まず、諸星先生が受験間近の心掛けといったことを講義し、その後は男女四人ほどの特別講師が招かれていた。特別講師といっても高校の一年生と二年生。いずれも諸心塾の先輩である。四人が体験談を述べ、その後、グループに分かれて、志望校の先輩と意見交換するのである。先生と四人の高校生の食事を用意し、弁当持参の生徒たちと懇談することにもなっていた。寿司の出前である。裏方の斗潮も先生の計らいでご相伴に預かれるという御利益もあった。

午後からは平常授業となり、高田さんの国語と、下宿学生の数学という時間割。久しぶりに高田さんに逢える。大晦日から元旦にかけてあれほど葵姐さんと情を交わしたことなど、もう遠い昔のこと。斗潮の胸は高田さんに逢えることで満たされていた。

特別講師の高校生と入れ違いに高田さんはやってきた。相変わらず、元気よく朗らかである。

「先生、明けましておめでとうございます。本年もよろしくお願いします。あの、これ母が先生にと申し、預かってまいりました」

彼女は丁寧に挨拶し、諸星先生からの返答を受けると、踵《きびす》を返し斗潮に言った。

「トシ君、おめでとう。でも、君のおめでとうはまだ先だね……。どお、〈高田先生〉が不在のときもしっかり勉強していたかな？　さぼっていたらすぐにバレるぞ！」

「はい、〈高田先生〉、一所懸命やってました。〈先生〉の実習はどうでしたか？」

「それがねえ……、ねえ、諸星先生、最近の中学生ったら……」

しばらく高田さんは諸星先生と教育談義になった。それには彼はあえて加わらず、ゴム長靴に履き替え、橇《かんじき》とシャベルを持ち出した。屋根の雪下ろしである。先生と高田さんに見送られて屋外に出、梯子を昇った。始業のベルは高田さんにお願いしている。

そのベルが鳴りおわって高田さんが教場に向かうとき、彼女は斗潮に声を掛けてくれた。

「トシ君、落っこちないようにね！　落っこちるなんて縁起でもないんだから。分かった？」

「はーい、分かってますっ！」

事務室の屋根を先に済ませ、教場の屋根に移ろうかというとき、高田さんは教場から出てきた。ベルはなしである。梯子を昇ろうとしている彼のところに来、

「次のベルも押してあげるわ。ここはどのくらいで片づくの？」

と尋ねてくれた。

「お願いします。一時間かそこらで終ると思います」

「じゃあ、それまで待っててあげるわ。ちょっとお話もあるし……」

「はい、急いでやります」

「急ぐのはいいけれど、くれぐれも落っこちないようにねッ！」

付近にいた生徒には知れないように片目を瞑って、事務室へ彼女は引き上げていった。

雪の量自体も少なく、周囲には十分の空間がある。通路側に落とさないことと、手前ではなくやや遠方に投げ捨てさえすれば、建物周囲の除雪は省略できる。事務室もそうであるが、教場も庇が長く、外壁と積雪との間には隙間があり、雪圧がかかる心配がないのであった。予定どおりの時間で済みそう。

「どお、トシ君、時間あるでしょ？　喫茶店、付き合ってちょうだい。いいでしょ？」

下宿学生が二階に昇ったあと、高田さんはそう言った。

「はい」

ほんとうは〈是非とも〉と付け加えたかったのだが、そこまでは口に出せなかった。諸心塾は郊外に位

置するため、喫茶店となると街の中心部近くまで行かないとない。加えて、この時期は自転車は使用不可。相当長時間、歩かなくてはならない。

ところが、高田さんから中学校での実習のことをあれこれと聞いているうちに、たいした時間も要さない地点で、「こっちよ」とようやく農地が途切れた新興住宅街の方へと導かれた。絵に描いたような近代的な住宅が建ち並ぶ中にその喫茶店はあった。普通の住宅の一部を改造して設えたもののよう。

「こんにちは！　じゃあなくって『おめでとうございます』よねッ」

扉を開けるなり、高田さんはそう言って内部に入り、中年くらいの年齢の女性と親しそうに言葉を交わしている。知り合いのようであった。

「ああ、そうそう。紹介しておくわ。おばさん、こちらトシオ君。私がアルバイトしている塾の事務長さん兼定時制高校の苦学生さん。彼ね、大学受験を目指して頑張っているの。それで、私がちょっとばかりお手伝いしているってわけ。トシ君、こちらねー」

やっぱり元教師で、高田さんの母親や下宿先のおばさんよりは若いものの、そのどちらとも友人の女性。夫の勤務の都合でここに住むようになったのだが、その夫は他の地方に単身で赴任してい、そのため余裕部分の活用と趣味、実益を兼ねて数年前から喫茶店を始めたのだという。品があり、感じもよさそう。

「オレ、事務長なんかじゃないです。事務屋兼雑用係。貧乏な夜間高校生ですから、……紹介されてもこのお店に通うことなんてできません。すいませんが……」

「いいのよ、今日はこうして瑞枝ちゃんと来てくれてるじゃない。瑞枝ちゃん、ゆっくりしていってね。何になさる？」

さして広くもない店の奥、窓側にふたりは陣取った。おばさんは注文した紅茶をふたりの卓に置き、「ごゆっくり」と言ってカウンターの中へ引っこんだ。斗潮は必ずしも紅茶が好きなのではない。番茶がいちばん、性に合っているのだが、こういった店で緑茶を注文できるものなのかどうかすら定かではない。結局、高田さんが紅茶を注文したので、「オレも……」となった。

「さてっと、トシ君に約束した写真、あげなくっちゃいけないわね。ちょっと恥ずかしいんだけど……、しかたないわ、約束したんだから……」

そう言いつつ鞄の中から一葉の写真を取り出した。あの庭球姿の絵である。ショットする直前の引き締まった表情が半分ほど見え、上半身が捻転し、短いスカートから綺麗な脚が伸びている。

「あっ、ありがとうございます……。オレ……、この写真、大事にします」

「トシ君だからあげたのよ。他の人に見せたりなんかしちゃ厭よ……」

「これ、オレの宝物です。……だから、誰にも見せたりしません……。大切にします」

「宝物なんて言われるとこそばゆいわよ。でも、トシ君にそう言ってもらうと私、嬉しいわ」


店外に出、左右に別れるというとき、高田さんが歩を止めてこう言った。

「週末、トシ君、予定ある?」

きちっと時間を計って過去ものを本番さながらにやってみよう。ちょうど、土日にかけて下宿のおばさんが留守するので気兼ねもしなくっていいからと。貴重な週末なのだろうに斗潮には嬉しい提案である。

〈高田さん、オレに気があるんだろうか?〉

「いいんですか?　オレ、すごく嬉しいけど、高田さん、迷惑じゃ……」

「迷惑だったら、誘わないわよ。それより、トシ君こそ、デイトの約束かなんかあるんじゃないの……?」

「いえ、オレ、そんなのないです。受験生ですから……」

「そうよね、つまんないこと言ったわ。それじゃー」

時間を決めた。実家から餅を持ってきたので、安倍川《あべかわ》でも御馳走するという。指切りの約束をし、握手して別れた。温かい手だった。

その夜は、高田さんの庭球姿の写真で自慰に耽った。


週明けの月曜日から高田さんも斗潮もそれぞれの学校での授業が再開されるという土曜日の朝、彼は高田さんの下宿に向かった。大粒の雪である。これだとまた除雪作業になりそうである。

門扉が閉まっていたが、教わったとおりに呼び鈴を鳴らした。お下げ髪に半纏を着、藁靴を履いて高田さんが出てきた。遠くその姿を認めたとき、ユキが走ってくるような錯覚を覚えた。内側から門扉を開けながら、「いらっしゃい」と言ってくれたそれはまさしく高田さんだったのだが……。

「オレ、高田さんのお下げ、初めて見ました」

離れに通されるなり、開口一番、斗潮はそう言った。「似合う?」と問うていながら、彼の返答を待つことなく、休みの日にはこうしていることが多いのだと独り言のように。

「よく似合います。……高校生みたいだけど……」

「そお。褒められているんだか、子供っぽいって言われているんだか……。でもいいわ、トシ君が似合うって言ってくれてるんだから……」

お茶を一杯御馳走になると、高田さんは「さあ、始めましょ」と斗潮に座机に座るよう指示した。午前中に英語と国語の問題をやるという。時間は本番どおり。まずは英語の問題用紙を裏返しに置き、「はい、始めてください」

仮の受験番号と氏名を書き、全問をざーっと眺めた。いきなり結構長文の設問である。斗潮は三科目の中では英語が最も苦手であった。効率よくやるようにかねて教えられたとおり長文問題は後回しにし、できそうな箇所から手をつけた。悪戦苦闘し、ともかくも全問を嘗めたが、確認するだけの時間はとてもない。高田さんは片手に時計を持ちながら、堀辰雄を読んでいた。

結果は六〇点。高田さんの講評は「うーん、もう少し点がほしいわね」である。彼女が作成したという模範解答を眺めつつ、できなかった箇所や自信のない箇所を教えてもらいながらお復習《さら》いした。

休憩もそこそこに次は国語である。漢字の読み書きからとりかかった。ふと高田さんの顔を窺うと、にっこりと微笑んでいる。〈そう、それでいいのよ〉とその表情は言っている。分からない漢字、自信のない漢字もあったが、おおむね短時間でできた。長文問題もなんとかこなした。

「ハイ、時間よ。やめて……」

で国語は終った。高田さんは赤鉛筆に持ち替え、採点に入った。七五点だった。

「合格点ね。よくできたわ。ここに模範答案を用意したから、間違ったところ、よく読んで考えておいて……。私、安倍川の用意するから……」

きな粉も餅も美味しかった。彼女の実家が親しくしている農家から分けてもらった餅であり、きな粉であるという。安倍川を食べながらも、いまひとつ理解できないでいた箇所を質問し、教えてもらった。次に社会科が待っているから、お腹はほどほどにしておくよう彼女に言われ、美味しいものに未練を残しつつも腹八分目で終りにした。

淹《い》れてもらったお茶を飲み干すと、「さあ、やりましょう」と再開が告げられた。選択科目は高田さんと相談して〔世界史〕としていた。浅くはあったが、幅広い設問である。記述部分は少なく、大半は穴埋めと○×付け。自信のない問題もあったが、一五分を残してひとまず終った。高田さんを窺うと、目でもう一度、点検するように言っている。

「はい、終り。時間よ」

八〇点がとれた。

「うん、合格ね。よく勉強していたわ」

褒められた。英語はいまいちだが、三科目の総合点では一年前の今でも合格できると。志望校、志望学部をワンランク上げてもよいのではないかとまで言ってくれた。教え甲斐のある生徒だとも。褒め上手な彼女ではあったが、これほどまでに褒められるとこそばゆい。

「トシ君、偉いわ。短期間でぐんと実力アップよ。最初はどうなることかと思ったけれど……。あとは英語ね。……何かご褒美あげなけりゃいけないわ」

「いいえ、褒美だなんて……、今の高田さんのお褒めの言葉で、オレ、大感激です。ありがとうございます。

のか分からない高田さんである。

と、今度は斗潮も腹一杯、胃袋に放り込んだ。「羨ましいくらいの食欲ね」と感心しているのか呆れている

火鉢で餅を焼きつつ、高田さんはそう言った。香ばしい匂いが室内に漂う。「遠慮なくいただきます」

ましょ。ところで、安倍川、まだ食べるでしょ。さっきは我慢させたから……」

「安心しちゃいけないわよ。ほんとうに実力アップしているんだったら、志望先、もう一度、検討し直し

英語、もっとがんばります」

食べながら、そしてお茶を啜りながら勉強の話題が次第に変形していった。文学好きの彼女である。受験によく出る作家のことから文学のことに転じ、いつしか恋愛論へと発展していったのだ。

「高田さん、……恋愛の経験あるんでしょ？　それとも……、今も好きな人が……」

「そうよ、素敵な彼がいるのよ……って言いたいけれど、残念ながら、いないのよ。恋愛て言ったたって、いつも片思いだわ……。それよりトシ君、いつぞや話してくれた彼女、名前なんて言ったっけ、その人のこと……、あら、いけない。思い出させちゃいけないんだったわね。私ってだめねー。話題、替えよう」

「いえ、いいんです。もう済んだことだし……、いまさらユキちゃんのこと、あれこれ思ってみてもどうしようもないんです。……でも、高田さんが聴きたいっていうんなら、オレ……、話します。気持ちを整理できるし……」

〈ユキへの気持ちを整理し、高田さんへ気持ちを切り換えたい〉ほんとうはそう言いたかったのだ。

「ごめんね、トシ君、辛いこと思い出させて……。私、ロマンチストなものだから、そういったことにす

ぐ憧れを持っちゃうのよ。いけないわね。ユキさん、っていう人のこと、話したくなければ、無理しなくたっていいのよ」

どちらかといえば寡黙で、自他の個人的なことなど口外しない斗潮であったが、どういうものか高田さんには何でも話してしまいたい衝動に駆られる。しかしすべてをあからさまに語ったのでは、高田さんの幻想を打ち砕き、呆れられてしまうかもしれない。〈トシ君、幻滅だわ。嫌いよ〉となりかねない。

出会いから別れまでを表面だけなぞって、脚色せずに話しはじめた。高田さんは、「まあ素敵だこと」、「映画みたいね」などと感嘆し、斗潮が言葉を置くと、「ねえねえ、それからどうなったの？」と催促する始末。

「素敵な恋だわ……。小説を読んでいるみたいよ……。憧れるなあ……。トシ君、君、それだけの経験があれば、本、書けるよ」

結城楼前での初めての出会い、神社境内での逢い引き、ふたりだけの連絡方法、映画に行ったこと、試験場裏の桜のこと、ユキの祖母の死、自分の母の死、そして突然の別れ、そんなことを語った。だが、隣町の旅館のことと葵姐さんのことには、ひと言も触れなかった。

「若い遊女と苦学生の愛かあ……、いいなあ……。だけど、悲しく辛い物語なのよね、ほんとは……。愛し合っているのに、別れなければならない遊女、それを助けることもできない苦学生……か……。近松の世界だわ……。トシ君、苦労したんだ。でも素晴らしい恋愛だわ……」

現実と夢とが区別できないくらい高田さんは陶酔している。炬燵の右隣にいたはずの彼女がいつの間にか斗潮に密着し、両手で彼の片手を握りしめている。顔は赤く上気し、彼女の手から熱気が伝わってくる。

炬燵に入っているのが熱いくらいに。

「ねえ、ファーストキッスはいつごろ、どこでだったの?」

「どんな感じだった?」

「まさかプラトニックラブじゃなかったんでしょ?」

陶酔し、それが波となって襲うように問いかける高田さんに抗しきれなくなってきた。手を握るだけではなく、うっとりとした顔を彼の肩に添えてきている。朝、洗ったばかりなのだろうか、ユキや姐さんの椿油とは違う、清楚で爽やかな髪の匂いがした。

躊躇しつつも促されて隣町の旅館のことも話してしまった。高田さんはやっぱり夢から覚めないで、「うーん、そうなの?」などとうっとりが続いていた。旅館でのことだけでなく、桜が満開だった窪地で桜草に囲まれての交歓、ついには写真館でのこと、ユキが彼の放出物を宝物にしていたことまで、洗いざらい告白してしまった。ただ、葵姐さんのことだけはけっして触れなかったし、今後とも言及はすまいと決めていた。

「いまでも彼女、トシ君の体液、大切に持っているのかしら?」

「トシ君、ユキさんのヌード写真、いまでも持っているの?」

想い出として写真は大人になっても保存していくつもりであること、多分、ユキも旦那に知れないよう斗潮のものが入ったサックを一部、隠し持っているのではないかと思う、そう答えた。斗潮にしてみれば、この答えには勇気が要った。もうユキとのことなど過去のことなのだから、彼女の写真はすべて焼却してしまったと、そう答えるべきではなかったかと。しかし、なぜか高田さんには隠しごとがしにくいのである。

「そお、そうよね……。再び戻ることのない青春の証《あかし》だものね……。すごくロマンチックだわ……。一度、……彼女のヌード写真、見せてほしいなあ……、だめかしら？」

〈たとえ高田さんでも、それはだめです〉と口から出かかった。どう答えようか迷っていると、高田さんは彼の腕の中で身を捩り、熱い吐息を吹き掛けながら、「ねえ、トシ君、キッスしてちょうだい……。お願い……だから……」と。

やや苦しい姿勢だったが、右手をお下げ髪に回し、左手を彼女の頬に添えた。高田さんは目を閉じ、赤く染まった顔面をうっとりさせながら、彼の首に両手を巻き付けてきた。化粧水でも薄く塗っているのだろうか、髪とはまた違う匂いが微かにする。

軽く接触する程度に唇を重ねた。ちょっと放し、また重ね、左右に軽く擦り、舌で上下を嘗めた。うっとりとしてされるままの彼女である。次にはやや強く重ねた。彼女も積極的に応じている。そこまでにした。一気に行くことはない。口の中に餅ときな粉も残っていたのだし。高田さんは物足りなさそうだったが……。

斗潮の胸に顔を沈めながら、彼女は絞り出すように呟いた。

「……トシ君、……私ね、……恥ずかしいんだけど……、まだ、男の人、知らないの、……まだ……処女なの……。男と女のこと、教えてちょうだい……」

「……トシ君、……私を……おんなに……して……。お願い……、私を抱いてちょうだい……」

どうしたものだろうか。斗潮にとっては棚から牡丹餅《ぼたもち》であり、夢が叶うことになるのだが、陶酔したまま一時の感情だけで走らせてもいいのだろうか。年上の、分別をもった大学生ではあるものの、禍根を残してもいけない。受験勉強の先生でもあるし……。抑えた。抑えに抑えた。

「高田さん……」

「瑞枝って呼んで……」

「……ちょっと冷静になりましょう、タカ……いえ、瑞枝さん」

お下げ髪を摩り、セーターの上から背を撫ぜた。背に細く横たわった突起物を感じた。〈ああ、これがブラジャーなのか〉。ユキも姐さんもそういったものは身につけていなかった。そこに触れるだけでも斗潮も感じてきた。しかしなおも自制した。急《せ》かすことなく、抱きしめながら根気よく高田さんの熱が下がるのを待った。

「……ごめんね、トシ君。年甲斐もなく、……恥ずかしいわ……」

なお顔は上気しているようだったが、ようやく我を取り戻した気配である。己が堰《せき》を決壊させないためにも斗潮は生意気を言った。そうと断って。

恥ずかしがることなどない。男が女を、女が男を求めることは自然の摂理である。高田さんに男と認めてもらい求められたことは、例えようもなく嬉しい。オレも高田さんが好きだ。初めて会ったときからそう思っていた。このまま抱きしめ、思いを叶えたい。オレは高田さんを獲得できる反面、失うものなど何もない。だけど、高田さんはどうか。一時の昂《たかぶ》った感情で走ってしまっていいのか。よく考えたほうがいい――まるで年配者が小娘を諭すように言った。

顔を斗潮の胸から放し、その頬を摩りつつ、彼女から唇を求めてきた。優しく応じつつも、なお背を撫ぜて宥《なだ》めた。ややあって唇を離して正座した。その胸はセーターの上からでも分かるほどに激しく呼吸している。

「……ごめんね、トシ君。少女のようなことを口走って……、恥ずかしいわ。でも、ありがとう……。トシ君ってとっても紳士だわ……。私なんかよりずーっと大人だし……」

途切れ途切れになおも高田さんは言葉を繋げた。斗潮とユキの話を聞いて、確かに感情が高ぶってしまった。しかし、斗潮が好きというのは嘘じゃない。実習で逢えなかったときも、斗潮のことを思い続けていた。もし、欲しいと言ってくれるのであれば、否、嫌われていないんなら自ら進んでこの身体を斗潮に捧げてみたい。悔いはない。

「……トシ君、……私、……君のこと、……好きになったみたい……だわ。ご迷惑かしら？　年下なのに、男の魅力を感じるのよ」

「迷惑だなんて、……そんな……。オレも……オレも高田さんのこと、好きですっ！」

「ありがとう……」

「でも、……」

でも、高田さんはユキとは違う。両親もいるんだし、大学を出て教師になる人。親御さんの期待を裏切ってはいけない。だいいち、身寄りもなくこれから海のものとなるのか、山のものとなるのかも知れないオレなんぞと同じ道を歩んでいけるはずがない。進んで傷物になることは避け、もっと自分を大事にしてほしい。男なんてこれからだって知る機会もあるだろうし……。と、そう言った。

「トシ君ってやさしいのね……。若いのに覚めていてさ、年上の女に説教するんだもの……でもね、……トシ君のそういうところ、堪んなく魅力的なのよ。魅かれるの……。私、トシ君と結婚できなくたっていいの……。親が勧めるように教師同士で結婚することになるわ、きっと……。でも、今、今は堪らなくトシ君のこと好きなのよ。けっして後悔なんかしない。私も……ユキさんと同じように好きな人と青春の想い出を残しておきたい……の。分かって。男と女ってどういうものなのか、教えて……」

　高田さんの告白を聞いているうちに、斗潮も次第に制御が効かなくなっていくのが知れたが、辛うじてまだ自制心は残っていた。冷却のための時間をとることを提案した。五分でも一〇分でも外に出て冷たい風にあたろう。それでもなお、気持ちが変わらなかったら刹那の愛を燃焼させよう——と。

　雪片はさきほどより小粒になっていたが、風が出てきていた。背筋が凍るかという冷たい風である。横なぐりまではいかないものの、斜め前方から止めどなく顔を目掛けて降りつづけている。

　高田さんは半纏を肩にかけて出たが、一歩、外に出るやそれと判るほどにブルッと身震いしていた。藁靴の両脚を揃えて小刻みに動いている。斗潮は意図して積雪の中に頭を突っ込んだ。それくらい冷静になってほしいと。彼女もそれを理解してくれたのか、素手で雪を掬《すく》って顔面に押しつけている。

「寒かったわねー。急に冷え込んできたみたいだわ」

「うん、でもオレ、気持ちよかった。ところで、……お姫様、お気持ちにお変わりございませんか？　足軽ごときに一時とはいえ、御心を捧げていいのですか？」

「何を仰《おっしゃ》る若殿様。わらわの気持ちに変わりはございませぬ。ああ……、愛しいトシ様よ、わらわの気持ちを受け入れてくりゃんせ」

　どうやら本来の高田瑞枝に戻っているよう。これほどの手筈を踏んでもなお、斗潮と交わりたいというのであれば、これはもう応じなければならない。傷物になってしまうことよりも男のことを知りたいという気持ちが強いのだろう。将来、幸せな結婚生活を送るためにもプラスになるのなら、あえて拒むこともないだろう。年上の大学生、それもわが受験勉強の師に恥をかかせることになってもいけない。

　昨年末、久しぶりに散髪に行っておいてよかった。こんなこともあろうかと内心、どこかで予想していたのかもしれなかったが。

「お茶、淹れるわ。温まってからにしましょ、ねえ、トシ君」

〈トシ君〉が〈トシちゃん〉になればユキや姐さんと同じ遊女のように感じられた。女はそういうものなのだろうか？

　お茶の前に斗潮は丁寧に嗽《うがい》をし、さらに顔を洗い、上半身裸になって冷水に手拭いを浸し、それで身体を拭った。と、彼女は斗潮の背後に回って抱きついてきた。

「……トシ君、胸板、厚いのね……。逞《たくま》しいわ……」

「そうですか？　ありがとう……」

「私も、身体拭かなけりゃいけない……？　恥ずかしいわ、私……」

「いいえ、お姫様はいいですよ。今朝、お風呂に入っておいでだし……」

「あら、どうして判るの？　お風呂に入ったって……」

「そりゃ分かります。髪の毛、いい匂いしているし……」

「まあ、トシ君って女殺しね、なんでも判ちゃうんだから……。そうだ、お風呂に入ればいいんだわ。沸かすから……」

「いいですよ。高田さんさえ、構わなければ……。終ったあとに入ってもいいんだし……」

「そうね、あとにしましょうか……。でもね、トシ君、塾なんかじゃいけないんでしょうけど、こうしてふたりだけでいるときは、〈高田さん〉じゃなくって〈瑞枝〉って呼んでちょうだい。男と女のこと、トシ君のほうが先生なんだもの……」

「はい、高田さん、じゃなくって瑞枝さん」

「うふっ、ありがとう。そう呼んでもらえると、恋人同士になったみたいだわ。〔さん〕もいらないから……」


それから始めるまでがそれなりに大変だった。彼女はただ恥ずかしがってばかりで、何をどうしたらよいのかかいもく判っていないのだ。本当に処女であり、男を知らないよう。結婚を前提として男女の付き合いをしていこうというのなら、感情と成り行きにまかせ、互いが求めるまま睦み合っていけば愛は育っていくのだろうが、今の時点でのふたりはそれとは違う。

互いが好き合っていることは事実、疑いのないことではあるが、彼女にすれば斗潮と結婚しようというのではない。好きになった男と睦み合い、満足を得ることに加えて、男女のことを学びたいのである。斗潮なら歳は若いが後腐れがない。よくいえば探究心旺盛な女学生。一石二鳥の同時達成を目指しているようにも思えた。

そうであるなら、童貞のごとく闇雲に彼女を求めるのではなく、手順を踏んだほうがよいのだろうと斗潮は判断し、リードした。蒲団を延べるよう要請し、敷布を二重にするか、大きめなタオルで覆うかするように求めた。「どうして？」という質問にも驚いたが、素直に「ああ、そうなの」と直ちに納得されたのにも驚いた。

火鉢と炬燵にも炭を足し、炬燵の掛蒲団は捲りあげておくよう指示した。できれば火鉢がもうひとつ欲しいと言ったら、物置にあるというので彼が部屋に運び込んだ。雨戸を締め、障子も閉じた。電球は点けずに、スタンドの灯にした。

「解りますか？」

「ええ、風邪引かないための寒さ対策でしょ。それから……スタンドは雰囲気を出すためかしら……」

大学生である、理解は早い。

「そうです。ただスタンドは、雰囲気だけじゃなく、女性が恥ずかしいと思う気持ちを和らげる意味もあります」

〈瑞枝さんがどうかは知らないけど……〉は、口に出さずに呑み込んだ。

「オレがリードします。もちろん、その逆もあるけど……。女が男をリードするっていうの。オレ、口じゃ巧《うま》く言えないからやってみます。……ただ、別に決まりがあるわけじゃないので、気持ちを押し殺すんじゃなく、こうしたいなあってことしてもいいですから……。だけど、相手の気持ちも考えてだけど……ああ、口で言うのって難しい。要は、相手の気持ちになって尽くして、そして結果としてふたりとも満足が得られればいいんです……。解ります？」

「はい、教授、判りました。でも……すっごく哲学的だわ……。お相手を喜ばせて、結局は自分も満足するのね……」

斗潮はいったん着た服をまた脱ぎ、柄パン一枚になった。そして最後の止めを刺した。

「タカダ、いや……瑞枝さん、いいんですね。途中でも、厭だったら厭って言ってください。難しいけど止めるようにしますから……」

「よろしく……お願いします」

おかしな雰囲気になってきた。


柄パン一枚になった斗潮は、瑞枝を蒲団の上に座らせた。彼も向き合って座り、両頬を両手で包んで、唇を迎えにいった。軽く重ね、次第に摩擦を強くしていった。彼女も斗潮の裸の首に両手を回し、積極的に応じている。舌を挿入した。舌先と舌先を接触させ、絡めた。攪拌もした。早くも瑞枝は喘《あえ》ぎはじめている。頬にあった手をひとつは彼女の背に回し、他方はセーターの上から乳房に重ねた。

ブラジャーのせいだろうか、セーターの上からにしてももうひとつ感触が弱い。それでもゆっくりと揉みしだいた。いまいち判らないが、ユキよりは大きく、姐さんよりは小さいといったところのように思えた。重ねた唇の端から「ああー」といった喘《あえ》ぎが漏れている。

斗潮はセーターの下端を両手で持った。目で万歳するよう合図した。勘の鋭い女性である。潤んだ目で頷き、両手を高く上げた。首までずり上げ、お下げ髪に注意を払いつつ、彼女の助けもあって割合とすんなりセーターが首から離れた。

セーターの下はシミーズだった。色は白、絹製なのか肌触りのいい布地のよう。肩紐をひとつずつゆっくりと外した。抱き抱えるようにして背中のチャックを下げ、両脇に手を添えて腰まで下ろした。

ブラジャーも白だった。斗潮にしても女と交合した回数は多いものの相手はユキと葵姐さんだけである。ふたりとも商売柄か、着物であり、襦袢であった。当然、ブラジャーなどは身につけていない。そういう意味では、彼にとっても初体験なのであり、すんなりと事を進められるのか不安があったのも事実。それでも場数を踏んだせいか、こういった場でも焦ることはなかった。

いったん、剥《む》き出しの肩に両手を載せてから、再び抱くようにして背のホックを外した。背後に回ることもなく、初めてにしては実に巧く運んだ。支えを失ったブラジャーの両端がひらひらとはためいている。再び肩に手を戻し、肩紐を今度は二箇所同時に、ゆっくりと外した。谷間が深くなっていき、やがて双丘が露出した。

その双丘を凝視する前に、瞬時、瑞枝の表情を窺った。さっきから同じように顔を上気させたまま、俯き加減に目を瞑っている。恥ずかしそうでもあり、開き直っているようでもあった。外したブラジャーを枕元に置き、一方からの光にだけ照らされている双丘を見つめた。

大きさは先ほどセーターの上から触診したとおりだった。房の大きさは年齢に比例するものではないのだろうが、ユキより心持ち大きく、姐さんよりはひと回り小さいよう。形状はどう形容したらよいのか判らないが、ユキが優るように思われる。ユキのは青春そのもので、小振りながらピンと上を向いて、しっかりと自己主張していた。反面、瑞枝のそれはお碗を伏せたようで、博多人形を連想させる。これはこれで瑞枝のもの、客観的な甲乙はつけられないが、好みとしては斗潮はユキ型をとるだろうと。どちらかと言えば垂乳根《たらちね》の姐さんよりはいいかとは思ったが。

両手で同時に双丘に触れた。下から支え、重量を計るように。密度はユキより濃く、姐さんより薄い。肌理細かさもユキよりは劣るが、姐さんよりはいい。房を掌で包んで揉んだ。人指し指と中指の間に乳首を挟んで。房全体が紅葉し、乳首は燃えているよう。掌に指間に、温かい感触が走った。

乳首を摘《つま》んでみた。堅かった。ユキのは蕾だったのがやがて綻《ほころ》びだしてきたという想い出があったが、瑞枝のは深い雪の中からようやく陽のあたる場所に出たものの、まだまだ綻ぶには遠いように思える。背に両手を回し、口から乳首を迎えにいった。唇に含み、舌で乳頭を嘗めた。軽く吸ってみた。蕾がより堅くなって身構えている。

瑞枝の手が彼の後頭部を包んだ。

「……ああ、……トシくん、……とっても……気持ちいいわ……。私、おかあさんに……なったみたい……」

女って普遍的に母性本能を持っているものなのだろうか。ユキや姐さんなら、〈トシちゃん、おっぱい吸って……〉と言うだろうと思った。姿勢を替え、横向きになって瑞枝の膝に尻を置き、赤子が乳を飲むようにして乳首に吸いついた。彼女はあやすように斗潮をゆっくりと揺すり、後頭部を支えて含ませている。

一方の房に吸いつき、他方の房を手で弄んでいた。瑞枝の顔を見ると、うっとりした眼差しで、いつまでも斗潮をあやしつづけている。〈そんなにもいい気持ちなのだろうか?〉

「こっちも吸ってちょうだい」

母親になりきっている。ユキや姐さんと同じように。

瑞枝に立ち上がるよう求めた。彼女は素直に応じている。行き場を失ったシミーズの上端が夏蜜柑の皮を剥いたように腰から下方に垂れている。そのシミーズをかき分け、紺色のスラックスの止め金に手をかけた。スラックスなるものもまた、斗潮には初体験。母がどのように外していたかを思い起こし、腰に位置する止め金を外し、チャックを押し下げた。

スラックスをまず足首まで擦り下ろし、続いて垂れ下がったシミーズも同じように。瑞枝はこの間、彼の短い頭髪に手を添え、なされるまま。片足ずつ足を持ち上げ、そこに滞留しているスラックスとシミーズを遊離した。残るは、これも真っ白なパンティーだけ。

再び腰に手をかけ見上げれば、双丘が聳《そび》え、乳首が屹立《きつりつ》している。彼女の上気した俯《うつむ》き加減の表情には変化がないよう。静かにパンティーを下ろしはじめた。彼の頭に載せられた瑞枝の手に力が加わったのが知れる。なかなか繁みが現れない。半分ほど下げたところでようやく黒いものが。ピンク色に燃えた肌に対照的であった。

瑞枝の手が彼の頭髪を握ったのを機に、彼は一気に足元まで擦り下ろした。目は繁みを見たまま。繁茂している範囲が狭い。形もユキや姐さんのような三角形をしていなかった。量も少なく、申し訳程度にモジャモジャといった風情で彼の視線を受けている。

そんな状況なものだから、割れ目がほとんど露出しているといっていい。縦に、まだ男に触れられたことのないであろうクレパスが見える。遊女以外のお宝を斗潮は初めて拝観した。一人ひとり顔が異なるように、そこもまた百人百様なのだろう。〈そうだ、この目の前にある泉は遊女のものではないのだ〉ふと、そんなことが頭を過った。〈舌《ベロ》を入れてもいいのだ〉と。

彼女の足元に剥いだパンティーを残したまま、斗潮の全神経は眼前に注がれた。全裸となった彼女の腰に両手を添え、顔面を近づけた。僅かばかりの草原に顔を押しあて、草を食《は》み、舌で嘗めた。そのまま舌を下方へと下げ、裂け目の周囲に這わせた。

「あっ、あぁー」瑞枝は悶え、彼の後頭部をしっかりと支えている。縁を存分に嘗め、濡らした。本陣に進入を試みた。準備が奏功したよう。入口での微かな抵抗もほとんど意味をなさず、舌は奥へと吸い込まれていった。処女だというからいささかの難儀があるのかと予想したのだが……。

中は土砂降りだった。「あぁー、あっ、あぁっー」痛いくらいに頭髪を引っ張られた。掌に汗を蓄えているのだろう。先日、久しぶりに散髪に行ってきた短い髪のせいかすぐに滑って、また間を置かずに引っ張り直しているよう。しかしそれでは支えにならない。喘ぎ、悶えつつ蹌踉《よろめ》きそう。両手を彼女の腰に巻き付け、しっかりと支えた。

斗潮にとっても舌での探検は初体験といっていい。僅かにユキの中に進入したことがあったが、とても探検するまでには至らなかった。四囲の壁を抉り、突起点に刺激を与えたが、奥行きは判然としない。空間が広いのかどうかも彼の知識、経験からは何とも言いようがなかった。ただ、せっかくの機会である。好奇心をもって探った。

「……あぁっー、もう……だめっ、だめだ……わ……」

舌を抜き、瑞枝を見上げた。波打つふたつの丘の谷間から窺う彼女の顔は、歪んで見えた。歓喜なのか苦悩なのか分からないくらい。とても、あの〈高田さん〉とは思えない。彼は立ち上がって、瑞枝を抱き上げるようにして蒲団に横たえた。

横たえてもたいしてお碗の形状に変化はない。ただ、激しく上下に呼吸している。脇に寄り添い、右手で髪の生え際を摩り、左手で右の房を揉みつつ唇を重ねた。烈しい接吻。窒息するかと思うほどに首を締めつけられた。彼女にこれほどの腕力があるのかと。

「……トシ……くんっ……、もう……私、だめっ、だめだ……わ……」

これからゆっくりと額、頬、鼻頭、耳、耳朶と順に攻めていき、臍から下腹部に至った時点でいよいよと予定していたのだが、彼女のほうが耐えられそうにない。初めて肉の塊となって男に接した女。今日、再度のチャンスがあるのかどうか分からなかったが、ここで一回、満足を与えることにした。彼の分身もすっかりと成長し、収納してくれる場を求めていたのだし。

鼻頭に鼻頭を接触させつつ、斗潮は囁《ささや》くように

「瑞枝、天国に行こう……。その前に……サックはどこ……？」

と尋ねた。果たして用意されているものやら不安もあった。もしなければ爆発直前に抜刀しなければならない。これは男にとって辛いこと。仁王様のごとく表情を歪めながらも、彼女は「……つくえ、机の……ひきだし……」と絞るような声を漏らして、指さしている。

半身を起こし、膝立ちのまま柄パンを脱いだ。親の気持ちを察した以上に愚息は、いきり立ち、急角度で天井に筒先を向けていた。手を伸ばせば届く位置にあった座机の引出しを開けるため、身を乗り出した。意図したことではなかったが、息子は瑞枝の乳房に寄り道している。ついでとばかり、手は引出しに出張させつつも、分身を谷間から中腹、さらには頂上まで這わせた。

瑞枝は目を開け、芋虫のごとく蠢《うごめ》く彼のものを凝視し、喘いでいた。手で捕捉し、口に運ばれるかと思ったが、それはなかった。サックは一ダース入りのものが封を切らずにあった。手際よく開封し、一個を取り出して自ら装着した。思えばこれとて自分でやったことはないのだ。いつもユキなり姐さんがやってくれていたもの。しかし習うより慣れろである。幾度となくやってもらっているうちに、巧くできるようになるものであった。

中抜きをしたようでいまひとつしっくりしなかったが、瑞枝はもはや一刻も猶予できないといった風情で喘いでいる。それでも軽く接吻し、乳房を揉み、乳首に口づけしてから泉の入口を窺った。まだ一物に触れてもいないのに、汁が溢《あふ》れている。通り雨にでも遭ったように濡れているのだ。濡れながら激しく呼吸している。

手近にあった手拭いで拭った。内部までは避け、オアシスの周辺だけ。自らのものを摘み、もう一度、瑞枝を見た。真っ赤な顔中をすべて口にして喘ぎつつ「アア、……ハヤクッ……」と小声で叫んでいる。躊躇《ためら》うものはない。躊躇うこともない。先端をあてがった。受入れ側が瞬時、戸惑ったように感じられたが、なんの造作を加えることもなくすぐに吸引された。「あっ！　ああー」瑞枝の絶叫が波動となって狭い離れの中に響き渡った。

奥行きは思いのほか、浅かった。「？・」と思い、少し強めにもう一突き、二突きした。嬌声などというものではない。山頂で雄叫《おたけ》びを上げるがごとくに絶叫し、山彦となって反響した。どうやら斗潮の全身を呑み込むほどの深さはないよう。ドッと、まさにドッとという感じで愛液が壁面から溢れ出てきたよう。

もう瑞枝は彼岸に渡ったらしい。斗潮は焦った。溢れる液体の中で捉えどころがない。もう一度、拭いたかった。しかしそれはできない。懸命に分身を壁に擦り、突いた。乳房を揉み、接合部を摩擦させて感情を高めた。巧い具合に再び三たび、上げた瑞枝の雄叫びに乗って斗潮も果てた。

浅いうえに締めつけもなく、ただ男のものを呑み込んだだけ。童貞ならそれでも満足するのだろうが、遊女を相手にしてきた彼にははっきり言って物足りなかった。これが最初で最後ならやりようもないし、彼女がこれで満足したのなら、何も言うことはない。しかしもし回数を重ねることができるのなら、経験を積むことによって変わってくるのではないだろうか、そんなことを頭に描きつつ、脱力した瑞枝に重なっていた。

優しく額や頬を撫ぜ、お碗型の双丘を懇《ねんご》ろに揉み、乳首に接吻してから抜いた。先ほどよりは低い音程で、「ああー」が彼女の口から漏れた。その時である、気付いたのは。さっき戯れた時には気付かなかったことに。草原の丘が豊かに盛り上がっているのだ。姐さんが盛んに「私、モリマンじゃないから……」と嘆いていた、それである。ユキと同じ程度に盛り上がっているのだ。

ただ、残念ながら奥行きが浅い分、せっかく親から授かった秘丘に接触できなかったのだ。姐さんの講義によればユキのようなモリマンは、日本の女には珍しいのだという。〈たいがいは私のように偏平なのよ。佳境に入ったとき骨と骨がぶつかっちゃうでしょ。その点、ユキちゃんのなら男の人からの衝撃が吸収され、緩衝されるでしょ。クッションになるのよ。羨ましいわ……〉

姐さんもなんとかしたいと自分でマッサージしたり、盲目の按摩さんにやってもらったりしたが無駄だったと言っていた。もっとも、姐さんはそれを補って余りあるほどに技巧に秀でていたのだが。この瑞枝の財産は活用したい。交わる回数を重ねれば、奥行きだって深くなっていくのではないか。姐さんに訊《き》いてみてもよい。少なくとも、回数を重ねることにより、ある程度、自己を抑制しつつ、相手をも満足に導くことができるだろう。

瑞枝もようやく我に帰った。恥ずかしげに自分の箇所を拭いつつ、敷蒲団に敷いたタオルがグッショリしていることにも驚いた様子。それでも火照った身体を冷ますつもりか、急いで服を着ようとはせず、裸体のままでいた。室内は火鉢の炭が赤々と燃えている。

斗潮が自ら外し、塵紙に包もうとしている外面がやや赤く塗られたサックを「それ、……私に、……ちょうだい」と強請《ねだ》った。ユキの真似になるが、二十余年間、女として生きてき、初めて自分の中で放出された大切な男、否、斗潮の体液だから、少なくとも結婚するまでは保管したいと。反対する理由もない。女の心理はよく解らない。瑞枝は受け取ると、口を輪ゴムで止め、大事そうに机の引出しに仕舞った。あとで小箱に入れるという。

「あら、いやだ。私、裸だったんだわ」

そう言って、裸のまま立ち上がり、箪笥から浴衣を取り出した。それを裸体に引っかけ、

「私、お風呂、見てくるから……」

と母屋に向かった。

満足が得られたのかどうか、相手はどうだったのか、そういったことを言うでも、尋ねるでもなく、さらには自分だけ浴衣を纏い、彼には手拭いも何も用意しない。そのうえ鮮血に濡れ、汚れたタオルを片づ

けるでもない。普段、あれほどに気遣いする優しい心根の〈高田さん〉とはとても思えない。たった今、処女を失ったばかり。動転と恥ずかしさで気がつかないだけなのだろうか。

たまたまこれまで付き合ったのが娼婦だったせいか、そういったことへの配慮は当たり前のように思っていたのだが、瑞枝のような女が普通なのだろうと、斗潮は自分に言い聞かせた。

母屋の風呂場は小家族にしてはそれなりの広さがあった。湯加減をみたあと、瑞枝はさすがに「お先にどうぞ」と言い、斗潮が礼を述べて浴室に入るや、もじもじしながら「私も一緒していいかしら?」と媚《こ》びている。可愛い女に思えた。

素手で胸と下とを隠す素振りを示しつつ、湯船に入ってきた。まだ全身が紅潮しているよう。躊躇しながらも斗潮に並んで胸元まで沈んだ。

「……トシ君、ありがとう……。……私……、初めて……おんなになったわ……」

落ちついてきたのか、ようやくそんなことを呟《つぶや》きだした。

「どう、満足しましたか? それとも……後悔していますか?」

「……恥ずかしくって、私……。でも……、とってもよかった……。後悔だなんて……。トシ君、……上手なんだもの……。ちっとも怖くもなかったし……、イタク……もなかった……わ……」

「それはよかったです」

「私、……すごい声……出したでしょ。もう、自己制御……できなくなって……。恥ずかしい……わ」

「いいんです、それで……。恥ずかしがることなんてないんですよ。自然の営みなんだから……」

「そうなの？　そう言ってもらうと……嬉しいけれど……。でも……、トシ君はどうだったの？　私、夢中になってしまって……」

「ええ、よかったです」

こういう言葉を交わしたかったのだ。いつの間にか、瑞枝は斗潮の腕に自分のそれを絡めていた。告げたいことはたくさんあったが、今はやめた。いずれ機会があるだろう。裸体を反転し、彼女に捕捉されている手を背に回し、もう一方の手で房に触れた。湯の中でも頑《かたくな》にお碗の形を維持している房に。視線はしっかりと彼女の目に合わせつつ、ゆっくりと穏やかに揉みしだいた。

恥ずかしそうな表情を浮かべてはいたが、彼女も視線を逸らすことなく斗潮の目を見、接吻を求めるように目を瞑った。唇を重ねながらも、斗潮は休まずに房を揉みつづけた。唇が離れると「ホッ」とため息をつき、視線を彼に揉まれている房に落とし、次には湯に浮かんでいる他方の房を斗潮の手と交差させながら、自らの掌に載せた。

「ねえ、トシ君、……私のおっぱい、どお？……魅力、感じる？」

はっきり言えば、彼の好みとは異なる。やっぱりユキの乳房がいいし、恋しい。しかしそう言ったのでは身も蓋もない。言葉を慎重に選んだ。

「そりゃ、魅力ありますよ。おっぱいの嫌いな男なんていないんじゃないですか。人それぞれですし、瑞枝さんのには、瑞枝さんので魅力あります。……お碗型で、お人形さんみたいで……、ほら、博多人形、あれみたいで、いいんじゃないですか」

「そお、褒められているって理解していいのかしら……。トシ君、含みのあること言うんだもの……」

温《ぬる》めではあったが、逆上《のぼ》せてもいけない。彼女はそれでなくとも上気しているのだし。

「さあ、背中、流してあげましょう」

「そうね、逆上せちゃうわね。でも、先に私が、トシ君の背中、洗ってあげる。父を別にしてだけど、初めてだわ……。男の人の背中、洗ってあげるなんて……。トシ君、どこか痒《かゆ》いとこある?」

普段どおりの高田さん、というわけにはいかないのだろうが、段々に肩の力が抜けてきているのが分かる。丁寧に流してくれた。そこまでだった。当然のことなのだろう。彼女は遊女ではないのだ。

「今度は、オレが……」

背から始めたが、そこだけで終りにするつもりはない。首筋から顎、喉に手拭いを這わせ、彼女の背に胸を密着させて双丘も拭った。「おっぱいも綺麗にしましょ」などと言いつつ手拭いを捨て、素手で揉むようにして洗いもした。「あら、そこは……」と聞こえたが、彼女も気持ちいいのだろう、そのままやらせていた。滑らかな肌である。

前に移り、手拭いにシャボンをつけ直して両腕を洗った。指間もひとつずつ。腋の下は、ちょっと悪戯して擽《くすぐ》った。胸元から再度、双丘に手拭いを滑らせ、臍を中心に腹を洗い、太股から脚に至った。足の指も丁寧に。立ち上がるよう求め、尻を、さらには繁みまで。そのつど、「あら、そこは……いいわ」などと言っていたが、結局、頭と顔を除いて全身を洗ってやった。

「私、勉強しちゃったわ。〈洗ってあげる〉って、トシ君のようにしてあげることなのね……。知らなかった……わ。〈相手が喜ぶように〉ってこと……」

「判れば結構です、高田君」

「ハイ、教授、勉強になりました。瑞枝、もう一度、先生を洗い直しますっ！」

実技指導したとおり彼女も同じように洗いだした。一物は特に丁寧に。次第に成長していくそれを素手で拭いつつ、「あら、段々、大きくなってきたわ」などと。湯をかけ、シャボンを落としてからも愛おしそうに、摘んだり、握ったりして。

「瑞枝さん」

「なあに？」

「男のもの、口に咥えたこと、……ないですよね。厭だったらいいんですけど……、男ってそういうの、好きなんです」

「うーん、そうなの。私、やってみるわ。どうしたらトシ君、喜ぶのか教えて？」

斗潮は立ち上がり、浴槽の縁に腰を下ろした。股を開くと、戸惑いながらも彼女は股間に身を入れた。暫時、見つめていたが、意を決したように砲身を手で支え、先端から口に含んだ。深くしたり浅くしたりと。やってくれているのがユキでもなく、姐さんでもなくて〈高田さん〉なのだと思えば、斗潮とて興奮する。

しかしせっかくの機会である。彼は告げた。唇を使っての咥え方、舌の這わせ方、正面からだけでなく側面からのやり方、袋への攻め方等々を。彼女は「そうなの」、「こんなんでどう？」などと呟きつつも熱心に取り組んでいる。根がまじめであり、いい加減では済まされない女性《ひと》。こんなこともやりだすと集中する。急に上達などするはずはないのだが、真摯《しんし》な取組みに分身は素直に反応してきた。

すっかりとそれは成長し、風呂場の天井に向かって直立している。彼女はなおも嘗めたり咥えたりして

いたが、呼吸が苦しくなってきたのか休止し、

「……すごい……わ、トシ君の、……こんなに太く、長くなるんだもの……。これが……私の中へ入ってきたなんて……信じられない……」

などと独り言を。

第二十一　年下の指南役

冬の日没は早い。もうすっかりと暗くなっている。雪はかなり小粒になっていた。夕食にビーフカレーを拵《こしら》えてあるという。昨夜のうちから仕込み、今朝、出来上がったと。ご飯も朝、炊いてお櫃《ひつ》に入れてある。新たに炊《た》けばいいのだが、竈《かまど》は母屋であり、一時でも斗潮を退屈させたくないから。「炊きたてでなくってごめんなさい」と言う。


母屋の台所からカレーの入った深い鍋を斗潮が、お櫃を彼女が持って離れに戻った。鍋を火鉢に載せ、かき回すよう言われ、そうやった。彼女は押入れから飯盒を取り出し、水洗いしたあと、その中にお櫃からご飯を移し、飯盒ももうひとつの火鉢に載せた。

「もう、いいわね」


皿が出され、瑞枝はご飯を盛り、カレーを掛けた。小さな茶箪笥から福神漬けと匙も出された。浴衣姿の高田さんが本当の姉のように思えた。

「さあ、いただきましょう。トシ君のお口に合うかどうか……。でも、私ね、カレーは得意なの。と言う

より、なんとかできるのがカレーだけって言ったほうが、正確かな……」

「いただきます」

「どうかしら、味のほうは？」

「うん、とっても美味《おい》しいです」

「そお、それはよかった。たくさん召し上がってね」

斗潮はお替わりした。「美味しい」、「うまい」を連発しながら。高田さんも嬉しそう。そんななかで、彼女はこう言った。

「ねえ、トシ君、今夜、ここに泊まっていかない？　ひと晩中、トシ君といっしょにいたいの、私……。どうかしら？」

「オレは構わないけど、高田さん、いや瑞枝さんはいいんですか？」

「ええ、大丈夫よ。トシ君さえよければ……」

それから会話はもっぱら高田さんが聞き手で、寡黙のはずの斗潮が話し手になった。愛し合う時、どうすれば男が喜ぶのかといったことを。拙《つたな》いながらも斗潮は経験したことを説明していたが、それだけに止《とど》めなかった。

ユキによって体験し、姐さんによって学んだことにも言及した。男と女のことを。けっして男女の睦み合いは、暗いものでもなく厭らしいものでもないこと。好き合っているのなら、存分に楽しんだらいいこと。変に隠し立てなどするから陰湿そうに見えること。他人に迷惑を及ぼさなければ場所や方法は問わないこと、等々を。

さらに大切なのは相手を思いやる心であること。自分だけ楽しみ、相手を道具のように扱ってはならないこと。互いを尊重し、理解するのが目的で、睦み合いはその手段であること、等にも触れた。ただ、望まない妊娠は避けなければならない。胎児にも母体にも悪い影響があるばかりでなく、心も傷つくからとも。

「トシ君……、宗教家みたい。……そうよね、外国の小説なんかと比べると日本のそれは、何かジメジメして陰湿なものが多いわね。そしていつも傷つくのが女で、そんな試練に耐えて生きていくといったようなな、ねっ！」

さらに高田さんは続けた。

「相手を思いやる心、いいわね。トシ君の言うとおりだわ……。そのことが一番、欠けているんだわ。人間なんだもの……。でも、セックスって奥が深いのね……」

斗潮には読んだことも聴いたこともない小説と作家の名が、彼女の口から速射砲のごとく出てきた。誰それの作品ではこんなふうに描かれている。それはそのとおりだと思うが、その点、別の誰それのものは描写が表層的で、深層心理にまで筆が及んでいないといったように。彼は、ただ相槌を打つ以外になかった。

ただ、聴いていると高田さんは知識は豊富であるものの、どれをも皮相的に捉え、頭の中で勝手にロマン化しているように思われた。知識はないよりもあったほうがいいのだろうが、あまりに抽象化、ロマン化したのでは、現実との落差が大きくなり、幸せな結婚生活を営むうえでかえって支障となるのではないかと。

なんとなく話が一段落した。高田さんは立ち上がって火鉢などに炭を補充している。戦闘再開の気配となってきた。斗潮はタオルや手拭いを所望し、サックとともに再び敷いた蒲団の枕元に置いた。できれば、途中で喉が乾くだろうから飲み水を用意したほうがいいとも告げた。

「未成年者が……生意気言いますが、本当は、こういう時って、冷えたビールがあると最高なんです……」

「あら、いけない子だこと、ビールだなんて……。……でも、特別よね、こんな時って……。いいわ、母屋にあると思うから……、ちょっと頂いてくるわ。明日の朝、買ってお返ししておけば、いいわ」

二本持ってきた高田さんからビールを受け取り、一本は窓外の雪の中に突っ込んだ。彼女は茶箪笥からコップを出している。冷たい台所にでも置いてあったのか、ビールはそれなりに冷えていた。互いに注ぎ合い、乾杯した。何のための乾杯なのかと斗潮は意地悪く聴いた。彼女の答えは簡単明瞭である。

「ふたりの愛のためよ。今、この時点でのね……。でも、トシ君、呑みっぷりいいわ。相当、呑み慣れているわね。こら、この悪童めがっ！」

他愛ない会話のなかで、一本のビールはじきに呑みおわった。もうなすべきことはひとつだけ。若い恋人同士のように、貪りあい、一気に高め、即座に結合するのもいいし、惰性でいくのもいい。一回目の反省を込めてある程度の脚本を用意してからかかるのでもよかった。尋ねてみた。

学習の意味を兼ねて、おおよそでもいいからシナリオを決め、それに従う方法で楽しみたいという。特に、男を喜ばせることを心掛けたいとも。いかにも彼女らしい。それではどういう体位がいいかと尋ねると、「えっ！　いろいろあるの？」である。おそらく彼女の知識には正常位しかないのだろう。あるいはそれ以外を耳にしたことがあったとしても、素人の、ごく普通の人妻となる女には必要ないと捨象しているのかも。

「……また機会もあるんだろうけれど、せっかくだからいろいろと体験してみたいわ……。いいかしら?」

好奇心も旺盛である。

いろいろと体験してみたいと言われても姐さんに教わったあれこれをすべて試すわけにもいかない。初めてでもあるし、比較的一般的な形のものにすべきだろう。衣服を彼女に脱がせてもらうことにした。男が喜ぶことのひとつだと告げて。

「私、慣れていないから……、上手にできないかも……」

蒲団の上に向き合って座った。胡座にした彼の脛《すね》に接触して彼女は正座した。浴衣の裾の乱れを正しつつ。目と目が合った。やや含羞《はにか》むように視線を逸らし、それでも「うふっ」と微笑みながら、斗潮のセーターに手を掛けた。これは姐さんに買ってもらった新品であり、彼にとっては上等であるだけに〈貧乏学生〉の認識が高田さんにも浸透していることから気になった。

彼女は気にしているのかいないのか、頓着なく頭からセーターを剥ぎ取った。下は厚手の下着。これも同じようにし、上半身が剥ぎ出しとなった。その生活状態から斗潮はこれといった運動はしていなかったが、長距離走が得意だったという父の遺伝に加えて子どもの頃から新聞配達で鍛えていたせいか、割合に筋肉が発達していた。ユキにも姐さんにもそう言われ、いささかの自信もあった。

「トシ君って、胸板、厚いのねー。女を泣かす筋肉だわ……」

高田さんにしては洒落た台詞であったが、言葉だけ。斗潮は彼女の手をとり、胸に導いた。指先で、次に掌で摩りながら「そうなのね」と一人頷いている。解ったよう。さらに彼は彼女の手をとり、乳首に案内した。指の腹で摩り、指先で摘んで、

「男でも乳首に快感があるんだ。知らなかったわ」と。彼は微笑みながら黙って頷いた。

額に接吻して、彼は立ち上がった。慣れない手つきで高田さんは腰のバンドを緩め、ズボンを脱がせた。今度は教えるまでもなく、太股から脛までを摩り、頬をあてがうなどということをしていた。

残ったのは柄パン一枚。最も気に入った柄にしていた。彼のリードで彼女はパンツの上から触れ、摩ってから手を掛けた。ゆっくりと、しかし止めることなく擦り下げていった。圧迫されていた、七割方膨張している愚息が、反動でピンと跳ね上がるように露出された。

髪の毛に触れていた斗潮の手が、彼女の顔を引き寄せた。風呂場で実習済みである。高田さんは躊躇《ためら》うことなく、咥えた。腰に手を回し、それを支えにして。唇と舌を遣って、先ほどよりは円滑に。ユキやましてや姐さんの技巧に及ぶべくもないが、それでも相手が高田さんだと思う気持ちが、愚息の成長度を増していっている。

「立派になってきたわー。まだ大きくなるんでしょ？　ねえ、トシ君、男の人のものってみんなこれくらいになるものなの……？」

高田さんは見上げながら尋ねた。素っ裸になった斗潮は、腰を落しつつ、「オレ、知らないですよ。他の男のもの、見たことないんだから……」と。

「ふーん、そお？　私もわからないけど、トシ君の、すごく立派だと思うんだ……。どうなの？　ユキさんの中に、トシ君の、全部入った？」

聴きながら、高田さんは頬を赤らめている。

「うーん、なんて答えたらいいのかなー。……高田、いえ瑞枝さん、気落ちしないかなあー」

ユキは少女とはいえその道の玄人なんだから比較なんてできないのだが、と断ったうえでこう言った。

経験は浅いとはいえユキも斗潮のもの、喜んでいいのだろう、商売相手の男たちと比べても見劣りしないどころか、素晴らしいと言ってくれていた。初体験のときはよく分からなかったが、回数を重ねるにつれユキの奥行きは深くなり、全身が呑み込まれるようになったと。

答えつつも彼の手は休んでいなかった。髪を撫ぜ、頬を摩り、耳朶を弄んで。肩に手を載せ、浴衣の胸元を拡げていた。浴衣の下にはブラジャーがあった。〈付けないほうがいいのに……〉

「そうなの……。さっきは夢中だったから判らなかったんだけれど、……私の、どお？　きっと浅いんでしょうね……」

「……」

こんな時、相手の気持ちを損なわないよう巧く表現できるほどには、斗潮は大人になっていなかった。あれこれと頭脳回路を巡らせてみたのだが。

「いいわよ、トシ君。正直に言ってちょうだい。私、耐えられるから……」

「いいんですね？」

修飾語を鏤《ちりば》めることなく、端的に答えた。ただ、付け加えることだけは忘れなかったのだが。モリマンであることを。

「それ、何？　どういうこと？　何かいいことのようだけど……」

　上手に説明できないから、実物で、と答え、高田さんに立ってもらい、彼も立ち上がった。腰紐を解き、ブラジャーは残したまま、パンティーを剥ぎ取った。高田さんはなされるまま。再び座らせ、脚を拡げさせた。絵にするには憚られるような恰好である。特に素人女にとっては。

　ここの丘が高田さんのは盛り上がっていること。毛が薄いのが難点だが、それを補って余りあるくらい立派な丘であること。凹と凸とがぴったり納まれば、その丘が緩衝材となって男を興奮させるのだと。

「ふうん、そうなの？　トシ君にそう言ってもらって、嬉しいわ。少し自信が沸いてきたみたい……。それで、……奥行きを深くするにはどうしたら……いいのかしら？　トシ君の長くて凄いのに突かれれば、……少しは深くなる……？」

「そんなこと聴かれたって、オレ、解らないです。……ただ、……ユキちゃんの例からはそうかも知れないけど……」

「うーん、たくさんしなければいけないのかしら……？　ユキさんとは、たくさんしたんでしょ？」

　素人娘の大学生である高田さんとは思えないほど、直截《ちょくせつ》に尋ねてくるのに驚かされた。それほどまでに気掛かりなものなのだろうか。彼も素直に答えた。ある時期など、神社の境内などで毎日のように交合した。時間にゆとりがあるときなどは、逢っている間中、何度も繰り返して交わったと。

「……そんなにも……、凄《すご》いわ。……ユキさんが羨ましい。トシ君を独占できたんだもの……」

「……」

「ねえ、トシ君。私……、ユキさんの代わりにはなれないけど、……トシ君がいいって言ってくれれば、……毎日でもトシ君と……したいなあー」

羞恥心が消えていっているのか、秘丘をより価値あるものにしたい欲求が強いのか、段々と物の言い方が単刀直入になっているのが知れる。髪の毛を摩り、頬を撫ぜつつも斗潮はどう答えたものかまた迷っていた。高田さんは手を差し延べ、やや萎みかけた一物を握り、摩ってきた。

「オレはいいですけど……、高田さん、いいんですか?」

「瑞枝よ。……逢うことは塾でもできるわよね。問題は場所よね……。トシ君の家と私のとことは離れているから、ユキさんのように神社で、毎日ってわけにはいかないわね……」

「……互いに好き合っているんなら、どうにでもなりますよ……」

「そうよね。始めましょうか?……どんなふうにしたらいいの?」

遠回しの言い方が減ってきた分、やりやすくなったが、高田さんらしさが失われていくような気がしてきた。あれほどに憧れ、高嶺の花と思っていた女子大生。ここまで来てしまうと姐さんほどではないものの、ユキのほうがむしろ純心だったようにすら思えてくるから不思議だ。

高田さんは、完全に瑞枝になっていた。斗潮は明瞭に使い分けることにした。諸心塾でのとき、受験勉強の先生のとき、それは〈高田さん〉であり、男と女になったときは〈瑞枝〉なのだと。瑞枝の身体にはブラジャーだけが残っている。そういう女の姿は初めて見た。それだけに煽情的に見え、彼女が娼婦にさえ思われた。

瑞枝の背後に回り、ブラジャーのホックを外した。ハラリと落ちた。そのまま背後から双丘を包んだ。過不足なく掌に納まったそれを優しく揉みしだいた。お下げ髪の襟足に口づけした。耳元に口を近づけ、軽く息を吹きかけた。互いに甘いことばを囁きつつ、ふたりは縺れあって……。

彼女は苦痛と快感に喘ぎ、「ヒュー」とか「アウ」とかいったような言葉にならない音を発しつつ、「フー」とひと息ついて脱力した背を彼に預けてきた。少々、無理をしてしまったかと反省しつつ、斗潮は優しく乳房を揉みながら尋ねた。

「ごめんなさい、瑞枝さん……。ちょっと無理しちゃたみたいです。大丈夫ですか？　傷ついたりしませんでしたか？」

「ええ、大丈夫……。ちょっとびっくりしただけ……。でも、トシ君……さっきの、凄かった。脳にまで達するのかって思っちゃった……わ」

虚脱している彼女の全身を受け止め、なおも乳房を揉みしだきつつ、〈高田さんは、凄い名器の持ち主なのかも知れない〉と思った。そして、それを口に出した。締めつけられた時の快感を。無意識下であったにせよ、あの締めつけは素晴らしいと。

「……そお、トシ君、ありがとう……」

後刻、ひとつの蒲団に並んで眠りについたとき、瑞枝は独白していた。自分で自分のことを余りにも知らなすぎた。せっかくの与えられた利点を知らないでいた。訓練の大切さも知った。何事も勉強なのね……と。

「奥行きは訓練だって分かったわ。でも……締めつけって、意識的にできるのかしら？」

「それも訓練じゃないですかー」

彼女が落ちついた頃合いを見計らって、その向きを変え、座ったまま向き合って交合した。斗潮の胡座の上に瑞枝の白いがやや太めの脚が交差して。心配した内部は大丈夫だったよう。しっかりと抱き合い、接吻して互いを確認しあった。

「後ろからより、私、……このほうが……ずーっといいわ……。だって、トシ君の表情も分かるし、……だいいち、愛し合っているって……実感できるんだもの……」

なおも彼の一物を咥えつつ、夢と現実を綯い混ぜにして、彼の耳元で囁いている瑞枝である。斗潮も同じ意見である。ただ生殖だけを目的とするのであれば、これは他の動物と変わるところはない。犬や馬のようにしたってよい。しかし、人間は生殖のみを目的として交わるのではない。互いの愛を確認しあうには、やはり互いの顔を見つめあった行為のほうが望ましい。

しかし、この体位は大いなる欠点も持っている。ふたりとも下半身が固定されているだけに変化がないのだ。変化のしようがないのである。これだけでは雲の上を漂うことはできても、天国にまで至るのは容易ではない。斗潮はかいつまんで、そう言った。抱擁を緩め、滑らかな撫ぜ肩に両手を添えつつ。

「……そうね……。こうして向き合いながらもいいけれど、言われてみればただ、こうして抱き合ったり、キッスしたり……上半身だけしか動かせないわ……ね。トシ君には物足りないんだ、そうでしょう？」

「……瑞枝さんが、ずーっとこうしていたいっていうんなら……オレは構わない……です。最後の……機会さえ、与えてもらえれば……」

「もう少し、こうしていたいわ。いい？」

とてもついさきほどまで処女だったとは思えない。本質的には〈好き〉な女性《ひと》なのではないだろうかとさえ、思われる。それも初めて知った男にただ溺れるというのでもなさそうな。何か本質を追究したいような、あるいは小説の女主人公を演じたいような、そんなふうにも思われる。

しばらく彼女の意に沿い、好きなようにさせた。顔面を撫ぜたり、耳朶を唇に添えたり、頬と頬を、鼻頭と鼻頭を接触させたり、顎を嘗めたり、小さな乳首を弄んだり。そうかと思えば、また抱きしめ、接吻して。その間も、「ああー」などと音を漏らしたり、「トシ君、好きよ」などと呟いたり。

「ありがとう、トシ君。とってもいい気持ちよ。いつまでも、こうしていたいけど……、でも……もっと楽しまなけりゃ……ねっ！」

段々と貪欲さが表に出てくるよう。

「ねっ、次はどんなことするの？」


雪国の夜は長い。雪は降っているのだろうか。降り積もった雪がすべての音を吸収し、外からの物音は何一つとして聴こえてこない。今、雪に閉じ込められた僅かばかりの空間が、斗潮と瑞枝には全宇宙となっていた。

瑞枝が上になるよう求めた。これなら互いの顔を見つめ合いながらできると。

「ええ、いいわ。でも……どういうふうにしたらいいのか、教えてね……」

そう言いつつ、長いこと咥えていた斗潮のものを、その根元を摘み、自らが擦り下がるようにして空気に晒した。

「……ほんと、トシ君の……長くって立派だわ……」

濡れている砲身を慈しみ愛でるように、掌に包んでいた。

「オレ、仰向けになりますから……。瑞枝さん、自分で入れてください……。その前に……」

枕元に用意しておいた手拭いを引き寄せ、「ちょっと、膝立ちになって……」と求め、彼女の入口付近を拭った。このときは彼女も頬を赤らめてはいたが、〈自分で……〉とは言わず、斗潮のなされるままになっていた。次に、斗潮はサックを取り上げ、それを差し出すような仕種をしつつ、「瑞枝さん、これ……、やってみてください」と告げた。

「ええ、私、やってみたいって思っていたの……」そう言って受け取り、「どうしたらいいの？」と真顔で尋ねた。

「そお、やってみるわ……」

ユキや姐さんのようなわけにはいかない。初めてなんだから仕方がない。一度だけでは巧く装着できず、二度目で合格とした。

「これでいいかしら？」

斗潮は股を拡げ、そこに彼女を招いた。眼でじっと彼のものを凝視し、それから徐ろに中ほどを指先で掴み、自らの入口に導いている。気は急《せ》いているのだろうが、拭ったせいか素直に呑み込めない様子。彼は脚を閉じ、そこに跨せた。股を拡げ、そのうえで指で入口を拡げるよう助言した。片手で斗潮のものを、もう一方の手で自らのものをと。

いくらか抗《あがら》いがあったものの、先端が覗くとあとは磁石に吸い寄せられるように呑み込まれた。「あー」嬌声が早くも漏れた。「あっ、ああー」二度、三度と。再び彼は開脚し、瑞枝を股の中に入れた。そのほうが締まりがいいだろうと判断したのだ。さきほどのような〔締めつけ〕に襲われることを期待して。深く浅く上下運動を、次にはぐるりと回転運動するよう求めた。内壁が刺激を受けるように。「あっ！ あああーっ」上半身を仰反《のけぞ》らし、歓喜の声をあげている。さらに締めつけを要求した。彼女は懸命に締めつけているのだろうが、さきほどのような感触はない。同じことを続けるだけでなく、それらを交互に繰り返すことも注文した。

歓喜が消え、瑞枝の表情が次第に厳しくなっていたが、残念ながらあの締めつけの来襲はない。必殺技を繰り出すことにした。両脚を大きく拡げ、彼女の尻に組んだ。引き寄せつつ、脚を徐々に尻から腰へと擦り上げていった。同時に、たいして形を崩すことなく実っている房を賞玩し、葡萄の粒をふたっつ摘んでから、上半身をやや起こして嘗め、啄《ついば》んだ。

いよいよ山場。腰へと移った両脚を一段と引き寄せ、両腕を瑞枝の腋の下から背に回して抱きしめた。彼女は崩れないよう唇を噛みしめ、悲壮な表情で二倍となった荷重を支えている。微笑む余裕もないようで、ただ嬌声を発して。これで締めつけが来ればよし、こなくとも絶頂に至ることはできる。

そのときであった。「アーン」とも「ウーン」とも名状しがたい気張った音とともに、斗潮のものがあの締めつけに襲われた。「あっ、ああーっ！」ダムの水門を一気に開けたように彼は叫んだ。

「瑞枝ッー！ いい、すっごくいいい！」

「トシ君、私も……よ。ああっー、いい、……いいわっ！　トシ君、好きよ！　大好きっ！」

「オレも、オレも……あぁー」

「ああー、トシくん！」

ふたり同時だった。瑞枝は歓喜の絶頂に雄叫び、仰反るかと思うやバタリと斗潮の胸板に落下した。ハー、ハーと激しい呼吸が密着した乳房を通じて伝わってくる。逆らわないよう彼も瑞枝の呼吸に合わせて息を吐き、吸った。しっかりと抱きしめてやりながら。


「私、……初めてだわ……。人生に、こんな素晴らしいことがあるなんて……、知らなかったわ。トシ君、ありがとう……。教えてもらったわ……」

少し温《ぬる》くなった湯に漬かりながら、高田さんはしみじみとした口調でそう言った。斗潮にとっては素人の女と交合したのは初めての体験である。ユキや葵姐さんとは勝手も異なり、どうしたものかと戸惑ったが、結果としては成功だったよう。いちばん恐れていた陰湿な結果にならなかったようだし。

「オレ、高田さんに勉強、教えてもらっているから……」

「じゃあ、お相子ね。私がトシ君の受験勉強の先生で、トシ君が私のセックスの先生。……でも、セックスだけじゃないわ。トシ君、人生の先生でもあるわよ」

「人生ってのは、ちょっと言い過ぎです。……でも、高田さん、すごくいい生徒です」

「あら、それ、どういう意味？」

これも姐さんからの聞《き》き齧《かじ》りなのだが、客のなかにはすっかり遊女に溺れてしまい、遊びが遊びでなくなる者がいると。商売も仕事も手に付かなくなり、連日連夜、遊廓に通って来、身上を潰してしまうような。これが女の場合はどうなのだろう。いつぞや〈女だっていっしょよ〉と姐さんが言っていたことがあった。さすがに自らの体験とは言わなかったが、初めて交わった男にのめり込むことがあると。厳粛な家庭に育ち、身持ちが堅い女ほどそういう傾向があるのだとも。

「オレ、生意気言うけど、……そのこと、恐れていたんです……」

姐さんが、とはひと言も言わずに。

「うーん、でも分からないわよ。私、トシ君にのめり込んじゃうかも……」

「……。そんなことになると……高田さんのために……」

「高田さんじゃなくって、こうしてふたりだけのときは〈瑞枝〉でしょ。嘘よ。……うーんでも半分は本心かな……。だってさ、トシ君、若いくせにさ、セックス巧いし、男の魅力、持っているんだもの。コノッ、オンナッタラシ！」

そう言うなり、湯船の中で並んでいた裸身を斗潮の正面に変え、抱きつくように接吻を求めてきた。伸ばした脚の上に跨り、半身を密着して。湯の浮力に惑わされずお碗の形を維持している双丘が、彼の胸に張りついた。烈しい接吻である。

分身を丁寧に洗ってもらって湯を出た。僅かな時間ではあるが、こうして彼女も男のものに触れているうちに、その扱いが上手になってきている。

母が来たときのためにもう一組、蒲団があるからとは言ったが、結局はひとつの蒲団に抱き合って寝ようということになった。「寝巻に着替えるから、よかったら私の浴衣を着て寝たら?」と勧められたが、ふたりとも真っ裸で休むことにした。火鉢に炭を補充し、毛布を二重にしてその上に掛蒲団を載せた。

　一本、残っていたビールを雪の中から掘り出し、ふたりで分け合って呑んだ。湯上がりの火照った喉に心地よく流れていった。横向きに向かい合ってひとつ蒲団に裸身を伸ばした。どちらが求めるともなく口づけし、斗潮は乳房を、瑞枝は一物を弄んで。

「ねえ、トシ君、……これからも時々さ、こうしてトシ君と仲良くしたいなあー。いいでしょ?……もちろん、勉強第一だから、そのこと忘れちゃいけないんだけれど……」

「オレ、……いいです。高田さん、憧れの女性《ひと》なんだし……」

「まあ、嬉しいこと、言ってくれるわ。私だって、トシ君は憧れの人よ……」

「でも、高田さん、時間もそうだけど、場所が……」

「瑞枝って言ってよ。……そうね、場所が難しいわよね。まさか塾でってわけにはいかないし、ここだっておばさんたちがいるときは、ちょっと無理だし……しょっちゅう留守するわけでもないんだし。トシ君の家、どうかしら?」

「オレんとこもだめです。ボロ家だし、隣と壁がくっついているから……。近所の眼もあるし……」

「そお?　ユキさんのように神社ってこともできないし……。宿屋さんとか裏山でとか、トシ君、そんなこと言ってたよね……。よかったら、教えて……」

　言葉を交わしながらも、斗潮はときどき双丘をまさぐるだけでなく、谷間に顔を沈めたり、先端の粒を啄んだりしていたのだが、高田さんが真剣に尋ねるし、彼もその気になってきた。……ままよ、まともに答える羽目に。

神社裏の樫の木でのこと、祠の中でのことから始めて隣町の宿屋でのこと、林業試験場の裏山でのこと等々をやや詳しく述懐した。ユキとの楽しかったことを思い出しながら。「うーん」とか「そおなの？」とか相槌を打ちながら彼女は聴いていた。

「いいわねー。ユキさんとトシ君、ほんとうに愛し合っていたんだ……。愛し合うふたりには場所なんて関係なかったのね。羨ましいわ」

「……オレ、どっか場所、探します。冬はだめだけど、温かくなれば……どこか……」

「ありがとう。私も、お小遣い貯めるわ。ふたりで鄙《ひな》びた温泉宿にでも行けるように……ね」

瑞枝に握られていた愚息が成長しだしていたし、もう一戦交えることも可能かと思ったが、彼女もそれ以上、求めてこなかったし、初回からあまり頻繁に回数を重ねるのもいけないのだろうと、そのまま眠りにつくことにした。右手を彼女の首の下に回し、しっかりと抱きしめつつ接吻した。

「おやすみ」

「おやすみなさい」


ユキと手を繋いで歩いている。頭上は満開の桜。小川のせせらぎに浮かぶ花弁を眺め、ユキは微笑んでいる。桜の幹に寄り掛かったユキと口づけした。場面が変わって桜草が一面に咲き乱れる窪地。筵に仰向けに横たわった彼に、胸を露にしたユキが覆い被さり、乳首を口に含ませている。

へああ、懐かしい苺、ユキちゃんのだ。……ん、でも、違う。どこか違う……。これはユキちゃんじゃな

い……。じゃあ、姐さん？　いや、違う……。うーん、それじゃ……いったい、誰……？〉

　目を開けると、至近に豊かに膨らんだ房が。先端の粒が口の中にある。嘗め、吸った。〈ああ、高田さんか……〉乳首を吸いつつ周囲を窺うと、彼女は腹這いになって斗潮に跨り、ふたつの粒を交互に彼の口に咥えさせているのだ。斗潮は両手を背に回して、首筋から腰、尻まで撫ぜてやった。

「あら、起こしちゃった、ごめん。でも……こうしたかったの。どうかしら？　トシ君、私の美味しい？　たんとしゃぶって……」

　片手を房に添え直し、揉みながら乳首を吸い、唇に含んだ。舌も這わせた。ひとしきりそうしたあと、尋ねた。今、何時かと。彼女は半身を起こし、斗潮の腰に尻を下ろして、「六時よ」と。さらに重ねて、

「ねえ、トシ君、……もう一回、どお？　私、もう一度、やりたいなあー。ねえ、お願いだから……」

と、幼子がお強請《ねだり》するようにせがんでいる。〈やっぱり、根は好きなんだ〉

「オレの、そのまんま入りませんか？」

「まだ、だめだわ。トシ君のまだ発育不全だもの……。いいわ、私、大きくしてあげる」

　股間に身を定め、手で扱《しご》きはじめた。口に咥え、舌を這わせた。拙い技巧ながらも懸命さが伝わってくる。顔を上げ、瑞枝の作業ぶりを見つめた。一刻も早く勃起させるために。あの、高田さんが髪を振り乱さんばかりにして分身を咥えて、前後運動している。右手で袋を包み込み、左手は太股付け根をまさぐりながら。〈あの、高田さんが……〉と意識したらみるみる成長していくではないか。

「まあ、大きくなってきたこと。……私、上手になってきたでしょ」

　自画自賛しながら、成長した彼のものを捕捉し、前屈みになって入口に導こうとしている。が、巧くい

かない。斗潮のものはかなりの急角度で彼の顔面を指向しているのだ。彼女はさらに前屈みの度を増し、腰を浮かせて、分身を操縦桿のように手前に引き、なんとか呑み込もうとしている。

斗潮は前屈みになっている瑞枝ごと持ち上げるようにして上半身を起こした。それに比例して分身の角度も変わった。その弾みを巧く利用したのか、偶然だったのか、分身の先端が入口を覗いた。彼女はいささか頬を赤らめ、「うふっ」と含み笑いをしつつも、腰を浮かせて、全身を呑み込もうとしている。

昨夜の一回目と比べれば呑み込む度合いも増したようだが、まだ全身というわけにはいかない。もう何回か繰り返さないとあの秘宝のモリマン感触を味わうことはできないようである。適当な場所を探し出し、回数多く繰り返したいと真剣に思った。半分はユキの秘丘のことを思い浮かべながら。

座ったままでの睦み合いになった。昨夜、彼女が好きと言ってた体位である。

「私、やっぱりこれがいいわ。トシ君の顔が見れるし、お話だってできるんだもの……。なにより、ね、愛し合っているっていう実感が湧くのよ」

最後は斗潮が上になって終りにした。上下左右の壁を抉り、奥の壁も丹念に刺激してやった。唇も何回となく重ね、おっぱいも十二分に揉みしだいた。瑞枝は歓喜を絶叫に託して天国に行った。


朝食に餅を焼いてもらい、行事は終った。外は曇りながら雪は降っていない。一晩だけであったが、久しぶりに外気にあたったような気がした。玄関で別れの接吻をしたあとは〈高田さん〉に戻っていた。

「……トシ君、ありがとう。とてもよかったわ……。でも、私のせいで勉強が疎かになってはいけないわ。勉強とこのこととはきちっと区別しましょ。私も気をつけるから……」

第二十二　土砂降り

やがて二月とともに塾の授業は終った。あとはそれぞれの受験日にあわせ自習することになる。ただ、生徒が受験する高校の最後の受験日までは、教場を開放し、自由に利用できるように計らっていた。諸星先生も毎日、顔を出していたし、学生講師たちも時間の許す限り来てもらっていた。高田さんも週に二、三回、自分の授業やゼミがないときは来てくれていた。

高校の入試が開始された。多くの生徒は伝統ある県立の進学校を第一希望としているので、この日が山場である。浪人生である彼らのこと、試験日が近づくにつれ自宅にいることは不安になるのだろう。県外に所在する高校を受験する一部の生徒を除いて、大半は試験日直前まで塾に来ていた。

講師の学生たちも自分たちの期末試験が終った者から、順次、塾に詰めてくれるようになり、さらに諸星先生と懇意にしている現職の高校教師や塾の卒業生なども励ましに来ていた。そんなことでこの期間、斗潮もなにかと忙しく、高田さんとも顔を合わせる機会は多いものの、ろくに言葉を交わすことすらできなかった。

ようやく落ちついてきたのは県立高校の入試が終ってからである。大半の生徒は希望が叶い、合格発表とともに次々と塾に嬉しい報告に来ていた。残念ながら第一希望を達成できなかった生徒もいたが、逐次、私立などに合格が決まり、三月中旬には塾もすっかりと寂しくなっていた。

そんなある日の午後、斗潮は高田さんに誘われて例の喫茶店に行った。塾も諸星先生の好意で平日の半日勤務とされていたときである。道路の雪はおおかた融けて路面は露出し、道の両端に積み上げられた雪も春の淡い陽差しを受け、きらきらと輝きながら融けだしていた。今年も南のほうから桜の便りが届きだしている。

店にはひとり客がいた。馴染みらしく店のおばさんと話し合っており、高田さんは会釈して以前来たときと同じ窓際に席を定めた。ややあって、おばさんは注文を聴きに。

「いらっしゃい。瑞枝ちゃん、今日も素敵なボーイフレンドと一緒ね。何になさる?」

「あら、おばさん、彼、ボーイフレンドに見えます。嬉しいわ。年下のハンサムがボーイフレンドっていうのも悪くないわ。さて、何にしようかな。私はっと、コーヒーとチーズケーキいただくわ。トシ君、コーヒー、だめなのよね。何にする?」

「オレ、コーヒー、挑戦します。……コーヒーのお相手もできないいんじゃ、高田さんのボーイフレンドとして、失格でしょうから……」

「あら、お熱いこと。素敵なボーイフレンドになれそうね、トシ君、でしたっけ? ところでトシ君、ケーキはいかがかしら?」

「……オレ、甘いもの、あんまり好きじゃないんです……。何かお腹いっぱいになるものないですか?」

「おやおや、甘いもの、嫌いって言うから一人前の男性かと思ったら、あとがね……。瑞枝さん、お腹いっぱいになるものですって……。何がいいかしら?」

「そうねー、トシ君のリクエストに応えるには……、おばさん、今日はホットドッグできるかしら? だめなら、トーストにしたらどう? ね、トシ君、いいでしょ?」

「分からないから……、オレ、高田さんに任せます……」

「ホットドッグ、二人前だけ残っているわ。じゃあ、それでいいわね？」

おばさんはもうひとりの客と楽しそうに会話しながら、注文の品を整えているよう。出されるまでに多少、時間がかかった。それまでは、高田さんは勉強のことだけ。なかなか斗潮が理解できないでいる英語の直接話法と間接話法の変換について、例文をあげながら説明してくれていた。

「まあ、熱心だこと。お勉強のお邪魔しちゃいけないわね。ご注文、こちらに置いておきますから、ごゆっくり」

その後もしばらく構文のことや時制のことなど教えてくれたあと、「さあ、勉強はこれくらいにして……、ねえ、トシ君、相談があるのよ。おばさんに知れるとまずいから、小さな声にしましょう。実はね、私、臨時収入があったの」と。

そう言って彼女は、鞄の中からいくつかの紙片を取り出した。印刷されたものと、手書きのものとが混在していたが、いずれも温泉地の案内にかかるもののよう。

「ね、春休み中に温泉に行こう。こんなかから選んでさっ」

「……いいですけど、お金、大丈夫なんですか？　臨時収入って、それ遣ってもいいんですか？」

数か月分の奨学金がまとめて支給されたのと、ゼミの指導教官に頼まれて翻訳したアルバイト代が入ったのだという。大切なお金を温泉行などに費消していいのかとなおも問うたのだが、彼女は一貫して「いいのよ」である。大学の授業とは別の、大切なことを学ぶ授業料なのだからと。

一応、どこがいいかと相談を持ちかけられたものの、彼女はすでに決めていたらしく、「ここにしましょう」という所に決まった。ただ、内心、心配したのは示された候補地の中に、大晦日から元日にかけて姐さんと行った温泉が含まれていることだった。そこだけは絶対にまずい。もし、そこを彼女が指定したら困るなと思っていたが、幸いに他の温泉地であり、事なきを得た。

そこは名もない一軒宿の鄙《ひな》びた湯治場だという。遠く海が望める風光明媚な地であるが、交通の便が悪いため、地元の農民たちが湯治に使う程度なのだという。しかも冬季は閉鎖されており、つい先日に開業したばかりなのだと。食事も原則は自炊。食材と燃料は提供してくれるが、蒲団の上げ下げを含めて自分たちでやらなければならないのだと。もっとも事前にたのんでおけば食事も提供してくれるとのことだが。

「私の小遣いじゃ、その程度。どお？　トシ君、イヤ？」

我儘は言えない。確かに大学生が工面できる金員には限りがあるだろう。財布と相談しながら、あれこれ考えて決めたのだろうから素直に従うよりない。彼は一銭も負担しないのだし。

春休みには帰省しなければならないという彼女の都合で、三月中の土日とし、落ち合う場所と時間をメモしたものを斗潮は受け取った。

「じゃあ、きっとよ。きっと行きましょう。そうそう、山道、登るから靴、しっかりしたものにしてね。それから夜はまだ寒いから着るものも、セーター一枚くらいは余分に、ねッ……それじゃ、テーブルの下で指切りげんまんしましょう」

山登り用の靴などないのに困ったなあと思いつつ、荒家《あばらや》に戻って驚いた。葵姐さんから手紙が来ていたのだ。桜の頃、一緒に出掛ける約束をしていたことを思い出した。いつぞやの宿帳のときと同じように誤字は少ないものの、およそ女らしくない堂々とした文字である。こんなことが書かれていた。

結城楼は料亭に転業するために改築に入った。今は、別の料亭で仲居の見習い修業中。例の約束の件、四月早々に実行したいのだが、そのための相談をしたい。訪ねて行きたいのだが、もしそれがだめなのなら、面倒でも来てほしい。いついつまでに返答がなければ、彼女のほうが斗潮を訪ねる。来てくれるのなら、次のいずれかの日時にしてほしい。

そんな文面のあとに、都合がいいという日時がいくつか書かれ、さらに来てほしいという場所の地図が添えてあった。見習い修業中の店の従業員宿舎だと書かれていた。

〈そうだ、姐さんに山登り用の靴、強請《ねだ》ろう〉厭らしいことが頭に浮かんだ。〈それじゃ、情婦のヒモじゃないか〉自身を卑下する言葉が浮かんだ。〈強請るのはやめよう。きっと黙っていたって小遣いはくれるだろう。自発的に姐さんがくれるという小遣いなら貰ってもいいじゃないか。くれなけりゃ、それはそれまでのこと〉返事を書いた。封書にし、差出人名は〈トシオ〉と苗字を省き、片仮名にした。

そこは街の中心部をやや外れた料亭などが並ぶ、昼は比較的静かな一角の、そのまた外れにあった。指定の日時には夜もあったが、〈泊まっていって……〉などと言われるのも面倒なので、お昼前にした。

春の嵐のように風雨の強い日だった。朝から夕刻のように暗かった。街の中心部にはもう雪はほとんどなかったが、ひとつふたつ路地を入ると、そこにはまだ道の両側に塊となって残っていた。尋ね当てるのに難渋した。姐さんの描いた地図が必ずしも正確ではなく、こんな天候ゆえ道行く人とてない。

ようよう「○○亭　従業員宿舎」という小さな表札を見つけだしたときには、傘も役に立たないくらいに、全身ずぶ濡れになっていた。「こんにちは」とひと声掛けると、待っていたとばかりに姐さんが玄関に現れた。

「まあ、トシちゃん、いらっしゃい。まあまあこんなにずぶ濡れになって……。さあ、こっちに来て……」

予測していたのだろう。持っていたタオルで全身を拭ってくれた。

「さあ、お入りなさい。風邪をひいちゃうわ」

玄関から真っすぐに廊下が伸び、その左右に部屋が配置されているよう。すぐ右側には階段があり、二階にも部屋があることを示していた。姐さんの部屋は一階のすぐ左側だった。手書きで「高橋」と書かれた紙片が貼ってあった。個室だというが、内部は六畳に半畳程度の押入れと小さな台所だけ。便所と風呂は共用だという。

「狭いでしょ。さあ、お部屋、温かくしておいたから、濡れた服、脱いでちょうだい」

火鉢には赤々と炭火が燃え、隅には炬燵が置かれていた。手際よく姐さんは斗潮の服を脱がせ、真っ裸にした。用意された新品のタオルで頭から爪先まで全身を拭いてくれた。特に、一物にはタオルを持ち替え、

「まあ、可哀相に……。トシちゃんの、すっかりと萎《しぼ》んでいるわ……」

と丁寧に拭い、さらに口からハアーと息を吹き掛け、口に咥えて温めてくれた。

「トシちゃんにって、柄パンだけは買っておいたの。でも、それ以外の下着や服はないわ。私ので我慢して……」

包装紙にくるまれた柄パンを取り出し、履かせてくれた。箪笥から襦袢と腰巻き、押入れから綿入れを

出した。襦袢は着せてもらったが、さすがに腰巻きは断った。綿入れがあれば腰巻きなどいらない。それでも姐さんは心配そうに
「風邪、引かないように、おこたに入ってて……」

と言ってくれた。

斗潮の世話が終ると、今度は彼が着ていた上着とズボンを室内に張った紐に干し、「ちょっと待っていてね」と台所でなにやらしている。ほどなく片手鍋と湯飲茶碗を持ってきてそれを炬燵の上の置き、茶碗に鍋のものを注いでから、

「私、トシちゃんの下着、洗ってくるから、それ呑んで待っていて……」

と、濡れた彼の下着を胸に抱えて室外へ出ていった。茶碗の中身は熱い甘酒だった。冷えた身体には何よりの御馳走である。

それにしても今日、行くとは言っておいたが、こんな土砂降りになるかどうかは分からないだろうに、なんと手際のよいことかと、いまさらながら感心したものである。間もなく、洗いおわった下着を持って戻り、これもまた室内の紐に干していた。

「帰るまでに乾くといいんだけれど……」

火鉢に炭を補充しつつ、こうも言った。見習いの身であり、いずれ結城楼に戻る身なのだからしかたないが、ここはいかにも狭い。物入れも少ないし、台所も狭く、便所も風呂もない。遊女のときと比べ稼ぎも少ないのだから止むを得ないのだが――と。

「でも、相部屋でないだけましかな」

お昼を御馳走になった。店屋物のカツ丼と天丼。斗潮が来る前に配達されたらしく、それを金桶に湯を張って温めておいたのだという。三つの丼があったが、うち二つが斗潮の胃袋に納まった。

「トシちゃんの食べっぷり、いつ見ても気持ちいいわ」

姐さんは、眼を細めて眺めていた。

この日の姐さんは上機嫌であった。結城楼の閉店間際、贔屓の客が大勢来てくれ、多大な心付けを貰ったのだそう。ついでに店の借金もほぼ返したとも言っていた。しかも残りは、料亭に転業したあとも仲居として勤めることを条件に棒引きしてもらったのだと。

「退職金代わりだって。女将《おかみ》も太っ腹のとこあるわ。ねえ、トシちゃん、そういうことで、私、晴れて借金のない身になったし、遊女でもなくなったの。私たちの世界じゃ、これって、すごくおめでたいことなのよ。女将も祝杯を挙げてくれたわ。でさ、トシちゃんにもね、お祝いしてほしいんだけど、どうかしら?」

「そうなんですか、それはおめでとうございます。オレ、そういうこと知らないものだから……」

「知らなくって当たり前よ。で、お祝いしてくれる?」

「……オレ、金ないし……どうすれば……」

「トシちゃんからお金や物を貰おうなんて……思ってないわ。……欲しいのは、……トシちゃんよ、……トシちゃんのよ。ほしいわ……」

「ここでですか?」

「ええ、この宿舎、安普請だけど、幸いにお隣さん、今日は仕事に出ていていないのよ。私も、大きな声、出さないように……するから、ねっ、いいでしょ？」

了解するよりない。姐さんは火鉢にさらに炭を焼《く》べ、沸騰している鉄瓶の湯をふたつの湯湯婆《ゆたんぽ》に入れた。鉄瓶にまた水を補充して火鉢に載せ、押入れから蒲団を出して敷いた。どれもこれも手際がよい。

「トシちゃん、風邪引くといけないから、蒲団の中に入ってやりましょ。半チャンでいいわ。その代わり、この次のときは眠らせないわよ、いいこと」

〔半チャン〕というのは結城楼の隠語で、時間のない客のため短時間で済ませることを言うのだそう。

姐さんは先に着物を脱ぎだした。一枚、一枚剥がされていく様を見て、〈やっぱり、着物のほうがいいなあ〉などと、高田さんのことを思い出しつつ、姐さんの風情ある脱衣に見とれていた。裸体そのもののどこをとってもユキには及ばないし、若さの点からみて高田さんにも及ばないだろう。しかし、脱衣の様、ひとつをとってもそれが絵になるのだから凄い。経験の差なんだろうが。

生れたままの姿になると、姐さんは斗潮を招き寄せ、綿入れから柄パンまで手際よく脱がせて蒲団の中へ招じ入れた。仰向けになるよう指示され、彼女は潜り込んで直ちに舌技の開始。萎えた一物を丁寧に扱いながらも、絶妙な技を繰りだしている。寒さに震えていた彼のものは間もなく元気になった。

のそのそといった感じで蒲団から顔を出し、にっこりと微笑んで本番に移行である。まだ完全には成長しきっていないのに、いとも簡単に分身は囚《とら》われの身となった。素早くってそつがない。たいして身体を動かしているのでもないのに、内部でさまざまな策を企てている。締められ、擦られ、そのつど、愚息は歓喜に身震いしている。

彼も応戦した。壁を抉り、最奥部を突いた。姐さんは唇を噛みしめて声を漏らさないよう必死で耐えている。それでも、時折は押し殺した声で「ああっー」とか「トシちゃん、いいわー」などと漏らしてはいるのだが。

下からおっぱいをまさぐり、乳首に吸いつき、両脚で彼女を引きつけて終った。ふたり同時に「あっ、あぁー」と満足な、しかし忍んだ音を出して。姐さんは彼の胸板に顔を埋め、荒い息づかいをしながら
「あぁー、よかったわ……」

と呟きつつ、その手は彼のどこかを摩っている。彼も頭髪を摩り、背を撫ぜていた。

やがて、半身を起こして呑み込んでいたものを解放し、これまた手際よくサックを抜き取り、手拭いで一物を拭ってくれている。すると彼女は蒲団から出、きちんと掛け直すや自分の箇所を拭ってから、再び斗潮の隣に横になった。

「いつやってもトシちゃんが一番だわ……。どうしてこんなにもいいのかしら……？　トシちゃん、どうだった？　たくさん出ていたから……きっとよかったのよねっ。うふっ」

商売女だったとはいえ、一つひとつの仕種、一つひとつの物言いがいかにも様になってい、男心を唆《そそ》る。感心せざるをえない。横向きのまま姐さんは彼を抱きしめてきた。胸の谷間に顔を沈め、抱かれていた。

「いつまでもこうしていたいわ……。トシちゃん……」

「姐さん……」顔面でおっぱいを撫ぜ回し、乳首を吸って終りにした。

姐さんが洗ってくれた下着はまだ生乾きだった。

「こんなのトシちゃんに着せられないわ。風邪引いたら困るもの……」

そんなことを独白したかとみるや、ちょっと出てくるから待っていろという。近くに洋品店があるから、そこで下着を買ってくるのだという。〈そこまでしなくとも〉と思ったものの、言いだしたら利かないのも姐さんの質。

「これ、呑んでて……」と台所からビール瓶とコップを持ち出し、それを炬燵の上に置いて室外へと消えた。

「雨、やみそうよ。小降りになってきたわ」そう言いながら、じきに戻ってきた。

「とりあえずだから我慢してね。いいもの、なかったのよ」

斗潮の気に入りの縦縞模様の柄パン、木綿の肌着が二枚ずつ。カッターシャツに編み目の粗いセーター、それに丈夫そうなズボンを抱えて。姐さんは斗潮に着せてやりながら、

「うん、寸法は間違いないわ。でも、このシャツ、色物にすればよかったかな……。セーターはよく似合うわ」

などと呟いている。短時間で、よくこれだけ揃えられたもの。着てきたものは預かっておくという。二枚買った肌着など、一枚は持ち帰るのに便利なよう風呂敷に包んでいた。

改めて、さっき決めた花見の日時や場所を念を押すように告げられて。

「オレ、帰ります。ありがとうございました」

「ありがとうは私よ。雨のなか、トシちゃん、来てくれて、ほんとうにありがとう」

「じゃあー」

「忘れ物よ、トシちゃん。トシちゃんは私に口づけを、私はトシちゃんにお小遣いを。ほんと、忘れるとこだったわ。はい、これ……」

あらかじめ用意していたのだろう。箪笥の小引出しから懐紙に包んだものを取り出し、渡そうとしている。

「いいですよ、服、買ってもらったし……」

「なによ、貰ってよ。あげたいいんだから……。私の、楽しみなんだから……さ。その代わり口づけしてね、お願いだから……」

とても口づけなどという生易しいものではなく、舌を絡め合った烈しい接吻であった。

「じゃあ、姐さん、……ありがとう……」

「さようなら、トシちゃん」

雨はあがっていた。

「ちょっと待って……。私としたことが、うっかりしてたわ。下駄よ、トシちゃんの。鼻緒が濡れたままだったわ。どうしよう……」

胸から懐紙を出し、それで鼻緒を拭きつつ。

「いいですよ。拭いてもらったから……大丈夫です」

見えなくなるまで、姐さんは見送っていた。

帰途、運動具店に寄って、山登り用の靴を買うことを忘れなかった。ついでに小さなリュックサックも。

貰った小遣いは、三分の二ほどがなくなっただけである。

第二十三　山の湯治場

高田さんとの約束の日がきた。早い時刻に到着したいからと、正午前に列車に乗ることになっていた。知った顔に合う恐れもあったが、こそこそするのはやめようということにしていた。受験勉強の合宿を装い、そのため参考書なども数冊持参することにしていた。ただ、その街の主要駅ではなく、急行は止まらない隣の小さな駅で落ち合うよう、いささかの配慮はしていたが。

桜にはまだ早かったが、花冷えのする曇天だった。買ったばかりの新品の靴がまだ足に馴染んでいなかったが、乗合バス代を浮かすため、その小駅まで時間をかけて歩いていった。ズボンもシャツも先日の土砂降りの日に姐さんから買ってもらったもの。ジャンパーだけが以前からのものである。これとて姐さんからの小遣いで調達したものであったが。

予定の時刻よりも早く着いた。高田さんの姿はまだ見えず、駅の待合室にも数人の人たちが見えるだけ。昼近くの小駅は長閑《のどか》で閑散としていた。やがて駅前広場に乗合バスが到着、四、五人の乗客とともに高田さんが降りてきた。

あとで聞いて知ったのだが、チロリアンハットというフェルト帽を頭に載せ、これまた聞いて知ったニッカーポッカーというズボンを履き、格子模様の厚手のシャツ、背にはリュックサック姿であった。どこか名のある高山にでも登るかといった出立ちである。

斗潮の姿を認めると手を振りながら、「トシ君、待った？」と急ぎ足で近寄ってくる。列車の発車にはまだ間があるというのに。「オレも、さっき来たばかりです」と。

ほどなく列車がプラットホームに入ってきた。風向きの関係か、駅舎の方に向かってもうもうと煙を吐き出しながら。車内は空いていて、向かい合って座った。早速に高田さんはリュックサックからお握りを取り出し、

「私が拵えたのよ。食べてちょうだい」

と勧めてくれた。肩掛けの紐を外して水筒も取り出し、小さな金属製の器に茶も注いでくれた。

「これは梅干しで、こっちはシャケよ。どっちがいい？」

握り飯の具は梅干しに決まっていると思い込んでいる彼にとって、鮭というのは初耳であった。

「あら、知らなかった？　美味しいわよ。どうぞ、二個でも三個でも、召し上がって」

美味《うま》かった、これならおかずなどいらない。今朝、早起きし、鮭を焼き、ご飯を炊いたのだという。

「握り方はおばさんに教わったんだけれど……」

鮭を二個、梅干しを一個、平らげた。

高田さん手作りのお握りが終っても、鈍行列車にはまだ一時間くらい乗らなければならない。隣り合わせに座り直し、漢字の、続いて英単語の勉強をした。歴史上の人物名を言われ、どういう人物かを答えた。

やがて列車は海辺のはずなのに山間のような小さな下車駅に停車した。降りたのはふたりだけ。三方を山に囲まれ、僅かに駅の周辺だけが平地のような所だった。高田さんは地図を拡げ、「こっちの方だわ」

と、休む気配もなく、歩きだした。「一時間半くらい歩くんだから……。元気だして行こう」と。

町並みはすぐになくなり、谷川に沿って緩やかな登り道を歩いた。クイズ形式に彼女が出題し、斗潮が答えながら。半時間ほど歩いたろうか、高田さんは地図を眺め、「この辺のはずだけどなあー。トシ君、道端に標識ないかしら?」ときょろきょろ。「これですか?」かなり朽ちた木製の道標があった。

「そう、これだわ。ここの分岐点が要注意なのよ。さあ、あとは道なりに登って行けばいいんだわ。行きましょう」

道幅はふたりが並んで歩けるほど。あまり通る人もないのか、道の真ん中にも雑草が生えている。高田さんは斗潮の手をとって握った。しばらくはだらだら坂だった。彼女は「オー、牧場はみどり……」などと口ずさんでいたが、次第に急坂となっている。薄日も射してきた。

「ここからは急な登りになるよ。がんばろう」

そう言った高田さんのほうが先にへばってきた。ハアハアと息づかいが荒くなり、「ちょっと休憩しよう」となってしまった。倒木に腰を下ろし、水筒のお茶を喉に流し込んでいる。斗潮はほどよい枝を見つけ、小枝を手で取り払って杖状にした。ナイフでもあればもっと恰好よくできるのにと呟きつつ渡そうとすると、持っているという。リュックサックから取り出されたナイフを借りて使い、綺麗に枝を払い、握りの部分を削って持ちやすいようにしてやった。

「トシ君、意外に器用なのね。知らなかったわ」

「だって、オレの死んだ親父、家具職人だったんです。親父と比べれば不器用だって、お袋にはさんざん言われたけれど……」

「ふーん、そうだったの。でもさすがに男ね、トシ君、頼もしいわ」

高校生の頃、憧れていた同級生の男子が山岳部だったことから、彼女も入部し、それなりに山歩きもし、多少の自信があったのだそうだ。

「でも、もう歳だわ。この程度で息切れするなんて……」

さらに急坂が続いていた。斗潮は先に立って高田さんの手を引っ張り、あるいは後ろから尻を押して登った。ようやくなだらかな所に至って、疲れがいっぺんに吹き飛んだ。遠く海が見えるのである。朝の曇天が嘘のように晴れ渡り、微かに佐渡島が見えている。

「わあ、素敵だこと！　素晴らしい眺めだわー」

こんな山の中腹に湯治場なんてあるんだろうか。背後にはさらに山並が連なっている。麓には温泉場がないのに、どうしてこんなところに、などと訝《いぶか》っていたが、じきに湯煙が見えてきた。その宿は、風を避けるためだろうか、窪地に建てられていたのだ。

「こんにちわ」

「いらっしゃいませ」

彼女は予約した高田であることを名乗り、すぐに絶景を褒めたたえた。宿の老主人も、苦労して登ってくる人だけに与えられる眺めです、などと応じている。しかもにわかに晴天に恵まれるなんて、よほど運がいいとも。そんな会話ですっかりとその老人も高田さんに好感を抱いたよう。宿帳に高田さんが記入しおわるのを見、「ああ、ご姉弟ですか？」と言った。

「ねえ、トシ君、どお？　来てよかったかしら？　寂しいところだけど……」

「よかったです、オレ。……高田、いえ、瑞枝さんが喜ぶのを見るだけでも、オレ、来てよかった……」

「まあ、嬉しいこと、言ってくれるわ。ほら、私、ロマンチストの感激屋さんだから、さっきの陽の沈むとことか満点の星空を見るとすぐに興奮しちゃうのよ。いつまで経っても少女なのよ。ちょっとしたことで、胸膨らませて、ねっ」

「そうすると、瑞枝さんのおっぱい、いつもより膨らんでいるんですか？」

「まあ、トシ君ったら……。でも、大きくなっているといいわね。見てみる？」

「うん、きっと感激がいっぱい詰まって、大きくなっていますよ」

「嫌よ、冗談なんだから……、本気にしちゃ……」

　高田さんは頬を赤らめ、そう言いつつも半纏を脱ぎ、浴衣の襟を拡げようとしている。斗潮は炬燵から出、手を差し伸ばして浴衣を肩から擦り下ろした。双丘はブラジャーに覆われていた。抱きつき、背に手を回してホックを外し、肩紐も外した。支えのなくなったブラジャーを彼女は両手で押さえている。

「……うふっ、さあ、取るわよ。見てのお楽しみ……」

「東西、東西。本邦、初公開にございますっ！」

「嘘よ、初公開ってことはないわよ。前にさんざん見たくせに……」

　パッと手を放し、万歳した。ブラジャーはパラリと落ちた。万歳した分、お碗がいくらか崩れ、やや楕円形に上方に吊り上がっている。手を下ろし、ブラジャーを脇に退けてから、彼女、「どうかしら？」と。再び形よくお碗の型に納まっている。

「うん、少し大きくなっているみたい……」

「まあ、ほんとかしら？……これからトシ君に揉《も》まれて、それから大きくなるんだわ。ね、そうでしょ？」

「……それじゃ、お言葉に甘えて、揉ませていただきます」

胡座のまま躙り寄り、両脚を拡げて、斜めに脚を崩している彼女を挟んで接近した。右手で左の、左手で右の房を下から支え、

「うん、少し重くなったかな？」

と、次には両手で両房を包み込み、

「一寸ほど、大きくなっているかな？」

と、もっともらしい表情と口ぶりで。

「うーん、嘘ばっかり」

そう言って両手を彼の首に巻き付け、接吻を求めてきた。こういうときの瑞枝は少女のように愛おしい。迎え入れ、抱きしめて応じた。紅潮しているのか裸の背が温かい。背を余すとこなく摩りながら、口づけを重ねた。

瑞枝はとろんとした眼になり、「ねえ、トシ君も脱ごうよ。私、脱がせてあげる」と、言葉が終らないうちに半纏の結び目を解き、それを剥ぎ取った。帯も解き、浴衣を剥いだ。胸板に掌を添えてまさぐり、小さな乳首を指で摘みながら顔を胸に沈めている。

「ああ、いいわー。こうしていると幸せね。トシ君の広い胸、海のようだわ、なんでも包み込んでくれるような……」

「瑞枝さん、寒くない？」

「ええ、あったかい海の中にいるわ……」

意味不明であったが、室内は十分に温まっている。全裸になっても大丈夫だろうと斗潮は判断した。抱きつかれたまま手を下方に伸ばし、彼女の帯を解いた。下腹部を撫ぜ、パンティーの下に手を滑らせた。淡く薄い繁みに触れた。さらに中指を一本だけ割れ目に添えると、そこはそこだけで呼吸しているのが知れた。

「ああー、いいわ。私、蝶々だわ……幸せ……よ」

胸に沈んでいる顎を摘み、持ち上げて、口づけした。そのまま胴を持ち上げ、立ち上がるよう促した。素直に従っている。絡んだ浴衣を剥ぎ、パンティーに指を掛けた。彼女はやや前屈みとなって斗潮の頭を摩り、耳朶をまさぐっている。ゆっくりと白い布切れを足元へと下げた。

眺めるそこは、こんもりと盛り上がった丘に疎《まばら》となった繁みが窺える。腰を支えて直立させた。繁みに頬を添えて擦った。草の感触は薄く、なだらかに傾斜しつつも盛り上がった丘は心地よく頬に当たっている。

弾力ある尻を摩りながら、位置を確かめ、舌を裂け目に添えた。そこはすでに泉となって湧き出、一定間隔で呼吸している。ぐるりを嘗め、舌先を差し入れた。入口内部の浅い周囲に舌を這わせ、中央の突起を刺激した。瑞枝は「ああっー」と言って身悶えしている。しっかりと腰を支え直し、奥へと舌を滑り込ませ、届く限りの範囲をあまねく丁寧に抉った。

「ああ、ああっー、いい、いいわ……。トシくん……！」

攻守所を変えた。瑞枝が膝立ちとなり、斗潮は立ち上がった。やや鎮静化したものの、彼女の内面は激しく燃えている。〔高田さん〕らしくもなく、せっかちに柄パンを擦り下げ、待ちきれないといった風に一物を咥えにきた。柄のついた飴をしゃぶるように咥え、舌を這わせている。全身を呑み込もうとし、噎《む》せている。優しく背を撫ぜ、「ゆっくりね」と宥《なだ》めもした。

気を取り直して、こんどは脇からハモニカにしている。斗潮はゆっくりと膝を折って膝立ちとなり、彼女に仰向けとなって袋を嘗めるよう要求した。一瞬「？」だった瑞枝だが、すぐに理解し、彼に背を向けて正座し、反り返った。斗潮は彼女の後頭部を支え、彼女は両手を彼の両太股に巻いた。

袋の背後を舌で嘗め、前方へと這わせ、ついには顔中口にして袋全体を呑み込もうとしている。姐さんから教わった技である。〈高田さん〉には無理かと思いつつも、庭球など運動好きな彼女のこと、身体も撓《しな》やかなのではないだろうかと勝手に想像し、求めたのだが、見事に希望を叶えてくれた。快感である。感じるのだ。目に映る双丘もいい。地平線に双子の山が聳えているようで。

思わず彼も「ああー、いいっ、瑞枝、すごっくいい……！」と、叫んだ。それが促進剤となったのか、彼女はさらにその姿勢で砲身を咥えようとしている。これはさすがに無理。求めて砲身下の縫い目に舌を這わせてもらった。電流が脳に迸《ほとばし》り、全身が痙攣するほどの快感を味わった。

瑞枝の後頭部を持ち上げてその態勢を整えてから、斗潮はへたり込んでしまった。これほどに瑞枝の身体が撓やかなことにも驚いたし、嫌がりもせずに応じてくれたことも嬉しかった。正直に斗潮はそのことを彼女に告げた。

「そお、私も捨てたもんじゃないでしょう。ちょっときつかったけど、……でも、私も嬉しいわ。それほどまでに、トシ君が感激してくれたなんて……」

一回目は瑞枝が好きという座位にした。向き合い、抱き合って。運動が制限されることから時間はかかったが、ふたりとも昇天した。彼女の尻を持ち上げるように回転させ、自らも躄《いざ》るようにして。果てたあとも長いこと、そのままふたりは抱き合っていた。

「……いいわね。こうしているときが最高の幸せだわ……。トシ君、私、とっても幸せよ」

「瑞枝さん、オレも……。すっごく、幸せ……！」

「トシくーん、好きよ、とっても好きよ」

唇が重ねられ、寸分の隙間もなくふたりは密着していた。いつ終るとも知れずに。

腕を組みながら湯に向かった。伸ばした脚の付け根に瑞枝の尻を載せ乳房を両手で包んで、湯に漬かった。さっき果てたと同じように抱き合いもした。温い湯の中でじーっとそうしていた。ふたりとも言葉はなく、肌を触れ合いながら余韻に浸っていたのである。

湯から上ってのその回は、斗潮が上になる形で終った。瑞枝も顔を歪めるほどに歓喜して脱力した。彼も存分に満足した。終ったあとは、横向きになって抱きあい、睦言を重ねた。

「いいわね……、何回やっても……。そのたびに天国へ行けるんだもの……。天使さんたちと仲良くなれそうだわ」

「……オレも、すごくいい気持ちです」

「ところで、トシ君。私の……奥行き、少しは深くなっているのかしら？　どお？」

残念ながら天賦の秘丘にはまだ接触できていない。しかし、彼女に言われるまでもなく、回数を重ねるつど、分身は深く呑み込まれているようである。

「段々、深くなっていますから、もう少しです」

「そお、この旅が済んだあとも、トシ君、ときどき、お願いね。……きっとよ」

「瑞枝さん、どうします？　今夜はこれで打ち止めにします？　それとも、もう一回？」

「そうね……、あと一回だけでなく、二回、三回も、一晩中でもトシ君と睦み合っていたい気分よ。……まあ、それは無理だけど、どうかしら……、もうワン・ラウンド？……その前に、もう一度、お風呂に入ってこようか？」

彼女も〔好きな人〕である。手を携えて、三たび湯に行った。宿の中は深閑として、もの音ひとつ聞こえない。廊下の灯《あかり》はほとんど消えてい、僅かに点々と間隔を置いて非常灯が灯っているだけ。湯殿も消灯されていた。瑞枝は「怖いわ」と、ひときわ強く、斗潮に腕を絡ませていた。

灯を点《つ》けて脱衣した。部屋の中が温かいのと、もう一戦を交えることからふたりとも簡易な着衣であった。斗潮は下着なしの浴衣だけ。瑞枝もやっぱり下着はつけていず、浴衣の上に半纏を羽織っていた。

湯に漬かる前に、さきほど戦闘を終えた今夜の主役部分を互いに洗いあい、湯を掛け合って、沈んだ。

ぴったりとくっつきあって並び、斗潮は乳房を中心にして瑞枝の肌のあちこちに触れ、瑞枝は瑞枝で今はすっかりと萎えている一物を弄んでいた。

「男って不便な動物ね。だって、続けてできないんだもの……。一回、発射すると元気回復まで時間がかかるんだものね……。昔の火縄銃だわ」

「そりゃ、しかたないですよ。神様がそういうふうにしたんだもの……」

「ところでね、トシ君、……セックスプレーのことなんだけど……、私とやっていること、それ、みんなユキさんから修得したの？　ずいぶん、いろんなこと、知っているんだもの……」

「遊女っていってもユキちゃんもそんなに経験なかったし……。ユキちゃんには、先生がいたんです。見習い修業中から、実際に客の相手をするようになってからでも……。〈姐さん〉って呼んでましたけど、もうベテランって言うんですか、経験豊富な……」

間違っても〈姐さんから直接〉とは言えない。

「うーん、どの世界でも研修とか修業ってあるのね。その姐さんって方からユキさん、いろいろ教わって、それをお客さんだけでなく、トシ君にも試していたんだ」

「うん。でも、ユキちゃんのいた店《たな》、もう法律ができて廃業したけど、そこは修業が厳しいって言っていた。オレ、ほかの店のこと、知らないけど、そこは行儀作法も躾《しつけ》られていたし、性病の知識だとか、男の心理みたいなことも教えられていたって、ユキちゃん、そんなこと言ってました」

「そお、格式のあるお店だったんだ。ただ、技術面だけじゃなかったのね」

「そうです。お客も、だからお金持ちがほとんどだって。商店や工場の主人だとか、会社の重役や部長なんか。役所でも偉い人で、学校なんかだと校長や教頭先生くらいでないと……」

「えっ、校長先生や教頭先生まで、お客にいたの？」

「……ユキちゃん、学校と医者の先生、それとお役人が一番、助平だって言ってたなあ。それに裁判官や検事さんなんかも助平だって。〈遊ぶ〉っていうより、なんか決められた〈ノルマをこなす〉っていうような。それにお金払ってるって意識が強くって、遊女をまるで奴隷みたいに扱ったり、偏見をもつのも、役人や先生たちだって、そんなことも言ってましたよ」

「うーん、そういう意味じゃ、私も反省しなければいけないわ。心のどこかで差別意識があったもの……。自分の身体を商売道具にするなんて……って」

一般的にはそうなんだろう。決して〔高田さん〕を非難することはできない。でも、ユキのこと、言えないけれど葵姐さんも含めて、弁解したかった。いい加減な女などではなかったことを。足だけを湯に残し、二人は浴槽の縁に腰をおろして並んでいる。

遊女のなかには安易な気持ちで身を売る女もいるんだろうけれど、ユキもユキの店にいた他の遊女もそんなことはなかった。みんなぎりぎりの生活のなかで、親や兄弟のために身を売られ、それでも健気《けなげ》に、懸命に生きていたと。

少なくともユキやユキの言う姐さんは、荒《すさ》んだところはなかったし、境遇を嘆き悲しむなどということもなかった。むしろ、客を含めて相手を思いやる気持ちには目を見張るものがあったし、商売のこととそれ以外のこととはきちっと峻別していた。溺《おぼ》れることも阿《おもね》ることもなかった。健康にも十分に意を用い、定期的に検診を受けていた。いつか借金を返しおわったら、少しでもまともな世界で生活したいと願っていたように思う——と。

瑞枝は黙って聴いていたが、「そうなの……」と言ったきり、考え込むようにまた、黙ってしまった。少々、遊女たちのこと、弁解しすぎたかなと斗潮は思った。

「でも、人にはそれぞれの人なりの運命があるのだろうし、与えられた境遇のなかで、頑張っていけばいいんじゃないでしょうか……。あれ、また先生に向かって生《なま》、言ちゃった。ごめんなさい、高田先生……」

「トシ君、そうよ、そのとおりよ！」

小声ではあったが、叫ぶように彼女はそう言い、向きを変えて斗潮にしがみつき、訴えるような眼差しで接吻を求めてきた。しっかりと受け止め、彼女が飽くまで唇を重ね、舌を絡ませた。

ビールを飲みたい気分だったが、それは叶わない。代わりに瑞枝が持参した即席コーヒーを入れてくれるという。まだけっして美味しいとは思わなかったが、斗潮もこのごろはコーヒーが飲めるようになっていた。クッキーという洋菓子も持ってきたという。

瑞枝が湯飲み茶碗に湯を注いだのを見計らい、彼は火鉢に炭を補充した。宿の老人が自分で焼くのだという炭は存分にあった。

「さっきのトシ君の話、私、徹《こた》えたわ……。教職に就こうというのに……、私の中に偏見があるなんて……」

最初にユキの存在を斗潮から聴いたとき、〈羨ましい〉という気持ちが強かったのだそうだが、心のどこかに〈なによ、娼婦が……〉という思いもあったのだと。ただ、斗潮の気分を害したのではいけないからと、その思いには蓋をしていただけで、根は変わっていなかったと。

「人権意識が欠けていたわ……。また、トシ君に教えられた……」

コーヒーを啜りつつ、高田さんの反省の弁が続いている。両親とも教師の家庭に生れ、けっして裕福ではないものの、たいして苦労することもなく育った。親のお陰か、学業成績は悪くなく、高校も県立のその地方では名のある学校に進めたし、駅弁大学にせよ国立の教育学部にストレートで進学できた。

学校でも地域でも友だちといえば、みな似たような家庭状況にある者ばかり。底辺と言っては失礼だが、そういった人たちがいることは知ってはいたが、見ようともしないできた。ただ、親が敷いてくれたレールの上を走ってきただけ。知識ばかりを詰め込み、他人の心を慮ることのできない偏った性格になってしまったと。

「ほんと言うとね、トシ君と男と女の関係になり、今回、ここに来たのも、君に、それまで触れ合ってきた人たちにないものを感じ、惹かれたのも事実だけれど、もうひとつ。親が敷いたお仕着せのレールから、少し外れてみたい気持ちがあったの……。でも、トシ君にはずいぶんと教えられているわ」

「……オレ、高田さんなんかとは別の世界に育ってきたから、ただ、オレのすることや言うことが、物珍しいっていうか新鮮なだけですよ」

知らないまま生きていけるものなら、なにも好んで下層の世界を知る必要はないのだし、高田さんがけっして他人の心を慮ることのできない偏った性格だなどとも思えない。もしもそんなに偏ったり、ひねくれた性格の女性だったら、また生意気を言うが、高田さんとこんな形でお付き合いさせてもらうことはなかった。

自分とは違う世界の女性ということで憧れたことは事実だが、〔おんなの魅力〕だけでなく、優しい心根の持ち主として、その人となりにも惹かれたからこそ、身も心も許しあえる仲になったのだと。

「……ありがとう、トシ君……、君ってほんとうに素晴らしいガイだわ。また、惚れ直したわよ。……できれば、……許されるのなら……私、トシ君と……結婚したい……」

「それは言いっこなしでしょ、高田さん！　さあ、瑞枝になって、オレと身も心もひとつになりましょう」

「トシくんっー！」


朝食が済み、出立のときがきた。身支度を整え、高田さんが勘定を払い、老女将から昼食のお握りを受け取って宿を出た。

「仲のいい姉弟だね。気をつけて行きなさいよ」

という老夫婦の声に送られて。

このまま帰途に就くのではなく、高田さんの提案で山登りしつつ帰ろうということにしたのだ。宿の老主人から経路を教わり、それをしっかりと彼女はメモしていた。さして高山ではなく、道もしっかりとしているが、登山者は少なく、利用するのは地元の人たちであるため、道標などはほとんどないのだという。

昨夜の星空は嘘をつかなかった。ぼーっと佐渡島は霞んでいるが、朝陽が燦々《さんさん》と気持ちよく海面に反射しているのが遠く望まれる。春の長閑な天候であった。老主人も、今日の好天を太鼓判を押してくれていた。

ふたりは手を繋いで出、見送る老夫婦に会釈して山道に向かった。畑はじきに見えなくなり、そこからかなり急な階段を登った。いきなりの斜面に早くも息が激しくなる。昨夜から今朝にかけて、少々やりすぎだったかなーなどという冗談も消え、汗をかきふうふう言いながら。

登りつめるとそこは緩斜面で、杉と檜の林地。切り株に腰を下ろして暫《しば》しの休憩となった。視界はまったくなく、樹間に一条、二条と陽が射し込んでいる。水筒の水が喉に優しく潤いを与えてくれた。

「いきなりきつかったわね。息があがっちゃったわ」

「でも、ここは風も気持ちいいし、爽《さわ》やかですね」

「そうね、吹き出た汗も心地よく引っ込んでいくようよ。さあ、行こうか?」

そこから暫《しばら》くは楽な山道だった。山仕事をしている地元の人にも幾人か会った。その都度、経路を確認して。やがて杉と檜は消え、広葉樹を主とした雑木地域となり、会う人もなくなった。途中、何回か休憩をとりつつ、再び急斜面に臨んだ。「ハア、ハア」と忙しく呼吸する高田さんを斗潮は引っ張っての登攀《とうはん》。

頂上はひとつの尾根を形成していた。風の通り道なのか木といえば低木しかなく、背面は下って、その先にはより高い連峰が聳えている。しかし、正面は別世界だった。遥かに望む視線の先に日本海が霞んで見える。

「まあ、すばらしい眺めだこと! 生き返るわー」

高田さんの腕時計の針はまさに正午を指している。太陽も頭上に惜しみなくその恩恵を注いでいた。昼食休憩にした。海が望める草地に筵を敷いた。出掛けに宿から貰ってきたものである。

背から荷を下ろし、斗潮は上半身裸になった。春の陽と爽やかな春風が肌に心地よい。

「ああー、気持ちいいー」

大きく背伸びし、彼は憚ることなく吠えた。

「トシ君だけ、狡《ずる》いわよ。私も、裸になろうっと」

高田さんの肌着はびっしょりと濡れ、ブラジャーがくっきりと浮き出ている。斗潮は自分と彼女の衣服を、低木に掛けて干した。ブラジャーはどうするのかと窺ったが、躊躇《ためら》いつつも、高田さんはとうとうそれはとらなかった。

「ブラジャーはいいんですか？」

「うん、濡れているから干したいんだけど、……やめておくわ。誰かいるかもしれないし……」

「そう、狸が高田さんのおっぱいを見にくるかも……」

「そうね、狸さんだったら、見せちゃおうかな。さあ、お昼にしましょう」

ふたりは並んで筵に座り、宿の老女将が拵えてくれたお握りをリュックサックから取り出した。ひとつの経木に二個のお握りがあり、二、三切れの沢庵の古漬けが添えられていた。大きなお握りである。

「高田さんのおっぱいくらいありますね」

「あら、私のほうが大きいわよ」

斗潮は巫山戯《ふざけ》半分に一個のお握りを持ち、それを彼女の胸に並べた。

「さあ、どうでしょうか？　判定やいかに！」

「こらっ、トシ君ったら！」

具はすべて梅干しだったが、梅だけのもののほかに、おかかを塗《まぶ》したものも含まれていた。嬉しい心遣いである。高田さんは「お腹一杯になったわ」と二個を平らげた。斗潮はその倍である。四個をぺろりと胃袋に納めた。もう一個ほしいところであったが、高田さんに「どう、トシ君、足りた?」と尋ねられ、「うん、まあね」と答えてしまった。もっとも、彼女が持参したクッキーも昨晩、平らげてしまい、食料はもはや飴玉のほかには何もないはずだった。

「トシ君、まだ足りないんでしょう? 凄い食欲なのよね、君って……」

「足りないって言ったって、もう何もないんでしょ?」

「それが、あるんだなあー。隠し財産が……」

山登りの常識だと高田さんは自慢げに、缶詰と乾パンを取り出し、それをこれ見よがしに翳《かざ》した。

「わあ、すげえ! 高田さんのリュックサック、手品みたい!」

「どお、食べる? 非常食だけど……」

乾パンだけ残し、鯨肉の缶詰もまたそのほとんどが斗潮の胃袋に入った。

「殿、いかがですか?」

「余は満足じゃあ!」

食べおわってからしばらく横になった。陽が肌にそのまま吸収され、火照った肌を涼風が冷ましてくれている。高田さんは干していたシャツを胸と腹に掛け、顔に帽子を載せている。よほど疲れたのか軽い寝息が聞こえる。どこからともなくせせらぎの音が耳に入ってきた。あとは時折、とんびだろうか、天空から高く響きわたる鳥の声がするだけ。

斗潮はそっと立ち上がり、せせらぎを探した。馬の背となっているそこから来た道とは反対側に下ってみた。中低木が繁る窪地となった箇所を過ぎると、それはあった。

幅が三尺余りの小川であった。地形に沿って時に早く、時にゆっくりと心地よい春の音を立てながら流れている。ゆっくりと流れている箇所の澄んだ川底を覗けば、水深は膝から腰くらいだろうか。指が切れるほどに冷たいのかと差し入れてみたが、さほどでもない。雪解け水に違いないのだろうが、今日の温かい日差しに温められているのだろう。

ズボンも柄パンも、靴も脱いで入ってみた。気持ちいい。膝を折り、全身を沈めた。後ろに両手を伸ばしてそれを支えとして、身体を沈めた。首のところでせせらぎが左右に分かれて流れているのが快感である。川底は小石と砂で危険はなさそう。長くは入っていられないが、汗ばんだ身体に最良の御馳走である。

高田さんに教えることにした。素っ裸のまま、衣類と靴を抱えて戻った。彼女の寝息は続いている。そっと帽子を取り上げ、乾いた唇を嘗め、自分のそれを重ねた。

「……？　ああー！　トシ君、……私、……眠ったみたいね……」

「眠り姫さま、睡眠をお邪魔して申し訳ありません」

胸に載せていたシャツの下に手を差し入れ、ブラジャーごと乳房を揉みつつ、涼園のことを告げた。

「そんないいとこ、あるの？　あら、トシ君、素っ裸じゃない……。さては私を差し置いてひとりで、水遊びしてきたなー。いけない子だこと」

周囲に眼を巡らし、多少は警戒していた高田さんだったが、やっぱり生れたままの姿になった。濡らした手拭いで胸を浸して「少し冷たいわ」と言いつつも、斗潮の手を頼りに片足から順に清流に入っていった。斗潮はニッカーボッカーと靴下、それにパンティーを低木の枝に掛けてやった。

「わあ、メダカが泳いでいるわ、ほら群れをなして！」

覗き込むように流れる水を見ていた高田さん、背を伸ばして指さしている。そこはやや深く、彼女の薄い繁みあたりが喫水線となってい、疎となっている若草がせせらぎに泳いでいた。岸から掌で水を掬い、彼女に掛けた。

「わあ、冷たあい！　厭よ、掛けたりしちゃー。ねえ、トシ君も入っておいでよ」

彼女の腕に飛沫《しぶき》となった水滴が、陽に反射してキラリと光った。こうして溢《あふ》れるほどの陽の光の中で眺める高田さんは健康そのものに見えた。真夏の照りつける太陽の下で見たユキの裸体が脳裏に浮かんだが、両者は異なる次元のもののように思えた。

「よし、オレも行くよ」

わざとバシャバシャと水音を立て、飛沫を彼女に浴びせながら入った。

「トシくんったら……、だめよ静かに来なけりゃ！　メダカさんがびっくりするじゃない」

厭と言いつつも水を掛け合って遊び、水中のメダカを見て楽しんだ。手拭いを濡らして背中を拭いあった。清流に膝、腰まで漬かり、燦々と輝く春の陽を目一杯浴びながら、口づけを重ねた。

女体を冷し過ぎてはいけない。斗潮が先に岸に上がり、彼女を引っ張りあげた。高田さんは脱いだ衣類を持ち、彼は空身で筵へと戻った。濡れた身体を拭きもせず、ふたりは筵に横になった。どちらが求めるでもなく、折り重なって接吻し、睦言を繰り返しながら、互いの裸体のそこここをまさぐった。濡れている乳房に舌を這わせ、乳首も啄みもした。高田さんも瑞枝となって斗潮のものを握り、包み、掌を這わせ、口に咥え、舌で嘗め、這わせた。

　これまたどちらが合図したのでもないのに、筵の上に向かい合い、抱き合った。斗潮は手を伸ばしてリュックサックからサックを取り出し、瑞枝がそれを受け取って装着した。川の流れに乗るように、彼女は斗潮の腰を跨いで、ふたりは一体となった。回を重ねるにつれ、ぎこちなさが消え、円滑に運んでいる。

「いいわー、トシ君、最高だわ。お日様の下で、一糸も纏わずに、こうしてトシ君と睦み合えるなんて……。私、とっても幸せよ」

　唇が何度となく重ねられた。そのあとは、しばらく抱き合って、「トシ君、好きよ」とか「オレも、瑞枝が好きだ」とか、耳元で繰り言のように囁いていた。

「トシ君、ピクピクやって……。そしたら私、締めてあげるから……」

「いいけど……、またこの恰好でいくんですか？」

「ううん、ちょっとだけよ。そのあとは、トシ君が上になって……」

「うん、それじゃ……」

　二度、斗潮はピクをやり、瑞枝は一度、彼を締めつけた。「ああー、いい！」などと混声合唱しつつ。抜かずにそのまま瑞枝を仰向けにした。接合点に無理を掛けずにできた。久々の体位のような気がし、新鮮さを覚えつつ、斗潮は前後運動に励んだ。瑞枝はその運動に鼓動するように悶え、嬌声を発している。彼は一度、ぐいっと目一杯に差し込み、交合部の間隙を確認した。あと半寸もない。三、四厘といったところか。

　前後運動から回転運動に移り、次には上端、両端、下端の順に攻めた。分身はいまや最長に達してい、瑞枝はいままさに現世と来世の境界を彷徨《さまよ》っている。終盤に近づいてきた。片手で乳房をまさぐり、内部を抉るように攪拌した。

瑞枝は全身全霊を尽くして分身を締めつけ、「あっ、ああっー！」という雄叫びを谺させて脱力した。斗潮もまた「うっうー、ああー」で同時に果てた。


再び小川に行き、清流で身を拭った。

「今のもすっごくよかった……わ。お日様の下で、セックスできるなんて……最高だわ」

衣服を纏い、気合を入れ直して出発である。登ってきたときと同じ海側に下っていくのだが、経路を別にした。下車した駅の隣駅を目指すことにして。

「さあ、これからはほとんど下りよ。下りだからって急いじゃだめ。ペースを守って行きましょう。それから下りは危険だから、並んでは歩けないわ、残念だけれど……」

高田さんが先頭で、斗潮はそれに従った。急峻な下りが一箇所あったほかは、なだらかな上りが少々と、あとはだらだら下りであった。ようやく眼下に波の寄せては返す音が聞こえ、道路が見えてきた。いよいよ山道から一般道に入ろうとするところで彼女は立ち止まった。

「これから先は人の眼があるわ、キッスしてから行きましょ」

山道を逸れ、立木を背にして高田さんは眼を瞑った。斗潮は抱きしめ、唇を重ねた。烈しくも長い接吻だった。

海辺の小さな駅に列車が到着するまで小一時間あった。駅前に一軒だけある大衆食堂に入って時を過ごし、往路に乗車した駅で下車した。乗合バスは彼女の方が先に降りる。駅舎の待合室には数人ながら人がいた。高田さんは、死角となる場所に彼を導き、両手で彼の両手をしっかりと握って言った。

「キッスしてお別れしたいけど、無理ね。トシ君、とっても楽しかった。ありがとう」

「オレこそ、ありがとうございました。ほんと、楽しかったです」

さらに高田さんは、明日実家に帰り、四月上旬に戻ってくるという。その間の受験勉強についてはすでに指示されていたのだが、計画どおり進めるよう念を押された。

「私も、来月からはいよいよ最上級生だわ。教員採用試験に挑戦しなければならない。そういう意味ではトシ君といっしょよ。君も定時制の四年生になるんだし、大学入試が控えているんだものね。ともにがんばろう、そしてふたりとも合格しなけりゃ、ねっ！」

「はい、がんばります。高田さんもがんばってください」

「……そして、ときどきは……ね。一泊でっていうのは、もう無理かもしれないけれど、……ときどきは……ねっ、いいでしょ？」

「ハイ、同志！」

「そお、私たち同志よ。勉強も、そしてセックスもね。じゃ、元気でがんばってよ」

「うん」

高田さんは、〈セックス〉だけはひときわ、小さい声で言い、片目を瞑りながら、もう一度握った手に力を込めた。

やがて来た乗合バスに乗り、高田さんは小さく手を振って先に降りた。

第二十四　インテリ女史

日増しに雪国も春が増していった。今年の冬は積雪量も少なく、春先も温かい日々が多かった。高田さんと会えない日は、受験勉強に集中した。ユキの写真を取り出すこともなく、僅かに高田さんの庭球姿で、一、二度、自らを慰めただけだった。

新学年が始まり、斗潮は定時制の四年生になった。諸心塾の開講は四月中旬で、入塾手続きが進められてい、それなりに忙しい日が続いていた。塾の説明会もあった。入塾願書の用紙配付や受付もあった。直接、塾に届けに来る者もあれば郵送もある。生徒が単独で来ることもあれば、親と一緒や、親だけというのもあり、生徒が数人で纏まってくる例など、さまざまである。この間は教場も開放しており、自由に見学できるようにしていた。

願書の受付には現金の収受を伴う。斗潮ひとりで対応するときもあったが、諸星先生や奥様が手伝ってくれるときもあった。二階の下宿学生も帰省地から戻ってきていたが、けっして斗潮を手伝うことはなく、横浜に戻ったのか、先生のお嬢さんの姿も見えなかった。

ただ、春休みが終った高田さんが塾に顔を出してくれた。自分の授業がない時間に来てくれ、斗潮の指示を受けながらもてきぱきと手伝ってくれていたのだが、ゆっくりとふたりだけで話す暇はない。英語と国語で聞きたいことがあると伝えておいたのだが。

そんな折り、高田さんから一片のメモを手渡された。今週末の土曜日、午後一時にいつもの喫茶店で逢いましょうと書かれていた。持参する参考書も指示されて。

　指定の日時に、指定の喫茶店に行った。

「あら、トシ君、いらっしゃい。珍しいわね、一人でなんて……」

　高田さんの姿が見えない。他に客もいなかった。

「あのー、高田さん、来てませんか？」

「ええ、来てないわ。ここでデイトすることになっていたの？」

「デイトって言うか、一時に待ち合わせたんです」

「そお、じゃ、じきに来るわよ。コーヒーでも飲んで待っていたら。そうか、トシ君、コーヒーだめだったんだっけ？」

「いいえ、大丈夫です」

「じゃあね、私が特別なコーヒー炒《い》れてあげるわ。きっとトシ君のお口に合うわよ」

　そう言っておばさんがカウンターに戻りかけたとき、店の電話が鳴った。聞くともなく二、三の遣り取りを耳にしていたら、どうも高田さんからららしい。おばさんは視線を斗潮に向けながら、応答している。

「ええ、いらっしゃているわよ。瑞枝ちゃんの顔が見えなくって寂しそうだわ」

「ええ、ええー、ちゃんとおもてなししているわよ。ただ、トシ君、私じゃね……」

「ああ、そお。どうしても来られないのね。彼、がっかりするわよ」

「えっ、何ですって？　それは瑞枝ちゃん、無理よ。もう現役を引退して何年経っていると思っているの？」

「ええ、お見込みのとおりお店は暇よ。でもねえー」

「はい、はい、分かりました。できる範囲でやりましょ。でも、あなた、あとで必ずフォローしておいてよ。もし、間違ったこと、教えたら困るから、ねっ！」

そこで電話を代わった。おばさんが受話器を斗潮に差し出し、彼は受け取った。いつもの高田さんとは異なる早口だった。

「トシ君、ごめんね。大学のゼミで急用ができ、どうしても抜けられなくなったの。英語の疑問点は喫茶店のおばさんに頼んでおいたから、彼女に教わって……。おばさんは数年前まで中学校の英語教師だったの。それから、もし明日、よかったら同じ時刻に、その喫茶店で逢いたいけれどどうかしら？」

ひどく急いでいるようだった。斗潮はひと言、「はい、分かりました。じゃ、明日……」と応えただけ。

「じゃ、明日ね、きっとよ」で電話が切られた。

「なんでしょうね、瑞枝ちゃん、すごく急いでいるようだったけど……。はい、これ、トシ君に。私の特製コーヒーよ。生クリームがたっぷり入った〔ウインナー〕」

斗潮にとって、〔ウインナー〕なるコーヒーはその存在すら知らない代物である。どう口をつけてよいのやらも分からない。分からないことを聞くことを憚ることはない。

「ウインナーって、オレ、ソーセージしか知らないんですけど、どういうふうに飲んだらいいんですか？」

「そのまま、お好きなように召し上がれ」

ひと口、飲んでみた。生クリームの爽やかな味とコーヒーの苦みとが口中で混ざり合い、複雑な味がした。しかし、これまで口にしたコーヒーと称するもののなかでは口当たりがよいように思われた。

「どうかしら、お味は……？」

感じたままを告げたが、せっかく炒れてもらったのに、そのよさが分からない野暮でごめんなさい、と付け加えた。おばさんは、最初は誰だってそうなんだから気にすることはないと慰めの言葉を添えてくれた。

「ところで、トシ君、英語の分からないことってどれかしら？　私も、あんまり自信ないんだけど……」

「すいません、お仕事中なのに、オレのために……」

「ううん、いいのよ。お店はご覧のとおりだし……。お返しは瑞枝ちゃんにしてもらうから……。それよりも、私に解るかしら……。そちらのほうが問題だわ」

明日、高田さんに逢えるのなら、そのときでも間に合うのだが、教えてもらうことにした。高田さんのお母さんの友だちというから中年なのだろうが、ずいぶんと若々しく感じられる。高田さんのお姉さんと言ってもおかしくはない。加えて品がある。彼には生地もその名称も知れないが、絹地の繻子《しゅす》のような足首まで隠れる長い服であり、その上に黄色を主とした抽象的な絵柄のこれまた膝まである長い前掛けをしている。真珠のような首輪、左右で大きさも形も異なる耳輪に、腕輪も。

彼がこれまで生きてきた世界とはまったく異なる次元にいる人のように思われ、こういった女性と会話できる機会など、めったにないだろうと、臆する気持ち以上に惹かれるもののほうが大きかったのが、教えてもらおうという気になった理由である。

「あのうー、ここなんですけど……。設問の意味もよく分からないし、問題文も何を言っているのか理解できないんです」

彼に向かい合う位置に座ったおばさんは、斗潮が開き、指し示す箇所に「ここね」と言って指を運んできた。指と指が接触した。細く、長い指である。爪は紅く塗られていた。参考書を自分の方に手繰り寄せ、しばらく目を落としていたが、

「うーん、ちょっと難しいわね。ふたつのことが考えられるわ。ほら、この上の部分だけれど……」

そう言いつつ、彼女は斗潮の隣に席を替えようとしている。彼が座っている場所は隅にあり、そこだけは作り付けの固定された長椅子ふうになっている。

「ほら、ここの箇所だけれど……」

何の躊躇《ためら》いも感じさせず、彼女は斗潮の左腕に自分の右腕が密着するほどに寄ってき、指さしている。

「ちょっと鉛筆、貸して……。いいこと、この〔that〕がここのことを示しているのなら……」

腕どころではない。もう脚までが接触し、彼女の右腕は斗潮の脇の下を通っていた。寄り添うように身体を密着させ、半ば独り言を言い、一人で納得したり疑問符を投げかけたりしている。プーンといい香りが鼻を衝いた。何の匂いかは分からないが、たぶん上等な香水なのだろう。勉強どころではない。気はすっかりと彼女に奪われている。〈いけない〉と思い直し、自身に鞭を入れるのだが、またその整った横顔を窺ってしまう始末。

「トシ君、辞書、持ってる?」

「はい」

彼女は受け取り、単語を引いていたが、納得できないよう。斗潮の辞書は携帯用の薄いものだった。

「ちょっと待っていて、奥から辞書持ってくるから……。そうだわ……」

面倒だから奥の部屋に行こうという。店は？　と尋ねると、どうせ夕刻まで客はないだろうから一時、閉めると。迷惑かけるわけにいかないから、ここでいいし、なんなら答えまではいいから考える要点だけ教えてほしいなどと斗潮は言ったのだが、この女性《ひと》も言いだすと引っ込めないタイプのよう。

店の中からカーテンを閉め、カウンターの下から長方形の小さな黒板を取り出した。

「トシ君、今日は授業あるんでしょ？　学校、何時からだっけ？」

「五時半からです」

「自転車でしょ。ここから商業高校までなら一時間は掛からないわね。じゃ、四時までにしましょう」

何が四時までなのかと訝っていると、その黒板に白墨で「四」と記入している。「何なのですか？」と斗潮は立ち上がって覗き込むと〈四時、オープン〉とあった。その「四」の箇所を書き入れたのである。

施錠し、店内を消灯し、前掛けを外しつつ、「さあ、どうぞ。頭、気をつけてね」と先に立って彼女は潜り戸を潜って居室の方に向かった。一階は大部分、店にしてしまったので、食堂兼台所と便所に風呂だけなのだそう。二階に案内された。三、四部屋ありそうだったが、そのうちの一室に「どうぞ」と招き入れられた。

洋室だった。一〇畳くらいの広さの部屋で、真っ先に目についたのが寝台である。ひとりにしてはかなり幅広である。ご主人と一緒に寝るのだろうか。窓に向かって校長が使うような机があり、壁に沿って三つの書棚があった。ひとつは小説、服飾関係らしい本、婦人雑誌、手芸などの趣味の本に混じって「これで成功！　喫茶店経営」「美味しいコーヒーの煎れ方」などという本が並んでいる。隣の書棚はほとんどが洋書であり、最後の棚には大小さまざまな縫いぐるみや木製、ブリキの人形などが陳列されている。

さらに一隅には［サイドボード］と言うのだと教わった飾り棚のついた洋食器の棚があり、上にはいくつものこけしが並び、下にはコーヒーの茶碗だの小さな皿だのが行儀よく置かれている。背の高い洋服箪笥も見える。部屋の中央には、低い丸机に背もたれと肘掛けのついたソファーが三個あった。天井からは装飾がある電灯が下がっている。

床には絨毯も敷かれ、入ったことも見たこともないホテルの部屋かと見紛うほどだ。気後れし、足が竦《すく》んでしまった。そわそわとして落ちつかない。「どうぞ」とソファーに座るよう指示されたが、尻がむずむずしてなんとも座り心地が悪い。

「飲み物はあとにして、その英語の問題、やっつけちゃいましょうか？　たしか、原書があったはずだわ」

そう言っておばさんは洋書の棚から、一冊を探し出し、斗潮の隣に座ってページを繰り出した。

「あったわ、これよ。ゴーギャンの生涯にヒントを得て創作したって謂《い》われているサマセット・モームの『月と六ペンス』、彼の代表作だけど、その一節……だわ。ちょっと前後を読んでみるから……」

「ウン、ウン。そうかー。解ったわ、トシ君」

原書と問題文とを比べながら、納得をしたおばさんは、斗潮に寄り掛かるようにして、説明してくれた。少しはこの部屋にも慣れ、落ちついてきたのか、どう解答すればよいかについては、すぐに、そしてよく分かった。しかしおばさんはそれだけでなく、その作品の内容から時代背景、モームの人となりや、はては画家・ゴーギャンの生き方などまで幅広く説明してくれた。熱っぽく語るおばさんは文学少女のよう。

答えだけ判ればいい斗潮は、ボーッとして彼女の横顔を食い入るように見つめていた。

「あら、ごめんなさい。余計なことまでお喋りしたわ。入試には関係ないわね？」

斗潮の視線に気づいたのか、ちょっと恥ずかしそうに頬を赤らめ、「トシ君、そんなに見つめないでよ。年甲斐もなく、恥ずかしいじゃない」と、姿勢を戻した。

「……いえ、あの……、おばさん、凄いなあって……。英文、すらすら読むし、棚には洋書がいっぱいあるし……。それに、この部屋も凄いし、……オレ、圧倒されて……」

とちりながらも斗潮は思ったままを口に出した。無学な母だったが、話を聞くときや話すときは相手をしっかりと見るようにと言われて育った習性が出た。顔を背けることなく、ちゃんとおばさんの目を見て言った。常に母の教えを実行しているのではないが、時として引き込まれるように、相手を凝視することがある。そういえば、高田さんにも同じことを言われたことがあった。

「トシ君の目、いいわね。素直で曇りがないわ。さて、他にはどうなの？」

文法と穴埋めで高田さんに教えてもらおうと予定していた箇所があった。一番の難題が解決したのだし、あとは明日にでも高田さんに教われればいいという気持ちと、この魅力的な中年女性にもう少し接していたい気持ちとが、内心で争った。

「……実は、ここと、それからこの部分、よく分からないんです……」

その箇所はおばさんにとっては簡単だったらしく、そう時間も要さずに教えてもらえた。ただ、それだけで終るのも惜しい気がし、彼は関連なさそうなことも含めて、あれこれと質問した。おばさんは面倒がるような気配も示さず、丁寧に教えてくれている。

区切りがついたところで、彼女は紅茶を入れてくれた。斗潮は「ありがとうございました」と深く礼を述べ、立ち上がろうとしたのだが、制され、御馳走になることに。

「トシ君のお口に合うかどうか。ちょっと悪戯にブランデー、入れるわ」

いままで嗅いだこともない高貴な香りがした。多分、こういうのを〈芳醇〉って言うんだろうななどと思いつつ。

「どうかしら？」

「……オレ、よく……、分かりません……」

「そお、そのうち、分かるようになってくるわよ」

雑談になってしまった。おばさんは、どこを受験するつもりなのかから始まって、高田さんのこと、諸心塾のこと、諸星先生のこと――先生は時折、この店に来てお茶やコーヒーを啜っていかれるのだそう――などに話が及び、斗潮の生い立ちも尋ねられた。

生い立ちについては差し障りない程度に話したのだが、貧乏なこと、母が亡くなったことなどは包み隠さずに吐露した。こんな洋風な、洒落た部屋に入ったのも初めてなら、品があって、英語を駆使できる女性と知り合ったのも初めてであると。

「オレの生涯で、画期的なことです」などとも照れることなく告げ、知識がないまま洋服のセンスを褒め、香水のことにも言及した。拙い知識と表現ながらも、それがかえって本心からのものと理解したのだろう、おばさんはいい気分になっているようだった。

話は転じて、おばさんのことに移った。〈三条小百合〉という名であることも知った。ご主人は貿易関係の仕事で、東京をはじめ、小樽、札幌、横浜、神戸などに出向くことが多く、この県の県庁所在市に事務所を構えているのだという。

「そうね、ここに帰ってくるのは、月に一、二回くらいかしら……」

そんなこと、知り合ったばかりのオレに言ってもいいんですか、と懸念して問う斗潮に「あら、そうだわね」と言いつつも、斗潮だとなぜか安心して話してしまうと苦笑している。

「オレ、絶対、口外しません」

「お願いね」

彼女は県庁所在市の近郊で生れ、両親は高田さんと同じように教員だと。ただ、祖父母も健在で、地元では庄屋の流れを継ぐ名家らしい。学者肌の兄がおり、地元国立大で教鞭をとっているし、弟もまた高校の教員だという。唯一の女の子ということで、結構、わがままに育ってきたと自戒気味に彼女は言う。

女子高等師範学校に入ったものの勤労動員などでほとんど勉学できず、戦後に改めて東京の国立女子大に行かせてもらい、英文学を専攻した。さらにその後、贅沢させてもらって敵国であった米国に留学、今のご主人とはそちらで知り合ったのだと。帰国後、結婚し、中学校の英語教師を勤めたが、ご主人の仕事の関係と妊娠したことから教職を辞した。

回り道したことから高齢出産の部類で、ようやく妊娠できたことを喜んだのも束の間、お子さんは不幸にして幼少の頃、病死し、それ以来、子どもはない。数年前、この新興住宅に移ってきたのだという。

今の店は、暇つぶしに加え、自分の店を持ちたいという我儘をご主人が聞き入れてくれ、昨年、開店した。お客のほとんどは、新興住宅地内の住人で、そのまたほとんどは有閑婦人とその家族だとか。そのほかは高田さんのような学生も。

「せっかくの英語、もったいないですね」

「そうなの、段々、錆びついてくるわ。英会話の塾でもやろうかって思っているのよ」

初対面に近い斗潮にそんなことまでと思い、重ねて問うと、

「トシ君のことは大丈夫。瑞枝ちゃんや諸星先生からも聞いているから」

と意に介さない様子である。


「オレ、そろそろ失礼します。今日はいろいろありがとうございました」

そう言って、隣に座っているおばさんのほうを振り向いた時である。まるで計ったように彼女の顔がそこにあり、さして高くもない彼の鼻が彼女のそれに接触し、唇を掠《かす》めた。

「まあ」と聞こえたような気がした。慌てて「ごめんなさい」と言いかけたときには、真紅の唇が至近に迫っていた。〈あれ！〉と漏らす間もなく、いままで接したどの女とも異なる煽情的な匂いを漂わせて彼女の唇は斗潮のそれに重ねられていた。斗潮はなす術《すべ》もなく、そのままになっていた。

彼女の手が首に回され、代わって唇が放された。顔はまだ斗潮の目の前に位置し、じっと見つめたまま。

「ごめんね、トシ君、こんなことするつもりじゃなかったの。……でも、君、すごく魅力的なんだもの、……つい……。……お願いだから……もう一度……だけ、キッス……させて……」

再び真紅が迫ってき、重ねられた。斗潮は驚いたが、この時点では状況の理解はできていた。彼女の背

に手を回して応じた。軽くだろうと思っていた予想は外れた。それなりに激しく唇が摩擦され、ついには舌先まで接触した。ここまでくれば斗潮とて男である。一瞬、真紅の唇にユキを思い出し、高田さんの顔が浮かんだが、相手は自立した大人の女、自制の箍《たが》が外れてしまった。

斗潮は攻勢にでた。彼女を抱きなおし、舌を絡めに行った。彼女は躊躇なく受け入れ、激しく絡み合った。左手を背に残したまま、右手で彼女の後頭部を支えた。手触りのいい衣装の下にブラジャーを感じた。柔らかい髪の毛の感触もある。彼女も次第に高まってきたのだろう、狂おしいくらいに擦り、絡めていた。

「……驚いたわ、トシ君、……とってもキッス、お上手なんだもの。……私、燃えちゃったわよ。お相手は誰かしら？　瑞枝ちゃん？」

斗潮の唇についた口紅を落としてくれながら、おばさんはうっとりしつつも、核心を尋ねてきた。彼にとっては雲上人である女性と、まさかの機会を得、冷静な斗潮はどこかに飛んでいき、珍しくも一気に堰が崩れてしまった。〈さて、何と答えたものか？〉

おばさんは立ち上がって鏡の前に行き、自分の唇を拭き、口紅を引き直しているが、それが終ると向きを替え、なおも興味を捨て切れずに答えを待っているよう。

「オレ、……別に……そんな……、高田さんとは……そんなんじゃなくって……ただ……」

完全に狼狽してしまった。自分でも何を言っているのか解らないほどに、しどろもどろ。嘘をつくにも、彼女ほどの女性である。すぐにばれるに決まっている。

「秘密なのね、いいわ。私も、主人だけでなく、瑞枝ちゃんにも言えないこと……トシ君としてしまったんだし……。今のこと、トシ君と私の秘密ね、いいこと！　誰にも言いっこなしよ。指切りげんまんしましょ」

「はい」

「指切りげんまん、嘘ついたら針千本、のーます！」

撓《しな》やかで、細い指だった。歳の差があるのにユキの指を連想させた。

帰り際、店の灯をつけ、カーテンを開ける前に彼女はもう一度、口づけを求めてきた。瞬時、逡巡はしたものの彼は応じてしまった。

「もうこんな機会、ないかもしれないけど、またふたりっきりになりたいわ。ごめんなさいね、お勉強のお邪魔して……。これ、少ないけれど、トシ君にお小遣い。はっきり言えば〔口止め料〕よ。指切りげんまんの約束代ね」

「……オレ、そんなの要りません。秘密の約束は守りますっ！」

けっして斗潮を疑っているわけではない。また、さっきの行為も一時の気の迷いではなくて、本心からそうしたかったのだし、斗潮が応じてくれたのも心底嬉しい。しかし、大人としてけじめをつけるとすれば、こんな形でしかない。また逢ってほしいという願望も込めて、是非、受け取ってほしいのだと譲らない。

ひょっとしておばさんは、さきほどのことがキッカケとなって斗潮が彼女にのめり込み、夫との家庭が破壊されるやもしれないと危惧しているのだろうか。こういうことははっきりさせたいのが斗潮の性格である。思ったことを明瞭に告げ、もしそう思っているのだったら心配無用だと明言した。

「今のオレには、やるべきことがありますから！」

「私も自惚れ屋さんね、ひょっとしてっていう思い、トシ君に指摘されたように確かにあったわ。でも……そうまではっきりと言われると、私、悲しくなるわ。だって……私の気持ち、複雑なんですもの。トシ君ともふたりっきりで逢いたいし、でも、君のお邪魔もしたくない、家庭も壊したくないって……。ずいぶん、勝手よね。でも、そうなんだから堪忍して……ね。だけど、トシ君、男らしいわ。中年の女にははっきりと言えるんだもの……、君の虜《とりこ》になってしまいそうよ」

結局、ポケットに捩《ね》じ込まれ、またキッスされてしまった。〈口止め料でもなんでもいいや。大人がくれるってんだから、貰っておけ〉

斗潮は割り切って、店を出た。おばさんに送られて。

翌日曜日、高田さんとの約束どおり、喫茶店に行った。彼女はすでに来ており、おばさんと楽しそうに会話していた。斗潮の顔を見るや高田さんは、申し訳なさそうに「トシ君、昨日はごめんね。どうしようもなかったのよ。埋め合わせ、しなくてはいけないわね」と。

「いいですよ。誰だって急用ってことあるんですから……。代わりにおばさんに教えてもらったし……。昨日はどうもありがとうございました。助かりました」

「トシ君のお役にたてて光栄よ。でも、瑞枝ちゃんにちゃんと確認しておいたほうがいいわ。私、間違ったこと、教えたかもしれないんだから……」

「あら、おばさんとトシ君、親密だこと。私がいない間に仲よくしちゃって……。妬《や》けるわ」

おばさんは昨日とはまた違うロングドレスだった。口紅の色も爪の色も、耳輪、腕輪も違う。首飾りもしている。

「そうだといいんだけど……。トシ君のような少年に憧れてもらえたら、最高よ」

時間を計って国語の問題をすることになった。昨日と同じ場所に位置を定め、高田さんの開始の合図で始めた。彼女とおばさんは、またふたりで語り合っている。さすがに問題に取り組んでいる斗潮の手前、笑い声はたてていなかったが。

その後、何組かの客が来、会話は中断。高田さんも水を出したり、注文を取ったりと、手伝っている。客とおばさんの会話にも加わったりして。やがて高田さんは斗潮の席に戻り、腕時計を見ながら「はい、やめて」で、採点してくれた。教室の机と違い、周囲の話し声が聞こえるなかでも集中できた。

「トシ君、偉いわ、集中しにくい環境のなかで九〇点よ。もう国語は合格ね。あとはレベルダウンしないよう、実力を維持するだけだわ。はい、立派でした」

二時間ほどで店を出た。見送ってくれたおばさんが高田さんの目を盗んで、そっと素早く斗潮の手を握っていた。

ふたりは自転車を押しながら取り留めのない会話をしていたが、突然、高田さんが、「ねえ、トシ君、いい場所見つけたのよ。左前方に材木置場があるでしょ。あそこ、普段は無人なの……。人がいるときは三輪トラックが止まってる。だからトラックがいないときは誰もいないのよ。ねえ、いいでしょ、あそこで……」と言いだした。

午後の三時半頃である。花曇り空とはいえ、春の陽はまだ高い。少ないとはいえ通行人もいる。材木置場の隣は広い菜の花畑。土手下に自転車を置き、菜の花を愛でるような素振りで目的地に向かった。もう花は終り頃だったが。畑の反対側に遠く養蜂業者らしき人物が見えるだけ。畑との間に一列に植わっている椿の林に隠れるようにして材木置場に身を入れた。

そこは木材の種類、太さや長さに応じて材木が左右に整然と立てかけてあり、それが十数列にも達する規模の置場である。周囲には金網が張ってあり、正面のトラック出入口と思しい箇所には施錠してあったものの、菜の花畑側には人がひとり通行できる程度に金網が破れている。高田さんはそのことまで事前に確かめておいたのだという。

「まるで泥棒みたいよね」

「そうですよ、これは立派な不法進入という犯罪です」

「未来の検事さんにそう言われると、少々辛《つら》いわ」

「高田さん、金網に引っ掛からないように注意してください」

「ええ、注意するわ」

外からは死角となる場所に位置を定めた。高田さんは待ちきれないといったふうに、斗潮に抱きつき、唇を求めている。互いに抱きしめ合い、接吻を交わした。先日の一泊旅行の楽しかったことを話題にし、睦言を並べた。セーターの中に手を差し入れ、乳房をまさぐった。彼女は斗潮のチャックを開いて一物を取り出し、手で弄んで。

「ねえ、トシ君。服、着たままで……できないかしら……？　私、今、トシ君の……ほしいの」

彼のものはすでに彼女の手によって外気に晒されている。しかし、高田さんはスカートではなく、スラックスである。脱がないまでも、そのままでは無理。もう一度、周囲を見渡し、外部から完全に死角になっていることを確認し、彼女にスラックスを下ろすよう求めた。立ったままの挿入である。

付近に転がっていた木材の切れ端を踏み台にし、そこに彼女を立たせて身長差を調整した。この体位は高田さんにとっては初体験のはずであったが、それなりに燃え、それなりに満足が得られたよう。嬌声を発することは我慢してくれ、斗潮もほっとした。

「よかったけど、ちょっと不完全燃焼ね」

「しかたないですよ」

「そうよね。でも、今度から、トシ君に逢うときはスカートにするわ」

着衣を整え、口づけして材木置場を出、別れた。斗潮の愛液が詰まったゴム製品は、高田さんがハンケチに包んで鞄の中に仕舞っていた。

第二十五　アメリカン・ウエイ

桜がまだ散りおわらない頃、諸心塾の開講式が執り行われた。今年度の入塾生は四〇名。やや狭隘ではあるが、会場は教場しかない。数日前から斗潮は教場内の不要な机や備品などを片付け、少しでも広くしたうえで綺麗に清掃しておいた。

当日は入塾生に加え、親が同伴する者もあったが親たちには教場の後ろや脇に立ってもらった。塾側は諸星先生のほか、講師たちも出席していた。高田さん、下宿学生、通いの学生講師に混じって、三条小百合がいた。あの喫茶店のおばさんである。

「おはようございます」と言って事務室に入ってきたときはびっくりした。おばさんは諸星先生に挨拶し、すでに来ていた高田さんとも言葉を交わしたあと、斗潮にも挨拶した。「事務長さん、よろしくね」と。

「？」と狐につままれたように、返事もできないでいる斗潮に、諸星先生が気づいた。

「そうそう、トシオ君には話してなかったね。急に決まったことなんだが、今年度、三条さんに、塾を手伝ってもらうことになったんだよ。よろしく頼むよ」

事の次第はこういうことだった。昨夕、先生が三条さんの店にお茶を飲みに行ったのだそう。そこであれこれ話し込んでいるうちに、決まったことなのだそうで英語の講師が手薄だったし、三条さんも午前中は暇ということで、週二回、午前だけ手伝うことになったのだと。

「そういうことですか？　分かりました。それでは早速、手続きします」

開講式では諸星先生が塾での心構えや、受験勉強にあたっての姿勢、塾の実績、方針、授業の進め方などを説明し、各講師を紹介した。講師たちもそれぞれひと言ずつ挨拶し、あわせて斗潮のことも先生は紹介し、その役割も簡単に伝えてくれていた。塾生には一人ひとり、立って氏名と出身中学校、受験した高校、現時点での志望校などを述べさせ、式は終った。

その後、斗潮だけが教場に残り、授業料の納付時期、方法、日常の塾生が行うこと、テキストのこと、時間割のことなどをあらかじめ用意した資料などを配付しつつ、説明した。先生が立ち合ってくれるものとばかり思っていたのだが、「なに、君に任せるよ」で式が済むと講師たちと事務室に下がってしまったのだ。それだけ信頼されているのだと、斗潮は理解した。

事務室に戻ると、高田さんが淹れてくれたのだろうか、みなさんでお茶を啜りながら先生を囲んで懇談中。斗潮の顔を見ると高田さんが立ったので、それを制し、事前に買っておいた茶菓子を出し、全員に茶を注ぎ足してから、自分の茶碗にも注いだ。

斗潮はその間、講師たちから提出してもらう書類や捺印してもらう必要のある用紙を整えた。謝礼や税金の関係などである。ただ、三条さんの分は用意してなかったので、これだけは後日、喫茶店に届けることとした。

そんなことで講師たちは昼前には、それぞれ席を立ち、先生も母屋に下がった。高田さんと斗潮だけが残された。彼女も今日は午後、授業に出席するということで長居はしていられないと言いつつもやっぱり斗潮とふたりっきりになる時間がほしかったよう。一〇分ほど雑談し、物陰に隠れて口づけしただけで、帰っていった。

午後は三条さん関係の書類作りをしたあと、教場の後片付けと図書室の整理をした。事務室の時計は二時過ぎを示していた。今日、やるべきことは終ったので、母屋に顔を出し、先生と奥様に挨拶して帰ることに。施錠して、自転車に跨った。

喫茶店はまだ店開きしていなかった。店先の黒板に四時開店とある。脇の通用口の呼び鈴を鳴らした。塾ではいかにも教師らしいスーツ姿であったが、長く黒いドレスに着替えた三条さんが顔を出した。

「あら、トシ君、いらっしゃい」

「あの、提出していただく書類をお持ちしました」

「もお？　まあ、スピーディな事務長さんだこと。どうぞ、お入りなさい」

店内はきちんと片付けられていたが、点灯すると客が間違ってもいけないからと、二階に案内された。先日のホテルのような部屋である。

「飲み物、お紅茶でいいかしら？」

「いいえ、書類の説明をしたらすぐに失礼しますので、構わないでください」

「なによ、トシ君、年寄りみたいなこと言って……。遠慮はいらないわよ」

「はい、いただきます」

「そ、それでなくっちゃあー、若者らしく、ね」

先にソファーに座っていた斗潮に紅茶の茶碗を「どうぞ」と差し出し、自分のものはその隣に置いた。向き合うのではなく、隣に座るつもりなのだ。これまで接したどの女とも異なる芳香を発するこの人に至近に寄られるとどうしても緊張してしまう斗潮だった。この前のときとは違う匂いだった。三条さんはそんなことには頓着なく、

「どんな書類、お出しするのかしら？」

と、遠慮なく身体を接近してくる。

だれに対してもそうなのか、斗潮だからそうなのか、彼には知る由もない。ユキと観た洋画などで、向こうの男女はすぐに抱擁したり接吻したりするようだが、三条さんは留学の経験があるからなのだろうか。互いの腕がすでに接触している。そこから微かに電流が流れ、血液がドクドクと音を立てて逆流している。

「あのー、そんなたいしたことではないんですが……。……こちらに教職の免許や資格、それに略歴をお

書きいただき……」

胸が高鳴りつつも、ともかく説明できた。子どもの頃から親に構ってもらえず、兄弟もなかったせいか、斗潮は比較的独立心が強い。くそ度胸も備わっている。未経験の環境に遭遇したとき、だれもがそうであるように緊張はする。加えて、すぐには打ち解けない僻がある。しかし、その度合いがある程度まで上昇してしまえば、あとは比較的冷静になれることが多い。即応力もあった。

わざと腕を絡ませるようにして三条さんは書類を覗き込み、指を指しつつ二、三質問した。指と指とが触れた。瞬時、引っ込ませようという気持ちと、そのまま接触させておきたい気持ちとが争った。そんな戸惑いをしているうちに、三条さんは手を握ってきた。くそ度胸が勝った。引っ込ませるような仕種は示したものの、そのままにした。

「トシ君、説明、ありがとう。よく分かったわ。それで、いつまでにお渡しすればいいのかしら?」

問いながらも、握った手の指で斗潮の手の甲や掌を摩《さす》っている。柔らかくって、細くって、品があって、そんな指で、しかも格別なことではなくごく自然のことのようにして。姐さんや高田さんとは異なり、どちらかといえばユキと同じ範疇に属する指である。

「……そんなに急ぎませんので、……書きおわりましたら、塾にお持ちいただいても結構ですし、オレがいただきに来てもいいです」

「塾に持っていくのは簡単だけど、トシ君とこうしてお話ししたいから、取りにきていただこうかしら?」

「ハッ、どちらでも……」

左手を両手で包まれた。間断なく摩り、手の甲に口づけまでされた。

「ところで、トシ君、お勉強、進んでいる？」

「はい、国語と社会はまあまあです。英語がちょっと……」

「そお。英語も瑞枝ちゃんに見てもらっているのよね？」

「はい、三科目とも見てもらっています」

「瑞枝ちゃんも教員採用試験の準備があるし、彼女も大変。よかったらトシ君の英語、私がみてあげようか？」

「そ、そりゃ嬉しいですけど、……高田さんの好意を無にするんじゃ悪いから……」

「そうだわね。……でも、トシ君って、頑張り屋さんよね。偉いわ。もっと偉いのは、〈頑張ってる〉ってこと、露骨に外に出さないでしょ、それが立派よ」

斗潮の手の甲は、いつの間にか三条さんの胸に押し当てられている。甲に膨らみが伝わってきた。

「……いえ、まだ一〇か月も先だからです。そのうちに焦りだし、あたふたすることになるかもしれません……」

左手が右手に変わり、手の甲が掌に代わった。右手が彼女の両手に案内され、その掌が右の胸に添えられた。ゆっくりと円運動させられて。ドレスがあり、下着があるのではっきりは分からないが、そんなに大きな膨らみではなさそう。

「ねえ、トシ君、もっとしっかり、私のおっぱい触ってみて……。ほら、ドキドキしているの、分かるでしょ？」

ものの言い方もゆったりで、行動も落ちついた静かな人なのだが、確かに胸の鼓動が掌に伝わってくる。

いつもそうなのか、それとも今が高まっているからなのか、それは知らないが。

「あのー、そう言われても、……オレ……」

「キッスして、ねっ、トシ君。いいでしょ、お願いだから……」

顔が迫ってきただけではない。もう、接触せんがばかりに真紅の唇が眼前に来、両肩に手を載せられて膝に跨ってきた。長いドレスの裾が持ち上がり、白い脛が眩しく網膜に映った。

烈しい接吻になった。初めは軽く触れたり放したりだったが、すぐに押しつけが強くなり、舌先を接触し、絡めだした。そこまでは斗潮も幾度となく経験していること。ここまで来ればもうとまらないし、とめられない。積極的に応じ、時には攻勢にも出た。

ところがそこから先がまだあった。舌の絡めが烈しくなり、洗濯板のような口蓋に彼女の舌が芋虫のごとく蠢く。唾液を出し、それを彼の口中で攪拌して吸っている。なんと表現してよいのか見当もつかないが、明らかにユキのとも、高田さんのとも、百戦錬磨の姐さんのとも異なる。出だしはユキや高田さんとのときのような爽やかさがあり、次第に姐さんとの濃厚なものに移行して終るのかと思ったのだが、まだ先があったのだ。

〈濃厚〉よりも烈しい。〈濃密〉とでも表したらいいのだろうか。完全に彼女が主導権を握っていたし、斗潮は任せるよりなかった。接吻だけで、彼のものは下着の中で行き場に迷うほどに膨張してしまった。ようやく唇が解放された。三条さんの口の周りは、血の滴る獲物の獣肉を食べおわった豹のよう。

背に廻されていた彼女の両手が彼の両手首を捕まえ、ふたつの膨らみに添えられた。鼓動が一層、忙しくなっているのが知れた。そうしたうえで、ドレスのポケットからガーゼのハンケチを取り出し、にこっと微笑んで斗潮の口の周りを拭きはじめた。

「口の周りが人食い人種のようだわね。私のも凄いでしょ？　百年の恋もいっぺんに覚めちゃうわよね。……フレンチキッスするときは、口紅、落としてからにしなければいけないわ……。つい待ちきれないものだから……」

斗潮を拭きおわると、ハンケチを裏返して、今度は自分の口周りをやりだした。鏡もなしで。と、「トシ君、やって……」ときた。ユキには口紅は嫌いだと告げ、姐さんは付けているときは軽く口づけするだけで、激しくするときには事前に落としていた。高田さんは口紅は使っていない、少なくとも斗潮と逢うときは。

したがって初体験であったが、なんとはなく色っぽく、艶っぽく感じるものだった。彼女はやってもらっている間、片手は彼の肩に添えつつ、もう一方の手はズボンの上から分身を摩っている。無駄のない人である。

「……こんなんで、いいんでしょうか？」

「あとで確かめるから……、トシ君が〈小百合〉に見えればいいわ。ありがとう。……ところでさ、トシ君の大きくなってるわ。どうかしら？　納まるところに納めてみない、いいでしょ、ねっ、私の胸もこんなに高鳴っているわ……」

再び、手が彼女によって膨らみに導かれた。導きおわるや彼女の手は、彼のチャックを開け、柄パンの上から一物をまさぐりだした。膨らみの鼓動も忙しかったが、彼のものも柄パンを突き破らんばかりになっている。

「……でも、その前に、三条さん、聞きたいことがあるんですが……」

「なあに、トシ君。今の私、尋常じゃないから、難しいこと聞かないでよ……」

知らないこと、分からないことをそのまま放置できないのも斗潮の習癖である。

「あの……、フレンチキッスってなんですか？」

「ああ、そのこと……。トシ君って、研究熱心なんだから……」

彼女はにこっと微笑み、説明してくれたがよく分からなかった。分かったのは、激しい接吻のことを言うのだということ、愛し合っている男女がするものだということだけ。

「……すると、三条さんとオレ、……愛し合っているんですか？」

「そうよ。今のこの瞬間、世界中のどのカップルより私とトシ君は愛し合っているのよ。違う？　それとも私とじゃ、ご不満かしら？」

「いえ、そういうわけじゃないけど……」

斗潮はこれまで、ユキ、葵姐さん、そして高田さんと結ばれ、睦み合った。姐さんと高田さんとは、多分、いましばらく続くだろう。しかし、その三人のなかで〈愛し合った〉という実感があるのはユキだけ。姐さんも高田さんも好きだし、逢っているときも、ましてや睦み合っているときは、このうえなく楽しい。

だけど〔愛〕とは違うように思う。〔愛〕というのは瞬間のものではなく、一定の時間の経過があるもの、そう理解していた。欧米流の〔愛〕というのは、刹那的であってもそういうふうに表現するものなのだろうか。三条さんに問い正したかったが、これ以上問うたのでは興覚めし、彼女の顰蹙《ひんしゅく》を買うだろうし、なにより彼も次第に理性を失いつつあった。

「ねっ、トシ君、いいでしょ？　それからセックスのときは、私のこと、〈小百合〉って呼んでちょうだい……。〈三条さん〉や〈おばさん〉じゃ、気分、乗らないのよ」

膝に跨り、裾をたくし上げた状態で彼女は後ろを向いた。

「ファスナー、下ろしてちょうだい」

〔ファスナー〕なる語は知らない。しかし状況から判断して、ドレスの背にあるチャック以外には思い当たるものはない。英語なのか仏語なのか、問い正したい衝動に駆られたが、やっぱり斗潮は耐えた。

脛《すね》の白さと対照的な喪服のように黒いドレスの〔ファスナー〕を、項《うなじ》の下あたりから腰まで引き下ろした。斗潮のチャックと異なり、ほとんどなんの抵抗もなく、たいした力も要らずに滑らかに下っていった。

膝に座ったまま両腕から袖を抜いている。大きく開いた背にはシミーズかブラジャーが見え、肩紐があるのだろうと当然のように予測していたのだが、そういったものは見当たらなかった。

肩紐はなく、肌色の織布が肩胛骨の下方から腰までピッタリと胴体を包んでいる。締めつけていると言ったほうが適切なくらいに。その布は左右に分断されてい、両端は×印の紐によって結ばれていた。その紐を解けと命令されるのではと、仔細に眺めてみたが、どこに発端があるのか皆目見当がつかない。

三条さんは袖を抜きおわると、立ち上がってドレスを脱ぎ、それをソファーの肘掛けに置いて、正面を向いた。心持ち頬を上気させつつ眼で笑い、囁きかけている。再び膝に跨り、双丘の谷間から縦に並んでいる留め具を外しはじめた。鉤型になっている真鍮製と思しい留め金である。上から二つほど外すと、「トシ君、やってちょうだい」ときた。

ふたつの膨らみの箇所には、刺繍された小鳥が左右、向き合っている。そこに手を触れないようにしながら、上から順に留め具を外していった。臍のあたりまで外したが、チラッと見つめる膨らみ部分の布は下に垂れ下がるでもなく、拡がるでもなく、留め具などあってもなくっても関係ないように、ほとんどその形状を変えずに半円球を覆っているばかり。

すべてを外しおわって彼女の顔を窺った。「ありがとう」と聞こえ、口許を緩ませて微笑み、両手を胸に添えた。挑発するように両端をゆっくりと剥いでいく。目は手元ではなく、反応を確かめるように斗潮の顔を見つめたまま。谷間から膨らみの裾野が見え、中腹から頂上へと外気に晒《さら》されていく。ついには頂上に位置する突起物までが露《あらわ》になった。

「トシ君、いかがかしら？　私のバスト……」

瞬間、ユキの乳房を連想した。形がよく似ている。しかし姐さんほどではないもののユキよりひと回り大きく、ユキほどには綺麗な三角錐ではない。魅惑的というよりは魅力的と表したほうがよく、のめり込むほどに魅了されるのではないが、鑑賞するに十分耐えうる、そう感じた。

「……うん、すごく魅力的です」

「そお、ありがとう。……でも、それだけ？」

それなりに自信を持っているのだろう。もっと、褒めてあげればいいのだろうが、どう言ったらいいのか咄嗟には思いつかない。

「……オレ、巧く表現できないから……」

「そうかしら……？　トシ君って、きっと何人もの女の乳房、見ているんだわー」

若いのに頭に血が逆流するでもなく、冷静に見つめ、差し障りのない褒め言葉を弄している、そう言われた。

「いえ、オレは……、その……、表現がへただから……」

「いいわ。ちょっと触ってみて……ちょうだい」

積極的なおばさんである。ユキや高田さんのように初《うぶ》ではなく、葵姐さんのように己を殺して男に尽くすというのでもない。自分が評価しているように評価されたい、それだけの自信はある、そんなふうに主張している感じがする。

躊躇《ためら》うこともない。手を伸ばした。房全体を下から持ち上げ、軽く揉んでみた。次にはやや斜めになって左手を背に廻し、右手で房を覆い、摩り、揉み、掌に乳首を転がした。指先で乳首を摘み、指の腹を這わせた。ユキほどではないが、弾力を感じる。あまり揉まれていないような。

「……トシ君、……お上手だわ。慣れているのね……」

目をうっとりさせつつ、なおも胸を突き出してくる。右手も背に廻して抱きしめ、果実の実を啄むように乳首を唇に含んだ。乳頭を舌先で刺激し、実を舌で転がした。吸いついては放した。少し強めに吸い、軽く噛んだ。高田さんほどではないが、乳首はやや硬く感じた。あまり使用されていないような。

「ああ、……いいわー。お上手よ、……私、感じる……わ」

「私、脱いじゃうわ」

斗潮の膝を跨《また》いだまま、彼女は立ち上がった。女ターザンを連想した。衣装に豹の模様でも描かれていたら、まさにそのものだろうか。パンティーというものはなく、双丘を覆っていた衣装がそのままひと続きとなって、股間の付け根を巻いている。

「ねえ、外してちょうだい」

指さす股ぐらを見ると、最下端に留め具があった。屈み込んで視線を落とし、手を掛けた。なんとも奇妙な思いがする。この多分、絹製であろう一枚の布の下に女の宝物が鎮座しているのだ。今、眼前にあるふたつのホックを外して、ほんの少し捲《まく》れば……。

外した。だが捲ることはしなかった。彼女は、その衣装を身体から離し、斗潮に頭から被せた。香水の匂いがする。手にとってみると、さらさらとした上質な繊維であったが、小鳥が刺繍されている膨らみの箇所は硬くなっている。中に針金が入っているよう。股ぐらを覆う部分は二重か三重になっているらしい。

〈着物のほうがいいな〉訳もなくそう頭の細胞が囁いた。

衣装を三条さんに返した。にっこりして受け取ると、彼女はドレスの上に投げ置いた。今や素っ裸の中年女が、斗潮の膝を狭んだ状態で大股を拡げて立っていた。臆することもたいして恥ずかしがる様子もなく。ただ、大股開きはさすがに気になったのか、背後に躙《にじ》るようにずり下がり、両脚を揃えた。なおも品をつくり、男を誘惑するように佇立《ちょくりつ》している。

「……トシ君、どうかしら、私のヌードは？」

これまた自信があるのだろう。表情も態度もそう言っている。歳は不明だが、高田さんの母と友人だというのだから、姐さんよりも年上だろう。そう思って眺めれば確かにいい。決して長身ではないが贅肉《ぜいにく》などはなく、すらりとしている。姿勢もいい。距離を置いて見れば、胸の膨らみもその姿形に合致している。言動ほどには挑発的な肉体でもない。若い頃はむしろ清楚な感じすらしたのではないだろうか。

「……うん、オレ、巧く言えないけど、……すばらしい……です。絵を見ているみたいです」

「まあ、嬉しいわ。私ね、誕生日がくれば三十うん歳、四十路《よそじ》もそう遠くないの。トシ君から見ればおかあさんよね……」

「えっ、そんなには見えません。二十代後半くらいかなって……、そう思ってました」

「あら、トシ君、口下手なんかじゃないじゃない。中年女の擽《くすぐ》り方、ちゃんと心得ているんだもの……。君も隅に置けない男《ひと》だわ」

「いいえ、お世辞なんか……。せっかくですから……、もっと見つめていいですか？」

「うーん、どうぞ、見てちょうだい。若者に見つめられると、それだけで興奮するわ」

改めて全体を凝視してみた。部分は判らないものの全体として均衡もとれ、とても歳には見えない。挑発的とまでは言えないものの、まだまだ男を刺激し、魅了するだけの女体である。視線を三角地帯に移しつつ、言った。

「いまでもこんなに若い身体なのに、……もっと若い頃は、凄かったんでしょうね？」

「まっ、また巧いこと言って、おばさんを喜ばすんだから……」

染めているのかどうかは判然としないが、白髪一本とてない緑の黒髪に比して、その箇所はいくらか赤茶けたように見え、なにより薄かった。靄《もや》が立ち籠めているような錯覚を覚える。指呼の間とはいえやや距離を置いているにもかかわらず、薄い綿毛の下から泉が窺える。一見したところ姐さんが羨ましがる丘ではなさそう。

「あら、私のお宝をしっかり見ているわね。さあ、今度はトシ君のシンボルを見せてちょうだい。きっと見事なんでしょうね」

三条さんは彼の上着を脱がせ、シャツのボタンを外しはじめた。やってることは姐さんといっしょだが、気持ちの入れ方、持ち方が違う。姐さんのは、何者にも代えがたい斗潮を慈しむように、大事に、大切に、丁寧にやってくれるのだが、三条さんのは違う。ただ一刻も早く脱がせるがために、やっているだけのようだった。

気持ちの入れように差異があっても、身ぐるみ剥がされるのは同じ。まもなく彼は柄パン一枚にされた。

「センスいいもの身につけてるわ。よくお似合いよ」などと褒め、すぐにはそれを剥ぎとらずに立ち上がって、胸板を撫ぜ、「ああ、いいわね」と頬を添えている。

そうしたまま動かないものだから、斗潮は三条さんの裸を抱いた。年齢の先入観があるせいか肌理《きめ》細かいとまでは言えないにしても、それなりにすべやかで、手触りもわるくない。

「……トシ君、逞しい胸、しているのね……。若いって、素敵なことだわ……」

唇を求めてきた。重ねて擦りあった。ため息のように「ああー」が漏れ聞こえる。三条さんは斗潮の頬を両手で挟み、掌を滑らせた。それが首に来、肩を摩り、胸板を撫ぜた。人指し指の腹で彼の乳首を弄び、舌で舐《な》めた。斗潮の姿勢を低くさせ、膨らみを持ち上げ、彼の乳首に自分のそれをあてがい、しっかりと抱きついてきた。彼女の呼吸がその膨らみを通じて彼に伝わった。

彼女の姿勢が徐々に低くなっていく。その手が腰に移り、臍を舐められた。振り返ってテーブルの上に置かれた鎌倉彫の小箱の蓋を開け、白く濡れた紙片を取り出している。プーンと消毒用アルコールの匂いがした。その紙片で、斗潮のものを拭いはじめた。

「まあ、立派だこと。……長くって、太くって……、惚れ惚れする大砲だわ」

砲身と先端を拭い、袋も。次にはいつの間に用意されたのか、彼女の手にはタオルがあった。アルコールを、その匂いまで吸い取るように丁寧に彼の一式を拭った。

「いただくわよ、この見事なバナナを……」

ハモニカから始まった。位置を変え、急角度で天井を指向しているそれに根元側から先端に向かって舌先を這わせ、中ほどを咥えた。咥えながら左上に遡上し、右下へ下った。正面に戻り、先端を舌先で刺激し、舌全体で舐めた。上方から眺めると、舌がまるで自らの意思で飴をしゃぶっているよう。

呑み込まれた。尺八である。唇を丸くし、頬を膨らませて前進と後退を繰り返している。砲身の下に蛞蝓《なめくじ》が這っている。唇だけでなく、併せて舌も動員しているのだ。冷静に客観的に傍観者でいようと心掛けたつもりの斗潮も極限に達しようとしている。

「ああー、……三条さん、オレ、もう……もう、いきそう」

「そお、じゃあ……。でも〈三条さん〉って言わないで……」

「あっ、ごめんなさい。小百合さん……」

「〈さん〉も要らないわ」

そんなことを言いながらも、舌技をすぐにはやめず、根元を舐められ、袋にも舌を這わされた。

「ねえ、トシ君、……どういう体位がいい？」

「……三条さんの、いえ、小百合……の好きなので……いいです」

「そお、トシ君、二回くらい大丈夫よね。じゃあ、最初は……」

ソファーに座っている斗潮に背を向けて膝に跨ってきた。尻の柔らかい感触を下腹部に受けた。前屈みとなって極限まで成長した斗潮のものを握り、案内している。と、そのまま咥えたとみるや直ちに呑み込んだ。「ああっー」という音を発して。

彼は驚いた。サックをしてないではないか。被せられた覚えもない。興奮はしているが間違いない。思わず、口走った。「小百合さん、サックを！」と。水を差されたのだろう。彼女の喘ぎが瞬時、鎮静し、「いいのよ、そのまま中で発射しても……！」と、それでも辛そうに呟いた。

「でも、それじゃ……」

「いいの、あとで説明するから……、ああー、トシ君、気分出して……よ」

なんでいいのか、彼には見当もつかない。娼婦ではないのだから病気の恐れはないにしても妊娠のほうはどうなんだろうか。

「ねえ、トシ君、大丈夫なんだから……、お願いよ、気持ち高めて……。ああ、私……」

訳は分からないものの、くそ度胸。教師まで勤めた分別ある中年が言っているのだ、ともかくも信じよう。

分かってくれたと思ったのだろう、三条さんは腰を浮かせてぐいと斗潮のものを内部に押し込み、「ああー、入ったわ……」と調子の高い満足そうな音を発した。腹を括《くく》ったら、実行するのみ。彼は三条さん

しだいた。

の腰を手前に引き寄せ、裸身を密着させた。脇の下から手を射し入れ、ふたつの膨らみを掌に包み、揉み

こういった体位は斗潮にも経験があった。しかし、もろ身で進入した体験はほとんどない。ましてやそのまま発射するなんて……。そう思っただけでわが分身は弥《いや》が上にも、その充血度を増し、頭は真っ白になってしまった。三条さんの奥行きや内部の状況を探ることもできず、せっかくの生身でありながら壁に擦ってみることもできないうちに頂点に達しそうだった。

「ああっ、あー、小百合さん、……ああー、もう、オレ、……いっちゃいます」

「ああ、いいわー。いいわ……よ、行って……いいわっ」

腰を前に出し、目一杯に密着度を高め、胸の膨らみを掻《か》き毟《むし》った。「あっ、ああー」という斗潮の絶叫に、やや遅れて「ああー、いいー」と三条さんの声が聞こえた。よくは判らなかったが、遮るものなく、遠方まで飛んで着弾したように思えた。

「よかったわ、トシ君。君の発射した弾、……私の膣を通り越して内臓にまで行ったわ。勢いが凄いんだもの……」

「……でも、ごめんなさい。小百合さん、満足しないうちに……、オレ、先に行ってしまって……。……初めてだったんです」

「それは嘘よ、初めてだなんて……。今は、ちょっとタイミング、ずれちゃったけど、トシ君、そうとう経験しているわ。私には、解るわよ」

「いえ、そのー、初めてってのは……」

経験のあることはあえて否定せず、サックなしでが初めてだったのだと告げた。そう思っただけで舞い上がってしまい、三条さんのことを考える暇もなく、放射してしまったのだとも。

「でも、小百合さん、どうしてサックしなくっていいんですか?」

彼女はすぐには返事せず、洋画に出てくる俳優のように裸体の上からガウンを纏って部屋から出ていった。「トシ君、ビール、呑めるわよね」という言葉を残して。

「さっきの答えだけどね……」

瓶を二、三本、抱えて、彼女はすぐに戻ってきた。そのうちの一本を斗潮に差し出し、「どうぞ」と。コップもなければ、栓抜きもない。だいいち、これはビール瓶にしては小さいし、見たこともない。受け取ったものの、何をどうすればよいというのか、迷うばかりである。

「あのー、これ……」

「ああ、これ、初めてなのね、トシ君。栓抜きいらないのよ。ほら、こういうふうにやればいいのよ。それでね、直接、口を付けて呑むの、こういうふうにね」

三条さんの真似して栓を開けたものの、直呑《じかの》みとは行儀が悪い。特に三条さんのような教養もある人が、と思ったが、喉も乾いていた。飲《や》ってみた。美味《うま》かった。喉が歓喜の交響曲を奏でるほどに。ビールだったが、いつものとは味が違っていた。

こちらのほうの答えが先に来た。アメリカ産なのだそうで、向こうではグラス——硝子製のコップのことをそう言うのだと教えられた——など使わず、直に呑むのが一般的な流儀なのだと教えてくれた。「それがアメリカン・ウエイなのよ」と。なんでもご主人もこのビールが好きなんだそうで、米国に知人もいるし、貿易の仕事をしている関係で手に入るのだそう。

「さっきの答えだけどね……」

最初の質問の答えである。結果としてよく分からない説明だった。〔オギノ式〕とか〔基礎体温法〕とかいった用語が出てきたのだが。むしろ、男の代わりに女のほうが避妊具を内部に装着する方法があると聞かされたことのほうが理解できた。近頃は、〔経口避妊薬〕という飲むものもあるとも教えてくれた。さらにサックというよりコンドームとかスキンと言うのがポピュラーで、サックなら正確にはルーデサックというのだとも。


バスルームに案内された。風呂場とかせいぜい気張っても浴室と称している斗潮であったが、三条さんの言の葉にはあちらの単語がずいぶんと出てくる。それだけでも、勉強になる。そこで彼女が外国語らしい単語を言ったときには、何語なのか、意味は何か、スペルは、と差し支えない状況下ではなるべく問うことにした。

さっそく、〔バスルーム〕は英語で、スペルはb－a－t－h－r－o－o－m、意味は分かるでしょ、と。ついでにさっきの〔サック〕はsackで、〔コンドーム〕はcondom、〔スキン〕ならskinだと。もっとも、condomが入試に出ることはないわね、と笑っていたのだが。

「シャワーでいいわね。スペルはs－h－o－w－e－rよ」

夫婦ふたりだけにしては広いバスルームである。シャワーもふたつあった。が、

「私がやってあげるわ」

で、三条さんはひとつのシャワーを使って斗潮の身体に湯を浴びせた。特に分身に対しては湯を掛けるだけでなく、素手で拭ってもくれた。嬉しいには違いないのだが、姐さんのように心が籠もっているというより、なにか事務的な感じがした。顔は自分で洗った。

やってあげたらやってもらうというのが、多分この人の流儀だろうと、彼女からシャワーの把手を受け取り、同じように首から下に湯を浴びせ、三角地帯は手で。クレパスの中には指を入れてまさぐった。うっとりした表情で、彼女は「いいわー」と漏らし、背を伸ばして斗潮を捕え、キッスしてきた。問うまでもなく、スペルはkissだったなと思いつつ応じた。

軽い口づけ程度で解放された。そこで、斗潮はお巫山戯《ふざけ》しようと閃いた。シャワーはふたつある。これを武器にして相手を攻めようというもの。顔や頭は避けるにしても、この中年女は乗ってくるだろうかと、一抹の不安はあったが、提案した。

「おもしろそうね。やりましょう」

栓を目一杯に開放し、開始である。黙ってやったのでは興も載らない。「ブレストに聳えるツインのヒルをアタック!」、「そんなアタックでは、この要塞は落ちないぞ」、「フィールドの真ん中にある臍陣地をアタックせよ」、「エネミィはブッシュに逃げたぞっ」、「ブッシュの下のホウルに退避しているっ! 総攻撃だ!」などと。

「ああ、楽しいわね。若い人とこんな遊びができるなんて、私もまだまだ若いわよね」

「そうですよ、小百合さ、ん」

互いに身体を拭きあった。バスタオルと言うのだと教わった大きなタオル。すかさずスペルはbathtowelね、と言われ、〈th〉と〈towel〉の発音を注意するようにと、彼女が言ってみせてくれた。斗潮は三条さんを抱き上げ、寝室へと運んだ。どこに下ろそうか迷ったが、映画ではベッドと決まっている。倣った。一尺くらいになるまでは静かに下ろし、そこで手を放した。

「うん、トシ君ったら……」

ベッドに横たわった三条さんを攻めることにした。それが再起を早めることになると判断して。姐さんだったらうんと可愛がってもらい、舌技で回復してもらうところだが、三条さんには甘えにくい。

接吻し、鼻や耳に散歩した。顎と喉を嘗めた。鎖骨を摩った。谷間に舌を這わせた。膨らみを交互に揉み、交互に舌を這わせた。麓から中腹、中腹から頂上へと丁寧に。頂上の突起で寄り道して下山。接吻して舌の渇きを癒し、臍はちょっと遊んだだけで、草叢《くさむら》へ。間伐したように疎らな草原である。こういった箇所は手入れしないのか、自然のままに放置されているよう。

〔原〕にもいくらかの傾斜があり、丘の形状をなしていないのではないが、はっきり言えば姐さん以上に扁平である。さっきは背後からだったので影響はなかったが、正面からだと多少の注意と配慮を要すると思われた。草地と裸地の境界に舌を這わせた。すでに楕円形となって開かれている龍宮城の門の周りを散策した。

門を舌でノックし、内壁を軽く抉り、真ん中の突起を突いた。ほんのお触り程度のはずなのに、三条さんは身を悶え、押し殺した声で「ああっー」と喘いでいるではないか。この女性《ひと》は、ひょっとしたら久しくの御無沙汰だったのではないだろうか、そんな気がした。

「あっ、ああー。トシ君、お願いだから、……入れて、ああ……」

最初のフレンチキッスに度肝を抜かれ、生身の挿入で我を忘れてしまったが、今は斗潮のリードであり、ペースだった。ただ、残念ながらまだわが愚息は回復途上。回復を早めることと、意地悪の一石二鳥を狙うことにした。

「いい気持ちになってるのに、ザーンネンですね、小百合さん。ほら、オレの、まだ……こんなだもの」

身を乗り出し、覆い被さるようにして分身を三条さんの眼前に晒し、揺すった。六分くらいにまでしか成長していないそれは、だらしなく、しかし食欲を誘うように揺れている。

「意地悪っ！」

短く吐くように呟くや、片手で斗潮のものを掴《つか》み、咥え込んだ。唇を尖《と》んがらせてしっかりと捕捉し、忙《せわ》しく前後運動を始めた。さきほどと同じように舌も這わせている。一方の手は砲身の根元を摩り、他方の手は袋をまさぐって。三条さんが焦っているものだから、さっきほど早く、激しい電流が流れてこない。

中年女が自分の子どものような若い男の男根を咥え、必死に喘いでいる様は異様である。同情を超え、哀れを思わせた。髪の生え際を擦り、耳朶を摩った。少しでも助力するつもりで。それでも次第に膨張している。八分くらいになったろうか、これ以上、続けたら危ない。喉に詰まらせ、窒息する恐れがある。たとえ彼女が経験豊富にせよ、興奮しているのだから。姐さんが教えてくれたことである。

タイミングを計って引き抜いた。

「意地悪っ！」

「もう少し、お待ち下さい、お客さん」

「うっーん、トシ君ったら……」

分身をふたつの膨らみに添えた。手で根元を固定し、先端と砲身とを這いずり廻した。谷間を上下し、左右の裾野を刺激し、中腹を交互に抉った。腰を浮かせて己の先端を膨らみの先端にあてて擦った。

「ああー、トシくーん、まだ……？……もう……私、我慢できない……わ。ああっー」


嘘偽りでも演技でもなく、三条さんは〔限界灘〕に差しかかっているよう。分身も挿入可能な程度にまで回復してきた。意地悪は終りにすることに。

「お客さま、長らくお待たせしました。これからトンネルに向かって発車しまーす」

位置を合わせようとずり下がった。と、三条さんは苦しそうな顔を歪めつつやや半身を起こし、斗潮のものを捕まえた。寄り道させないよう直線的に入口に案内しようというのだろう。苦もなく引き込まれた。

「あ、ああー」と三条さん。

慌てることはない。トンネル内を点検することに。まずは内径。左右の壁を、次には上下の壁を砲身で抉りつつ計った。僅かな隙間しかないよう。襞《ひだ》状のものも感得されない。奥行きはどうだろうか。「あっ、あー、トシくーん」

ほぼ四分の三ほどで、最奥部の壁に突き当たった。もう少しどうだろうかと、二突き、三突きした。いくらか掘削機が進んだが、全身を完全に呑み込むほどのキャパシティーはなさそう。これなら〔偏平が丘〕というか〔偏平が原〕というか、もろに接触する恐れはなく、骨肉が相まみえるぶつかり合いは避けられそう。

三条さんの歓喜の声が間断なく続いている。斗潮は、彼女の表情を楽しむように見つめながら往復運動に励んだ。今や一八歳が、四十路に近いという中年女を完璧にその支配下に置いていた。ときに激しく、ときにゆっくりと繰り返した。内径が狭い分、砲身が擦れて斗潮も次第に〔限界灘〕に近づいてきていた。

そのときであった、単純な往復運動の繰り返しに変化が生じたのは。先端にまるで舌先で擦られたような衝動が走った。先端が感取した電流が砲身に伝播し、ピクッ、ピクッと痙攣した。男の「あっ、ああー」と女の「OH!」とが同時に空間を引き裂いた。

「OH!……How……excellent……」部分的にしか聞き取れなかったが、昇天する瞬間に英語で叫ぶ三条さんには驚かされた。発射とともに彼はいったん、大きく仰反《のけぞ》り、彼女の胸に落ちた。その一刹那、三条さんの顔が鬼面から、観音様の顔へと変転するのが知れた。胸の膨らみを胸板で感じつつ擦る間もなく、宙に大きく拡げた彼女の両手で首が捕捉され、接吻へと転じた。

激しい摩擦と絡みである。彼女の口の端からだらしなく涎が垂れている。一瞬、躊躇《ためら》ったものの、舌を這わせて吸い採ってやった。ユキ、高田さんそして姐さんだったら、躊躇うこともなかったろうが。愛液の湧出量はけっして多くはなかったように感じていたのだが、その分、口中からの噴出量が多くなるものなのだろうか。

「とっても……よかったわ。wonderful よ。……君もスマートガイだし……。私、こんなに燃えたの、久しぶり……」

ビール瓶を手に持ちながら、余韻を楽しむように裸のままベッドに並んで腰を下ろしていた。

「オレも、です」

「そうなら、よかったんだけど……。私だけ、行っちゃうのかって……そういうこと、心配するどころじゃなかったわ。もう、すっかり嵌まってしまった……。厭だわね、いい歳したおばさんが、トシ君に……有頂天になってしまって……。恥ずかしいわ」

「いえ、オレもよかったです。……特に、アノー、最後の……さきっぽに……すごい刺激があったの……、あれ、凄かった」

「ああ、それ、それ。Mr. glans、つまり亀頭くんを刺激するのでしょ？　ああ、それ、出てくれたの……？　よかった。じゃあ、トシ君もある程度は感じてくれたんだ……」

何を言っているのかさっぱり分からない。この人はときどき宇宙人になるのだろうか。

こういったことだった。自分でも分からないのだが、限界まで燃焼すると、そういう現象が現れるらしいのだと。したがって、自分で意識してすることはできず、したがってまったくコントロール下にはなく、加えて内部の何がどのようにして亀頭くんを刺激するのかも不知なのだと。

「だからね、普通に燃える程度のセックスじゃ出てこないの。今みたいに完全燃焼しないと、ねッ。perfect-burningのときだけ……よ」

「じゃあ、月に一回、ご主人が帰ってきたときなんか、すっごいんだ、きっと……。スーパー・パーフェクト・バーニングで……」

「あら、トシ君、言ってくれるわね。ほんと、そうだといいんだけど……。主人とだって……そう頻繁にあることじゃないわ。……いけない、余計なことまで、私、言っちゃった。……でも、トシ君って最高だわ。……いいものを持っているし、なにより、若いのにテクニックもエクスセレンスだし……」

飲みかけのビールを干し、抱き合ってキッスしてから、

「まあ、もう四時だわ。お店、オープンしなけりゃ。さあ、トシ君、シャワー浴びよう」

の三条さんの声に促されて、裸のまま揃って再びバスルームへ赴いた。もうお遊びをしている暇はなく、二本のシャワーを使ってそれぞれが、それぞれに湯を浴びた。

服を着ながら、三条さんの様子を窺った。さっき脱いだものではなく、別の下着というのか、それともコスチュームというのか、色合いは異なるが同じようなものを肌に付け、ドレスはさっきと同じ黒を纏っていた。〈着物のほうが趣があるな〉なぜだか、斗潮の頭に、そんなことが過った。ただ、ガーターと言ったか、ガードルと言ったかは、すぐに失念してしまったが、ストッキングを履く様だけはまあ絵になるかとは思ったのだが。

化粧するところを見るのは失礼かと思い、斗潮は彼女に告げて先に階下の店に降りた。開店準備でもと考えたが、何をどうしたらよいのか分からず、ドアの隙間に挟まれていた夕刊を広げ、拾い読みして待った。

やがて店に出てきた三条さん、とても今さっきまで狂おしい嬌声を発して歓喜に燃えたことなど窺わせる素振りも示していなかった。ドレスは同じだったが、同色のストッキングで白い脛を隠し、頭髪も束ねてアップにしていた。口紅はやはり真紅であり、ネックレスやブレスレット、イヤリングを付けて。

実は、これらの用語もたった今、教わったばかり。褒めるつもりで、「三条さん、素敵ですね」のあとに、首輪、腕輪、耳飾りなどと称したものだから、それぞれのスペルとあわせて教えられたのだ。

三条さんは手近から準備を始めつつ、斗潮さえよかたら英語を、高田さんに代わって教えてもよい。教員採用試験を控えた彼女もそのほうが喜ぶだろう。私も、そうすれば斗潮に逢う機会も増えるから——と。

「そのことで、瑞枝ちゃんと話してみるけど、どうかしら？」

高田さんの好意に背くことにならないのであれば……と、斗潮は条件を付することを忘れなかった。高田さんには、ここまでずいぶんと助けてもらったし、彼女が〈厭〉と言わない限り、いましばらく男女の関係を保っておきたいとも思ったのである。

「じゃあ、オレ、帰ります。書類のほう、よろしくお願いします」

「分かりました。トシ君、今日はとっても楽しかったわ。また、是非、ねっ！　楽しみにしているから……。そうそう、これ、口止め料、とっておいて」

斗潮の手をとり、掌に懐紙で包んだものを握らせた。彼は何も言わず、眼だけで会釈して気持ちを伝えた。彼女も目配せで答えた。片目で瞬きして合図することを〔ウインク〕と言うのだという本日最後の単語を聞き終えて、通用口に回ろうとした。

「トシ君、もうお店、開けるから、こっちから出て」

と、ドアのところで待ち伏せするように立ち、両手を握り、頬に接吻された。

「ありがとうございました。さようなら」

「さようなら、トシ君」

投げキッスをして、三条さんはドアを開けてくれた。店の時計は午後四時一五分を示している。いったん、荒家に帰ってから今日は定時制高校に登校するつもりであった。三条さんが見送ってくれているかどうか、振り返ることもなく自転車のペダルを踏みしめた。

第二十六　秘密の基地

諸心塾の授業が開始された。高田さんも三条さんも週に数回ずつ出勤していた。高田さんは午前の日もあれば、午後の日もあったが、三条さんはいずれも午前の授業だけ。ふたりが重なる日が週に一日あったが、三条さんは午前の授業が終れば帰宅し、午後の授業となる高田さんはその後に出勤してくることから、ふたりが塾で遭遇する機会はほとんどなかった。

ときどき高田さんが三条さんの店に顔を出していたようだったが、彼女自身の授業やゼミなどの都合で、しばらく間があくこともあるらしい。そんなある日のこと、三条さんから高田さんへの言伝てを頼まれた。最近、忙しいのか店に顔を出さないのだという。斗潮の英語のことで話し合いたいので、暇をみて店に来てほしい――と。ただ、彼が自分のことの用件を伝えるのは抵抗があるだろうから、ただ、〈来てほしい〉旨だけを伝えてくれればいい、斗潮といっしょでもいい、そう言っていた。

このときもそうだったが、三条さんは事務室に誰もいないときは、帰り際、物陰に斗潮を誘い、軽くキッスして帰るのが習慣になりつつあった。塾に来るときは、彼女の唇は自然の色をしていた。あるいは透明な口紅かも知れないが。また、他の講師や先生、あるいは生徒などがいるときは、斗潮にだけ分かるようウインクして帰ることが多かった。

「トシ君とキッスすると、なにかいいことがありそうな気になるのよ」

同じようなことを高田さんも言っていたような記憶があるが、彼女はめっきりと忙しくなってきたのか、塾への出勤も余裕がなくなっていたし、斗潮との会話を楽しむ時間すらない日があった。疑問点を二、三質問し、答えを貰う、あるいは彼女からやっておくべきことの指示がなされる程度で、抱擁も接吻もその頻度は少なくなっていた。もっとも、週末の土曜日は三条さんの店で落ち合い、勉強をみてもらうことにしていたのだが、それとて、彼女の都合で取り止めになってしまうことが少なからずあるといった状況であった。

伝言を伝えた日は珍しく高田さんも、時間に余裕があるという。斗潮の片付けが終るのを待ってくれ、久しぶりに自転車を並べて土手道をいっしょした。

「近頃、私、忙しくって……。トシ君の勉強、見てあげるの疎かになっているわね。ごめんね」

「仕方ないですよ、高田さんだって大事なときなんだもの……。オレだって、もう独力で勉強しなけりゃいけないって、思っているし……」

「トシ君なら、大丈夫って確信しているんだけれど、……もうひとつ、寂しいことがあるわ……。君と仲良くすることも……ままならないんですもの……。学校までにはまだ時間、あるんでしょ？　ちょっとでいいから、……例のふたりだけの秘密基地で、どお？」

「いいですよ」

「そお、じゃあ、行こうか」

材木置場はなんの変化もなかった。人影もなく、うまく潜入できた。高田さんは前回と同じ死角ポイントに来ると、待ちきれないといったふうに斗潮に抱きついてきた。

「トシ君、抱いて……、そしてキッスして……！」

狂おしいといった風情で、眼を潤ませながら訴えている。彼も、

「瑞枝さんっ！」

とだけ呟いて、しっかりと彼女を抱きしめ、唇を重ねた。斗潮のすべてを吸いつくしてしまおうかとすら思われるほど、長く、激しい接吻だった。虚ろになった眼を視点の定まりもなく漂わせている。鼻と鼻を接触させ、左手で肩を抱きながら胸に手をあててセーターの上から丘を揉んだ。

「ああ、トシくーん」

セーターをたくし上げ、手を滑り込ませて袖の中を二種、四つの肩紐を左右の二の腕までずり下ろした。彼女は両手でセーターの下端を持ち上げている。聴診器で医師の診断を受ける患者のように。抱きしめてシミーズのチャックを下げ、ブラジャーのホックを外した。久しぶりに拝む双丘のような気がした。

確認することも合図することも要らないのだが、それでも斗潮は彼女の眼を見、微笑んだ。瑞枝も反応し、ぎこちなく顔を綻《ほころ》ばせ、軽く頷いた。シミーズとブラジャー両方の上端を摘み、ゆっくりと下げた。桜が終った頃とはいえ夕刻に近く、けっして暑いはずはないのだが、谷間にうっすらと汗を滲《にじ》ませている。

手の甲で谷間の汗を拭い、もう一度、瑞枝の顔を窺ってから舌を添えた。峡谷を遡上し、両房の中腹を円を描くようにぐるりと這わせた。舌先で苺の粒を嘗め、徐ろに啄んだ。唇に含み、乳頭を舌で転がした。

「ああ、トシくーん」

セーターを持ち上げている彼女はなにもできない。眼で合図し、セーターを脱がせ、それを彼女の鞄の上に置いた。ついでに背に回り、背後から双丘を掌に包み、肩越しに顔を突き出し、唇を求めた。小声で「瑞枝っ」と呟いて。軽く摩擦し、上下の唇に舌を左右に這わせ、舌先と舌先とを接触させた。

「ああー、トシくーん」

表情は弛緩し、宇宙に旅立つよう。向きを変え、正面から双丘をまさぐった。彼女が姿勢を低くしてきた。一物を求めているらしい。股間のチャックを開け、柄パンの窓をこじ開けるようにして引きずり出した。外気に触れたそれはほぼ水平くらいになっていたが、彼女は愛しいわが子に邂逅《かいこう》したように呆然として見つめている。髪の毛を優しく摩ってやった。

「ああー、私の……大切な……宝物……」

右手を砲身の下に添え、袋も外界に出した。先端を舌先で嘗め、まだ元気回復していない砲身を咥えた。励ますようにゆっくりと、次第に早くと前後運動している。左手で根元を固定し、右手は袋を弄びながら。〈ウング、ング〉と作業に集中しつつも、時折は休憩し、「ああー、いいわあ、トシくん」などと呟いて。姐さんとはもとより、先日、初めて施された三条さんの舌技と比べても、瑞枝のは拙い。しかし新鮮さがある。両親とも教師という厳格な家庭で育ち、自らも教師を目指す大学生、その女性《ひと》が立場を忘れて一心不乱に――ああ、そう思ったらにわかに分身は成長し、彼女の口中で膨張した。

「ああー、こんなに大きくなったわ……。ねえ、トシくん、……私、ほしい……わ」

「オレも……。……どうする？」

「この前みたいに立ったままじゃなく、……ねっ、いいでしょ?」

逢うときはスカートにすると言っていたが、今もスラックスであった。一隅に鉋の削り屑が積まれている。下半身だけでも脱いでしまおうか。誰も入ってくることはないだろうし。ただ、木屑の上に彼女を横たわせて大丈夫だろうか。背に傷でもついたら困る。

「ねえ、瑞枝さん、風呂敷かなにか、持ってない?」

「ハンケチしか持ってないわ」

「そお、それじゃ、あの木屑にオレが仰向けになるよ。瑞枝さんは、だから、上になって……」

「分かったわ。でも、今日もスラックスなんだけど……」

「オレも下、脱ぐからさ、瑞枝さんもスラックス、脱いだら?」

「ええ、そうするわ」

念のため、斗潮は周囲を確認してズボンと柄パンをいっしょに脱いだ。彼女は、いまさら恥ずかしがることもないだろうに、後ろ向きになってスラックスを、続いてシミーズの下からパンティーを脱いでいた。いつもと同じ白だった。

触れたとき痛痒《いたがゆ》かった木屑であったが、すぐに慣れた。仰向けに寝、瑞枝を迎えた。鞄からサックを出し、装着している。ずいぶんと手際がよくなってきている。シミーズをたくし上げつつ、彼女は重なってきた。肩紐が二の腕に下がり、双丘の裾野と谷間が見えるその様は、映画で見る安宿で娼婦と交わるような錯覚を覚えさせた。十分に濡れていたのか、それとも急がなければという気持ちがそうさせたのか、前戯なしで彼女は斗潮のものを自らの入口へと導いている。

場所を設定している間に、彼のものはやや元気を失いつつあったが、瑞枝の手で二、三度扱《しご》かれ、お宝の門口に触れて持ち直したよう。多少のまごつきはあったものの、割合にうまく入った。最初、この体位のとき、彼女は上手に吸引できなかったことが嘘のよう。

「あっ、ああー。入ったわ……」

接点を覗き込むようにして安心を得てから、瑞枝は前進後退の運動に取りかかった。斗潮も下から腰を支えて補助した。のめり込むと単調な動きになりやすい彼女である。支えた腰を右へ、左へと寄せ、手前に引き、後ろへと下げた。

「あっ、ああー、トシくーん、いい、いいわー」

場所が場所であり、そうそう長居はできない。急ぐことにした。例によって両脚を瑞枝の尻にあてがって組み、引き寄せた。「ああっー」とひときわ高く嬌声を発しそうになった瑞枝の口を、斗潮は咄嗟に掌で塞《ふさ》いだ。修羅のごとく厳しい顔つきとなっている瑞枝に、眼で言い聞かせてから、再度、脚に力を入れて引き寄せた。

同時に半身を浮かせて彼女に抱きつき、唇を塞いだ。「あっ!」だけで瑞枝の叫びをとめることができた。そのまま彼女に斗潮を両脚で挟むように求めた。胸をあわせて抱き合い、組んだ踵で目一杯、引き寄せた。彼女の好きな体形となった。巻き付けた手で彼の首を締めつけ、背筋を伸ばして呻《うめ》いていた。

「トシくん、……もう、もう……」

牛のように鈍重に、声を殺して呻いている瑞枝は、もう頂上に至ったよう。弾力のある尻を両手でもうひと寄せした。全身が呑み込まれたのか、斗潮の下腹部に瑞枝の秘丘が接触した。あの秘丘が、初めて。

彼にしてもユキとのとき以来である。

「あっ、ああー、みずえっ！」

「トシくーん！」

抱き合ったまま、ふたり同時に終着駅に到着した。


抱き合ったまま余韻に浸っているわけにはいかない。瑞枝はサックを抜き、それをチリ紙に仕舞い、鞄から手拭いを二本取り出した。ひとつを斗潮に手渡し、もう一本で今、斗潮のものと別離したばかりの箇所を拭っている。彼も、わが分身を同じように拭って着衣した。

立ち上がって衣服を身に付けている瑞枝に、彼は言った。

「瑞枝さん、今のはいままでのうちで一番深く入ったみたいです。例の瑞枝さんの、あの丘が初めて……オレにぶつかったみたいです」

「えっ、ほんと！　うれしいっ……！　夢中だったから分からなかったけど、……そうなの、トシ君の、初めて全部を、呑み込めたの……。嬉しいわー。トシ君、ありがとう。で、どうだったの？　感じてくれた？」

「うん、だからオレも……。でも、瞬間だったから……、できればもっとゆっくりと、瑞枝さんの秘丘、味わいたいなあー」

「ええ、ぜひともそうしましょう。でも、……嬉しいなあ、トシ君の、あの長いのが、……全部、私の中へ……、入ったなんて……」

身支度を整えおわったスラックスの上から、彼女は自分のお宝を慈しむように摩っていた。斗潮は抱きしめ、接吻して、ふたりは別れた。材木置場から時差脱出して。

その日、そのあと、高田さんは伝言にしたがって三条さんの喫茶店に行ったと、後日聞いた。三条さんの提案に、高田さんはすぐに同意したという。彼女自身、忙しく、斗潮の面倒を十分にみてやれなくなっていることを悔いていたのだから。

国語と社会はそこそこ行っているという高田さんの説明で、こんな日程になったと知らされた。第一土曜日は国語、第三は社会として高田さんが、第二と第四土曜日は英語で三条さんが、それぞれ斗潮を指導することに。なにかの不都合で予定が流れることもあるだろうから、第五は予備日とすると。もちろん、それ以外に質問などは塾の仕事の合間にしてもらっていいという。

土曜日の場所はいずれも三条さんの店で、正午。ひとり分もふたり分もいっしょだからと、昼食は三条さんが用意してくれるという。開店前の店を活用するのである。不都合が生じた場合は、店に電話連絡することとし、翌日、三条さんから店の燐寸箱を渡された。

「さゆり」と三条さんの名前を平仮名にしたのが、店の名になっていることは承知していたが、燐寸箱をもらったのは初めて。戦前のカフェーの女給のような絵が描かれた素朴な絵柄である。所在地と電話番号が印刷されていた。因みに、そのときに知ったのだが、その絵は三条さん自身が描いたものだという。英語ができ、喫茶店を経営し、そのうえ絵心まであるのかと、彼は驚いたものである。

それからしばらくは順調に日が流れた。平日は塾に出勤し、夕刻からは定時制に通ったが、受験勉強を優先することから出席日数が不足しない程度に定時制は自主休校にする日もあった。もちろん、担任の教師にはその旨を伝えてのうえであるが。講義が始まってからは塾も落ちつき、勤務時間内にも結構、勉強することができていた。仕事の手抜きをしない限り、諸星先生も承知のことである。

ただ、土曜日は違った。その日は高田さんも三条さんも過去の出題例や模擬問題――これはだいたいが高田さんが受験雑誌などから見繕い、それを切り裂いて用いているのだが――を、実際に時間を計って斗潮にさせ、終ったら採点し、間違った箇所や正答だったものの彼がよく理解できていない箇所を解説してくれるという方式だった。時には、実際に特定の私大で出題されたと内容も形式も同じものを、書店で手に入れてくれ、それをやってみるということもあった。

第一と第三土曜日の高田さんは手際よく進めてくれ、彼が問題に取り組んでいるときは三条さんと四方山話をしているよりも、自身の教員採用試験問題に取り組んでいることが多くなっていた。優秀な学生である彼女にしたって全知全能ではない。分からない箇所もあるのだろう。そんなときは先輩であった三条さんに問うていた。

そんなことで、「さゆり」の開店前にはふたりとも辞去するのが通例で、帰途、例の材木置場に立ち寄ることがあっても、抱擁し、接吻するくらいでなかなかそれ以上の行為にまで及ぶことはなかった。

一方、第二と第四の三条さんである。教員を辞職してから間が空いていたせいか、必ずしも要領はよくなかった。諸心塾で再び教壇に立つことになり、徐々に勘を取り戻していくのだろうが。むしろ斗潮を教えることが、塾での講義の練習になると言っていた。

第二十七　姐さんのアパート

間もなく梅雨入りかという頃である。斗潮の受験勉強は順調に進んでいた。毎週土曜日の「さゆり」通いも欠かさずに続いて。その土曜日の昼過ぎ、「さゆり」には店主の三条さんと高田さん、それに斗潮がいた。これから雑誌社などが主催する模擬試験を受けるためにも、志望先をある程度、決めておこうと、その相談中である。

三条さんが炒《い》れてくれたコーヒーを啜りながら、斗潮のために熱心に。国語と社会担当の高田さんは今の力を維持できれば、この両科目に限ってなら大方の国立大だって大丈夫であり、東京の名のある私大でも合格可能だと強調していた。

一方、英語を見てくれている三条さんの評価はやや厳しかった。事実、三科目のなかでは英語が最も苦手であることは、誰あろう当人が承知していることでもあったが。彼女の弁はこうだった。英語が他の二科目と同じ配点であれば、高田さんのいう東京の有名私大でも合格するかもしれないが、英語の配点が高い場合には不安が残ると。

ただ、まだまだ本番までには時間もある。指導者である三条さんも徐々に慣れてきたのだし、最新情報も頭に入りつつあるので、これから秋までの斗潮と三条さんの努力如何にかかっていると。

とりあえずは土曜日の時間割は変えず、三条さんの指導密度を濃くし、併せて斗潮も平常から英語に割く時間をより多くすることとした。そのうえで、特に英語が難関である上智やＩＣＵなどは避け、早稲田あたりを目指したらどうかということを勧められた。

高田さんは斗潮の経済状況を承知しているはずなのに、こういった議論になると他の条件は捨象され、学力だけで判断しがちになってしまう弊があった。

ふたりの熱心さに感謝しつつも、経済上の理由から夜学（二部）にせざるをえない可能性が高いことから、上智や慶応などの夜間部がないところは端《はな》から受けるつもりはないと明言した。そこで昼間部（一部）になるか夜間部になるかは別として、できれば早稲田を第一志望とし、それに明治と中央のいずれも法学部を受けてみたい、そう言った。

「二部なら、トシ君の挙げたとこ、どこだって間違いなしよ。一部だって、早稲田はもうひと息だろうけど、明治と中央ならまず大丈夫でしょう」

異口同音にふたりは太鼓判を押してくれた。ここでようやく地に足がついた相談になってきた。「そうそう、友だちから聞いたんだけどー」と高田さんが切り出した。彼女の高校時代の友人が東京のある大学に通っているのだが、その人も経済的に恵まれずに、結局、新聞配達店に住み込んで朝夕刊を配りながら昼、通学しているのだという。

「たしか、トシ君も新聞配達した経験、あるのよね？」

さすが高田さんである。もし、もっと詳しいことを知りたいのであれば、友人を通して情報を集めてみてもよいが、と言ってくれた。

血縁関係にあるのでもなく、授業料、指導料を支払っているのでもない。それなのに、これほどまで熱心にわがことを考え、助力してくれるふたりに感謝する斗潮であった。もっとも、ふたりとはそれぞれ所謂《いわゆる》、肉体関係にあり、そういった意味では血縁よりも深い関係にあるのかもしれないが。

梅雨の前触れかと思われる鬱陶《うっとう》しい曇天が続いていた。そんなある日のこと、葵姐さんから一通の手紙が届いた。アパートを借りて転居したという知らせである。場所は市内の南方を日本海に向かって滔々《とうとう》と流れる大河の辺《ほとり》、長堤のすぐ近く。郊外というほどの外れではないが、街の中心からはそれなりに離れている閑静な所だという。簡単な地図が同封されていた。

長堤に沿って並行して走る県道からやや路地を入るため、車の往来にも影響されず、付近には畑も散見されるとのこと。そういったことで周りの環境はまあまあだと記されている。アパート自体も戦後に建てられたもので、まだまだ新しい。六畳と四・五畳の二間に台所と便所がある、二階建ての二階だという。最近流行《はや》りの外階段で昇った奥。

南側には遮蔽物がないので直に大川の流れを臨み、山並みも遠望できるというが、唯一、欠点は二階の高さが土手の高さとほぼ同じ水準であること。そのため、窓を開けると土手道を通る人から丸見えになってしまうことだとあった。

「トシちゃんと楽しくしているところが丸見えじゃ困るわ。それでね〈カーテン〉を付けたのよ。雨戸、閉めちゃうと暗くなっちゃうでしょ。それでね、お店、あちこち回ってたら、外からは見えにくくって中からは見えやすいっていうカーテンを見つけたのよ。もっとも、夜は反対になるんだけど……」

話し言葉そのままの文面である。それだけに姐さんの思いがよく伝わってきた。荒家からは自転車で一五分くらい。けっして遠くもなく、さりとて知り合いもいない場所であった。ただ姐さんは結城楼への通勤はどうするのだろうか。たしか、彼女は自転車には乗れないはず。徒歩ではきついだろう。乗合の便でもあるのだろうか。

「まだ、家具も揃っていないけれど、少しずつ揃えていくつもり。是非、来てみてちょうだい。今度の土曜日は早番で、八時にはアパートに帰っているから……。トシちゃん、定時制が終ったあと、どうかしら?日曜日は遅番で、午前中はゆっくりできるし……」

登校するときにはまだ曇っていた空だったが、授業が終って下校するときにはもうシトシトと降りはじめていた。傘をさしながら自転車に跨った。地図は頭の中に入っている。路地に至ってからやや迷ったものの、誰に尋ねることもなく目的のアパートに到着できた。

鉄製の外階段を昇ると二階の玄関である。左右に下駄箱が設えてあり、そこで下足することになっている。廊下は板張りである。下駄箱の姐さんの履物がどれであるかはすぐに分かった。自室にいるらしい。時計など持っていない斗潮であったが、九時頃のはず。帰ってきているのだろう。

名刺大の紙片に「高橋」とある引き戸をノックすると聴き慣れた姐さんの声がした。「ハーイ、ただいま」と。木製の引き戸に四角い穴があり、それが内側から開けられ「まあ、トシちゃん。今、開けるわ」ときた。

四角い小さな穴には硝子が嵌め込まれ、内側にはその穴を覆うように木切れが蝶番《ちょうつがい》で止められている。そこを持ち上げると戸の外に誰がいるのかが判る仕組みになっているのであった。半畳くらいの板の間に招じ入れられた。

「トシちゃん、よく来てくれたわ。さあ、入って、狭いところだけれど……」

濡れた傘を受け取ってくれた。彼が板の間に上がるのと入れ違いに、「ちょっと待ってね」と玄関に赴いたよう。多分、斗潮の靴と傘を何かしらしてくれているのだろう。

「お待たせ」と言って戻るや、次には「お部屋、あったかくしてあるから」と上着を脱がせ、それを衣紋掛けに。一連の動作がごく自然になされている。浴衣に羽織姿、椿油の匂いがする洗い髪を上に持ち上げて束ねていた。髪を洗ったばかりなのだろうか。

「ほんと、よく来てくれたわ。……ねっ、トシちゃん、座る前にさ、一回、チュッして……引越しのお祝いに……」

「うん、いいけど。……じゃあオレ、嗽《うがい》するよ。洗面所どこ？」

それは便所の隣にあったが、

「ちょっと待って、私もするから……」

とふたりでガラガラと喉を鳴らした。待ちきれないように姐さんはそこで斗潮に抱きついてき、唇を重ねた。引越し祝いにしてはあっさりしたものだったが。

「ねえ、トシちゃん、お腹すいてるんでしょ？　いま、用意するから……」

「用意する」とは言っているものの、六畳間の卓袱台にはすでに茶碗などが伏せられて置いてあり、お新香も顔を見せていた。姐さんはビールを持ってき、斗潮に一杯注いでから台所へ立った。

出されたものは鯛の焼き物で尾頭付き、それに寿司だった。「お店の残り物で悪いんだけれど……」と。

今日の昼、宴会があったのだが、先方の都合によって客数が減ったために残った鯛を貰ってきたのだという。寿司は、夜の宴会用なのだが、これまた急にいくつか取り消しが出てしまい、勿体ないからと板前さんから貰ってきたのだと。

「取り合わせが悪いんだけど、鯛は赤穂のものだし、お寿司のネタも今朝、浜に上がった新鮮なものばかりだって板さん、言ってたわ。食べて……」

温かい赤出汁もあるという。ビールを呑み終ったら出すからと、姐さんも彼の傍らに座った。斗潮にビールを注ぎ、自らは火鉢で燗をしていた。

「いい部屋のようじゃない？　どういうふうにして探したの？」

「うん、周旋屋さんに頼んだのよ。女将《おかみ》さんが、知り合いの周旋屋さんがいるからって……」

「うーん。ということは女将さんも、姐さんがアパート借りること、承知したんだね」

「そう、そうなのよ。女将さん、喜んでくれたわ。ほら、前にも言ったと思うけど、もう一人の仲居頭の姐さん、できれば結城楼の中に部屋がほしいって、女将さんに強請《ねだ》ってたんだって。そんなときに私がアパート借りるって言いだしたものだから……、そりゃもう……女将さんにとっては渡りに船よ。部屋代ね、最初の一年間、三分の二、もってくれるって、そう言うのよ。その次の年は半分をって……。それにさ、ここの引越しも女将さん持ちで、運送屋さんの手配までしてくれたのよ。それだけじゃないのよー」

結城楼を改装した際、それまでの家具や調度の類をかなり整理したのだが、引き続き使えると思って捨てないでおいた物も多数あった。ところがいざ改築が終ってみるとやっぱり使用できない物が出てきたのだという。それらのなかから姐さんがほしいという物を貰えることになり、すでに一部が運び込まれたのだという。

「そいでね、すごく嬉しいことがあったのよ。ひとつがそれ、もうひとつが四畳半にあるんだけど……」

そう言って、襖を開け、四畳半の部屋を見せてくれた。まだ、片付けが済んでいないので散らかっているけれど、と言いつつ指さした。最初に指差したものを含め、ふたつとも箪笥である。四畳半の方には見覚えがあった。〈ユキのだ、ユキが結城楼で使っていたものだ〉あの、千代紙で拵えた小箱――斗潮が放出した液が詰まっている、あのサックを入れた小箱――それだの、写真だのを仕舞っていたあの箪笥である。〈すると、六畳間の方は姐さんが使っていたものなのだろう〉そう推測し、六畳間の箪笥は姐さんが、四畳半のほうはユキが、それぞれ結城楼で使っていたものでしょう、と姐さんが口をひらく前に。

「まあ、トシちゃん、よく覚えていてくれたわ。そうなのよー」

自分が使っていたものは当然としても何故、ユキのものまで引き取ったのだろうか、そう思って尋ねようとしたら、彼女が問われない先に答えた。倉庫でユキの箪笥を見つけたとき、姐さんが引き取らないとどうなるのかを女将に訊《き》いたら、廃棄するのだと。それでは忍びないし、使ってやったらユキも喜ぶだろう。加えて、斗潮の眼にも触れることになるからとここに置くことにしたのだそう。

「ねえ、そう思うでしょ。ユキちゃん、きっと喜んでくれるわよね」

「うん、そのこと、ユキちゃんが知ったらね。姐さんの心遣いをねっ」

「ユキちゃん、今頃、どうしているのかしら？」

「姐さん、ユキちゃんのことは、言いっこなし……でしょ」

「そうだわ、つい思い出したものだから……」

裁縫していたのか六畳間の隅に縫いかけの布と裁縫箱があった。ユキのことに話が及んで、一時、会話が中断した。斗潮はコップに残っていたビールをグイと飲み干し、視線をそちらに移した。盃を口に運んでいた姐さんは斗潮の視線に気づき、ちょっと得意そうに言った。

「ああ、あの縫いかけ、浴衣なの。トシちゃんに着てもらおうと思って……。だって、これからちょくちょく来てもらおうってのに、寛げる浴衣くらい用意しておかなけりゃ……」

「ありがとう、姐さん。いつごろ出来上がるの？」

「まだ、わかんないわ。あんまり裁縫、得意じゃないのよ。訊きながらやっているの。でも、急いでやるわ」

「……手紙に書いてた、カーテンってあれでしょ？」

「そうなのよ。私、カーテンなんて初めて……。似つかわしくないんじゃないかって、思ったんだけど、思い切って奮発しちゃった」

クリーム色とでもいうのだろうか、薄手で透き通っているよう。立ち上がって側に行き、触れてみた。彼に生地のなんたるやなぞ判ろうはずもないのだが。

「いいじゃない。部屋に合うよ」

「そお、トシちゃんがそう言ってくれると嬉しいわ。これね、ナイロンの親類で、なんとかいう生地なんだけど、軽くって丈夫なうえに、暗いところから明るいとこ見るとよく透き通って見えるけど、反対は見えないんだって……。だから、お天気のいい日、窓を開けておいても、外からは見られないのよ」

「うーん」

カーテンを開け、硝子戸と雨戸を開けた。小雨が降って視界は悪かったが、遠くに橋が見える。いや、橋そのものが見えるのではなく、点々とした灯が橋であることを示していたのだ。二間ほど先に仄《ほの》かに土手らしきものが見える。もちろん今は土手道を通る人などいないのだろうが。その先は漆黒の闇。

「姐さん、土手って、すぐそこに見える、あれ？」

「見える？……そう、微かに見えるわね。そうなのよ、ここから三間もないでしょ。それに、土手道が、ほら、ちょうどここと同じくらいの高さなのよ。お天気のいい日なんて、散歩の人やらなにやら結構、人通りがあるんだもの……」

「でも、見晴らしもよさそうだし、いいんじゃないの？　お天気、いい日だったら散歩もできるし……」

「いいわね、トシちゃんと手繋いで散歩したら……。仕合わせだろうなあー。さあ、トシちゃん、お寿司、食べて。私、赤出汁、温めるわ」

母と暮らしていた頃、斗潮にとって寿司、所謂《いわゆる》〔江戸前〕の寿司などとてつもなく遠い存在だった。親戚の法事などで、数年に一回くらいお目に掛かる程度。彼にとって〈すし〉と言えばお稲荷さんであり、河童などの巻き物のことだった。そんなことで食べ慣れておらず、最初、姐さんに寿司を御馳走になったとき、どっぷり醤油に浸けてしまいやんわりと注意されたものだった。

彼が「うん、おいしい」と言いながら寿司を摘んでいる最中、姐さんは鯛の小骨を丹念に引き抜いてくれていた。箸で適度の大きさに採り分け、骨がないか目で確かめるだけでなく、唇に含んで確認し、寿司の合間に口に運んでくれている。こういったとき、斗潮は幼児となり、姐さんが母かほんとうの姉のように感じていた。

　ユキも彼よりは年上であったが、そんなに差はなく、愛し合う恋人同士だった。逢えば楽しかったし、気持ちも安らいだ。比べて、姐さんははるかに年上。睦み合い、交わるときなど年下に思えることもあるが、こうしていっしょにいるときなどは肉親のようにさえ思えるのだ。我儘を喜んで受け入れ、眼に入れても痛くないといった振舞いの姐さんである。なにかこのままこのアパートで、いっしょに暮らしていってもいいような、そんな幻想さえ抱いたものだ。もちろん、口には出しはしなかったのだが。

「そうだわ、トシちゃんに渡しておくの、忘れるとこだった」

　たらふく食べてお腹も膨れた。御馳走さまをし、彼女が淹れてくれたお茶を啜っているとき、なにかを思い出したのか、そう語った。箪笥の小引出しから取り出したのは鍵。

「この鍵ね、ここのお部屋のよ。トシちゃんに預けておくから……、私がいないときでも、いつでも構わないから、出入りしてくれていいわ。自分の部屋だと思って、ねッ。そいでねー」

　家主には弟がときどき出入りすると、事前に断ってあるという。同じ小引出しから蟇口《がまぐち》を取り出し、翳《かざ》しながら、小額であるがここにお金を入れておくから、姐さんがいないときでも勝手に使っていいという。斗潮の金をここに置いてあるのだと思ってもらっていいと。

　さらに引出しのひとつを開け、そこには斗潮の衣類を入れてあるともいう。下着のシャツ、柄パン、靴下、ハンケチなどが。追々、もっと揃えるからとも付け加えていた。ただ、帰るときは火の始末と忘れないで部屋に施錠しておくようにとも。

お金のことは心配いらないと応えつつも、鍵は素直に受け取った。多分、眺めもよく、川べりだけに涼しい風も吹くであろう。夏など、荒家では能率もあがらないし、図書館に行くのも面倒。諸心塾や「さゆり」を利用させてもらう手もあるが、そこへ行くよりはこちらのほうが近い。因みに塾にも夏休みがあり、この期間中、斗潮は半日勤務となるのである。


「よかったらトシちゃん、……しない？　勉強で疲れているんだったら、一回だけでいいから……」

「うん、いいけど……。ただ、オレ、昨日も今日も風呂、入っていないから汗臭いかも……」

「ここ、お風呂ないのよね。お風呂付きのアパートなんて、とても借りられないし……。そうだ、行水しようよ。私が洗ってあげるから……さ」

「うん。でも、姐さんはお風呂、どうしてるの？」

「私？　私はさ、お仕事、終って帰るとき、お店のお風呂を頂いているの。お休みのときは、銭湯行くの厭だから、やっぱり行水だわね。さっき髪を洗ったばっかかし……」

「ふーん。通勤はどうしてる？　姐さん、自転車、乗れなかったよね？」

「乗合バスよ。ほら、路地を出たとこ、県道でしょ。そこに乗合の停留所があるのよ。でもね、本数、そんなにないの。ちょっと不便だけど、街中のうるさいとこよりここのほうがいいと思って、我慢するわ」

「歩くと、何分、かかるんだろう？」

「わかんないけど、歩くのは厭よ。夜なんてさ……」

「じゃあさ、オレ、自転車の乗り方、教えようか？」

「いいわね。それより、私、行水の支度するから、ちょっと待ってて」

姐さんは台所に立った。いくらか遅れて便所へ行ったついでに台所を覗くと、板の間の真ん中に木製の盥が置かれ、姐さんは二基ある焜炉に薬罐と鍋を掛けて湯を沸かしている。

「姐さん、いいよ、そんな面倒しなくっても、オレ、水でも平気だから……」

「うん、そうもいかないわ。お風呂みたくにはいかないけど、微温湯《ぬるまゆ》くらいにしないと……、大事なトシちゃんに、風邪引かせたら、困るもの。でも、ここの便利なのよ、炭、熾《お》こさなくってもいいんだもの……」

「瓦斯？」

「ええ、ただ瓦斯っていってもお店のような瓦斯、ほら、水道みたくに栓を捻ればいつでも出てくるんじゃなくって、あれとは違うのよ。なんでもプロ……何とか瓦斯とか言ったわ。アパートの裏側に置いてあるんだけど、ときどきね、炭屋さんが大きな筒のようなものを入替えに来るのよ。瓦斯が入っている筒を。その筒からアパートのそれぞれのお部屋に管が繋がっていて、捻れば使えるってわけなの」

諸心塾と同じLPGのことだとすぐに解ったが、斗潮はあえて簡単に。

「うーん、便利なんだね」

「ほら、そろそろ沸いてきたわ。トシちゃん、お使いだてして悪いんだけど、火鉢の上から土瓶、持ってきてくれる？　それも使うから」

土瓶、薬罐、そして鍋の湯が盥に注がれ、あとは水道の蛇口にゴム管を繋げて水を足した。

「さあ、支度できたわ。トシちゃん、いらっしゃい。お部屋で脱ぎましょ」

素早く土瓶に水を足し入れ、それを持って姐さんは促した。土瓶を火鉢に置くと斗潮の前に立ち、柄物のシャツから順に剥ぎ取りはじめた。

「あら、この下着、そろそろくたびれてきているわ。あとで新しいのに着替えましょ」

膝立ちになって柄パンを脱がされて、靴下だけになった。

「まあ、寒そうにちぢこまっているわ、トシちゃんの……。すぐにあったためてあげましょうね」

袋と砲身を軽く撫ぜていた。片足ずつ持ち上げるように言われ、靴下を脱がされた。

「あらまあ、穴が空いているわよ、この靴下。トシちゃんったら……」

まるで母親である。息子が穴の空いた靴下を履いていると自分の落ち度のように、姐さんは感じている気配であった。

素っ裸になって盥《たらい》に入った。やや温かい程度だが、確かに水よりはいい。こんなふうに行水するのはいつ以来なのだろうか、などと思いつつ手で湯を掬って身体に掛けていたところに姐さんもやってきた。彼女も上半身裸で、下は短い腰巻きだった。

「さあ、お利口にしててね。シャボンはなしよ。手拭いで擦るだけにするから……」

手拭いを湯に浸して顔から始まった。首回りと脇の下、背中の窪みなどを念入りに擦り、股間のときは盥の縁に腰を下ろすよう求められ、素手で入念に擦ってくれた。気分が昂じてくる。ときどき手を伸ばして姐さんのおっぱいを触るのもまた快感で。

「お利口にしてなさいって言ったのに……。トシちゃん、だめよ。悪戯しちゃあ、洗いにくくなるでしょ」

口ではそう言っているのだが、触られるのがさして厭だとか、迷惑だなどというのではない。母親の気分を味わっているのであった。擦りおわり、盥の傍らに敷いた雑巾の上に立たされ、乾いた手拭いで全身を拭いてもらった。

「どお、トシちゃん、気分は?」

「うん、いいよ。ほら、大きくなってきたもの……」

「そのこと、言ってるんじゃないのに……。でも、そうね、大きくなってきているわ」

唇で先端に口づけし、「うふっ」と微笑んでいる。ふたりで盥を持ち上げて流しに排水し、姐さんは盥を片付け、床を拭いていた。斗潮は素っ裸のまま六畳間に戻った。彼女はこまめに忙しい。押入れから蒲団を出して敷いている。新調したのだという。斗潮があまりふかふかしたのを好まないからと、薄手の敷蒲団にしたのだとも。

敷きおわるのを待ちかねたのではないが、斗潮は先に蒲団の上にあがり、胡座《あぐら》になっていた。姐さんは彼の正面に立って、短い腰巻きを解いた。浴衣用に短く裁断したのだという。

「この前より三角形らしくなってきたね、姐さんの……」

「そうでしょう。毎日、少しずつ整えているんだから……」

「うん。もうちょっとよく見せて……」

腰を下ろす前に蒲団の縁に立ってもらい、凝視した。往時にはまだ及ばないが、それでもかなり二等辺三角形らしくなってきていた。遊女をやめたあと、その箇所の手入れをしなくなり、形が次第に崩れてきていたのを、斗潮が「前の方がよかった」と言ったものだから姐さんは——。手の甲で草叢を摩り、翻して掌で。さらに中指を割れ目に添えた。無理しないほどに指先を少しばかり進入させてもみた。

「うッーん、トシちゃんったら……」

「姐さんのこの中へ、早く舌《ベロ》を入れたいなあ……」

彼女も蒲団の上に膝を崩して座った。そういう状態で見たほうが、どういうわけか三角形が綺麗であった。永い間、多くの男に見られ、触られてきた三角地帯である。

「そうそう、この前ね、最後の検査があったの。結果が出るまでにはもう少し、時間がかかるんだそうだけれど、……もし、大丈夫って結果だったら、……そんときは、ねッ」

「うん」

「そういえば、ね。その検査のとき、お医者が私たちにお話ししてくれたのよ。性病と妊娠の話だったんだけれど……、そのお医者の先生ったら、私たちってよっぽど男なしではやっていけないみたく思っているのね。もっとも、私、トシちゃんなしじゃやっていけないんだけど、……そういうんじゃなくっていろんな男たちと、って意味なんだけど……」

梅毒や淋病といった性病の恐ろしさやその防止策、万一、罹病したときの治療のこと、さらには父無し子を産んだあとの大変さ、その子の将来への不安と不幸などに触れ、避妊の方法などを教わったのだという。

「みんな知ってることばっかしだったわ。でも、トシちゃんに病気、移す心配、なくなったら、あとは妊娠のことだけ気をつければいいの。……もっと、トシちゃんといろいろ、……楽しみたいわ、私……」

「……オレも、だよ」

素っ裸になった男女が蒲団の上に座って交わしている会話である。どう評したものか。もっともこの間、ただ言の葉だけを交わしているのではない。斗潮は主として豊乳の房を弄び、姐さんは姐さんで彼のものを慈しんでいたのだが。

「ねえ、トシちゃん、お話はさ、またあとにして……やろうよ。段々、寒くなってきたし……。私、火鉢に炭、足すわ。そしたら、ねッ」

もうこの年増女と何回、交わったことだろう。年齢はいまだに知らないが、多分、三十路《みそじ》にさしかかろうとしているのではないだろうか。三条小百合よりは若いのだろうが、彼女の場合は夫もいる身で、ただ斗潮とは火遊びしているだけ。反して葵姐さんは彼に夢中であり、多分、今は斗潮が唯一の男なのであろう。

三条さんは手短にセックスして刹那を楽しむといった感じであるのに対して、姐さんは違う。一時に逢瀬を楽しむというよりは、じっくりと斗潮と交わりながら心を通じたいという感じなのである。したがって、次第に生活の匂いがしてきていた。自分のすべてを斗潮に捧げたいといったような。鼻につきそうなものだったが、こうして逢瀬が重なっていくにつれ、彼女が愛おしくなってき、その度合いが増していっているのだから、この女の存在は、不思議といえば不思議であった。

小遣いをくれる点では共通していたが、三条さんのそれは彼女自身が明言しているように〔口止め料〕であり、姐さんのは純粋に母が、あるいは姉が、息子や弟に反対給付を求めることなく与えている——まあそうばかりでなく、彼と交われることの代償的な意味合いもあるのだろうが——、そんな違いもあるように思える。

斗潮が先に仕掛け、全身を愛撫した。彼女がヒーヒーと悲鳴を発するほどに。次には姐さんが彼を攻めた。間断なく「トシちゃんっ！」と呟き、叫びつつ、彼もまた全身を愛玩された。時間を気にする必要がないだけでなく、姐さんとはなぜか心を開いて交わることができたのである。

横向きに向かい合い、背中を摩ってもらいながら斗潮は眠りに就いた。いい夢を見られるだろうか、もちろん姐さんもであるが。


眩しいほどの陽の光が、時に強く、時に弱く、壁を射して動いているよう。ここは天国か極楽浄土か……。いや、これは地上に降り注ぐ陽の光だ。爽やかに明るく地球を照らしてくれているのだ。地上にしても、ここはいったい？　荒家ではない。朝陽が射し込むはずがないのだから。

薄く眼を開けてみた。窓が開け放たれている。斜めに陽が当たり、カーテンがゆらゆらと揺れて、時折遮光することを忘れて遊んでいる。〈カーテンか〉、〈そうか、姐さんのアパートだったのか……〉、〈じゃあ、隣には姐さんが……〉。あれ、いない〉。隣に並んで眠っているはずの姐さんの姿はなかった。プーンと味噌汁の匂いがする。

「あら、トシちゃん、お目覚め……」

前掛け姿の姐さんが枕元に座った。額と髪の生え際を撫ぜ、指の甲で睫毛を摩っている。

「トシちゃん、気持ちよさそうに眠っていたから、そのままにしておいたの。お目覚めの接吻よ」

座ったまま前屈みになり、唇を重ねてきた。軽くだった。

「どうする、トシちゃん？　寝覚めに……一回、する？　それとも……あとにする？」

「姐さんは？」

「私？……すぐにっても思うけど、トシちゃん次第でいいわ。……ただ、帰るまでには、一回は、ねっ！」

「じゃあさ、おまけで二回にしようか？」

「まあ、トシちゃんも、お好きだこと！」

「姐さんとおんなじくらいに、ねっ」

「トシちゃんったら……」

彼女はもう一度、軽く唇を合わせてから立ち上がった。窓を閉め、カーテンをきっかりと締めた。次には六畳間からいったん、消え、再び蒸しタオルを二本持って戻ってきた。彼の枕元に座し、一本のタオルで顔を拭ってくれた。もう一本は半分くらいの大きさで料理屋でだすお絞りのよう。それで口を拭ってくれた。

「歯磨きまで、とりあえず、ね」

前掛けを外し、浴衣を脱いだ。浴衣の下はなにもつけていない。味噌汁を拵えてしまったので、ここは簡単に済ませ、あとでじっくりと楽しみましょうというようなことを告げて、彼女が斗潮の上に重なった。

主として乳房での攻め。ふたつの房を顔から胸、腹、そして下腹部へとなぞり、さらには分身にも房を丹念に這わせ、粒で刺激を与えていた。ほどほどに成長したところで手で扱《しご》き、賞玩してサックを装着。根元や中ほどを指で摘んで門口に遊ばせている。

見えたほうが早いからと、中断し、斗潮の枕を二段重ねにした。両頬を挟んで口づけし、粒を再度、口に含ませてから元の位置に復した。なるほど、これならよく見える。先端を割れ目にあてて前後左右に動かし、円を描くように回転させている。時々、眼をそこから離して彼を見、微笑みながらまた励んでいる。

思ったよりも早く勃起した。胸と腹越えに眺めるそれは、太くなり長くなって姐さんの入口を窺ってい
た。

「うん、大丈夫そうだわ。トシちゃん、……いいこと、いくわよ」

彼女の受入れ態勢も整ったのだろう、いとも簡単に分身はその姿を消していった。もう姐さんとの回数は、ユキとのよりも多くなっていたかもしれない。分身にとってそこがまるで自分の定置場のように、違和感なく納まっている。過不足なく、ぴったりと。これで〔盛りマン〕だったら、行うたびに昇天してしまうだろうか。

「どお、トシちゃん、気持ちいい？　私、だんだんいい気持ちになってきたわ……」

朝から精が出る姐さんである。蒸気機関車が発車する時のように徐々に回転していた車輪が急行のごとく忙しい回転へと変わってきた。左右前後に変化を加えながら、忙しくも激しく全身を揺すって運動している。脚を伸ばして彼女の腰に巻き付けたときには臨界に至ってしまった。

「姐さん、オレ、……いき……そー！」

「いいわよ、トシちゃん、そのまま……いってーっ……！」

安心し、全幅をおいて委ねているせいであろう、短時間で発射できた。姐さんも弛緩して胸板に落ちてきた。ややあって後始末を手際よくやってくれ、自らの後処理もまた手早く済ませる姐さんであった。

「さあ、トシちゃん、歯、磨きましょ」

新品の柄パンだけ履かせ、自分は裸身に浴衣を羽織った。斗潮の手を引き、洗面所へ。彼のために買っておいたという歯ブラシを洗い、歯磨き粉をつけた。

「はい、アーンして……」

まったく幼児である。自分でやったほうが早いのだし、姐さんは気にしていた味噌汁にでもかかればいいものを――と思うのだが、嫌々どころかやりたくってしているのだから、彼も任せるまま。歯が終ったところで口の端を拭われ、嗽である。顔はさっき拭いたからいいわねと。

配達された朝刊を読みながら卓袱台に座っているように指示された。間もなく小さなお櫃と味噌汁の入った小鍋が運ばれ、お新香と海苔、それに納豆と鮭の焼き物が並べられた。飯と汁をよそり、鮭を食べやすいようにほぐしつつ、

「ねえ、トシちゃん。私たち、所帯をもったばかりの新婚さんみたいじゃない。こういうこと、できる日、いつ来るかって、憧れていたのよ。旦那様とひとつ蒲団に寝てさ、旦那様が眠っているうちに起きて、朝御飯拵えるの。そしてね、なかなか起きてこない旦那様の枕元にいってさ、接吻したり、おっぱい咥《くわ》えさせて起こすのよ。そこでね、旦那様が……私を求めてきたら、……一回やって、それから顔洗うの手伝ってー」

今、彼にやったことをなぞるように口に出している。

「うん、姐さんの気持ち、判るよ。でもね、相手はオレじゃなくって……」

「いいの、トシちゃん、言わないで……。今、私、仕合わせなんだから……」

斗潮に傅《かしず》き、その合間に自らの口にも流し込んでいる。

「味噌汁、いったん、冷えたの、また温めたせいかしら。味がいまいちだわね。もうちょっと頃合いを見計らわなけりゃいけないわ」

「そんなことないよ、みんな美味しいけど、味噌汁が一番だよ……。そういえば、姐さんにはずいぶんといろいろ御馳走になったけど、考えてみると……姐さんが自分で拵えた料理たべるの、初めてだよね」

「そうだわよね。だから、私、お店でも暇のあるときは、お邪魔にならない程度に調理場に行っているの。板前さんの腕前見たり、教えてもらったり……よ。ほら、遊女なんて、自分でお料理することないでしょ。だから……」

「でも、美味しいよ。ほんと、お世辞なんかじゃなくって……。オレ、巧いこと言えないけど、味噌汁だけじゃなく、ご飯も、このシャケも……」

「ありがとう、トシちゃん。……アパート、借りるって決めたときね、トシちゃんにたくさん来てもらうには、お料理、上手にならなくっちゃいけないって気づいたの……。まだまだ見習い中だけど……。早く上手になるから、堪忍して……」

「堪忍だなんて……、オレこそ……」

　お礼のつもりで隣に座っている姐さんを抱き、口づけした。ところが……、であった。

「あら、トシちゃんの口ん中からシャケの骨が……。厭だ、ちゃんと骨、抜いたつもりなのに……。ごめんね」

と。斗潮の粗相も自分のせいにする姐さんである。歳なんていくつ離れていてもいい、一層思い切って姐さんと暮らすのもいいかなーなどと心が動いた。もとより、すぐに打ち消したが。

　今日の出勤は午後だという。昨夜の雨が嘘のように晴れたのだし、梅雨時には珍しいよい天気である。

姐さんを散歩に誘った。洗濯しなけりゃと気にしていたが、斗潮の誘いには敵わないらしい。出てみることになった。

例によって服を着せてもらい、姐さんが着替えている間、窓辺に腰をかけて外を眺めた。二間半ばかり離れた位置に長堤の土手道があり、日曜日のせいか犬を連れて散歩している人や、走っている人、二人連れでそぞろ歩いている人たちなどが見られた。さらに眼を遠くに移すと、土手下の河川敷に下りて水辺で戯れている親子連れらしい姿もまた。

敗戦末期、空襲から逃れようと、多くの人たちがこの川に飛び込み、結局は焼夷弾の火によって累々と水面に屍《しかばね》が浮いていたのが、今はもうずいぶんと昔のような気がする。思えば斗潮も母に手を引かれてあの墜ちる前の鉄橋を渡って避難したのだった。あのときもし、母がこの川に逃げていたのなら、多分、今日、彼はこの世にはいなかっただろう。

幼少の頃であり、右往左往の混乱のなか、鮮明に記憶が残っているのではないが、逃げる道すがら両側の家々が燃え上がり、この大河の水面もまた赤々と燃えていたはずだった。脳の片隅に追いやっていた記憶の断片が蘇《よみがえ》ってしまった。これからもここに来、こうして川や鉄橋を見るたびに思い出すのだろうか。

「トシちゃん、どうしたの？　気分、悪くなったの？」

「ううん、違うよ。思い出したんだ、空襲のときのことを……」

「そうか、トシちゃんはこの街の生れだものね」

記憶の一片を姐さんに語ると、「そう、よかったわ。トシちゃんのお母さんにお礼、言わなけりゃいけないわ。でなければ、今こうしてトシちゃんと知り合うこと、なかったんだもの……」と感慨深げに。

「その頃、姐さんはどうしてたの？」

「私？　うん、私はね、田舎に、ね。でも、厭な想い出ばっかし……だわ。さあ、支度できたわ、散歩、行こう。それとも、思い出すからやめとく？」

「ここから眺めていたって同じことだし……、行こうか」

普段着なのだろう、姐さんにしては珍しい絣《かすり》だった。土手道を手を繋いでそぞろ歩き、土手を降りて広い河原を通って水辺に至った。川は世の変遷と関わりなく、それが宿命であるかのようにゆったりと川下の海に向かって流れていた。梅雨が本格化し、秋に台風に襲われれば、水は怒り狂ってすべてを呑み込むことだろう。この河原も水没して。

厭なことばかり思い出し、つまらないことばかり連想してしまう斗潮であった。〈今日のオレ、おかしいのかなあ……〉。姐さんは意図して明るく振舞っているようだったが、やっぱり気がのらない様子。切り上げることにした。

「姐さん」と「トシちゃん」とがほぼ同時に、それぞれの口から出かかった。彼女も切り上げたかったのだという。「私たち、同じときに、同じこと、考えていたのね……」腕を強く絡ませ、彼に寄り掛かってきた。

部屋に戻ると、姐さんは洗濯にかかるという。こんな晴天、めったにないからと。絣の着物を脱ぎ、襦袢も腰巻きもすべてとって全裸となった。たまたま彼女が窓際にい、斗潮は卓袱台に座っていた。カーテン越しの逆光の中に姐さんの姿態が、影絵となって浮かんでいる。

なんの想念もなく、斗潮は〈美しい〉と思った。ユキと比べて決して姿恰好が抜きんでているのではないのに。もちろん同年齢の女性よりは若く、恰好もよいのだが、わずかずつながらも中年の気配が忍び寄っているはずの、姐さんの美しい影絵であった。

彼は口に出した。ちょっとしばらくそのままで立っていてほしいと。当然のことながら姐さんは理由《わけ》を問う。素直に、何の邪念もなく〈美しい〉と感じていることを告げた。

「まあ、トシちゃん、嬉しいこと言ってくれて……。年増の私が、……そうなの、綺麗に見えるの、よかったわ」

もう何回となく眺めている裸体であったが、今こうして見つめると逆光に映し出された輪郭が幻想の世界にいるような錯覚を覚えさせる。浮かび上がった輪郭も均衡のとれた曲線を描いていたのだ。

「専門的なこと、オレ、知らないけど、今、ここからオレの眼に映っているとおりに写真、撮りたい、それくらいに綺麗だよ、姐さん」

「そお？　嬉しいわ。……でも、ごめんね。まだ、写真機、買えないのよ、早くって思ってるんだけど……」

写真機を催促したつもりではなかった。それくらいに綺麗だと言いたかったのだと、彼は弁明し、姐さんも判ってくれた。彼は立ち上がり、改めて影絵を凝視した。近寄って、「姐さん、すごく綺麗だよ」と耳元で囁き、裸体を抱いて唇を交わした。

素肌の上に短い腰巻きを付け、上半身には浴衣だけを着た姐さんは、洗い場に行って洗濯してくるから、その間、トシちゃん、どうしてる、と訊いてきた。卓袱台の上には茶菓子が出され、お茶にするかビールにするかと訊かれた。ビールが好きとはいえ、未成年者でもあるし、朝っぱらからというのは憚られた。茶をもらい、ここで勉強しているからと告げた。

洗濯場は共同で、棟の外れにあるのだという。井戸水をポンプで汲みあげて洗濯するそう。井戸水だから、冬も温くっていいと彼女は言っていたが、遮るものがないというから寒風をまともに受ければ、やっぱり相当にきついのではないだろうか、斗潮はそんなふうに思った。

小一時間も経ったろうか、姐さんは洗いおわった洗濯物をバケツに入れて戻ってきた。

「トシちゃん、ごめんね、ひとりにさせて……」

勉強が捗《はかど》り、今、取り組んでいる問題がもうすぐなので、終りまでやってしまうと彼は、彼女を一瞥しただけで視線を手前に落とした。姐さんは窓辺に立って、洗濯物を干している。斗潮の柄パンもあるのだろう。目の前の土手道を通る人々から、この干し物もよく見えるはず。

「ほんとに、いいお天気だわ」

鼻唄交じりに皺《しわ》を伸ばしては、干し下げている姐さんに区切りのついた斗潮は尋ねた。多くの人たちの見えるところに女物だけでなく、男物までいっしょに干していいのかと。

姐さんは、そのほうがいいのだと言う。家主にはときどき弟が来るからと断ってあるし、女物ばかり干しておいたらかえって危険だという。女の一人暮しの人など、わざと男物の下着を買ってきて、誰が着たのでもなくっても、洗濯物を干すときはいっしょに干すのだという。そんなものかと彼は思った。

「あのね、表札だってそうなのよ」

姐さんは取り敢えず紙片に〈高橋〉とだけ書いて貼っているが、人によっては一人暮しなのに、わざと男名と女名を並べて書いている事例もあるというのだ。

「私も、トシちゃんの名前、並べて書こうかなあ……？　トシオ、葵って……」

彼女の気持ちは理解できるものの、話にのっていいものやら迷ってしまった。

「冗談よ、トシちゃん」

あながち冗談だけとも思えない、やや残念そうな表情を浮かべてバケツの中を覗いている。干し物は終ったらしい。

「もし、姐さんがそうしたいのなら、いいよ、オレ。ただ、本名の漢字だと、厭だけど……。オレのトシオって字、変わってるんだもの。知っている人だったら、すぐばれちゃうから……」

「あら、私、片仮名で〈トシオ〉って書くつもりだったのよ。だいいち、私、トシちゃんの名前の字、知らないんだもの……」

そういえば、姐さんにもユキにも〈斗潮〉と書くのだと教えた覚えはなかった。姐さんから来る手紙も〈トシオ様〉だった。

第二十八　海辺の別荘

鬱陶しい梅雨空が続く毎日となった。月曜日から金曜日までは変化の乏しい、しかし着実な日々であった。欠勤することなく諸心塾に詰め、与えられた職務を手を抜くことなくこなしていた。高田さんと三条さんが来る日はそれなりに待ちどうしい思いもあった。

ただ、高田さんはいよいよ忙しくなってき、寸暇を惜しんで勉強への助言やら教授はしてくれていたが、下宿を訪ねることもなくなっていた。僅かに人目を盗んで、物陰で唇を重ねることが何回かあった程度。

一方、三条さんはすっかりと教師姿が板に付いてき、落ち着きのなかに自信を取り戻していた。事務室に諸星先生や他の人がいれば何事もないように受持ち授業が終れば帰っていき、いなければ物陰に斗潮を誘って接吻してから帰っていくだけ。

ただ、土曜日は違った。この日だけは変化に富んでいる。諸心塾は休みであり、朝、荒家の掃除やら洗濯やらし、特に仏壇は丁寧に清めて焼香した。その後は「さゆり」である。高田さんもこの日だけは予定を入れないよう心掛けていると言うとおり、じっくりと勉強の相手をしてくれていた。ただ、彼女も模擬試験などがあり、判で押したようにというわけにはいかなかったのだが。

それでも二、三回に一回は「さゆり」からの帰途、材木置場に立ち寄った。短時間ではあったが、高田さんは炎となって燃えていた。狂おしくも烈しく唇を重ね、しっかと抱擁し、鉋屑《かんなくず》の上で重なりあった。彼女の奥行きは次第に深みを増し、時折はその盛り上がった秘丘に触れることもできた。

「このところ忙しくって、トシ君とゆっくり楽しめないわ。私の採用試験が終ったら、また山の宿に行ってみたいわね。あのときはほんとうに楽しかったわ」

彼女の試験は九月の初旬で、合格発表は一〇月中旬だという。合格すれば採用候補者名簿に登載され、来年の四月以降、成績に従って順次採用されていくのだとも。中位以上の成績であれば、まず間違いなく四月に採用されるはずだと。

「我慢ね。しばらくはこの材木置場で、片手間の逢瀬を楽しむよりしかたないわ」

そろそろ梅雨も明けるかという夏休みが近づいた土曜日の昼だった。「さゆり」には斗潮と高田さんが来ており、三条さんが拵えてくれたスパゲティーに舌鼓を打っていた。外は申し訳程度に、しかし止むことなく小糠雨《こぬかあめ》が降りつづいている。

この日は予定を繰り上げ、すでに午前中に国語の練習問題を片づけていた。高田さんが出題する練習問題も日を追うにつれ、より水準の高いものになっていたのだが、このときも斗潮は高得点を獲得し、自信を得ると同時に高田さんを喜ばせてもいた。

「どうかしら、私のミートソースは？　お味のほう」

「ええ、おばさん、とっても美味《おい》しいわ。マイルドなお味よ。パスタの茹《ゆ》で具合もグッドだし」

「そお、ありがとう。で、トシ君は、いかがかしら？」

「はい、美味《うま》いです。……でも、オレ、こういうの初めてなんで……高田さんみたいに上手なこと、言えないんです。……それに、これ、フォークっていうんですか、どう使ったらいいのかも……よく判りません」

「そお、いいのよ。美味しく食べていただければ……。でも、トシ君の食べ方って、けっして褒められたものじゃないけれど、ほんとに美味しそうに召し上がっているわよ。調理人としては、それが一番、嬉しいわ」

例によって高田さんと三条さんが半分も食べないうちに斗潮は一皿平らげ、遠慮しつつもお代わりを求めていた。そんなことも三条さんを喜ばせるには余りあった。そんな昼食のなかで、三条さんがひとつの提案を持ち出した。

夏休み、それも今月の月末に海に行かないかというもの。彼女のご主人の取引先で、海辺に別荘を所有している人がいるのだという。仕事の関係で七月中は空いているからよかったら使わないかと勧められており、下旬に三条さんも加わり、ご主人の友人夫婦とともに二泊の予定で出掛けるのだそう。

誘っているのはその直後のこと。今月中は引き続き利用できるので、ご主人とその友人夫婦が帰った後、三条さんだけ残り、そこに高田さんと斗潮が加わったらどうかというのである。すでにそのことはご主人の了解を得ているのだとも。

「二泊の予定でどうかしら？」

「いいわね。是非、行きたいわ」

高田さんはそう言いながら早速、鞄から手帳を出して都合を確認し、「ええ、私、大丈夫よ。ゼミナールの予定も入ってないし、採用試験の勉強会も八月初旬までないわ」と嬉しそうな表情を浮かべたが、すぐに斗潮のほうを向いて、

「……ただ、トシ君がどうかしら？　定時制のほうは休みなんでしょうけど、塾のほうよね、問題は……。夏休み中もトシ君、平日はお勤めしてるんでしょ？」

と、やや不安げに。

三条さんのいう日程だと、金曜日を欠勤しないといけなくなる。

「せっかくですけど……オレ、いいです。おふたりで行ってください」

その「おふたり」は共同戦線を張って彼の翻意を促してきた。まるで斗潮が参加しないのであれば、中

止しなければならないほどの口ぶりで。三条さんが斗潮だけを誘うのであれば、その意図は読める。しかし高田さんも併せて誘っているのだから、斗潮が予測するようなことを彼女が企図しているとは思われない。と、なればいったい？

共同戦線のふたりは次のような提案をしてきた。まず三条さん。金曜日の欠勤については、彼女からも諸星先生にお願いする。別荘滞在中の費用のこと往復の汽車賃のことなどは心配しなくてもよいと。続いて高田さん。欠勤については彼女も先生にお願いしてもよい。遊びだけでなく、受験勉強の〔合宿〕というのを表に出してお願いすれば先生も分かってくれるのではないかと。

ふたりの熱心な誘いに斗潮も心が動き、月曜日に先生に欠勤のお願いをしてみる、その具合によってふたりに助力を求めるかもしれない、そんなふうに決めた。午後は、引き続き高田さん指導の社会科に取り組んだ。

諸星先生は快諾だった。普段、寡黙な先生だったが、珍しく口数も多く、こんなことを仰《おっしゃ》ったのだ。斗潮君はよくやってくれている。私も家内も助かっている。ほんとうなら年に何日か有給の休暇を与えなければならないのだろうが、そういう計らいもしてやれなくって恐縮に思っている。何日も連続でない限り、必要なときには遠慮なく休みを申し出るようにと。

さらに、三条さんの提案には興味を示し、高田さんを含めたふたりには感謝しなければならないよとも。上着の内ポケットから財布を取り出し、「三条さんの丸抱えというわけにもいかんだろう」と、幾ばくかの札を斗潮に差し出した。「汽車賃にでもしなさい」と仰られて。

欠勤の承諾を賜っただけでも斗潮にとっては有り難く感じているところに小遣い銭までとなると、心が痛んだ。海水浴を楽しみながらも受験勉強が主体となるであろうことから、頂戴してもいいものかという思いもあったが、やっぱり丁重に辞退した。

「馬鹿者！　私にいったん出させたものを引っ込めろと言うのかね。貧乏苦学生なんだろ。さ、遠慮なくとっておきなさい。存分に楽しみ、充電してきなさい！」

机の上に札を残したまま、先生は不機嫌そうに立ち上がった。斗潮も慌てて立ち上がり後ろ姿に向かって、「ありがとうございます」と深々と頭を下げた。それだけのことで、先生との間では、このことはその後、話頭にのぼることもなく、普段の先生に戻っていた。そういう気質の先生であった。

結局、三条さんも高田さんも煩わすことなく済んだのであるが、斗潮の報告を聴いたふたりはそれぞれ先生に、「先生、トシ君をお借りしますよ」、「先生、トシ君と合宿に行ってきます」と異口同音に謝意を込めて、告げてくれていた。

定時制も諸心塾も夏期休暇に入った。梅雨が明けると同時に空は真夏の太陽が占拠していた。雪国の短い、しかし確かな夏である。塾は生徒の自習用に教場と図書室は開放されていたため、毎日幾人かの生徒の出入りはあったが、斗潮の仕事はこの期間、ずいぶんと少なく、楽になる。

月末恒例の諸々の支払い事務も、業者に早めに連絡をとり恙《つつが》なく済ませていた。そんななか、木曜日の午後には高田さんが顔を見せた。昨年までの夏休みは庭球部の合宿などで日焼けしていたのに、今年は深窓の令嬢のように色白だわ、などと言いつつ。

「でも、明日からまた一年分の太陽エネルギーを吸収できるわね」

「ええ、オレ、楽しみにしています」

「私もよ。トシ君とふたりだけってのも楽しいけれど、三条のおばさんも加われればもっと楽しくなるわ。別荘も素晴らしいし、だいいち、おばさん、話題が豊富だわよ」

持参するものを確認した。海水着などのほか参考書や練習問題などを。さらに駅での待ち合わせ時刻と場所も。今回は諸星先生に告げたこともあり、だれ憚ることもないのだ。生徒の教場等の利用時間は午後三時まで。生徒の引き上げるのを待って戸締りをし、事務室内も片したうえで、高田さんもいっしょに母屋に行った。

戸締りなどの報告をし、明日、欠勤を認めてもらったことの礼を述べ、特に明日中に処理しなければならない事務はない旨の報告も併せて行った。高田さんも口添えしてくれてふたりは塾を後にした。


七月末の金曜日。この日は朝から真夏の太陽が燦々と降り注いでいた。寝苦しかったためか、頭が冴《さ》えないまま斗潮は起床した。今日は欠勤して高田さんと三条さんが待つ海辺の別荘に出掛ける日である。冴えない頭を蛇口から直接、水を被《かぶ》せ、全身を冷水で拭《ぬぐ》った。

駅の待合室にはまだ高田さんの姿は見当たらなかった。斗潮は駅の時計で時間を確かめてから、立ち食いの蕎麦で腹ごしらえ。肩を叩かれて振り返ってみると、そこには高田さんが立っていた。寝坊してしまったという彼女も下宿の朝食を食べずに来たとのことで、蕎麦を注文していた。

平日とはいえ夏休みである。そこそこに乗客はいたが、運良くふたり向き合って通路側の席を占めることができた。隣にはやっぱり海にでもいくのか、中学生くらいの女の子が座っていた。お喋りに夢中である。暫くは高田さんと斗潮はとりとめもない雑談をしていたが、最初の急行停車駅に列車が滑り込んだとき、通路を挟んで反対側の四人分の席が空いた。

　移動し、窓側に向き合って座り直した。

「トシ君、クイズ出すから答えて」

「勉強のクイズですか、それとも頓智？」

「ええ、両方とも用意してきたんだけど、頓智のほうは別荘で暇なときにして、今は勉強のほうにしましょう」

　国語と社会の問題をクイズ形式で彼女は出題してくれた。暑い季節である。ほとんどの窓は開けられていたのだが、時折、風向きによって煙が舞い込んできていた。その煙を払いながら、時には窓外の稲田を眺めながら、彼は答えた。七、八割方はできたよう。

　今度は高田さんが出題してほしいと言う。教員採用の試験のためである。彼女が自作したというカードの綴りを渡された。表面に問題が、裏面に回答が記されているのだという。彼にはほとんど内容が理解できないものであったが、記されているとおりに問題を読み上げ、彼女の答えを裏面で確かめた。

　そんなことをしているうちにも、ようやく鈍行列車は目的の下車駅に到着である。降りた人は彼らのほかには数名ほどいただけ。海水浴場としてそれほど名があるのでもなく、また中心となる町からもそれなりに離れているせいであろう駅員がひとりしかいなかった。

「トシ君、ちょっと待って。私、三条のおばさんに電話するわ」

　小さな駅舎を出たところに公衆電話があった。高田さんは鞄から手帳を出し、番号を確かめつつダイヤルを回している。ややあって通じたよう。

「あっ、おばさん。私、瑞枝です。今、トシ君といっしょに駅に着いたの。このまま直行していいかしら？　ええ、えー、そう。はい、分かりました。ええ、あります。そこで売っているんですね。はい。それじゃ、氷、買って、それからそちらに向かいます。はい、はい。じゃあ、後ほど……」

三条さんのご主人と友人夫婦は、今し方、別荘を引き上げたそう。ただ、氷を買ってくるよう頼まれたという。

「ほら、あそこのお店よ」

高田さんが指さす店に向かった。一階が魚屋で、二階が割烹料理屋といったふうな店である。利用者は多分、地元の、そのまたほとんどが漁業関係者なのではないかと思われる。買い求めた氷は筵《むしろ》に包んでもらい、そのままバケツに入れられた。斗潮が持ったそのバケツは帰途に返せばいいと言ってくれた。

氷が融けてしまうのではと心配するほど、その別荘までは距離があった。高田さんが手帳に書かれた略図を見ながら進んだのだが、およそ二〇分ほども歩いたろうか。氷は融けだし、バケツの下に融けた水が溜まりだしていい、高田さんの首筋からは汗が滲《にじ》んでいる。斗潮も汗が滴っていた。

昼に近づくにつれ、真夏の太陽はますますギラギラと地表を照射している。ようやく、

「ほら、トシ君、あそこよ。別荘は」

と高田さんが叫んだ。海岸の砂浜が終って一段と高くなった縁にそれはあった。砂浜沿いの松並木と並行した細い道が、そこから膨らむように迂回している。その膨らんだ、砂浜と道との間に瀟洒《しょうしゃ》に建てられて

いる。けっして大きな建物ではなかったが、一部が二階建てであり、別荘のぐるりは松林に囲まれているよう。周囲には人家は見当たらない。

「こんにちわ。おばさん、ただいま到着しました」

「まあ、いらっしゃい。暑かったでしょう。さあ、入って」

「氷、どうしますか？　融けだしてますが……」

「そうね、トシ君、こっちに運んでくれる」

　三条さんは膝上までの短いパンツに、それと同じ柄の半袖シャツを着ていた。なんていう柄かは知らなかったが、赤だの黄だのが混じった派手なものである。高田さんは早速に、「おばさん、よくお似合いよ」などと褒めていた。

　氷の行き先は台所にある縦長の頑丈そうな木製の箱だった。冷蔵庫だという。二段になった上段を三条さんは開け、そこに氷を入れるのだという。箱の内部はトタンのような金属製の板で覆われていた。斗潮には初めて見る代物だった。

「さあ、ともかく座って。冷たい飲み物、用意するから……。氷がなくって困っていたのよ。助かったわ」

　そこは板敷きの居間のよう。二〇畳はあろうかという広さ。玄関寄りには食卓と椅子が四脚。その内側が台所になってい、台所と食卓の間には胸よりはやや低めの高さほどの細長い作り付けの台があった。「カウンター」と三条さんが呼んでいた台である。

　居間の海側には小さなテーブルを囲んでソファーが置かれ、そこからそのまま砂浜に出入りできるようになっていた。屋外は庇《ひさし》の下から手前が二尺ほどコンクリ張りで、海側は二、三間ほどの幅で芝が張られている。その芝には可愛らしい木製の椅子が二脚とテーブルが置かれ、軒には日除け用の大きな傘が立て掛けられている。

芝生から砂浜へは背ほどの植込みと松の木を潜って四、五段の階段を下りるだけで出られ、階段脇には蛇口と流し台が置かれていた。多分、ここで足を洗って居間に入るのだろう。植込みと松は出入り用に三尺ばかり開けられており、そこには木戸が設《しつら》えてあった。

最初は冷たい麦茶が、続いて氷入りのオレンジジュースが出された。斗潮も高田さんも麦茶を一気に喉に流し込んだが、ジュースも即座に呑んだ斗潮に比し、高田さんは味わうようにそれを飲み、

「このジュース、とっても濃くって美味しいわ。日本製じゃないんでしょ、おばさん?」

と尋ねている。

「さすが、ミズエちゃんね。仰るとおりよ。カリフォルニア産のオレンジを使ったアメリカ製なの。トシ君は、どうだった?」

三条さんの矛先が斗潮に向けられた。

「うん、美味しかったから……オレ、一気に……呑んじゃって……アメリカ産だなんて、知りませんでした。ごめんなさい……」

御馳走のし甲斐がないと思われているのかも知れないが、飾り言を言ってみても仕方ない。彼は素直に謝った。三条さんもさして気にしている様子はなく、むしろ一気に呑んでくれたことを喜んでくれているよう。

別荘の造りのことに話題が移った。一階は板敷きの居間のほか、同じく板張りの寝室が一部屋ある。ベッ

ドが二基備えられているという。そのほかは便所と風呂場に物入場。二階は六畳間が二室で、両部屋の間は襖で仕切られているだけ。したがって襖を取り外せば一二畳として利用できる。便所と小さな流しも付けられていると三条さんは言う。

部屋をどのように使うかは後回しにし、三条さんが拵えてくれたカレーライスを御馳走になった。

「どうかしら？　まだ陽は高いことだし、ひと息ついたら海に行ってみないこと。地元の子どもたちがいるくらいで、寂しいほどに静かなの。ここまで海水浴に来る人たちは、少ないみたいよ」

この海辺の両側とも漁港で、僅かにここだけが海水浴ができる程度に砂浜があるのだという。したがって安心して泳げる水域は広くはないものの、水は綺麗。「海の家」などもちろんなく、時折、アイスキャンデー屋が自転車で回ってくることがあるくらいだと。

「いいわね。私、水着になるわ」

高田さんは三条さんに案内されて一階の寝室に入っていった。斗潮は居間で着替えるように指示されて。斗潮も学校の授業で使う黒色の海パンであったが、高田さんも同じ。濃紺のワンピース型の水着だったが、三条さんは違った。セパレート型というのだそうだが、上と下とが別になってい、模様も花柄だった。

「おばさん、素敵よ。とってもお似合いだわ」

「そお、ありがとう。ミズエちゃんも、若いんだからもう少し、派手なものにすればいいのよ」

そんな会話をしつつ、ふたりは居間に戻ってきた。

三条さんは玄関を施錠してから、「さあ、行きましょう」と呼びかけ、斗潮にはパラソルなる大きな日傘を、高田さんには化学繊維でできた敷物を持つよう指示し、自らは飲み物の瓶を入れた箱に砕いた氷を入れたものを持った。木戸は鉤《かぎ》だけを掛けた。

斗潮は三条さんに言われたように浜辺にパラソルを差し込んで立て、その下の日陰となっている箇所に高田さんが敷物を敷いた。敷物の上には三条さんが飲み物の箱と三人分のタオルを置いている。付近には人影はなく、遠く漁港を形づくっているらしい岩場の突端に幾人かの子どもたちの姿が見えるだけである。

「いいわね。ここ、専用の砂浜みたいで……」

「そうなのよ。プライベートビーチみたいでしょ」

いくらか西に傾斜した太陽は、それでも真上にあるときと負けず劣らず砂浜も海面をも遠慮会釈なく、光線を浴びせている。風もほとんどなく、僅かに頬を掠《かす》めるだけ。すぐに飛び込もうとする斗潮を高田さんが制して、準備体操をするよう求めた。さすがに教師の卵である。


やや冷たかったが、三条さんの言うとおり澄んだ海水だった。鏡のようなというわけにはいかないものの波も弱く、快適な海水浴日和である。三人は童心にかえって水と戯れた。海底も波打ち際から七、八メートルくらいまでは遠浅になってい、そこから先は急激に水深が増している。

高田さんも三条さんも泳ぎは達者だった。それなりに沖まで平気で泳いでいる。もとより水泳ならば斗潮は引けをとらない。足の立たない海面でも三人は海水を掛け合い、縺《もつ》れ合って戯れた。三条さんの白い肌にも高田さんの若さ溢れる肌にもそれとなく触れ、流れの中でふざけつつ抱き合いもした。

三条さんと高田さんが仰向けとなって海水に浮いている。ふたりの双丘がぽっかりと水面上に浮き彫りとなって、眩《まばゆ》いばかりに陽を浴び、反射している様は、この世のものとは思えないくらいに斗潮には眩《まぶ》しく眼に映った。

「気持ちいいわね。脱《ぬ》け殻《がら》になったみたいよ」

砂浜に戻り、女ふたりはパラソルがつくる日陰に腰を下ろし、並んで横になった。斗潮は冷えたジュースを貰って呑みつつ、女たちのその様もまた眩しく感じていた。

「トシ君、ちょっと手を貸してくれる？」

「なんですか」

三条さんは小さな硝子瓶を手に翳《かざ》しながら、それを背に塗ってほしいと。日焼け止めの油なのだという。掌に滴らせ、延ばして肌に擦《こす》りつけるのだと告げて、彼女はうつ伏せになった。隣で高田さんも興味深そうに見つめている。

言われたとおり首から背に油を塗った。もう何日か前からここに来ている彼女である。白いと思っていた肌も、こうして至近から眺めるとこんがりと薄く小麦色に焼けているのが知れた。とても四十女の肌ではなく、若々しく弾力すら感じられる。彼女とは何回か交わっているのだが、こんなふうにしっかりとその肌を見つめたことはなかった。

「ねえ、トシ君、背中のスナップ、外して、そこにも塗ってちょうだいな」

高田さんの目の前で、際どいことを三条さんは告げている。どうしたものか、いくらなんでも……。戸惑い、高田さんを見やった。

「いいわよ、トシ君、やってあげて」

今、是非ともここでやらなければならないもののようにも思えないし、高田さんにやってもらってもよいのだ。それをわざわざ斗潮を指名し、また高田さんもそれを不快に感じていないよう。このふたりはどうなっているのだろうか、そんなことにも斗潮は思いを巡らせた。

「いいんですか？」

どちらの女にというのでもなく、斗潮は呟《つぶや》いた。

「お願いするわ。なんだったら、ミズエちゃんといっしょにやってもらってもいいわよ」

「おばさん、トシ君、私の眼を気にしているから、そうするわ。でも、スナップはトシ君、外して……」

「……うん、オレ……失礼します」

震えたのではないが、ふたりの女と別々に戯れるときにブラジャーを外すのとはいささか趣が異なり、いくらか手間取ってしまった。外した両端を背から退《の》かし、障害物のなくなった背を見つめた。そこだけは日に焼けてないせいで、白い線が横に走っている。高田さんが先に掌に油を滴らせ、塗りはじめた。斗潮も続いた。

「おばさん、どお？　ご気分は？」

「ええ、いい気持ちよ」

高田さんは時折、その手を三条さんの背から放し、微笑みつつ斗潮の手の甲を摩っていた。さらに高田さんは大胆である。尻の部分のパンツをいくらか下げ、その中に手を忍ばせて塗ってもいる。ちらりと垣間見たそこは白く眩しく反射していた。

続きがあった。高田さんは斗潮に三条さんの脚にも塗るよう求め、自らは馬乗りになって三条さんを跨《また》いでいる。手は脚に滑らせつつも、眼は高田さんを追った。彼女は両掌を背に這わせ、次には潰《つぶ》れて脇からはみ出している房の端にまで手を伸ばしている。

と、三条さんは、ちょうど脛あたりを摩っていた斗潮の支えを梃子《てこ》にでもするように半身を反り起こした。すかさず高田さんは両手を彼女の両房に回し、それを包んでいるよう。斗潮はただ驚き、狐につままれたように唖然とするばかりである。

三条さんが姿勢を替え、敷物の上に腰を下ろした。高田さんもその隣に座っている。もちろん、三条さんの胸は露《あらわ》。年齢を感じさせない形よい房がふたつ白昼に晒されていた。

太陽は西に傾き、その輝きを海面いっぱいに照らしている。

「トシ君、驚いた？　隠してもしかたないわ。正直にお話しするけど、ミズエちゃん、いいわよね？」

「ええ、トシ君に幻滅されるかもしれないけど……」

ふたりは女同士で時折、絡み合っているのだという。女の同性愛をレスビアンというのだそうだが、〔愛〕とまで言えるかどうかと三条さんはいくらか躊躇《ためら》いつつ、告白した。

「ミズエちゃんのせいじゃないのよ。私が無理に誘ったんだから……」

「でも、私も最初は戸惑い、はっきり言って嫌悪感もあったわ。でも、今はそんなにおかしなことじゃないって思えるようになったの。……おばさんの乳房に触れていると、なにか安心を覚えるのよ。トシ君のときとはまた別な意味で……」

「えっ！」

「またトシ君を驚かせたわね。私たち、それぞれトシ君と男女の間柄にあるってこと、互いに知ってるの。

……もっとも、最近、ちょっとしたきっかけで知ったんだけど……ね」

斗潮はまたまた唖然である。三条さんは単なる遊びなのだろうから、軽い気持ちなのかもしれないが、高田さんはどうなのか。思わずも彼女の顔を見つめてしまった。

「トシ君に軽蔑されたみたいね、私。……判ってほしいけど、仮に判ってもらえなくっても、これだけは知って……。決していい加減な気持ちじゃないってこと……」

「……オレには……よく判りません……」

「そうよね。トシ君に判ってって言うのは無理かもしれない……。ただね、私はどう思われてもいいんだけど……、ミズエちゃんだけは判ってあげて……お願いだから」


三条さんと高田さんが交互に説明をしだした。ある土曜日の昼下がり、「さゆり」での勉強が終ったあと、その二階で三条さんが斗潮と睦み合い、彼が帰ったあと突然、高田さんが三条さんの前に現れたのだと。高田さんが「さゆり」に着いたとき表は閉まっていたが、今日は三条さん担当の英語のため斗潮が来ているはずと彼女は、脇の通用口から店内に入った。灯りも消えており、どうしたものかと思案したものの、ひょっとして二階にでもと思い直し、階段を昇って三条さんの部屋を覗いた。

以前、何回か高田さんも二階にお邪魔したことがあり、深い気持ちもなく。と、そこからは三条さんの……ああ、何とも言えない艶めかしい声が漏れ聞こえてきた。いけないと思いつつも鍵穴から覗き見た。眼が皿になってしまった。間もなく男女の行為は終り、慌てて眼を逸《そ》らそうとした瞬間、三条さんの相手は当然、ご主人だろうと思いきや、ベッドから立ち上がったのは斗潮だった。

高田さんはわが眼を疑い、瞬きして眺め直した。しかし、そこにいるのは裸になった三条さんと斗潮以外の何者でもなく、ベッドから下りたふたりが全裸のまま抱擁し、口づけしている姿だった。

動転しつつも高田さんは物音を立てないよう階段を下り、身を隠した。やがてふたりも下りてき、睦言めいた会話を交わしたあと、またも口づけしていた。表の扉を開け、斗潮が帰る段になったとき、三条さんが「トシ君、口止め料よ」と小さな包みを手渡していた。

それまで高田さんは店外に出たところで斗潮を捕まえ、詰問するつもりだったのだが、〔口止め料〕という言葉を耳にして、三条さんを問い正す気になり、早速にそうした。彼女はさして驚く気配もなく、「あら、見つかってしまったのね」程度だった。

もともと開放的な三条さんである。加えて幼い頃から知っている高田さんでもある。包み隠さず、しかも開けっ広げにすべてを語った。めったに帰ってこない夫の穴埋めで、斗潮と睦み合うようになった。けっして〔愛情〕なんかではなく、〔女の性《さが》〕がなせる単なる〔火遊び〕。そのことは斗潮も十分に承知しており、腐れ縁が生じないよう終ったあとには必ず〔口止め料〕を渡し、彼も受け取っている。

斗潮は若年者ではあるが割り切りがよく、口が固いので安心できるし、なによりも立派なものの持ち主。息子と言ってもいいくらいに歳が離れているが、かえって火遊びの相手としては好都合である。

「私はそんな軽い気持ちでのお付き合いなんだけど、もしミズエちゃんが彼のことを愛しているとか、好きなのだったら、お詫びするわ。あなたが許せないと言うのなら、彼との関係を断ち切ることも、すぐにできてよ」

高田さんはそこまで三条さんに言われて、糾弾する気がなぜか萎《な》えた。むしろ彼女も問われたのでもないのに、斗潮との関係を進んで告白してしまった。相手を自分の土俵に乗せ、いつの間にか引きずり込んでしまう雰囲気と話術を三条さんは持っている。

「そうなの。ミズエちゃんもトシ君とできていたの？　私、あなたにいけないことをしたようね。で、将来の約束もしているの？……もし、そうなら、私、お詫びしてすぐにトシ君からは手を引くわ」

「……いえ、私は……」

斗潮とは結婚するまでの意思はない。多分、教職に就いたのち、親の勧めに従ってお見合いし、結婚することになるだろう。ただ、彼は私にとって初めての異性であり、おばさんのような遊びというつもりはない。彼のことは〔好き〕だし、できることなら結婚の相手が決まるまではこのままの状態を続けたい。彼も、私のそういう気持ちは承知しており、むしろ私の逸《はや》る心に彼がブレーキをかけてくれている。

彼を知ったことで男というものを知ることができたし、対処の仕方も教わった。自分では気づかなかった魅力も彼のお陰で知ることができた。こういう面では、年下だけれど斗潮は大人の男を感じさせる不思議な力を持っている。

「そうなの……。実は私も内心、心配していたのよ。ミズエちゃん、とっても素敵なお嬢さんだけど、まったく男を知らないままお見合い結婚でもするようなら……女として幸せになれるのかしらって……」

砂浜から別荘の居間にその位置を替えても、ふたりの女の話はいつ果てるともなく続いている。松の樹間を通して西日が眩しく居間に射し込んでいる。三条さんが「お紅茶でも入れるわ」と言ったのを機に、斗潮は立ち上がり、木戸越しに海を眺めた。ひときわ大きく真っ赤に燃えた太陽が、間もなくその下点を拡げて水平線上に接しようとしている。

いつの間にか高田さんが彼の隣に来、

「まあ、綺麗だわー。海が燃えているみたい……」

と。続いて
「トシ君、驚かせてごめんね。私、けっしていい加減な気持ちでトシ君とお付き合いしていたんじゃないの……。それだけは分かってほしいわ……」

「うん、……オレ……」

なんと答えたらよいのか、正直、彼自身にもまだ心の整理はついていなかった。

「お茶、入ったわ。どうぞ」

女の話が再開された。先ほどの続きである。

——磁石にでも吸い寄せられるように三条さんの歩調に合わせられた高田さんは、誘われるまま二階の寝室に昇った。今さっきまで三条さんと斗潮が睦み合っていた部屋に入ることには抵抗もあったが、それ以上に三条さんの誘引は巧みだった。

ブランディー入りの紅茶を啜りながら、ソファーに並んで会話しているうちに、三条さんの手が高田さんの肩に置かれ、いつしか乳房を揉まれていた。気持ちのどこかで抵抗しつつも巧みな誘惑に負け、唇を重ね、やがてふたりの女は上半身を露にしていた。

「ミズエちゃんがお相手してくれるのなら、私、すぐにでもトシ君から手を引いてよ」などと耳元で囁かれているうちに、乳房を揉みしだかれ、乳首を吸われた。抱擁され、乳首と乳首とを接触し、四つの房を重ね合った――。

斗潮は耳では女ふたりの音を聴きながら、頭では別のことを思っていた。教養もあり、経済的にも恵まれている女たち、特に三条さんがそうであるが、いったいどういうことなんだろうか。と思いつつも、女同士で愛し合うことも絡み合うことも、格別奇異なことには思われず、当人たちが納得して楽しんでいる分には、他人に迷惑をかけるのでもなく、それはそれでいいようにも思われた。

しかし、理解を超えるのは三条さんである。夫とはどうなっているのかはともかくとして、異性である斗潮を求めたり、次には同性である高田さんに言い寄ったり。本気でなく「遊び」であることは判っているつもりだが、それにしても三条さんの言動は斗潮の理解の外にあった。また、誘われたとはいえそれに応じた高田さんも判らない。厳格な家庭で躾られ、貞淑な女子大生であった彼女が、斗潮を知ったことがきっかけとなって、いつしか彼と共有していた世界から逸脱していったように感じられた。

けっして責めるつもりはないが、やっぱりふたりとも彼とは異次元の世界にいる人のよう。貧乏ゆえに身を売られ、遊女となって不特定多数の男たちと交わっていたユキや葵姐さんのほうが、よほど純真なように思われる。今は手の届かない世界に行ってしまったユキは致し方ないが、自分の帰る所は姐さんだけのように痛感された。

今回の小旅行が終ったら、可能な限りふたり、特に三条さんとは距離を置きたい。〈そうだ!〉唐突ではあったが、かねて潜在していた計画が彼の脳裏に浮かんだ。すぐにというわけにはいかないだろうが、冬になる前に諸心塾を辞めよう。受験勉強に専念するためという理由にすれば、十分に余裕をもって事前に申し出れば、諸星先生も理解してくれるだろう。斡旋してくれた定時制の担任教師だって判ってくれるだろう。

姐さんの所に転がり込もう。彼女は歓迎してくれるはず。であれば春を待たずに荒家を伯父に引き渡してもいい。たしか姐さんのアパートで空室があった。二階の北側奥。学生用の四畳半だと聴いた部屋。借り手がなく、空いているので姐さんが物入れにでも借りようかと言っていた部屋が。

荒家と猫の額ほどの敷地を伯父に引き渡せば、借金を清算されても引換えに幾ばくかの進学後の就学資金が手に入る約束になっていた。その一部を間代に充てたということにすれば、不審がられることもなかろう。定期的な収入として奨学金もある。すべては受験勉強に専念するためである。塾からの給料がなくっても、やっていけると伯父には強調すればいい。

早速、姐さんに相談しよう。

第二十九　三人でのプレー

日没とともに蒸し暑さが消え、心地よい風が居間に流れていた。女たちはふたりで台所に入り、姦《かしま》しく言葉を交わしつつ夕食の支度をしている。斗潮《はんすう》はソファーに座って練習問題を開いていたのだが、頭ではさきほど来の、にわかに顕在化した計画を反芻していた。

「さあ、トシ君、準備ができたわよ。こっちにいらっしゃい」

食卓にはいくつかの皿や鉢が並べられている。三条さんは初めに見たときと同じ恰好だったが、いつの間にか高田さんは体操着のようなものを身に纏っている。

「こういう所だからたいしたこと、できないの。物足りないかもしれないけれど、トシ君、堪忍してね」

鰺《あじ》の開き、酢の物、カボチャや里芋などを煮込んだものが菜。十分である。枝豆も並んでいた。

「ビールでいいわよね、ミズエちゃん、トシ君。トシ君もいけるんだったよね、確か。よければワインもウイスキーもあるわよ」

最初はということで三つのコップにビールが注がれ、乾杯となった。三条さんはさらに斗潮が口にしたことのないチーズを出してウイスキーのロックに切り替え、高田さんもビールは二杯に止めてワインにしていた。斗潮も勧められたのだが、ワインにもウイスキーにも馴染みがなく、ふたりのコップを借りて口に含んでみたが、ウイスキーは美味しいともなんとも思えなかった。ただ、ワインだけはなんとかなりそうで少しやってみたが、やっぱり馴染みのあるビールを主として呑《や》っていた。

卓に並んだ菜が〔お摘まみ〕となり、高田さんも斗潮も頬を赤く染めている。三条さんは違っていた。誰よりもコップが進んでいるはずなのに、顔にも言葉にも酔った兆候を感じさせないのである。高田さんが「ワイン、十分にいただいたから私、素麺《そうめん》にさせていただくわ、おばさん。トシ君はどお?」と来たのを潮時に彼もビールをやめにした。ただ呑んでいるだけでもはや味を感じなくなっていたのだ。

〈ご飯は?〉と聴こうと口から出かかったとき、高田さんが「トシ君、素麺とご飯、両方あるけど、どっちがいい? そうか、トシ君、大食漢だから両方ともがいいわね」で木製の椀と瀬戸物の飯茶碗の両方を、彼女は用意してくれた。水割りになっていたが、三条さんはまだ呑みつづけている。

食後は高田さんが煎れてくれたコーヒーを啜りつつソファーで寛いだ。

「最近、トシ君もコーヒー、すっかりいけるようになったわね」

三条さんである。高田さんも同調するようなことを言いつつ啜っていたが、

「後片付け、しなけりゃいけないわ」

と立ち上がろうとすると、三条さんは
「いいわよ。そのままにしておいて。明日の朝にすれば……」

と言う。

酔いが回り、かつ別荘に来ているという普段とは異なる状況だから、そう言っているのかもしれなかったが、斗潮には気に入らないことだった。自身もいつまでも放置しておくのは嫌いで、早めに片付けるほうであったが、なにより姐さんである。彼女は食べおわれば、いつまでもそのままにしてはおかず、茶を入れ次第、すぐに片付けていた。そのほうが気が落ちつくと言って。

「そお……」と暫くは談笑していた高田さんであったが、気になるのか「やっぱり、私、片付け済ませてしまうわ」と席を立った。「ミズエちゃん、いい奥さんになれてよ。悪いけどお願いね」と三条さんは立つ気配はない。なぜだか、斗潮はほっとする思いがしたものだった。

高田さんが片付けている間、三条さんが位置を替えて彼の隣に座り直した。少なくとも今夜、ふたりの女の相手をしなければならないことは、気が重い思いもしたが、斗潮は〔覚悟〕していた。日頃、世話になっていることもあり、せっかくの招待でもある。不愉快な場にすることは避けなければならない。それくらいの判断力は彼にもあった。もっとも、明朝先に帰るという手段も選択肢として残していてのことだが。

膝上に手を載せられた。斗潮も今日のために単パンを新調していた。上半身はさきほどから裸。膝を摩られ、腹部から胸に這う三条さんの手を蛞蝓《なめくじ》のように感じた。近づいた彼女からはいつもと違う匂いがしている。斗潮は自らは手を出すことなく、なされるままにしていた。彼とて男、攻められれば獣にもなるが、高田さんがこの場に戻ってくるまではと耐えていた。

「……あら、おばさん、もうトシ君を攻めはじめたんですか?……お早いこと……」

片付けを終えたのだろう、ソファーに戻るなり高田さんはそう告げた。

「ええ、ミズエちゃん、いないし、手持ち無沙汰だったの。ちょっとトシ君を摘み食いさせてもらったわ……」

〔遊び〕とはいえ、こういう三条さんの物言いも斗潮は好きになれなかった。明るく裏表がない、雪国には珍しい性格の持ち主であり、そういう面では憧れもし、尊敬もするのだが、本心からかどうかは判らないものの、多少、他人を小馬鹿にする面がある。極論すれば人権を軽視するような。

「ねえ、ミズエちゃん、トシ君。これからの長い夜、どう過ごしたらいいかしら?」

「どうって、おばさん、三人でプレーしたいんでしょ?　そう言っていたじゃない?」

「それはそうなんだけど、私が言っているのは方法のことよ。例えば、ここなり寝室なりで始めるのもいいし、夜の浜辺で戯れるのもどうかしらって……、そういうことよ。どうかしら、トシ君?」

「オレは……俎の上の鯉だから……」

「そお、どう料理されてもいいのね?　じゃあ、ミズエちゃんはいかが?」

「せっかく海に来たんだから、浜辺に出たらどうかしら?……でも、浜だと他人《ひと》の眼があるかしら?」

「ううん、ここは平気よ。まず、誰かが来るなんてことはないわ」

「じゃあ、そうしましょうよ。トシ君、いいでしょ?」

「うん、いいです」

「どうしたの?　トシ君、元気ないわよ。さあ、若者、元気を出して……。これからふたりのレディーに料理されるんだから、ね」


海浜は満点の星空だった。三日月も欠けた箇所を補うがごとくに輝いている。両側に位置する漁港にもすでに灯はなく、挟まれたこの浜は一層寂しく、社会から取り残された別世界を形成しているよう。灯りといえば別荘のそれが微《かす》かに漏れてきているだけ。

三人は水着に着替え、三条さんは懐中電灯を、高田さんはタオルを、そして斗潮は敷物を持って浜に出た。月明かりが海面に反射している延長線上に拠点を構えた。海水はさすがに日中よりも低かったが、寒いということはない。簡単な準備体操をしただけで、斗潮は海に入った。

もやもやした気持ちを洗い流したかったのだ。高田さんに「トシ君、あまり遠くまで行ったらいけないわよ。夜の海は危険だから!」という注意を背に受け、「分かりました」とだけ答えて、泳ぎだした。波頭が月明かりを受け、白くなって向かってくる。二つ、三つと越えた。足が立つか立たないかという所で進むのはやめ、仰向けとなった。

星座についての知識はない斗潮であったが、降るような満天の星明りを全身に浴びた。一つひとつの星の名も、星座の名称も知らなかったが、自身がひとつの星になったような錯覚を覚えた。これからの人生のなかで、今、こうしていることにどんな意味合いがあるのだろうか、などと星に問うた。

「素晴らしい星空ね。トシ君、哲学者になっているんでしょ？」

高田さんである。彼女も泳ぎは達者だった。同じように彼女も仰向けとなり、独り言のように「まあ、天の川がはっきり見えるわ」と呟き、「ほら、トシ君、あれが北斗七星で、その先端にあるのが北極星よ」

「織り姫と彦星のデイトは終ったばかりね。また来年の七夕まで逢えないのよね」などと彼女もまた夢の世界にいるよう。

「おふたりともロマンチックだこと。私たちも今、デイトの真っ最中よ。織り姫と彦星に負けないくらい逢瀬を楽しみましょう。三人で、ちょっと変則だけれど……ねッ」

いつの間にか三条さんも来ていた。斗潮もそうだが、三条さんは現実派。昔からそうだったのか、もはや夢見る乙女は卒業したからなのか、それは知る由もなかったが。

「ねえ、星空の下で海中キッスってどうかしら？　とってもロマンチックじゃないかしら？　トシ君、チュッしましょ」

〈高田さんとふたりだけだったらよかったのに……〉三条さんの出現で、いとも簡単に夢は破られた。擦り寄られ、背中に手をまわされた。胸板に柔らかく弾力のあるものが直接触れた。双丘は覆われることなく剥き出しだった。視線を下に向けるとふたつの房が浮力によってか月明りに映えて大きく見え、乳頭が波動によって上下しつつ彼の胸板を擦っている。

唇が迫ってきた。彼も彼女を抱き、それを迎えた。互いに足を忙しなく動かしながらも上半身を密着した。地に足のつかない浮き沈みしながらの接吻になぜか快感を覚えた。三条さんは次には高田さんに迫り、女同士で抱き合い、唇を重ねていた。

「次はミズエちゃんとトシ君の番だわ。そうだわ、ミズエちゃんも胸を出したらいいわよ。私、やってあげるわ」

「だっておばさん、私の水着、ワンピースなんだもの、無理よ」

「ううん、やってみるわよ」

三条さんは彼女の背後に回り、背中のチャックを下げ、肩紐を外し、海中に引っ張った。水を含み肌と密着している水着はそう簡単にはとれない。三条さんは潜り、海中から引っ張りだした。高田さんも意を決したのか、自らも脱ごうとしている。弾みでポロッと高田さんの双丘が月下に現れ、海中で上下に振動し、そして漂っているよう。

「あら、厭だ」

「若さね。元気のいいおっぱいだこと」

浮上して真近にいた三条さん、早速、彼女の乳房に触れている。

「おばさん、いけません。私とトシ君の番です」

「あら、そうだったわね。ごめんなさい」

高田さんから接近してきた。抱き合い、唇を重ねた。彼女のほうが気持ちが籠《こ》められているように思えた。それとも彼のほうがそうだったのかもしれないが。時間も三条さんのときよりも長かった。業を煮やしたのではないだろうが、三条さんも加わってきた。胸を露にしたふたりの女とひとりの男が海中で縺《もつ》れあった。

「さあ、浜にもどりましょ」

三条さんと高田さんは並んで横になった。四つの丘が月光に照らされ、光と影によってその輪郭を浮き彫りのようにはっきりと示している。暗黒の世界で、そこだけが一筋の光明が射しているように。

斗潮は促されてふたりの間に入り、仰向けになった。左右にふたつずつの丘陵を従え、真ん中は平野と化した。

「ほんとに星が綺麗だわ」

感激に浸っている高田さんに、三条さんは「ミズエちゃんも綺麗よ」と斗潮に覆い被さりつつ、高田さんの乳房に触れている。「あら、おばさんだってよ。月下美人って、おばさんのことを言うんだわ」などと応答し、斗潮の真上で口づけを交わしだした。女同士の口づけなど眼にすることなどそうあるものではないが、その行為をこういう位置からこういう角度で眺めることは希有のことだろう。

三条さんは左手を高田さんの首に巻き、右手は水着の上から斗潮のものをまさぐってい、高田さんも左手は同じようにし、右手を彼の頭髪で遊ばしている。熟れた四つの房が眼上で揺れ、その上方で微かに衣擦れの音がしている。

唇を放したふたりは左右から斗潮を愛玩しだした。四本の手が、額だの耳朶だの、さらには頬、顎、首、胸、腹から脚や股間にまで蠢《うごめ》いて。交互に唇が重ねられ、交互に四つの乳首が彼の口に進入してきた。

「お部屋に戻りましょうか。月明りも結構だけど、これから先はお部屋で楽しみましょう」

三条さんの声で彼岸に渡りかけた三人は、現世に戻った。足だけ洗い、そのまま風呂場へ。濡れた水着を盥《たらい》に入れ、同時に浴室に入った。三人では狭かったが、三条さんの強い勧めがあったからである。二人が浸《つ》かればいっぱいの浴槽と僅かばかりの洗い場、シャワーが一基。

三条さんがそのシャワーを捕り、高田さんと斗潮に飛沫を浴びせた。首筋から背、脚まで砂を流され、正面を向いて同じように。ただ、高田さんの繁みには手を添え、斗潮の竿は握って。先に湯船に入るよう促し、ふたりが入るのを見届けてから自身を自分でシャワー掛けである。

高田さんは湯に浸かりながら、「おばさんのボディライン、とってもお歳には見えないわ」などと世辞を言っている。「あら、そう。若い人にそう言っていただくと嬉しいわ。トシ君はどお?」婀娜《あだ》っぽく品をつくり、不意に斗潮に矢を飛ばしてきた。

「うん、オレも……そう思います。人魚姫みたいです」

「まあ、お世辞下手のトシ君にしては嬉しいこと言ってくれるわね」

長方形に沿って足を伸ばせばお釣りがき、相対する双方からふたりが伸ばせば足が交錯するほどの湯船に横に並んで浸かった。女たちの乳房が湯に浮き、大きくなって漂っているよう。高田さんとは山の宿で、湯に浸かりつつ睦み合ったことがあったが、ここでは身動きするのも勝手を得ない。多少のお巫山戯《ふざけ》をしただけで早々に上がった。

今夜の戦場は居間のソファーのよう。三条さんの声掛けで、風呂から上がったままの姿でソファーに寛いだ。正確に表現するならば寛いだのは三条さんで、斗潮にはどこか落ち着きが得られなかったし、高田さんにもまたそんな素振りが窺われた。

「ミズエちゃん、飲み物、ウイスキーでいいかしら？　ロック、それとも水割り？　トシ君はビールかしら？」

声を掛けたのは三条さんであったが、用意したのは高田さんである。斗潮には冷えたビールを、三条さんにはウイスキーのロックを、そして自分には水割りをそれぞれ用意し、拵えていた。女二人、男一人は生れたままの姿で手にコップ（三条さんたちは〔グラス〕と称していたが……）を持ってソファーに座している。

三条さんは足を組んで堂々とした佇《たたずま》い。組んだ足の都合で繋みの上部が窺える。その隣に席を定めた高田さんは両脚を揃えて座っている。若草が行儀よく並んで見えた。斗潮も腹を決めた。少なくとも今晩は大勢に従うよりないと。今から帰ることも叶わず、さりとてこの座を辞して別室に下がるわけにもいかない。腹を括《くく》ってしまえば、度胸も座る。彼も足を組んだり、拡げたりと隠すような風情はみせないことにした。

三条さんが高田さんに絡みだした。女同士で接吻し、乳房を揉みあい、抱き合ったりと。相手の房を支えあい、乳首と乳首とを接触させ、「うふっ」といったような音を漏らし、顔を見合わせ微笑みあったりと。大きさでは高田さんが、形よさでは三条さんが勝っているように思われたが、なぜか彼の脳裏には姐さんの豊かな乳房が思い描かれ、帰巣願望が沸いてきていた。

「どう、トシ君。女同士の絡み合い、ご覧になるの、初めてじゃなくって？　ご感想はいかがかしら？」

「もちろん初めてだけど、……ビールのおつまみには最適ですね」

心にもないことを口走ってしまった。しかし反省はない。そんなものだろうと。

「あら、トシ君、言ってくれるわ。それ、大人の台詞《せりふ》だわよ。こちらにいらっしゃいゃな」

ふたりの女はその間隔を開け、彼をそこに招じ入れた。そこここを摩られ、まさぐられ、交互に口づけされ、乳首を含まされた。彼も、ふたりの乳房に触れ、揉んだ。「ミズエちゃん、ちょっとごめんなさい」三条さんはそう言うと、斗潮の膝に跨《また》がってきた。半ばほどに成長している彼のものを少しばかり悪戯し、「トシ君の、まだおとなしいのね」などと呟き、左手で彼の頭部を支え、右手で自分の片方の房を持ち上げて彼の口に導いている。

もうここに至れば遠慮もなにもない。斗潮は三条さんの背に手を回し、差し出された乳首に吸いついた。唇に含み、舌で嘗《な》め、転がした。高田さんや姐さんのそれよりやや小粒であるが、含み具合は悪くない。比較的浅い谷間に顔を沈め、谷底も嘗めた。頬を房に擦り、鬚《ひげ》が伸びかけた顎で中腹と谷間を刺激した。「うふっ」と三条さんは擽《くすぐ》ったそうな仕種をし、一度大きく胸を逸らせてから前屈みとなって斗潮の頭を両手で抱えて唇を求めてきた。彼も積極的に応じた。彼女のキッスは本場仕込みである。再度、「うふっ」といったような音を漏らし、彼の唇と鼻頭を舌で嘗め、身を放しつつさきほどよりも成長した彼のものを摘んで、自らの門口にそっと押し当てた。そこまでだった。

「ミズエちゃん、お待たせ。バトンタッチするわ」

三条さんは彼の膝から下り、高田さんにその場を譲った。彼女ももはや躊躇はなく、三条さんの手にタッチしつつ彼の膝に跨ってきた。先輩の所作を見つめていたからか、それに習うように同じことをしてきた。乳首を吸っていたときである。「ミズエちゃん、もうちょっと前に行って……」という三条さんの声がし、それに呼応して「えっ？　あー、分かったわ」と高田さんはより一層、斗潮に密着してきた。彼女の盛り上がった秘丘が下腹部に感じられるかと思うほどに。

と、分身に刺激が走った。垣間見ると三条さんは斗潮の股間に身を入れ、高田さんの尻の下に佇立している彼のものを口に咥《くわ》えている。その手を彼の股に這わせたり、高田さんの尻や腰を摩りつつ、舌先で亀頭を嘗め、砲身に蠢かし、口中に含んでいるよう。彼女の口技は姐さんとはまた微妙に違ってはいたが、巧かった。斗潮のものはすっかりと天井を指向していた。

さらに三条さんは高田さんに重なるようにして彼の膝に跨ってきた。彼の中ほどを捕促し、自分の門口に導いている。先端が彼女の胎内を覗いた。腰を動かしつつ高田さんの背にぴったし張りつき、斗潮の首に左手を回してきた。彼の顔は高田さんの谷間に沈み、三条さんの片手が高田さんの乳房に移り、手の甲を彼に接触させつつ揉んでいる。

その行為が済むと三条さんは、高田さんに膝に跨ったまま斗潮に背を向けるよう求めた。彼女も「これでいいかしら？」などと呟き、素直に従っている。再び三条さんは斗潮の股を開き、その間に身を置いている。もうすっかりと成長した彼のものを愛おしむように摘み、迫り上がったその先端をさらにのけ反らして、高田さんの入口周辺に蠢かしている。

斗潮は分身を三条さんに委ね、背後から高田さんの乳房を両手で包みつつ、下腹部に密着している彼女の桃尻の圧迫を楽しんでいた。

「ミズエちゃんの、ここの丘、ほんとに羨ましいわ。私の偏平なのに比べ、豊かに盛り上がっているんですもの」

片手で斗潮のものを握り、もう一方の掌で高田さんの秘丘を摩っているよう。

「ええ、そのこと、私、知らなかったの。教えてくれたの、トシ君なの……。宝物だよって……」

「そうよ、大変な宝物だわ。ねえ、トシ君」

「うん、すごく珍しいんだって聴いたから……」

「そうよね、わが大和撫子には特にね。トシ君、味わいたいでしょう？　今夜、ミズエちゃんの……」

「そりゃ、もう……」

そんな会話を交わしながら、三条さんは彼の先端を高田さんの中に進入させた。「ああっ！」高田さんの低い歓喜の声がしじまを破った。三条さんは交合した箇所を摩り、舌を這わせ、口づけしていた。高田さんの表情が歪み、斗潮も快感を覚えた。

戦場が床に移った。三条さんがどこからか絨毯のような敷物を持ってき、それを敷いて床に。女二人に、男一人だからと、三条さんの提案で女二人が斗潮を攻めることになった。ジャンケンで、最初は高田さんが彼の下半身を、三条さんが上半身を分担し、頃合いを見計らって交代するということに。

「オレ、ふたりの美人に攻められたら、途中でいっちゃいますよ」

「いいわよ。我慢することないわ。いつ発射したっていいことよ。ただねー」

一見優しそうなことを言いながら、三条さん、実は厳しい注文を彼に課した。放射は何回してもいいけれど、今夜中に必ずふたりと交わり、満足を与えることというのだ。

「夜は長いから、ゆっくりと楽しみましょう」

三条さんは彼の頭を膝で挟み、頬や顎、胸板などを摩り、前屈みになって口づけし、乳首を口に含ませて遊んでいる。一方、高田さんは彼の股間に身を入れ、口技の開始であった。手で慈しみ、舌を這わせ、口に含んでいる。三条さんは遊びながらも目は高田さんを追っていたよう。

「ミズエちゃん、口出しして悪いんだけど……。ちょっとお稽古、しないこと。もっとトシ君が喜ぶように、ねっ！」

高田さんは斗潮が初めての男。口技も彼の求めでしはじめたのであり、経験不足からくる拙さは否めない。彼もそのことは承知していたが、いくら聡明でスポーツウーマンとはいえ、急に上達するものでもないし、彼女とはむしろその拙さ、初々しさを楽しんでいる趣もあったのだ。だが、三条先輩には見かねるものがあったのだろう。

「僭越《せんえつ》だけど、ちょっとだけ、触りだけ指導させて……」

位置が入れ代わり、三条さんが彼の股間に。「いいこと、ミズエちゃん、男はねー」などと告げつつ、まずは手での握り方、摩擦の仕方を簡単に実演してみせ、次には舌での嘗め方、這わせ方、咥え方などを説明しながら模範演技している。姐さんほどに感情が籠められているのではないが、技術としては巧みである。萎えかけた分身が見る間に元気を回復していった。

「まあ、さすがおばさんだわ。トシ君のすっかり大きくなってる……」

「ねっ。さあ、ミズエちゃんもやってみて」

実験材料となった斗潮のことなどお構いなく、「こんなんでいいかしら？」、「ううん、もうちょっとこうしてみて」などと実技指導が繰り返されている。

「今日のところはこのへんにしましょう。モルモットさんが大変だから。あとはミズエちゃん、ひとりでやってみて……」

　で、ようやく実験台のことが思い出されたようで実技指導が終った。高田さんは教わったことを忠実に実行している。方法や形が同じでも、これぱっかりは経験がものをいうもの。にわかに上達するはずもないが、それでもさきほどよりは巧くなったよう。ただ如何せん、ユキや姐さんと比べれば、〔愛情〕という根本的な欠落があるのは致し方ないところか。

　攻守所が変わった。比喩すれば造形的な三角錐から球に近い房が眼前に来、赤く燃えた粒が彼の口に納まった。それはそれでよかったのだが、なにも先輩と一挙手一投足まで真似なくともいいのにと内心で思い、高田さんに向きを変えて彼に跨るよう求めた。

　改めて目の前に垂れた球形を慈しみ、粒を交互に嘗め、吸った。さらに位置を前に移動させ、秘丘を舌で味わい、内部に挿入した。その時である。袋を丸ごと呑み込んでいた三条さんが、砲身の縫い目に沿って絶妙な舌技を施し、先端の小さな孔に舌先で刺激を与えた。斗潮とて、女ふたりに同時に攻められるのは初体験である。一気に高まってしまった。

　高田さんの秘丘に荒い息を吹き掛けつつ、喘ぐように叫んだ。

「ああ、オレ、……もう、イクッ！」

　で発射してしまった。辛うじて口は逸らしたようだったが、見事にそれは三条さんの顔に命中してしまった。彼女はその液体を掌に掬《すく》い、まるで化粧水でも塗るように顔面に引き延ばし、胸にも擦りつけた。

「若さを保つ妙薬をいただいたわ。どお、ミズエちゃんも」

　もう乾きつつあるそれを斗潮の蛇口から再度、掌に捻り出すようなことをしてから、彼女は高田さんの両房にもお裾分けである。三条さんの言うとおりなのだろうが、ただ匂いにやや難があると斗潮は思っていた。姐さんは〈トシちゃんのだもの、いい匂いよ〉と呑み込んですらいたのだが、ひたすら斗潮を愛する彼女ゆえの例外かと考えていたが、三条さんも高田さんが、

「お肌に悪影響って、ないのかしら？」

という問いに、

「ううん、百益あって一害なしよ。トシ君のような若者のだったらね。呑み込んだっていいのよ。健康そのものの男性ホルモンですもの」

などと答えていた。


斗潮もウイスキーなるものを味わってみた。三条さんからの口移しで。美味しいとはとても思えず、むしろ黴臭《かびくさ》くすら感じた。「どお、トシ君」と言う三条さんに素直に感じたままを告げると、「そお、じゃあもう一度ね。今度はもう少しマイルドにしてあげる」と、ストレートで口に含み、口中で時間を掛けて転がしてから、斗潮に抱きついてきた。

「どうかしら？」

「うん、……さっきよりはいいけど……」

「おばさんのエキスじゃだめみたいね。ミズエちゃん、あなた、やってあげて。女性ホルモンをたくさん入れてよ」

同じようにした高田さんであったが、三条さんの暗示にかけられたせいか、いくらか丸みが感じられた。

それだけでなく三条さんに教えられて彼の口中に琥珀色の液を移したのちも、舌を差し入れ攪拌してくれたこともあったのだろうが……。斗潮は高田さんのほうがまだ愛情めいたものがあったからだと理解したかった。

「トシ君が回復するまでゲームでもしましょうか？」

三条さんの提案である。トランプであったが、彼女のこと、趣向が籠められていた。まずは全体での勝ち負け。斗潮の回復時間を考慮し、一時間を超えたら新たな勝負には入らないことを目安に勝利数を競う。勝利者が女であった場合は、先に斗潮と交われる権利を取得し、好きな体位を要求できる。斗潮が勝った場合は、女の選択権が与えられるとともに、体位の要求は同じとする。しかも一人が斗潮と交わっているとき、他の一人はその行為を目を逸らさずに見物しているという条件まで付加して。

また、一回の勝ち負けのつど、最下位となった者は勝利した者の要求を拒むことなく、それに従う。例えば、コーヒーを煎れろとか肩も揉めとかいうのでもいいし、性的な行為を求めるのでもよい。ただ、いたずらに長くなってはいけないので、一回の行為は一分以内とする。そういうものだった。

高田さんは「おもしろそうね、やりましょう」と直ちに同意していたが、斗潮はどうしたものかと思案していた。その表情を見た三条さんが、すかさず

「トシ君はどうかしら？　あまり興味なさそうだけれど……」

「うん、そうじゃないんだけど、オレ、……トランプの遊び方、ほとんど……知らないんです。婆抜きとか七並べとか、そんなものしか……」

「そうよね、トシ君、苦学生なんだもの。遊んでいる暇なんてなかったのよね？」

高田さんが理解を示してくれたのは嬉しかった。結局、ふたりが教えるからと〔ブリッジ〕なるゲームが始められた。

多少のハンディキャップは貰ったものの、最初は三条さんが二、高田さんが一の割合で勝ち、斗潮はしばらく勝つことはなかった。二人の要求はほとんどが性的なもの。せっせと彼は奉仕に努めざるを得なかった。それでも初めのうちは、キッスを求める、乳首を吸うなどと穏やかなものだったが、やがて抱き上げて室内を一周しろとか、逆さに釣り上げて、女の口が彼のものを咥えられるようにせよとか、馬になり女を載せて一周しろとか次第に過激になっていった。

やがて半ばを過ぎた頃から彼も時折は勝つことができてきた。早く回復して義務を果たしたい思いから精力のつく食べ物や飲み物を要求した。そのつど、敗者は生卵だとか蜂蜜だとか持ってきていた。そういった要求にも飽きがきだしてからは、壁際で逆立ちせよ、犬のようにチンチンせよといった他愛もないことを女に求めていたのだが、普段、目にすることなどできないそういった裸女の様は、それなりに滑稽でもあり、座を賑やかにもしていた。

計ったのではないが、三条さんのお見込みどおり小一時間も経た頃、彼の元気は回復した。勝利者は予想に反して僅差で高田さんだった。中盤からにわかに盛り返し、最後の勝負で逆転したのだ。

「トシ君、よろしくね。おばさんにふたりの仲良しを嫌ってほど、見せつけましょ」

高田さんの要求は欲が深い。最初は正常位、次に騎乗位、最後が彼女が好む上半身を起こして向き合う座位だという。「途中で発射したら、残りは明日までの宿題よ」とまで貪欲に。斗潮にはこの今の状況下ではどちらの女が先でも、何を求められてもたいした関心はなかった。明後日ここを発つまでは♂になろうと決めていたのだから。あえて言えばただ、高田さんの秘丘にだけは興味があったが、三条さんが見つめているなかでどれほど満喫できるかは、不安もあった。

床に敷かれた絨毯の上で、事は始められた。高田さんはすでに適度に濡れてい、ほとんど前戯は要らなかった。ほどなく一物を挿入することができた。そこから高田さんは〔瑞枝〕になり、彼も行為中はそう呼ぶことにした。

挿入後は分身によりも下腹部に神経を注いだ。ひたすら秘丘の感触だけを求めて、意識してその箇所を摩擦した。それが内部での攪拌となったのだろう、瑞枝は憚ることなく嬌声を発しだし、見物役の三条さんが瑞枝の頬を両手で挟みながら自分の唇で、彼女の唇を塞いでいた。

若年の斗潮ではあったが、これまで運よくユキと瑞枝とふたりの秘丘に遭遇することができていた。ユキにはそれなりに満足を与えてもらっていたが、当時の彼女は娼婦だったとはいえまだ経験も浅く、完熟した満喫度には至らなかったように思われる。瑞枝は素人の女子大生。彼女のほうから満足を与えるような行為を求めること自体、無理である。幸運に巡り合っているにしては、斗潮はいまだどうしたら完璧な満喫にまで昇華できるのか正直言って知識不十分というよりなかったのだ。

それでも快感は得られた。それが完璧かどうかは別としても。瑞枝が若いからというだけでなく、かなり激しく衝撃を与えてもそれを吸収し、緩和してくれていたのだから。そういう意味では姐さんとのときのように細やかに、気持ちを籠めてというのとは異なり、それなりに♂となって攻撃したのである。瑞枝も最初の体位で頂点に達したよう。理性も教養もかなぐり捨て、♀となって果てた。

幸いに斗潮は理性を失ってはおらず、辛うじて自制でき、事なきを得た。暫時、三条さんが用意してくれた水分を補給し、瑞枝は彼女に羨ましがられながら、第二ラウンドに入った。彼女も結構、疲れを知らない好き者である。

今度は瑞枝が上。彼女は股間に入るなり、これまた前戯なしで怒りがやや治まっている彼のものを摘み、自らの中へと導いた。外壁はともかくも彼女の内部はまだ愛液で溢れていた。感触の悪さが予想されるが、構わず成り行きに任せた。ともかく早くという気持ちと第三ラウンドまで持たさなければという相矛盾した気持ちとが交錯していたのである。

彼女は斗潮の外に両脚を出し、意識して膣口を狭めるようにして前進後退運動を繰り返している。顔面の筋肉がすべて弛緩したような表情をしつつ一心不乱といった風情で。傍らを見れば、約束どおり三条さんがウイスキーのグラスを嘗めながら、ふたりの行為を凝視してい、斗潮と目が合うとにっこり微笑んで乾杯するようにグラスを持ち上げていた。

しばらくは瑞枝に委ね、斗潮は体を休めた。と、三条さんが頭のほうから彼の顔を覆い、被さるようにして口づけしてきた。口中にあの黴臭い液体が注がれ、喉へと流れ込んだ瞬間、彼は噎《む》せってしまい、激しく体を振動させてしまった。その頃合いと瑞枝の運動が、偶然にもぴったりと合致し、彼女の顔が歓喜に歪んで見えた。

三条さんは小声で「ごめんなさい」と彼に告げ、さらに瑞枝の乳房に手を伸ばし、あまつさえ彼の頭上で接吻をしだした。瑞枝の口の端からは涎《よだれ》が流れ、伝わって彼の腹に落ちた。休むはずが分身だけでなく、眼前で女同士のキッスシーンまで見せられたのでは、斗潮とて感情が高まってくる。攻めに転じることにした。

瑞枝の脚を内側に入れ、踵《かかと》で尻を刺激しつつ腰に組んだ。強すぎるかと不安を抱きつつも脚に力を込め、引きつけた。「ああっー」と叫ぶ瑞枝の声に三条さんは彼女から離れ、観客に戻っている。波状的に強め、緩め、また強めた。秘丘が下腹部に密着している。ただ引きつけるだけでなく、彼女の腰を左右にも動かした。

「ああー、トシ君、私……もう……だめ……よ」

これがきっかけだった。瑞枝の乳房が胸に落下した瞬間を捉え、彼は渾身の力で体位を入れ替え、爆発寸前の分身を彼女から引き抜いた。「ああっー」と半身を反り返したとき、白濁した液体が勢いよく瑞枝の下腹部に放射された。そのまま彼は瑞枝の脇で虚脱してしまい、持ちこたえられなかった自身を悔いた。

三条さんはこのときを逃さなかった。瑞枝の腹から生温かい液体を掬い取り、それを彼女の双丘や谷間に擦りつけている。ときどきは自分の胸にも付けつつ。

「……とってもよかったわ。私、……パラダイスに行ってきたわ。トシ君、ありがとう……」

「……でも、オレ、約束を果たせなかったし……。まだもっと思って、サックもしてなかったし……。瑞枝さんにいまいち悔いを残してしまった……みたいで……」

「私、十分に堪能できたから……。最後のは明日にとっておくわ。そのときはトシ君と身も心も溶けて一体になりたいわ」

「まあ、お熱いこと。あなたたち、ときどきは楽しんでいるんでしょ？　ミズエちゃん、久しぶりのようなこと、言ってるけど……」

「ええ、時折はね。でもいつも材木置場で、片手間に済ませているのよ」

三条さんには〔材木置場〕の説明が必要だった。

「う—ん、そうなの……。ふたりとも苦労してるんだ。よかったら、わが家で場所、提供してあげてもいいわよ。ところで、トシ君。ミズエちゃんの盛り上がったあそこの感触、楽しめたの?」

「うん、まあ……。サックしていれば、もっとよかったんだけど……」

「それじゃ、ミズエちゃんの第三ラウンドは、トシ君の明日の宿題ってことでいいのね……。今度は私の番。トシ君に早く元気、取り戻してもらわなければいけないわ。トシ君、がんばってよ」

生卵を続けて三個のまされ、さらに秘宝の強壮剤とやらまで出された。〔ロイヤルゼリー〕という、蜜蜂の世界で女王蜂の幼虫にだけ与える栄養価の高い分泌物を飲料にしたものだという。さして美味しいものではなかったが、そのあとさらに蜂蜜をたっぷりと嘗めさせられもした。

「さあ、トシ君、始めようか。今度は私が、ミズエちゃんに見せるつける番だわ。うんと仲良くしましょ、いいこと」

「でも、オレ、まだ……」

「大丈夫よ、トシ君。ロイヤルゼリーも飲んだことだし、私、必殺のフェラチオをやってあげるから……。

本場仕込みの年季入りなの」

〔フェラチオ〕なる語は高田さんも知らなかった。

「さっき、私がミズエちゃんにご指導申し上げた、あれよ。で、ミズエちゃん、あなたも協力してちょうだい。私、トシ君のを可愛がるから、あなた上半身のほうをお願いするわ」

女ふたりでの攻勢が再開された。さきほどと同じように瑞枝は手、口、乳房を駆使して彼の上半身を攻め、三条さんは一物を集中して愛玩している。手、口だけでなく、時には乳首の先端で亀頭を刺激もして。しかしなにより舌技であった。まるで飢えた生き物のように、砲身を余すことなく、さらには袋をも丹念に扱いている。印度あたりの物語に出てくる羅刹《らせつ》女を思い出した。

長い時間は要らなかった。まさに斗潮は♂であった。〔三条夫人〕の巧技によって短時間で使用可能となったのである。開け放たれた戸や窓から涼風が流れてい、全裸の肌を心地よく撫ぜていた。

段々と高田さんのことも理解できなくなってきていた斗潮であったが、いったいこの三条さんという人はどうにも彼の理解を超えた人である。大袈裟に言えば、まだ短い人生とはいえ、これまで彼が培ってきたいかなる倫理観、道徳観の尺度にも納まらない。

関わってきた中年女を思い起こせば、まず母親である。男をつくった時期があった。まだ幼少だった彼には到底、許すことのできないことだったが、母とて未亡人。女としての疼《うず》きがあったとしても理解できないことではない。後年、そう納得している。

次は中年といっては可哀相だが、葵姐さん。数え切れないくらいの男と交わっていたが、それは娼婦として生きんがため。そこには〔おんな〕という道具だけが存在し、心をもった人間としての女性ではなかった。今、彼女が心をもって接している男は斗潮ただひとり。自惚れでなくそう固く信じている。

その点、三条さんは……。いくらめったに逢えないとはいえ配偶者たる夫がいる女性である。戦後すぐに米国に留学していたが、自由の国、個を尊重する国とはいえ、配偶者のいる者がそれ以外の異性と交われば、それはやっぱり不倫ということになるのだろう。そこにたとえ〔愛〕が存在せず、単なる〔遊び〕、彼女の謂う〔プレー〕だとしても。いかなる価値観が彼女の中に醸成されたものか。この淫乱な妻をその夫は愛しているのだろうか。

しかし、彼女の言動からは微塵も後ろめたさなどは看取されない。開けっ広げで、快活そのもの。今、この一刹那を心行くまで謳歌している女王様である。たしか四〇歳になったかどうかという年齢のはずであったが、同年代の女たちとはとても共通項が見出せないほどの精神構造である。加えて身体も……であった。

総じて痩身である。中年女に見られる贅肉などはない。身長もそこそこあり、ロングドレスがよく似合う女性でもある。身につける装飾類もよく合っている。教養も品も有している。その女が今、眼前に素っ裸でいるのだ。今し方まで、わが子と言ってもいいようなはるかに年下の斗潮の一物を溺愛し、これからその男と睦み合おうとしているのである。

「私、ミズエちゃんのように欲張らないことよ。ここは人生の先輩として、先にトシ君のリクエスト聴いてあげる。だけど、フィニッシュは私が希望する体位にしてよ」

さっきは予定外に早く高田さんの中で果ててしまったが、こんどは三度目でもあり、そう簡単にはいってしまわないだろう。いきなり三条さんが好む体位にしてなかなか終点に至らないなどということになると、彼女のプライドを傷つけることにもなりかねない。そう判断し、表向きは彼女の好意に感謝を示すふりをして要求を出した。

「お気遣い、ありがとうございます。では遠慮なく……、後ろから、いいですか?」

「ああ、バックね。お犬さんになってほしいってことよね。いいわよ。トシ君が望むのなら……」

「ありがとう、三条さん」

「じゃあ、私、お犬さんになるわ。でも、その前に、楽しんでいるときはその〈三条さん〉はやめましょう。〈さゆり〉って言ってちょうだい。ここにいる間は互いに敬称を略しましょうよ。セックスフレンドなのに敬称で呼び合うなんて、不自然よ」

絨毯の上で小百合は四つん這いになった。尻の大きさは瑞枝や姐さんよりも一回り程度小さく感じる。ただ、それなりにポッコリと張り出してい、腰もしっかりと窪んでいる。尻に手を掛けた。肌理《きめ》も細かく、滑らかな肌触りである。もちろん、彼女とはこれが初めてではないが、こんなふうに観察したのは初めてだった。

姐さんのあの安定感のある尻には、なにかしら安心を覚えるのだが、この小百合の造りや肌合いは、なぜかユキを思い出させる。少女と熟女との隔たりがあるにもかかわらず。けっして鋭角的なのでもないのだが。

「さゆり、失礼します」

〈さゆり〉の語調を強くした。

「どうぞ、トシ君。私、準備できていてよ」

すぐに挿入することはしなかった。尻全体を掌でなぞり、下に回して繁みに触れ、被さるように重なって房の一方を包んで揉んだ。多分、きっちりとした三角錐のまま垂れ下がっていることだろう。乳房の揉み心地は瑞枝に分があるよう。尻に戻って谷を拡げた。穴もユキのように可愛らしい。ぐるりを指の腹で摩ってみた。

「うーん、トシ君ったら……。気持ちいいけど、擽ったいわ」

舌でぐるりを嘗め、穴の中央に人指し指をそっとあてがった。そこはそれほどにして、下方に視線を移した。縦長の泉が鎮座し、その前方に低い丘と疎《まば》らな草が生えているのが窺える。指先で、次には掌で草原を這わせた。柔らかく、薄い感じ。

指先で泉の周りを散歩し、舌を添えた。と、隣に人の気配がする。瑞枝だった。彼女は真剣に小百合の一点を見つめている。彼は左手の中指を小百合の中へそっと指し込み、右手で瑞枝を引き寄せて口づけした。「あっ、ああー」が女の声で二度、聞こえた。

「ねえ、トシ君、……ちょっとだけ替わって……。……私、こういう位置から見たことないのよ。おば、いえ小百合さんの、見てみたいわ」

そりゃそうだろう。同性とはいえ、自分で自分のものをこんな位置から見られるはずはないのだから。少しだけずれて半分ほど、瑞枝にその場を譲った。

「……小百合さん、ごめんなさい」

「いいわよ。どうぞご覧なさい」

伸ばして突いていた両手を、小百合は肘を曲げる姿勢に変えた。そのほうが楽なのだろうが、より一層、局部が見えやすくなることも計算してのことかも知れなかった。瑞枝も斗潮に頬を付けんばかりにして摩ったり、覗いたり、指を少し差し込んだり、舌を入れたりしていた。小百合の喘ぎ声がしている。

斗潮は瑞枝の所作を眺めつつ右手で彼女の房を揉んだり、背から尻までを摩ってやった。舌の入れようが本格的になり、瑞枝もまた喘いでいる。呼吸のため瑞枝が舌を抜いた瞬間を捉え、替わって彼が舌を挿入したりと。

「ああー、感じるわ……。ミズエちゃん、ごめんね……。ああっー、トシ君、入れてちょうだい……。お願いよ」

瑞枝は我に帰り、その場を斗潮に返した。しかし斗潮はすぐには小百合の求めに応ぜずになおも舌で内部を嘗め、攪拌した。間口は決して広くないものの奥行きがあることは承知のこと。壁面の襞を擽り、真ん中の突起を刺激した。小百合がいよいよ喘ぎ、よがって尻を艶めかしく動揺させている。

「ああー、トシ君……、オネガイ……ヨ」

懇願になった。斗潮はなおも脇から覗き込んでいる瑞枝の唇を盗み、いったん、一物を彼女の目前に突き出した。瑞枝はそれを逃さず、口中に含んだ。たっぷりと唾液を塗ってくれたよう。「瑞枝、ごめん」斗潮は半ば強引に分身を彼女の口から引き抜き、間髪を入れずに小百合の門口に移動させた。

入口で手間取ることもなく吸引され、瞬く間に彼の全身が空間から消えた。「あっ、ああー」小百合が叫ぶ。少女のような尻を両手で支え、ゆっくりと、そして次第に速くと前進後退を繰り返した。彼女の尻と下腹部との接触を楽しみながら。間口が狭い分、砲身が擦れて快感を覚える。瑞枝はその目が皿になったように接合部の一点を凝視している。

「あっ！」斗潮は思わず叫んだ。締めつけである。かなり強い。電流が先端から脳髄まで一気に迸《ほとばし》った。抜き身であるだけに伝導率がいい。しかし、ここで発射するわけにはいかない。二つ目の宿題が残ってしまう。後ろ髪を引かれる思いで、彼は急いで抜刀した。

「ああー、……もう少しで……危なかった。小百合さんの締めつけ、凄いんだもの」

「私も、すっごく感じたわ。……そのまま行ってもよかったのよ」

小百合は姿勢を変え、膝立ちとなっている彼の先端に舌を這わせている。いくらか液が滲んで沁み出たらしい。

「でも、小百合さん。トシ君、スキンしてなかったのよ。なのに……？」
〔サック〕のことを瑞枝や小百合は〔スキン〕と称していた。
「あら、ミズエちゃんには話してなかったかしら？　トシ君は知ってるわよね。……私、もう子ども、産めない身体なの……だから……」

「そうなんですか？　気に障ることをお聞きしたかしら？」

「ううん、そんなことないわ」

「でも、……じゃあ、トシ君の言った意味は？」

「ああ、危なかったっての？……あれは小百合さんにまで宿題を残したくなかったから、そう言ったんです」

「あ、そう。で、小百合さんの今の話、トシ君、知っていたの？」

自分の知らないことを彼が知っていたのが、いささか不満げ。

「ふーん。お子さんができないのはなんともご愁傷さまですけれど、セックスのときは羨ましいわ。直接、トシ君の、味わえるんですもの……」

「瑞枝さん、それは言い過ぎじゃ……」

「ううん、いいのよ。ミズエちゃんの言うとおりだけれど、貴女には明日があるじゃないの？　将来、結婚してハズバンドと可愛いお子をつくるんでしょ。だったら、今は我慢しなけりゃいけないわ」

「はい、おば様、分かりました」

小休憩で蜂蜜入りのレモンジュースとやらを飲まされて、小百合との行為の再開となった。夜もかなり更けてきたらしく、注ぎ込んでくる風が肌に冷たく感じられつつあった。小百合の依頼で瑞枝は、浜へと続く戸を締め、窓を半開きの状態にした。

仰向けとなった彼の上に小百合が重なってきた。彼女がリードするという。再び舌技が施され、上半身は瑞枝が攻めた。ほどなく彼のものは大人になった。それほどに小百合の技が巧いうえに、ふたりの女に同時に攻められることに興奮を覚えたのであった。

砲身の中ほどを摘み、小百合は自らの泉に導いた。すぐには入らなかったのか、しばらく遊んだのか、先端は彼女の案内で周辺に彷徨《さまよ》っていた。が、間もなく「うっ」とも、「あっ」ともつかない擬音とともに地底深く呑み込まれた。

中年女とは思えないくらいに、〈欲張らないわ〉と宣《のたま》ったのが嘘のように激しい運動へと展開しだした。直進後退だけでなく、回転も上下運動もと忙しく。笑みを浮かべて、まるで瑞枝を挑発するかと思われるほどに。

「ねえ、トシ君、ミズエちゃんときみたいに、私の腰に脚を組んでくださらないこと」

斗潮の得意技を要求してきた。応じた。年齢と体格を考慮し、瑞枝のときよりは力を抜いたのだが、

「お願い、トシ君、もっと強くっ！」

とお強請《ねだ》りがきた。身体の線は細くとも丈夫なのか、それとも根っからの好き者なのか。瑞枝のときとほぼ同じ程度に、力を入れて彼女を引き寄せた。みるみる表情が歪み、羅刹女へと変化していくよう。

「ああっー」「あっ、あー」といった音を頻繁に漏らし、上歯で下唇を噛みしめて喘いでいる。彼は地上から端然とした三角錐をまさぐり、半身を起こして突端の粒に吸いついて嘗め、含み、転がした。芸術的な造作であるし、ユキのとも類似していたが、今の彼の好みとは乖離《かいり》があった。姐さんのような大きく豊かな房が、彼の好みに変化していたのである。

さらに起こした半身に反動をつけ、背に両手を回して引きつけ、彼女の三角錐を胸板に密着した。同時に例の締めつけが分身を襲った。瑞枝が覗き込んで最も密着している一点を凝視していた。「あっ、ああー」男女の声が絡まるように響き、斗潮の銃口から液が弾丸となって発射された。ゴム製品の防御もなく内奥の標的に向かって、それは……。


「……とってもよかった……わ。トシ君とも……何回か仲良ししたけれど、今のが最高……だったわ。トシ君、ありがとう。……でも、ミズエちゃんには当てつけ過ぎたかしら?」

「そうよ、おば、いえ小百合さん。私、強烈なショックだわ。……トシ君、私より小百合さんのほうが好きなんだ……」

斗潮が否定しようと言葉を探しているうちに、小百合が先に答えた。

「それは違うわ、ミズエちゃん。私、トシ君のこと、もちろん好きだけれど、愛しているわけじゃないわ。彼だって、母みたいな年増女より、名前のとおり瑞々しいあなたのほうを好んでいると思うの。違いっていったら、それは技術というのか技巧の差よ。年輪の差と言ってもいいかしら……。ねえ、どうかしら、トシ君？」

「小百合さんの言うとおりです、瑞枝さん」

「ふーん、そんなものかしら。技巧の差って言われたら仕方ないわ。とっても小百合さんには敵わないんですもの」

もう時計は日付けを変えようとしていた。小百合に風呂を誘われたが、できればこの素っ裸のまま漆黒の海に飛び込みたかった。が、危険だし、風邪を引いてもいけないからという彼女の勧めに従って、それは取り止め、狭い風呂場にまた三人で入った。

彼はふたりの女の同時並行作業によって身体を洗われ、ふたり女の前面を洗ってやった。女たちの背中は女同士で流し合って。全身を存分に伸ばして浴槽に漬かりたかったが、それはできないこと。湯船の中では主として女同士が戯れていたが、彼は積極的にはそれに加わらず、傍観していただけだった。

寝室の割当てでは小百合が気を利かせた。宿題が残っている瑞枝と斗潮に二階の部屋を割り当て、「私はひとりで休むわ。ミズエちゃん、お床はお願いね」と一階に残った。二階には初めて上がってみた。大勢で雑魚寝《ざこね》ができるくらいの六畳間二室である。海側には三尺ほどの板の間があり、椅子とテーブルが置かれている。日中から窓が閉じられたままだったせいか、蒸せるような湿気を含んだ嫌な空気が漂っていた。

彼は瑞枝の同意を得て、窓を開けた。冷気がさっと室内に流れ込み、火照った肌を快く撫ぜてくれた。瑞枝は勝手の分からない押入れから、敷蒲団を一枚だけ取り出して敷き、「毛布は要らないわよね」と同意を求めたのか独り言なのか判然としない言葉を発して、タオル地の布を引き出した。「お腹、冷やすといけないから、これは念のため、二枚、出しておくわ」そう言うと改まったように彼を蒲団に誘った。

「トシ君、おやすみしましょうよ」

「うん、でも、オレ、腹空いたなあー。なんか食べるもの……ほしい気がする」

「そうだわよね。発育盛りの欠食児童だったわね、トシ君は。待って、おばさんに訊いてみてあげる」

そう言って瑞枝は階下に下りていった。もう彼女たちの言う〈セックスプレー〉は終ったのに、瑞枝はなおも全裸のままである。それが当たり前のように。ほどなく食パンを二切れとコップ一杯のジュースを持って瑞枝は戻ってきた。

「こんなものしかないんだって。トシ君、我慢して。足りないとこは私のおっぱいでどうかしら？」

「ありがとう。それだけあれば急場は凌げます。瑞枝さんのおっぱいは明日朝、いただきますから」

二つ折りにした食パンをひと口で口中に入れ、ジュースで流し込んだ。二切れ食べるのに数分と掛からない。いつものことながら瑞枝は呆気にとられた顔をして、「トシ君の食欲って、凄まじいわね」と呆れ返るように見つめていた。二階の片隅に小さな流しがある。そこで嗽《うがい》をして、すでに蒲団で横になっている瑞枝の傍らに潜り込んだ。

彼女は横になって胸を摩ったり、萎えている一物を触ったりしていたが、寝付きのいい斗潮はすぐに夢の世界へと旅立った。瑞枝がそれからどうしたのかは、知ることもなく。

窓を開けると、今日も上天気のよう。やや湿った風が吹き込み、火照った身体を冷却してくれている。太陽はすでに地上を照らしはじめ、海面に反射していた。遠く漁船が港に戻ってくるのが窺える。大漁だったのだろうか、色鮮やかな大漁旗が朝の風に揺らめいている。港はさぞ賑やかなことだろう。

高田さんは、蒲団を上げてから下りるので先に行っていてという。もう、三条さんが起きて朝食の支度をしているようだからと。彼は下着のシャツに柄パンを身につけて、階下に下りた。

「小百合さん、おはようございます」

「あら、トシ君、おはよう。シャワー、浴びてらっしゃい。浴室に歯ブラシとタオル、置いてあるわ」

「ありがとうございます。じゃ、遠慮なく……。小百合さん、その服、……よくお似合いです……」

「近頃、トシ君、お世辞がお上手になってきたわね」

風呂場から居間に戻ると、高田さんが下りてい、三条さんに突っ込まれていた。

「ミズエちゃん、早朝から、トシ君に宿題、済ませてもらったようね？」

「えっ、どうして、そんなこと、判るんですか？」

「あら、あなたのお顔に、そう描いてあってよ……。今、仕合わせの絶頂を堪能してきました、って……」

「厭だわ。ほんとかしら？　トシ君、どう？」

「小百合さんの言うとおりじゃないですか……？」

「まあ、トシ君まで……」

高田さんも風呂場に向かった。朝食の支度が一段落したのか、三条さんは斗潮に近づき、「ねえ、トシ君。朝の儀式、しましょ？」と言う。

「ギシキ？」

「そう。でも、ミズエちゃんほどの要求はしないことよ」

〔ムームー〕というハワイの民族衣装を模した色彩豊かなゆったりとした服を、三条さんは着ていた。目立たない程度の薄化粧もして。儀式はキッスのことだった。首に手を掛けられ、いきなり唇を要求された。彼女の胸の膨らみが薄い布切れを通して察知された。多分、このムームーなるものの下には何も身につけていないのであろう。

高田さんのシャワーは長く、出てきたあとも鏡台の前に結構長く座っていた。この間に三条さんは食卓の支度を終え、コーヒーを煎れてくれていた。近頃、斗潮も違和感なくコーヒーを飲むことができていたのである。とても味わうというところまでには至っていなかったが。

やがて高田さんも食卓につき、朝食。トースターなるパン焼き器からほんのりと焦げた二切れの食パンが同時に、勢いよく飛び出てきた。知ってはいたが、目の当たりにするのは彼には初めてのこと。バターだのジャムだのが用意されていて、好きなものを塗って食べるようにと三条さん。

話題はもっぱら今日の行動予定だった。何をしようかという。午前はボート遊びをすることになった。別荘にボートがあるという。食事の後片付けは高田さんに任せ、三条さんの案内で斗潮はボートの在り処を確かめた。別荘の脇に板で囲った小屋があり、その中にそれはあった。とりあえず、ふたりで砂浜まで引き出し、いったん、屋内に戻った。

水着になった三人は、共同作業でボートを水際まで運んだ。すでに真昼を思わせる太陽が海面にキラキラと照り返って、眩しい。女二人が前後に位置取り、必然、斗潮が漕ぎ手となった。漕ぎだすや三条さんは日傘を差し、高田さんはすでに大きめの麦藁帽子を目深に被っていた。

波は静かだった。びっしょりと汗をかいた頃、三条さんが、

「トシ君、このへんでいいわ。あなた汗、びっしょりだもの」

と言ってくれた。もうそのあたりは散在している岩もなく、外海に出た所。見渡す限り、船の一艘も見えない。漁船はみんな港に戻ったのだろう。鴎が遊んでいるだけ。

斗潮はひと呼吸して、海に飛び込んだ。汗ばんだ身体に海水が心地よい。ボートの周辺を泳ぎ、仰向けになった。太陽が遠慮なく目に飛び込んでくる。高田さんも続いた。ふたりは海中で戯れ、三条さんがボートからそれを眺めている。時々、ふたりに声を掛けながら。ボートを揺すって悪戯もし、三条さんが船縁を支えて騒ぐ様を楽しんだりして。

三条さんの手を借りてまず斗潮が、続いて彼の手助けで高田さんがボートに上がった。そのたびに小さなボートが右に左にと大きく傾《かし》ぎ、それがまた三条さんの叫びとなって静かな海に響いていた。水筒に入った冷たい麦茶で乾いた喉を潤しつつ、しばらくは女二人の会話に任せた。

静かである。真冬にはすべてを呑み込むように荒れ狂う海と、同じとはとても思えないほどに。

ふと気づくと女たちの会話がおかしな方向に向かっている。周囲には人っ子一人いないのだから、ここでプレーをしようといった内容に。

「ねえ、トシ君、どうかしら？　お日様の下で戯れるのも乙じゃないこと」

まったくお好きな中年女である。もしユキとふたりだったら、彼のほうがそう誘ったであろう。それほどに太陽は眩しく、海は穏やかだった。三条さんの物言いはそれが質問形式であっても、よほどのことでない限り、実行しましょうということ。あえて異議を唱えることもないし、高田さんも「そうね」などと意を同じくしていた。

「いいですけど、三人が同時にっていうのは危険じゃないですか。ボート、ひっくり返るんじゃないですか？」

彼の提案はすんなりと受け入れられた。それじゃということで、まずは女同士での絡み合いが展開されることに。これなら斗潮にとっては楽。ただボートの安定を保ちながら見物していればいいのだから。

日傘と麦藁帽子が彼に手渡され、女たちは揺れに調子を合わせるようにして水着を脱いで全裸となった。三条さんの肌は白く太陽に反射し、高田さんの胸には黒い線が走っている。いくらか日焼けしだしているのだ。抱き合い、口づけし、互いの乳首を接触させ、交互に房をまさぐったり、吸いついたり。ボートの中である、さすがに高速度撮影の映画をみるようにゆっくりと織りなされていた。

斗潮は日傘をできるだけ三条さんに影が及ぶように指しかけ、時折は周囲にも気を配りつつ、目前で演じられている芝居を見るともなく眺めていた。昨日はめったにお目に掛かることもないだろう女同士の交わりに興味も抱いたが、今はさほどの関心も薄れつつあったのだ。

と、遥か遠方に船が一隻臨まれた。こちらに近づいているよう。漁船らしい。隣の漁港に戻るのだろうが、そうだとすればこの付近を掠める恐れがある。ボートの位置を変えなければならない。演技に熱中している女たちに、告げた。水着を着るようにと。幸いなことにそれが契機となって船上での遊びは中断され、そのまま浜に戻ることになった。

午後は三条さんを残して、高田さんと海に入った。真っ赤に燃え上がる太陽の陽を全身に受け、ふたりはごくありふれた若者となってはしゃいだ。泳ぎっこし、水を掛けあい、潜りっこしと。砂浜に直に仰向けとなって陽を浴び、うつ伏せとなって甲羅乾しした。

「こうしているととっても仕合わせね。地球の回転が止まったみたいで、今、この世にはトシ君と私しか存在していないようだわ」

高田さんが本来の高田さんになっていた。夢多き乙女である。周りはまったくの静寂世界。波の寄せては返す音と、ときたま頭上で海鳥の鳴く音が聞こえるだけ。

「トシ君とこうした時間が過ごせるのも、もうあと僅かなのよね。なにか、ずーとこうしていてもいいような、そんな気持ちがするわ」

あえて斗潮は相槌も打たなかった。夢想の世界へと旅立った彼女を現実に戻したくなかったのだ。なおも彼女は、斗潮と出会った頃を回想しだし、初めて抱き合ったこと、初めて接吻したときのことなどを訥々《とつとつ》と。相槌の代わりに口づけで答えようと体を横向きにしたのと、遠くで子どもたちのはしゃぐ声が聞こえたのとが同時だった。

「トシ君、もう一度、泳ごうよ」

高田さんは現世に帰ったよう。そのまま海に飛び込んだ。二人は人魚の番《つが》いとなって海に浮かび、潜った。子どもたちはこちらには近づかなかったのか、そのはしゃぐ声はいつしか消えてい、再び静寂が辺りを支配していた。

砂浜に水着姿の三条さんを認め、ふたりは「オーイ!」などと声を掛けつつ、競争して浜に戻った。三条さんは華奢《きゃしゃ》な身体で、大きなパラソルを抱えている。先に泳ぎ着いた斗潮が手伝って、それを砂に差し込むと、彼女は取って返して保冷用の箱を抱えて戻ろうとしている。それは高田さんが手伝った。

三人は並んで静かな海を見つめながら、冷たい麦茶で喉を潤していた。高田さんに誘導されたのか三条さんも詩人になった。高田さんが藤村の〔椰子の実〕を口ずさむと、途中から三条さんも歩調を合わせてふたりで歌いだしている。綺麗な澄んだ女性コーラスが遮るもののない大海へと響きわたっていった。

さらに三条さんは原語で詩を唱え、高田さんが「それ、ヘッセでしょ」などと応じている。斗潮には皆目分からない詩ではあったが、〈いいなあ〉と思った。海は群青に染まってどこまでも拡がり、刷毛でなぞったような薄く白い雲を散りばめた空は、どこまでも青く広がっている。

二日目の夜は疲れも出てきたのだろう。三人が並んで二階の部屋に横になったのだが、多少の戯れに興じただけで、斗潮は眠りについた。疲れていたし、今夜はもうお相手は勘弁してほしかったのだし。それから女ふたりがどうしたのかは知らない。彼は熟睡した。

簡単な朝食の席上、三条さんから今日、これからの予定が説明された。お昼前にはすべての片付けを終え、昼食後、三輪トラックが荷物を受取りに来るという。人間のほうは列車で帰るのだが、その到着時刻を見計らってトラックは「さゆり」に着くように手配してあるという。また、別荘の鍵は近くの万屋が預かってくれることになっているのだという。

「最後だから、もう一度、海に行きましょう。長くってわけにはいかないけれど、それから片付けするわ。おふたりにも手伝ってほしいの」

浜に出た。相変わらず夏の太陽が天空に向かってその威力を発揮すべく構えている。湿度も高いようで、爽やかな朝の海というわけにはいかなかった。しばらくは子どものように波打ち際で遊び、高田さんと斗潮は沖に泳いだ。三条さんは浜に残り、パラソルの下でふたりを眺めている。その様は子どもを見守る母親のようにも見え、若い娘のようにも感じられた。一見しただけではまったく年齢不詳の女である。

ふたりが浅瀬に戻ってくるのを待っていたように、三条さんも海に入ってきた。

「ねえ、今回はこれが最後になると思うの。胸くらいの浅瀬で、どうかしら？　トシ君に交互に挿入してもらったら……」

年甲斐もなく、まったく好きな女である。高田さんも同意している。三人は海中を歩いてやや沖に進んだ。女同士の約束なのだろう。今度は高田さんが先で、三条さんが後だという。高田さんの中には放出せず、三条さんの中へと暗黙の指示であろう。斗潮はいささかうんざりしていたが、最後のお勤めだからと意を定めた。

瑞枝の水着はワンピース型。肩が辛うじて海面上に出る程度まで進み、脱ぎはじめた。肩から胸までは割合簡単そうだったが、下の脱衣に苦労している様子。どうしようかと見つめている斗潮に小百合から声がかかった。「トシ君、潜って、手伝ってあげてよ」と。そうした。

海面下に双丘が露出し、漂うように揺れている。儀礼的に手でちょっとばかり悪戯し、先端の粒を啄《ついば》んでからいったん、浮上。十分に空気を吸い込み、改めて潜った。括れた腰まで下りている水着の端を持って脱がしにかかる。水分を含んで肌に密着しているせいか、そう容易ではなかった。彼女の身体から分離した水着は小百合の手に渡った。

瑞枝のほうから抱きついてきた。念のため付近を見渡してみたが、幸い人影も船の気配もなさそう。小百合も確認したらしく、指で丸を作って大丈夫の合図。瑞枝を受け止め、抱き合った。時折、波の飛沫が顔にかかったが、それでも構わずに彼女は接吻を求めている。足元が覚束ない。しっかりと抱いて唇を合わせた。飛沫がかかるだけに塩味のする辛い接吻で、顔を見合せ、微笑んでやめることに。

まだ彼の準備は整っていない。そう言うと瑞枝は「じゃあ、私が……」と言うなり、潜水した。海パンを脱がせ、一度浮上して、それを小百合に手渡し、改めて潜った。両脚をしっかりと両手で錨《いかり》とし、魚が餌でも啄むように一物に食いついてきた。異様な体験である。分身は驚いて一時は萎縮したものの、奇怪な魚に餌を大きくして与えるかのごとく勃起しだしてきた。

瑞枝が二度、三度と浮上と潜水を繰り返すうちに、それはほぼ成人となった。改めて抱き合い、彼女の豊かな房が胸板に接触し、分身の先端が彼女の高いドテを叩いた。瑞枝はにっこり微笑み、顔面を海面下に潜らせて、先端を摘むや門口に導いている。水面上に現れた顔はびっしょりと濡れてお化けのよう。互いの腰を引き寄せ、分身は静かに進入していった。塩加減をたっぷりと効かせて。

またまた接吻しつつ、腰を緩めてはまた引きつけた。瑞枝はいい気分になってきたようで、「あ、あー、とってもいいわあー」などと呟き、接合部と胸を舟でも漕ぐように回転させている。そのときである。それまで黙ってふたりの行為を眺めていた小百合が声を掛けた。

「ミズエちゃん、そろそろ交代よ」

消化不良のような表情を一瞬、示しながらも、瑞枝は「ええ」とだけ答え、再度、彼の腰を精一杯に引き寄せ、唇を重ねてから、咥えた獲物を放した。離れ際、彼は双丘をまさぐり、顔を沈めて乳首を吸ってやった。

「トシ君、ありがとう……。残念だけど、しかたないわ」

小百合に替わった。瑞枝が着衣するまで接吻したり彼のものを握ったりして時間を潰している小百合。瑞枝の着衣が終ると、彼の海パンをまず彼女に渡し、次には自らの脱衣である。小百合の水着は上下分離のセパレート型なのだが、下だけでなく上も脱ぎ、それを瑞枝に手渡していた。

片手を彼の首に回し、他方の手では休むことなく一物を扱いている。瑞枝の中から出、海水に冷やされただけに危惧したのだが、小百合の巧みな手練手管によって彼のものはどうやら使用可能になったよう。彼女の行動は素早い。いったん、潜って舌枝を施し、成長度を確認すると、中腹を摘んで挿入開始である。

入口がやや狭いだけにいくらか手間取った。その間も彼女は斗潮に口づけしたり、三角錐を胸板に擦り付けたりと、間断なく攻めている。間もなく彼の物は細い管に吸引され、海底へと誘《いざな》われた。相変わらずこの管を通過するときの感触は悪くない。海水の温度より彼女の内部は数度は高く、熱く燃えているよう。

瑞枝と同じように彼女も彼の腰をしっかりと捕捉し、十分に引き寄せるとともに全身を密着してきた。斗潮も少女のように小さく引き締まった彼女の尻を掌に包み、触感を味わいつつ引き寄せた。さらに彼の手にすっぽりと納まってしまう尻を持ち上げるようにして回転させた。彼女もそれに呼応するように胸板に三角錐を回転させている。

と、背後から瑞枝が抱きついてきた。さきほど水着を着たはずなのに上半身だけ脱いだのか、柔らかい膨らみが背中を這い回っている。片手には水着を持っているせいか、もう一方の手だけ小百合の尻を掴んでいる彼の腕に絡めて。胸には鋭角的な房先にある粒が芋虫のごとく這いずり、背には膨らみ全体が潰れて擦られている。

終点が近づいてきたのか小百合が締め技に入った。より密着度を高めて安定させ、表情を歪めての締めつけである。両手を彼の首に移し、塩水を浴びながらも激しく唇を重ねてきた。口の端から嬌声を漏らし、それでも強弱をつけて締め技を続けていた。

「ああっ、ああー。いいわー」と彼から唇を放して呟いた小百合に、瑞枝が彼の肩越しに小百合の唇を求めている。斗潮は膝を曲げ、女同士の接吻がやりやすくなるよう計らったその瞬間である。小百合に咥えられたまま姿勢を低くしたせいか、彼女の締めつけが一層強くなり、彼も「あっ、ああー」と叫んでしまった。

小百合の「ああ、いいわー。トシくんっ！」で、堰堤は決壊した。筒先が奥の壁を抉りつつ、その先端から液体が水鉄砲のごとくに発射されたのである。女ふたりは唇を重ね、前後からしっかりと斗潮を抱きしめていた。彼もまた小百合を強く抱いた。

「あっ、水着が……」

消化不良の瑞枝が叫んだ。夢中になって斗潮を抱きしめた瞬間、思わず持っていた水着を放したらしい。それは波に揺られて結構早い速度で横に流されている。彼は小百合に一物を解放してもらうことに。抜刀するや潜水して海水に漂う布切れを追った。今、脱力したばかりで頭がくらくらしたが。

海中で水着を身につけた三人は、何事もなかったかのように浜に上がった。

それからが忙しかった。シャワーを浴びて着替えるや、三条さんの指示で運び出す荷物を纏めて玄関に積み上げた。力仕事は主として斗潮であり、高田さんが補助した。荷物が整うと、箒と雑巾の出番で室内の掃除にかかった。

ようやく片付けおわり、居間のソファーに座った時には時計の針は正午を指し示している。寛ぐ暇もなく冷たい麦茶を飲み干した頃、バタバタと三輪トラックの音が聞こえてきた。

運送店の人にも手伝ってもらい、荷台に荷物を載せ、三条さんと運転手の打合せが済むと、それは再びバタバタと砂塵を巻き上げて走り去った。汗びっしょりの身体に、斗潮は再度、シャワーを浴びせ、帰り支度となった。女たちもそれぞれ。室内をすべて施錠し、ボート小屋にも鍵をかけ、斗潮と高田さんは玄関に出た。

最後の確認を三条さんがし、玄関も施錠。三日間の別荘ともお別れである。鍵を預けるため、回り道を行くと三条さんは。半農半漁の村人を相手に商売している万屋が鍵を預かっていてくれることになっているのだという。

その万屋の前で五分ほども待たされたあと、三人は駅に向かって歩きだした。来たときの道より山側の小径である。岩ならぬ海にまで染み込むかというくらいに蝉の合唱がうるさい。長閑《のどか》な田舎の昼下がりだった。

小さな駅の前に一軒だけある小さな大衆食堂に入った。二本のビールを分けて飲み、体温を下げた。女ふたりは冷麦を啜り、斗潮はカツ丼を流し込む。間もなく列車が入ってくると店の人に急かされて、駅舎に。ちょうど下手から炎天下にもうもうと煙を吐きつつ、列車がプラットホームに滑り込んできた。

三日間の小旅行は終った。今回の旅がなんだったのか、振り返って評価する元気は暑気に奪われ、斗潮の頭には姐さんの顔が浮かんだ。〈早く帰っていらっしゃい〉と微笑んでいる顔が。三条さんも高田さんも疲れが出たのだろう。しばらくお喋りをしていたが、額や鼻頭に汗を浮かべながら間もなく居眠りを始めた。窓外の景色を眺めていた斗潮も、またつられるように瞼を閉じた。

第三十　姐さんのアパートへの引越し

「さゆり」まで付き合わされた。荷物の下ろしと運びの人夫として。およそ一週間も留守にしていた「さゆり」の店内は、熱気にむっとして息苦しい。三条さんは窓という窓、戸という戸を開け広げている。二階も同じように。

ほどなく海辺の別荘で聴いたと同じバタバタが聞こえてきた。三輪トラックの到着。運送屋が荷台から下ろす荷を斗潮が下で受け取り、女たちが少しずつ中に運んでいる。すべてを下ろしおわったところで、三条さんが代金を支払い、バタバタは帰っていった。

残った大物を高田さんの手を借りながら、店内や階上に運び込んだときには、夏の長い太陽も西に大きく傾いていた。冷たい飲み物を一杯だけご馳走になり、高田さんを残して斗潮は「さゆり」を辞した。十分な礼を三条さんに述べて。

彼の気持ちは姐さんにあった。彼女のアパートに直行しようかとも思ったが、徒歩では辛い。いったん、荒屋《あばらや》に立ち寄ることにした。全国模試の結果だろう。大きな封筒に入った郵便物が届けられていた。日当たりも悪く、隙間だらけの荒屋は、「さゆり」ほどには息苦しくはなかったが、湿気が充満しているよう。

逸《はや》る気持ちを抑え、海パンやら下着やらを水洗いし、それを干してから封筒を開けた。上々の結果である。志望校、志望学部以上が望めるとあった。それを封筒に仕舞い込み、通勤、通学に使っている肩掛け鞄に突っ込んだ。荒屋を出、河合のおばちゃん宅に顔を出そうとしたところにちょうど夕刊の配達を終えたおばちゃんが戻ってきた。

「トシちゃん、帰ってきたのかあ。海はどうだったえ?」

「ああ、おばちゃん。さっき帰ってきたんだ。これ、お土産」

姐さんに渡そうと海の駅前で買い求めた魚の干物を数枚ほど取り出し、おばちゃんに。

「おや、トシちゃんからお土産なんて悪いね。遠慮なく頂くよ」

受け取りつつ会釈したおばちゃんは続けて言う。

「ところでトシちゃん、花火はどうするんかいね。よかったら家《うち》に来てもいいんだよ」

本来なら八月の初旬に実施される一大花火大会である。ところで今年に限っては、戦災復興事業の関係で天皇陛下の行幸があるということから、八月下旬に行われることになっていた。大川での二日間の花火大会は、町の名物行事であり、多くの人々が楽しみにしているのだった。

「うん、せっかくだけど、友だちのところへ行くつもりです。今日もこれから行くんでまた留守します。……そうだ、近々おばちゃんに相談したいことがあるんだ。花火の前くらいの頃、行くんでそんときはよろしくお願いします」

「なんだい、相談って。おばちゃんに難しいこととお金のことは言っても無駄だよ」

「うん、そんなんじゃないんだ。また、ゆっくり話すから……。それじゃ、オレ、これで……」

「ちゃんとご飯、食べてるんだろうね、トシちゃん」

「うん、食べてる。大丈夫だよ」

「身体だけは気をつけるんだよ」


姐さんの勤めがどうだったかは、貰ったメモが見当たらず、分からなかったが、ともかく行くことにした。夏の陽も沈み、街には涼しい風がそよいでいる。自転車で切る風が頬に心地よい。夕涼みの幼女や娘たちの浴衣姿が散見される。近くの神社で夏祭でもあるのだろう、そんな風情である。


アパートには幸いにも姐さんがいてくれた。

「まあ、トシちゃん、来てくれたの」

海水浴がどうだったのかを尋ねるよりも、〈寂しかった〉が先だった。姐さんがここに移ってから、ほぼ欠かさずに週末には通ってきていただけに、斗潮のいない週末がとても寂しかったと姐さん。室内に入るなり待ちきれないといったふうに彼を抱きしめ、接吻を求めてきた。

「海、楽しかった？　ずいぶんと日焼けしたみたいだけれど……」卓袱台に座を占めたとき、ようやくそう訊いてきた。

「お天気はよかったし、海も悪くなかったけど……、そんなに楽しいってことなかった。オレ、姐さんのことばっかり思っていたんだ。姐さんのおっぱいが恋しいって……」

「まあ、トシちゃんったら、嬉しいこと言ってくれるわ。心にもないことなんでしょうけど、それでも、私、嬉しいわ……」

「ほんとだよ。そりゃ泳いでいるときなんか、その時々は楽しいこともあったけど……、オレの居場所はやっぱり姐さんのところだって、むしろそれを確かめに行ったみたいなんだ」

「トシちゃんたら、……私、嬉しくって涙が出てくるわよ……。おっぱい、どうする？　今欲しい？」

「うん、姐さんに相談したいこともあるんだけど、まずはおっぱいだね。そのことばっかり思っていたんだから……」

「これ、トシちゃんのものだけど、私が預かっているんでよかったわ……。でないと、トシちゃん、私のところへ帰ってきてくれないかもしれないんだもの……」

「そんなことないって。特におっぱいだけど、丸ごと、オレ、姐さんのこと、好きなんだもの」

「ほんと嬉しいこと言ってくれて……。はい、預かり物、出すからね」

「姐さん、オレに出させて……」

「まあ、トシちゃんったら。はい、どうぞ」

　着物の合わせ目を押し広げて、たわわに実った房をふたつつ取り出した。寄り合って窮屈そうに。それでもしっかりと露出した。いつ見ても、いつ触っても心が豊かになり、安心を覚える乳房である。斗潮はまるで数年振りに逢った宝物に接するように感触と肌艶を確かめた。甲で摩り、掌で揉んだ。乳首を摘まみ、吸いついた。

「ああ、いいなあー。姐さんのおっぱいがこの世で一番だよ。すっごく安心できるんだもの……」

「そう、よかった。でも、またあとでね……。ご飯まだなんでしょ？　今日、トシちゃん、来るって思わなかったから、何にも用意してないのよ。ひとりだったら残り物で済まそうって、そう思っていたの。どうしようか。外に食べに出る、それとも出前にしてもらう?」

姐さんに相談したいことがあるからと出前にしてもらった。早いのは蕎麦屋だという。天丼を頼んだ。アパート一階の出入口にピンク電話があるからと、姐さんは部屋を出て行った。すぐに戻るからと言ったにしてはなかなか帰ってこない。やがてビール瓶を抱えて姐さんが戻ってきたのと相前後して蕎麦屋も岡持を下げて出前を届けにきた。

酒屋に寄ってきたのだという。ビールは存分に冷えている。卓袱台に大盛りの天丼と笊《ざる》蕎麦がふたつ載せられ、コップ二個と枝豆が揃えられた。笊蕎麦のひとつは斗潮の予備で枝豆は先夜の残りだという。週末、斗潮が来るのだと思い違いし、茹《ゆ》でたのだと。冷えたビールを喉に通し、枝豆を摘みながら彼は話しはじめた。

「姐さんさ、ここの二階、奥の部屋が空いているって言ってたよね。四畳半だって聴いたんだけど、まだ空いてるかなあ……」

「ええ、空いてるわよ。それがどうかしたの?」

込み入った内容だったが、できるだけ簡潔に話した。親が残してくれた今の荒家とその猫の額程度の敷地は手放して伯父の手に渡ること、それで借金を帳消しにしてもらい、残った金を進学の資金にすることなどを。荒家は入学が決まったあと来年の春までに引き渡す約束なのだが、繰り上げて伯父に渡してしまい、ここのアパートに引越してきたい。姐さんの側に一刻も早く来たいし、できれば諸心塾も辞めて勉強に専念する。姐さんさえよければ来春までいっしょに暮らしたい、等々を。

さらに伯父や諸心塾の先生、そこを周旋してくれた定時制の先生などにはこう説明するのだとも。借金をきれいに清算し、心おきなく受験勉強に専念するためにアパートに移る。入試に失敗するかもしれないが、そういうことのないよう不退転の気構えで臨む。ひとりなのだから四畳半で十分であり、それくらいの家賃ならばなんとかなる——と。

「ただ、郵便の都合で表札は出しておくけど、借りた四畳半は物置代わりにしてね、本当はこの部屋で姐さんと暮らしたいんだ。いいかな？」

「いいわよ、いいに決まってるじゃない。ほんとなの、トシちゃん？　私といっしょに暮らしてくれるの？　私、嬉しい、とっても嬉しいわ。半年だけでも、トシちゃんと同じ屋根の下で暮らせるなんて……、夢みたい……。私……、夢見ているのかしら……」

「ありがとう、姐さん。押しかけ女房ならぬ押しかけ亭主みたいだけど……。半年間、よろしくお願いします」

「こちらこそ、よろしくお願いします」

共に暮らすとなれば決め事も必要。荒家の処分金とそこから差し引かれる母が残した借金の額、旅費を含めた受験のための費用、入学時の納付金や書籍代、東京での当面の生活費などの見込みを姐さんに告げた。隠し事はなしにしたいからと。そのうえで半年分の家賃ならなんとか工面できそうだと。

「お金の心配なんて、トシちゃん、しなくっていいのよ。いっしょに暮らしてくれるだけで、私、仕合わせなんだから……。大船に乗ったつもりで私にまかせなさいな。お家賃やトシちゃんの掛かりなんて、どうにでもなるわ。ご両親が残してくれた土地とお家のお金なんだもの、大切に遣って……」

姐さんの給料がいくらなのか、蓄えがどうなっているのか、それは知る由もないが、彼は自分のために姐さんが借財するのだけは避けたかった。

「贅沢は、そりゃできないわよ。でも、借金の怖さは遊女のとき、厭ってほど味わっているんだもの。やっと綺麗になった身体なんだから、私だって借金だけはしたくないわ。いっしょに暮らしてくれるのなら、トシちゃんにはお金じゃなくって心で貢ぐつもりよ。それでいいかしら?」

身を売られ、社会の底辺で生きてきた姐さんの言葉には、重みがあった。遊女を廃業したのちも自棄《やけ》になることもなく、再び日陰の世界に身を落とすこともなく、しっかりと前を見据えて、この女性《ひと》は生きていこうとしている。並大抵の精神力ではない。

ただ、それだけにはるかに年下の斗潮にこうまで傾注するのはなんなのだろうか。それでいてのめり込むのでも、金に糸目を付けずに貢ぐのでもない。「お金じゃなくって心で貢ぐつもりよ」とはなんと嬉しい言葉ではないか。彼が考える以上に、姐さんという女性は偉大なのではないだろうか。斗潮は彼女と出会ったことの幸運を感謝しないではいられなかった。

敷居の高い伯父宅だったが、話は簡単についた。「おまえがそれでいいのなら」ということで月末には引き渡し、借金を差し引いた半額をその時点で、残額は年末に払ってくれることになった。

諸心塾を周旋してくれた定時制の担任教師も比較的容易に分かってくれたのだが、難航したのは諸星先生だった。いまや塾の運営上、斗潮の力は欠かせない。しっかりした考えのもとでの決心なのだろうから、無理やり引き止めることはできないが、なんとか後任が見つかるまではやってほしいと。

幸い、斗潮には後任の適任者に心当たりがあった。一学年下に彼と同様、進学を目指している男がいた。近在の出で、今は住込み店員をしつつ定時制に通っているのだが、できれば大学の夜間部に進みたいという希望を持ってい、斗潮に相談に来たことがあったのである。

彼とて住込み店員では勉強も覚束ないであろう。一刻も早く体制を整えるに越したことはないはず。夏休み中ではあったが、その男の勤める店まで出向き打診したら強く興味を示した。改めて親と相談したうえで、教師も交えて話し合うことになった。

夏の学校は普段とはかなり様相が異なる。全日制の運動部などの練習が行われていたが、それはグランドであり、体育館。教室は静まり返っている。午後六時の約束で、斗潮は定時制の職員室に出向いた。一学年下の彼と教師たちを交えて相談するためである。教師は諸心塾を周旋してくれた斗潮の担任のほか、彼の担任も同席していた。

これまた話は順調に進んだ。親には通告済み。諸星先生の了解が得られれば、店の主人にも話を通し、できるだけ早く斗潮のあとを引き継ぎたいと。この話はその後もとんとん拍子にいった。面接では諸星先生の覚えもめでたく、区切りもよいことから斗潮は八月末日をもって離職し、九月から彼が後任ということになったのだ。人手が足りていた店の主人も快く了解してくれ、むしろ励ましさえ受けたという。

仕事の引継ぎは夏休み中に済ませることとし、そうした。要点をメモして渡してやったせいもあったが、理解の早い男であり、助かった。斗潮の希望で、塾の生徒たちへの退任挨拶は省略させてもらうことで諸星先生も納得してくれた。先生には深く礼を述べ、奥様にもお世話になったことを直接伝えた。たいそう残念がってくれ、合格を祈っていると手をとって言ってくれた。また、先生も必要であれば塾の施設などを使ってもいいし、時には顔をみせなさい、さらに合否にかかわらず結果を必ず報告にくるようにと仰った。嬉しいことである。

河合のおばちゃんにも話した。おばちゃんは赤ん坊の頃から知っている斗潮が段々と離れていくことを寂しがりつつも、がんばるよう励まし、何よりも健康のこと、食事のことに配慮するよう、強く言ってくれていた。

さて、問題は高田さんであり、三条さんである。直接、逢って礼を述べるべきなのだろうが、気が重かった。特に三条さんに対しては。また、どのみち、高田さんは帰郷しているのだし、とあれこれ迷った。まずはふたり以外の塾講師に、葉書を認《したた》めることに。塾を辞めることや世話になった礼に加えて、後任の紹介と〈彼をよろしく〉との言を添えて。

結局、三条さんには直接逢って礼を述べ、高田さんには手紙を書くことにした。「さゆり」に電話し、所在を確かめてから。短時間で済ませるため、午後の開店直前に。三条さんはてっきり英語の疑問点を尋ねに来るのだろうと思っていたとのことで、「実はー」と切り出した斗潮の弁にいささか驚いていた。

塾を辞めて勉強に専念したいという点については、彼女は二、三、質問したが、割合、あっさりとこう言った。

「そう、そうなの。トシ君がそう決めたのなら、『がんばって』って言うよりないわ。男の子なんだもの、決めるのも、決めたとおり実行するのも、トシ君の責任でやることだわ」と。

「でも、土曜日はいままでどおり、ここに勉強に来るんでしょ?」

そのことについては一番、迷っていた。完全に三条さんとは離れたいという気持ちと、英語の問題で判らない箇所が生じたときだけでも助けてもらいたいという気持ちとが拮抗していたのである。若者らしくないなとは思ったが、用意していた玉虫色の返答をした。定期的に「さゆり」に通うのはやめたい。しかし三条さんの力を借りたいときには、訪ねて来るので教えてほしいと。

結構、頻繁に来るのだろうとでも思ったのか、意外なほどあっさりとこのことについても、彼女は了解した。「いつでもいらっしゃい。お力になるから」と。ただ、店の都合もあるから、来るときは事前に電話するようにと付け加えていたが。

十分に礼を述べ、開店真近でもあるからと立ち上がった。二階に誘われるのを避けたい思いから、決然と言ったつもりであったが、「トシ君、ちょっと待って」と声を掛けられてしまった。「がんばってね、応援しているから……」という言葉に添えるように、キッスを求められた。

それくらいならばと応じたのだが、彼女のは激しかった。舌を粘っこく絡める欧米流のキッスで、さらに胸をも烈しく接触してきた。〈さゆり〉に変身するかと懸念したが、無用だった。ひとしきりの行為が済むと、愛しい息子か弟にでもするように、斗潮の頬を両手で包み、潤んだ目で、軽く唇を重ねた。

「トシ君も巣立っていくのね。大人になっていくんだわ……」

高田さんには手紙を書いた。事細かな長文にしようか、簡潔なものにしようかと迷ったが、簡単な内容にすることに。割り切ったつもりではあるが、斗潮の心のうちに彼女に対する未練めいたものが幾ばくか消えずに残っている。特に、あの山の宿に泊まり、ハイキングした想い出が強く……。

罪の面もあったが、功のほうがはるかに大きい高田さんには手紙だけでは済まされない。逢って話さなければならない。今日、大学合格の目処《めど》が立ったのも、彼女に負うところ多大であるのだから。手紙には諸心塾を辞めることだけ簡単に触れ、詳しくは夏休みが終ったのち、逢って説明するとした。

一方、アパートのほうは姐さんの周旋で家主に会い、九月から来春三月までの賃借契約をした。敷金や前払い家賃は伯父から入金があり次第、支払うことで了解してもらった。滞ることなく月々の家賃をきちっと払うだけでなく、共用の廊下や洗濯場などを自主的に掃除している姐さんの好ましい評判が、家主にも届いていたからであろう。

そのせいからか、どうせ空いているのだからと八月下旬に引越ししてもよいという家主の言に甘えて、そうすることに。河合のおばちゃんの息子さんが運送会社に勤めていることから、彼の力を借りることにした。八月の月末近く、彼が休暇を利用してオート三輪で運んでくれるという。ガソリン代だけ負担すればいいとも言ってくれた。

たいした荷物があるわけではないし、引越し先を知られる範囲も狭めたい思いから、ふたりだけで行うことにした。大きな荷物といえば死んだ親父が唯一残した、今やくすんでしまった桐箪笥と母が愛用していた茶箪笥がそれぞれ一棹と卓袱台、あとは蒲団くらいなもの。小物は自転車で少しずつ運べばよい。

注意を払ったのは、ユキとの想い出である写真などを仕舞った小箱を箪笥から出すことで、鞄の中に移しておいた。オート三輪は、一回だけで足りた。苦労したのはアパートが二階なため、運び上げることくらい。それも外階段があったことから、そうは手間取らなかった。

ともかく借りる部屋に運び込むだけで、整理はゆっくりやるからということにし、息子さんにはできるだけ早く帰ってもらうよう計らった。整理は、今は仕事に出ている姐さんとふたりでゆっくりやればよいのだ。その後、自転車で数回往復し、姐さんが仕事から帰ってきたときまでには、運ぶべき物はほぼ運びおわっていた。

あとは空き家となった荒家の掃除と、電灯と水道の連絡。明日、河合のおばちゃんや近所の人たちに挨拶しつつ、やればよい。翌日の午前、姐さんが買ってくれた手土産を携えて荒家へ出向き、おばちゃんに挨拶。息子さんは仕事に出たとのことだったが、一番大きな手土産をおばちゃんに渡し、ついでに向こう三軒両隣にも挨拶した。荒家の掃除はおばちゃんも手伝ってくれ、電灯会社と市の水道部への連絡もした。

午後には伯父を訪ね、引越しが終ったことを告げ、その日の夕刻には、姐さんと連れ立ってアパートの家主に挨拶。家主には弟だと偽っておいた。アパートの二階の住人にも同じように挨拶し、同じような説明をした。高田さんに会って説明することを除いてほぼけりがついた。

高田さんとは九月、最初の土曜日に逢った。三条さんには知られたくないこともあるからと「さゆり」は避け、例の材木置場から程近い堰堤にした。教員採用試験が迫っていた彼女は、実家に籠もって集中的に勉強に取り組んでいたという。そのせいか、一月前の海での日焼けも薄れ、いくらか疲れた表情を隠さないでいた。

そんな折にややっこしい話をややっこしくするのも憚られ、斗潮は手紙に書いたことをなぞる程度に止めて話した。受験勉強に専念するため諸心塾を辞めたこと、アパートを借りたこと、三条さんにはすでに伝えたこと、定期的に「さゆり」に行くこともよすことなどを簡潔に告げた。これから先、高田さんに教わりたいことがあるときは、「さゆり」に連絡するのでよろしくとも。

「ということは、これからはトシ君と頻繁に会えなくなるってことね。ちょっと寂しいけれど、しかたないわ。私も、今は採用試験に夢中なんだし、しばらく逢わないのも、いいかもしれないわ」

斗潮の顔は見ず、俯《うつむ》き加減に伸ばした自分の脚を見つめつつ、そう言った。スカートから膝小僧が露出し、太めではあるがきりりと伸びた両脚が夏の終った太陽に反射している。

「でも、また会えるんでしょ。私の合格が決まったら、是非会いたいわ。トシ君にもおめでとうって言ってほしいんだもの……」

合否にかかわらず、発表後の頃合を見計らって必ず連絡すると約束をしてしまった。心のどこかでまだ彼女に惹《ひ》かれるものが残っているのだ。女は姐さんだけにし、受験勉強に邁進しようと決めていたはずなのに……。

しばらく逢えないんだからと、誘われるまま材木置場に移った。ほんの一月前、海の別荘であれほど耽《たん》溺《でき》したはずなのに、彼女は燃えていた。いつもの物陰まで行くのがもどかしいといったふうに、いきなり「トシくんっ！」と抱きついてきた。ひとしきり激しく、さらに烈しく口づけを交した。

と、潤んだような視線を斗潮に向けたまま、彼女の手は自らのブラウスのボタンを外し、躊躇《ためら》いもなくブラジャーを取り、その手は彼の開襟シャツのボタンへと伸びた。何か思いでもあるのだろうと、斗潮はあえてなされるがままになっていた。一組の男女が上半身裸で向き合った。

「トシくんっ！」

首に手を回し、再び抱きつき、また唇を重ねてきた。今度はさきほどほどには激しくはなく、ほどほどに。次には両手で両房を持ち上げ、先端の粒を胸板に接触させ、彼の小さな乳首を中心にして擦っている。

乳首はピンと張り、赤く燃えているよう。二の腕を掴んで、暫時、凝視したあと、

「みずえっ！」

と、小声で叫び、吸いついた。

これでしばらくはこの乳房ともお別れかという思いが頭を過《よぎ》った。舌先で嘗め、包み、転がし、唇に含んだ。形状も感触も姐さんによく似ている、改めてそういう感じがした。掌で房を包み、揉み、指先で乳首を摘んだ。

姐さんの乳房はこれまでに数えきれないくらいの男に揉みしだかれ、まさぐられている。しかし、今でも豊かであり、新鮮で、弾力性があって男に安寧を与える。そう思うようになっていた。翻って瑞枝の房に触れた男は、幼少時での父親を除けば斗潮が初めて。もちろん新鮮であるし、弾力性もある。豊かさもそれなりに。安寧だって年輪を経れば備わってくるだろう。

姐さんと決定的に違うのは、瑞枝を〔おんな〕にしたのが、斗潮であるということ。ユキも本人の弁を信ずるならば、斗潮が最初の男だと言っていたが、果してユキを〔おんな〕にしたのが自分であると言えるだけの自信があるかどうか定かではない。そんなことを思っていたら、にわかに愚息が成長しだした。

うっとりとした表情になっている瑞枝に眼で合図を送り、肩に手をかけて座らせた。いつものとおりの鉋屑の上に。両脚を投げ出させた。脛《すね》の上方を、そして脹脛《ふくらはぎ》を摩った。際立って肌理細かいのでもなく、滑らかというのでもないが、躍動的、健康的な感触を感じる。

添えた手を滑らせ、スカートの中に進入させた。なぜか興奮を覚える。子どもの頃、女の子のスカート捲りをして戯れた覚えがあるが、今こうして叱責を受けることなく成人した女のスカートの中に手を入れ

ることができるなんて……。太股を摩りつつ奥へと進み、パンティーに触れた。右手の甲で三角地帯を撫ぜてみた。手の向きを替え、中指をそっと割れ目に這わせた。薄手の布を介在して指先がめり込むよう。

「あっ、ああー。トシくんー」瑞枝が喘いだ。

言葉で伝えたわけでもないのに、瑞枝は両手を支えに腰を持ち上げている。パンティーを脱がせやすくしているのだろう。前のめりとなって臀部に手を回し、唇に軽く口づけしつつ端に手を掛けた。にっこりと微笑みかけたら、喘いでいる瑞枝の顔も不自然に微笑もうとしている。静かに、しかし着実に白い布を手前に引き、瑞枝とは別の存在にした。

彼は急いでバンドを緩め、ズボンと柄パンをいっしょに膝まで下げ、彼女を太股に載せた。帽子も自ら被せた。瑞枝は片手でスカートを捲りながら他方の手を支柱にして跨ろうと。黒い丸太の上に、白く鉋を掛けた檜が重なった。

不連続な喘ぎ声を漏らし、下唇を嘗めつつ、生唾を呑み込むような素振りの瑞枝。視線を下に移し、彼のものを捕捉、直ちに繁みの下の門口に導いている。ノックする間もなく、「ああっー」と顔を上げた彼女に連動するように先端が吸い込まれた。あとは早い。彼女は躙りつつ斗潮に寄っていく。苦もなくボルトとナットの組み合わせは完了である。

ふたりはしっかと抱き合い、胸と胸とを擦り合わせた。唇を重ねた。瑞枝の好きな座位であり、その喘ぎは熱気となって沸騰せんばかり。鎮静化すべく、彼はあえて半身を別離させた。片方の房を弄ぼうと肩に掛けた手を移動させようとしたときである。

「……トシくん、そのまま……で、いて……」

何事かと瑞枝の顔を窺った。彼女の視線の先は接合部。太い筋肉の棒が塊となって瑞枝の体内に呑み込まれている。

「ああー、いいわ……。ホラ、見て……。トシ君のが……、わたしの……なか……に。ああっー、ほんとに……しっかり、入っているんだわ……」

見えやすいように彼は仰反《のけぞ》ると、瑞枝は一層、のめり込むようにその箇所を凝視している。

「ああっー、トシ……クーン。わたし、シアワセ……ダワ」

再び三たび、ふたりは抱き合い、密着した。彼のものはほぼ全身が吸引され、盛り上がった瑞枝の土手が下腹部に波となって伝播してきた。〈ああー、感じる〉寸分の隙間もなく、ふたつの物体はひと塊と化した。

「あっ、あー、ミズエー！」

「トシくーん、ああっー！」


九月も中旬になってようやく新しい生活も落ち着いてきた。借りた四畳半の片付けも済んだ。物置場として使うのだが、万一にも伯父だの、河合のおばちゃんだのが訪ねてくることを予想し、部屋の真ん中に卓袱台を置き、周囲に数人くらいがなんとか座れるようにした。小さな流しもお茶が飲める程度の体裁を整えもした。入口には、紙片に「佐藤」と手書きして張り出した。仏壇はともかくとして、普段の生活に要るものは、ほとんど姐さんの部屋に置いたのだが。

姐さんの勤務は変則で早番、遅番、普通番、それに半日勤務の四つの型。早番は九時に店へ出て、午後六時に明ける。遅番は午後二時から一一時まで、普通番は一一時から午後八時まで、半日は午後三時から八時となっていた。この間、週に一回明け番がある。

遅番の帰りのときはもう乗合はなく、店に泊り込むこともあったし、人力車や円タクで帰ってくることもあった。斗潮が同居するようになってからは、よほどのことがない限り、アパートに帰るようにしていたよう。遅番には手当てが割増しされ、それがちょうど俥代になるのだという。

斗潮名義で借りた四畳半は日当たりも悪く、狭いこともあって、姐さんが不在のときもほとんど彼女の部屋で過ごした。昼に不在のときは、なにかしら軽い食事を用意してくれていたし、遅番のときの夕食には外食代を置いていってくれてもいた。もっとも、彼は姐さんに負担を掛けたくない思いから、定時制高校で出る夜食のコッペパンの残りを貰ったり、下校の際に菓子パンを一個買うなどして、姐さんの帰宅を待つことが多かった。

姐さんもアパートで夕飯の炊事をするのは明け番のときくらいで、あとはたいがい店の残り物などを貰ってきて、それを温め直すことで済ますことが普通だった。ただ、味噌汁だけは必ず拵えてくれていたし、彼女のそれは次第に美味しくなっていっていた。

店の残り物は贅を尽くしたもので、普段、斗潮の口になぞめったに入らないものだったが、慣れてくるにしたがい濃い味に抵抗感が生れ、また青物が少ないことが気になってきていた。ある日、率直に姐さんにそう言った。

「そう言われれば、トシちゃんの言うとおりだわね。家で温めるときにちょっと味を薄くするわ。それからお野菜ね。心掛けるわ。トシちゃん、受験生なんだから、私、もう少し気をきかさなければいけなかったわ。ごめんね、トシちゃん」

厭な顔もせず、快く理解してくれた。嬉しい姐さんである。

落着くまでは捗《はかど》らなかった勉強も、次第に集中してできるようになってきた。ほとんどが練習問題への取り組みであり、解答や解説を読んでも判らない箇所は、定時制高校の教師たちに尋ねることで済んでいた。あえて高田さんや三条さんを煩わせることもなく。

姐さんが不在のときは、簡易な体操をしたり散歩に出ることはあっても、集中して机、といっても卓袱台の代用であるが、それに向かい、彼女がい、寛いでいるときは勉強を中断して、なるべく話し相手をするように努めた。風呂は、彼女は店で入ってくることが多く、斗潮も銭湯にいったり、姐さんに行水させてもらったりで。

夜でも朝でも、時によっては昼でも、姐さんに不都合がない時には欠かさずに睦み合い、絡み合った。彼女が生理の日だったりしても、おっぱいでの戯れは欠かすことがなかったし、彼女もまたそれを望んでいた。姐さんにとっては斗潮の世話をする分だけ、忙しくなったのだが、以前にも増して肌艶もよくなり、元気になってきたよう。彼にそれなりの気遣いはしているのだろうが、より一層、明るくなり、ふたりで笑いあったりといったことが日常茶飯事となった。

そんなことをある日、姐さんに告げてみた。

「この頃さ、姐さん、一段と若くなったみたいだよ。おっぱいにも張りがあるし、肌もだし……。オレの納まり具合もすごくいいしさ、締めつけだって前よりいいよ」

「まあ、トシちゃんったら。嬉しいこと言ってくれるわ」

まったく世辞が混じっていないのではないが、嘘でもない。事実、斗潮はそのように感じていたし、そのことが彼自身にとっても嬉しいことだったのである。理由は何なのだろうか、ということが話題になった。

姐さんは、まず食事をあげた。ひとりのときは、つい面倒なものだから、店での余りものを不規則に口に入れて済ますことが多かったのだが、斗潮のことを思い、それに合わせることで、薄味にもなり、青物も摂るようになったし、なによりいっしょに食卓を囲むことで食欲も増進してきていると。

「なにより〈張り合い〉だわ。少しでもトシちゃんに喜んでほしいって、私、そればかり考えているの。お菜のことだけでなくさ、お洗濯だって、お掃除だって、トシちゃんがいればこそきちっとできるし、トシちゃんと仲良くするときだって……、干からびたおばさんみたくなったら、トシちゃん、私のこと振り向いてくれなくなっちゃうでしょ。遊女のときよりももっと、もっとお肌の手入れもしているのよ」

前からやっていたのだろうが、確かによく手入れしている。何とかいうローションとやらを全身に隈なく塗ったり、時には蜂蜜を加工したとかいう液を擦りつけたりも。折々は彼も面白半分に茶化しつつ、そういった液を背に塗ってやったり、自らの意思で乳房に蜂蜜そのものを塗って、乳首を嘗めたりもしていた。

「もうひとつはね、いつもってわけにはいかないけど、ほら、大丈夫のときはさ、トシちゃんが出してくれる大切なもの、それをさ、サックなしで身体の中にお注射してもらっているでしょ。あれ、若さを保つ一番の妙薬なのよ。……だから、トシちゃんにも栄養つけてもらいたいの」

この頃は、すでに医師の御墨付きをもらっており、直に楽しむこともできるようになっていた。ただ借金を返すためだけに不特定多数の男たちの相手をしていたときは、いつ年季が明けるか、それを数えることしか楽しみはなかった。晴れて日陰から日向に出られることになったときも、もし斗潮という存在を知らなかったら、多くの遊女あがりがそうであるように、再び、転落していたかもしれない。加えて愛しい斗潮といっしょに暮らすことができるようになり、人生って、こんなにも素晴らしいものかと思えるようになったのだと、涙もろい姐さんがまた、目を潤ませながら……。

「だからさ、トシちゃんは、私の、命の恩人なのよ。こうして普通の女として、生きていけるんだもの……。トシちゃん、ほんとにありがとう」

いつになく斗潮もしんみりしてしまった。

「姐さんっ！」

「トシちゃーんっ！」

抱き合い、口づけを交わし、互いの頂点を極める二人だった。

秋も深まってきた頃、久しぶりに「さゆり」に電話した。もう、高田さんの合格発表があったであろうことを見計らって。電話口には三条さんが出た。無沙汰を詫びる間もなく、どうしたの？　ちっとも連絡がないけど、元気でやってるの？　トシ君の顔が見られなくって寂しいわ、などと立て続けに言われてしまった。

ひととおりの返事をしたあと、高田さんのことを訊《き》いた。見事、合格したという。教授を囲んで学友たちとのお祝いの会がいくつかあり、諸心塾でも諸星先生が中心となってお祝い会をやってくれるなど、彼女も嬉しい悲鳴をあげているという。三条さんも講師仲間ということで塾でのお祝いに加わったそうだが、

「肝心のトシ君がいないし、こちらからは連絡のしようがないんだもの……。いけない子だわ」

と叱られてしまった。

「だからトシ君からの連絡、いつくるかって首を長くして待っていたのよ。それでね、ささやかながらでも「さゆり」で、私とトシ君とで、瑞枝ちゃんのお祝いパーティー、やってあげたいと思うんだけど、どうかしら?……ううん、お金のことは心配しないで。無職の苦学生少年から徴収したりしないから……。身体だけ、参加してくれればいいの、いいでしょ。賛成してくれるわよね」

　賛成するもしないもない。お祝いしなければならない立場にいるのだし、なにより三条さんの物言いは命令に近いのだから。ただ、空身でいいからと言われても迷う。率直に姐さんに相談してみることにした。もっとも、彼女らと男女の関係にあったことは秘匿しなければならないが。三条さんが高田さんと連絡をとり、日時を決めることとし、斗潮は改めてその状況を電話で確認することとなった。

　一〇月のある土曜日の正午に「さゆり」に集まることに。姐さんは熨斗《のし》袋に彼に相応な額を忍ばせた金一封と花束を用意してくれた。花束など体裁が悪いし、持っていくのも大変だとこぼせば、

「トシちゃん、それはいけないわよ。お世話になった方のお祝い事なんだから……」

と諌《いさ》められた。

「さゆり」にはすでに高田さんが来ていた。「おめでとうございました」と祝意を述べて、花束と金一封を渡した。

「ありがとう、トシ君。でも、驚いたわ。トシ君が花束なんて……。それもこんなに立派なものを……。ありがとう、遠慮なくいただくわ。でもね、こちらのほうはいただけないわよ。トシ君からなんて……。ねえ、おばさん、そうでしょ？」

「ええ、花束はともかくねえ……。お花は、私が活けてあげるわ」

姐さんからとは言えるはずもない。しかし、このまま持ちかえったのでは、姐さんの気分を害することになるだろうし、猫糞《ねこばば》するわけにもいかない。「それじゃー」とパーティーの経費の一部にでもしてほしいと、彼も譲らなかった。結局、三条さんが預かるということで、この件はおさまった。

三条さんが用意してくれたカレーライスを食べ、食後の紅茶を啜りながら、しばらくは高田さんの苦労話が続いている。斗潮は相槌をうってはいたが、あえて質問を差し挟むこともせず、ふたりの女たちの会話に聞き入っていた。何杯目かの紅茶のお代わりと合わせてケーキも出された。カレーライスでお腹一杯と言っていながら、ケーキとなれば別腹とかで、高田さんも三条さんも嬉しそうに口に運んでいる。

話題が斗潮の花束に移ってしまった。どこで買ったのかとか、だれの見立てなのかとかかまびすしい。誤魔化す意図はないものの姐さんの存在だけは隠さなければならない。近くの花屋で店員に見繕ってもらったなどと適当にお茶を濁した。

さらに、諸心塾を辞めたあとどんなふうに暮らしているのかなどという質問が出だし、主賓は高田さんのはずなのに、彼のことが話題の中心になろうとしている。斗潮は慌てて高田さんのことに話を戻すのに苦労したのであった。

第三十一　写真機

雨のなかに白いものが混じる季節になった。楓や欅などの梢からはすっかりと葉が落ちて寒々としている。模擬試験を受験するため上京していた東京から戻って間もなくのこと、姐さんが勤めに出たあと、久しぶりにユキの遺留品である写真を取り出した。

隣町の写真館で撮ったユキの裸体画。正面を向いていくらか恥ずかしそうに佇立《ちょりつ》している絵、椅子に腰を下ろして微笑んでいる絵、側面から撮った絵、どれもこれも綺麗な絵である。ほっそりとした裸体、少女らしいが、それでもしっかりと自己主張している乳房、粗でもなく密でもない三角地帯、すらりとした脚。どれもこれも懐かしいユキである。

こうして見ると上京の折、中央線の電車から見えたユキらしき女はそうではないような気がしてきた。なにかあのとき車中から見た女は若々しさがなく、所帯染みた感じがする。しかし、思い直してみれば、仮にそうだとしてもユキではないという証拠にはならない。身請けされ、所帯を構え、背負っていた子が彼女の子だとすれば、所帯染みるのも当然ではないか。

そんなことを思いつつもうひとつの封筒から別の写真を取り出した。改築前の結城楼で姐さんが撮った絵である。一葉は、ユキが四つん這いになって顔だけ正面を向いて微笑んでい、彼が背後から挿入しているもの。撮影者の姐さんがユキにこちらを向くよう指示し、斗潮には全身を挿入せずに一部、彼のものが見えるよう注文して撮ったものである。これはよく記憶している。

しかし、ユキが上になって歪《ゆが》んだ表情で斗潮と重なりあっている絵、反対に彼が上になっている絵、ユキが横向きになっているのを彼が背後から抱きしめている絵など、こんな写真もあったのかと思うものまで出てきた。厭らしさを感じるのではないが、残しておきたい写真館でのものと比べ、姐さんが撮影したこちらの数葉は捨ててしまいたい思いに駆られた。

とはいうもののユキとの約束がある。再び逢うことなどもうないだろうと思いつつも、もしあの上京した際に電車の中から見えたのがユキだったら、自分も東京で暮らすことになる身、逢うことだってあるかもしれない。逢ったからといってどうなるものでもないし、ユキだって写真のことなぞ忘れているだろう。しかし、約束は約束である。もし、廃棄するのなら彼女の了解を得なくてはならない。結構、律義な斗潮である。

そう結論づけ、写真を封筒に戻そうともう一度、ユキと絡み合った絵を見たら、急に催してきた。にわかに彼女との睦み合いが想い出された。久しぶりである。眼では写真を眺めつつ、脳裏には今は遠い昔となったあのユキとの楽しい情景を投影させて、斗潮は自らを慰めた。

姐さんとの単調な暮らしが繰り返された。雨や霙《みぞれ》の日が多くなり、彼女も勤めに行くのが苦労。アパートの室内には炬燵が設《しつら》われ、火鉢が置かれた。洗濯物を外に干すことができずに室内が満艦飾。姐さんはぐずつく空を恨み、室内に干すことを盛んに斗潮に詫びていた。

もっとも、洗濯物の多くは斗潮のものと、姐さんと絡み合う際に汚してしまう敷布や手拭い、タオルなどであり、彼女の物は少なかった。着物が常用の彼女は、襦袢や腰巻きの類も洗い張りのため、専門の店に出している。遊廓当時から結城楼に出入りしている業者が、いまでも格安でやってくれるのだと。

そんな、やっぱり霙混じりの雨降りの日、全国模試の結果が配達されてきた。東京まで行って受けてきた模擬試験の結果である。ほぼ予想どおりであった。第一志望の早大法学部は「合格の可能性はあるものの、確実な圏内に入るにはもう一段の努力を要する」であり、中大と明大の法学部は「合格圏内にいる。今後とも油断することのないように」であった。

高田さんに知らせたい。しかし逢えばまた彼女と男女の繋がりを持つことにもなりかねないし、合格が決まるまでは逢わないと自ら決めていたことでもあるし。頭の中でユキに少々浮気してしまったが、今は姐さんだけという思いもある。

手紙を認《したた》めた。簡単な時候の挨拶を添えただけで、模試の結果を知らせ、礼を書き加えた。三条さんにもよろしくと。あえて差出人の所番地は省いて。彼は決めた。受験先は三大学の法学部、それも一部(昼間部)にすることを。受験料も馬鹿にならないし、早大はともかく中大、明大には必ず合格しようと。ただ、姐さんには一切、黙して語らなかった。

師走も中旬、翌日が姐さんの明け番という土曜日の夜、雨の中、彼女は嬉しそうに帰ってきた。戸を開け、斗潮が出迎えるや

「トシちゃん、ハイッ！　念願のものよ。やっと買えたわ。ちょっと早いけど、私からトシちゃんへお年玉よ」

と、包みを手渡した。

「何、念願のものって……？」

「開けてみて……。トシちゃん、喜んでくれると嬉しいんだけど……」

写真機だった。一眼レフのけっこう、高そうな代物。ストロボも付いている。

「わあ、凄《すご》いや。姐さん、これ、ずいぶんと高かったんじゃないの？」

「うん、ちょっと奮発したのよ」

確かに以前、姐さんに〈欲しい〉と強請《ねだ》ったことがあった。しかし、彼が転がり込み、彼女もなにかと物入りだったろうし、もう半ば忘れ、強請るつもりはすでになかったのだが。

賞与が出たのだという。生涯で初めての賞与。新生結城楼も軌道に乗り、商売も繁盛していることから、賞与が出せるということは月初めに女将から告げられていたのだが、それも思いのほか、多額だったのだそう。賞与が出ると聴き、早速、馴染み客の写真屋に打診していたが、今晩、そこの旦那が〈葵姐さんには、これがいいんじゃないかな〉と店にわざわざ持ってきてくれたのだと。

使い方を教えるから、明け番にでも店にお出でと言ってくれ、さらに大幅に割り引いてもくれるという。その旦那の店は写真機や機材を売っているだけでなく、写真館もやっており、加えて素人写真家のために現像などもできる暗室付きの貸しスタヂオも営んでいるのだという。

「明日さ、私、明け番だし、トシちゃん、よかったらその写真屋さんにいっしょに行かないこと？　善は急げっていうしさ」

そうすることになった。

食後、どちらから言いだすでもなく、「今晩は、ゆっくり楽しもう」ということになった。嬉しいこともあったのだし、姐さんも安全日だというから。外は相変わらずの冷たい雨。充分に部屋を温め、ふたりは生れたままの姿に。いつものように斗潮は姐さんに身ぐるみを脱がせてもらい、彼女が着物を脱ぐ様を眺めて。

こうして姐さんが脱衣する様をゆっくりと眺めるのは、久しぶりのような気がした。彼にとって好きな光景なのだが、いつでも見れるという思いがことのほか、こういった機会を少なくしているのだ。一枚ずつ剥《は》ぎ取っていく様は、なんとも情緒があり、改めて絵になると思った。

いつ見ても、何回見てもけっして飽きることのない豊かな双房が露《あらわ》となり、腰巻き一枚になったとき、彼女は屈んで脱いだ着物を畳んでいる。気質からか、それとも遊女当時に結城楼で躾られたせいか、このへんのことはけっしてなおざりにはしない。多分、両方のせいなのだろうが、彼も姐さんのそういった行動を好ましく思っていた。着物を畳むその姿もまた絵になるからでもあったのだが。

畳みおわり、再び立ち上がって腰巻きの紐に彼女が手を掛けようとしたとき、斗潮は躙《にじ》り寄り、眼で合図を送って彼女の手をとった。仲居頭が彼女の仕事であるが、人手が足りなければ洗い物もするのだろう。冬には辛いことなんだろうに愚痴ひとつ零《こぼ》さない。だからこそ、女将も彼女のことは信頼もし、多額の賞与を弾んだのだと思われる。

「姐さん、ありがとう」

そう言い、手を包んだ。摩り、撫ぜ、彼女の掌を頬に滑らせた。水仕事なのに霜焼けも皹《ひび》もなく、遊女のときとさして変わらずスベスベしている。

「私の手、前と比べると荒れてるでしょ？」

「そんなことないよ。一所懸命働く手なのに、スベスベしているよ」

甲に口づけした。

「荒れた手でさ、トシちゃんを抱いたり、大切なもの、握ったりできないから、……わたし、それでもね、気、つかって手入れしているの」

「うん、綺麗な手だよ、姐さん」

「ありがとう、トシちゃん」

　彼女の手が彼の頭に乗ったのを潮に、斗潮は腰巻きの紐を解いた。パラリと畳の上に、それは落ち、見慣れた三角形が眼前に現れた。いっしょに暮らすようになってから、三角形の手入れは止めていた。彼がそう言ったのだ。これからは遊びや一時の気持ちではなく、ともに暮らすのだから、自然に任せようと。したがって以前ほど整った三角形ではないのだが、それはそれでかえっていいと思っている。

　順目に沿って二度、三度と手の甲で撫ぜ、泉に中指の腹を這わせた。

「私の、もう形、崩れちゃたでしょ……。トシちゃん、ほんとに、そのままでいいの？」

「うん、いいんだ。もう、一心同体なんだから、造った姐さんじゃなくって、ほんとの姐さんのほうがいいもの……」

「トシちゃん……！」

　彼女は膝を折って座り、抱きついてきた。彼も抱きしめ、唇を重ねた。豊かな房が心地よく胸板に。頭髪を摩られ、摩り、顔面を撫ぜられ、撫ぜた。

「今度さ、写真機買ったから、トシちゃんと私が、こうして仲良くしているとこ、撮れるね。トシちゃんとの想い出に、私、欲しかったのよ」

「うん、それもいいけど、オレ、写真機、欲しかったのは姐さんを撮るためだったんだよ」

着物を着る姿も、脱ぐ姿も撮りたいし、髪を梳《す》いているときもいい。なにげなく台所に立っているとき、洗濯しながら解《ほつ》れた髪をたくし上げる姿もいい。そういった絵を撮りたいのだと。

「そお、トシちゃん、ありがとう。せっかくさ、買ったんだから、いろいろ撮ろうよ。トシちゃんの入学式なんかもさ。……ところでさ、トシちゃん、私、思い出したんだけど、ユキちゃんの写真、あったわよね。ほら、隣町の写真館で撮ったっていうユキちゃんの綺麗なの……」

いっしょに暮らすようになってからこれまで一度も口の端にのぼったことがなかっただけに、ユキの写真のことは忘れていたとばかり思っていたのだ。彼女の記憶を蘇らせてしまった。見たいと言っているのに、捨てたと嘘もつけないし、多少の演技を加えて渋々、出すことに。

「うん、たしかあったはずだけど……。オレもずーと観てないし、ここへ引越してくるとき、どこへ仕舞ったんだっけ……」

今晩は時間を気にせず、ゆっくりでいい。当てずっぽうで探すように、あちこちを開いたり閉めたり。そのうち、姐さんは立ち上がって部屋を出ていった。便所か台所にでも行ったのだろう。その隙に、彼は箪笥から写真を取り出した。写真館でのものだけ。姐さんは大きな盆にビールとコップ、盃に五合瓶の酒と徳利、それに柿の種やお新香などを載せて戻ってきた。

「やっと見つけたよ。これでしょ、姐さん?」

「そうよ、これよ。まあー、ユキちゃん、綺麗だこと。顔もいいし、格好もいいわ。若いっていいわね。ユキちゃん、いい記念だわ。ユキちゃんも、この写真、持っていったのかしら?」

「これ、専門家が撮ったんだし、それに歳はともかく、姐さんだって綺麗じゃないか。オレ、今度さ、撮ってあげるよ」

「ええ、ちょっと恥ずかしいけれど、姥桜になる前に……、お世辞でもトシちゃんが綺麗って言ってくれてるうちに、撮っておきたいわ……。そうそう、それからさ、ほら前の結城楼で、トシちゃんとユキちゃんが仲良くしているとこ、私が撮ったの、あったじゃない?　トシちゃん、持ってるでしょ?」

　思い出さなくていいのに、思い出されてしまった。それにしても、ユキは手の届かない所に行ったし、同棲までするようになってすっかり斗潮をわが物にしたという思いがあるにせよ、若さから言えばどう逆立ちしても追っつかないユキに焼き餅を焼くでもなく、平然と斗潮とユキが絡み合った写真が観たいという、姐さんである。演技で探している間、徳利に注いだ酒をお燗し、コップにビールを注いでいる。

「そんなの見たいの、姐さん?　もう、済んでしまった昔のことだし、オレ、見たくないよ。今のオレ、姐さんだけなんだし……」

「ええ、トシちゃんの気持ち、私、嬉しいのよ。でも、お願いだから、これ一回きりでいいから、見せてちょうだい。トシちゃん、見たくないんなら、私にだけでも……。お願いよ」

　平生、物事にあまり固執する質《たち》でないのだが、またそれがいいから同棲しているのに、珍しくしつこい。何が彼女をそうさせているのか、斗潮には見当もつかなかった。しかし〈お願い〉までされて厭とも言いがたい。写真の入った封筒を手渡し、彼は卓袱台に向きを変えてコップに手を伸ばした。冷たく、喉越しよくビールは胃の腑に流れ込んだ。

「ああ、これ、これ、これだわ……。思い出すわあー。こんときは、トシちゃん、私のことなんて見向きもしてくれなかった……。ユキちゃんに首ったけでさ……」

「ほら、そう言うと思ったんだ。だから、見せるの厭だったんだよ。今は、姐さんだけだって、言ってるのに……」

「ごめんね。でも……さ、ユキちゃん、とっても仕合わせそうな顔してるし……、トシちゃんのも……見事だわ」

コップに残ったビールを一気に飲み干し、斗潮は彼女の背後に回った。腋の下から手を差し入れ、両房を包んだ。手に余るほどの豊かさである。揉みしだきながら、

「姐さん、そんな写真さ、もう仕舞って、ふたりのことだけ、話そうよ」

と。

「ごめんね……、我儘《わがまま》言って……。そうよね、今はトシちゃん、私のこと、思ってくれてるんですものね。私、仕合わせよ」

首を後ろに回してきた姐さんの唇を捉え、両房を包んだまま口づけした。

写真は封筒に入れ、箪笥の上に載せた。火鉢を挟んで向かい合って座り、斗潮は姐さんが注いでくれたビールを、姐さんはお燗した酒を手酌で、それぞれ呑みはじめた。彼は主として柿の種を、彼女は主としてお新香を摘《つま》みつつ。

話題はどうしても写真のことに。明日、写真屋に行って操作を教わってから、できればそこのスタヂオで撮影もしたいなどと。それなら記念にするんだから姐さんの裸体画は最初は写真屋の旦那に撮ってもらったらいい、などと彼も相槌を打つと、姐さんは斗潮以外の男の前で裸になってもいいのかなどと他愛もないことを。

ユキだって写真館の主人に撮ってもらったんだし、その場にオレもいるんだからなどとさらにたいして意味もない話が続いた。訊けば、その写真屋の旦那とは遊女の頃からの馴染みなのだそうで、姐さんの裸体を初めて見るのでもないのだが、遊女を廃業したのちは、斗潮以外の男には裸などけっして見せてはいないのだと強調する彼女であった。

翌朝はふたりとも遅く目覚めた。それでもまだ姐さんのほうが早く、斗潮は彼女の乳首を口にあてがわれてようよう目を覚ました。時刻を訊けば、もう正午に近いという。抱きかかえられるようにして蒲団から出、便所、それから洗面所へ。

部屋に戻ると彼女は窓を開け、

「トシちゃん、今日は曇りよ。雨は降っていないわ。よかった」

といい、卓袱台に座って新聞を読んでいるよう指示された。よほど昨夜は嬉しかったのだろう、好きなようにさせようと決めた。やがて温かいご飯の匂いがし、味噌汁の香りがしてき、卓には海苔と生卵、それからお新香が並べられた。

「はい、トシちゃん、どうぞ」

すっかり主婦気取りである。世間の風潮からみれば、彼女の歳ならばとうに所帯を持ってい、子どもの一人や二人いるのが当たり前。とても三〇とも思えないほどに若々しくって初《うぶ》な感じがする。ましてやかつて娼婦だったなどとは思いもつかない。

「トシちゃんに、いつも同じこと言うって叱られるけど、……私、こんなふうにさ、奥様みたいなことしたかったの。だから、今、私、とっても仕合わせよ。寝るときはいつもトシちゃんといっしょだし、起きれば隣に必ずトシちゃんがいるんですもの……。それにこうして朝御飯もいっしょできるんだし……。ハイ、お代わりして」

御馳走さまをし、彼に茶を注ぐと、姐さんはひと口、二口飲んだだけで、「下げていいかしら？」と断って台所へ。彼が手伝おうとすると、手の甲をピシャリと叩く真似をして、「旦那様は、座っていればいいの」である。茶を啜り、いくらかの間をおいて台所を覗いてみた。鼻唄を歌いながら流しに立っている。

「私、先に着替えるけどいい？　トシちゃん、見てて……」

普段着の絣を脱ぎ、襦袢と腰巻き姿になった。襦袢は白で腰巻きは赤。対比が目に鮮やかである。

「お時間、ないから、ちょっとだけよ」

姐さんは襦袢をはだけて両房を露にしてくれた。どれだけ楽しんだにしても、またまた愛おしくなるのだから姐さんのおっぱいは斗潮にとっては麻薬みたいなもの。まるで薬《やく》が切れた麻薬患者のように吸い寄せられた。まさぐり、撫ぜ、摘み、そして吸い、頬に這わせた。

「ありがとう、姐さん。いい気持ちだった……」

「そお、よかったわ。じゃあ、これくらいで仕舞うわよ。……これ以上、可愛がられると私、燃えちゃうわ」

訪問着に着替えた。貴婦人とまではいかないのものの、まるで茶会にでも出掛ける令夫人のよう。

「姐さん、綺麗だよ。まるでどこかの若奥様みたいで……」

「ありがとう、トシちゃん。ほら、写真を撮ることになるかもしれないでしょ、だからさ……」

当人も多少は気になるのか、問われもしないのに着飾ることの弁明をしている。締めおわった帯をポンと叩き、

「よしっと。さあ、トシちゃんの番よ」

と、箪笥から彼の外出着を見繕っている。いずれも姐さんに買ってもらったものばかりなのだが、自分との釣り合いを考えて余所行《よそゆ》きのものを取り出されては困る。

「姐さん、オレ、写真、撮るんじゃないから、普段着でいいよ」

「普段着ってわけにはいかないわ。……じゃあ、中間くらいのにしましょうか」

まあ、お説に従うよりない。斗潮はさらに外套を着せられ、彼女は道行の上に角巻きをしてお出かけとあいなった。もちろん、写真機を携えて。

今にも白いものが舞ってくるかと思うほど、どんよりした空である。いくらか風もあって寒かった。

その写真屋は街の中心から何本か路地を入った商店と住宅とが混在する地にあった。姐さんが硝子戸を開けたが、店番は見当たらない。「ごめんください」という彼女の声に奥から主らしき人物が出てきた。姐

さんは如才なく的を射る挨拶をし、斗潮を弟と紹介したのち、彼に
「こちらが、お店のご主人よ。いつもご贔屓にしてもらっているの。この度はまた、写真のことでお世話になるわ。ご挨拶して……」

と、本当の姉のように。斗潮は万事心得ているとおり、姉がお世話になっていること、今回は写真のことで面倒かけることの礼を告げた。

「葵姐さんに、こんな立派な弟さんがいたのかね。知らなかったね」

「あら、申し上げたこと、なかったかしら？　私、つい弟自慢するんですけど……」

「まあ、いい。さあ、入った入った」

察するに、この旦那、てっきり姐さんがひとりで来るものと早合点していたよう。ひょっとしたら助平心をもっていたのかもしれない。

店の奥の小部屋に通された。簡易な応接用の机と椅子がある。店と小部屋との仕切りは硝子になっており、相互にその様子が窺えるように工夫されている。奥さんらしい年配の女性が現れ、茶を入れてくれている。姐さんは、すぐさま立ち上がり、

「奥様でいらっしゃいますか。私、結城楼の葵と申します。旦那様にはいつもご贔屓いただいております。また、このたびは写真のことでお世話をお懸けしております。こちらは私の弟でございます」

などと、清流を下る水のごとく言葉も流暢に挨拶した。斗潮も立ち上がり、黙って頭を下げた。

姐さんの指示で携えてきた写真機を鞄から取り出して机の上に。店の主は無造作にそれを手にとり、「それじゃ、説明しますよ」とまずは写真機の製造会社のこと、その会社の製品はどういう特徴があるかなど

ということから始め、その機の性能、特徴などを述べたのち、各部位の名称や機能などを語った。

店主はもっぱら姐さんに向かって説明していたが、彼女はときおり口を挟んでは質問やら確認やらをしている。姐さんは遊女当時、この店主のほか素人写真家とも懇意にしていた関係で結構、写真については詳しいのである。斗潮は黙って取扱説明書を眼で追いながら聴いていた。

説明が進み、いよいよ撮影してみようということに。店を奥さんに委ね、さらに奥にあるスタヂオに案内された。一〇畳ほどの広さのそこには、今日のために用意されたのでもあるまいが見事な薔薇が活けられていた。この時期に薔薇とは、と思ったのは姐さんも同じだったのだろう、主人に尋ねている。「ああ、これは商売道具の造化だよ」が答え。

まずは自然光でと、スタジオの遮光カーテンを拡げ、照明も切られた。曇り空。フラッシュを使って姐さんが薔薇を試し撮り。閃光が室内を走った。人物もということで、斗潮が被写体となって再び、閃光が。次には遮光カーテンを閉じ、人工光で同じことを。さらに接写なども試み、とりあえず終りということになった。

「ありがとうございました。お陰さまでなんとか、私にもできそうですわ」

「どうかね、葵さん？　せっかくなんだし、撮っていったらいい。よければ、私が撮ってあげてもいいが……。いい着物のようだし……」

「ええ、実は……、私も、そのつもりで参りました。着物姿だけでなく、……できれば、今のうちに裸のも……って思ってるんですけど……」

「おお、それはいいねえ、望むところだ。葵姐さんの裸にも久しく接していないからねえ……。ハハン、それで弟さんを連れてきたんだな、護衛役に。図星だろ！」

「あら、お分かり。さすが、旦那さん、そのとおり、お目付役ですわ」

「ほう、姐さん、まだ裸に自信をもってるな。しばらく見てないが……、楽しみだね」

「まあ、自信なんてございませんわ。……ただ、これからはお婆ちゃまになる一方ですから、私も……」


ということで撮影開始となった。まずは着物姿でということで、薔薇を添えたり、添えなかったり、さらには正面を向いて立ったり、横向きだったり、椅子に腰を下ろしたり、座布団に座ったりと、さまざまな姿勢で。斗潮は照明係を仰せつかった。一点に集中する光の中に姐さんが眩しく見えた。

次は裸体画。写真屋の主が手際よく脱衣籠や衣紋掛けを用意し、姐さんは着物を脱ぎはじめた。と、店主が「葵さん、着物、脱いでるとこも撮っていいかな?」と問い、彼女も綺麗に撮っていただけるのならばと、承諾していた。照明係も出動である。店主の指示に従って光を動かした。

見慣れた姐さんの脱衣姿であるが、こうして眺めるといつにも増して色香を感じるから不思議である。店主は時々、姐さんに「ちょっとそのまま止まって」とか「向きを変えて」とか、いろいろと注文を出している。

やがて全裸となった。演技なのか本心からそうなのかは彼にも知れなかったが、恥ずかしそうな素振りで、胸や三角地帯を手で隠しつつ、どうしたらいいのかと店主に問うている。店主は指示を出すのを忘れたように、

「やあ、いいね。葵さんや、あんた、ちっとも衰えちゃいないよ。いやそれどころか以前にも増して、若

く、艶っぽくなってるぜ。さては、いい男でもいるんだな」

ときた。

「あら、厭ですわ、旦那さん。そんな男でもいればいいんですけどねえ。私、商売を辞めてからは、男っけひとつないんですのよ」

「まあ、姐さんがそう言うのなら、とりあえずそういうことにしておくが、男性ホルモンの注入なしで、それだけの艶肌は保てそうにないがねえ。まあ、いいか。じゃあね、弟さんの監視付きで始めるとしよう」

店主はさまざまな姿勢を姐さんに求め、それに応じて照明の指示が飛んできた。ユキを撮影した隣町の写真屋と比べ芸術家という肌合いはないものの、撮影が始まってみるとてきぱきと指示し、いろいろな角度から、機関銃のごとくシャッターを押している。やはり専門家である。

それにしてもこうして眺める姐さんは綺麗だった。その年増女をいつでも、ほぼ望むときに抱くことができるなどということが不思議にすら思えた。照明も白灯だけではなく、赤、青、黄の三原色を組み合わせてさまざまな光を求められたのだが、光の具合によっては姐さんがどこか手の届かない異次元の世界にいる女のようにも感じた。

「さあて、このへんにしておくか。久々にいいヌードの被写体に巡り合って、さすがに興がのったよ。いい絵が撮れた。それにしても、葵さん、あんた、綺麗だよ。歳より若いし、かといって生娘のような青臭さがない。ああ、惚れなおしたよ。もう一度、抱きたいものだ。監視と護衛の役がいなけりゃね」

「まあ、お上手言って……。どうもありがとうございました」

姐さんはそれだけ言うと、素早く着物を着はじめた。毎日が和物の彼女のこと、手際よく、店主が助平根性を出す間もなく、着おわっている。

引き止めたい風情の店主を振り切るように、姐さんと彼はともども礼を述べて、写真屋をあとにした。

「やっぱりトシちゃんに来てもらってよかったわ。あの旦那さん、腕はいいらしいんだけど、女に目がないのよ。ひとりだったら、奥様の目を盗んで抱きつかれたかもしれないわ。写真も撮れたし、よかった……」

撮影のことを「よかった」と言っているのか、斗潮が同行したことをそう言っているのかは定かではない。

「でも、オレ、あの旦那の気持ち、判るよ。だって、今日の姐さん、いつもよりずーっと綺麗だったもの。オレ、光を当てながら、どっか余所《よそ》の気高い女《ひと》かと思ったよ。……なんかさ、オレなんかが近づいちゃいけないような……」

「何言ってるのっ、トシちゃん。私のすべてはトシちゃんのものなんだから……。でも、そう言ってもらえると、私、とっても嬉しいけど……」

帰途、空《す》いている乗合の中での会話である。夕飯はアパート近くの大衆食堂で済ませた。


旬日を置かずに写真が出来上がってきた。総じて綺麗に撮れている。撮影者の理念なのだろうか、ユキの絵はあるがままの素材を、誇張することも萎縮させることもなく素直に表現されているのに対して、姐さんのそれはさまざまな技法を用いて素材をより素晴らしく写しているように感じられた。もちろん、あるがままに撮った絵も混じってはいたのだが。

姐さんはいたく喜んでいた。「まるで私じゃないみたいだわ」などと口ではそう言っているのだが、胸の中は明らかに嬉しがっている。斗潮にはそう思われ、さもあろうかと彼女には内緒で文房具屋で少々上等な写真帳を買い求めておいたのだ。ふと、ユキの写真は封筒に入れたままになっているのに……などと思いながら。表紙には白絵の具で〈我が生涯の女《ひと》・葵姐さん——二人の想い出のために——〉と認めておいた。

これにも、否、これにはもっと彼女は喜んだ。

「ほんとに私、トシちゃんの〔生涯のおんな〕なのね？　そう信じていいのね？……私、わたし、……とっても、とっても、嬉しいわ……。トシちゃん、ほんとにありがとう……」

写真帳への貼りつけは、共同作業となった。これはここに貼ったほうがいい、斜めにしたほうがもっと感じがでる、などとあれこれと言い合いつつ割り付けをし、貼っていった。そのつど、斗潮は「綺麗だ」とか、「よく撮れている」、「若い肌だ」などと惜しみなく賛辞を発することを怠らなかった。結構、こんなことも躊躇《ためら》いなく言えるようになっていたのである。成長したといったらよいのか、世渡りが上手くなったということなのか。

その後、散歩に出掛けたときや姐さんが洗濯や炊事をしているとき、洗髪や髪を梳《す》いているとき、室内で寛いでいるときなど、〈いいな、絵になるな〉と閃《ひらめ》いたときにはこまめに撮ってやった。「トシちゃんのも撮ろうよ」とそのつど、姐さんは言うのだが、「オレは絵にならないから」とほとんど断っていた。

そんなこともあったのか、とうとう三脚を買ってきた姐さんである。屋外でふたり並んで撮ったり、室内では頬をくっつけあって撮ったりと。頬だけでは済まず、唇を重ね合ったり、抱擁しているところになったりと、予想どおり被写体の撮影範囲が次第に拡大していったのは至極当然であった。

が、しかし撮影することはできても、現像し、焼き付けしなければ意味がない。写真屋の貸し暗室を利用する手もあったが、あの助平親父を思い出すとその気にはならない。幸いに姐さんにその知識があった。遊女当時に素人写真家の贔屓客がおり、旧結城楼の彼女の部屋に女将の了解を得て暗室を設え、その客がそこで現像したり焼き付けしていた。彼女もそれを手伝ったり、代行したりして覚えたのである。暗室さえ用意すれば、あとはさして金もかからないという。暗室は斗潮名義で借りた四畳半を使えばい い。春、上京後もときおりは帰省してくるのだし、慌てることはない。少しずつ必要な物を揃えていこうということになったのである。

ただ、そうなると姐さんの欲望は加速していく。ふたりが絡み合い、睦み合っている絵を盛んに撮影したがった。無下に断るのも彼女の気持ちを考えれば憚られたが、さりとて無条件に応じることもしたくなかった。正月の一日、撮影のために費やすからそれまで待つよう説得し、彼女も快く分かってくれた。楽しみにしているからと。

師走も押し迫ってきたある日、姐さんが年末年始の勤務予定を告げ、下のような提案をしてきた。大晦日は残業で遅番と同じになり、年越しの料理などなにもできない。元日は店が休みで、二日は明け番、三日はまた遅番だという。お節は大晦日の出勤までに用意するので、ひとりで食べていてほしいと。

「ごめんね、トシちゃん。なんとか除夜の鐘が鳴りおわらないうちに帰ってくるから。そしたらさ、近くに八幡様があるから初詣に行ってさ、それからふたりでお祝いしましょ」

元日は昼頃に起きるだろうから、それから雑煮を食べて、その日はふたりで仲良ししている写真を撮りたいという。

「だってさ、一年の計は元旦にありって言うでしょ。一年間、トシちゃんとずーっと仲良していたいんだもの、ねっ、いいでしょ？」

さらに二日は街の外れにある温泉宿に一泊で行きたいという。三日の昼前に帰ってくれれば、そのまま店に出られるからと。鉱泉湯で宿屋もたいしたことはないのだが、近いのが取り柄。すでに仮予約してあり、彼が「うん」と言えば本予約するという。

受験生とはいえ、元日からガリガリ机に向かう気など斗潮には毛頭なかったし、三日の午後から再開できれば計画の狂いもないよう計らえる。「うん、いいね。姐さんさえそれでいいのなら、オレはいいよ」で決まった。


その大晦日。姐さんが店に出掛けてから掃除に取りかかった。まずは自分名義の四畳半から。ざっと叩きで塵を払い、箒で履き、雑巾を掛けた。小さいながらも両親の仏壇がある。日頃から清め、灯明や線香、お供えも欠かしていなかったのだが、念入りに清めた。次は姐さんの部屋を同じように掃除した。ただ、便所と台所だけは彼女が出勤前にやっており、そこは省いたが。

夕刻、彼女が準備してくれたお節などを卓に並べ、仏壇にその一部と姐さん愛飲の地酒を備えた。天国の両親は斗潮の生活振りをどう思っているのだろうか。仏前に座るたびにそのことが心に浮かぶのだが、そのつど、けっして褒められはしないものの、恥じることはないと誓っている。

円タクで姐さんが帰ってきたのは、どこから聞こえてくるのか除夜の鐘もいい加減進んだ、間もなく新たな年に変わろうかという深夜であった。

「トシちゃん、ごめんね。遅くなっちゃって……。店、閉めたあとお掃除してさ、みんなで御神酒《おみき》いただいてたものだから……」

言われるまでもなく、酒が入っていることは彼にも容易に知れた。店には店のけじめやしきたりがあるのだし、ましてや彼女は仲居頭、そうそう簡単に〈ハイ、さようなら〉というわけにいかないことぐらい承知している。むしろさっきまでやっていた受験勉強が思いのほか、捗《はかど》ったくらいである。

それでも彼は、わざと甘えるふりをした。

「うん、姐さん、ご苦労さん。大変だったんだね。……仕事だから、仕方ないんだけど、でも、オレ、ちょっぴり寂しかった……よ。やっぱり、姐さんのいない大晦日はさ……。ごめん、言わなくってもいいこと、言ちゃった……」

「ごめんね、トシちゃん。でも、嬉しいわ。私がいなくて、寂しいなんて……、そんなこと、トシちゃん、言ってくれるんだもの……。お留守番、してくれたご褒美、あげなけりゃいけないわ。そうそう、お掃除もしてくれたんだよね……」

「うん。もう、オレ、姐さんの顔、見たから、ご機嫌、直ったよ。褒美はあとでいいからさ、よかったら初詣を先に済ませてそれからゆっくり考えるよ。でも、おっぱい、ちょっとだけ、いいでしょ？　着物の上からでいいから」

「ええ、いいわよ。チュッもしたいわ」

角巻きを取っただけで道行を着たままの姐さんであった。八幡様に行くのに、着崩してはいけない。そのままの状態で抱きあって接吻した。割合に長く。左手を背に回して右手で着物の上から双房をまさぐった。じかに触るほうがいいに違いないが、こうして障害物がある上から撫ぜるのも、どうしてなかなかの感触である。

「ありがとう、姐さん。さあ、行こうか？」

「あれ、もういいの？　こっから手、入れたら？　ほら、トシちゃん、手、貸して」

導かれ、それでもいくらか手間取りつつも、姐さんの柔肌に触れた。

「もうちょっと、上から押し込んで……。そうそう、届いたでしょう」

「うん。アアー、温かくって、気持ちいい……」

多分、桃色に染まっているのだろう。それはあとでゆっくりと確かめればいい。

姐さんはごそごそと物入れから提灯《ちょうちん》を取り出した。八幡様は小路に入った暗がりだからと。提灯には大相撲の番付のような文字で、黒々と〔結城楼〕と墨書してある。遊廓当時のものだという。これには斗潮も躊躇《ためら》わずにはいられない。

「姐さん、提灯、要らないよ。暗くたって、オレがいるんだから、大丈夫だよ。他にも初詣する人たちだって、いるだろうしさ」

案の定であった。小路にも八幡様に向かう人びと、戻ってくる人びとが散見された。境内はたくさんの提灯が掲げられ、篝火《かがりび》が勢いよく炎をあげて寒空を照らしている。列に並び、それでもほどなく参拝を済ませた。破魔矢を買い求め、甘酒を御馳走になって神社をあとに。

「トシちゃん、なんてお祈りしたの？」

帰途、しっかりと彼の腕を取り、しなだれかかるようにして尋ねてきた。おそらくそう言うだろうと予測はしていたのだが。

「うん、まずは世界の平和だね。それからはいつもどおりさ。いつまでも姐さんと仲良しでいられますように、姐さんがいつまでも若く、元気でいますように、特におっぱいはいつまでも若々しくありますようにってね」

「そお、ありがとう。私もねっ、トシちゃんといつまでも仲良しでいられますようにってお祈りしたわ。それから、トシちゃんが大学に合格しますようにって、それもね、お祈りしたの」

嘘か誠かは定かではないが、彼女が斗潮の合格祈願をしたというのはいささかの驚きだった。

「ほんとかなあー、姐さんが、オレの合格を祈ってくれたなんて……」

「あら、ほんとよ。だって、トシちゃん、合格して東京に行ったたって、時々は帰ってきてくれるって言うし……。そうそう、そのことでトシちゃんに大切なお話があるの。私、とっても乗り気なんだけど……、トシちゃんが『ウン』って言ってくれないと、進む話じゃないし……」

その話はアパートに帰ってからということにした。


火鉢に載せた土瓶から湯気が立ちのぼる温かい部屋に戻り、ようやく姐さんも着物を脱いで寛いだ。彼は、いつもながら脱衣の様を眼で味わったことは言うまでもない。浴衣の上に綿入れ半纏となった。彼もまた姐さんの手によって同じ姿に。

お節を摘みながら姐さんは酒をお燗し、斗潮は彼女が店から貰ってきたというワインを口にした。ビールのほうが好きな彼であるが、なにか込み入った話だとか、彼にゆっくりと話し相手になってほしいときなど、姐さんはワインを勧めるようになっていたのだ。いつぞや「ワインっていうのも悪くないね」と言ったことがあるものだから。

そんななかで姐さんは、「ねえ、トシちゃん、聴いて……」と口火を切った。それは数日前、お茶の時間に女将が姐さんに告げたこと。年末で店も忙しく、女将の話も尻切れ蜻蛉《とんぼ》になっていたのだが、今日――正確に言えば昨日――、改めて告げられ考えておいてほしいと言われたのだと。

あらましはこんなことだった。結城楼の女将には援助してくれている旦那がいる。この町には年に数回来るだけの、東京住まいの旦那が。結構、手広く商いをしている人で、東京にもいくつか店を持っているのだそう。そのなかの一店、やはり料亭で〔結城茶屋〕というのだそうであるが、そこで長く仲居頭をしている女性が故あって田舎に帰ることになり、店を辞めるのだという。

結城茶屋の女将はその旦那の妾なのだが、仲居頭の後任に頭を痛めているのだそう。自分の店にも旦那が商っている他の店にも、これという適任者がなく、いずれも帯に短し襷に長しなのだそう。

そこで旦那から結城楼の葵姐さんに白羽の矢が立てられた。結城楼の女将は、葵姐さんは片腕であり、彼女をとられたのでは自分の店が立ちゆかないと猛反対。代わって結城楼のもうひとりの仲居頭ならと申し出たのだが、先日、店に来た旦那の眼鏡にはどうしても叶わず、しばらく貸すだけでいいから葵を結城茶屋にと告げ、帰っていったのだと。

年明けには返事をしなければならない女将はよわってしまい、ざっくばらんに姐さんに相談したのだという。初めは、姐さんも内心、飛び上がらんばかりに喜んだ。〈そうなれば、トシちゃんと同じ東京に行ける〉と。しかし、困っている女将の手前、渋ってみせているのだが、よくよく考えてみれば姐さんにとっても苦労なこと。

長年住み慣れた街で、遊女時代から気心が知れている女将のもとでこそ、仲居頭も勤めているが、まったくといっていいほど東京のことは知らないし、都会の人間と接するのも気が重い。ましてやそこの女将がどんな女なのか、巧くやっていけるか自信もない。そこで、いったんは断ったのだという。

そうしたら〈しばらく貸すだけでも〉と、再度、旦那からの督促。さて、どうしたものか、考えるようにと女将に求められているという。

「ねえ、トシちゃん、どう思う?」

同じ空の下で暮らせるのはこのうえなく嬉しいけれど、東京に行ってても時々は帰ってくると斗潮は言うし、二、三日暇をもらって彼女が上京することだってできる。毎日逢えない寂しさも、時折逢う新鮮さで補えると心を決めていたのに……ああー。

斗潮も即断しかねた。彼女と早々に切れたいという気は今はない。できればこれからも繋がっていたい思いに迷いはない。さりとて上京してからまでも、となるとなんとも踏ん切りがつかないし、区切りを失ってしまいそうでもある。どんな暮しが待っているのかも定かではないし。

結局、彼はこう告げた。先延ばしである。今夜はもう遅いし、そのことは鉱泉宿でじっくり話し合い、決めようと。彼女も「そうね」とあっさり同意した。こうと決まればあれこれと尾を引かないのが彼女の利点である。

「トシちゃん、どうする？　おっぱい、欲しい？」

雪でも降りだすのだろうか、冷えてきているよう。ふたつの火鉢と炬燵に炭を足し、湯たんぽもふたつ用意してひとつ蒲団の上にふたりは座った。幸い、室内はさほどに寒くはなく、睦み合うことができた。まずは猫のようにおっぱいにじゃれた。浴衣の胸元を押し拡げ、綺麗な桃色に染まったたわわな果実を弄び、啄んだ。風邪を引いても引かせてもいけない。早めに切り上げ、折り重なって眠りに就いた。

餅を焼く香ばしい匂いで目が覚めた。隣に姐さんはいない。時計の針は一〇時過ぎを指し示している。姐さんが雑煮の用意でもしているのだろう。雨戸は開いてい、カーテン越しに外界が白く感じられる。のそのそと蒲団を這い出てカーテンと戸を開けた。窓の庇《ひさし》も隣家の屋根も、土手道も、そして川原も視界は白一色、静寂そのものの世界だった。そしてなお、五円玉大の塊が途切れることなく天から舞い降りている。

ぶるっと身震いして戸とカーテンを閉めた。

「あら、トシちゃん、お目覚め。窓、開けたりして、風邪引かないでね」

鍋を抱えて姐さんが、そう声を掛け、その鍋を火鉢に載せた。ぷーんといい香りがする。

「姐さん、雑煮？」

「そうよ、元日ですもの。さあさあ、お蒲団上げておくから、顔洗ってらっしゃいな」

美味しそうな雑煮である。彼女はひとつの椀にそれを盛りつけ、

「トシちゃん、これ、ご仏壇に……。私も、ご挨拶してもいいかしら？」

と、ほどなく洗顔を終って戻ってきた斗潮に。

彼が欠かすことなく仏壇に灯明をあげ、線香を灯していることは彼女も承知している。そんなとき彼女はけっしてしゃしゃり出ることはせず、斗潮に任せ、自らは後方から手を合わせていたのである。それが、今日はいっしょに並んでお参りしたいというのだ。多少の躊躇いがないといったら嘘になるが、両親とて天国から見てい、先刻承知のこと。

「うん、いいよ。そうして……」

四畳半は寒々としている。雑煮を供えようとする彼を制し、彼女は小さな花瓶に活けた花を先に供えた。昨夜、店で出入りの花屋から求めたのだという。なんという名の花か彼は知らなかったが、小さく可憐な花弁をしている。

雑煮を供え、蝋燭に火を灯し、線香を添えた。姐さんを並んで座らせるため、半身だけ横にずれてから手を合わせた。彼女は僅かに彼より下がって横に正座。斗潮が終ってもまだ彼女は合掌し、頭を垂れている。そのまま姐さんを残して部屋を出た。

元日の分厚い新聞を拡げ、目を通しているとようやく姐さんが戻ってきた。

「ごめんね。さあ、お正月、しましょ」

お祝いだからと猪口に酒を注がれ、「そうそう忘れていたわ」と盃を茶箪笥から出して注ぎ、部屋を出ていった。仏壇に供えにいったのだろう。

乾杯した。

「トシちゃん、今年もよろしくねッ。いい年になりますように……」

「オレこそ、よろしく」

「でも、不思議よね。互いに独り者同士が、何の縁でか、こうしていっしょにお正月、することができるんですもの……。嬉しいわ。こんなになれるなんて、私、想像もできなかった……。果報者だわ、私って……」

「オレだってそうだよ。こんないい女と正月を共に迎えられるなんて……」

「まあ。こんな〔トシマのおんな〕、でしょ？　トシちゃん、何歳《なにどし》だっけ？」

「当てて……」

「丑《うし》、それとも寅《とら》？」

「惜しいけど、違う」

「じゃあ、卯《う》歳？」

「そお」

「やだあー、まるまるひと回り違うんだ。トシちゃんと私……」

「姐さんもウサギなの？」

「そうなのよ。まるっきしおばあちゃんだわ。ああ、トシちゃんとは十くらいの違いかと思っていたのに……」

互いにはっきりと生年など教えあったことはない。が、斗潮が定時制高校の四年生だということは知っているのだから判りそうなものだが、そこは女心。知ってはいてもあからさまになると、一年、二年の差が大きく感じられるのだろう。

「歳なんて関係ないよ。ほら、現にこうしてさ、ふたりはどんな夫婦よりも仲良しなんだから」

「そうよね。私とトシちゃんは世界一、仲良しよねっ」

「そうだよ。オレはさ、一年にひとつずつ歳とっていくけど、姐さんはいまのままでいればいいんだよ。そうすればそのうち、オレが追いつくから……。だから、身体、大事にしてさ、いつまでも若くしていてよ」

「ええ、そうする」

可愛い女である。


約束の写真撮影がある。あまり酔っぱらってもいけない。そうそうに酒は切り上げ、姐さん手作りの雑煮をいただいた。良米の産地である。餅も美味《うま》い。具だくさんのこの地方特有の雑煮である。たらふく食べ、しばらく休憩したのち、それを始めることとなった。

多少、憚られたが始める前に斗潮は念押ししておいた。ふたりの間に今後、たとえどんなことが起きようと、撮影し、現像した写真はふたりだけの秘密であり、けっして他人に見せたり、人手に渡ることはしないようにと。姐さんも承知し、堅く約束。指切りげんまんして、誓い合った。

脱衣する情景や裸体画は、すでに専門家に撮ってもらっていることから省くことに。十分に室内を温め、ふたりは生れたままの姿となった。最初の一枚は、素っ裸のふたりが横に並んだ絵にした。彼女は微笑み、彼はどちらかといえばしかめっ面。肩を組み合って一枚。頬をくっつけて一枚。口づけしたところを一枚。舌と舌とを接触して一枚と。

次には彼が彼女の背後に回り、双丘を包んでいる絵、その状態で彼女が首を後ろに曲げて口づけしている絵、反対に彼女が背後に移って片手を胸板に、片手を彼の象徴に添えている絵などを撮った。

そこまでは謂《い》わば前戯。いよいよ本番に入ることに。彼が仰向けになって彼女が彼のものを咥《くわ》えているもの、彼が仰向けになったまま、彼女が位置を変え、彼の一物を咥えるとともに彼は彼女の中に舌を射し込んだもの、その上下の位置を違えたものなどに進み、さらに彼が立ち上がり、彼女が一物を弄ぶもの、反対に彼女が立ち上がったところで、彼がその三角地帯に舌を添えるものなどへと。

佳境に入ってきた。双方とも立ったまま密着した絵、上半身をやや離して凹に凸の先端が進入している絵、彼女が犬になって彼が背後から挿入している絵、互いに横たわった状態で彼が背後から乳房を包み、挿入している絵、彼女が上になり、次には彼が上になっている絵等々。

いずれにしても撮影者がいるのではない。三脚に載せた写真機に合わせてふたりがその位置を定めなければならないのである。こんなにしてまで撮影しなければならないのか。途中、とうとう我慢できずに斗潮はそう言ってしまった。姐さんは悲しそうな顔をし、

「だって、トシちゃんと私の記念なんですもの……。私が衰えないうちに、撮っておきたいのよ」

と、珍しく譲る気配はまったく示さない。

やむなく気の済むまでと付き合っていたら、結局、フィルムがなくなるまでそれは続いた。最後は彼が姐さんの顔面に射精し、その表情を彼が写真機を手にとって撮影してお開きとなった。やれやれである。

「トシちゃん、どうもありがとう。これで、私、……トシちゃんとの永《とこし》えの記念ができたわ。これでいつ死んでも本望よ」

「死ぬなんて、縁起でもないよ。でもさ、姐さん、約束だよ。ふたりだけの大切な秘密だってこと」

「判っているわ。どんなことがあってもけっして、私、トシちゃんを困らせたり、悲しませたり、しないから……。約束するっ」

湯を浸《ひた》したタオルで顔や身体を拭いて、いつものようにふたりはひとつの蒲団で眠りに就いた。いつもよりかなり早くに。よほど嬉しかったのか、姐さんはしっかりと斗潮を抱きしめていた。

第三十二　大学受験

正月も三日である。斗潮はこの日から勉強を再開することにしていた。午前中に鉱泉湯から戻り、落ちつく間もなく、姐さんが勤めに出るのに併せて彼もアパートを出た。郵便局へ行き、受験願書を出すために。年末のうちに書き、何度も何度も見直した願書である。それでももう一度改め、書留とした。加えて郵便小為替で受験料も送った。

〈さあ、これでよし〉腹の中でそう呟き、部屋に戻った。しかしなんとなくすぐには取りかかる気にはなれない。窓を開け、外を眺めた。長堤も川原も白一色の世界。その先を流れる大川は鈍く鉛色にくすんでいる。人ひとり見えない。

深い考えがあったのではないが、何とはなく抽出しからユキの写真を取り出していた。姐さんとは趣の異なる芸術的な裸婦が眼に飛び込んできた。もうユキと別れてどのくらい経つのだろう、ユキは東京でどんな暮しをしているのだろう、幸せにしているだろうか、今でもオレのことをときどきは思い出してくれているだろうか。

ままごとのような彼女との付き合いが眼に浮かんできた。あのときはまったくユキに夢中だった。のちのちどうするのかなどという考えもなく、ただその刹那に溺れていた。ユキもそうだった。いつぞや中央線の電車の中から垣間見た子連れの女はほんとうにユキだったのだろうか。もしそうだとすれば、知っているユキとは違う。なにか疲れて艶がなかった。苦労しているのだろうか。

写真館で撮ったユキの裸婦絵を繰っているうち、彼女との絡みの絵がでてきた。いっしょに仕舞っているのだから当たり前なのだが、なにか偶然のことのように思えた。識《し》らずその絵を見ながら、自らを慰めてしまった。

誰に見られているのでもないのに、彼は頬を赤らめ、自責の念に駆られたように写真を急いで仕舞った。手を洗い、身を清めたつもりで自室である四畳半の鍵を開けた。仏壇の前に座り、ただなんとはなく時を過ごしていた。なんの暖房もない、寒い部屋である。

そういえば、この部屋を姐さん、暗室にしたがっていたな、とそんなことを思い出した。窓を開け、雨戸も開けた。静かである。彼女の部屋に戻り、茶を入れた湯飲みをふたつ、盆に載せて再び四畳半に戻り、仏壇の前に。ひとつを供え、もうひとつをふたつの位牌を見つめながら自ら飲んだ。何を考えているのか、それとも何も考えていないのか、彼の頭は真っ白だった。

〈さあ、やろう〉茶を飲み干したとき、寒さで身震いしつつ彼は心の中でそう呟き、姐さんの部屋に帰った。もうすべての準備は整っていた。やるべきことはやった、そんな思いがあった。今の力なら早稲田は運がよければ、中央と明治ならよほど運が悪くなければ合格する、そう思っている。

もはや只今の時点で実力を増すことなど底無し沼でもがくようなもの。今の力を維持しつつ英単語をひとつでもふたつでも覚えればいい、そう思っている。英語の問題にとりかかった。かなり読解力もついてきていたが、なかなか一度読んだだけでは理解しえない箇所はあるし、知らない単語も出てくる。一つひとつ、潰《つぶ》していった。

それから一週間も経ったころ、帰りしなに姐さんはこう告げた。東京の旦那から返事が来た。結城楼の女将と姐さんが出した条件はすべて呑むというのであった。三月初旬には来てほしい。店は上野の桜木町で、宿舎は東中野の棟割長屋。少々離れているが、住込みとばかり考えていたため、急なことで近くに適当な空き家がなかったのだと。

弟との同居も承知したとのこと。姐さんだけなら家賃はロハだが、同居人がいるのなら通常の半額は負担してもらう。待遇は結城楼の賃金の二割増しで、通いの電車賃も店持ちで着物も仕事着は店で貸すという。

「へえ、わりといい条件じゃないの、姐さん」

期間も六月にしたという。あまり短期間では落ちつかないし、なにしろ斗潮と暮らせるのならそれでもいいと。このことではむしろ姐さんが女将を説得する側になった、と姐さんは笑っていた。

住まいは二軒の棟割ではあるが、六畳と四畳半、三畳ほどの物入場、台所に、洗濯場、それに小さくはあるが風呂場も付いているという。

「少しお勤めの通いが遠いけど、お風呂もあるし、トシちゃんが学校に通うにも便利みたいだから、そこでいいって言ったの。トシちゃん、いいでしょ？」

「うん、東中野ならオレには便利だよ。でも、姐さん、勤め、大変じゃないの？　やっぱり遅番、あるんでしょ？」

「ええ。でも東京の電車って真夜中まで走っているんですって……」

問題は電車よりも店から駅の間にあるよう。桜木町から上野駅までがちょっと距離があり、しかも公園の中を通るのだそうだが、この上野の公園は必ずしも安全ではなさそうだと、女将が言っていたと。電車は一度乗換えがあるが、乗ってしまえばなにほども時間はかからないらしい。東中野駅から長屋まではどんな状況かは判らないが。

その後、このことについては女将が大層心配して旦那に掛け合ってくれた。結局、遅番のときは店持ちで上野駅まで俥か円タクを用意すると。大切な葵ちゃんを貸すんだから、それくらい当然よ、女将はそう言ってくれていたと。東中野駅から長屋までの様子も分かってきた。駅からは住宅街の暗い道ではあるが五分くらいだという。五分だからといって安心できるのではないが、時間を見計らって遅番のときは斗潮が迎えに出ればいい。そんなことで決着した。

姐さんは忙しくなってきた。結城楼には姐さんのほか、もうひとり仲居頭がいるのだが、それでも彼女が不在の間、やっぱり遊女あがりで姐さんの後輩を仲居頭代理にするということで、あれこれ実地指導しなければならないのだという。

斗潮も最後の頑張りに入っていた。街一番の本屋に出向き、志望校の過去数年に出題された問題集を買い求め、時間を計りながら取り組んだ。判らなかった箇所や間違った所は徹底して反復練習し、不安を残さないよう努めた。僅かながらも半端な時間があれば、英単語の暗記もした。

必然、双方とも睦み合いがやや疎《おろそ》かになりつつあった。それではいけないとふたりで話し合い、姐さんの明け番前夜か当日朝にはうんと楽しむこととし、それ以外の時はふたりの気が乗ったときだけ仲良しするなどの工夫も凝らした。とはいえ、最後まで行くかどうかはともかくとして、寝るときは変わらずふたりとも真っ裸でひとつの蒲団に入っていたし、暇さえあれば斗潮は姐さんのおっぱいをまさぐり、揉み、嘗め、吸っていたのだが。

二月に入っても相変わらず雪の日が多かったが、例年に比べれば決して多いというのではなく、乱れることはあっても列車が運休してしまうことはなかった。いよいよ受験である。しばらく授業も休まなければならず、定時制の先生にその旨届け出た。「悔いの残らないよう、しっかりやれよ」と励まされもした。

前後一週間であるが、この間の宿を確保しなければならない。受験雑誌などを繰って探していたが、その心配は姐さんと女将の計らいで要らなくなった。東京の旦那に掛け合ってくれ、どうせ空いているのだからと東中野の長屋を中旬から使ってよいことになったのである。

試験は二月の月末。慣れるためにも中旬には上京することにした。合格発表は三月初旬であるから、姐さんの上京を待ってそれまで東京にい、長屋をひととおり片した後、斗潮はいったん戻る。定時制の卒業試験を受け、結城楼の女将や河合のおばちゃん、伯父貴、それに諸星先生や高田さん、三条さんなどに挨拶する。

とりあえずの荷物は、姐さんが上京するときにチッキで送るが、そのほかのものと彼のものを送らねばならない。アパートの姐さんの部屋は女将の厚意で、そのまま借りておくことになったのだが、斗潮名義で借りていた四畳半も姐さんの計らいでこれまたそのままということにした。

「いよいよふたりとも忙しくなってきたわね」

そんなことを言いながら、明け番のときは姐さん、せっせと荷造りに励むようになってき、身辺も慌ただしい雰囲気となってきていた。

「これ、持っていこうかしら……。でも、これは要らないわよね、どうかしら？　トシちゃん、どう思う？」

などと聴かれることもしばしばだった。


上野駅に到着したときにはまだ明るかった冬の陽も、東中野駅に着いたときにはもう夕日が暮れ残るほどに西に傾いている。それにしても雪国から来た者にはなんとも羨ましい天候である。冬季、お天道様の顔を拝むことなど数えるほどにしかない地に住んでいる者には、東京は天国にも例えられるのである。

まずは教えられたとおり長屋の管理を任されている近所の煙草屋兼駄菓子屋に寄り、挨拶して鍵を受け取った。六〇年配の夫婦ふたり住まいのよう。戦後すぐに建てたらしい長屋である。物資不足であったろうにまあまあの普請のように窺える。しばらく空き家だったと聴いていたが、戸を開けるとぷーんと黴臭《かびくさ》い匂いが鼻を衝いた。ただ、「お掃除はしておきましたからね」と煙草屋が言うとおり、まあそれなりに綺麗にしてあった。

明日、改めて挨拶するにしても長屋の隣家にだけは、とりあえず挨拶しておくことに。五〇年配の女性が応対してくれたが、立ち入った話はせず、明日、改めてということで早々に辞した。

玄関は土間であり、粘土質の土で固められている。什器の類はほとんどない。ただ、押入れと物置場は十分にあり、姐さん期待の風呂場もあった。コンクリートを流した三和土《たたき》は結構広く、洗濯場の流しと併せて楕円形の木製湯桶が構えているが、ふたりで入るには狭そうに思われる。三和土には木戸があってそこが裏口になっている。

広くも狭くもないほどの庭には洗濯物の干し場があり、隣家との垣根に沿った箇所は畑だった痕跡がある。先住者が野菜でも栽培していたのだろうか。多分、こちら側が南なのだろう。姐さんは蒲団を干せそうだと喜んでいた。

風呂釜は薪をくべるものだったが、嬉しいことに台所は都市瓦斯であり、さらに瓦斯はふたつの部屋にも配管されているらしく栓があった。六畳間には炬燵も掘られていたが、これだと瓦斯ストーブも使えそう。

そんな点検をし、荷を解いているところに煙草屋の主人がやってきた。「明日でもいいのですが……」と言いながらも、「まあ、早いほうがいいでしょうから」とあれこれ暮しに必要なことを説明してくれるという。

炭や薪の置場とその注文先、瓦斯と水道の使い方とメーターの位置、その集金日、米穀手帳を出す米屋、住民登録をする区役所の出張所、ゴミの出し方、挨拶をしたほうがいい向こう三軒両隣のこと、町内会のこと、商店街の位置、そこにどんな店があるかということ等々を懇切に教えてくれた。家主からいくらくらいの手間賃を貰っているのか知れないが、結構、世話好きなのだろうか。

「そうそう……」と尋ねもしないのに、隣家のことも教えてくれた。年配の夫婦と出戻り娘の三人住まいだという。男は近くの町工場に勤めに出、娘は都心の保険会社に勤めているとも。少々、人付き合いが悪く、近所との付き合いはほとんどないといい、当たり障りのない程度に接したらよいとも教えてくれた。

電話も取り次いでくれるというし、瓦斯会社と水道局には電話で申し込んでおいてくれるとも言ってくれた。最後に通帳を出し、家賃は毎月末までに翌月の分を払いにくるように、今月分は日割りになるからいくらいくらを数日中に納めてもらいたい、そんなことを告げて帰っていった。

「親切そうな人でよかったわね。意地悪な管理人さんだと気遣いしなけりゃいけないもの……。明日、もういちど、ちゃんと挨拶しとかなきゃ……」


その晩は長屋では飯を拵えることもできない。ふたりは煙草屋に教わった商店街に出掛けた。そこは線路を挟んで反対側にあり、ひととおりの店が並んでいる。まあ当面のものはここで揃えられそうである。

「おぢや」と看板を掛けた定食屋の戸を開け、暖簾を潜った。「いらっしゃい」と威勢のいい声に迎えられ、椅子席が満杯だったのでカウンター席に並んで座った。壁やらそこら中に短冊が貼られたり下げられたりしてい、単品の献立が書き連ねられている。選ぶのに苦労するほど。

茶を出しつつ「ご注文、決まりましたか？」と毬栗《いがぐり》頭の店員さんが訊いた。越後訛《なま》りがあるよう。姐さんはとりあえずビールとお酒を一本ずつ頼み、しばらくしてから飯とした。ふたりが店を出る頃にはいくらか客も減っていたからか、姐さんは店主と思しい男にお代を支払いながら、こう言った。

「御馳走様でした。失礼ですが……こちら越後のご出身でしょ？」

「ええ、そうですが……、分かります？」

「分かるわよ。献立見たって、出されたお酒だって、あの店員さんの訛り聴いたって……みんな越後の小千谷ですって語っているわ。お店の屋号だってそうなんですもの」

「て、ことはお客さんも同郷で……」

「そうなの。長岡ですけど、ね。今度、線路向こうに住むことになったの。こちら、弟ですけど、ときどき寄せていただくことになるわ。よろしくね」

「へい、承知しました。綺麗な姉さんに頼まれたんだから、サービスさせてもらいますよ、弟さん。またどうぞ、ありがとうございました」


東京とはいえ夜の風はやっぱり冷たい。

「お値段も手頃だしさ、味も悪くなかったでしょ、トシちゃん。私がいないときはあのお店にしたらいいわ。どうかしら?」

「うん、ほかも知らないしね。しばらくはそうするよ。でも、姐さん、同郷ってすぐに判ったの?」

「ええ、トシちゃんだって気づいたでしょ」

まずは電気と瓦斯の器具を扱っている店で瓦斯ストーブを買った。次には蒲団屋に入って一組と炬燵掛けを見繕った。当面は一組でよかろう。いずれ落ちついてから買い足せばいいのだから。上でも下でもない中くらいのものを注文し、今晩中に届けてくれるよう頼んだ。

さらに金物屋に寄って薬罐や洗面器、瀬戸物屋で茶碗や湯飲みに急須、お茶屋で茶葉、お終いにパン屋で菓子パンと食パンを求めて長屋に戻った。姐さんが持参した風呂敷に手際よく包んでくれはしたものの、ふたりの両手は買い求めた品で塞がれていた。

瓦斯ストーブでとりあえずの寒さは凌げたが、姐さんはコンロで炭を熾《お》こして炬燵にくべてくれた。そうこうしているうちに蒲団屋から蒲団も届けられた。しばらく使ってなかったのだからと姐さんはしばらく水道を出しっぱなしにし、丁寧に湯飲みや急須などを洗っていた。

今夜できることはなんとか終え、腰を落ちつけて茶を啜りだした頃には、ふたりは疲れを覚えた。姐さんは風呂に入れないことをしきりに残念がっている。早く休もうということになった。姐さんが蒲団を敷く間、雨戸を閉めようとした斗潮は夜空を見上げて思わず「おおー」と低く叫んだ。「どうしたの?」と問う彼女に空を指さすと、「まあ、素敵な星空ね」と感嘆の声。満天の星空であった。

眠る直前に消せばいいからとストーブを点けたまま、いつものようにふたりは全裸となって新調したばかりの蒲団に潜り込んだ。

「いい匂いだね。なんかさ、いかにも新品って感じだよ」

「そうね、なんでも新しいものはいいわ」

「畳と何とかもねッ」

「まあ、トシちゃんったら、〈おんな〉って言いたかったんでしょ?　私のようなお古じゃない、新品のがいいって……」

「まあね。でも、姐さんも新品だよ。だってさ、商売してたときの姐さんと今の姐さんは別人なんだから。商売辞めたあとは、オレだけなんでしょ、男は……。そんときからはまだいくらも経っていないんだし、だからまだまだ新品のうちだよ」

「まあ、お上手言って誤魔化すんだから……。でもね、私、新品じゃないけどさ、男はトシちゃんだけよ。トシちゃん以外の男なんて眼に入らないわ、私……。トシちゃんのこと、だあーいすき、とってもとっても好きよ」

「オレのどこが、どこが好きなの?」

「みーんなよ。頭も顔も胸も背中もお腹も、足だってお尻だって、みーんなよ。そして一番好きなのはこれッ!」

柔らかい掌で一物が握られた。

「トシちゃんのこと、どこもみーんな好きだけど、特にトシちゃんの大切なこれ、これが一等好きだわ」

「あーあー、姐さんのはみんなオレの外見のことばっかりだよ。オレ、姐さんの一番好きなとこは、ここだよ。この胸の中の心だよ」

「まあ、トシちゃんったら、お上手言って……。ほんとはおっぱいが好きなのに……」

ここまで話が弾めばあとは好き者同士。自ずと進むべき方向に行くのは必然であった。ただ、そう高級品ではないにしろ新調したばかりの蒲団を汚すことだけは避けようと、そんなことには気を用いたのだが。

雨戸を開けると朝陽が眩しいほどに射し込んできた。気持ちよいほどに晴れ渡り、ひんやりとした空気が心地よい。やっぱり庭側が南であった。この日も忙しい。朝の営みは省き、昨夜買ったパンで朝食を済ませて早々に身支度を整えた。再び商店街に行き、近所に配るものを用意しなければならない。タオル一本に葉書を五枚添えることにし、管理人の煙草屋には菓子折にした。

煙草屋は後回しと、まずは教わった範囲の隣近所に挨拶して回った。愛想のいい家、つっけんどんな家などさまざまである。煙草屋では上がるよう勧められ、腰が曲がりかけた婆さんが淹れた茶を御馳走になった。主人のほうが若いのかシャキッとしている。

ここでも姐さんは斗潮との関係を簡単に述べていた。苗字が異なるのだから、言っておかざるをえないからと。これからのふたりの予定も簡潔に付け加えて。ひと通りそれが済むと老夫婦は自分たちのことを話しだした。子どもは男女ひとりずつ。娘は隣町に嫁いでおり、孫を連れて頻繁に実家に来るのだが、息子は仕事の都合から大阪で所帯をもっているのだという。

煙草は固定客がいて安定しているし、駄菓子も学校が引けると近所の子どもたちが店を溜まり場にするくらいに寄ってくるという。そこそこの売上げではあるが、それでも年寄り夫婦が暮らしていくのには足りており、格別な不自由もない。今は町会の役員職も承っているが、これなどもむしろ健康に役立っているくらいだと。

そんな話を聴いてそこを辞し、商店街の外れにある米屋に行った。住民登録はまだであり、米穀通帳も故郷で発行されたものであるが、住民登録が済み次第、新しい通帳を持参するからと、とりあえず当面必要な量だけ配達してもらうことにした。

燃料屋にも寄った。挨拶し、併せてしばらく使っていないらしい風呂釜の点検をしてくれるよう頼んだ。新聞屋と牛乳屋を見つけ、配達してくれるよう依頼もした。昼食は昨夜の〔おぢや〕で。

ほどほどに客はいたが、昨日のこともあってか店の主は親しみの籠もった態度で姐さんに接している。訊けば、単身の勤め人や学生も多いことから朝食もやっているのだと。店主が河岸に買い出しに行っている間に奥さんと毬栗頭の店員さんが準備し、主人が帰ってくるや店開き。そのあと昼前まで休んで昼食後はまた休憩、夕方に備えるのだと。つい数年前に念願が叶って自分の店を、ここに出せたのだとも語っている。

午後も買い出し。当面必要な日用品や雑貨などを調達するためである。物干し用の竹竿など長いものもあり、姐さんを商店街に置いたまま斗潮は二度ほど長屋との間を往復しなければならなかった。陽の落ちないうちになんとか当面必要とする物を取りそろえた。夕刻には米屋と燃料屋が来てくれた。燃料屋は釜を見てくれただけでなく、煙突も掃除してくれ、掃除用の道具と真新しい簀子《すのこ》に湯桶を置いていってくれた。三たび、〔おぢや〕に行って夕飯を済ませ、帰ってきてからは風呂にすることに。

楕円形の木製風呂である。上がり湯の槽が付いているのはよいのだが、なんとも狭い。なんとかふたり揃って浸かることはできるだろうが、姐さんが期待するような行為は湯船の中でではできそうもないし、洗い場にしたって簀子二枚分しかない。釜は外にあり、風の強い日はだれか見ていないと危ないし、だいいち、本屋《ほんおく》とは別にあとから建て増した安普請の風呂場ゆえ隙間風が吹き込んでこようかという代物である。

「でも、あるだけでも嬉しいわ。やっぱり銭湯は厭ですもの……。湯をたくさん沸かせるだけでも助かるわよ。髪を洗うことができるから……」

寒くはあったが、幸いに風はないよう。姐さんは器用に薪に火をつけ、火起こしをうまく使って沸かしてくれた。斗潮はひとりではできそうにない気がし、姐さんが再び上京するまでは銭湯にすると、そう告げた。

「さあ、沸いたわ。トシちゃん、入りましょ」

どうしてもいっしょに入りたいよう。逆らうこともない。台所で斗潮は素っ裸にされ、先に入った。遅れて姐さんも入ってきたが、踏み台があるにしても彼女には風呂の縁が高く、脚を持ち上げて入るのに「どっこいしょ！」と掛け声が要る。大股開きのせいで瞬時、端然とした三角形が崩れた。めったに見られない情景に、彼の視線が釘付けに。

「まあ、トシちゃん、どこ見てるの？　厭だわ。……惚れた人の前でする格好じゃないわね。ごめんなさい」

そう言いつつも姐さんは躊躇《ためら》いもなく、裸身を彼に密着してきた。入る前に湯桶や盥に湯を汲み出しておいたため、ふたりが入っても湯を溢れ出す無駄はしなくて済んだ。向き合って膝を曲げているのだが、片膝は互いの股間に位置させせないと納まらない。斗潮は胸板から上が、彼女は双丘の半分が湯から出ている。

頭上には裸電球がひとつ灯っているのだが、光は湯面で反射して黒く見え、その分、光が当たる彼女の胸の谷間を深く見せている。

「ちょっと狭いわね。でも、いいわ。こうしてトシちゃんと抱き合うくらいにしないと入れないお風呂なんて、とっても乙じゃないこと」

事実、抱き合っていた。口づけもし、おっぱいを弄びもした。湯気が充満した頃合いを見計らって洗い場に降り、例によって彼は全身を洗ってもらい、姐さんには背だけ流してやった。短髪の彼の頭を洗うのは容易だったが、姐さんの洗髪は大変である。あとでゆっくりやるからと二人は再び湯船に浸った。

彼女は、今度は斗潮に背を向けている。彼の股ぐらには姐さんの尻がしっかりと納まっている。背後から湯を零さないようゆっくりと双丘を揉みしだいた。

「狭いけど、たしかにこれも悪くないね。こうして湯に浸かりながら姐さんのおっぱいを揉むことができるのも……」

「そうでしょ。トシちゃん、どうかしら？　トシちゃんの、私の中へ、どお？」

「うん、いいけど、姐さんの宝箱、開いているの？」

「ええ、開いてるわ。トシちゃんに、それだけおっぱい、揉まれたんだもの、私だっていい気分になるわ。それに湯加減もいいのだし……」

言葉が終らないうちに彼女の尻の下から手が伸びてき、彼のものを捉えるや、まことに素直に納まるべき所に納まってしまった。姐さんは全身を斗潮に預けるように背を胸板に密着させ、時折、腰をくねらせたり、彼の袋を撫ぜたりしている。彼は白い項《うなじ》に口づけしつつ、多少忙《せわ》しくおっぱいをまさぐっていた。

髪を洗うという姐さんを残して、彼は先に風呂場を去った。

浴衣を腰で留め、半裸姿で髪をタオルで包んで姐さんは部屋に戻ってきた。瓦斯ストーブの前に風呂敷を敷き、そこでタオルを解いた。長い髪がぱらりと肩に落ち、前屈みになって髪を乾かしている。絵になると彼は思い、持参していた写真機にストロボを装着して撮った。

姐さんは一刹那、顔を上げ「あらっ」と言っただけで、髪を梳きつづけている。そこで一枚また撮り、椿油を塗っているところで一枚、仕上げに櫛を通しているところでさらに一枚、整えおえて笑顔になったところでもう一枚、撮った。

「現像できる部屋、こっちに拵えないといけないわね。物入れ部屋、どうかしら？」

もうほとんど器材は買ってあるのだ。今度上京するときまでにはこちらに送るという。

「姐さんがそうしたいのなら、オレはいいよ」


翌日は、しばし姐さんとお別れである。菓子パンを朝飯代わりにし、姐さんは洗濯をはじめた。それを物干しに干し、夕方には取り込むよう言われた。さらに下着の在り処や、茶碗や味噌、醤油などのあり場所を告げられた。

「お金はここに置いとくわね。足りなくなるようなことがあったら、貯金、下ろして。困ったことがあったら、管理人さんに相談よ。ご飯は〔おぢや〕さんで済ませておいてちょうだい」

二週間もすればまた姐さんは戻ってくるのだが、彼女といっしょに暮らすようになってから、あまりにも日常のことを頼り切りにしていたせいか、いざいないということになると慣れていたはずの一人暮しが心細くさえあった。

手際よくそういったことを済ますと、姐さんは髪を整え、着替えである。わずか二週間とはいえ、この着替えの光景が見られないのもなんとも寂しい。おっぱいともしばしの別れである。そんなことを頭に巡らせながら呆然と見つめている彼に姐さんが声をかけた。

「トシちゃん、どうしたの？　ただ、見つめてばっかりで……いつものトシちゃんじゃないみたいだわ。

……おっぱい、仕舞っちゃうわよ」

「ああ……」

夢遊病者のようにふらふらと立ち上がり、ひとつの房を両手で包み、吸いついた。こうなればいつもの斗潮である。愛しさが倍加もしている。ふたつの房を交互に、あるいは同時に慈しみ、先端の粒を口中に含んで舌で転がした。

「ああー、おっぱい、オレのおっぱい……。姐さんっ、このおっぱいともしばらく逢えなくなるんだ……。オレ、寂しいよ」

「トシちゃん、うんと吸って……、うんと揉んで……。トシちゃんに置いていければいいんだけど……。ごめんね、しばらく我慢してね……」

谷間に頬を埋めた斗潮の頭を姐さんもいつになく感情を込めて摩っている。なぜなのかこうしているとき、彼は言いようもない安心を覚える。

「ごめんね、トシちゃん、……もう、私、支度しなけりゃいけないわ。もう一度、吸って……。それで、ねっ、終いにしましょ」

いつまで続けてもキリがない。彼女の腰に両手を添えて脳裏に焼きつかせ、下から両房を支え、ふたつの粒に口づけして言った。

「ありがとう、姐さん。オレ、我慢しているよ……」

「……お願いね。私、今度、トシちゃんと逢うときまで、大切にしておくから……」

それからの姐さんの動きは機敏だった。手際よく着物を着、身支度を整えた。もう一度抱き合い、口紅が落ちない程度に軽く口づけして家を出た。お隣と煙草屋に挨拶して東中野の駅に向かった。誰が見ても仲のよい姉と弟である。

上野駅の構内食堂で昼飯を済ませ、姐さんは急行列車の人となった。斗潮が上気していたためなのか、握った姐さんの手が冷たく感じられた。ゆっくりと動きだした汽車に合わせて斗潮はプラットホームを歩き、小走りし、駆けだした。差し出した手に姐さんの指先が触れた。温かかった。

手を振った。姐さんも千切れんばかりに振っている。やがて煙を残して汽車は視界から消え、斗潮は重心を失ったように呆然と見送っていた。

我を取り戻すのは早かった。もう入学試験が目前に迫っている。生活も試験時間に合わせなければならない。規則正しい暮しにしなければいけない。姐さんに買ってもらった目覚まし時計が役に立った。決まった時刻に起きて身支度し、牛乳でパンを喉に通した。三日に一回くらいの割で洗濯をし、洗濯しない日は庭で身体を動かすか、付近を散歩した。

試験開始時刻には必ず座机に向かった。本番と同じ順序、同じ時間で模擬問題に取り組んだ。休憩も合わせた。昼食は〔おぢや〕に行き、午後の開始時間には再び机に座った。終了時刻には途中でも止め、しばしの休憩を挿んで自己採点したうえで、誤った箇所や時間不足で手が回らなかった箇所を復習した。

夕飯も〔おぢや〕に行き、決まった店でパンを買って帰った。時には意図して遠回りしてもみた。夕刻には洗濯物を取り込むか、掃除をした。夜はまた机に向かう。姐さんはいないし、友だちもなかったが、たいして寂しいとは思わなかった。不思議なことにむしろ、ひとりでいることに充実感めいたものを感じてさえいた。

姐さんからは毎日のように手紙が来た。葉書のときもあったが、たいがいは他人の眼に触れることを恐れたのか封書だった。また、そんなような内容が文面を占めていたのである。風邪など引かずに元気でいますか、きちっとご飯食べてますか、勉強は捗《はかど》っていますか、などと毎回判で押したことを書き、私も元気でやっていますす、あと幾日でトシちゃんに逢える、そのことばかりを楽しみにしています、などと続いたあとである。他人様にはとても見せられないことが書かれているのである。

斗潮がいないアパートに帰り、ふと寂しくなったとき、写真を見、思い出しながらこけしで代用しているとか、彼のおっぱいを借りてそれを自らの手で慰めているなどといったことを。

彼も寝る前に日記がわりに返事を書いた。元気でやっている、順調だ、〔おぢや〕さんも気を遣ってくれているなどと認《したた》め、姐さんも風邪引かないように、また逢える日を指折り数えているなどと。さらにはおっぱいを大切にとか、姐さんを思い出しつつ手慰めしているといったようなことを。


いよいよ明日、最初の試験である。以前に場所も確かめているし、雪のない地であるから電車が動かないという心配は不要だったが、再度、予行しておくことにした。受験すると同じつもりで身支度し、余裕をもって出掛けた。

すでに他学部の入学試験が行われているせいか、高田馬場駅からの乗合バスは混んでいた。雑談に興じる者などおらず、ほとんどの受験生は豆単や参考書を拡げるか、瞑想に耽るように眼を閉じている。誰もが秀才に見えてならなかった。

開始時刻に小一時間の余裕をもって早大に到着。ここでもキャンパスのそこここに屯《たむろ》する受験生がみな優秀に見える。なかには地方から出てきたのか、親や兄とも思える連れといっしょという者もいたが、多くは単独で心を落ちつけている者、なお参考書などに眼を落としている者、少人数で話している者など、いずれも本番直前の緊張感が溢れている雰囲気である。

圧倒される思いで斗潮は会場内を見て回った。すでに机に着席している者もいる。静かな熱気に満ち満ちている。番号札の置かれていない、ひとつの机に座ってみた。なんとはなく落ちつかない。明日は、ここで挑戦するのだというのに。

開始の予鈴がなると同時に斗潮は教室を出た。同行してきた父兄が散見されるだけの構内をゆっくりと歩いてみた。どの部屋からも真剣に問題に取り組んでいる顔が窺える。〈明日はわが身〉と言い聞かせ、歩いて高田馬場駅まで戻った。

ついでだからと新宿で乗り換え、中央線でお茶の水まで行ってみた。明大も中大もまだ試験が始まっていないのか、構内は閑散としている。ぐるりと見て回り、お昼は中大の学食で定食を食べてみた。〔おぢや〕よりも量も多く、安いよう。

生協の本屋などを覗き、ぶらぶらと古本屋街を流しつつ九段下まで来、お濠を眺め、靖国神社を通って市ヶ谷に出た。どうしてか足は中野方面に行く電車ではなく、反対方向の電車にわが身を運んでいる。どうやら上野に向かおうとしているらしい。

先日、姐さんを見送ったプラットホームに立ち、停車している列車の窓を覗きながら、いるはずのない姐さんの姿を探した。端から端まで歩き、重い足で階段を昇って公園口から外に出た。眼下に線路が見える場所で、姐さんを思い、亡くなった母親を想い出した。桜はまだ固い蕾の中。満開の桜花の下で戯れるユキの姿が眼に浮かんだ。〈ようし、オレは自分の力できっと桜を満開にしてやるぞ〉。気を取り直して東中野の長屋に帰った。

しかし、翌日は惨憺《さんたん》たる結果に終った。まるで地に足が付いていなかった。会場はてっきり教室だろうと決めてかかっていたが、大隈講堂を板で間仕切りしたものであった。足元がひんやりとして落ちつかなかったが、最初の英語で寒さなど吹っ飛ぶくらいに上気し、やがて全身が氷となった。

いきなりの長文であり、知らない単語が眼に飛び込んできた。眼は文を追っているのだが、まるで頭に入っていない。〈いかん！〉と気を取り直して初めから読み直すのだが、結局は同じ。高田さんの言葉を思い起こし、長文を飛ばして次の問題に移ってみたが、気が焦るばかりで頭がまったく作動しない。全身の血が頭に逆流し、凍結したまま終了の鈴が鳴ってしまった。

次の国語になっても落ちつきはなかなか戻ってくれず、得意のはずの科目まで不本意な出来に終り、ようやく社会科で実力が発揮できたのだが、もはや後の祭である。確信をもって自ら〈不合格〉と認定するほかなかった。

満身創痍の重い足取りで誰も待つ人のいない長屋に帰った。なにもする気になれない。自身の不甲斐なさに自ら腹が立った。ただ呆然として夕刻までを過ごした。腹は正直である。空腹を覚えた。考えてみれば朝パンを食い、昼も構内の売店で買ったパンにしていたのだ。

［おぢや］の暖簾を潜るなり、主人に声を掛けられた。

「トシオさん、試験はいつだって言ったっけ。……えッ、今日だったの！　それは悪いことしたよ。……実はねえー」

姐さんから電話で頼まれていたことをすっかり失念していたのだという。斗潮に試験の日を確かめ、当日の朝、昼食用の弁当を持たせてやってほしいと言われていたのだが、昨夜、夕飯を食べにきた斗潮にそのことを確かめるのを忘れていたのだと。店が込んでいたせいもあったが、悪いことをした。次はけっして忘れるようなことはしない。今日は飯代タダにするから勘弁してほしい、と。

さらに次の試験日を訊かれ、朝、取りに寄るよう、二度三度と念押しされた。また、姐さんが今夜八時半に管理人宅へ電話するからその時分、煙草屋に行っているようにとの言伝てがあったとも。

五分前に煙草屋に行った。事情を告げて店先で待たせてもらった。寸刻の狂いもなく、姐さんから長距離電話が来た。

「もしもしトシちゃん？」

「うん」

「もしもし、トシちゃんなんでしょ！」

「うん、オレ、……」

「どうしたの？　元気ないじゃないの。……ははーん、さては今日の試験、うまくいかなかったな、そうでしょ、図星でしょ？」

「うん、そうなんだ。全然、だめだったんだ。オレ、すっかり自信、なくしちゃったよ……」

「なあに言ってんでしょ、トシちゃんらしくもないわよ。……私と仲良くするときのように自信もってやったらいいのよ。おっぱいを攻めるときのように、さ」

どこから掛けているのか知れないが、さすがに後段は小声だった。周りに聴かれる恐れはないのだろうか。斗潮はつまらないことを心配した。

「トシちゃんなら、できるわよ。あんなに一所懸命、勉強したんじゃない。それとも、私が側にいないと力、発揮できないのかしら……？」

〈これだ〉と斗潮は心の中で叫んだ。母親が死んでからひとりでやってきたという自負心があったのだが、姐さんに寄り掛かって暮らすうち、気構えだけが空回りしていたのだ。どこか心のうちで姐さんの支えを期待していたのだ。〈馬鹿野郎、なんてことだ。斗潮、だらしがないぞッ！〉

「うん、どうもそうらしいんだ。オレ、姐さんがいないと腑抜けになったみたいでさ。でも、大丈夫だよ。おっぱ……、いや、次は思いっきり攻めるよ。姐さんの言うとおり、オレ、一所懸命やってきたんだもの。こんなことで挫《くじ》けないよ」

煙草屋の店先であることを忘れて「おっぱい」と言いそうになったのを、慌てて飲み込んだ。

「そお、それがトシちゃんよ。合格したら、うーんとご褒美、あげるからね。楽しみにしてて……。でもさ、無理に頑張んなくってもいいのよ。いつものとおりにやればいいんだから、ねっ。いいこと」

「うん、分かった。姐さん、ありがとう。気が晴れたよ」

「そう、よかった。じゃあ、電話代、高いからもう切るね。トシちゃん、ス、キ、ヨ」

格別なことを言ってくれたのではないのだが、己の心の変化に気づかずにいたことを知った。人間なんて弱いものであり、環境によってすぐにも感化されてしまうようだ。根は弱いのかもしれないが、強く生きてきたではないか。たかが、入試などという単なる通過地点における手段に失敗したからといって、それで人生が終るわけではない。

そう思えたし、思うことにした。姐さんとはもはや一衣帯水の間柄になってしまったのかとある意味では感慨深いものがあったが、それはそれとして残りの受験に全力を尽くそうと決意できた。〈葵姐さん、感謝、感謝〉

二つ目は明大だったが、そんなに意気込むこともいらなかった。不得意の英語も淡々と答えられたし、国語、社会に至っては時間を余して終った。三つ目の中大もほぼ同じ。〈これで落ちたら、受かる奴などいまい〉というくらいの確信をもった。

姐さんにはすぐに速達を出した。うまくいった、必ず合格しているはずだと。返事はすぐに来た。よかった、それでこそ斗潮だ、といったことに添えて再上京の日時が記され、もうじき逢えることを楽しみにしていると結んであった。

合格発表は受験した順に行われた。早大は見にいくまでもなく不合格だったが、残るふたつは掲示板に見慣れた受験番号がしっかりと記されていた。それでもと、幾度となく手持ちの受験票と照らし合わせ、心のなかで一人、万歳を叫んだ。

早速、両方の大学から入学手続きのための用紙をもらった。どちらに手続きするかはほぼ決めていたのだが、改めて見比べてみようと。中大の発表を待って、定時制の担任、諸星先生、それに高田さんと三条さんに手紙を書いた。結果の報告に併せ、充分な感謝の意を込めて。

第三十三　東京での生活

東京は梅の季節。長屋の付近でもそこここの庭に可憐《かれん》な花を咲かせている。厳しい寒風にも耐え、いまさに自分たちの季節を謳歌しているよう。煙草屋に訊《き》いて訪ねた哲学堂の梅も見事だった。わが故郷はどうであろうか。

姐さんの汽車は予告どおり上野に到着した。ほんの二週間ほどだったのに、ずいぶんと長い月日が経過したように思われた。どこに乗っているのか。斗潮はプラットホームの端から駆けだした。中ほどまで走ったとき、前方から「トシちゃん、ここよ」と周囲を憚ることのない姐さんの声が聞こえた。

「トシちゃん」

「姐さん」

ふたりは手を握りあった。だが、感涙に咽《むせ》ぶ暇はない。座席に荷物がまだ残っているというのだ。斗潮は転がり込むように車内に入って、ひと抱えもある風呂敷包みを運び出した。その荷を抱えて乗った山手線の電車内では、一年ぶりに逢ったかのように話が弾んだ。

管理人に挨拶するという姐さんを残し、斗潮は背に風呂敷包みを背負い、両手に手提げ袋と別の風呂敷包みを下げて先に長屋に着いた。茶でもと湯を沸かしているうちに姐さんも帰ってきた。

「やっと着いたわ。これからしばらくはここがトシちゃんと私の住まいになるのね」

沸いた湯で姐さんは茶を淹《い》れてから、「どっこいしょ」と腰を下ろした。すかさず斗潮は「やだなあ、姐さん、『どっこいしょ』なんて、婆さんみたいじゃないか」と茶々を入れ、顔を見合わせて笑いあった。気持ちが途端に解かれ、安心を覚える斗潮であった。

一段落して姐さんは着物を着替えた。おっぱいへの誘引があったし、彼女も「トシちゃん、おっぱい、いいの?」と訊いてくれたが、合格も決まったことであり、あとでゆっくりと楽しむことにし、「うん、あとでたっぷりとね。今は眺めるだけ」と応じた。

普段着になった姐さんは精力的である。持参した包みを解き、あれこれと仕分けしながら片づける。チッキで送った物もあり、箪笥と茶箪笥などは女将から貰った餞別金で新しい物を買うのだという。

「そういった物が揃わないと、片づかないわね。しばらくはゴチャゴチャだけど、しかたないわ。トシちゃん、我慢してね。そうそう、トシちゃんのお部屋のこと、話しておかなけりゃいけないわ」

結局、明け渡すこととなった斗潮名義の四畳半のこと。家主の手を借りるほどのこともなく、四畳半にあった物はすべて姐さんの部屋に移したという。目立つ物といえば仏壇と卓袱台、それに本箱くらい。食器の類はともかく移しておいたが、蒲団は捨てたという。日当たりの悪い部屋の押入れに入れておいたままだったせいか、黴が生えていてとても使い物にならなかったからと。

「勝手に決めたんだけど、いけなかったかしら?」と言うが、彼はむしろ「そうしてもらってよかった」と答えた。仏壇は内外とも綺麗に拭き、位牌だけは持ってきたという。袱紗のような布で丁寧に包まれたそれは、とりあえず座机の上に、箪笥が来たらその上に仮安置し、仏壇をどうするかはまた考えることにした。

姐さんはすぐに座机に毛氈のようなものを敷き、位牌をふたつ並べ、その前に線香と蝋燭立を置いた。

線香も蝋燭も持参したといい、お茶を供してから火を灯している。

「さあトシちゃん、ご両親に報告して。合格しましたって」

「うん」


〔おぢや〕に出向いた。姐さんと店主は顔を合わせるなり、お礼とお詫びの言葉を交錯させている。「まあ、こちらにどうぞ」と店主に促されて奥の小部屋に通された。ふたりの話がすれ違うのも無理はない。姐さんは三日間の試験日には〔おぢや〕が昼食用の弁当を拵えてくれたものと思っているし、店主は初日の分を失念してしまったことを詫びようとしているのだが、斗潮は姐さんに店主が失念したことは伝えていないのだから。

ようやく話が通り、それぞれが改めてお礼とお詫びを述べあってこの件は一件落着となった。姐さんはお礼のつもりと土産を渡し、店主はお詫びと言ってビールとお酒を一本ずつ差し入れてくれた。この小部屋は常連の呑み客のためにふたつあるもののひとつで、空いているからそのままここで飲食してくれという。


さらに、姐さんがお陰さまで弟は合格しましたと告げれば、それは目出度いと鯛の刺し身まで差し入れてくれた。「ご用がありましたら手を叩いて呼んでください。それじゃ、ごゆっくり」と店主は仕事場に戻った。

「さあ、トシちゃん、合格祝いよ。ほんとうによかったわ、おめでとう」

「ありがとう、姐さん。これからもお世話になります。よろしく」

「まあ、他人行儀なあいさつだこと。乾杯しましょ」

ほどよい気持ちで〔おぢや〕を出、家具屋に寄った。箪笥と茶箪笥を見繕ったのだが、商店街の、さして大きくもない店のこととてそう種類があるのでもない。また、桐などの格別上等なものを求めようというのでもない。「どうかしら？」と再三、斗潮も訊かれたのだが、結局は店の主人に尋ねつつ、陳列されている物のうちから姐さんが選んだ。

箪笥は杉材を主とし、部分的に檜と桐が使用されているという中級品となった。中段より上が和箪笥作りで、下は通常の抽斗となっている。着物だけの姐さんには不足なのだろう、別に丈夫そうな和紙でできている衣装箱も二つばかり追加注文していた。茶箪笥はラワンという南洋材を使った普及品に決めた。それぞれ一棹ずつを届けてもらうことにした。勘定を済ませた姐さん、

「トシちゃん、ちっちゃなものでよければ仏壇も買えてよ。ちょっと見てみましょう」

と、さっさと陳列棚の中に消えていった。

「トシちゃん、どうかしら？　こんな物でも我慢できるかしら？　これなら、買えるけど……箪笥の上に置けるし……」

ちゃちな仏壇だったが、とりあえずとしてないよりはあったほうがよいに違いない。姐さんの財布にいくら入っているのか、女将からいくら餞別を貰ったのか定かではないが、

「無理しなくてもいいよ、姐さん。箪笥の上にそのまま置いたっていいんだしさ」

と斗潮は答えたのだが、彼女にとっては気になってしかたないのだろう。仏壇も買い求めることとして、併せて配達してもらうことになった。

長屋に帰ってからも姐さんは忙しい。風呂に火を点《つ》け、室内を箒で掃き、台所を片付けている。洗濯もしたいらしかったが、さすがにそれは明日朝にするなどと言いつつ。ようやく一段落ちついた頃、風呂が沸いたといってきた。

下着を整理してから行くのでと、斗潮を裸にし、先に入っているよう告げられた。まったく実の姉どころか母親である。気が行き届き、なんでも先手でてきぱきとやってくれるのだが、それがいけないのだと、湯に浸かりながら斗潮は思った。こんなことをしてもらっていれば、自分ではなんにもできなくなってしまう。

そのひとつの事象が早大を受けたときであろう。もう傍らに姐さんがいてくれないと、日常のことがままならないだけでなく、精神的にも落ちつかない状態に陥ってしまうのだから。よほど自分はしっかりしてい、他人なんぞに頼らなくってもひとりで生きていけるなどと自負していたことがわが事ながら霧消してしまいそうである。

姐さんは腰巻きだけを付けて風呂場に来た。普段着でいるときの短いのを。

「さあ、トシちゃん、洗ってあげるわ。ここへ来て……」

「あれ、姐さんは入らないの？」

「ええ、入るわ。でも、まずトシちゃんを洗ってからにするわ」

多分、ひとりでいたときは面倒がってあまり風呂に入らなかったのだろうからと、図星の指摘をされた。頭から始まったそれは背から腕、胸、腹と進み、立ち上がらされて尻、脚から最後が中心部で終った。その間、斗潮はシャボンの付いた手で、姐さんのおっぱいを間断なく触っていた。

「トシちゃんったら、悪戯小僧さんなんだから……。ほら、腰巻きが濡れちゃうでしょ」

「とればいいんだよ、腰巻きなんて」

「ええ、そうだわね」

で、結局、彼女も素っ裸になってふたりで狭い湯船に浸《つ》かった。存分にというわけにはいかなかったが、久しぶりに触れる乳房はやっぱりよかった。安心が手先から全身に伝播していく。

「いいなあ、やっぱり姐さんのおっぱい、最高だよ」

「トシちゃんさ、段々、子どもになっていってるみたいよ。おっぱいへの拘《こだわ》り方が……」

「うん、そうかもしれないね。でも、オレ、今一番大事なもの、何かって訊かれれば、命の次に姐さんのおっぱいって言っちゃうなあ」

「まあ、葵じゃなくって葵のおっぱいなの。トシちゃんったら……」

「うん、姐さんは大好きだよ。でも、おっぱいはもっともっと好きなんだから、しかたないよ」

「お上手言って……。でも、いいわ。嫌いって言われるより、好きって言ってもらったほうが……」

背だけ洗ってやって斗潮は先に上がった。


そんな折、頃合いを見はからうように家具屋がやってきた。とりあえず玄関の板の間に置いてもらい、明日にでも片付けることにしてと思ったのだが、姐さんはそうはいかなかった。片付けないと気が済まぬと言い張るのである。そういう気質は悪いのではないし、斗潮とて乱雑は嫌いなのだが、なにも湯上がりに力仕事をすることもあるまい。そう言ったのだが、やっぱり落ちつかないと。

梱包してある紙を剥ぎ、姐さんご指定の箇所に運んだ。さすがに箪笥の中まで片付けるとは言いださなかったが、箪笥の上を綺麗に拭き、仏壇だけはキチンとやらせてという。その内部も拭き清め位牌を安置し、蝋燭と線香に火を点けて、「トシちゃん、お参りして。ご両親には、狭くって申し訳ないけれど、新居にお入りになられたんだから」と。彼女も続いて手を合わせている。

「ご苦労さま。お駄賃にビール、もう一本出すわ。どうぞ」

互いの二週間を報告しあった。雪国も積もるのよりも融けるほうが忙しくなってきた、間もなくそれぞれの町会で雪割りが始まるだろう、姐さんはそんなことを。

何か月ぶりかで地表に出た砂利道に、名も知れない雑草が青々と顔を出しているのに出くわすと、春が近いことを知らされるとともに草の生命力に感動すら覚えるのである。雪国に育った者でなければ味わえない風物であり、感嘆であろう。

次には明日からの予定が話題にのぼった。姐さんは明日昼前に結城茶屋に顔を出すという。女将に挨拶し、辞めるという仲居頭にも逢い、打合せをする。その後、昼過ぎには店に来るという旦那にも挨拶することになるが、明日は挨拶だけに止め、実際、見習いで店に出るまで、二日ほどの余裕をもらうつもりだと。まず、住まいを片付けるのが先決だから。

斗潮には入学の手続きがある。期限にはまだ日数があったが、遅かれ早かれしなければならないのだから、明日にでもと考えていたのだが、姐さんが「私もいっしょに行きたいわ」ということで明後日ということにした。明日は入学金などの初年度納付金を郵便局から下ろしておくことだけにして。

翌日は珍しく小雨だった。暖かい日が続いていたのだが、今日は冬に後戻りしたよう。昼前、姐さんは出掛けることになっていた。上野の結城茶屋に挨拶に行くためである。場所を覚えたいからと、その日、急ぐ用もなかった斗潮も同行することに。姐さんは道行を羽織り、彼もまた外套を着た。

東中野から国電に乗り、上野で降りた。上野駅は公園口から出、博物館や美術館を抜け、動物園を掠《かす》めつつ芸大の中を通り抜けて桜木町に入り、結城茶屋に至った。右手に寛永寺が窺える。半里まではないものの優に十町は超えており、姐さんの足ではたっぷりと二〇分はかかる。

「散歩するにはいいとこだけど、毎日、歩くとなると大変だね。特にさ、夜は危ないいんじゃないのかなあー」

「そうね、だから、結城楼の女将さん、旦那さんに掛け合ってくれたのよ。遅番の時の帰りは俥か円タクにしてほしいって。今日、これから、そのこともきちっとお話しするつもりよ」

「うん、そうしたほうがいいよ。でないと、オレ、心配だよ。大切な姐さんに万一のことがあったらさ」

「ありがとう、トシちゃん、心配してくれて……。私、絶対に夜は一人で歩かないようにするわ」

「お願いだよ、姐さん」

結城茶屋の前まで来て、そこで斗潮は姐さんと別れた。小雨はもう上がりそう。彼はぶらぶらと公園内を散策した。一つひとつの建物を確かめ、噴水で休んで不忍池に出た。それから階段を昇って西郷さんの像を眺め、石段を下って上野駅に戻った。広小路口から駅構内に入り、故郷までの乗車券と準急券を求めた。

帰途、東中野の郵便局に寄り、大学に納付するお金を下ろした。猫の額であり荒屋《あばらや》であったが、亡くなった親が残してくれた唯一の遺産が金に代わり、明日には学費に化けてしまうのかと思うと感慨深いものがある。故郷に錦を飾るなどという思いは毛頭ないものの、有形財を無形財に替えて自らに投資した責めは自らに帰着するほかない。なんとしても初志を貫徹しなければならない。そんな決意をする斗潮であった。

寓居に戻り、入学手続きのための書類を整理した。彼自身が記入しなければならない箇所はすべて埋まっている。もう幾度となく点検もしている。未了のものは二種類だけ。ひとつは保証人となるべき人の保証書への記載であり、もうひとつは学校債購入申込書である。

学校債の購入は入学の条件になっているのではなく協力要請であり、斗潮にははなからその意思はなかった。姐さんに相談を持ちかけるつもりもない。むしろ奨学金の貸与もしくは授業料の免除を願い出るつもりである。卒業後、それなりの収入が得られる立場になったとき、応分のお返しはもとよりする意は固いのであるが。

奨学金といえば朗報があった。上京する前、定時制の担任から聴かされていたのだが、日本育英会から特別奨学金の貸与が受けられそうだというのである。担任の判断で教頭や校長とも相談して推薦してもらっていたのだが、内々の打診によれば見込みがありそうだというのである。今度、帰ったら正式な結果が知らされることだろう。ありがたいことである。

迷ったのは保証人である。世の例からいえば伯父ということになるのだろうが、なんともお願いする気になれず、とうとう今日に至ってしまっている。諸心塾の諸星先生がいつか、よければ私がなってあげてもいいよと仰ってくれていたが、それはあくまで塾に勤めていればこそのこと。途中で辞めてしまった現在、とても願い出る状況にはない。

定時制の担任も同じようなことを言ってくれている。いろいろと力を貸してもらっているだけに、このこともついでに頼もうかとも考えたのだが、まだ決心がついていない。いまからでもお願いし、了承してもらえれば間に合うには間に合うのであるが。

迷ったあげく姐さんに今夜にでも相談してみることにした。血の繋がりがあるのでもなく、卒業するまで今の関係が続くのかどうかも知れない。そんな女に頼めることだろうかと、なお逡巡するものがある。しげしげと未記入の保証人欄を眺める斗潮であった。

夕刻には姐さんは帰ってきた。茶を啜《すす》りながら早速に報告である。貰ってきたという老舗《しにせ》の和菓子を摘《つま》みながら。店の格も規模も結城楼とどっこいどっこいだということからそれは始まった。昼はともかく夜は一見《いちげん》の客はお断りとかで、客層も結城楼と似通っているが、会社などの接待客が多いのがひとつの特徴だなどと。

女将は、結城楼のそれよりは若く、やや勝気に感じたが、東京でこれだけの店を切り盛りしていくことを思えば、そうでなければやっていけないのだろうなどと思ったと。品格もあり、一見したところお屋敷町の奥様かと見紛うほど。結城楼の女将よりは丸みがなく、やり手なだけに上手にやっていけるか不安もあるが、なにせ半年間だけのこと、なんとかやっていくわ、と姐さん。

今月末で辞めるという仲居頭は先代の女将から仕えていたという初老の女。物腰も柔らかく、寡黙でもあり、仲居連中や板前たちからも信頼されていたらしい。事実上、彼女によって茶屋が立ち入っているのではないかと思われたと。とすれば姐さんの立場は辛い。人柄については人後に落ちないし、客のことをあれこれと風評するような女ではないが、地の利もなく、人脈もないなかで苦労するかもしれない。

　ただ、番頭さんには救われそうだと、姐さんも嬉しそうに語っていた。六〇年配の人で越後は湯沢の出だそうで、そこの温泉旅館に勤めていたのをここの旦那に引き抜かれて東京に来たのだと。もう二〇年にもなるとかで、店では辞める仲居頭に次いで古株だと笑っていたという。とても気立てのいい人で、なんでも相談にのってくれるとも言ってくれたそう。

　居合わせた仲居や板前はもとより庭番や下足番、下働きの女中さんたちにも欠かすことなく挨拶してきたとかで、それだけでも「疲れたわ」と、和菓子を口に入れ、淹《い》れ直した茶を啜りつつ姐さんは。お昼は女将、番頭、仲居頭に途中から板長も加わって御馳走になったという。様子見といった雰囲気もないではなかったものの、受け入れてくれそうな空気はあったという。

　午後は辞めるという仲居頭と打合せを。店のそもそもの成り立ちから始まり、政財界のだれそれが贔屓にしてくれていただとか、戦時中の苦労話だとか、本筋のことよりも店なり彼女自身の歴史めいた話が多かったという。そういったことも参考にならないのではないが、半年間だけの応援要員としては実務上のことを教えてほしかった。

　その肝心なことは、おいおいに判ってくるだとか、習うより慣れろだとかでなかなか切り出さず、姐さんのほうから尋ねなければならなかった。それでも、ごくあっさりながら概要は聞き出せたという。人はいいのだが、やはり昔気質で、必要なことは盗んで自分のものにせよという型の人だったという。

「しっかりと帳面に書いてきたわ」

　しばらくは気遣いもするだろうし、辛くもあるが、半年間のこと、ともかく頑張ってみる。その間、斗潮と共に暮らせることのほうがよほど嬉しいからと。

その後、旦那が店に顔を出したので挨拶したと。この旦那、二代目か三代目で、どちらかといえばぼっちゃん型なのだが、社交上手で各方面に顔が利く。経営には深入りせずにたいがいは支配人や女将に任せているとかで、その点では評判は悪くなかった。結城楼、結城茶屋の女将はともに彼の妾であり、そのほかにもいくつかの料亭や待合、キャバレーなどを手広く手掛けているという。貸家も東中野だけでなく方々に持っているよう。

姐さんはこの旦那とは面識があった。結城楼が商売替えする前から年に一、二度は店に来ており、そんな折りに何度となく会っていたからである。そんな際、

「葵さん、どうだい、私と寝る気はないかね」

などと言ったり、尻を撫ぜられたりはしたが、さすがに商品には手を出さないというのがこの業界の鉄則であるのか、それとも女には不自由していないからなのか、しかるべく距離は保たれているという。

ただ、今回、かなりの条件を呑んでまで、姐さんを結城茶屋に呼び寄せたのはほかならぬこの旦那であり、姐さんも斗潮もそのことがやや気掛かりだった。

「大丈夫よ、トシちゃん。私さえしっかりしていれば……」と姐さんは言うのだが、なにしろ相手の存在はあまりにも大きく、斗潮や姐さんの力なんぞでは到底太刀打ちできるものではない。

「姐さんさ、できるだけ〈君子危うきに近寄らず〉で行こうよ。それでも……」

「ええ、そうするわ。でも、トシちゃん、『それでも』って何？　何を言おうとしたの？」

言いかけてみたものの、言いだしにくい。

「いや、なんでもないよ」

「まあ、トシちゃんらしくないわ。はっきり言ってよ」

「うん……」

仕方がない、言いかけたのだからとこう告げた。どんなに注意していても、どんなにしっかりしていても、なにせ相手は絶対権力の持ち主である。どう抵抗したところで敵うはずがない。そりゃ、猥褻《わいせつ》罪や強姦罪で告訴することは可能だろうが、いくら民主憲法になったからといっても訴えたところで馬鹿を見るのは結局、女。僅かな罰金かなにかを納めるだけで男は釈放され、女は職を失ったうえで好奇な目に晒されるのがオチであろう。

こんな社会は変えていかなければならない。もともと、男が偉くって女は男に尽くすべしなどという考えが間違っているのだ。この男尊女卑を打破するため、弁護士となり闘っていくつもりだ。しかし、残念ながら今はなんの力もない。姐さんがどんなに注意しても不可抗力ということもある。

「万万が一にもさ、姐さんが旦那の毒牙にかかったとしても、……もちろん姐さんが精一杯抵抗してのことだけど、……そんなことがあったとしても、オレ、姐さんに対する気持ち、変わらないから……って、そう言おうと思ったんだ。だけどさ、隠されるのだけは厭だよ。たとえ、最悪のことがあったって、オレには隠さずに言ってほしいな」

「……ありがとう、トシちゃん。……私、嬉しいわ。トシちゃんが、そこまで、私のこと、思っていてくれるなんて……」

語尾ははっきりと聞きとれない。それほどに姐さんは感激したようだが、しんみりされるのは、斗潮は苦手である。すかさず冗談で切り返した。

「もっともさ、姐さんが旦那のお妾さんになったほうがいいって決めるのなら、それは話は別だよ。オレの出る幕なんてないもの」

「トシちゃん、それは、それだけは絶対にないわ。神様にも仏様にも誓ってもよ。……信じてちょうだい。私、私ね、トシちゃんに捨てられることがあっても、私は、私にとって男は、生涯、トシちゃんだけなんだから……」

意図したこととは逆効果になってしまった。作戦、失敗である。姐さんは目を潤ませて斗潮にしがみつき、咽《むせ》びだした。

「姐さん、冗談だよ。冗談。オレだって、そんなこと思ってないし、だいいち、姐さんにお妾さんになんて、なってほしくないよ」

「ほんとうね、ほんとうなのね。……トシちゃん、私のこと、好きよね……。お願いだから……好きって言って……」

「好きだよ、姐さん。オレ、姐さんのこと、大好きさ」

「ありがとう、トシちゃん。証拠に、……接吻して……」

胸板に張りついている彼女の顔を顎を支えて持ち上げた。潤んだ目から真珠のような水滴が溢《あふ》れている。肩を抱きしめ唇を迎えにいった。目を閉じ、しかし唇はしっかりと突き出している。彼女の手が首に回り、ふたりは抱き合った。唇が歪《ゆが》むほどに摩擦され、舌が変形するほどに絡み合い、互いの唾液がなくなるまで吸いあった。

「さあ、お夕飯の支度、しなけりゃいけないわ」

ようやくご機嫌が直ったらしい。口づけが済むと含羞《はにか》むように微笑み、そう言って立ち上がった。

「今夜はね、トシちゃん、ビフテキ買ってきたの。トシちゃん、好きでしょ? コロッケで我慢しようかなって思ったんだけどさ、奮発しちゃったわ。キャベツ刻んで、味噌汁拵えるから、ちょっと待ってて」

そんなことを独り言のように呟きつつ、着替えである。帰ってくるなり茶を飲み、結城茶屋でのことを話題にしたものだから、まだ外出着のままだったのである。手際よく普段着に着替えた。斗潮はいつものように鑑賞はしたものの、手出しはしないでいた。

前掛けをして台所に消えた。することもない彼は少しばかり間を置いて、様子を窺いに台所を覗いてみた。心地よい調子でキャベツを刻んでいる。その刻む音が最初の頃と比べるとずいぶんと軽快になっていた。傍らでは鍋の湯が沸騰し、玉葱と油揚げが置かれている。味噌汁の具であろうか。背後から忍び寄り、抱きしめたい衝動を、彼は堪えて部屋に戻った。

「トシちゃん、お待たせ。お夕飯、できたわよ」

ほどなく卓袱台の上におかずが並べられ、お櫃《ひつ》と汁鍋が運ばれた。新調した茶箪笥から飯茶碗と汁椀が出されたが、姐さんは何をおいてもといった感じでお仏器に炊きあがったばかりのご飯を盛り、これまた新調したばかりの仏壇に供えた。

「トシちゃん、お参りして」

掌を。

前掛けを外し、蝋燭と線香に火を点けつつ彼女はそう告げ、彼はそうした。一歩下がって彼女もまた合掌を。

「このおソースね、お店から頂いてきたのよ。なんでも結城茶屋にはおフランス料理の板前さんもいるんですって。その板さんが拵えた特製のソースなんだって……」

「ふーん、結城茶屋って和食だけじゃないんだね。フランス料理まで出すなんて、さすが東京なんだろうか。でもさ、姐さん、フランス料理なら板前さんじゃなくって、それを言うんならコックさんだよ」

「あっ、そうか。コックさんね」

そんな他愛もない会話を楽しみつつ、夕食は終った。

「姐さん、御馳走さま。ビフテキ、すごっく美味しかった」

斗潮は茶を飲んでいるように言われ、姐さんは後片付けである。多分、風呂も沸かすことになるのだろうから、その火付けをしてもいいし、片付けを手伝ってもいいのだが、よほど時間がないときや、不在のときのほかは、彼女はほとんど「トシちゃん、手伝って」とは言わない。

試みに台所で洗い物をしている姐さんのところに行き、「手伝おうか。お風呂もやるんでしょ?」と告げてみても、「トシちゃん、ありがとう。でも、いいわ、私、やるから。ゆっくりしてて」という答えが帰ってきた。「手伝って」と言われない限り、手出しをしないほうがいい、斗潮はそう決めている。

代わりに違う箇所に手出しした。さっきは包丁を持ってい、鍋も沸騰していたため諦めたのだが、今は危険はない。背後に回り、着物の上から双丘を包んだ。

「トシちゃんったら、そっちのお手伝いも、してくれなくってもいいのに……」

「うん、でもさ……」

何が「でもさ……」なのか本人とて説明できない。ただ、そうしたいからとしか言いようがない。袂の切れ目から両手を忍ばせた。ほどなく丘の麓に達した。

「トシちゃんったら、我慢できないの？　早く片してさ、それからゆっくりやればいいのに……」

「うん、でも……、ちょっとだけだよ」

手の甲で着物の胸の箇所を押して、掌に双丘を包んだ。姐さんの言うとおり、なにも片付けを邪魔してまでやらなくてもよさそうなものだが、これはこれでまた、なんとも快感を覚えるのである。指間に粒を挟み、二、三度揉んで、手を引き抜いた。

「ごめんね、姐さん」

「いけない子だわ、トシちゃんは……」

「お詫びにチュッしてあげるよ」

忙《せわ》しく椀や皿を洗っている彼女の頬を両手で挟んでちょっと横を向かせ、素早く口づけした。

「うーん、トシちゃんったら……。じきに終るから、お部屋で待ってて」

台所が済めば次は風呂と、姐さんはなかなか落ちつかない。

「三月だっていうのに、寒いわね」

釜が外にあるのが難点な風呂ではある。彼は湯飲みに新しい茶を注いでやった。「ありがとう」と言って、ようやく彼女は腰を下ろした。

「わあ、手があったまるわ」

湯飲みを両掌に包むようにしている。

「お疲れさま。ちょっと手、貸して……」

「冷たいわよ」

差し出した手でではなく、彼の頬にその甲を添えた。

「うっ、ほんと、冷たいね。オレ、温めてあげるよ」

彼女の両手を包んで擦った。

「トシちゃんってさ、手だけでなく、身体、どこもあったかいんだよね。寒い夜なんてさ、いっしょに寝てると、私まで温かくなるんだもの」

「オレ、猫か湯湯婆《ゆたんぽ》がわり？」

「そうじゃないけどさ。ありがとう、あったかくなったわ。で、なんだったっけ？　そうそう、トシちゃん、おっぱいの欠食児童だったんだよね。今、すぐでないとだめ？　もうじきお風呂、沸くけど。火、もう一度、見てくるわ」

で、また立ち上がった。


いつ保証人のことを切り出そうか、なかなかその機会を見出せないでいた。風呂場ででとも思ったのだが、中途半端になってもいけないし、そんなところで話す内容でもないように思え、やめた。

湯船の中は乳房に執着することにし、たっぷりとおっぱいと遊んだ。両房は斗潮に委ね、姐さんは彼の頭を摩ったり、顔面や耳を弄《いじ》って戯れている。

「トシちゃんって、ほんとにおっぱい好きなのね」

もう幾度となく聴いた台詞であるが、そのとおりなのだ。近頃は日増しに乳房への拘《こだわ》りが増殖していくように、自分でも思っている。

「うん、オレ、姐さんのおっぱい、ほんとうに好きなんだ」

「私の、ちっとも変わってないと思うんだけど、飽きるってこと、ないの?」

「飽きるどころかさ、オレ、段々っていうか増々っていうか、姐さんのおっぱい、好きになっていってるよ。大事にしてよ」

「もちろんよ。トシちゃんの大切なもの、預かってるんですもの。飽きられないよう、磨きをかけるわ」

保証人のことを切り出したのは、結局、湯から上がってからになった。普段は結い上げている髪が、肩下まで垂れている。まだ乾ききっていない髪からプーンと椿油の匂いが鼻頭を掠《かす》め、櫛で梳《す》くたびにその香りが波状的に流れてくる。この洗い髪の姐さんも彼は好きだった。

「トシちゃん、ビールにする?」と聴かれたが、「ちょっとオレ、姐さんに相談ってゆうかお願いしたいことがあるんだ。だから……」と遮り、座ってもらった。

「なあに、相談って? 難しいことはだめよ。私にできることだったら、なんでもするけど……」

「うん、実はさー」

単刀直入に述べた。

「なんだ、そんなことなの。その保証人って、私みたいな者でもいいの？　いいんなら、当たり前のことじゃない。姉が弟の保証人になることなんて……」

すっかり姉気取りでいる。斗潮は改めて保証人というのはどういうものなのか、どんな内容を保証するのか、万一の場合を含めて、噛んで含めるように説明した。

「いいわ。私、トシちゃんの保証人になってあげる。だから、そこに両手をついて『お願いします。保証人様にはけっしてご迷惑をおかけしません』って言って……」

「えっ、そんなことするの？」

「ばかね、冗談よ。トシちゃんと私は一体なんでしょ。そんで、どうすればいいの？」

用紙を取り出し、よく読んでから署名捺印するよう求めた。「こんな難しいの、私、読めないわ」と条項を読みもせずに、斗潮が渡した万年筆で書きだした。本籍は結城楼に置いてあるからと、そこの所番地を書いていたが、「現住所ってどこになるの？」ときた。

姐さんだけでなく斗潮もまだこちらでの住民登録はしていない。明日にでも区役所に行くことにして東中野の住所を記載してもらうことにした。

保証人氏名欄には〔高橋　葵〕と書いている。うっかりしていたが、これは公の文書なのだから本名でなければならない。姐さんの本名は「葵」でいいのだろうか。「葵」というのは源氏名ではないのか。

「姐さんさ、〈葵〉ってのは源氏名じゃないの？　詮索するんじゃないけど、大学に提出する公式の文書だからそこには本名を書かなければいけないんだ……」

「あら、トシちゃんに言ったことなかったっけ。〈葵〉は本名よ。それをそのまま源氏名にしたの。いい名でしょ」

実家にも生れ故郷にもいい想い出はないけれど、尋常小学校に行くころまでは比較的恵まれてい、「葵」という名はその頃に亡くなった祖父がつけてくれたもので、気に入っているのだという。葵というのは、タチアオイとかトロロアオイといったアオイ科という植物の総称なのだそうで、徳川将軍家のご紋でもあるという。

亡くなった祖父の先代までは、高橋家は武家だったのだそう。河井継之助で有名な越後長岡藩の家臣でそれなりの禄を喰《は》んでいた。戊辰の役で官軍に破れて先祖伝来の地に落ち延びたのだが、なかなかの才のある人物で、その地で養蚕などを手広くやって成功した。祖父もそれを引き継いだのだが、姐さんの父の代で没落したのだという。没落の原因については、姐さんは語ろうとしなかったし、斗潮もまた問うようなことはしなかった。

その姐さんの祖父の姉――この人は早死にしたのだそうだが――その姉が〈葵〉と名乗っており、祖父を大層可愛がってくれたのだそうで、それを偲んで孫娘に〈葵〉と名付けた、そんな話をしてくれた。どれもこれも初めて耳にすることばかりであった。

「へえ、姐さんの先祖は士族だったのか。どおりで姐さん、品があるはずだ」

「まあ、トシちゃん、ばかにして……。そう言えばさ、トシちゃんの名前だって、変わってるっていうのか、凝ってる名よね。こんな字で書くなんて初めて知ったわ。〈斗〉って一斗、二斗の斗でさ、四斗樽の斗でしょ。縁起いいじゃない。〈潮〉はさ、海の水のことよね。〔潮の流れ〕って言うけど、その潮でしょ。なんか大きくっていいわ。そうよ、だからトシちゃん、泳ぎがお上手なんだ……」

知り合い、男女の仲になり、そして同棲までしているのに、これまで互いのことはその名すら正確には知らない間柄なのであった。

続柄の欄には、斗潮に筆順をおしえてもらって〈義姉〉と書いていた。なんの違和感も戸惑いもなく。

「ここに押せばいいのね」立ち上がって箪笥の小引出しから判子を取り出し、これでもかといったふうに朱肉をペタペタつけ、さらには息をハーと吐きかけてから、押してくれた。

「この朱肉、だめだわ。乾いちゃってるの。今度、新しいの買っておかなくっちゃあいけないわ。ちょっと薄いけど、いいかしら？」

「うん、いいよ。ありがとう、姐さん。お世話になります」

明日、そろって区役所に行って転入届を出し、その足で大学まで入学手続きに行くことにした。

初めて結城茶屋に顔を出し、「少し疲れたわ」という姐さんだったので、その夜の仲良しはほどほどにして、眠りに就いた。それでも斗潮はしっかりとおっぱいを触りながら。彼女も近頃は隣に斗潮がいるのが、そして乳房を揉まれながら眠るのが当たり前になり、一人寝だとかえって落ちつかないなどと言っていた。

いくらかひんやりとしてい、蒲団から出るのが躊躇《ためら》われたが、姐さんは意を決し、裸体を横に滑らせて蒲団から出た。斗潮はスースーと気持ちよさそうに寝息をたてていたが、彼女が身体を動かしたとき、なにか寝言を言いながら彼女がいた方に寝返りをうった。〈姐さん、おっぱい〉そんなように聞こえた。

もうなくてはならない［おとこ］であったが、同時にこんな寝姿を眺めると愛しい本当の弟のようにも思える。やがて姉の下から巣立っていくのだろうが、いつまでこうしていっしょに暮らすことができるのだろうか。いつかどこかの娘さんと所帯を持つことになるのだろうが、そのときはきっぱりと身を引こう、否、もし許されるのなら下働きの女としてでもいいから同じ屋根の下で暮らすことはできないだろうか。

そんなことを思いつつ裸体の上に浴衣を着、半纏を羽織ってから窓を開けた。気持ちよいほどに朝陽が斜めから差し込み、冷気が身を震わせた。と、見るともなく隣家の二階を見上げると、ガラス戸越しに男が着替えている様子が窺えた。〈ということは、あそこからこちらが丸見えってことだわ〉早急にカーテンを買ってきて付けなければならない。

彼女は洗顔し、顔と髪を整え、それから台所に入った。ご飯を炊き、味噌汁を拵え、目玉焼きを作った。部屋を覗いてみると斗潮はまだ眠っている。出掛けることを考えればそろそろ起こさなければならない。

必殺技を使うことにした。浴衣の胸をはだけ、一方の房を取り出した。前屈みとなって房全体を顔面に這わせ、粒を口に添えた。擽《くすぐ》ったいのか、斗潮はむずむずしたような表情をしていたが、粒を咥えると意識してかどうか反射的に吸いついている。

「トシちゃん、朝よ。起きて……」

「うーん」

両手で房を包み、粒やその周辺を嘗めだした。起きた証《あかし》である。

「さあ、トシちゃん、起きて……」

「うーん、もう少し……」

「もう少し」というのが、もう少し寝ていたい意なのか、それとももう少しおっぱいを吸っていたいという意なのか、彼女にはすぐに判る。片手で露出している房を愛玩しながら、もう一方の手を胸元に進入させてまさぐりだしているのだから。とうとうふたつの房を弄び、双方の粒を嘗め回して、ようよう起きた。

「トシちゃん、味噌汁が冷めちゃうわよ。甘ったれやさんなんだから……」

「ごめん」

朝から炊いたばかりの温かいご飯、拵えたばかりの味噌汁に目玉焼き。卓袱台に姐さんと向き合って座り、斗潮は存分に幸せを感じた。


出掛けるころには気温も上がり、春らしい風情になっていた。あちらこちらの梅が満開である。そろそろ桜の便りも届いてくるだろう。姐さんの着物も春めいた柄。

まずは区役所の出張所に出向いた。あらかじめ管理人の煙草屋に訊いておいたため、迷うこともなく着き、また転入の手続きも簡単に済んだ。登録されたばかりの住民票を受け取り、駅に向かった。途中、米屋に寄り、配給の手続きも済ませた。

お茶の水に着いたときはもう昼近かった。司法試験のことを考えれば中大にすべきであろうし、斗潮もいくらかの迷いがあったのだが、当初からの思いどおり明大に決めていた。なにが決定要因になったかについては、本人自身に確たるものがあったわけではない。あえて言うなら、ひとつは校歌であり、もうひとつは東京六大学に属していることか。そんな安易なことが意外に決め手になっていたのだ。

受験勉強をしていた頃、ラジオ講座を聴講していたのだが、時折、各大学の校歌が流れていた。「都の西北」がやはり気に入っていたが、それを除けば、「白雲なびく駿河臺」に心打たれるものがあった。歌詞に自身の名の一字である〔潮〕があることもその遠因だったのかもしれない。「文化の潮導きて……」と。

正門にいた案内役の学生の指示に従ってまずは会計課の窓口に。そこで初年度納付金を納め、領収書を携えて受付会場に行くよう案内された。入学手続きの会場は、学部ごとに異なる教室があてられてい、廊下も法学部の会場も結構、込んでいた。入口で番号札を渡され、しばし待機である。

「ずいぶんとたくさんの人たちが入学するのね。教室、足りるのかしら？　先生もたいへんだわ」

待っている間、姐さんは小声でそんなことを。学校といえば尋常小学校か国民学校しか思い浮かばない姐さんにとって、大学などというのははるかに遠い存在なのだろう。

それでもほどなく順番がきた。学生課の職員と名乗る人が、まずは「合格、おめでとう」と告げてから提出した書類を点検しだした。書類の種類と数を確認し、それぞれについて赤鉛筆でチェックしている。

「保証人は〈義姉〉とありますが、どういう関係なんですか？」

尋ねられるだろうと予期していたことをいきなり訊かれた。予行練習済みの嘘を述べた。姐さんを紹介し、これが義理の姉だと告げ、幼いころ高橋の家に養子に行ったのだが、事情があって養子縁組を解縁した。しかし、その後も義理の姉弟として現在に至っている。戸籍は空襲で焼け、再製する際に亡くなった母が縁起が悪いからと養子の件は申告しなかったため、そのような記載はない、そんな説明をした。

「そうですか、それで苗字も違うのですね。それで、現住所が同じになっていますが、いっしょに住んでいるんですね？」

「はい」で、その件は終った。次は学債。「購入願えませんか？」このときは職員は姐さんのほうを向いて尋ねた。

「私ども他に身寄りもなく姉弟ふたりで細々と暮らしておりますの。申し訳ございませんが、ご勘弁いただきたいと存じます。ただ、あのー、申し込みませんと弟になにか不利なことでもあるんでしょうか?」

「そんなことは、まったくありません。大学としてお願い申しているだけで、購入の有無によって学生が有利になることも不利になることもございません。困難なご事情があるのでしたら、結構ですよ」

「ありがとうございます」

「ところでお願いしたいことがあるのですが……」

これは斗潮である。「なんですか?」という職員に奨学金のことを尋ねた。学債を断っておきながらはなはだ恐縮ですが、と前置きすることを忘れなかった。不利に作用するかと迷ったが、日本育英会から特別奨学金が受けられる見込みであることも付け加えた。

職員はこんな説明をしてくれた。本学には特待生の制度があり、この制度によって入学すれば授業料が免除となるが、特待生入学者はすでに決定済みであるから、一般奨学金貸与制度を使うしかない。これは卒業までの四年間、授業料相当額を無利子で毎年度、貸し付けるもので、返済は卒業後一〇年間である。ここに申込書があるから、必要事項を書いて提出したらよいと。

いついつまでに学生課に申し込めばいいと言われたが、判子をもっているのならここで受け取ってもいいという言葉に従って、空いている机を借りて記載することに。そんなこともあろうかと斗潮も姐さんも判子は持参していたのだ。ここでも保証人は姐さんとならざるをえなかったが、もとより快く了解してくれた。

次かその次かの新人生への対応が終った潮を見計らって、奨学金貸与申込書をさきほどの職員へ差し出した。ざっと目を通して「はい、結構です。お預かりします」と言ってくれ、併せて入学式の案内やオリエンテーションの日程、テキストの販売所などの説明を受け、その印刷物を受け取って終った。

夕刻まで学内を開放しているのでよかったらお姉さんを案内したらどうですか、と受付の職員が告げてくれたので、そうした。斗潮も初めて目にするものが多かったのだが、なにしろ学校に縁の乏しかった姐さんは、あれこれと感嘆詞を発しながら目を丸くして見学していた。

明日は、明後日から勤めに出る姐さんを残して、斗潮がいったん、帰郷する番である。定時制の卒業試験を受けるのと卒業式に出席するためである。卒業試験はすでに半分ほどが済んでいるのだが、担任の先生たちの計らいで、それらの科目は追試ということにしてもらっている。

「しばらくトシちゃんとお別れね。寂しいわ。今度逢うときは、私の首、きっとキリンさんになっていてよ」

「オレだって、そうだよ」

夕飯後、故郷のアパートから持ち出すものなどの相談をした。家主にもきちっと挨拶し、時々は窓を開けて風を通してくれるよう頼むことを忘れずになどと言われた。さらに面倒だからなどといって食事を抜いたり、不規則になったりしないようにね、とも注意を。こういったことはまさに姉である。

しばらく逢えないのだからと、その晩ふたりの睦み合いは激しいものだった。こういった点では、まさに男と女になる。斗潮も不思議に思う。もともとは歳が離れているとはいえ、男と女の関係で付き合いだしたのであるが、今となればある時点では実の姉のようでもあり、こうして絡み合えば紛うことなく剥き出しの男と女になるのだから。世間を欺いている快感めいたものすら感じるのであった。

翌朝も姐さんに強請《ねだ》られて、起きがけに一戦交えた。不在となる間の仲良しを前取りするがごとくに。姐さん手作りの遅めの朝飯を食べ、ふたりは上野駅に向かった。今日も春らしい穏やかな日和である。

ふたりがプラットホームに着くのと相前後して準急列車が入線してき、難なく窓側の席を確保できた。姐さんは売店で弁当や茶、蜜柑などを買い求め、窓から斗潮に渡している。飯はさっき食べたばかりだから弁当は要らないというのに、この汽車には食堂車がないからとか、途中で買えなかったら困るからなどと言い、一番大きな幕の内弁当を見繕って。

発車の鈴が鳴りだした。彼女は車窓にしがみつかんばかりにして斗潮の手を握り、トシちゃん、風邪引かないでね、時々はお手紙ちょうだいね、何かあったら管理人さんに電話してねなどとまるで一年の余も別れるがごとくに、加えて周りに他人がいることなど目に入らないがごとくに、あれこれと機関銃を浴びせている。

「うん、姐さん、分かったよ。姐さんも、新しい勤め先で気遣いするだろうけど、頑張ってよ。元気でね」けたたましい汽笛とともに、汽車はゆっくりと滑りだした。彼が差し出した手をけっして放すまいとでもするように、次第に速度をあげる汽車に追い縋っている。しかしすぐにそれは物理的な限界に達し、ふたりの手は別離することに。見えなくなるまで姐さんは千切れるほどに手を振っていた。

つい何週間か前、受験の直前、今とは逆の光景を演じたことがもう遠い昔のことのように思われた。

第三十四　さらば故郷

　故郷は冷たい小雨だった。待合室で姐さんに持参するよう強く言われたセーターを頭から被《かぶ》って、それから街に出た。なにか知らない街に降り立ったような錯覚を覚える。雪はまだ残っているが、さすがに路面は地肌が出ている。

　いったん、アパートに立ち寄り、それから久しぶりに自転車に跨《また》がって学校に向かった。授業開始三〇分前だった。教員室に直行し、まずは担任に挨拶とお礼を告げねばならないのだが、別の教師に先に捕まってしまった。

「おっ、佐藤、どうだった?」

「あっ、はい、お陰さまで合格できました。ちょっと、新井先生に、報告を……」

「そうだな、それが順序だ。おめでとう」

「ありがとうございます」

　さして広くもない教員室である。その時点で、担任を含めてもう何人かの教師が気づいたよう。担任が自席で立ち上がり、声を掛けた。

「オー、佐藤、合格おめでとう!!」

　急いで、その場に行き、まずは深々と頭を下げて報告した。

「先生、ありがとうございました」

早大は失敗したが、明大と中大の法学部に合格し、明大に入学することにしたと。担任はわが事のように、斗潮の手を握り、「そうか、そうか、それはよかった。君のことだから、きっとやってくれると信じていたが、そうか、いやあ、ほんとうによかった。おめでとう」と。

「ありがとうございます。先生のお力添えのお陰です」

「いやあ、それはお前の努力の結果だよ。さあさあ、教頭先生に報告しよう」

全日制、定時制併せて校長はひとりだが、教頭は定時制専任で置かれている。担任に導かれ、教頭の前に立った。

「教頭先生、お陰さまで明大法学部に入学できることになりました。ありがとうございました」

「おーおー、そうですか。それはよかった。佐藤君、快挙ですよ。この商業高校定時制始まって以来の快挙ですよ。まずはおめでとう」

非常勤講師を含め居合わせた教師たち全員が、教頭の前に集まり、口々に「おめでとう」の雨を降らせてくれた。と、体育の教師が「どうですか、教頭先生、新井先生、わが定時制始まって以来の快挙だそうですから、ひとつ、佐藤を胴上げしませんかね」などと提案している。

「それはいいね」いくつかの相槌が聞こえた。

「いいえ、オレ、いいですよ。厭ですよ、胴上げなんて……」

言いおわらないうちに斗潮は全身を持ち上げられ、状況を知って集まった同級生まで加わって、胴上げされてしまった。宙を舞いながら、斗潮は目頭が熱くなった。

校長はすでに帰っているので、明日、もう少し早い時刻に登校して挨拶することにし、担任からいくつかの報告やら連絡を受けた。なかでも嬉しかったのは、正式に日本育英会の特別奨学生に採用されたこと。通知文を眺め、重ねて担任と教頭に礼を述べた。

残りの試験と追試の日程を知らされ、慌てて教室に飛び込んだ。後ろの戸を開けると同時に待ち構えていたように拍手が起こった。ひとりが「佐藤、おめでとう」と言うや、異口同音に同じ声が教室中に鳴り渡った。

「さあさあ、はい、鎮まってください。佐藤君、おめでとう。もう、時間が過ぎています。試験を始めます」

英語、国語などはなんのことなく済ませることができたが、商業科目には手こずったものもあった。授業にはなるべく出るようにしてはいたが、それ以外にはまったく予習も復習もしてないのだから仕方ない。追試など、他に誰もいず、ただ斗潮のためだけに教師を煩わせているのがほとんどであった。

それでもなんとか試験は済み、教師の温情もあってか無事、卒業できることとなった。あとは下旬の卒業式である。入学以来、初めて入った校長室で、大学合格の報告と奨学金の礼も校長に述べた。

その卒業式までに諸星先生、高田さん、三条さんに礼を言うこと、伯父と河合のおばちゃんに報告することが残っていた。ものの順序として伯父宅を最初に訪れた。

「ああ、そうか、それはよかったな。これからはひとりで頑張っていきなさい」

それだけで終った。

河合のおばちゃんは大層喜んでくれ、息子さんも同席して一夜、夕食を御馳走してくれた。くれぐれも身体に気をつけるように、東京は生き馬の目を抜くところだそうだから注意するように、食事はきちっと摂るように、などと繰り返して言葉を掛けてくれていた。

ついでながら以前勤めていた薬種問屋にも顔をだし、店主や昔の先輩など、居合わせた人びとにも挨拶した。結城楼の女将にも忘れずに。アパートの大家は発つ前日でいいだろう。

残るは諸星先生に高田さんと三条さんである。高田さんの所在は不明であるが、〔さゆり〕で分かるだろうと、公衆電話からダイヤルを回した。比較的暇だと思われる時間帯に電話したためか、三条さんはいつになく饒舌だった。たまたま店に客もいないらしい。

「トシ君、ちっとも連絡くれないんだもの、死んじゃったのかって思うじゃないの」

そんな冗談から始まり、どうなったのかと訊かれた。まずは第二志望に合格し、入学手続きも済ませてきたと報告し、礼を述べた。すぐに報告しなければならなかったのだが、定時制の卒業試験があって遅くなってしまったなどと、事の次第を弁明した。

「そお、よかったわね。おめでとう。トシ君もこれで大学生になるのね。そうそう、瑞枝ちゃん、今日は下宿にいるわよ。電話、してあげたらいいわ。それから、お祝いのパーティー、やりましょ」

斗潮が高田さんに電話し、彼女の都合がよければ今夜か明日にでも〔さゆり〕でパーティーをすることになった。というのは、高田さんが今、下宿に来ているのはそこを引き払うためであり、早々に実家に引き上げることになるからだという。

高田さんは下宿にいた。大家のおばさんに手伝ってもらいながら、今、荷造りの最中だという。合格したことを伝え、礼を述べたのち、よければこれから手伝いに行くと言ったところ、そんなに荷もないからと言いつつも、来てもらえれば助かるという雰囲気だった。行くことにし、自転車に跨った。

着いてみればもう半分くらいは片づいていた。下宿のおばさんには援軍が来たから、「もう、おばさん、私とトシ君でできるわ」と引き取ってもらった。おばさんが下がるや、高田さんは軍手を脱ぎ、彼の手をとって

「トシ君、おめでとう。よかったわね。君のことだから、きっとやってくれると思ってたわ。私も、とっても嬉しいわ」

目を潤ませて、そう言ってくれた。

「ありがとうございます。半分以上は高田さんのお陰です」

行李や茶箱、蒲団袋などに仕舞うものはほとんど仕舞われており、彼がすることといえば縄掛けである。おばさんが使っていた軍手を借り、紐や荒縄で手際よく荷造りしていった。薬種問屋に勤めていたころ、荷造りや荷解きは毎日のようにやっていた、その経験が活かされた。

高田さんは、あれこれと入学試験のこと、入学することとなった大学のこと、東京のこと、そこでの住まいのことなど、ひっきりなしに尋ねつつ、斗潮が結わえた紐や縄に荷札を括り付けている。

ほどなく荷造りは済み、明日、運送屋が来てくれるというので、荷物を玄関脇の板の間に積み上げた。高田さんは叩きと箒を持ち出し、掃除である。頃合いをみて大家のおばさんが茶を淹れて持ってきてくれた。

「綺麗になったわね。私も寂しくなるわ。娘がいなくなるみたいよ。でも、みんな巣立っていくのよね。

瑞枝ちゃんは学校の先生だし、トシオ君って言いましたっけ、あなたも東京の大学に行くんですってね」

斗潮のことは付け足しにしても、高田さんがいなくなるのはほんとうに寂しそうな気配で、そう言った。

「おばさん、四年間、ほんとうにお世話になりました。明日、きっちと挨拶します」

なにもなくなった部屋で三人は車座になって、茶菓子を摘み、茶を啜った。

「そうそう、三条のおばさんに電話しなくってはいけないわね。トシ君のお祝いパーティーするってことだけど、今夜しかないわ」

できれば明日の午後には汽車に乗りたいというのが高田さんの希望。三条さんの都合がよければ、今夜にでも〔さゆり〕でお祝いしたいのだという。

「おばさん、電話、お借りしてよ」

そう告げて彼女は返事を待たずに、母屋に向かった。「まあまあ、忙《せわ》しい娘だこと」そんなことを呟きながら、飲みおわった湯飲み茶碗などを盆に載せて、おばさんも母屋に消えた。

ひとりになった斗潮は改めて室内を見回してみた。ここにも何回かお邪魔したことがあったのだが、片づいた空間にはその面影はなにもない。たしか、高田さんの胸に初めて触れたのも、初めて口づけしたのもここだったように記憶しているのだが、遥かに遠いことのように思われた。

間もなく高田さんは戻ってきた。いつもより一時間早く〔さゆり〕を閉めるから、それから始めることになったと。手伝ってほしいこともあるから、店を閉めるより早く着くようにとか、買ってくるものなども指示されたという。

また、高田さんは、今夜は三条さん宅に泊めてもらうことにしたとも言う。蒲団も含めてすべて荷造りしてしまっており、下宿のおばさんは母屋で休めばいいと言ってくれているのだが、三条さんがぜひ泊まりなさいと言っているので、そうすることにしたと。

ふたりとも自転車に跨り、もう暗くなった雪解け道を〔さゆり〕に向かった。途中、三条さんに指示された物を買い求めるのも忘れなかった。高田さんは女教師が着るような白のブラウスに濃紺のスーツ姿である。三条さんが就職祝いに贈ってくれたもので、下はスラックス——彼が「ズボン」と言ったのを彼女に訂正されたのだが——とスカートの二着付きなのだそうで、昨日仕上がったばかりだという。今はスラックスを履いている。

〔さゆり〕には一時間早めて店を閉めるという時刻の四〇分前に到着した。店を覗くと客が二組ほどい、接客しつつも三条さんは高田さんを認めるや、「あら、瑞枝ちゃん、よくお似合いよ」と、続いて入った斗潮には「トシ君、おめでとう」と声をかけてきた。

打合せでもできていたのか、ふた言三言、三条さんが高田さんに耳打ち。頷いた高田さんは「トシ君も来て」と奥に消えた。そこは一階の端にある台所だった。斗潮の知っている台所とはかなり趣が異なった洋式であったが。

高田さんは上着を脱ぎ、一隅に掛けられていた胸元から膝下まで覆う色彩鮮やかな西洋前掛け（エプロン）をしている。これから調理を始めるという彼女、

「トシ君、手伝いが必要なときはそう言うから、そのへんの椅子に座ってて」

と告げ、指さしして材料を確かめつつ、流しに向かった。すでに仕込まれているのか、カレーの香ばしい

匂いが漂っている。

　彼にはほとんど仕事はなく、彼女が話しかけてくることに答えたり、時折、彼のほうからあれこれと尋ねたりといった具合で時が経過していった。

「トシ君、ちょっとお店のほう、見てきてくれないこと。おばさんに訊いて、よかったら後片付け、手伝ってあげて」

　店ではちょうどお客が帰ったばかりらしく、三条さんが扉を閉め、カーテンを引いているところだった。斗潮が「オレ、なにか手伝います」と口を開くと、

「あら、トシ君。そうね、瑞枝ちゃんのほうも見てあげなけりゃいけないし、……それじゃ、君にはこれをお願いするわ」

　指示されたとおり店の床を掃き、客席のティーブルを布巾で拭き、椅子を整えた。カウンターの中でコーヒーや紅茶の道具を片づけている三条さんに、「次は、何しますか?」と問えば、皿やカップを洗ってほしいと言われた。早く片づけてパーティーに移りたいという思いなのだろう、矢継ぎ早に指示が飛んでくる。

　掃いたり拭いたりはこれまでもやったことはあったが、「さゆり」の食器を洗浄するのは初めて。彼の暮らしには馴染みのない洒落たものだけに、壊さないようにしなければならない。三条さんは手を動かしながら彼に東京でのことなど、あれこれ尋ねているのだが、彼は手元から目を放すことなく、真剣に、慎重に洗っていた。

「トシ君、洗いおわったら、俯《うつぶ》せにしてこの籠《かご》に並べておいてちょうだい。上にこの布巾を掛けてね。私、瑞枝ちゃんの様子、みてくるわ」

パーティー会場は店ではなく、ダイニングルームと称する台所と一体となった食堂だった。その隣はソファーなどが置かれたリビングルームという居間となってい、仕切りのない広い空間となっている。食堂のテーブルにはポット型の円筒形の鍋が置かれている。カレーが入った鍋である。

異なる二種類の六つの皿とスプーン二つにフォークが並べられており、鍋の脇にはそれぞれ硝子製の小皿に辣韮《らっきょう》や福神漬けに干し葡萄、さらにアーモンドというバラ科の木の種子などというものがあり、さらに野菜サラダやピクルスとかいう西洋風の漬物が添えられている。粉末状のチーズなるものもあった。

カレーライスは斗潮にとっては好物のひとつなのだが、辣韮や福神漬けはともかくもそれ以外の添え物など、まったく知識の欠片にもないことで、多少の驚きを感じたものである。

「さあ、ティーブルにつきましょう」

三条さんはワインのコルクを器用に抜き、三つのグラス――彼がコップと称している物とはいささか形状が異なっているが――に、これまた慣れた手つきで注いでいる。

「乾杯、しましょう。トシ君、大学合格おめでとう。瑞枝ちゃん、就職おめでとう」

「おめでとう」

「ありがとうございます」

グラスが重なり、澄んだ高い調子の音が響いた。歓談が始まり、カレーライスが振舞われた。彼が知っているものと比べると水分の多いカレーであるし、マッチ箱大の葉っぱまで混じっている。飯も普通のものではない。訊けば輸入米にバターと多少の香辛料を混ぜて炊いたのだという。

カレーの味も彼の経験したものとは違ってい、辛味がピリッと舌に伝わってくるものの、丸みのある穏やかな味でもあった。昨夜から三条さんが仕込んでいたのだそうで、彼が知っているようなカレー粉を使うのとは違うもののようであった。

「もうひと晩寝かせるともっと美味しくなるわ」と三条さん。

話は高田さんのことになり、斗潮のことに移り、また彼女に戻るといった具合に蛇行しながらも弾んだ。高田さんの赴任先は実家から通える地元の中学校だそうで、国語の先生となる。歓談のなかで、三条さんは半分巫山戯《ふざけ》気味に〈高田先生〉とか〈瑞枝先生〉とか言うものだから、彼女は盛んに照れていたのだが、そのうち斗潮もそう呼びだしたものだから、「厭よ、トシ君まで……」

高田さんが〈先生〉の呼称に慣れだしたころには、ふたりの近況報告はほぼ終盤を迎えていた。ここでも斗潮は連絡が疎だったことを重ねてふたりに詰問されていたのだが。立ち上がり、戯《ふざ》けるように深々と頭を垂れて、詫びておいた。

「淑女、おふたりにはご心配をおかけし、大変、申し訳ございませんでした。オレが悪うございました」

「そうよ、トシ君がいけないわ。ねえ、瑞枝先生、あとでトシ君のこと、たんとお仕置きしましょうね」

いやはや、そちらのほうに話題を転換させるきっかけを与えてしまったようである。もうひとつ斗潮が攻められたことがある。東京での住まいのこと。しきりに教えるように問われた。彼は曖昧《あいまい》に済まそうと試みるのだが、そんなことでは許してくれそうもない女ふたりである。

「あら、トシ君、隠そうとしているな。瑞枝先生、貴女の教え子はいけませんことよ。きっと、東京にもう彼女ができ、同棲するつもりなんだわ。図星でしょう、トシ君？」

　高田さんがけっしてしつこいのではないが、それと比べれば三条さんは淡白な性格であり、何としても聞き出そうというのではない。戯れ、遊んでいるのである。しかし、それに誘発されたのか、今度は高田さんが詰問しだした。

「そうなの、トシ君？　ほんとなの？」

「いえ、そんなことないですよ。そんな簡単に田舎出のオレに彼女なんて……見つかるわけないですよ」

「だったら、素直に教えなさいな。いよいよ怪しいわよ」

「どうなのよ、トシ君！」

「困ったな。とりあえず中野に仮住まいすることになってるんです。いつまでそこにいることになるのか、それから先、どうするかはまだ決まってないんです」

「そお、中野なの。静かな住宅地のようね。若者の街、新宿にも近いし。大学に通うにはどうなの？」

「ええ、最初の二年間は、新宿から京王線って電車に乗って、明大前という駅になります。あとの二年間は神田の駿河台で、駅はお茶の水です」

　東京の地理に知識のある三条さん、駿河台辺りのことはニコライ堂だとかアテネ・フランセだとか、さらには三省堂や古本屋街のことを口の端に出していたが、〔明大前〕のことは知らないという。そういう名称の駅があること自体を。

「瑞枝ちゃん、コーヒー、煎れてくれないかしら？」

　それでこの話題は打ち切りとなった。高田さんはなおも詳しいことを知りたがっていたようなのだが、

「はい」と返事して立ち上がざるをえない羽目に。その間に、三条さんの話題は別のことに展開されていた。

　コーヒーは居間に運ばれ、三人もそこへ移動した。

「今晩はゆっくりと三人で楽しみましょう。いいんでしょ？　瑞枝ちゃんも、トシ君も」

「ええ、私、そのつもり……よ。トシ君も、いいわよね？」

「……うん、まあ……」

「まあ、煮え切らないトシ君だこと」

　明日からは三人がそれぞれ別の地で暮らすことになること、高田さんと斗潮は新たな人生の出発となること、そんなことからもう三人揃って戯れることなどできないだろう。最後なんだから、うんと楽しもう、三条さんはそんなことを告げた。

　さらに、これからもこの〔さゆり〕を拠点に使ってもらっていいから、三人がいっしょに揃わなくっても、この街に来たときには顔を出すなり、電話するなり、また逢いましょうとも言っていた。高田さんは、是非そうさせてほしいと答えていたが、斗潮は簡単に相槌を打っただけに止めた。

「それじゃ手順を決めましょうか」

　仕切り屋の三条さんからてきぱきとした指示が飛んできた。まず女ふたりは食後の後片付けをし、その間に斗潮は風呂場の掃除をして湯を沸かす。風呂ができたら三人がいっしょに入る。そのあとは居間か二階の寝室で存分に楽しもうと。

　風呂場は広かった。きちっとした脱衣場があり、竹で編んだ籠が二つ重ねられている。湯船も二人家族

——といってもこの家の主は不在のことが多いのだが——にしては大きく、三人でいっしょに入ろうというだけの広さはあった。何よりびっくりしたのはその湯船が琺瑯《ほうろう》引きのようであり、浴室の壁がタイル張りであったこと。

洗い場は板敷きだったが、蛇口が二つあり、そこには青と赤の印がついている。水と湯とが出るようになっているのだろう。シャワーも付いているし、大きな鏡もあった。もしも東中野の寓居にこんな風呂があったら、さぞ姐さんが喜ぶだろうなどと思ってもみた。

三条さんに教えられたとおりシャワーから湯を流しつつ湯船と壁はスポンジで、洗い場の床は刷子で擦った。栓を閉め、蛇口から湯を迸りだした。熱源は瓦斯《ガス》らしく釜もあるのだが、湯を溜めるだけなのだから手間をとらない。雑巾で脱衣場の床も拭いた。失念していた換気扇とやらも回した。

ひととおり終ったところに三条さんが様子を見にきた。

「まあ、トシ君、ずいぶんと綺麗になったわ。気分よく入れそうね。ありがとう。あとは時々様子を見にくればいいわ」

と、そんなことを言いつつ突然、彼の手をとり、それをエプロンの上から自らの胸に導いている。

「ほら、もう、私の胸、こんなに高まっているわ。分かるかしら?」

確かに掌に感じる膨らみが、普段の呼吸よりも早く鼓動しているよう。

「トシ君とは久しぶりよね。楽しみだわ。さあ、行きましょ」

高田さんは片付けがちょうど済んだところらしく、洗いおわった食器が籠に並べられ、その上に布巾を拡げていた。

「瑞枝ちゃん、どうもありがとう。お風呂の支度できるまでリビングで休んでいてちょうだい。私、着替え、用意するから……。トシ君、時々お風呂の具合、見てちょうだいよ」

二階に上がっていった三条さんを見送ってから、彼は言った。

「どのくらいでお湯が溜まるのか分からないから、オレ、風呂場に行ってます。……でもさ、高田さん、ここの家の風呂場、凄いね」

「お風呂もそうだけど、なんでも洋風でしょ。機能的だし、綺麗だし、いいわよね。私も、こんな家に住みたいわ」

夫婦とも洋行帰りだからなのだろうが、これだけの家となると相当にお金も掛かっているのだろう。この家の主は貿易関係の仕事をしているとのことだったが、そんなにも儲かるものなのだろうか。

「そうですよね。でも、オレ、純粋な日本風というのも好きだけど……。ちょっと見てきます」

言われた線まで湯が溜まったので蛇口の栓を止めて居間に戻ると、三条さんもそこに戻っていた。斗潮が風呂の用意ができた旨、告げると、三条さん
「そう、ありがとう。それじゃ、みんなでお風呂に行きましょう。脱衣場じゃなく、ここで脱いでいきましょ」

と言うなり、率先して脱ぎだした。

背にチャックの付いた黒っぽいロングドレスである。「トシ君、お願い」と彼に背を向けている。もう戸惑うことなどない。彼はなんの抵抗もみせずに素直にチャックを尻の上まで引き下げた。「ありがとう」と

言いおわらないうちに、黒く長い袖から白い腕を引き抜き、肩からドレスを外している。

久しぶりに見る三条さんの白い肌。ブラジャーはしていない。小振りで形よい膨らみが露出した。ドレスが擦りさがっていくにつれ、黒に代わって白の支配面積が増していく。パンティーもつけていず、中年女とは思えないくらいの可愛い、申し訳程度の繁みだけが黒かった。

高田さんも脱ぎだしてい、そのブラジャーのホックを外してやった。斗潮の脱衣は早い。「瑞枝せんせ、遅いわよ」などと三条さんに促され、彼女がパンティーを脱いだときには三条さんも斗潮もすでに全裸で、なぜか三条さんに手を握られていた。

四十前後と二十代の女、まだ十代の男の三人が生れたままの姿になり、互いに手を繫いで風呂場に向かった。他人が見たら、どんな想像を巡らすだろうか。

湯船はさすがに三人同時に入るといささか狭く思われた。「かえって互いの身体が触れあえるからいいわ」などと三条さんは言っていたが、併せてこんな提案もした。これからプレーが済むまで斗潮のことは〈トシ君〉でいいにしても、高田さんのことは〈瑞枝〉と、三条さんのことは〈小百合〉と、それぞれ呼び合おうと。

瑞枝は斗潮の胸板を触り、小百合は彼の一物を探っている。斗潮もまた、ふたりの女の房をまさぐって。女同士で口づけし、彼も交互にまた女たちの唇に自分のそれを重ねたり。洗い場に上がってからは斗潮が小百合を、小百合が瑞枝を、そして瑞枝が斗潮を洗った。彼は瑞枝に頭までやってもらったが、さすがに彼が女の髪を洗うことはできず、それぞれが自らやることに。

彼はひとり湯船に浸《つ》かりながら、ふたりの女の洗髪を眺めている。長い髪の小百合は結構大胆というか激しく、比較的に短い髪の瑞枝はおとなしく洗っている。女のこういった光景を眺めるのは好きな斗潮であったが、ふと〈姐さんのほうが絵になるなあ〉などと思ったりしつつ。

風呂のないアパートで姐さんが髪を洗うときは、板の間に盥《たらい》を置き、片膝を立てて長い髪を前に垂らすのだが、それが浮世絵のようで彼は堪らなく好きだった。眼前のふたりにはそこまでの趣はない。醸しだす風情に時代や性格の差のようなものを感じる斗潮であった。

よくよく観察すると物言わぬ背にも差異があることが知れる。小百合のはこんな際にも姿勢がよく、細幅の板のような背に背骨が縦列に浮き上がってみえ、背筋がしゃんとした感じであるのに比し、瑞枝のそれは猫背のように丸みがかってい、やや幅広の背にはさほどに背骨が目立ってはみえない。

ふたりは洗いおわった髪を手拭いで包んで結わえ、その状態で湯船に入ってきた。入れ代わって斗潮は縁に腰を下ろした。竿を女たちに見せびらかす意図だったのではなく、逆上《のぼ》せるのを防ぐ意と、すでに洗いおわっているのだから洗い場に行く必要もないし、さりとて先に出るのもまずいかと思っただけ。

はじめは女同士で口づけしたり、乳房に触れ合ったり、乳頭を接触しあったりしていたが、やがて彼のものに興味を示したのは小百合が先だった。片手で瑞枝を抱きながら、もう一方の手を彼の竿に伸ばし、弄びだしたのである。

瑞枝も気づき、まるで一本ずつ与えられたかのように左右の脚にそれぞれ手を添え、共同作業で彼の股を開き、その間にふたりは顔を並べた。示し合わせたのでもないのに、片手を彼の太股に添え、他方の手で一物を玩具《おもちゃ》にしている。小百合はさらに膨らんだ房を彼の膝小僧に押しつけてもいた。見る間に彼の竿は伸張していった。

「トシ君のって、ほんと立派よね。私も、幾人かの男の人の、見たけれど、トシ君のは一、二を争うほど立派よ。瑞枝はどうかしら?」

「私、おば……、いいえ、小百合……とは違うわ。だって、男っていったらトシ君しか知らないんですもの……」

「瑞枝、ほんとにそうなの? だとしたら、貴女、大変に幸運だけど、悲運でもあるわ」

「どうして……?」

「だって、なかなかこれほどのものの持ち主はいないから、将来、結婚する相手に失望することになるかもしれないでしょ、だからよ」

「そう言われれば、そうかもしれないわ。でも、もうトシ君を知っちゃったんだから仕方ないわ」

「ええ、だからトシ君のが標準だとか普通なんだって思わないことよ」

斗潮をまったく度外視して、女ふたりの逸物談義が続いていたが、その間も女たちの手は休むことなく、彼のものをまさぐっていた。


三人は素っ裸のまま居間に戻った。小百合は冷たいジュースを三つのコップに注いだあと、そのひとつを一気に飲み干し、ちょっと化粧するからと二階に昇っていった。いくら年齢よりも若いとはいえ争えないもので、確かに化粧なしだと目尻などに皺《しわ》が窺われる。隠さないではいられないのだろう。

瑞枝は自分の鞄から化粧品らしきものを取り出し、壁に取り付けられた大きな鏡に向かっていたが、ものの数分で済んでしまった。やっぱり若さである。斗潮はすることもなく、瑞枝の背や尻、さらには鏡に写る胸や腹を眺めていた。見方や好みにもよるが、端的に言えばけっして美形とまでは称しえないものの、若さがそれを十分に補ってい、なによりも安定感のある尻は元気な赤子を産むに足る逸品である。

実家に戻り、教師となり、多分、同業の男と見合い結婚すると本人も言っていたが、それがいいのだろうと彼も思う。この女性は本来が家庭向きであり、結婚前のある時期、斗潮という男と小百合という中年女とに裸体を接触する間柄になったが、それは一過性のものだったと割り切り、深層に想い出として残すにせよ、忘れるのが得策だと。

小百合が再び戻り、必然、役者が揃い、準備が整ってしまった。香水だろう、小百合の身体からは仄《ほの》かに鼻を擽《くすぐ》る匂いがする。

「不思議よね……。こうしてそれなりの時間、生れたままの姿でいると、それが自然なことのように思われ、羞恥心など消えてしまうんですもの」

瑞枝である。それがきっかけとなった。

「そうよね。さあ、羞恥心が払拭されたところで、プレー開始としましょうよ。男女の自然な営みをねっ。でも、女ふたりに男ひとりっていうのは、不自然かなあ……」

不自然に決まっているではないか。小百合の言葉に珍しく斗潮は水を差したくなったのだが、抑えた。もう多分、これが最後になるだろうし、それだけに事を荒立てることもなかろうと。明日には別れるのだから、今夜だけ楽しめばいい。それでジ・エンドである。

斗潮は心で手を合わせ、姐さんに詫びた。〈姐さん、ごめんよ。このふたりとは、これっきりだから……。オレ、必ず姐さんのもとに帰るから〉と。初めてのこんな気持ちに何故なったのか、彼自身にも理解できなかった。

「さあ、トシ君、覚悟なさい。私と瑞枝が遠慮なく、君を攻めることよ」

ソファーに座った彼を標的にして、左右から女の手や唇が襲ってきた。頬に頬をあてられ、耳朶に舌を這わされ、ひとりが彼の唇を奪えば、他は股間に跪《ひざまず》いて一物を嬲《なぶ》り、それが入れ替わる。太股を跨《また》いでそこに腰を下ろしてふたつの房を顔面に蠢《うごめ》かされ、脚にも他の女の膨らみが這い、足の裏を乳首で擽られ、指間にその粒を挟んだりしている。さらにはソファーの上に載って立ち、繁みを刷子代わりに顔を擦られた。

活動的なのは小百合であり、瑞枝は脇役に甘んじている。小百合の指示で彼は床に仰向けにされた。ふたりは談合し、小百合が彼の下半身を、瑞枝が上半身を分担して攻めようと。側頭部が瑞枝の両膝に挟まれ、その手が彼の胸板やその左右に位置する小さな突起をまさぐり、次には顎や唇、頬、耳などに這っている。前傾して口づけし、次には豊かな房を眼前に垂らし、その実を口に含ませて。

一方、小百合は彼の顔に尻を向けて馬乗りである。膝小僧から太股にその手を這わせ、脚の付け根を丹念に摩っている。尻の入口から袋、繁みへと移り、もはやそれなりに勃起している竿を掌に包んで前進後退させ、前屈みとなって亀の頭を舌で嘗めたりと。

やがて瑞枝は彼の顔に向かって腹部に跨がる。視線が合うといくらか照れくさそうにしつつも、掌で顔面をなぞり、口づけし、また半身を折り曲げて粒を口に咥えさせている。小百合は竿に釣られた魚のように、もがき、喘ぎつつ唇と舌とを駆使して一物と格闘している様子。

「ああー、私、……もう我慢できないわ。瑞枝、悪いけど、お先に……、トシ君の、……いただくわ。ああ……」

いちばん余裕のある雰囲気だった小百合が先に陥落の白旗を掲げた。彼の太股に跨り、左手を瑞枝の肩に載せ、右手で彼のものを摘むや自らの中へと導いている。ほどなく呑み込むや、瞬時「あっ、ああー」と仰反《のけぞ》って嬌声を発し、反動を利用するように今度はやや前傾して両手を脇の下から瑞枝の両房に回して、引きつけている。

さらに瑞枝の襟足に頬をあて、下腹部と連動するように「ああっ」と声を漏らし、その都度、小刻みに痙攣しては瑞枝の豊かな房をやや乱暴に潰している。瑞枝も、斗潮ももとより成す術《すべ》はない。小百合のひとり芝居である。襟足に添えられた小百合の顔が瑞枝の肩を越したとき、その表情はまるで鬼面であった。

こんなにも激しい彼女を見たのは初めて。瑞枝も呆気にとられたような表情をしながらも、その背と両房を小百合に委ねている。仰ぎ見る瑞枝の豊かな房は、落語の二人羽織りのように背後の小百合に操られ、白く上品なはずの手が赤く染まって膨らみに食い込み、指間に行き場を失った房が溢れている。

瑞枝も小百合に連動するように「ああー」などと喘ぎ声を漏らしはじめ、小百合の激しさは一層、その度を増している。腰を回転させ、少し浮かせてまた密着した。斗潮も小百合の毒気にあてられながらも、玄界灘が近いことを知った。

できれば彼も瑞枝の弾力ある房に胸を合わせるか、それが叶わないとしてもせめてそれに触れて果てたかったのだが、腰には二人の女が重しのように載り、あまつさえそのうちひとりの女のものに彼は捕捉されている。半身を起こすこともできず、また瑞枝の豊かな膨らみも占領されているのである。

再び三たび、小百合の締めつけが施され、歳にも似ない「あっ、ああー」という甲高い嬌声が室内に響いたとき、瑞枝も共鳴し、斗潮の堰《せき》は決壊した。瑞枝の両房は変形したまま小百合に占拠され、彼の希望は叶えられないままに。


「私、恥ずかしいわ。年上なんだし、いちばん抑制しなければならないのに……、セルフコントロール、できないんだもの……」

慙愧《ざんき》に堪えないといったふうに小百合は反省してみせ、瑞枝と斗潮に先に快楽の橋を渡ってしまったことを詫びていた。久しぶりだったのだという。夫もこのところ多忙で、家に帰ってくることも少なく、たまに帰ってきても夫婦の営みも形式的なものになってしまっていたのだ、などと弁解していた。

「あら、久しぶりっていえば、私、小百合……以上に御無沙汰しているわ。もう永いこと……よ」

「ごめんなさい、瑞枝。トシ君が回復したら、しばらく貴女にトシ君、委《ゆだ》ねるわ」


結局、その夜は瑞枝、斗潮とも三条宅に泊まってしまった。翌朝、ふたり揃って三条さんに別れを告げ、おそらくこれが最後になるだろう材木置場へ立ち寄った。例によって人影はないものの、このすぐ近くまで畑が徐々に宅地に変わりつつあることを思うと、この材木置場がいつまで今のままの状態でありつづけられるのか、そんな思いを語りつつ。

「でもさ、トシ君、ここ、ずいぶんとお借りしたわね。家賃ただでさ。……トシ君との想い出、たくさんできたけど……、山の宿とかさ、……いっしょに温泉に入ったり、ほら山の中の小川でふたりとも生れたままの姿になって水浴びしたよね。もう、あんなことできないだろうなあー。……ここも生涯、忘れることのできない場所になるわ、きっと。ふたりだけの想い出にしておこうね、トシ君！」

いつもならば早々に事を始めるのに、最後という思いが彼女を能弁にさせるのか、ひとしきり感傷に浸《ひた》っている。それでもどちらがということもなく、この場所でいたすべき行為にすんなりと入っていくふたりであった。

鉋屑を敷いた即席ベッドの上に腰を下ろしたまま向かい合っている。凹と凸とはすでにドッキングしてい、瑞枝は懐かしさを込めた睦言を繰り返している。彼はそんな瑞枝に黙って頷きながら、微笑みで答えを返した。

「私、トシ君からいろんなこと教えてもらったけど、……こうして向き合ってするのが私、いちばん、好き……だわ。……だって、ほら、好きなトシ君の顔も見えるし、それにね、……愛が結合しているとこだって、こうしてしっかりと確認できるんですもの……」

斗潮は瑞枝に万歳させ、上半身も裸にした。続いて自らも上衣を脱ぎ、裸の瑞枝の肩を掴んだ。〈もう、このおっぱいともお別れか〉そんな想念を抱きつつ。

「トシくんッ！」

瑞枝の行動に呼応して、ふたりはしっかと抱き合った。唇を重ねあった。彼女はしきりに彼の名を叫んだ。彼は三回に一度くらいお返しに彼女の名を呟いた。初回は瑞枝の思いどおりにさせて、ふたりとも果てた。

ひと呼吸入れたとき、斗潮は、それまでの迷いを払拭して彼女にこう告げた。時折浮かぶ姐さんの顔を無理矢理、消して。秘丘を味わいたいと。これからは当分の間、女は姐さんひとりと決めている。その姐さんは技巧的にも、また斗潮を思う気持ちも万人に引けをとらないのだが、ひとつだけ瑞枝に劣るものがある。決して姐さんのせいではないのだし、彼にしたって十分に満足しているのだが。

運がよいと言ってよいのだろう。若くして希少なものの持ち主である女にふたりまで巡り合ったのだから。しかし、すでにユキを失い、今また瑞枝とも別れようとしている。もう再び、遭遇することなどないかもしれない。そういう誘惑に負けてしまったのである。

「もちろんいいわよ。だって、私のお宝、トシ君に教えてもらったのだし、教えてもらわなかったら、私、生涯、知らないで過ごしたかもしれないんだもの。でもすぐはだめなんでしょ?」

で、また瑞枝の想い出話の続きとなったのだが、その後、斗潮が十分な満足を得たことは言うまでもない。


彼女とはここ材木置場で別れることに。なまじ後ろ髪を引かれるのも嫌だからと。衣類を身に着け、もう一度、さらにもう一度と口づけを交わして……。高田さんは今日中に実家に帰省するという。新学期からいよいよ新任教諭となるのである。「トシ君は?」と聞かれるものだから、彼も今日明日にも再上京すると告げた。

なごりはつきない。斗潮が先に出ることにした。

「高田さん、いろいろとありがとうございました。もう、オレ、行きます。さようなら！」

「トシ君、ありがとう。お元気でね。さようなら……」

高田さんの目に涙が光ったような気がした。これ以上、猶予していたのでは永久に別れられない。もう一度、彼は「さようなら!!」と叫んで、材木置場を飛び出した。背に「トシ君ッ、サヨーナラ」という声が追いかけてきたような気がした。

終章　姐さんのもとへ

高田さんともお別れだ。三条さんのことは忘れよう。ユキのことは……？　もういい。これから新しい自分が始まるのだ。帰る所はただ一箇所。今やユキに代わって「春の陽」となった〔葵姐さん〕の乳房のもとへ。

姐さんッ、これから帰るからねッ！

早春の日に

陽よ
あなたはふたたび私に戻ってきた
必ず来るとわかっていながら
やっぱり私はうれしい

幾月も会えなかった
やさしい　私の　母だ
陽よ
私のからだをあたためておくれ
そしてあすの希望をあたえておくれ
私はそれを待っていたのだ
陽よ
あなたはふたたび私に戻ってきた

著者プロフィール
再地　春来（さいち　はるき）
新潟県長岡市生まれ。
明治大学を卒業後、都庁に入り、勤続34年余。
現在は退職し、第二の人生を送っている。
東京都八王子市在住。

小説：春の陽　―年上の女たち―

2003年２月15日　初版第１刷発行

著　者　再地　春来
発行者　瓜谷　綱延
発行所　株式会社文芸社
〒160-0022　東京都新宿区新宿１－10－１
電話　03-5369-3060（編集）
03-5369-2299（販売）
振替　00190-8-728265

印刷所　株式会社ユニックス

ISBN4-8355-5044-7 C0093